La hermana tormenta

Lucinda Riley (1965-2021) fue actriz de cine y teatro durante su juventud y escribió su primer libro a los veinticuatro años. Sus novelas han sido traducidas a treinta y siete idiomas y se han vendido más de cuarenta millones de ejemplares en todo el mundo. La saga Las Siete Hermanas, que cuenta la historia de varias hermanas adoptadas y está inspirada en los mitos en torno a la famosa constelación del mismo nombre, se ha convertido en un fenómeno global y actualmente está en proceso de adaptación por una importante productora de televisión. Sus libros han sido nominados a numerosos galardones, incluido el Premio Bancarella, en Italia; el Premio Lovely Books, en Alemania, y el Premio a la Novela Romántica del Año, en el Reino Unido. En colaboración con su hijo Harry Whittaker, también creó y escribió una serie de libros infantiles titulada The Guardian Angels. Aunque crio a sus hijos principalmente en Norfolk, Inglaterra, en 2015 Lucinda cumplió su sueño de comprar una remota granja en West Cork, Irlanda, el lugar que siempre consideró su hogar espiritual y donde escribió sus últimos cinco libros.

Biblioteca

LUCINDA RILEY

La hermana tormenta
La historia de Ally

Traducción de
Matuca Fernández de Villavicencio

DEBOLS!LLO

Papel certificado por el Forest Stewardship Council˚

MIXTO
Papel procedente de
fuentes responsables
FSC® C117695
www.fsc.org

Penguin
Random House
Grupo Editorial

Título original: *The Storm Sister*

Primera edición en Debolsillo: marzo de 2019
Décimoprimera reimpresión: mayo de 2022

THE STORM SISTER (Book 2)
© 2015, Lucinda Riley
© 2016, 2019, Penguin Random House Grupo Editorial, S. A. U.
Travessera de Gràcia, 47-49. 08021 Barcelona
© 2016, Matuca Fernández de Villavicencio, por la traducción
Diseño de la cubierta: Penguin Random House Grupo Editorial / Yolanda Artola
Fotografía de la cubierta: © Lisa Ledrew

La cita reproducida en la página 9 de la presente edición pertenece a la obra *Middlemarch*
de George Eliot, traducida por José Luis López Muñoz, Debolsillo, 2004.

Printed in Spain – Impreso en España

ISBN: 978-84-663-4325-1
Depósito legal: B-301-2018

Impreso en Novoprint
Sant Andreu de la Barca (Barcelona)

P 3 4 3 2 5 C

Para Susan Moss, mi hermana del «alma»

No avanzaré lentamente a lo largo de la costa,
sino que navegaré mar adentro,
guiándome por las estrellas.

GEORGE ELIOT

Árbol genealógico de la familia Halvorsen

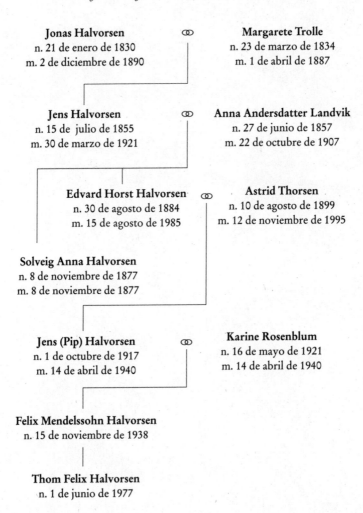

Jonas Halvorsen
n. 21 de enero de 1830
m. 2 de diciembre de 1890

∞

Margarete Trolle
n. 23 de marzo de 1834
m. 1 de abril de 1887

Jens Halvorsen
n. 15 de julio de 1855
m. 30 de marzo de 1921

∞

Anna Andersdatter Landvik
n. 27 de junio de 1857
m. 22 de octubre de 1907

Edvard Horst Halvorsen
n. 30 de agosto de 1884
m. 15 de agosto de 1985

∞

Astrid Thorsen
n. 10 de agosto de 1899
m. 12 de noviembre de 1995

Solveig Anna Halvorsen
n. 8 de noviembre de 1877
m. 8 de noviembre de 1877

Jens (Pip) Halvorsen
n. 1 de octubre de 1917
m. 14 de abril de 1940

∞

Karine Rosenblum
n. 16 de mayo de 1921
m. 14 de abril de 1940

Felix Mendelssohn Halvorsen
n. 15 de noviembre de 1938

Thom Felix Halvorsen
n. 1 de junio de 1977

Listado de personajes

ATLANTIS

Pa Salt – padre adoptivo de las hermanas (fallecido)
Marina (Ma) – tutora de las hermanas
Claudia – ama de llaves de Atlantis
Georg Hoffman – abogado de Pa Salt
Christian – patrón del yate

LAS HERMANAS D'APLIÈSE

Maia
Ally (Alción)
Star (Astérope)
CeCe (Celeno)
Tiggy (Taygeta)
Electra
Mérope (ausente)

Ally

Junio de 2007

«*La mañana*»

Allegretto Pastorale · Edvard Grieg

1

Siempre recordaré con exactitud dónde me encontraba y qué estaba haciendo cuando me enteré de que mi padre había muerto.

Estaba tomando el sol, desnuda, en la cubierta del *Neptune*, con la mano de Theo descansando en ademán protector sobre mi vientre. La desierta curva de playa dorada de la isla que había delante de nosotros brillaba bajo el sol, acurrucada en su rocosa ensenada. El agua turquesa y cristalina hacía perezosos esfuerzos por crear olas al golpear la arena, pero tan solo levantaba una espuma elegante como la crema de un capuchino.

«Encalmada —pensé—, como yo.»

La noche anterior, al ponerse el sol, habíamos fondeado en la bahía de la diminuta isla griega de Makares. Después, vadeamos el agua hasta la cala cargados con dos neveras portátiles. Una contenía las sardinas y salmonetes frescos que Theo había pescado aquel mismo día, y la otra vino y agua. Dejé mi carga sobre la arena, resoplando, y Theo me plantó un beso tierno en la nariz.

—Somos náufragos en nuestra isla desierta particular —anunció abarcando con los brazos el idílico entorno—. Y ahora me voy a buscar leña para asar el pescado.

Lo vi alejarse hacia las rocas que formaban una media luna alrededor de la playa, rumbo a los arbustos ralos y secos que crecían en las grietas. Su constitución delgada no dejaba entrever su verdadera fuerza de navegante de primer orden. En comparación con los otros hombres con los que yo solía tripular en competiciones de vela, todos de músculos prominentes y pectorales como los de

Tarzán, Theo era sin duda menudo. Una de las primeras cosas que me habían llamado la atención de él era su andar ligeramente irregular. Más tarde me contó que de niño se había roto el tobillo al caer de un árbol y el hueso no había soldado bien.

—Supongo que es otra de las razones por las que siempre he estado destinado a vivir sobre el agua. Cuando navego, nadie sabe lo ridículo que parezco caminando en tierra firme —bromeó.

Asamos el pescado e hicimos el amor bajo las estrellas. La mañana siguiente sería la última que pasaríamos juntos a bordo. Y justo antes de decidir que debía conectar el móvil para recuperar el contacto con el mundo exterior y de descubrir entonces que mi vida se había roto en mil pedazos, me había tumbado en la cubierta junto a él, embargada por una paz absoluta. Y como si de un sueño se tratara, mi mente había evocado una vez más el milagro que éramos Theo y yo, y cómo habíamos ido a parar a aquel bello lugar…

Lo había visto por primera vez hacía más o menos un año, en la regata Heineken de la isla caribeña de San Martín. La tripulación ganadora estaba festejando su victoria en la cena de clausura y me sorprendió descubrir que el patrón era Theo Falys-Kings. Theo era una celebridad en el mundo de la vela por haber conducido a más tripulaciones a la victoria que ningún otro capitán a lo largo de los cinco años anteriores.

—No es en absoluto como me lo imaginaba —le comenté en voz baja a Rob Bellamy, un viejo compañero con el que había navegado en el equipo nacional suizo—. Tiene pinta de repelente con esas gafas de concha —añadí cuando Theo se levantó para acercarse a otra mesa—, y camina de una forma muy rara.

—Reconozco que no es el prototipo de navegante cachas —convino Rob—, pero ese tío es un verdadero genio. Posee un sexto sentido en lo referente al mar, y yo no confiaría más en ningún otro patrón en medio de una tempestad.

Esa noche Rob me presentó a Theo, y cuando este me estrechó la mano advertí que sus ojos verdes, salpicados de motas color avellana, me observaban pensativos.

—Así que tú eres la famosa Al D'Aplièse.

Su acento británico modulaba una voz firme y cálida.

—Sí con respecto a lo segundo —respondí, cohibida por el cumplido—, pero yo diría que aquí el famoso eres tú. —Mientras intentaba no desviar la mirada bajo su persistente escrutinio, suavizó el semblante y soltó una carcajada—. ¿Qué te hace tanta gracia? —pregunté.

—Si te soy sincero, no te esperaba así.

—¿Qué quieres decir con que no me esperaba así?

Un fotógrafo que quería retratar al equipo reclamó la atención de Theo, de modo que me quedé con las ganas de saber qué había querido decir.

Después de aquello empecé a reparar en su presencia en algunos de los eventos sociales relacionados con las regatas en las que ambos participábamos. Poseía una energía indefinible y una risa suave y natural que, pese a su actitud aparentemente reservada, daban la sensación de atraer a la gente. Si la velada era formal, se vestía con chinos y una chaqueta de lino arrugada como deferencia al protocolo y a los patrocinadores de la regata, pero, con sus náuticos viejos y sus rebeldes cabellos morenos, su aspecto era el de una persona recién desembarcada de un velero.

En aquellos primeros encuentros parecíamos jugar al gato y el ratón. Nuestras miradas se cruzaban a menudo, pero Theo nunca intentó retomar nuestra primera conversación. Finalmente, hace seis semanas, cuando mi tripulación ganó en Antigua y estábamos celebrándolo en el Lord Nelson's Ball, el acto que marcaba el final de la semana de competición, me dio unos golpecitos en el hombro.

—Felicidades, Al —dijo.

—Gracias —respondí, satisfecha de que, para variar, nuestra tripulación hubiera ganado a la suya.

—Estoy oyendo cosas muy buenas sobre ti esta temporada. ¿Te gustaría formar parte de mi tripulación en la regata de las Cícladas de junio?

Ya me habían ofrecido un puesto en otro barco, pero aún no había aceptado. Theo se dio cuenta de que titubeaba.

—¿Ya te han fichado?

—Sí, aunque de manera provisional.

—Bueno, toma mi tarjeta. Piénsatelo y dime algo hacia el final de la semana. Me iría muy bien tener a alguien como tú a bordo.

—Gracias. —Aparté las dudas de mi mente. ¿Quién se atrevería a rechazar la oportunidad de competir con el hombre al que en aquel momento se conocía como «El rey de los mares»?—. Por cierto —dije cuando se alejaba—, la última vez que hablamos, ¿por qué dijiste que no me esperabas así?

Se detuvo y me miró de arriba abajo.

—No te había conocido en persona, solo había oído hablar de tus aptitudes como navegante, eso es todo. Y como dije, no eres lo que me esperaba. Buenas noches, Al.

De camino a mi habitación de un pequeño hotel junto al puerto de St. John, mientras me dejaba acariciar por el aire de la noche, repasé nuestra conversación y me pregunté por qué Theo despertaba en mí tanta fascinación. Las farolas bañaban las alegres fachadas multicolores en un cálido resplandor nocturno, y el rumor perezoso y lejano de la gente de los bares y los cafés flotaba en el aire. Yo apenas notaba ninguna de aquellas cosas, emocionada como estaba por la victoria… y por la oferta de Theo Falys-Kings.

En cuanto entré en mi habitación, me acerqué de inmediato al portátil y le escribí un correo electrónico para comunicarle que aceptaba su oferta. Antes de enviarlo, me di una ducha, volví a leerlo y me ruboricé por la impaciencia que transmitían mis palabras. Tras decidir guardarlo en la carpeta de borradores y esperar un par de días para mandárselo, me tumbé en la cama y estiré los brazos para aliviar la tensión y el dolor provocados por la carrera.

—Bien, Al —murmuré con una sonrisa—, será una regata de lo más interesante.

Finalmente envié el correo y Theo me contestó enseguida para decirme que estaba encantado de que me uniera a su tripulación. Así que hace solo dos semanas, presa de un nerviosismo que no lograba explicarme, embarqué en el velero Hanse 540 amarrado en el puerto de Naxos a fin de empezar a entrenar para la regata de las Cícladas.

En lo relativo a las regatas de competición, la de las Cícladas no era excesivamente difícil, pues entre los participantes se cuenta una mezcla de navegantes serios y entusiastas de fin de semana, alentados todos ellos por la perspectiva de ocho días de fabulosa navegación entre algunas de las islas más bellas del mundo. Y, como parte de una de las tripulaciones con más experiencia, sabía que teníamos muchas posibilidades de ganar.

Las tripulaciones de Theo destacaban siempre por su juventud. Mi amigo Rob Bellamy y yo teníamos treinta años y éramos los «veteranos» del equipo en cuanto a edad y experiencia. Me habían contado que Theo prefería reclutar talentos que se hallaban en las primeras fases de su carrera de navegantes para evitar malos hábitos. Los otros tres tripulantes tenían poco más de veinte años: Guy, un inglés corpulento; Tim, un australiano relajado, y Mick, un navegante medio alemán medio griego que conocía las aguas del Egeo como la palma de su mano.

Aunque tenía muchas ganas de trabajar con Theo, no había tomado la decisión a ciegas; previamente, había hecho todo lo posible por buscar información en internet sobre el enigmático «Rey de los mares» y hablar con personas que ya habían navegado con él.

Sabía que era británico y había estudiado en Oxford, lo que explicaría su pulido acento, pero en internet su perfil decía que era ciudadano estadounidense y que, como capitán, había llevado al equipo de vela de Yale a la victoria en numerosas ocasiones. Un amigo mío había oído que era de familia adinerada, otro que vivía en un barco.

«Perfeccionista», «controlador», «difícil de complacer», «adicto al trabajo», «misógino»... Esos fueron algunos de los comentarios que llegaron a mis oídos, el último por parte de una navegante que aseguraba haber sido marginada y maltratada por la tripulación de Theo, lo que me hizo dudar por un momento de mi decisión. Pero la conclusión de la mayoría era simple: «Sin lugar a dudas, el mejor patrón con el que he trabajado».

Aquel primer día a bordo del velero empecé a comprender por qué Theo era tan respetado por sus colegas. Yo estaba acostumbrada a patrones histéricos que gritaban órdenes e insultaban a sus tripulantes como chefs malhumorados en una cocina. La actitud comedida de Theo fue toda una revelación. Se mostraba parco en palabras a la hora de marcarnos el ritmo y nos supervisaba desde la distancia. Cuando el día tocó a su fin, nos reunió y señaló nuestros puntos fuertes y débiles con su tono sereno y firme. Me percaté de que no se le había escapado nada y de que con su aire de autoridad natural conseguía que todos tuviéramos en cuenta cada una de sus palabras.

—Por cierto, Guy, se acabó lo de fumar a escondidas durante las prácticas —añadió con una media sonrisa antes de dar por terminada la reunión.

Guy se puso colorado.

—Ese tío debe de tener ojos en la nuca —farfulló cuando desembarcamos para darnos una ducha y cambiarnos para la cena.

Aquella primera noche salí del hostal con el resto de la tripulación sintiéndome satisfecha por haber tomado la decisión de participar en la regata con ellos. Paseamos por el puerto de Naxos, el viejo castillo de piedra iluminado en lo alto y el laberinto de callejuelas serpenteantes que descendían entre las casas enjalbegadas. Los restaurantes del puerto estaban repletos de navegantes y turistas disfrutando del marisco fresco y alzando un vaso de *ouzo* tras otro. En una de las callecitas traseras encontramos un establecimiento regentado por una familia, con sillas de madera tambaleantes y platos desparejados. La comida casera era justo lo que necesitábamos después de un largo día en el barco, pues la brisa marina nos había despertado un apetito voraz.

Mi voracidad atraía las miradas de los hombres cada vez que atacaba la musaca o me servía una porción generosa de arroz.

—¿Qué pasa? ¿Nunca habíais visto comer a una mujer? —comenté con sarcasmo antes de hacerme con otro pan de pita.

Theo contribuyó al jolgorio con alguna que otra observación mordaz, pero se marchó nada más terminar la cena, decidido a no participar en la farra posterior en el bar. Yo seguí su ejemplo poco después. A lo largo de mis años como navegante profesional, había aprendido que las payasadas de los muchachos una vez anochecía no eran algo que me apeteciera presenciar.

Durante los dos días siguientes, bajo la mirada verde y pensativa de Theo, empezamos a aunar esfuerzos y pronto nos convertimos en un equipo compenetrado y eficiente, así que mi admiración por su metodología fue en aumento. Nuestra tercera noche en Naxos, tras un duro día bajo el virulento sol del Egeo, me sentí especialmente cansada y fui la primera en levantarme de la mesa.

—Me largo, chicos.

—Yo también. Buenas noches, muchachos. Y mañana nada de resacas a bordo, por favor —dijo Theo saliendo del restaurante detrás de mí—. ¿Puedo acompañarte? —me preguntó ya en la calle.

—Claro que sí —dije sintiéndome súbitamente nerviosa por estar a solas con él por primera vez.

Regresamos al hostal por las callejuelas empedradas, bajo una luna que iluminaba las casitas blancas con las puertas y los postigos pintados de azul. Traté de entablar conversación, pero Theo solo contribuía con algún que otro «sí» o «no», y sus concisas respuestas empezaron a irritarme.

Cuando llegamos al vestíbulo del hostal, se volvió hacia mí de repente.

—Llevas la navegación en la sangre, Al. Les das mil vueltas a la mayoría de tus compañeros. ¿Quién te enseñó?

—Mi padre —contesté sorprendida por el cumplido—. Desde muy pequeña empezó a llevarme a navegar por el lago de Ginebra.

—Ah, Ginebra, eso explica tu acento francés.

Me preparé para la típica petición de «di algo sexy en francés» que los hombres solían hacerme en ese momento, pero no llegó.

—Pues tu padre debe de ser un gran navegante, porque ha hecho un trabajo excelente contigo.

—Gracias —dije desarmada.

—¿Qué te parece ser la única mujer a bordo? Aunque estoy seguro de que no es la primera vez que te ocurre —se apresuró a añadir.

—No pienso en ello, la verdad.

Me observó detenidamente a través de sus gafas de concha.

—¿En serio? Perdona que te lo diga, pero yo creo que sí lo haces. Tengo la sensación de que a veces te esfuerzas más de lo necesario para compensar el hecho de ser mujer, y es entonces cuando cometes errores. Te aconsejo que te relajes y seas tú misma. Buenas noches.

Sonrió brevemente y desapareció por la escalera de baldosas blancas que conducía a su habitación.

Aquella noche, mientras yacía en la estrecha cama, las sábanas almidonadas me rozaban la piel y su crítica hacía que me ardieran las mejillas. ¿Tenía yo la culpa de que las mujeres fueran todavía una relativa rareza —o, como sin duda dirían algunos de mis colegas varones, una novedad— en las regatas profesionales? ¿Y quién se creía Theo Falys-Kings que era? ¿Uno de esos psicólogos de tres al cuarto que van por ahí analizando a gente que no lo necesita?

Siempre había pensado que manejaba bien el tema de ser mujer en un mundo dominado por hombres, y que había aprendido a aceptar de buen talante las bromas y comentarios cordiales sobre mi condición femenina. A lo largo de mi carrera, me había construido un muro de inviolabilidad y dos imágenes diferentes: «Ally» en casa y «Al» en el trabajo. Sí, a veces resultaba difícil y había tenido que aprender a morderme la lengua, sobre todo cuando los comentarios eran de naturaleza deliberadamente sexista y hacían alusión a mi supuesta conducta de «rubia». Siempre me había asegurado de mantener tales comentarios a raya recogiéndome los rizos cobrizos en una coleta bien tirante y absteniéndome de llevar maquillaje para resaltar mis ojos o disimular las pecas. Además, trabajaba tanto como cualquier hombre del barco, puede que, rezongué por dentro, incluso más.

Entonces, todavía indignada e incapaz de conciliar el sueño, recordé a mi padre diciéndome que si una persona se irritaba ante una observación personal era, generalmente, porque dicha observación encerraba algo de verdad. Y, a medida que pasaban las horas, tuve que reconocer que era probable que Theo estuviera en lo cierto. No estaba siendo «yo misma».

La noche siguiente, Theo volvió a acompañarme de regreso al hostal. Pese a que no era un hombre alto, me resultaba tan intimidante que a veces incluso se me trababa la lengua. Me escuchó en silencio mientras me esforzaba por explicarle lo de mi doble imagen.

—Mi padre, cuyas opiniones no siempre me parecen imparciales —dijo—, aseguró en una ocasión que las mujeres gobernarían el mundo si se limitaran a explotar sus puntos fuertes y dejaran de intentar ser hombres. Quizá deberías seguir ese consejo.

—Para un hombre es fácil decirlo, pero ¿ha trabajado tu padre alguna vez en un entorno enteramente dominado por mujeres? ¿Sería «él mismo» en ese caso? —repliqué, alterada por su actitud condescendiente.

—Buena pregunta —convino Theo—. Bueno, a lo mejor te ayuda en algo que te llame Ally. Te queda mucho mejor que Al. ¿Te importaría?

Antes de que tuviera oportunidad de responderle, se detuvo bruscamente sobre el pintoresco malecón del puerto, donde las pequeñas barcas de los pescadores se mecían entre los veleros y las lanchas mientras los relajantes sonidos de un mar tranquilo chapoteaban contra sus cascos. Levantó la vista al cielo e, hinchando visiblemente las aletas, aspiró el aire para adivinar el clima que traería la madrugada. Era algo que solo había visto hacer a viejos marineros, y se me escapó la risa al imaginarme a Theo como un anciano lobo de mar de pelo blanco.

Se volvió hacia mí con una sonrisa perpleja.

—¿De qué te ríes?

—De nada. Y si eso te hace sentir mejor, puedes llamarme Ally.

—Gracias. Bien, es hora de irse a dormir. Mañana tengo preparado un día duro para todos nosotros.

Aquella noche volví a dar vueltas en la cama mientras repasaba mentalmente nuestra conversación. Yo, que por lo general dormía como un tronco, y más aún cuando estaba entrenando o compitiendo.

Durante los dos días siguientes, el consejo de Theo, en lugar de ayudarme, me llevó a cometer numerosos errores tontos que me hicieron sentir más como una novata que como la profesional que era. Me fustigué mucho por ello, pero, aunque mis colegas me gastaban bromas afables, ni una sola crítica salió de los labios de Theo.

En nuestra quinta noche, estaba tan avergonzada y desconcertada por mi pobre rendimiento que ni siquiera salí a cenar con el resto del equipo. En lugar de eso, me senté en la pequeña terraza del hostal a comer aceitunas, pan y queso feta servidos por la amable propietaria. Ahogué mis penas en el áspero vino tinto que me puso delante y, después de unas cuantas copas, empecé a notarme mareada y a sentir una tremenda lástima de mí misma. Haciendo un gran esfuerzo, acababa de levantarme de la mesa para irme a la cama cuando Theo apareció en la terraza.

—¿Estás bien? —preguntó ajustándose las gafas para verme mejor.

Lo miré con los párpados entornados, pero su cara se había vuelto inexplicablemente borrosa.

—Sí —contesté con la voz ronca.

En ese momento, el mundo empezó a dar vueltas a mi alrededor y volví a sentarme en la silla de inmediato.

—Los chicos se han preocupado cuando no has aparecido en la cena. No estarás enferma, ¿verdad?

—No. —Noté el gusto amargo de la bilis trepándome por la garganta—. Estoy bien.

—Si estás mareada, puedes decírmelo. Te juro que no te lo tendré en cuenta. ¿Puedo sentarme?

No respondí. De hecho, no fui capaz de hacerlo porque estaba luchando por controlar las náuseas. Theo se sentó de todos modos en la silla de plástico que había al otro lado de la mesa.

—Entonces ¿qué te ocurre?

—Nada —alcancé a contestar.

—Ally, estás blanca. ¿Seguro que te encuentras bien?

—Eh… Disculpa.

Me levanté con dificultad y apenas conseguí llegar hasta la barandilla antes de vomitar sobre la acera de abajo.

—Pobre. —Noté que unas manos me sujetaban por la cintura con firmeza—. Es evidente que no estás bien. Te acompañaré a tu habitación. ¿Qué número es?

—Estoy… perfectamente —farfullé, horrorizada por lo que acababa de suceder.

Y todo delante de Theo Falys-Kings, a quien, por alguna razón, estaba deseando impresionar. Bien mirado, no podría haberme sucedido nada peor.

—Vamos.

Se echó al hombro mi brazo inerte y me llevó casi a rastras hacia el interior bajo las miradas de asco de los demás huéspedes.

Ya en mi habitación, vomité varias veces más, pero al menos lo hice en el cuarto de baño. Cada vez que salía de allí, Theo estaba esperándome en la puerta para ayudarme a volver a la cama.

—Mañana por la mañana estaré bien —gemí—, te lo prometo.

—Llevas dos horas diciendo lo mismo entre vómito y vómito —dijo con desenfado mientras me limpiaba el sudor pegajoso de la frente con una toalla húmeda.

—Vete a la cama, Theo —murmuré adormilada—. En serio, estoy bien. Solo necesito dormir.

—Dentro de un rato.

—Gracias por cuidar de mí —susurré cuando los ojos se me empezaron a cerrar.

—No hay de qué, Ally.

Y entonces, mientras me sumergía en el mundo de la inconsciencia previa al sueño, sonreí.

—Creo que te quiero —me oí decir antes de entregarme al letargo.

Al día siguiente me desperté sintiéndome débil pero mejor. Cuando salí de la cama tropecé con Theo, que había cogido una almohada y estaba acurrucado en el suelo, durmiendo profundamente. Cerré la puerta del cuarto de baño, me senté en el borde de la bañera y me acordé de las palabras que había pensado —¿o, cielos, las habría dicho en alto?— la noche previa.

«Creo que te quiero.»

¿De dónde diantre había salido aquello? ¿O había soñado que lo decía? Al fin y al cabo, me encontraba muy mal y a lo mejor había alucinado. «Por Dios, eso espero», gemí enterrando la cabeza entre las manos. Por otro lado… si no lo había dicho, ¿por qué recordaba las palabras con tanta claridad? Eran del todo falsas, naturalmente, pero puede que Theo pensara que las había dicho en serio. Cosa que no era cierta, ¿verdad?

Al final salí del cuarto de baño muerta de vergüenza y vi que él estaba a punto de marcharse. Fui incapaz de mirarlo a los ojos cuando me dijo que se iba a su habitación a ducharse y que volvería a buscarme al cabo de diez minutos para bajar a desayunar.

—Ve tú solo, Theo. No quiero arriesgarme.

—Ally, tienes que comer algo. Si no consigues retener la comida en el estómago durante una hora, me temo que no podrás subir al barco hasta nueva orden. Ya conoces las reglas.

—De acuerdo —cedí a regañadientes.

En cuanto salió del cuarto, deseé con todas mis fuerzas ser capaz de volverme invisible. Nunca había ansiado tanto estar en otro lugar como en aquel momento.

Quince minutos después, salimos juntos a la terraza. Los demás miembros de la tripulación nos lanzaron sonrisitas de complicidad desde la mesa a la que estaban sentados. Me entraron ganas de darles un puñetazo.

—Ally tiene gastroenteritis —anunció Theo cuando nos sentamos—. Y por tu cara, Rob, se diría que tú tampoco has dormido mucho.

Los compañeros rieron y Rob se encogió avergonzado mientras Theo procedía a explicar con calma la sesión de entrenamiento de aquel día.

Yo escuchaba en silencio, agradeciéndole que hubiera pasado a otro tema, pero sabía lo que pensaban todos los demás. Lo más irónico era que no podían estar más equivocados. Me había jurado a mí misma que nunca me acostaría con un compañero de tripulación, pues sabía lo deprisa que las mujeres podían ganarse mala fama en el cerrado mundo de la vela. Al parecer, después de aquella noche me la había ganado por defecto.

Por lo menos pude retener el desayuno y se me permitió embarcar. A partir de aquel momento, puse todo mi empeño en dejar claro a la tripulación —y en especial al capitán— que no tenía el menor interés en Theo Falys-Kings. Durante los entrenamientos me mantenía lo más alejada de él que podía en aquella pequeña embarcación y le respondía con monosílabos. Y por las noches, después de cenar, apretaba los dientes y me quedaba con los compañeros cuando él se levantaba para volver al hostal.

Porque, me decía, no lo quería. Y no deseaba que los demás creyeran lo contrario. Aun así, mientras me esforzaba por convencerlos, comprendí que en realidad ni siquiera yo lo tenía claro. Me sorprendía mirando a Theo cuando lo creía distraído. Admiraba su forma serena y comedida de relacionarse con la tripulación y los perspicaces comentarios que hacía, que nos unían y nos instaban a trabajar mejor como equipo. Y que, a pesar de su estatura relativamente baja, debajo de la ropa su cuerpo fuera firme y musculoso. Yo lo observaba mientras él demostraba una y otra vez que era el más fuerte y el mejor entrenado de todos nosotros.

Cada vez que mi mente traidora se desbocaba en esa dirección, hacía cuanto estaba en mi mano para recuperar las riendas y hacerla volver a su cauce. Pero de pronto empecé a reparar en la frecuencia con que Theo se paseaba por el velero sin camisa. Durante el día hacía un calor abrasador, cierto, pero ¿de verdad necesitaba descubrirse el torso para consultar los mapas de la regata...?

—¿Necesitas algo, Ally? —me preguntó en una ocasión en que se dio la vuelta y me pilló mirándolo.

Ni siquiera recuerdo qué farfullé antes de apartar la vista con la cara ardiendo de vergüenza.

Fue un alivio que nunca mencionara lo que quizá le dijese la noche que me puse enferma, así que empecé a convencerme de que, en realidad, lo había soñado. No obstante, sabía que algo irrevocable me había sucedido. Algo sobre lo que, por primera vez en mi vida, parecía no tener control. No había perdido únicamente mi habitual patrón de sueño, sino también mi saludable apetito. Cuando conseguía dormirme, soñaba con él, tenía sueños que hacían que me ruborizara al despertarme y que me comportara aún con mayor torpeza en su presencia. De adolescente había leído novelas de amor, pero acabé rechazándolas en favor de las historias de suspense. Sin embargo, cuando repasaba mentalmente los síntomas, por desgracia todos parecían encajar: de alguna manera, me había enamorado hasta la médula de Theo Falys-Kings.

La última noche del período de entrenamiento, Theo se levantó de la mesa después de la cena y nos dijo que todos habíamos hecho un gran trabajo y que tenía muchas esperanzas de que gináramos la regata. Después de brindar, me disponía a ponerme en pie para regresar al hostal cuando la mirada de Theo se posó sobre mí.

—Ally, hay un tema que me gustaría comentar contigo. El reglamento exige que un miembro de la tripulación se haga cargo de los primeros auxilios. Es un mero trámite burocrático, solo hay que firmar unos impresos. ¿Te importa?

Alzó una carpeta de plástico y señaló una mesa vacía.

—Yo no sé nada de primeros auxilios. Y que sea mujer —añadí en tono desafiante cuando nos sentamos a la mesa, lejos de los demás— no significa que pueda cuidar de alguien mejor que un hombre. ¿Por qué no se lo pides a Tim o a cualquiera de los otros?

—Ally, por favor, cierra el pico. Era solo un pretexto. Mira. —Theo me enseñó las dos hojas en blanco que había sacado de la carpeta—. Bien —continuó al tiempo que me tendía un bolígrafo—, a fin de salvar las apariencias, sobre todo por ti, ahora vamos a mantener una conversación sobre tus responsabilidades como miembro de la tripulación a cargo de los primeros auxilios. Y, a la vez, comentaremos el hecho de que la noche que te pusiste tan mal me dijiste que creías que me querías. El caso, Ally, es que creo que es posible que yo sienta lo mismo por ti.

Atónita, lo miré para ver si me estaba tomando el pelo, pero estaba ocupado fingiendo que revisaba las hojas.

—Lo que me gustaría proponerte es que descubramos qué significa esto para ambos —prosiguió—. Mañana tengo previsto marcharme unos días con mi barco. Me gustaría que me acompañaras. —Finalmente, levantó la vista para mirarme—. ¿Qué me dices?

Yo abría y cerraba la boca como si fuera un pez, pero es que era incapaz de encontrar la forma de responderle.

—Por lo que más quieras, Ally, simplemente di que sí. Disculpa la pobre analogía, pero tú y yo estamos en el mismo barco. Los dos sabemos que hay algo entre nosotros, y que lo ha habido desde el día en que nos conocimos hace un año. Si te soy sincero, por lo que había oído sobre ti esperaba encontrarme con una mujer muy masculina, pero cuando apareciste con esos ojos azules y ese precioso cabello rojizo me dejaste totalmente desarmado.

—Oh —dije sin poder articular palabra.

—Así pues… —Theo se aclaró la garganta y me di cuenta de que estaba tan nervioso como yo—. Hagamos lo que más nos gusta hacer a los dos: pasar unos días ganduleando en el agua. Así le daremos una oportunidad a esto, sea lo que sea. Por lo menos, el barco te gustará. Es muy cómodo. Y rápido.

—¿Habrá… alguien más? —pregunté tras recuperar el habla.

—No.

—Eso significa que tú serás el patrón y yo tu única tripulante.

—Sí, pero te prometo que no te haré trepar por las jarcias y pasar la noche en la cofa. —Me sonrió y sus ojos verdes rezumaron ternura—. Ally, dime que vendrás.

—De acuerdo —acepté.

—Bien. Y ahora, si no te importa, firma en la línea de puntos para… sellar el trato.

Con un dedo, señaló un punto en la hoja vacía.

Lo miré y vi que seguía sonriéndome. Y al fin le devolví la sonrisa. Escribí mi nombre y le devolví la hoja. La examinó con fingido interés y la guardó de nuevo en la carpeta.

—Ya está —dijo en alto para que lo oyeran nuestros colegas, que, sin duda, estaban pendientes de la conversación—. Te veré en el puerto mañana a las doce para informarte de tus responsabilidades.

Me guiñó un ojo y regresamos tranquilamente a la mesa de la tripulación, yo disimulando con mi andar sosegado el maravilloso hormigueo que sentía por dentro.

2

Huelga decir que ni Theo ni yo sabíamos qué esperar cuando zarpamos de Naxos en su Sunseeker, el *Neptuno*, un potente yate de líneas elegantes y seis metros de eslora más que el Hanse que íbamos a pilotar en la regata. Yo estaba acostumbrada a compartir las atestadas instalaciones de los veleros con muchos otros tripulantes, de modo que, al ser solo dos, el gran espacio entre nosotros se me antojaba excesivo. El camarote principal era una lujosa suite forrada de teca, y cuando vi la enorme cama de matrimonio, me encogí de vergüenza al recordar las circunstancias que rodearon a la última vez que Theo y yo dormimos en el mismo cuarto.

—Lo compré a muy buen precio hace un par de años, cuando el propietario se arruinó —me explicó Theo mientras sacaba el yate del puerto—. Desde entonces, al menos tengo un techo sobre la cabeza.

—¿Vives en este barco? —pregunté sorprendida.

—Los períodos de descanso largos los paso con mi madre en su casa de Londres, pero este último año he vivido aquí durante los raros momentos en que no estaba compitiendo o trasladando un velero a una regata. Aun así, al fin he llegado al punto de desear un hogar propio en tierra firme. De hecho, acabo de comprarme una casa, aunque necesita muchas reformas y no sé cuándo voy a tener tiempo de hacerlas.

Yo ya estaba acostumbrada al *Titán*, el fantástico yate de mi padre, y a su sofisticado sistema de navegación informatizado, de modo que nos turnábamos en la «conducción», como a Theo le gustaba llamarla. Pero aquella primera mañana me costó abandonar el protocolo habitual. Cada vez que Theo me pedía que hiciera algo, tenía que esforzarme para no responder: «¡Sí, capitán!».

Se palpaba la tensión entre nosotros. Ni él ni yo teníamos muy claro cómo pasar de la relación profesional que habíamos tenido hasta aquel momento a un trato más íntimo. La conversación resultaba forzada, pues yo medía todo lo que decía y, la mayor parte del tiempo, recurría a temas triviales. Theo apenas abría la boca, así que cuando echamos el ancla para comer yo ya empezaba a pensar que todo aquello había sido un gran error.

Agradecí que sacara una botella helada de rosado provenzal para acompañar la ensalada. Nunca había sido muy bebedora, y aún menos en el mar, pero, por algún motivo, conseguimos pulirnos la botella entre los dos. A fin de arrancar a Theo de su incómodo silencio, decidí sacar el tema de la navegación. Repasamos nuestra estrategia para las Cícladas y hablamos de lo diferente que sería regatear en los Juegos Olímpicos de Pekín. Mis pruebas finales para un puesto en el equipo suizo tendrían lugar a finales de verano, y Theo me contó que él iba a competir por Estados Unidos.

—Entonces ¿eres estadounidense de nacimiento? Porque tu acento es británico.

—Padre estadounidense, madre inglesa. Estudié en un internado de Hampshire y luego fui a Oxford y a Yale —explicó—. Siempre fui un poco empollón.

—¿Qué estudiaste?

—Literatura clásica en Oxford y un máster en psicología en Yale. Allí tuve la suerte de que me seleccionaran para el equipo universitario de vela y acabé capitaneándolo. Era de esos que viven en una especie de torre de marfil. ¿Y tú?

—Estudié flauta en el Conservatorio de Música de Ginebra. Pero eso lo explica todo.

Lo miré con una gran sonrisa dibujada en el rostro.

—¿Eso explica qué?

—Que te guste tanto analizar a la gente. Y, en parte, tu éxito como patrón se debe a la buena mano que tienes con la tripulación. Y en especial conmigo —añadí envalentonada por el vino—. Tus comentarios me han ayudado mucho, de verdad, aunque en su momento no me hiciera mucha gracia escucharlos.

—Gracias —dijo agachando tímidamente la cabeza ante el halago—. En Yale me dieron vía libre para combinar mi amor por la navegación con la psicología y desarrollé un estilo de mando que algunos consideran extraño, pero que a mí me funciona.

—¿Te apoyaban tus padres en tu pasión por navegar?

—Mi madre sí, pero mi padre... Se separaron cuando yo tenía once años, y un par de años después pasaron por un divorcio complicado. Después de aquello, mi padre regresó a Estados Unidos. De pequeño pasaba las vacaciones allí, pero él siempre estaba trabajando o viajando y contrataba niñeras para que me cuidaran. Fue algunas veces a Yale para verme competir, pero no puedo decir que lo conozca mucho. Solo a través de lo que le hizo a mi madre, y reconozco que su hostilidad hacia él ha influido en mi juicio. Pero, a todo esto, me encantaría oírte tocar la flauta —soltó de repente cambiando de tema y clavando al fin su mirada verde en mis ojos azules.

Pero el momento pasó y Theo volvió a apartar la mirada, removiéndose en su asiento.

Me sentí frustrada al ver que mis esfuerzos por hacerlo hablar no estaban funcionando, así que también yo me sumí en un silencio irritado. Después de llevar los platos sucios a la cocina, me tiré al agua y nadé enérgicamente para despejarme la cabeza embotada por el vino.

—¿Te apetece tomar el sol en la cubierta de arriba antes de continuar? —me preguntó cuando regresé al barco.

—Vale —contesté, a pesar de que notaba que mi piel blanca y pecosa ya había recibido sol más que suficiente.

Por lo general, cuando estaba en el mar me embadurnaba en una crema con pantalla de protección total, pero era prácticamente lo mismo que ir pintada de blanco y no me proporcionaba un aspecto muy seductor. Aquella mañana había utilizado a propósito una protección más ligera, pero estaba empezando a pensar que las quemaduras no merecerían la pena.

Theo sacó dos botellas de agua de la nevera y nos dirigimos a la cubierta superior, situada en la proa del yate. Nos instalamos en las lujosas y mullidas tumbonas y, cuando lo miré de reojo, la proximidad de su cuerpo semidesnudo me aceleró el corazón. Decidí que si Theo no daba pronto el paso, tendría que dejarme de remilgos y ser yo la que se abalanzara sobre él. Miré hacia otro lado para evitar que mi mente siguiera alimentando pensamientos lascivos.

—Háblame de tus hermanas y de esa casa en el lago de Ginebra en la que vivís. Suena muy idílico —dijo.

—Es…

Teniendo en cuenta que mi cabeza era un torbellino de deseo y alcohol, lo último que me apetecía era embarcarme en una larga perorata sobre mi compleja situación familiar.

—Tengo un poco de sueño. ¿Te importa que te lo cuente más tarde? —dije tumbándome boca abajo.

—En absoluto. ¿Ally?

Noté la leve caricia de sus dedos en mi espalda.

—¿Sí?

Me di la vuelta y, expectante, lo miré a los ojos conteniendo la respiración.

—Se te están quemando los hombros.

—Oh. Entonces será mejor que baje —espeté.

—¿Voy contigo?

No le contesté, me limité a encogerme de hombros antes de levantarme y echar a andar por la parte estrecha de la cubierta que conducía a la popa. De pronto me cogió la mano.

—Ally, ¿qué ocurre?

—Nada. ¿Por qué?

—Pareces… tensa.

—¡Ja! Tú también —repliqué.

—¿Yo?

—Sí —dije mientras me seguía escaleras abajo.

Me dejé caer pesadamente sobre el banco de popa, a la sombra.

—Lo siento, Ally —dijo con un suspiro—. Nunca se me ha dado bien esta parte.

—¿A qué te refieres exactamente con «esta parte»?

—Ya sabes. A los preámbulos, no sé llevarlos. Lo que quiero decir es que me gustas y te respeto, y no quería que te sintieras como si te hubiera traído al barco para darnos un revolcón. Podrías haber pensado que era lo único que pretendía de ti, porque eres muy consciente de tu condición femenina en un mundo de hombres y…

—¡Eso no es cierto, Theo!

—¿Ah, no? —Puso los ojos en blanco, sin dar crédito a lo que oía—. Para serte sincero, hoy en día a los tíos nos aterra que nos acusen de acoso sexual simplemente por mirar a una mujer. Ya me sucedió una vez con otro miembro femenino de mi tripulación.

—¿De veras? —pregunté haciéndome la sorprendida.

—Sí. Creo que dije algo como: «Hola, Jo, me alegro de tenerte a bordo para animar a los muchachos». A partir de ahí me sentenció.

Lo miré incrédula.

—¿Le dijiste eso?

—Maldita sea, Ally, quería decir que su presencia nos mantendría despiertos. Tenía una excelente reputación como navegante. Pero, por lo visto, interpretó mal mis palabras.

—No entiendo por qué —comenté mordaz.

—Yo tampoco.

—¡Estaba siendo irónica, Theo! Entiendo perfectamente que se ofendiera. No puedes imaginar la clase de comentarios de que somos objeto las mujeres navegantes. No me extraña que se lo tomara a mal.

—Bueno, pues por eso me inquietaba tanto tenerte a bordo. Sobre todo porque te encuentro tremendamente atractiva.

—Yo soy el polo opuesto, ¿recuerdas? —contraataqué—. ¡Me criticaste por intentar actuar como un hombre y no sacar partido a mis puntos fuertes!

—*Touché* —dijo con una pequeña sonrisa—. Y ahora estamos aquí solos, y yo trabajo contigo y a lo mejor piensas que…

—¡Theo, esto empieza a resultar ridículo! ¡Creo que el problema lo tienes tú, no yo! —repliqué exasperada—. Me invitaste a tu barco y vine voluntariamente.

—Lo sé, pero si te soy sincero, Ally, todo esto… —Guardó silencio y me miró muy serio—. Me importas mucho, Ally. Y te pido que me perdones por mi estúpido comportamiento, pero hace mucho tiempo que no… cortejo a una mujer. No quiero meter la pata.

Me ablandé.

—¿Qué tal si dejas de analizarlo todo y te relajas un poco? Puede que entonces también yo me relaje. Estoy aquí porque quiero, no lo olvides.

—De acuerdo, lo intentaré.

—Bien. Y ahora que estoy empezando a parecer un tomate maduro —dije mientras me examinaba los brazos—, me voy abajo para descansar del sol. Si lo deseas, puedes acompañarme. —Me levanté y puse rumbo a la escalera—. Y te prometo que no te denunciaré por acoso sexual. De hecho —añadí con atrevimiento—, quizá sea yo quien te anime a ello.

Bajé las escaleras riéndome por dentro de mi descarada invitación y preguntándome si Theo reaccionaría a ella. Cuando entré en el camarote y me tumbé en la cama, me embargó una sensación de poder. Puede que Theo fuera el jefe en el trabajo, pero estaba decidida a ser su igual en cualquier relación personal que pudiéramos tener en el futuro.

Cinco minutos después, Theo apareció tímidamente en la puerta y se deshizo en disculpas por su absurdo comportamiento. Al final le pedí que cerrara el pico y viniera a la cama.

En cuanto «aquello» sucedió, las cosas se arreglaron. Y con el paso de los días ambos comprendimos que entre nosotros había algo mucho más profundo que una mera atracción física: el raro triunvirato de cuerpo, corazón y mente. Y por fin nos zambullimos en la dicha mutua de habernos encontrado el uno al otro.

Nuestro vínculo se estrechó a un ritmo más rápido del habitual porque ya conocíamos nuestras virtudes y debilidades, aunque es justo decir que apenas hablábamos de las segundas, pues preferíamos regodearnos en lo maravilloso que nos parecía el otro. Pasábamos las horas haciendo el amor, bebiendo vino y comiendo el pescado fresco que Theo cogía desde la popa del barco mientras yo leía un libro con la cabeza perezosamente apoyada en su regazo. A nuestro apetito físico se sumaba una sed igualmente insaciable de saberlo todo sobre el otro. Solos en el mar en calma, me sentía como si viviéramos fuera del tiempo, como si solo nos necesitáramos el uno al otro.

La segunda noche, me tumbé bajo las estrellas sobre la cubierta superior y, mientras Theo me abrazaba, le hablé de Pa Salt y mis hermanas. Como el resto de la gente, escuchó fascinado la historia de mi extraña y mágica infancia.

—A ver si lo he entendido bien: tu padre, a quien tu hermana mayor apodó «Pa Salt», os encontró a ti y a otros cinco bebés en sus viajes alrededor del mundo y os llevó a su casa. Es un poco como esas personas que coleccionan imanes para la nevera, ¿no?

—En pocas palabras, sí. Aunque me gusta pensar que valgo más que un imán.

—Eso ya lo veremos —dijo mordisqueándome suavemente la oreja—. ¿Y cuidó de todas vosotras él solo?

—No. Teníamos a Marina, a quien siempre hemos llamado «Ma». Pa la contrató como niñera cuando adoptó a Maia, mi hermana mayor. Es prácticamente nuestra madre, y todas la adoramos. Marina es francesa, por eso todas hemos crecido hablando francés, además de porque es uno de los idiomas oficiales de Suiza. Pa estaba obsesionado con que fuéramos bilingües, de modo que él nos hablaba en inglés.

—Pues hizo un buen trabajo. De no ser por tu adorable acento francés, jamás habría adivinado que el inglés no es tu lengua materna —dijo mientras me estrechaba contra su pecho y me besaba en la coronilla—. ¿Os ha contado alguna vez vuestro padre por qué os adoptó?

—En una ocasión se lo pregunté a Ma. Me dijo que Pa se sentía solo en Atlantis y tenía mucho dinero para compartir. En realidad mis hermanas y yo nunca nos preguntamos el porqué, simplemente aceptamos nuestra situación, como hacen todos los niños. Éramos una familia, y nos bastaba con eso.

—Parece una historia sacada de un cuento. El rico benefactor que adopta a seis huérfanas. ¿Por qué únicamente niñas?

—Más de una vez hemos comentado en broma que, una vez que empezó a bautizarnos con los nombres del grupo de estrellas de las Siete Hermanas, adoptar a un niño habría fastidiado la cadena —contesté entre risas—. Pero lo cierto es que no tenemos ni idea.

—¿De modo que tu verdadero nombre es Alción, la segunda hermana? Es más difícil de pronunciar que Al —bromeó.

—Sí, pero nadie me llama así salvo Ma cuando se enfada conmigo —aclaré con una mueca—. ¡Y ni se te ocurra empezar a hacerlo tú!

—Me encanta el nombre de Alción, creo que es perfecto para ti. ¿Y por qué sois solo seis, si el grupo de estrellas son siete?

—No tengo ni idea. La última hermana, que, de haberla traído Pa, se habría llamado Mérope, nunca llegó —expliqué.

—Es una pena.

—Sí, pero teniendo en cuenta la pesadilla que fue mi sexta hermana, Electra, cuando llegó a Atlantis, ninguna de nosotras se moría de ganas de añadir otro bebé llorón a la familia.

—¿Electra? —Theo reconoció el nombre enseguida—. ¿No será la famosa supermodelo?

—La misma —respondí con cautela.

Se volvió atónito hacia mí. Yo raras veces mencionaba que Electra y yo éramos hermanas, pues la gente enseguida intentaba sonsacarme quién se escondía realmente detrás de uno de los rostros más fotografiados del mundo.

—Caramba. ¿Y tus demás hermanas? —continuó, y me alegré de que no me hiciera más preguntas sobre Electra.

—Maia es la mayor. Es traductora. Heredó de Pa su facilidad para los idiomas. He perdido la cuenta de todos los que habla. Y si Electra te parece guapa, deberías ver a Maia. Mientras que yo soy todo pecas y pelo rojo, ella tiene la piel y el cabello oscuros y preciosos. Parece una diva latina exótica, excepto por el carácter. Es prácticamente una ermitaña. Sigue viviendo en Atlantis con la excusa de que quiere cuidar de Pa Salt, pero todas las hermanas creemos que se esconde de algo... —se me escapó un suspiro—, aunque no sabría decir de qué. Estoy segura de que le ocurrió algo cuando se marchó a la universidad, porque volvió completamente cambiada. De niña la adoraba, y todavía la quiero con locura, aunque tengo la sensación de que en los últimos años se ha distanciado de mí. En realidad se ha distanciado de todo el mundo, pero las dos estábamos muy unidas.

—Cuando te vuelves introvertido tiendes a prescindir de la gente —murmuró Theo.

—Muy profundo. —Le regalé una sonrisa—. Pero sí, eso es más o menos lo que pasó.

—¿Y tu siguiente hermana?

—Se llama Star y es tres años menor que yo. La verdad es que mis dos hermanas medianas van en pareja. CeCe, la cuarta, llegó a casa con Pa solo tres meses después que Star, y desde entonces han sido uña y carne. Ambas han llevado una vida bastante nómada después de terminar la universidad, han viajado por Europa y Asia, pero al parecer ahora quieren instalarse en Londres para que CeCe pueda hacer un curso de arte. Si me preguntaras qué tipo de persona es realmente Star, o qué talentos y ambiciones tiene, no sabría qué responder, porque CeCe la tiene completamente dominada. Es bastante callada y deja que CeCe hable por las dos. CeCe tiene un carácter muy fuerte, como Electra. Como podrás imaginar, existe cierta tensión entre ellas. Electra, tal como indica su nombre, es un poste de alta tensión, pero siempre he pensado que por dentro es muy vulnerable.

—Podría hacerse un estudio psicológico fascinante con tus hermanas —opinó Theo—. ¿Quién viene después?

—Tiggy, que es fácil de describir, porque, sencillamente, es un encanto. Se licenció en biología y trabajó durante un tiempo como investigadora en el zoo de Servion. Luego se largó a las Highlands de Escocia para trabajar en una reserva de ciervos. Es muy... —busqué la palabra apropiada— etérea, con un montón de extrañas creencias espirituales. Es como si literalmente flotara en algún punto entre el cielo y la tierra. Me temo que todas nos hemos burlado de ella cruelmente a lo largo de los años cuando anunciaba que había oído voces o que había visto un ángel en el árbol del jardín.

—Entonces ¿tú no crees en esas cosas?

—Digamos que tengo los pies bien plantados en la tierra. O, por lo menos, en el agua —me corregí con una sonrisa—. Soy práctica por naturaleza, y supongo que esa es, en parte, la razón de que mis hermanas me hayan visto siempre como la líder de nuestra pequeña pandilla. Eso no significa que no respete aquello que desconozco o no entiendo. ¿Y tú?

—Bueno, aunque nunca he visto un ángel, como tu hermana, siempre he sentido que estoy protegido. Sobre todo cuando navego. He vivido momentos de mucho peligro en el mar y, hasta la fecha, toco madera, he salido airoso. Puede que Poseidón esté velando por mí, por utilizar una analogía mitológica.

—Y que dure —murmuré con vehemencia.

—Por último, pero no por ello menos importante, háblame de tu increíble padre. —Theo comenzó a acariciarme el pelo con suavidad—. ¿Cómo se gana la vida?

—Francamente, una vez más, ni mis hermanas ni yo lo tenemos claro. Sea lo que sea, no hay duda de que le va bien. Su yate, el *Titán*, es un Benetti —dije en un intento de expresar la fortuna de Pa en un lenguaje que Theo pudiera entender.

—¡Uau! A su lado este parece un bote inflable. Vaya, vaya, con tus palacios en tierra y mar, yo diría que eres una princesa encubierta —bromeó.

—No hay duda de que hemos vivido bien, pero Pa estaba decidido a que todas saliéramos adelante por nuestros propios medios. De mayores nunca nos ha dado carta blanca con el dinero, a menos que fuera, o sea, para fines educativos.

—Un hombre sensato. ¿Estáis muy unidos?

—Mucho. Él lo ha sido... todo para mí y para mis hermanas. Estoy segura de que a cada una de nosotras nos gusta pensar que tenemos una relación especial con Pa, pero como él y yo compartíamos el amor por la navegación, de niña pasé mucho tiempo a solas con él. Y no me enseñó solo a navegar. Es el ser humano más sabio y bondadoso que conozco.

—De modo que eres una auténtica niña de papá. Me parece que me han puesto el listón muy alto —comentó Theo mientras me deslizaba una mano por el cuello.

—Basta de hablar de mí, quiero saber cosas de ti —dije distraída por sus caricias.

—Más tarde, Ally, más tarde... No imaginas el efecto que ese adorable acento francés tiene sobre mí. Podría pasarme toda la noche escuchándolo.

Se acodó sobre la cubierta, se inclinó para besarme en los labios y, después de eso, dejamos de hablar.

3

Al día siguiente, acabábamos de decidir ir a Mykonos para abastecernos cuando Theo me llamó para que bajara desde la cubierta al puente de mando.

—Adivina una cosa —me dijo con aire ufano.

—¿Qué?

—He estado charlando por radio con Andy, un amigo navegante que está por la zona con su catamarán, y me ha propuesto quedar más tarde en la bahía de Delos para tomar una copa. Ha bromeado diciendo que lo localizaría enseguida porque está atracado justo al lado de un yate descomunal llamado *Titán*.

—¿El *Titán*? —exclamé—. ¿Estás seguro?

—Andy me ha asegurado que era un Benetti, y dudo que el barco de tu padre tenga un doble. También me ha comentado que se estaba aproximando otro palacio flotante y que empezaba a agobiarse, de modo que se ha desplazado un par de millas. ¿Quieres que paremos a tomar un té con tu padre antes de ir al catamarán? —me preguntó.

—No lo entiendo —respondí con franqueza—. Pa no me había mencionado que tuviera planeado venir a estas islas, aunque sé que el Egeo es su lugar preferido para navegar.

—Probablemente no se imaginara que fueras a estar por la zona, Ally. Cuando nos acerquemos, podrás comprobar con los prismáticos si realmente es el barco de tu padre e informar al patrón por radio de nuestra llegada. Pasaríamos bastante vergüenza si no fuera su yate e interrumpiéramos a un oligarca ruso con el barco lleno de vodka y prostitutas. De hecho, ahora que lo pienso —Theo se volvió hacia mí—, ¿tu padre alquila alguna vez el *Titán*?

—Nunca —respondí con firmeza.

—En ese caso, señorita, coja los prismáticos y vaya a relajarse a la cubierta mientras su fiel capitán se hace cargo del timón. Cuando veas el *Titán* hazme una señal por la ventana y comunicaré por radio que nos estamos acercando.

Mientras regresaba a la cubierta para aguardar en tensión la aparición del *Titán* en el horizonte, me pregunté cómo me sentiría cuando el hombre que más quería en el mundo conociera al hombre que estaba empezando a querer un poco más cada día. Traté de recordar si Pa había conocido a alguno de mis novios anteriores. Tal vez le hubiera presentado a algún ligue durante mis años en el Conservatorio de Ginebra, pero poco más. A decir verdad, nunca había tenido un «compañero» al que me hubiera apetecido presentar a Pa o a mi familia.

Hasta entonces…

Veinte minutos después, un barco con una silueta familiar apareció a lo lejos y lo enfoqué con los prismáticos. Efectivamente, era el yate de Pa. Di unos golpecitos en el cristal del puente de mando y levanté el pulgar. Theo asintió y cogió el auricular de la radio.

Bajé al camarote, me recogí los alborotados cabellos en una coleta y me puse una camiseta y un pantalón corto. Sentí una repentina emoción por poder cambiar los papeles por una vez y ser yo quien le diera una sorpresa a Pa. De regreso en el puente de mando, le pregunté a Theo si Hans, el patrón del *Titán*, había contestado.

—No. Acabo de enviar otro mensaje, pero si no recibimos respuesta tendremos que correr el riesgo de presentarnos sin avisar. Qué interesante. —Theo cogió sus prismáticos y los dirigió hacia otro barco anclado cerca del *Titán*—. Conozco al dueño del otro superyate que mencionó Andy. Es el *Olympus*, y pertenece al magnate Kreeg Eszu. Es el dueño de Lightning Communications, una empresa que ha patrocinado un par de barcos capitaneados por mí, así que lo he visto en varias ocasiones.

—¿En serio? —pregunté fascinada. Kreeg Eszu, a su manera, era tan famoso como Electra—. ¿Y cómo es?

—Bueno, por decirlo suavemente, no me inspira demasiada simpatía. Me senté a su lado en una cena y se pasó toda la noche hablando de él y de su éxito. Y su hijo Zed es aún peor, un niñato malcriado que cree que porque su padre es rico él puede hacer lo que le venga en gana.

Los ojos de Theo se habían llenado de una indignación inusual en él.

Agudicé el oído. No era la primera vez que una persona próxima a mí mencionaba el nombre de Zed Eszu.

—¿Tan terrible es?

—Sí. Una amiga mía salió con él y la trataba como un trapo. En fin… —Theo volvió a mirar por los prismáticos—. Será mejor que intentemos comunicarnos de nuevo con el *Titán*, porque parece que se está alejando. ¿Por qué no envías tú el mensaje, Ally? Si tu padre o el patrón lo escuchan, quizá reconozcan tu voz.

Así lo hice, pero no obtuve respuesta y advertí que el barco ganaba velocidad y se alejaba de nosotros.

—¿Lo seguimos? —propuso Theo.

—Voy a buscar el móvil y telefonearé directamente a Pa.

—Yo, entretanto, aumentaré los nudos. Estoy casi seguro de que están demasiado lejos, pero nunca he intentado dar alcance a un superyate y podría ser divertido —bromeó.

Dejé a Theo jugando al gato y el ratón con el barco de Pa y bajé al camarote. Tuve que aferrarme al marco de la puerta cuando aceleró. Saqué el móvil de la mochila, pulsé el botón de encendido y miré con impaciencia la pantalla inerte. El aparato me devolvió la mirada como una mascota abandonada a la que hubiera olvidado dar de comer y comprendí que se había quedado sin batería. Hurgué de nuevo en la mochila en busca del cargador y, seguidamente, para buscar un adaptador americano que encajara en el enchufe que había junto a la cama. Enchufé el móvil y recé para que se encendiera.

Para cuando regresé al puente de mando, Theo ya había bajado la velocidad a un ritmo normal.

—Es imposible darle alcance a tu padre, ni siquiera navegando a nuestra velocidad máxima. El *Titán* va a toda pastilla. ¿Lo has telefoneado?

—No, acabo de poner el móvil a cargar.

—Utiliza el mío.

Me tendió su teléfono y marqué el número de Pa Salt. Me desvió al buzón de voz y le dejé un mensaje donde le explicaba la situación y le pedía que me llamara lo antes posible.

—Da la impresión de que tu padre huye de ti —bromeó Theo—. Puede que no quiera recibir visitas en estos momentos. En fin, llamaré a Andy por radio para que me dé su ubicación exacta e iremos a verlo a él directamente.

Theo debió de reparar en mi desconcierto, porque me rodeó con los brazos.

—Solo estaba bromeando, cariño. Recuerda que no es más que una línea de radio abierta. Es probable que el *Titán* no haya recibido los mensajes. A mí me ha pasado muchas veces. Tendrías que haberlo llamado al móvil nada más saber que estaba aquí.

—Lo sé —convine.

Pero mientras nos dirigíamos a Delos a una velocidad mucho más baja para reunirnos con el amigo de Theo, yo sabía, por mis muchas horas de navegación con Pa, que él siempre insistía en tener la radio encendida en todo momento y en que Hans, el patrón, permaneciera siempre atento a ella por si había algún mensaje para el *Titán*.

Mirando ahora atrás, recuerdo lo inquieta que estuve el resto de la tarde. Quizá fuera una premonición de lo que estaba por venir.

De modo que al día siguiente me desperté entre los brazos de Theo en la bella y desierta bahía de Makares, con el corazón entristecido solo de pensar que teníamos que regresar a Naxos aquella misma tarde. Theo ya había hablado de que debíamos prepararnos para la regata que comenzaría al cabo de unos días, así que parecía que nuestro idílico tiempo juntos estaba a punto de acabar, al menos por el momento.

Cuando desperté de mi ensueño, tumbada sobre la cubierta a su lado, desnuda, tuve que obligar a mi mente a abandonar el maravilloso caparazón que formábamos Theo y yo. Mi móvil seguía cargándose desde el día anterior e hice ademán de levantarme para ir a buscarlo.

—¿Adónde vas?

La mano de Theo me detuvo al instante.

—A buscar el móvil. Debería escuchar mis mensajes.

—Vuelve enseguida, ¿vale?

A mi regreso, Theo me cogió por la cintura y me ordenó que dejara el móvil tranquilo unos minutos más. Baste decir que tardé otra hora en encenderlo.

Sabía que lo más probable era que tuviera algún que otro mensaje de amigos y familiares. No obstante, tras apartar la mano de Theo de mi estómago con cuidado para no despertarlo, vi que había una lista de mensajes de texto extrañamente larga. Y varios avisos del buzón de voz.

Todos los mensajes de texto eran de mis hermanas.

«Ally, por favor, llámame en cuanto puedas. Te quiero. Maia.»

«Ally, soy CeCe. Todas estamos intentando localizarte. ¿Puedes llamar a Ma o a una de nosotras de inmediato?»

«Ally, cariño, soy Tiggy. No sabemos dónde estás, pero tenemos que hablar contigo.»

Y el mensaje de Electra me produjo un escalofrío de terror: «¡Dios mío, Ally! ¿No es terrible? ¿Puedes creerlo? Ahora volando a casa desde L.A.».

Me levanté y caminé hasta la proa del yate. Era evidente que había sucedido algo horrible. Me temblaban las manos cuando marqué el número del buzón de voz para escuchar qué era lo que había instado a todas mis hermanas a ponerse en contacto conmigo con tanta urgencia.

Escuché el mensaje más reciente, y fue entonces cuando me enteré.

«Hola, soy CeCe otra vez. Las demás parecen estar demasiado asustadas para decírtelo, pero es preciso que vengas a casa de inmediato. Ally, lamento ser la portadora de una noticia tan terrible, pero Pa Salt ha muerto. Lo siento… Lo siento… Por favor, llama en cuanto puedas.»

CeCe debió de pensar que había finalizado la llamada antes de hacerlo de verdad, porque escuché un fuerte sollozo previamente a que sonara el pitido del siguiente mensaje.

Me quedé inmóvil, con la mirada perdida en el horizonte, mientras pensaba en que justo el día anterior había visto el *Titán* a través de los prismáticos. «Debe de ser un error», me dije para tranquilizarme. Pero entonces escuché el siguiente mensaje de voz. Era de Marina, mi madre en todos los aspectos salvo el biológico, que me pedía que la llamara cuanto antes, y había otro de Maia, y de Tiggy, y de Electra…

—Dios mío, Dios mío…

Me agarré con fuerza a la barandilla para no caerme. El móvil se me resbaló de la mano y aterrizó sobre la cubierta con un ruido sordo. Agaché la cabeza cuando sentí que mi cuerpo se quedaba sin sangre y que iba a desmayarme. Con la respiración entrecortada, me derrumbé sobre la cubierta y enterré la cabeza en las manos.

—No puede ser verdad, no puede ser verdad… —gemí.

—¿Qué te ocurre, cielo? —Todavía desnudo, Theo apareció a mi lado y me levantó el mentón—. ¿Qué ha pasado?

Solo fui capaz de señalarle el móvil.

—¿Malas noticias? —preguntó mientras lo recogía con la preocupación escrita en el rostro.

Asentí.

—Ally, parece que hayas visto un fantasma. Vamos a sentarnos a la sombra. Te traeré un vaso de agua.

Con mi móvil todavía en la mano, Theo me levantó del suelo, me ayudó a bajar y me sentó en un banco de cuero del interior. Recuerdo que en ese momento me pregunté si estaba destinada a que aquel hombre me viera siempre incapaz de valerme por mí misma.

Se puso un pantalón corto a toda prisa, me acercó una de sus camisetas y, con gran delicadeza, ayudó a mi cuerpo inerte a entrar en ella antes de ponerme delante un brandy generoso y un vaso de agua. Me temblaban tanto las manos que tuve que pedirle que llamara a mi buzón de voz para poder escuchar el resto de los mensajes. Me atraganté con el brandy, pero el líquido me calentó el estómago y me ayudó a calmarme.

—Toma.

Theo me tendió el teléfono y, aturdida, escuché nuevamente el mensaje de CeCe, seguido de todos los demás, entre ellos tres de Maia y uno de Marina, y luego la voz poco familiar de Georg Hoffman, a quien recordaba vagamente como el abogado de Pa. Y otras cinco llamadas en blanco en las que, al parecer, la persona no había sabido qué decir y había colgado.

La mirada de Theo seguía clavada en mí cuando dejé el móvil en el banco.

—Pa Salt ha muerto —susurré, y me quedé mirando al vacío durante un buen rato.

—¡Dios mío! ¿Cómo?

—No lo sé.

—¿Estás totalmente segura?

—¡Sí! CeCe ha sido la única que ha tenido el valor de decírmelo. Pero todavía no entiendo cómo ha podido ocurrir... vimos el barco de Pa ayer mismo.

—Me temo que no tengo una explicación para eso, cariño. Lo mejor que puedes hacer es llamar a tu casa enseguida.

Theo me acercó de nuevo el móvil.

—No... no puedo.

—Lo entiendo. ¿Quieres que llame yo? Si me das el número...

—¡No! —le grité—. No, solo necesito irme a casa. ¡Ya!

Me levanté mirando con impotencia a mi alrededor y después hacia el cielo, como si esperara que un helicóptero apareciera sobre nuestras cabezas para trasladarme al lugar donde tanto necesitaba estar en aquellos momentos.

—Espera, voy a entrar en internet y a hacer unas llamadas. Vuelvo enseguida.

Theo subió al puente de mando mientras yo permanecía sentada en el banco en estado catatónico.

¿Mi padre... Pa Salt... muerto? La idea se me antojaba tan absurda que solté una carcajada de indignación. Pa era indestructible, omnipotente. Pa estaba vivo...

—¡No, por favor!

Sentí un escalofrío y noté un hormigueo en las manos y los pies, como si estuviera en los Alpes nevados y no en un barco bajo el sol del Egeo.

—Bien —dijo Theo cuando regresó del puente de mando—. Ya no llegamos al vuelo de Naxos a Atenas de las dos cuarenta, así que tendremos que llegar a Atenas en barco. Hay un vuelo a Ginebra mañana a primera hora. Ya te he comprado el billete, porque quedaban muy pocas plazas.

—¿No puedo irme a casa hoy?

—Ally, es la una y media de la tarde y el trayecto en barco hasta Atenas es largo, y eso por no hablar del vuelo a Ginebra. Calculo que, forzando la máquina durante la mayor parte de la travesía y haciendo una parada en Naxos para repostar, llegaremos al puerto justo antes de que oscurezca. Ni siquiera a mí me haría gracia meter este barco de noche en un puerto tan concurrido como el del Pireo.

—Lo entiendo —murmuré mientras me preguntaba cómo iba a ser capaz de lidiar con todas las interminables horas que quedaban para emprender el viaje.

—Voy a encender el motor —anunció Theo—. ¿Quieres subir y sentarte a mi lado?

—Dentro de un rato.

Cinco minutos después, cuando escuché el traqueteo rítmico e hidráulico del ancla al levarse y el suave zumbido de los motores que se ponían en marcha, caminé hasta la popa y me acodé en la barandilla para ver cómo nos alejábamos de la isla que la noche previa me había parecido el nirvana y que a partir de aquel momento recordaría siempre como el lugar donde me había enterado de la muerte de mi padre. Conforme el yate ganaba velocidad, el sentimiento de culpa fue apoderándose de mí. Durante los días anteriores me había comportado como una completa egoísta. Había pensado solo en mí y en mi felicidad junto a Theo.

Y mientras yo yacía en los brazos de Theo, haciendo el amor, mi padre yacía en otro lugar, agonizante. ¿Cómo iba a perdonármelo algún día?

Theo cumplió su palabra y llegamos al puerto ateniense del Pireo al atardecer. Durante la angustiosa travesía, me había acurrucado en el puente, con la cabeza sobre su regazo, mientras él me acariciaba el pelo con una mano y pilotaba el barco sobre un mar picado con la otra. Después de atracar, Theo bajó a la cocina, preparó un plato de pasta y me la dio a cucharadas, como si fuera una niña.

—¿Vienes a la cama? —me preguntó, y me di cuenta de que estaba agotado por la concentración que le habían exigido las últimas horas—. Tenemos que levantarnos a las cuatro para que cojas el avión.

Acepté, pues sabía que de lo contrario insistiría en quedarse levantado conmigo. Mientras me preparaba para una larga noche de insomnio, dejé que me condujera hasta el camarote, donde me ayudó a meterme en la cama y me acunó entre sus brazos cálidos.

—Si te sirve de consuelo, Ally, te quiero. Ya no solo lo «creo», ahora lo sé.

Me quedé mirando la oscuridad y, a pesar de que aún no había derramado ni una sola lágrima, noté que se me humedecían los ojos.

—Y te prometo que no lo digo únicamente para hacer que te sientas mejor. Te lo habría dicho esta noche de todos modos —añadió.

—Yo también te quiero —susurré.

—¿En serio?

—Sí.

—Pues, si lo dices de verdad, soy más feliz que si hubiera ganado la Fastnet Race de este año. Ahora, intenta descansar.

Y sorprendentemente, arropada por Theo y su declaración de amor, me dormí.

Al día siguiente, mientras el taxi sorteaba el tráfico de Atenas, denso incluso al alba, advertí que Theo miraba disimuladamente el reloj. Por lo general era yo la que estaba al tanto de esas cosas, la que controlaba el tiempo incluso para los demás, pero en aquel momento agradecí que él se hiciera cargo.

Llegué cuarenta minutos antes de la salida del vuelo, justo cuando el mostrador de facturación estaba cerrando.

—¿Seguro que estarás bien, cariño? —Theo frunció el cejo—. ¿De verdad no quieres que te acompañe a Ginebra?

—Estaré bien, en serio —dije dirigiéndome hacia la zona de embarque.

—Por favor, si puedo hacer cualquier cosa por ti, dímelo.

Habíamos llegado al final de la cola anterior al control de seguridad. Me volví hacia Theo.

—Gracias por todo. Me has ayudado mucho.

—No tienes que agradecérmelo, Ally. Y otra cosa —me atrajo hacia sí con apremio—, no olvides que te quiero.

—No se me irá de la cabeza —susurré con una sonrisa débil.

—Y si en algún momento te vienes abajo, llámame o escríbeme.

—Te prometo que lo haré.

—Por cierto —dijo al separarse de mí—, si, dadas las circunstancias, no te ves con ánimos de participar en la regata, lo entenderé perfectamente.

—Te lo haré saber lo antes posible.

—Sin ti perderemos. —De pronto, sonrió—. Eres el mejor tripulante que tengo. Adiós, amor mío.

—Adiós.

Me incorporé a la cola y la impaciente masa humana me engulló de inmediato. Cuando estaba a punto de dejar la mochila en una bandeja para pasarla por el escáner, me di la vuelta.

Theo seguía allí.

—Te quiero —articuló sin emitir sonido y, después de lanzarme un beso, se marchó.

Mientras esperaba en la sala de embarque, la surrealista burbuja de amor en la que había vivido los últimos días estalló bruscamente y sentí una punzada de terror en el estómago al pensar en todo aquello a lo que tendría que enfrentarme. Saqué el móvil y llamé a Christian, el joven patrón de la lancha de la familia que debía trasladarme, a través del lago, desde Ginebra a mi hogar de la infancia. Le dejé un mensaje en el que le pedía que me recogiera a las diez en el embarcadero. También le decía que no informara a Ma y mis hermanas de mi llegada, que yo misma las telefonearía.

No obstante, cuando subí al avión y me dispuse a hacer la llamada, me di cuenta de que no podía. La terrible idea de pasar otras cuantas horas sola después de que un miembro de mi familia me hubiera confirmado la verdad por teléfono me lo impedía. El avión comenzó a avanzar por la pista de despegue y, cuando nos separamos del suelo en dirección al sol que salía sobre Atenas, apoyé una mejilla caliente contra el frío cristal de la ventanilla y sentí que el pánico se apoderaba de mí. Para distraerme, eché un vistazo distraído a la portada del *International Herald Tribune* que me había dado la azafata. Ya iba a doblarlo cuando un titular me llamó la atención: EL CUERPO DE UN MAGNATE MULTIMILLONARIO ARRASTRADO POR EL MAR HASTA UNA ISLA GRIEGA.

El periódico mostraba la fotografía de un rostro que me resultaba vagamente familiar, acompañada de una leyenda.

«Kreeg Eszu hallado muerto en una playa del Egeo.»

Conmocionada, seguí mirando el titular. Theo me había dicho que era precisamente el barco de Kreeg Eszu, el *Olympus*, el que había atracado cerca del yate de Pa Salt en la bahía de Delos…

Dejé que el periódico resbalara hasta el suelo y desvié la mirada hacia la ventanilla, presa del abatimiento. No entendía nada. Ya no entendía nada en absoluto…

Casi tres horas más tarde, cuando el avión emprendió su descenso hacia el aeropuerto de Ginebra, el corazón empezó a latirme tan deprisa que me costaba respirar. Estaba volviendo a casa, algo que por lo general me llenaba de alegría y emoción porque la persona a quien más quería en el mundo estaría allí para darme la bienvenida con los brazos abiertos a nuestro mágico mundo. Pero entonces sabía que aquella persona no estaría allí para recibirme. Y que nunca más volvería a estarlo.

4

¿Quiere llevarla usted, mademoiselle Ally?

Christian señaló el asiento frente al volante en el que solía sentarme para pilotar la lancha a toda velocidad por las tranquilas aguas del lago de Ginebra.

—Hoy no, Christian.

Asintió con expresión sombría, y su gesto me confirmó que todo lo que yo ya sabía era cierto. Puso en marcha el motor y me dejé caer en uno de los asientos de popa, con la cabeza gacha e incapaz de mirar hacia otro lugar que no fuera mi regazo mientras recordaba el día en que, siendo una niña, Pa Salt me sentó en sus rodillas y me dejó manejar el volante por primera vez. En aquel momento, a escasos minutos no solo de tener que enfrentarme a la realidad, sino también de tener que reconocer que no había escuchado los mensajes de mi familia ni respondido a ellos, me pregunté cómo sería capaz algún dios de arrastrarme desde la cima de la felicidad hasta la profunda desesperación que sentía conforme nos acercábamos a Atlantis.

Desde el lago, los inmaculados setos que protegían la casa de las miradas ajenas tenían el mismo aspecto de siempre. Seguro que era un error, me dije cuando Christian entró en el embarcadero y yo bajé para amarrar la lancha al bolardo. Pa aparecería de un momento a otro para recibirme, tenía que hacerlo...

Segundos después, vi a CeCe y a Star acercándose por el césped. Luego oí a Tiggy gritar algo desde la casa antes de salir disparada para dar alcance a sus dos hermanas mayores. Eché a correr por la hierba para reunirme con ellas, pero al ver la expresión de sus caras el miedo me bloqueó las rodillas y me detuve en seco.

«Ally —me dije—, tú eres la líder aquí, tienes que tranquilizarte…»

—¡Ally! ¡Qué alegría que ya estés aquí! —Tiggy fue la primera en llegar hasta mí mientras yo seguía clavada al suelo tratando de aparentar calma. Se abalanzó sobre mí y me estrechó con fuerza—. ¡Llevamos días esperando tu llegada!

CeCe fue la siguiente en darme alcance, seguida de Star, su sombra, que no dijo nada pero se sumó a mi abrazo con Tiggy.

Finalmente me aparté, reparando en los ojos llorosos de mis hermanas, y caminamos en silencio hacia Atlantis.

Al ver la casa, sentí de nuevo el aguijón de la pérdida. Pa Salt la llamaba nuestro reino privado. Construida en el siglo XVIII, era cierto que parecía un castillo de cuento de hadas, con sus cuatro torrecillas y su fachada rosa. Recogida en su península privada y rodeada de magníficos jardines, yo siempre me había sentido segura allí. Pero ya se me antojaba vacía sin Pa Salt.

Cuando llegamos a la terraza, Maia, mi hermana mayor, salió del Pabellón que se alzaba a un lado de la casa principal. Me di cuenta de que sus bellas facciones estaban contraídas por el dolor, pero en cuanto me vio se le iluminó el rostro.

—¡Ally! —exclamó mientras corría a mi encuentro.

—Maia —dije cuando me abrazó—, es espantoso.

—Sí, terrible. ¿Cómo te has enterado? Llevamos dos días intentando contactar contigo.

—¿Entramos en casa? —les pregunté—. Os lo explicaré dentro.

Mientras el resto de mis hermanas entraban arremolinadas en torno a mí, Maia se quedó ligeramente rezagada. Aunque ella era la mayor y la hermana a la que acudían de manera individual cuando tenían un problema, como grupo siempre era yo la que tomaba el mando. Y sabía que aquello era lo que Maia me estaba dejando hacer entonces.

Ma ya estaba esperándonos en el vestíbulo y me envolvió en un abrazo dulce y callado. Permití que mi cuerpo se sumergiera en el consuelo de sus brazos y la estreché con fuerza. Me alegré de que nos propusiera ir a la cocina, pues había sido un viaje largo y me moría por un café.

Mientras Claudia, nuestra ama de llaves, preparaba una cafetera grande, Electra, cuyas extremidades largas y oscuras hacían gala de una elegancia natural incluso con pantalón corto y camiseta, entró en la cocina.

—Ally —dijo con voz queda.

Cuando se acercó, me di cuenta de lo agotada que parecía; era como si alguien la hubiese pinchado con una aguja y les hubiese extraído el fuego a sus increíbles ojos de ámbar. Me dio un abrazo fugaz y me acarició el hombro.

Miré a mis hermanas una a una y pensé en las pocas veces que estábamos todas juntas últimamente. Y al recordar el motivo, se me formó un nudo en la garganta. Aunque en algún momento tendría que escuchar qué le había sucedido a Pa, sabía que primero debía contarles dónde había estado, qué había visto y por qué había tardado tanto en llegar a casa.

—Bien. —Respiré hondo—. Voy a contaros qué ha pasado porque, sinceramente, todavía estoy desconcertada. —Cuando nos sentamos a la mesa, advertí que Ma se hacía a un lado y le indiqué que tomara asiento—. Ma, tú también deberías escucharlo. Quizá puedas ayudar a explicarlo.

En cuanto Ma se hubo sentado, traté de ordenar mis pensamientos para tratar de relatar la aparición del *Titán* en mis prismáticos.

—Resulta que estaba en el mar Egeo entrenando para la regata de las Cícladas de la semana que viene, cuando un amigo también navegante me preguntó si quería pasar unos días con él en su yate. Hacía un tiempo fantástico y me apetecía mucho relajarme en el mar por una vez.

—¿De quién era el barco? —preguntó Electra, como sabía que haría.

—Ya os lo he dicho, de un amigo —respondí evasivamente. Por mucho que deseara hablarles de Theo a mis hermanas, estaba claro que aquel no era el momento—. El caso es que allí estábamos hace un par de tardes cuando mi amigo me dijo que un compañero de navegación lo había llamado por radio para decirle que había visto el *Titán*...

Trasladándome hasta aquel momento, bebí un sorbo de café y expliqué lo mejor que pude que nuestros mensajes de radio no habían recibido respuesta y el desconcierto que sentí cuando el barco de Pa Salt empezó a alejarse. Todas mis hermanas me escucharon absortas y vi que Ma y Maia intercambiaban una mirada de tristeza. Respiré hondo y les conté que, debido a la terrible cobertura de la zona, no había recibido sus mensajes hasta el día anterior. Me odié a mí misma por mentirles, pero no soportaba decirles que, simplemente, había apagado el móvil. Tampoco mencioné el *Olympus*, el otro yate que Theo y yo habíamos visto en la bahía.

—Y ahora, por favor —supliqué al fin—, ¿puede contarme alguien qué está pasando? ¿Y qué hacía el barco de Pa Salt en Grecia cuando él ya estaba… muerto?

Todas nos volvimos hacia Maia. Supe que estaba sopesando sus palabras antes de hablar.

—Ally, Pa Salt sufrió un ataque al corazón hace tres días. Nadie pudo hacer nada por él.

Escuchar de labios de mi hermana mayor cómo había muerto Pa lo hizo mucho más definitivo. Mientras luchaba por contener las lágrimas, Maia prosiguió.

—Su cuerpo fue trasladado en avioneta hasta el *Titán* y luego trasladado mar adentro. Pa Salt deseaba descansar para siempre en el mar. No quería hacernos pasar por ese mal trago.

La miré al tiempo que caía en la cuenta de algo espantoso.

—Dios mío —susurré—. Eso quiere decir que con toda probabilidad me topé con su funeral íntimo. Con razón el barco se alejó de mí a toda velocidad. No…

Incapaz de seguir fingiendo fortaleza y tranquilidad ni un segundo más, escondí la cabeza entre las manos y respiré hondo varias veces para controlar el pánico que me embargaba. Mis hermanas me rodearon de inmediato para intentar consolarme. Poco acostumbrada a mostrar mis emociones delante de ellas, oí que me disculpaba mientras trataba de recuperar la compostura.

—Debe de ser muy duro para ti comprender qué estaba pasando en realidad. Lo sentimos mucho, Ally —dijo Tiggy con dulzura.

—Gracias —acerté a decir, y farfullé que en una ocasión había oído a Pa decir que quería ser enterrado en el mar. Era una coincidencia increíble que me hubiese cruzado con el *Titán* en la última travesía de Pa Salt. Al darme cuenta de ello la cabeza empezó a darme vueltas y, de pronto, sentí que me faltaba el aire—. Chicas

—dije lo más serenamente que pude—, ¿os importaría que pasara un rato a solas?

Mis hermanas coincidieron en que sería lo mejor, y salí de la cocina envuelta en sus palabras de apoyo.

Una vez en el vestíbulo, miré a mi alrededor con desesperación, tratando de arrastrar mi cuerpo hacia el consuelo que tanto necesitaba pero sabiendo que, fuera hacia donde fuese, no lo encontraría, porque Pa ya no estaba.

Crucé a trompicones la pesada puerta de roble, ansiosa por estar fuera y poder dar rienda suelta al sentimiento de pánico que me oprimía el pecho. Mi cuerpo me condujo automáticamente hasta el embarcadero y, al ver el Laser amarrado allí, respiré aliviada. Subí, icé las velas y solté los cabos.

Cuando me alejé de la orilla, sentí que había buen viento, de modo que desplegué la *spinnaker* y navegué por el lago lo más rápido que pude. Al final, sintiéndome exhausta, solté el ancla en una ensenada protegida por una península rocosa.

Esperé a que mis pensamientos fluyeran para intentar comprender lo que mis hermanas acababan de contarme. Sin embargo, estaban tan enmarañados que prácticamente no ocurrió nada y me limité a contemplar el lago como una tonta, con la mente en blanco y ansiando poder aferrarme a algo que me ayudara a entender. Los embrollados hilos de mi conciencia se negaban a penetrar en la devastadora realidad de lo que había sucedido: que había estado presente en lo que sin duda había sido el funeral de Pa Salt... ¿Por qué había estado allí para verlo? ¿Existía alguna razón para ello o se trataba de una mera coincidencia?

Poco a poco, cuando mi corazón comenzó a calmarse y mi cerebro a funcionar de nuevo, cobré conciencia de la dureza de la verdad. Pa Salt había muerto y probablemente no hubiera nada más que entender. Y si yo, la eterna optimista, quería superarlo, no me quedaba más remedio que aceptar los hechos tal como eran. No obstante, todos los recursos que solía emplear cuando algo terrible sucedía me parecían ahora tópicos inútiles y vacíos arrastrados por la marea de mi dolor y mi incredulidad. Comprendí que, por mucho que mi mente buscara, las acostumbradas vías de consuelo habían desaparecido y nada podría reconciliarme con el hecho de que mi padre me había abandonado sin despedirse.

Me quedé un buen rato sentada en la popa, consciente de que aquí, en la tierra, estaba transcurriendo otro día sin que Pa formara parte de él. Y de que, de alguna manera, debía aceptar la terrible culpa que sentía por haber dado prioridad a mi felicidad cuando mis hermanas —y Pa— me necesitaban desesperadamente. Les había fallado en el momento más importante de todos. Levanté la vista al cielo con las mejillas empapadas de lágrimas y le supliqué a Pa Salt que me perdonara.

Bebí agua y me recosté en la popa para dejarme acariciar por la cálida brisa. Como siempre, el suave vaivén del bote me calmó e incluso dormité un rato.

«El momento presente es lo único que tenemos, Ally. Nunca lo olvides.»

Me desperté recordando que esa había sido siempre una de las frases favoritas de Pa. Y aunque seguía sonrojándome al pensar en lo que probablemente estuviera haciendo con Theo en el instante en que Pa exhalaba su último suspiro —la cruda yuxtaposición de los procesos de la vida que comienza y la que termina—, me dije que a él o al universo les habría dado lo mismo que hubiese estado tomando una taza de té o profundamente dormida. Y sabía que mi padre, más que ninguna otra persona, se habría alegrado mucho de que hubiese encontrado a alguien como Theo.

Emprendí el regreso hacia Atlantis sintiéndome algo más sosegada. Sin embargo, había omitido un dato al describirles a mis hermanas el momento en que me había cruzado con el yate de Pa. Y sabía que debía compartirlo con alguien para intentar comprenderlo.

Como ocurre en todas las familias numerosas, dentro de la nuestra había varios clanes; Maia y yo éramos las mayores, y fue a ella a quien decidí confiarle lo que había visto.

Amarré el Laser al embarcadero y regresé a la casa sintiendo que, por lo menos, la opresión que me atenazaba el pecho era menos intensa que antes de zarpar. Una Marina jadeante me dio alcance en el jardín y la saludé con una sonrisa triste.

—¿Has salido con el Laser, Ally?

—Sí. Necesitaba despejar la cabeza.

—Entonces te has cruzado con tus hermanas. Se han ido a dar un paseo por el lago.

—¿Todas?

—Todas excepto Maia. Se ha encerrado en el Pabellón para trabajar un rato.

Nos miramos y, aunque resultaba evidente lo mucho que la muerte de Pa le estaba afectando también a ella, quise a Marina por poner siempre por delante nuestros problemas y angustias. No cabía duda de que estaba muy preocupada por Maia, quien, según mis sospechas, siempre había sido su favorita.

—Iba de camino a verla para hacernos compañía mutuamente —dije.

—En ese caso, dile que Georg Hoffman, el abogado de vuestro padre, no tardará en llegar, pero que primero quiere hablar conmigo, ignoro por qué. Así que la espero en la casa dentro de una hora, y también a ti, claro.

—De acuerdo.

Ma me apretó la mano con cariño y regresó a la casa.

Cuando llegué al Pabellón, llamé suavemente con los nudillos, pero nadie me abrió. Sabía que Maia nunca echaba la llave, de modo que entré y la llamé. Fui a la sala de estar y la encontré dormida hecha un ovillo en el sofá, con las perfectas facciones relajadas, la brillante cabellera castaña naturalmente dispuesta como si estuviera posando para una sesión de fotos. Cuando me acerqué, se incorporó sobresaltada y un tanto avergonzada.

—Lo siento, Maia. ¿Estabas dormida?

—Eso creo —dijo sonrojándose.

—Ma dice que el resto de las chicas están dando un paseo por el lago, así que he decidido venir a charlar contigo. ¿Te importa?

—En absoluto.

Era obvio que la había despertado de un sueño muy profundo, por lo que me ofrecí a preparar un té a fin de darle unos minutos para espabilarse. Cuando nos sentamos con sendas tazas humeantes, me di cuenta de que me temblaban las manos y necesitaba algo más fuerte que un té para contarle mi historia.

—Hay algo de vino blanco en la nevera —dijo Maia con una sonrisa comprensiva, y fue a la cocina a buscarme una copa.

Después de darle un sorbo, me armé de valor y le conté que dos días antes había visto el barco de Kreeg Eszu cerca del de Pa. Para mi asombro, mi hermana empalideció y, aunque a mí me había sorprendido que el *Olympus* estuviese allí, sobre todo desde que me había enterado de lo que estaba sucediendo en el *Titán* en aquel instante, Maia parecía mucho más afectada de lo que me esperaba. Observé sus esfuerzos por recuperar la calma y luego, mientras charlábamos, por restarle importancia al asunto e intentar tranquilizarme.

—Ally, por favor, olvídate del otro barco. Carece de relevancia. Pero el hecho de que estuvieras allí para ver dónde Pa quiso que lo enterraran me reconforta. Quizá este verano, tal como propuso Tiggy, podamos hacer un crucero todas juntas y lanzar una corona de flores al mar.

—Lo peor de todo es que me siento culpable —solté de repente, incapaz de seguir ocultándolo.

—¿Por qué?

—Porque… los días que pasé en el barco fueron maravillosos. Era muy feliz, más de lo que lo he sido nunca. Y la verdad es que no quería que nadie me localizara, así que desconecté el móvil. ¡Y mientras yo tenía el móvil apagado, Pa estaba muriéndose! ¡No estuve a su lado cuando más me necesitaba!

—Ally, Ally… —Maia se sentó a mi lado y me apartó el pelo de la cara con una caricia antes de empezar a mecerme con suavidad—. Ninguna de nosotras estuvo con él. Y francamente, creo que ese era el deseo de Pa. Recuerda que incluso yo, que vivo aquí, estaba de viaje cuando sucedió. Además, según dice Ma, tampoco habríamos podido hacer nada. Y así debemos creerlo.

—Sí, ya lo sé. Pero tengo la sensación de que quería preguntarle y contarle muchas cosas, y ahora ya no está.

—Creo que todas nos sentimos igual. Pero al menos nos tenemos las unas a las otras.

—Es cierto. Gracias, Maia. ¿No es increíble el vuelco que puede dar una vida en cuestión de horas?

—Sí, lo es. Por cierto, en algún momento —añadió con una sonrisa— me gustaría conocer el motivo de tu felicidad.

Pensé en Theo y disfruté del consuelo que su recuerdo me proporcionaba.

—Y yo te prometo que en algún momento te lo contaré, pero ahora no. ¿Y tú cómo estás, Maia? —le pregunté para cambiar de tema.

—Bien. —Se encogió de hombros—. Todavía conmocionada, como todas.

—Claro, y además no ha debido de resultarte fácil decírselo a nuestras hermanas. Siento mucho no haber estado aquí para ayudarte.

—Por lo menos ahora que ya estás aquí podremos reunirnos con Georg Hoffman y pasar a otra cosa.

—Ah —dije mirando el reloj—, me olvidaba de decirte que Ma nos ha pedido que estemos en la casa dentro de una hora. El abogado llegará de un momento a otro, pero al parecer primero quiere tener una conversación con ella. Así que —suspiré—, ¿me sirves otra copa de vino mientras esperamos?

5

A las siete en punto, Maia y yo nos dirigimos a la casa principal para reunirnos con Georg Hoffman. Nuestras hermanas llevaban un rato esperando en la terraza, disfrutando del sol del atardecer pero tensas a causa de la impaciencia. Electra, como siempre, estaba ocultando su nerviosismo haciendo comentarios sarcásticos sobre el talento de Pa Salt para el drama y el misterio, cuando finalmente Marina llegó con Georg, un hombre alto y de pelo cano vestido con un traje de color gris oscuro impecable: la quintaesencia de un abogado suizo de éxito.

—Disculpad la espera, chicas, pero tenía que organizar algunas cosas —dijo—. Os acompaño en el sentimiento. —Una por una, fue estrechándonos las manos—. ¿Puedo sentarme?

Maia señaló la silla que tenía al lado y, cuando Georg tomó asiento, percibí su tensión mientras hacía girar alrededor de su muñeca un reloj de pulsera caro pero discreto. Marina se excusó y entró en la casa para dejarnos a solas con él.

—Bien, chicas, lamento mucho que nuestro primer encuentro se produzca en circunstancias tan trágicas —comenzó Georg—. Aun así, tengo la sensación de que, a través de vuestro padre, he llegado a conoceros muy bien a todas. Lo primero que debo deciros es que os quería mucho. —Me percaté de que una emoción sincera embargaba su semblante—. No solo eso, sino que estaba sumamente orgulloso de las personas en las que os habéis convertido. Hablé con él justo antes de… de que nos dejara y me pidió que os lo dijera.

Nos dedicó una mirada amable a cada una antes de centrar su atención en la carpeta que tenía delante.

—Lo primero que debo hacer es abordar el tema económico y aseguraros que estaréis cubiertas, hasta cierto punto, durante el resto de vuestras vidas. Sin embargo, vuestro padre insistía en que no quería que vivierais como princesas ociosas, de modo que todas recibiréis unos ingresos que os permitirán manteneros a flote, pero sin lujos. Vuestro padre me dejó muy claro que esa parte debéis ganárosla, como hizo él. No obstante, ha dejado su patrimonio en fideicomiso y me ha concedido el honor de administrarlo en su nombre. Me corresponderá a mí la decisión de proporcionaros una ayuda económica extraordinaria si acudís a mí con una propuesta o un problema.

Todas permanecimos calladas, escuchando con atención.

—Esta casa también forma parte del fideicomiso, y Claudia y Marina han accedido encantadas a quedarse para cuidar de ella. El día en que fallezca la última hermana, el fideicomiso se disolverá, Atlantis podrá venderse y las ganancias se repartirán entre los hijos que hayáis tenido. En el caso de que no haya hijos, el dinero se destinará a una organización benéfica elegida por vuestro padre. Personalmente —continuó Georg, abandonando al fin los formalismos legales—, creo que vuestro padre ha hecho algo muy inteligente: cerciorarse de que la casa siga aquí mientras viváis para que siempre podáis contar con un lugar seguro al que regresar. Aunque, por supuesto, el principal deseo de vuestro padre es que todas voléis y forjéis vuestro propio destino.

Mis hermanas y yo intercambiamos miradas, pues nos preguntábamos qué cambios provocaría aquello en nuestras vidas. En mi caso, supuse que al menos mi futuro financiero no se vería afectado. Siempre había sido independiente y había trabajado duro para conseguir lo que tenía. En cuanto a mi destino… pensé en Theo y en lo que esperaba que siguiéramos compartiendo.

—Y ahora —continuó Georg, arrancándome de mi ensimismamiento—, vuestro padre os ha dejado otra cosa. He de pediros a todas que me acompañéis. Por aquí, por favor.

Seguimos a Georg sin tener ni idea de adónde nos llevaba. Rodeamos la casa y cruzamos el césped hasta el jardín privado de Pa Salt, oculto tras una hilera de tejos podados a la perfección. Nos recibió una explosión de colores procedentes de la lavanda, el levístico y la caléndula que siempre atraían a las mariposas en verano.

El banco favorito de Pa descansaba bajo un emparrado de rosas blancas que aquella tarde se columpiaban perezosamente sobre el lugar donde nuestro padre debería estar sentado. Cuando éramos niñas, le encantaba vernos jugar en la playita de guijarros que se extendía entre el jardín y el lago, yo tratando de manejar torpemente los remos de la pequeña canoa verde que me había regalado por mi sexto cumpleaños.

—Esto es lo que deseaba mostraros —dijo Georg, quien me sacó una vez más de mis ensoñaciones al señalar hacia el centro de la terraza.

Una escultura sorprendente había aparecido en aquel punto, dispuesta sobre un pedestal de piedra que me llegaba a la altura de la cadera. Mis hermanas y yo la rodeamos para examinarla. Una bola dorada atravesada por una delgada flecha metálica descansaba entre una miríada de anillos de metal que la envolvían siguiendo un intrincado patrón. Cuando reparé en el delicado contorno de los continentes y los océanos grabado en la superficie de la bola, comprendí que se trataba de un globo terráqueo y que la punta de la flecha apuntaba directamente hacia la Estrella Polar. Una anilla algo más grande, con el dibujo de los doce signos del zodíaco, cubría la línea del ecuador. Parecía un instrumento de navegación antiguo, pero ¿qué mensaje pretendía Pa transmitirnos con él?

—Es una esfera armilar —anunció Georg, y procedió a explicarnos que aquellos instrumentos existían desde hacía miles de años y que en su época los antiguos griegos las utilizaban para determinar la posición de las estrellas y la hora del día.

Tras comprender su utilidad, estudié la brillantez de aquel antiquísimo diseño. Todas expresamos nuestra admiración, pero Electra preguntó con impaciencia:

—Muy bien, pero ¿qué tiene que ver con nosotras?

—No me corresponde explicároslo —se disculpó Georg—. Aunque si os fijáis bien, veréis que en los anillos que acabo de señalaros aparecen vuestros nombres.

Y ahí estaban, grabados en el metal con una letra clara y elegante.

—Aquí está el tuyo, Maia. —Se lo señalé—. Y al lado hay unos números que parecen un conjunto de coordenadas —dije antes de estudiar los míos—. Sí, está claro que son coordenadas.

Junto a las coordenadas había otras inscripciones. Fue Maia quien se percató de que estaban escritas en griego y se ofreció a traducirlas más tarde.

—Vale, es una escultura muy bonita y está en la terraza. —A CeCe se le estaba agotando la paciencia—. Pero ¿qué significa exactamente?

—Una vez más, no me corresponde a mí decíroslo —contestó Georg—. Y ahora, siguiendo las instrucciones de vuestro padre, Marina está sirviendo champán en la terraza principal. Él quería que todas brindarais por su partida. Después os daré a cada una un sobre de su parte, y espero que su contenido explique mucho más de lo que yo puedo contaros.

Cavilando sobre las distintas ubicaciones que tal vez indicaran las coordenadas, regresé a la terraza con mis hermanas. Todas estábamos muy calladas, tratando de encontrarle sentido al legado que nos había dejado nuestro padre. Mientras Ma nos servía una copa de champán a cada una, me pregunté hasta qué punto estaba ella al corriente de las actividades de aquella tarde, pero su semblante permanecía impasible.

Georg alzó su copa para proponer un brindis.

—Por favor, uníos a mí para celebrar la extraordinaria vida de vuestro padre. Solo puedo deciros que este era el funeral que él deseaba: todas sus hijas reunidas en Atlantis, el hogar que tuvo el honor de compartir con vosotras todos estos años.

—Por Pa Salt —dijimos levantando nuestras copas.

Mientras bebíamos en silencio, medité sobre lo que habíamos visto y comprendí que necesitaba respuestas desesperadamente.

—¿Cuándo nos dará las cartas? —pregunté.

—Iré a buscarlas ahora mismo.

Georg se levantó y abandonó la mesa.

—Este es sin duda el velatorio más extraño que he visto en mi vida —aseguró CeCe.

—¿Puedo tomar un poco más de champán? —le pregunté a Ma mientras las preguntas volaban por la mesa y Tiggy empezaba a llorar quedamente.

—Ojalá Pa Salt estuviera aquí para poder explicárnoslo en persona —susurró.

—Pero no está, cariño —dije en un tono ligero, pues sentía que la atmósfera se iba tiñendo de pesimismo y abatimiento—. Y en cierto modo pienso que es lo mejor. Pa Salt ha hecho que una experiencia tan espantosa sea más llevadera. Y ahora debemos darnos fuerza unas a otras.

Mis hermanas asintieron con tristeza, incluida Electra, y le apreté la mano a Tiggy con fuerza cuando Georg regresó y dejó seis gruesos sobres de vitela encima de la mesa. Los miré y vi los nombres de todas nosotras escritos sobre el papel con la inconfundible caligrafía de Pa.

—Estas cartas me fueron confiadas hace aproximadamente seis semanas —explicó Georg—. Tenía instrucciones de entregároslas en el caso de que vuestro padre falleciera.

—¿Y? ¿Debemos abrirlas ahora o cuando estemos solas? —le pregunté.

—Vuestro padre no dejó instrucciones a ese respecto —respondió Georg—. Únicamente dijo que cada una debía abrirla cuando estuviera preparada y se sintiera cómoda haciéndolo.

Al mirar a mis hermanas, me di cuenta de que probablemente todas estuviéramos pensando que preferíamos leer nuestra carta en privado.

—Bien, mi trabajo aquí ha terminado. —Georg nos saludó con una leve inclinación de la cabeza y nos entregó una tarjeta suya a cada una diciendo que estaba a nuestra disposición—. No dudéis en llamarme si necesitáis mi ayuda. Y sabed que podéis recurrir a mí a cualquier hora del día y de la noche. Aunque, conociendo a vuestro padre, estoy seguro de que ya se habrá anticipado a lo que cada una de vosotras podría necesitar. En fin, ha llegado el momento de dejaros. Una vez más, chicas, os acompaño en el sentimiento.

Me hacía cargo de lo difícil que debía de haberle resultado transmitirnos el misterioso legado de Pa y me alegré de que Maia le diera las gracias en nombre de todas.

—Adiós. Ya sabéis dónde encontrarme si me necesitáis.

Con una sonrisa triste y diciendo que no hacía falta que lo acompañáramos porque ya conocía la salida, se marchó.

También Ma se levantó de la mesa.

—Creo que no nos iría mal comer algo. Le diré a Claudia que sirva la cena aquí —dijo antes de entrar en la casa.

No se me había pasado por la cabeza comer algo en todo el día. Las cartas y la esfera armilar seguían acaparando mis pensamientos.

—Maia, ¿crees que podrías volver a la esfera armilar y traducir las citas? —pregunté.

—Claro —dijo justo cuando Marina y Claudia regresaban con los platos y los cubiertos—. Lo haré después de cenar.

Electra miró los platos y se puso en pie.

—Espero que no os importe, chicas, pero no tengo hambre.

Cuando se hubo marchado, CeCe se volvió hacia Star.

—¿Tienes hambre?

Star aferraba su sobre con fuerza en una mano.

—Creo que deberíamos comer algo —murmuró.

Era lo más sensato, y cuando la ensalada y la pizza casera llegaron a la mesa, las cinco nos obligamos a comer. Luego, una a una, todas mis hermanas fueron marchándose en silencio para estar a solas, hasta que solo quedamos Maia y yo.

—¿Te importa que me vaya también a la cama, Maia? Estoy hecha polvo.

—En absoluto. Fuiste la última en enterarte y todavía estás asimilando el golpe.

—Creo que sí. —Me levanté y le di un beso suave en la mejilla—. Buenas noches, cariño.

—Buenas noches.

Me sentí culpable por dejarla allí completamente sola, pero, como el resto de mis hermanas, necesitaba un poco de soledad. Y me moría de impaciencia por abrir la carta. Tras preguntarme adónde podría ir para encontrar paz y soledad, decidí que mi dormitorio de la infancia sería el lugar idóneo, de modo que subí los dos pisos de escaleras que me separaban de él.

Todas nuestras habitaciones estaban en la última planta, y de pequeñas Maia y yo a veces jugábamos a que éramos princesas en una torre. Mi cuarto tenía mucha luz y una decoración sencilla, con sus paredes de color magnolia y unas cortinas de cuadros blancos y azules. Tiggy había comentado en una ocasión que se parecía mucho al camarote de un barco antiguo. El espejo redondo estaba enmarcado con un salvavidas que tenía las palabras «SS Ally» dibujadas en la superficie con una plantilla, un regalo de Navidad de Star y CeCe de hacía años.

Después de sentarme en la cama y examinar mi sobre, me pregunté si mis hermanas estarían ya abriendo el suyo o si lo que pudiera contener las inquietaría. El mío tenía un pequeño bulto que se movió cuando lo agité al levantarlo. De todas las hermanas, yo siempre había sido la más impaciente a la hora de abrir los regalos de Navidad y de cumpleaños, y lo mismo sentía en aquel momento, con el sobre entre las manos. Lo desgarré y, al sacar la gruesa hoja de papel, di un respingo cuando un objeto pequeño y pesado cayó sobre el edredón. Sorprendida, vi que era una rana de color marrón.

Después de observarla detenidamente y de reírme de mí misma por haber pensado que podía tratarse de un bicho de verdad, me la puse en la palma de la mano. Tenía el lomo salpicado de motas amarillas y unos ojos tiernos y expresivos. Acaricié su superficie con los dedos, totalmente perpleja por el hecho de que Pa Salt la hubiera incluido en mi carta. Que yo recordara, ni él ni yo habíamos tenido nunca un interés especial en las ranas. Tal vez se tratara de una de las bromas de Pa Salt y la carta lo explicara.

Recogí la hoja, la desplegué y empecé a leer.

Atlantis
Lago de Ginebra
Suiza

Mi queridísima Ally:

Mientras escribo esta carta, te imagino a ti, mi bella y dinámica segunda hija, leyendo a toda prisa las palabras, ansiosa por llegar al final. Y teniendo que volver a leerlas después más despacio.

A estas alturas, sabrás que ya no estoy con vosotras, y no dudo de que habrá sido un duro golpe para todas. También sé que, como la más optimista de entre tus hermanas, aquella cuyo pensamiento positivo y entusiasmo por la vida han iluminado la mía, llorarás mi muerte, pero luego, como has hecho siempre, te repondrás y seguirás adelante. Como debe ser.

Quizá tú seas la que más se parece a mí de todas mis hijas. Solo puedo decirte que siempre he estado muy orgulloso de ti y que confío en que sigas viviendo tu vida como lo has hecho hasta ahora, aunque yo ya no esté para velar por ti. El miedo es el enemigo más poderoso al que se enfrenta el ser humano, y tu valentía es el don más grande que Dios te ha otorgado. No la pierdas, mi queridísima Ally, ni siquiera ahora que estás triste.

La razón por la que te escribo, aparte de para despedirme oficialmente, es que hace un tiempo decidí que era justo dejaros a todas una pista sobre vuestros orígenes. Esto no quiere decir que pretenda que lo dejes todo de inmediato para ir tras ella, pero nunca se sabe lo que puede suceder en el futuro. O cuándo podrías necesitar o desear indagar.

Para cuando leas esto, ya habrás visto la esfera armilar y las coordenadas grabadas en ella. Estas señalan una ubicación que te ayudará a emprender tu viaje. Además, en la estantería de mi estudio hay un libro escrito por Jens Halvorsen, un hombre fallecido hace largo tiempo. Te contará muchas cosas, y quizá te ayude a decidir si quieres seguir explorando tus orígenes. De ser así, posees el ingenio necesario para averiguar cómo hacerlo.

Querida hija, naciste con muchos dones… casi demasiados, me he dicho a veces. Y tener demasiado de algo puede ser tan difícil como tener demasiado poco. También me temo que, debido a lo feliz que me hacía que compartieras mi pasión por el mar, es muy posible que te haya desviado de tu rumbo cuando existía para ti otro camino igual de accesible. Tenías un gran talento para la música y me encantaba oírte tocar la flauta. Si ha sido así, te pido perdón, pero quiero que sepas que algunos de los días que pasamos juntos en el lago siguen contándose entre los más felices de mi vida. Así que, desde lo más hondo de mi corazón, gracias.

Este sobre contiene uno de mis objetos más preciados. Aunque decidas no descubrir tu pasado, guárdalo como un tesoro. Quizá algún día se lo regales a tus hijos.

Queridísima Ally, estoy seguro de que a pesar del impacto que te ha supuesto leer esta carta, tu tenacidad y tu optimismo te permitirán ser lo que desees y estar con quien desees. No desperdicies ni un solo segundo de tu vida, ¿de acuerdo?

Velaré por ti.

Tu padre, que te quiere,

PA SALT X

Tal como Pa había vaticinado, tuve que leer la carta una segunda vez por lo deprisa que la había devorado en la primera ocasión. Y sabía que la leería cien veces más en los días y años venideros.

Me recosté en la cama con la ranita en la mano, ignorando aún qué significado podía tener para mí y meditando sobre lo que Pa había escrito en su carta. Decidí, entonces, que quería hablarle a Theo de ella, pues creía que podría ayudarme a entenderla. Instintivamente, busqué el móvil en el bolso para ver si me había escrito, pero en ese momento recordé que lo había dejado cargando en la cocina cuando llegué a Atlantis aquella mañana.

Recorrí el pasillo en silencio para no despertar a mis hermanas. Vi que la puerta de Electra estaba entornada y asomé la cabeza sin hacer ruido por si dormía. Mi hermana estaba sentada en el borde de la cama, de espaldas a mí, bebiendo de una botella. Al principio pensé que debía de ser agua, pero cuando le dio otro sorbo me percaté de que era vodka. Observé que la cerraba con el tapón y la guardaba debajo de la cama.

Me alejé de la puerta antes de que pudiera verme y bajé las escaleras de puntillas, preocupada por lo que acababa de presenciar. De todas nosotras, Electra era, de lejos, la más obsesionada con su salud, así que me sorprendía que estuviera bebiendo alcohol a aquellas horas de la noche. Pero tal vez las reglas habituales no fueran aplicables a ninguna de nosotras en aquellos momentos tristes y difíciles.

Dejándome guiar por un impulso, me detuve en el rellano de la primera planta y me dirigí hacia las habitaciones de Pa, desesperada por sentirlo cerca.

Abrí tímidamente la puerta y los ojos se me llenaron de lágrimas al ver la cama individual donde mi padre había exhalado su último aliento. La habitación era muy distinta del resto de la casa: funcional y austera, con un suelo de tablones pulidos y desnudos, una cama alta de madera y una maltrecha mesilla de noche de caoba. Sobre ella descansaba el despertador de Pa. Me acordé de que de niña había entrado una vez en aquella habitación y me había quedado mirándolo con fascinación. Pa me dejó subir y bajar el interruptor varias veces para disparar y detener la alarma. Cada vez que sonaba, me entraba la risa.

—Tengo que darle cuerda todos los días para que no se pare —me había explicado mientras giraba la palomilla.

Ahora, el despertador estaba parado.

Crucé la estancia y me senté en la cama. Las sábanas estaban perfectamente planchadas y almidonadas, pero aun así pasé los dedos por el algodón blanco de la almohada sobre la que había reposado por última vez la cabeza de Pa.

Me pregunté dónde estaría su viejo reloj Omega Seamaster y qué habría sido de sus demás, como decían en las funerarias, «efectos personales». Todavía podía imaginarme el reloj en su muñeca, con su sencilla esfera de oro y la correa de piel rozada a la altura del cuarto agujero. Una vez le regalé una correa de repuesto por Navidad y Pa me prometió que la utilizaría cuando la vieja se rompiera, pero aquello nunca llegó a ocurrir.

Mis hermanas y yo solíamos comentar que Pa habría podido comprarse cualquier reloj que quisiera o vestirse con ropa de diseño, y sin embargo todas teníamos la sensación de recordarlo siempre llevando la misma ropa, por lo menos cuando no estaba navegando: una vieja americana de tweed acompañada de una camisa blanca inmaculada y perfectamente planchada, unos discretos gemelos de oro con sus iniciales en los puños y un pantalón oscuro con la raya marcada con precisión militar. Calzaba invariablemente zapatos marrones punteados y con cordones. De hecho, pensé mientras paseaba la mirada por el armario y la cómoda de caoba —los únicos muebles de la habitación, aparte de la cama y la mesilla de noche—, las necesidades personales de Pa siempre habían rayado en lo frugal.

Contemplé la fotografía enmarcada que descansaba sobre la cómoda; en ella aparecíamos Pa y todas nosotras a bordo del *Titán*. Aunque la foto se había tomado cuando él contaba ya más de setenta años, no cabía duda de que poseía el físico de un hombre mucho más joven. Alto y muy bronceado, sus atractivas y curtidas facciones se abrían en una amplia sonrisa mientras posaba apoyado contra la barandilla del yate rodeado de sus hijas. Desvié entonces la mirada hacia el único cuadro que había en la pared, justo en frente de la cama estrecha.

Me acerqué para examinarlo. Era un boceto al carboncillo de una joven muy bonita. Debía de tener unos veinticinco años, y cuando la observé más detenidamente, me di cuenta de que había tristeza en su semblante. Poseía unos rasgos sorprendentes, pero casi demasiado grandes para su estrecho rostro con forma de corazón. Los ojos, enormes, estaban proporcionados con los gruesos labios, y se le formaba un hoyuelo a cada lado de la boca. Tenía una cabellera rizada y espesa que le llegaba por debajo de los hombros. En el ángulo inferior del cuadro había una firma, pero no fui capaz de distinguir las letras.

—¿Quién eres? —le pregunté—. ¿Y quién era mi padre…?

Con un suspiro, regresé a la cama de Pa y me acurruqué en ella mientras las lágrimas me resbalaban por las mejillas y empapaban la almohada que todavía conservaba su limpio olor a limón.

—Yo estoy aquí, querido Pa —murmuré—, pero ¿dónde estás tú?

6

Desperté al día siguiente en la cama de Pa, aturdida pero descansada. Ni siquiera recordaba haberme quedado dormida, y no tenía ni idea de qué hora era. Me levanté y miré por la ventana. Me dije que las vistas compensaban de sobra la ausencia de lujos de la habitación de Pa Salt. Hacía un día espléndido y el sol se reflejaba sobre la superficie lisa del lago, que parecía extenderse a izquierda y derecha hasta un infinito brumoso. Al otro lado de la masa de agua, se veía la exuberante vegetación de la colina que se alzaba abruptamente desde la orilla. Y durante unos segundos, Atlantis volvió a parecerme mágica.

Subí a mi cuarto, me duché y salí del baño pensando en lo preocupado que debía de estar Theo, pues aún no le había llamado para decirle que había llegado. Me vestí aprisa, agarré el portátil y bajé corriendo a la cocina a buscar el móvil que había pretendido recoger la noche anterior. Tenía varios mensajes de Theo, y me emocioné al leerlos.

«Solo quería saber cómo estás. Te envío todo mi amor.»

«Buenas noches, mi queridísima Ally. Te llevo en el pensamiento.»

«No quiero molestarte. Llámame o escríbeme cuando puedas. Te echo de menos. Besos.»

Los mensajes eran dulces y generosos... ni siquiera me pedían una respuesta inmediata. Con una sonrisa, le contesté mientras recordaba lo que Pa me decía en la carta: que podía ser lo que quisiera y estar con quien quisiera.

Y en aquellos momentos, quería estar con Theo.

Claudia estaba junto a la encimera de la cocina amasando algo en un cuenco. Me ofreció un café caliente a modo de saludo y acepté agradecida.

—¿Soy la primera en bajar? —le pregunté.

—No. Star y CeCe ya se han ido con la lancha a Ginebra.

—¿En serio? —Bebí un sorbo del líquido fuerte y oscuro—. ¿Y las demás no se han levantado aún?

—Si lo han hecho, no las he visto —respondió Claudia con tranquilidad, sin dejar de amasar con sus manos fuertes y hábiles.

Cogí un cruasán del espléndido desayuno dispuesto sobre la larga mesa y mordí el mantecoso hojaldre.

—¿No es maravilloso que podamos conservar Atlantis? Creía que a lo mejor teníamos que vender la casa.

—Sí lo es, para todas. ¿Le apetece algo más? —me preguntó Claudia al tiempo que volcaba el contenido del cuenco en una bandeja y la dejaba junto al horno.

—No, gracias.

Asintió con la cabeza, se quitó el delantal y salió de la cocina.

A lo largo de nuestra infancia, Claudia había sido una referencia de Atlantis tanto como Ma o Pa. Su acento germano le daba un aire severo, pero todas sabíamos que debajo se escondía un corazón bondadoso. Reparé en lo poco que sabíamos de ella. Nunca, ni de niñas ni de adultas, se nos había ocurrido preguntarnos el dónde, el cómo o el porqué. Claudia, como todo en el mágico universo en el que habíamos crecido, simplemente era.

Pensé entonces en las coordenadas de la esfera armilar y me pregunté cómo afectarían los secretos que contenían a lo que sabíamos —o no sabíamos— acerca de nosotras mismas. La idea me asustaba, pero no dudaba de que Pa Salt nos las había dejado por una razón y debía confiar en su decisión. Ahora nos correspondía a nosotras, de manera individual, elegir si queríamos indagar en ellas o no.

Cogí un bolígrafo y una libreta del aparador y salí de la cocina por la puerta de atrás, parpadeando bajo la fuerte luz de la mañana. La caricia del aire fresco sobre la piel me espabiló. El sol todavía no había caldeado el césped que, frío y húmedo, me rozaba el reborde de los pies. En los jardines reinaba un silencio interrumpido únicamente por el esporádico trino de algún pájaro en el aire y el leve chapoteo del agua contra la orilla del lago.

Desanduve mis pasos de la noche previa rodeando la casa en dirección al jardín privado de Pa mientras admiraba las muchas variedades de rosas que, recién abiertas, impregnaban el aire de la mañana con su denso aroma.

En el centro de la esfera armilar, la bola dorada brillaba bajo un sol que ya empezaba a proyectar sombras nítidas sobre los anillos. Con la manga, retiré el rocío del anillo que llevaba mi nombre y pasé el dedo con suavidad por la inscripción escrita en griego. Me pregunté qué diría y cuánto tiempo habría pasado Pa planeando todo aquello.

Puse manos a la obra y anoté cuidadosamente mis coordenadas y las de todas mis hermanas procurando no adivinar —especialmente las mías— qué lugar señalaban. Y entonces algo me llamó la atención. Conté los anillos de nuevo hasta que mis dedos tocaron el séptimo. Tenía grabada una sola palabra: «Mérope».

—Nuestra séptima hermana ausente —susurré, y me pregunté por qué diantre se le habría ocurrido a Pa añadir su nombre a la esfera armilar cuando él ya no podría llevarla a casa.

«Tantos misterios —pensé emprendiendo el regreso a la casa—. Y nadie que responda mis preguntas.»

De vuelta en la cocina y con las coordenadas delante, encendí el portátil. Mientras me comía un segundo cruasán, aguardé con frustración a que se conectara a una señal de internet que por lo visto se había ido de vacaciones y había dejado en su puesto a un sustituto novato. Cuando al fin se dignó funcionar, investigué sitios web que emplearan coordenadas para marcar ubicaciones y me decanté por Google Earth. Me planteé con cuál de mis hermanas debería empezar y decidí que lo haría por orden de edad, aunque me dejaría a mí para el final. Introduje las coordenadas de Maia preguntándome si el sistema las reconocería y observé el pequeño globo terráqueo aproximarse y señalar un lugar concreto.

—Uau —murmuré fascinada—, funcionan.

Fue una hora desesperante, pues la señal iba y venía a su antojo, pero para cuando Claudia regresó a la cocina para empezar a preparar el almuerzo ya había conseguido anotar la información esencial de todos los grupos de coordenadas excepto el mío.

Las introduje y contuve la respiración durante unos segundos interminables mientras el ordenador hacía su magia.

—¡Ostras! —exclamé al leer los detalles.

—¿Qué ocurre? —preguntó Claudia.

—Nada —me apresuré a responder, y anoté la ubicación en la libreta.

—¿Le apetece comer, Ally?

—Sí, gracias —contesté distraídamente mientras le daba vueltas en la cabeza al hecho de que el lugar que la búsqueda había señalado era, al parecer, un museo de arte.

No tenía sentido, aunque lo cierto era que tampoco estaba segura de que las coordenadas de mis hermanas lo tuvieran.

Levanté la mirada cuando Tiggy entró en la cocina y sonrió.

—¿Solo comemos tú y yo?

—Eso parece, sí.

—Pues será un almuerzo estupendo, ¿verdad? —dijo al tiempo que se acercaba a la mesa como si flotara.

Pese a sus extrañas ideas espirituales, cuando se sentó frente a mí envidié su paz interior. Como ella solía decir, su serenidad era fruto de la firme creencia en que la vida era mucho más de lo que semejaba a simple vista. Parecía llevar el aire fresco de las Highlands de Escocia en su tez clara y su abundante pelo castaño, y su calma se reflejaba en sus amables ojos marrones.

—¿Cómo estás, Ally?

—Bien, ¿y tú?

—Regular. Puedo sentirlo a mi alrededor, ¿sabes? Como si —con un suspiro, se pasó la mano por la cabellera rizada— no se hubiese ido.

—Por muy triste que sea, Pa ya no está con nosotras, Tiggy.

—Ya, pero que no puedas ver a alguien no significa que no exista.

—En mi opinión, sí —repliqué bruscamente, pues no estaba de humor para los comentarios esotéricos de Tiggy.

La única forma que conocía de enfrentarme a la pérdida de Pa era aceptarla lo antes posible.

Claudia interrumpió nuestra conversación colocándonos delante una ensalada César.

—Hay suficiente para todas, pero si no viene nadie más, ya se la tomarán las demás para cenar.

—Gracias. Por cierto —le dije a Tiggy mientras me servía—, he anotado todas las coordenadas y he averiguado cómo buscarlas con Google Earth. ¿Quieres que te dé las tuyas?

—Ahora no, más adelante. ¿Tú crees que son importantes?

—No estoy segura, la verdad.

—Lo digo porque, independientemente de dónde provenga, Pa Salt y Ma son quienes me han cuidado y se han ocupado de mí hasta convertirme en la persona que soy. Puede que sí te pida lo que has averiguado sobre las coordenadas, por si algún día siento la necesidad de indagar. En cierto modo... —Tiggy suspiró y reparé en su incertidumbre— no quiero creer que vengo de otro lugar. Pa Salt es mi padre y siempre lo será.

—Lo entiendo. Bueno, solo por curiosidad, ¿dónde crees que está Pa Salt, Tiggy? —le pregunté cuando ambas empezamos a comer.

—No lo sé, Ally, pero te aseguro que no se ha ido.

—¿De tu mundo o del mío?

—¿Hay alguna diferencia? Para mí no —matizó antes de que pudiera contestarle—. Somos energía, nada más. Al igual que todo lo que nos rodea.

—Supongo que es una manera de verlo —respondí, consciente del tono cínico en mi voz—. Sé que a ti te funcionan esas creencias, Tiggy, pero ahora mismo, con Pa recién fallecido, a mí no me sirven.

—Y lo entiendo, Ally, de verdad. Pero el ciclo de la vida continúa, y no solo para las personas, sino para toda la naturaleza. Una rosa florece hasta alcanzar su máximo esplendor, luego muere y otra florece en su lugar, en la misma planta. Y —me miró con una pequeña sonrisa— tengo la impresión de que, pese a la terrible noticia, a ti te está sucediendo algo bueno en estos momentos.

—¿Tú crees?

La miré con desconfianza.

—Sí. —Me cogió la mano—. Disfrútalo mientras puedas, ¿de acuerdo? Nada dura eternamente, ya lo sabes.

—Sí, es cierto —dije, y su certero comentario hizo que me pusiera repentinamente a la defensiva y que me sintiera vulnerable. Cambié de tema—. ¿Y cómo estás tú?

—Bien, bien... —Lo dijo como si no buscara convencerme solo a mí, sino también a ella misma—. Estoy bien.

—¿Todavía disfrutas cuidando de tus ciervos en la reserva?

—Adoro mi trabajo. Parece hecho a propósito para mí, aunque vamos tan cortos de personal que nunca tengo un momento libre. Y, ya que tocamos el tema, no me queda más remedio que volver a Escocia lo antes posible. He mirado vuelos y me voy esta misma tarde. Electra también se va. Iremos al aeropuerto juntas.

—¿Tan pronto?

—Sí. ¿Qué más podemos hacer aquí? Estoy segura de que Pa preferiría que siguiéramos con nuestras vidas en lugar de quedarnos en esta casa lloriqueando y compadeciéndonos de nosotras mismas.

—Sí, tienes razón —convine. Y, por primera vez, pensé en algo que no fuera aquel terrible paréntesis, en el futuro—. Me están esperando para participar en la regata de las Cícladas que tendrá lugar dentro de unos días.

—Pues vete, Ally, de verdad —me instó Tiggy.

—Tal vez lo haga —murmuré.

—Bien, tengo que ir a hacer la maleta y a despedirme de Maia. Creo que es a la que más le está afectando todo esto. Está destrozada.

—Lo sé. Toma, aquí tienes tus coordenadas.

Le tendí la hoja en la que las había escrito.

—Gracias.

La vi levantarse y dirigirse a la puerta, donde se detuvo y se volvió para mirarme con ternura.

—Y recuerda que, si me necesitas a lo largo de las próximas semanas, estoy a solo una llamada de teléfono.

—Gracias, Tiggy. Lo mismo digo.

Después de ayudar a Claudia a recoger la mesa, subí a mi cuarto preguntándome si no debería marcharme yo también. Tiggy tenía razón: allí ya no podíamos hacer nada más. Y la perspectiva de volver al mar —y no digamos a los brazos de Theo— me impulsó a bajar de nuevo con mi portátil para comprobar si había algún vuelo a Atenas con plazas libres en las siguientes veinticuatro horas. Cuando entré en la cocina, me encontré a Ma de pie frente a la ventana con aire pensativo. Al oírme entrar se dio la vuelta con una sonrisa, pero no antes de que hubiera distinguido un fugaz atisbo de tristeza en sus ojos.

—Hola, *chérie*. ¿Cómo estás hoy?

—Planteándome si debo volver a Atenas para participar en la

regata de las Cícladas, tal como tenía planeado. Pero me preocupa dejaros a las chicas y a ti aquí. Sobre todo a Maia.

—Creo que es una idea excelente que participes en la regata, *chérie*, y estoy segura de que es exactamente lo que tu padre habría querido. No te preocupes por Maia, me tiene a mí.

—Lo sé —dije, y pensé que, aunque no fuera nuestra madre biológica, me resultaba imposible imaginar a otra persona queriéndonos y apoyándonos tanto como ella.

Me levanté para acercarme a ella y abrazarla con fuerza.

—Y recuerda que tú nos tienes a todas nosotras.

Subí a buscar a Electra para entregarle las coordenadas antes de que se marchase. Llamé a la puerta y, aunque me abrió, no me invitó a pasar.

—Hola, Ally. Estoy haciendo la maleta y voy con el tiempo justo.

—Solo te traigo las coordenadas de la esfera armilar. Toma.

—Creo que no las quiero. En serio, Ally, ¿qué tenía nuestro padre en la cabeza? —dijo irritada—. Tengo la sensación de que está jugando con nosotras desde la tumba.

—Solo quería darnos la oportunidad de saber de dónde venimos, Electra, por si algún día necesitamos la información.

—Entonces ¿por qué no lo hizo como lo haría una persona normal? ¿Por qué no escribió la información en un papel en lugar de someternos a una especie de extraña búsqueda del tesoro genealógica? Por Dios, siempre tan controlador…

—¡Por favor, Electra! Seguramente no quisiera darnos toda la información sin más por si preferíamos no saberla. Así que nos desveló lo justo para que pudiéramos hacer averiguaciones si ese era nuestro deseo.

—Pues yo no quiero hacerlas —espetó.

—¿Por qué estás tan enfadada con él? —le pregunté con suavidad.

—No estoy enfadada… —Un destello de dolor y desconcierto asomó a sus ojos ambarinos—. Vale, lo estoy… —Se encogió de hombros y negó con la cabeza—. No sé decirte por qué.

—Bueno, cógelo de todos modos. —Le ofrecí el sobre sabiendo por experiencia que no debía insistirle más—. No tienes que hacer nada con la información, si no quieres.

—Gracias, Ally. Y lo siento.

—No te preocupes. ¿Seguro que estás bien, Electra?

—Sí… estoy bien. Ahora he de hacer la maleta. Nos vemos luego.

La puerta se cerró de golpe ante mi cara y me alejé con la certeza de que Electra estaba mintiendo.

Por la tarde, Maia, Star, CeCe y yo nos acercamos al embarcadero para despedir a Electra y Tiggy. Maia les entregó las citas traducidas.

—Creo que Star y yo tampoco tardaremos en marcharnos —comentó CeCe mientras regresábamos a la casa.

—¿En serio? ¿No podemos quedarnos un poco más? —preguntó, apenada, Star.

Y, como siempre, el contraste de sus físicos me llamó la atención: Star, alta y delgada hasta rozar la escualidez, con el pelo rubio claro y la piel blanca como la nieve; y CeCe, de piel morena y constitución robusta.

—¿Para qué? Pa ha muerto, ya hemos visto al abogado y tenemos que llegar a Londres cuanto antes para buscar apartamento.

—Tienes razón —concedió Star.

—¿Qué harás en Londres mientras CeCe va a la escuela de arte? —le pregunté.

—Todavía no lo sé —dijo mirando de reojo a CeCe.

—Estás pensando en hacer un curso en el Cordon Bleu, ¿no es cierto? —contestó CeCe por ella—. Star es una cocinera excelente.

Cuando CeCe y Star partieron con la intención de buscar un vuelo a Heathrow para esa noche, Maia y yo intercambiamos una mirada de preocupación.

—No lo digas —suspiró Maia—. Lo sé.

Caminamos hacia la terraza comentando lo mucho que nos inquietaba la relación entre Star y CeCe. Siempre habían sido inseparables. Confiaba en que, ahora que CeCe iba a estar concentrada en su curso de arte, se despegaran un poco.

Reparé en la palidez de Maia y caí en la cuenta de que se había saltado el almuerzo. Una vez en la terraza, le rogué que se sentara y fui a la cocina para pedirle a Claudia que preparara algo de comer.

Tras lanzarme una mirada de complicidad, procedió a hacer unos sándwiches mientras yo regresaba junto a Maia.

—Maia, no quiero entrometerme, pero ¿abriste anoche tu carta? —le pregunté.

—Sí. Bueno, en realidad lo he hecho esta mañana.

—Y es evidente que te ha afectado.

—Al principio sí, pero ya estoy bien, de verdad, Ally. ¿Y tú?

Su tono se había vuelto huraño, y comprendí que no debía seguir insistiendo.

—Yo también la he abierto —dije—. Es muy bonita y me ha hecho llorar, pero al mismo tiempo me ha animado. Me he pasado la mañana buscando las coordenadas en internet. Ahora ya sé exactamente de dónde venimos cada una de nosotras. Y hay más de una sorpresa, créeme —añadí mientras Claudia llegaba con un plato de sándwiches y lo dejaba sobre la mesa antes de retirarse rápidamente.

—¿Sabes exactamente dónde nacimos? ¿Dónde nací? —inquirió vacilante.

—Sí, o por lo menos dónde nos encontró Pa. ¿Quieres saberlo, Maia? Puedo decírtelo o dejar que lo busques tú misma.

—No… no estoy segura.

—Lo único que puedo decirte es que Pa viajó mucho —bromeé tontamente.

—Entonces, ¿sabes de dónde eres? —preguntó Maia.

—Sí, aunque todavía no le encuentro mucho sentido.

—¿Y las demás? ¿Les has dicho que sabes dónde nacieron?

—No, pero les he explicado cómo introducir las coordenadas en Google Earth. ¿Te lo explico a ti también? ¿O prefieres que te lo diga sin más?

—Todavía no estoy segura —dijo bajando sus preciosos ojos.

—De todos modos, ya te he dicho que es muy fácil buscarlo.

—Entonces, quizá lo haga cuando me sienta preparada.

Me ofrecí a anotarle los pasos que debía seguir para introducir las coordenadas, si bien dudaba de que algún día reuniera el valor necesario para hacerlo.

—¿Has podido traducir alguna de las citas grabadas en la esfera armilar?

—Sí, las tengo todas.

—Me encantaría saber qué frase eligió Pa para mí. ¿Me la dices, por favor?

—No la recuerdo con exactitud, pero puedo ir al Pabellón y anotártela en un papel —dijo Maia.

—Según parece, entre tú y yo podemos proporcionar al resto de nuestras hermanas la información que necesitan si desean explorar su pasado.

—Así es, aunque puede que aún sea pronto para plantearnos si queremos seguir las pistas que nos ha dado Pa.

—Es posible —suspiré—. Además, la regata de las Cícladas está a punto de empezar y voy a tener que marcharme enseguida para unirme a la tripulación. Si te soy sincera, Maia, después de lo que vi hace un par de días en el mar, no me resultará fácil volver a navegar.

—Me lo imagino. Pero todo irá bien, estoy segura —me tranquilizó.

—Eso espero. Es la primera vez que siento miedo desde que empecé a competir.

Decirle aquello en voz alta a mi hermana mayor fue un alivio. En aquellos momentos, cada vez que pensaba en las Cícladas me venía a la cabeza una imagen de Pa tendido en su féretro en el fondo del mar.

—Llevas años dedicándote en cuerpo y alma a la navegación, Ally. No debes dejar que el miedo te pueda. Hazlo por Pa. Él no habría querido que perdieras la confianza en ti misma —me alentó Maia.

—Tienes razón. Cambiando de tema: ¿estarás bien aquí sola?

—Claro que sí. No te preocupes por mí, por favor. Tengo a Ma y tengo mi trabajo. Estaré bien.

Mientras la ayudaba a dar buena cuenta de los sándwiches, le hice prometerme que mantendríamos el contacto y luego, a pesar de que sabía que probablemente no lo haría, le pregunté si le gustaría pasar unos días navegando conmigo cuando avanzara un poco el verano.

CeCe apareció en la terraza.

—Hemos conseguido dos asientos en un vuelo a Heathrow. Christian nos llevará al aeropuerto dentro de una hora.

—En ese caso, voy a ver si consigo un vuelo a Atenas y me

marcho con vosotras. Maia, no olvides anotarme la cita, ¿vale? —dije antes de ir en busca de mi portátil.

Tras encontrar asiento en un vuelo de última hora para aquella noche, preparé el equipaje a toda prisa. Al pasear la mirada por la habitación para asegurarme de que no me olvidaba de nada, la posé sobre mi flauta, que descansaba en la estantería dentro de su estuche. Llevaba mucho tiempo sin sacarla de ahí. Pensando en lo que Pa decía de ella en su carta, decidí llevármela. Theo había comentado que le gustaría oírme tocar, y tal vez lo hiciera después de practicar un poco. Luego bajé para despedirme de Ma.

Me abrazó con fuerza y me besó afectuosamente en las mejillas.

—Cuídate mucho, *chérie*, y ven a verme cuando puedas.

—Lo haré, Ma, te lo prometo —dije.

Después, Maia me acompañó hasta el embarcadero.

—Buena suerte con la regata —dijo, y me tendió el sobre con la traducción de la cita que Pa había elegido para mí.

Tras un último abrazo, subí a bordo de la lancha, donde CeCe y Star ya me estaban esperando. Mientras Christian se alejaba del embarcadero, las tres le dijimos adiós a Maia con la mano. Durante la travesía por el lago recordé que Pa Salt siempre me decía que no había que mirar atrás. Aun así, sabía que volvería la vista atrás, una y otra vez, hacia lo que había sido y ya no era.

Me alejé de CeCe y Star y me dirigí a la popa con el sobre todavía en la mano. Sentí que no había mejor lugar para leer la cita de Pa que el lago de Ginebra, donde él y yo habíamos navegado juntos tantísimas veces. Abrí el sobre y saqué la hoja de papel que contenía: «En los momentos de debilidad, descubrirás tu verdadera fuerza».

Y mientras Atlantis se perdía en la distancia hasta desaparecer tras los árboles, recé para que las palabras de Pa fluyeran por mi interior y me ayudaran a encontrar el valor que necesitaba para seguir adelante.

7

Theo me había escrito un mensaje para decirme que me recogería en el aeropuerto de Atenas. Cuando crucé la puerta de llegadas, caminó hacia mí con cara de expectación y me abrazó.

—Estaba muy preocupado por ti, cielo. ¿Cómo estás? Supongo que destrozada, pobrecita mía. Y has adelgazado —añadió palpándome las costillas.

—Estoy bien —le dije con firmeza al tiempo que aspiraba su olor maravilloso y tranquilizador.

Se hizo cargo de mi mochila y salimos al sofocante calor de una noche de julio en Atenas.

Subimos a un taxi, con sus asientos de plástico pegajosos y su olor a tabaco rancio, y pusimos rumbo a un hotel situado en el puerto de Faliro, el lugar desde el que arrancaría la regata de las Cícladas.

—Hablo en serio cuando te digo que, si no te ves con ánimos de participar, podemos apañárnoslas sin ti, de verdad —aseguró Theo mientras recorríamos las calles de la ciudad.

—No sé si tomármelo como un cumplido o como un insulto —repliqué.

—Decididamente, como un cumplido, puesto que eres una parte fundamental de la tripulación. Pero como se trata de ti y te quiero, no me gustaría que te sintieras presionada.

«Te quiero.» Cada vez que Theo pronunciaba aquellas palabras con tanta naturalidad, me estremecía. Y en aquel instante estaba allí, a mi lado, estrechándome la mano y diciéndolas una vez más. Y yo también lo quería a él por su honestidad, por su franqueza y su negativa a jugar al gato y el ratón. Tal como me había dicho durante aquellos maravillosos días en el *Neptuno*, cuando yo aún no sabía que Pa había muerto, si yo le rompía el corazón, simplemente tendría que buscarse otro.

—Sé que esto es lo que Pa querría que hiciera, volver a subirme a un barco y seguir con mi vida en lugar de quedarme en casa llorando. Y, obviamente, ganar.

—Ally. —Me apretó la mano—. Ganaremos por él, te lo prometo.

Cuando al día siguiente subí a bordo del Hanse con los demás miembros de la tripulación para comenzar nuestros últimos días de entrenamiento, también ellos parecían imbuidos de un gran deseo de ganar. Y me conmovió que todos intentaran hacerme la vida lo más sencilla posible. La regata de las Cícladas no era, ni por asomo, tan ardua como otras carreras en alta mar en las que había participado: duraría ocho días en total, pero con una parada de veinticuatro horas y un día de descanso en cada isla en la que atracáramos.

Theo se había dado cuenta de que me había llevado la flauta.

—¿Por qué no la subes al barco? Podrías tocar para darnos ánimos —propuso.

Mientras surcábamos las aguas bajo el magnífico atardecer del primer día de competición, me acerqué el instrumento a los labios y sonreí a Theo antes de embarcarme en una versión improvisada de *Fantasía sobre un tema de Thomas Tallis*, una pieza que se había hecho famosa gracias a la película de aventuras marinas *Master and Commander*. Theo captó el guiño y me devolvió la sonrisa desde el timón cuando entrábamos en el puerto de Milos. Los muchachos me aplaudieron educadamente y me sentí como si hubiera rendido mi pequeño homenaje a Pa Salt.

Ganamos la primera etapa con holgura, quedamos terceros en la segunda y segundos en la tercera, lo que nos colocaba en primer lugar junto con una tripulación griega. La penúltima noche de la regata nos encontró en el puerto de Finikas, en Siros, una isla griega pequeña e idílica cuyos residentes habían organizado un festín para todos los tripulantes. Después de cenar, Theo nos convocó a una reunión.

—Caballeros, y dama, entenderé que me tachéis de aguafiestas, pero vuestro patrón os ordena que os vayáis pronto a la cama. Mientras nuestros rivales —señaló con la cabeza a los miembros de la tripulación griega, que ya estaban medio borrachos y cogidos de los hombros bailando como Zorba al ritmo de un buzuki— se divierten, nosotros dormiremos como bebés y mañana nos despertaremos como nuevos y dispuestos a liquidarlos. ¿Queda claro?

Hubo algún que otro gruñido, pero todos regresaron obedientemente al barco y se retiraron a sus respectivos camarotes.

Dada la estrecha convivencia con el resto de la tripulación, Theo y yo habíamos desarrollado una rutina nocturna que nos permitía pasar unos momentos a solas sin levantar sospechas. Como era la única mujer, tenía mi propia ratonera privada en la proa del barco, mientras que Theo dormía en el banco de la zona destinada a cocina, biblioteca y sala de estar.

Yo esperaba a que los chicos terminaran de utilizar el diminuto lavabo dotado de un lavamanos y un retrete. Entonces, cuando ya reinaba el silencio, subía las escaleras hacia la oscuridad de la noche, donde una mano cálida me esperaba para atraerme hacia sí. Theo y yo nos abrazábamos durante cinco minutos, intranquilos, como si fuéramos adolescentes temerosos de ser descubiertos por sus padres. Luego, para establecer una coartada por si alguien me oía deambular por el barco, bajaba de puntillas a la cocina, abría la puerta de la nevera, cogía una botella de agua y a continuación regresaba a mi camarote y cerraba la puerta con estrépito. Estábamos convencidos de que habíamos interpretado tan bien la farsa que en la tripulación nadie tenía la menor idea de lo que había entre nosotros. Cuando, la víspera del último día de regata, Theo me estrechó contra su pecho, noté una mayor pasión en sus besos de buenas noches.

—Espero que estés dispuesta a pasar por lo menos veinticuatro horas conmigo en la cama para compensar toda la frustración que he padecido estos días —gimió.

—A la orden, mi capitán. Lo que tú digas. Pero no es justo que el patrón ordene a los tripulantes que se acuesten temprano y luego desobedezca sus propias órdenes —le susurré al oído antes de apartar una mano traviesa de mi seno izquierdo.

—Tenéis razón, como siempre. Así que partid, Julieta mía, desapareced de mi vista o en verdad que no seré capaz de contener el deseo que despertáis en mí.

Con una risita, le besé una última vez y me deshice de su abrazo.

—Te quiero, cielo. Que duermas bien.

—Yo también te quiero —le contesté.

Las tácticas disciplinarias de Theo dieron su fruto una vez más. Llegar a la última etapa de la carrera estando a la par con el equipo griego había sido estresante, pero, como Theo comentó triunfalmente el sábado, cuando cruzamos la línea de meta en el puerto de Vouliagmeni cinco minutos antes que ellos, probablemente fuera el *ouzo* lo que les hizo perder al final. En la ceremonia de clausura, mis compañeros me colocaron sobre la cabeza la corona de hojas de laurel de la victoria, las cámaras dispararon sus flashes y el champán llovió sobre la gente. Cuando me entregaron una botella para beber, la levanté y, en silencio, le dije a Pa Salt que iba por él. También lancé un sentido «Te echo de menos» al cielo.

Después de la cena, cuando aún estábamos alrededor de la mesa, Theo me cogió la mano y me invitó a ponerme en pie.

—En primer lugar, brindo por Ally. Dadas las circunstancias, creo que todos estaremos de acuerdo en que ha estado increíble.

Los chicos me jalearon y su sincera efusión hizo que se me saltaran las lágrimas.

—En segundo lugar, me gustaría que todos considerarais la posibilidad de sumaros a mi tripulación en la Fastnet Race de agosto. Pilotaré el *Tigresa* en su travesía inaugural. Puede que algunos hayáis oído hablar de él. Es un barco que acaba de ser lanzado. Lo he visto, y estoy seguro de que puede conducirnos a otra victoria. ¿Qué decís?

—¿El *Tigresa*? —exclamó Rob entusiasmado—. ¡Cuenta conmigo!

El resto de los muchachos aceptaron con igual entusiasmo.

—¿Estoy incluida? —le pregunté en voz baja.

—Pues claro que sí, Ally.

Y dicho eso, se volvió hacia mí, me rodeó con los brazos y me besó apasionadamente en los labios.

Aquello generó otra ovación cuando me aparté de él con la cara roja como un tomate.

—Y eso era lo último que quería anunciaros. Ally y yo estamos juntos. Si a alguien le supone un problema, que me lo comunique, ¿de acuerdo?

Vi que todos los chicos arqueaban las cejas en un gesto de desinterés.

—Vaya novedad —suspiró Rob.

—Eso, ¿dónde está la sorpresa? —intervino Guy.

Theo y yo los miramos atónitos.

—¿Lo sabíais? —preguntó él.

—Disculpa, capitán, pero llevamos varios días viviendo como sardinas en lata y, dado que nadie más ha tenido el placer de tocarle el trasero a Al sin recibir un manotazo ni conseguido que le dé un beso y un achuchón de buenas noches, no había que ser un genio para adivinarlo —dijo Rob—. Hace siglos que lo sabemos. Lo siento.

—Oh —fue cuanto Theo acertó a decir mientras me abrazaba con más fuerza.

—¡Buscaos una habitación! —gritó Guy, y el resto de la tripulación comenzó a hacer comentarios subidos de tono.

Theo me besó de nuevo y quise que la tierra me tragara allí mismo, pues me di cuenta de que el amor realmente podía ser ciego.

Así que «nos buscamos una habitación», una de hotel, más concretamente, en Vouliagmeni. Fiel a su palabra, Theo nos mantuvo a los dos sumamente ocupados durante las siguientes veinticuatro horas. Tumbados en la cama, hablamos de la Fastnet Race y de lo que haríamos después.

—Entonces ¿estás libre para unirte a mí en el *Tigresa*?

—Ahora sí. Normalmente en agosto me iba siempre de vacaciones con Pa Salt y algunas de mis hermanas en el *Titán*… —Tragué saliva con dificultad y me apresuré a continuar—. Luego, en septiembre, si con un poco de suerte supero las últimas pruebas, empezaré a entrenar con el equipo suizo para los Juegos Olímpicos de Pekín.

—Yo también iré con el equipo estadounidense.

—Estoy segura de que serás un fuerte rival, pero no te lo pondré fácil —bromeé.

—Gracias, señorita. Espero estar a la altura. —Theo me dedicó una reverencia burlona—. ¿Y qué me dices de los próximos días? Voy a tomarme unas yo diría que más que merecidas vacaciones en la casa de veraneo de mi familia. Está a pocas horas de aquí en barco. Luego iré a la isla de Wight a fin de prepararme para la Fastnet. ¿Te gustaría acompañarme?

—¿En tus vacaciones o en la Fastnet?

—En las dos cosas. Aunque, y ahora hablo en serio, sé que eres una navegante experimentada, la Fastnet no es ninguna tontería. Participé en la última, hace dos años, y estuvimos a punto de perder a un miembro de nuestro equipo cuando rodeábamos la roca. Matt salió literalmente volando del barco. Es una regata peligrosa y, si te soy sincero —Theo respiró hondo—, estoy empezando a pensar que quizá me haya equivocado al proponerte que te unieras a la tripulación.

—¿Por qué? ¿Porque soy una chica?

—¡Maldita sea, Ally, supéralo de una vez! Por supuesto que no es por eso. Es porque te quiero y si te pasa algo no podría perdonármelo. En cualquier caso, podemos dedicar los próximos días a meditarlo, ¿no? Preferiblemente frente a una copa de vino en una terraza con vistas al mar. Mañana por la mañana he de devolverle el Hanse a su propietario en el puerto, que es donde tengo amarrado el *Neptuno*, así que podríamos irnos justo después. ¿Qué me dices?

—La verdad es que estaba pensando que debería ir a casa para pasar unos días con Maia y Ma —dije.

—Si crees que eso es lo que debes hacer, lo entenderé. Aunque a mi parte egoísta le encantaría que vinieras conmigo. Parece que a los dos nos espera un año movido.

—Quiero ir contigo, pero primero llamaré a Ma para ver cómo están las cosas. Entonces decidiré.

—¿Por qué no llamas mientras me ducho?

Theo me plantó un beso en la coronilla antes de bajar de la cama de un salto y dirigirse al cuarto de baño.

Cuando la telefoneé, Ma me aseguró que en Atlantis todo iba bien y que no era necesario en absoluto que volviera.

—Tómate unas vacaciones, *chérie*. Maia ha decidido dedicar un tiempo a viajar, así que ella no estaría aquí, de todos modos.

—¿En serio? Menuda sorpresa —comenté—. Pero ¿estás segura de que no te sientes sola? Te prometo que esta vez tendré el móvil conectado en todo momento por si me necesitas.

—Estoy bien y no te necesitaré, *chérie* —respondió con estoicismo—. Por desgracia, lo peor ya ha sucedido.

Colgué y, de pronto, el desánimo se apoderó de mí, como cada vez que me permitía recordar que Pa ya no estaba. Pero Ma tenía razón, lo peor ya había sucedido. Y por una vez lamenté no pertenecer a una religión con firmes preceptos para afrontar el triste período que sigue a la muerte de un ser querido. Aunque tales pautas me habían parecido arcaicas en el pasado, ahora comprendía que eran un ritual destinado a ayudar a los seres humanos a superar los momentos más duros de una pérdida.

Al día siguiente, Theo y yo dejamos el hotel y nos dirigimos al puerto.

Después de tomar una copa de celebración a bordo del Hanse con su propietario —que estaba encantado con la victoria y ya le hablaba a Theo de futuras regatas—, bordeamos el puerto y subimos al *Neptuno*. Antes de zarpar, Theo trazó el rumbo en el sistema de navegación. Se negó en redondo a desvelarme nuestro destino, y en tanto él sacaba el barco del puerto de Vouliagmeni y salía a mar abierto, yo me dediqué a llenar la nevera de cerveza, agua y vino.

Mientras surcábamos las tranquilas aguas turquesas, por mucho que intentara concentrarme en la belleza del paisaje, el conflicto de emociones que había experimentado en mi última travesía a bordo del *Neptuno* volvía a mí una y otra vez. Me descubrí pensando que entre Pa Salt y mi amante existían similitudes: a ambos les gustaba el misterio y, decididamente, tener las cosas bajo control.

Justo cuando estaba preguntándome si me habría enamorado de una figura paterna, noté que el *Neptuno* disminuía la velocidad y oí que se echaba el ancla. Cuando Theo apareció junto a mí en la cubierta, decidí que no compartiría mis últimas reflexiones con él. Dada su pasión por el análisis, sabía que le daría una y mil vueltas.

Frente a una cerveza y una ensalada de feta con aceitunas frescas que había comprado en un puesto del puerto, le hablé de la esfera armilar y de las citas y coordenadas que tenía grabadas en los anillos. Y de la carta que Pa Salt me había escrito.

—Vaya, da la sensación de que lo tenía todo previsto. Se necesita tiempo para planear algo así.

—Sí, era ese tipo de persona. Siempre lo tenía todo organizado al milímetro.

—Parece que era de los míos —señaló Theo, dando voz a mis anteriores reflexiones—. Yo ya he escrito mi testamento y dejado instrucciones para mi funeral.

—No digas esas cosas —protesté con un escalofrío.

—Lo siento, Ally, pero los navegantes estamos metidos en un juego peligroso y nunca se sabe lo que puede pasar.

—Estoy segura de que a Pa le habrías caído muy bien. —Miré el reloj para cambiar de tema—. ¿No deberíamos reemprender el camino hacia donde sea que vayamos?

—Sí, dentro de poco. Quiero que nuestra llegada se produzca en el momento idóneo. —Theo esbozó una sonrisa enigmática—. ¿Nadamos?

Tres horas después, cuando el sol del atardecer inundó el cielo de una intensa luz naranja y esta se reflejó sobre las casas encaladas que salpicaban la costa de una isla diminuta, comprendí por qué Theo había querido esperar.

—¿Lo ves? ¿No es absolutamente perfecto? —suspiró.

Hizo entrar el barco en el pequeño puerto con una mano en el timón y la otra alrededor de mi cintura.

—Sí —reconocí mientras estudiaba la forma en que los rayos del sol crepuscular se habían filtrado en las nubes, como si fueran una yema de huevo que liberaba su contenido lentamente después de haber reventado—. Pa siempre decía que las puestas de sol griegas eran las más bellas del mundo.

—He ahí otra cosa en la que habríamos coincidido.

Theo me besó en el cuello con ternura.

Dadas mis cavilaciones de aquella tarde, decidí no volver a mencionar los gustos y aversiones de Pa Salt durante nuestras vacaciones.

—¿Vas a decirme de una vez dónde estamos? —pregunté cuando nos adentramos en el puerto y un joven de piel morena se acercó para agarrar el cabo que le lancé y amarrar la embarcación.

—¿Acaso importa? Lo sabrás a su debido tiempo. De momento, llamémoslo sencillamente «Algún Lugar».

Convencida de que tendríamos que acarrear nuestras mochilas por una empinada cuesta, me llevé una sorpresa cuando Theo me indicó que las dejara donde estaban. Tras cerrar la cabina con llave, desembarcamos y Theo le dio unos euros al joven por su ayuda. Después me cogió de la mano y me condujo por el puerto hasta una hilera de ciclomotores. Tras rebuscar un poco, sacó una llave de su bolsillo y la introdujo en un candado, gesto que liberó la retorcida masa de cadenas metálicas que rodeaba uno de los ciclomotores.

—Los griegos son gente encantadora, pero actualmente la situación económica del país es desesperada y conviene tomar precauciones. No me gustaría llegar aquí y descubrir que me han desaparecido las dos ruedas. Sube.

Sintiendo que el alma se me caía a los pies, obedecí a regañadientes. Yo odiaba los ciclomotores. Antes de empezar los estudios, y siguiendo el consejo de Pa Salt, me tomé un año sabático y me largué a ver mundo con dos amigas, Marielle y Hélène. Empezamos en Extremo Oriente, donde visitamos Tailandia, Camboya y Vietnam. De regreso a Europa, donde había conseguido un trabajo de camarera durante el verano en la isla de Citnos, recorrimos Turquía en ciclomotores de alquiler. Camino de Kalkan desde el aeropuerto de Bodrum, Marielle calculó mal a la hora de tomar una curva cerrada y tuvo un accidente.

Encontrar su cuerpo aparentemente sin vida entre la maleza de la cuneta y esperar en mitad de la carretera la llegada de algún vehículo que pudiera ayudarnos era algo que nunca había olvidado.

Por aquella carretera no pasaba nadie, así que finalmente cogí el móvil y telefoneé a la única persona que pensaba que sabría qué hacer. Le expliqué a Pa Salt lo sucedido y dónde estábamos y él me dijo que no nos preocupáramos, que la ayuda estaba en camino. Tras media hora de angustiosa espera, llegó un helicóptero con un piloto y un paramédico. Nos trasladaron a las tres a un hospital de Dalaman. Marielle sobrevivió con la pelvis destrozada y tres costillas rotas, pero el golpe en la cabeza todavía sigue provocándole fuertes migrañas.

Cuando aquella tarde me instalé en el asiento trasero del ciclomotor de Theo, después de no haberme acercado a uno desde el accidente de Marielle, tenía el corazón en un puño.

—¿Lista? —me preguntó.

—Todo lo lista que puedo estar —farfullé aferrándome a su cintura con todas mis fuerzas.

En cuanto tomamos la estrecha carretera que conducía a «Algún Lugar», decidí que si Theo era uno de esos conductores salvajes que buscaba impresionarme, le exigiría que detuviera el vehículo y me bajaría. Aun así, a pesar de que resultó no serlo, tuve que cerrar los ojos cuando empezó a subir por un camino empinado y polvoriento. Finalmente, después de un trayecto que se me hizo eterno pero que lo más probable es que no durara más de quince minutos, noté que Theo frenaba e inclinaba la moto para poner el pie en el suelo antes de apagar el motor.

—Bueno, ya hemos llegado.

—Genial.

Abrí los ojos, temblando de puro alivio, y me concentré en apearme de la moto.

—¿No es una maravilla? —dijo Theo—. Las vistas durante la subida son espectaculares, pero creo que desde aquí lo son más todavía.

Como había hecho el trayecto con los ojos cerrados, no tenía información alguna sobre las vistas. Me cogió de la mano y me guio por una explanada de hierba áspera y seca. Vi los olivos ancestrales que tachonaban la ladera, que descendía en picado hasta el mar. Asentí para indicar que sí, que era una maravilla.

—¿Adónde vamos? —le pregunté cuando echamos de nuevo a andar por el olivar.

Delante no se divisaba casa alguna, tan solo un viejo establo destinado con toda probabilidad a las cabras.

—Allí. —Señaló el establo y se volvió hacia mí—. Hogar, dulce hogar. ¿No es fantástico?

—Es...

—Te has puesto muy blanca, Ally. ¿Te encuentras bien?

—Sí —le aseguré.

Finalmente llegamos al establo y empecé a preguntarme cuál de los dos había perdido el tornillo. Si aquel era, efectivamente, su «hogar», aunque tuviera que recorrer a pie cada kilómetro del camino de vuelta en medio de la oscuridad, lo haría. No tenía la menor intención de pasar la noche allí.

—Sé que ahora mismo parece una choza, pero hace poco que lo he comprado y quería que fueras la primera en verlo, especialmente con la puesta de sol. Soy consciente de que necesita mucha reforma, y aquí, como no podía ser de otra manera, la normativa urbanística es muy estricta —continuó al tiempo que abría la astillada puerta de madera de un empellón.

Por el enorme agujero abierto en el tejado se veían las primeras estrellas que empezaban a aparecer en el cielo. Dentro de la construcción se respiraba un fuerte olor a cabra, y mi estómago ya revuelto sufrió otra arcada.

—¿Qué te parece? —me preguntó.

—Creo que, como has dicho, tiene unas vistas preciosas.

Mientras escuchaba a Theo explicar que había contratado a un arquitecto y que su plan era hacer la cocina justo allí, y una gran sala de estar allá, así como una terraza con vistas al mar, negué con la cabeza y salí del establo a trompicones, incapaz de seguir soportando el olor a cabra. Eché a correr por la tierra escabrosa y seca del exterior y conseguí doblar la esquina antes de agacharme y tener otro espasmo.

—¿Qué te ocurre, Ally? ¿Estás enferma otra vez?

Theo apareció enseguida a mi lado y me sostuvo en tanto yo negaba de nuevo con la cabeza.

—No, estoy bien. Es solo… es solo…

Y entonces me dejé caer sobre la hierba y empecé a llorar como una niña pequeña. Le conté lo del accidente de ciclomotor, y lo mucho que extrañaba a mi padre, y cuánto lamentaba que volviera a verme en aquellas condiciones.

—Ally, eres tú la que debe perdonarme. Todo esto es culpa mía. Es normal que estés agotada por la regata y por el trauma de haber perdido a tu padre. Es tal la imagen de mujer fuerte que das que yo, que alardeo de mi gran capacidad para leer a las personas, te he fallado. Llamaré a un amigo para pedirle que nos recoja en su coche de inmediato.

Demasiado exhausta para discutir, me quedé sentada en la hierba mientras Theo hacía una llamada con su móvil. El sol empezaba a ocultarse tras el mar y cuando empecé a serenarme, decidí que Theo tenía razón. Las vistas eran realmente espectaculares.

Diez minutos después, con Theo siguiéndonos sobre el ciclomotor, circulaba pausadamente colina abajo en un viejísimo Volvo conducido por un hombre igual de viejo al que Theo me había presentado como Kreon. A medio descenso, el coche dobló hacia la derecha y tomó otro camino polvoriento y lleno de baches que, una vez más, parecía no llevar a ningún lugar. Sin embargo, en aquella ocasión, cuando llegamos al final del mismo divisé las acogedoras luces de una bella casa construida sobre un acantilado.

—Siéntete como en casa, cariño —me dijo Theo cuando entramos en un amplio recibidor y una mujer de mediana edad y ojos oscuros apareció y lo abrazó afectuosamente mientras murmuraba palabras cariñosas en griego—. Irene es nuestra ama de llaves —me explicó—. Te enseñará tu habitación y te preparará un baño. Yo bajaré al pueblo con Kreon para recoger nuestras cosas del barco.

La bañera resultó estar en una terraza excavada —como el resto de la casa— en las recortadas rocas que se precipitaban vertiginosamente desde el acantilado hasta el mar. Tras disfrutar de un baño de espuma con agua perfumada, pasé al bonito y espacioso dormitorio. Luego salí a explorar y me topé con un salón elegantemente amueblado que se abría a una inmensa terraza con unas vistas espectaculares y una piscina infinita a la que un nadador olímpico no le habría hecho ascos. Me dije que aquella casa era como Atlantis, pero suspendida en el aire.

Poco después, envuelta en un albornoz de algodón que había encontrado sobre la cama, me senté en una de las butacas tapizadas de la terraza. Irene apareció con una botella de vino blanco dentro de una cubitera y dos copas.

—Gracias.

Bebí un sorbo al tiempo que contemplaba la oscuridad tachonada de estrellas y agradecía la suntuosidad del entorno después de varios días de navegación. Además, ahora también sabía que cuando llevara a Theo a Atlantis, se sentiría como en casa. Muchas veces, en el pasado, cuando invitaba a alguna amiga del internado a pasar unos días a Atlantis o a un crucero en el *Titán*, nuestro estilo de vida la intimidaba y perdía su naturaleza sociable. Después se iba y, cuando volvíamos a vernos, yo sentía por su parte lo que ahora suponía que era animosidad, y nuestra amistad ya nunca volvía a ser la misma.

Por suerte, no tendría ese problema con Theo. Era evidente que su familia vivía tan bien como la mía. Sonreí al pensar que ambos nos pasábamos al menos tres cuartas partes de nuestra existencia durmiendo sobre duros camastros en camarotes agobiantes y sintiéndonos afortunados si de la diminuta ducha salía un chorrito de agua, ya fuera fría o caliente.

Noté una mano en el hombro y después un beso en la mejilla.

—Hola, cielo. ¿Te encuentras mejor?

—Mucho mejor, gracias. Nada como un baño caliente después de una regata.

—Ya lo creo. —Theo se sirvió una copa de vino y se sentó frente a mí—. Yo también estoy a punto de darme uno. Ally, quiero pedirte perdón una vez más. Sé que puedo ser muy obstinado cuando tengo un objetivo en mente. Me hacía mucha ilusión enseñarte mi casa nueva.

—No pasa nada, en serio. Estoy segura de que será una casa maravillosa cuando esté terminada.

—No tanto como esta, obviamente, pero por lo menos será mía. Y a veces —añadió encogiéndose de hombros— eso es lo único que importa, ¿no crees?

—Para serte sincera, jamás se me ha pasado por la cabeza tener una casa propia. Paso tanto tiempo compitiendo que me parece absurdo comprar algo si puedo volver a Atlantis. Y los navegantes ganamos tan poco que tampoco podría permitirme gran cosa.

—Por eso me he comprado un establo de cabras —convino Theo—. Pero supongo que no tiene sentido negar que los dos hemos contado siempre con una red de seguridad bajo nuestros pies. Personalmente, preferiría morir de hambre a pedirle dinero a mi padre. Los privilegios siempre tienen un precio, ¿no estás de acuerdo?

—Puede, pero dudo mucho que la gente nos compadezca.

—No estoy diciendo que merezcamos compasión, Ally, pero, aunque este mundo materialista piense lo contrario, yo no creo que el dinero pueda resolver todos los problemas. Mira a mi padre, por ejemplo. Inventó un chip informático que lo hizo multimillonario a los treinta y cinco años, la edad que yo tengo ahora. Cuando yo era niño, le encantaba decirme que él había tenido que luchar mucho de joven y que debía ser consciente de mi gran suerte. Su experiencia, evidentemente, no se parece en nada a la mía, porque yo crecí con dinero. Es casi un círculo vicioso: mi padre no tenía nada y eso lo empujó a hacer algo en la vida, mientras que yo lo he tenido todo y sin embargo él me ha hecho sentir culpable por ello. Así que me he pasado toda mi existencia intentando salir adelante sin su ayuda, viviendo permanentemente en la ruina y sintiendo que no he estado a la altura de sus expectativas. ¿También ha sido así para ti? —me preguntó.

—No, aunque sí es cierto que Pa Salt nos enseñó a valorar el dinero. Siempre nos decía que habíamos venido a este mundo para ser nosotras mismas y que debíamos luchar por ser nuestra mejor versión. Siempre he sentido que estaba muy orgulloso de mí, sobre todo como navegante. Supongo que el hecho de que compartiéramos esa pasión ayudaba. Aunque en la carta que me dejó escrita dice algo curioso: da a entender que creía que dejé mi carrera musical porque quise convertirme en navegante profesional para complacerlo.

—¿Y es cierto?

—Creo que no. Me gustan ambas cosas, pero se me presentó la oportunidad de dedicarme a la navegación y la aproveché. Así es la vida a veces, ¿no crees?

—Sí —coincidió Theo—. Curiosamente, yo soy una mezcla de mis padres. Poseo la vena tecnológica de mi padre y la pasión por la vela de mi madre.

—En mi caso, al ser adoptada, no tengo ni idea de lo que hay en mis genes. Crecí marcada por mi entorno, no por mi herencia genética.

—¿Y no te parecería fascinante descubrir si tus genes han influido en tu vida hasta la fecha? Tal vez algún día deberías emplear las pistas de tu padre para averiguar de dónde vienes. Sería un estudio antropológico asombroso.

—No lo dudo —dije ahogando un bostezo—, pero ahora mismo estoy demasiado cansada para pensar en ello. Y tú hueles a cabra. Creo que ya va siendo hora de que te des ese baño.

—Tienes razón. Le pediré a Irene que sirva la cena en la terraza y estaré de vuelta dentro de diez minutos.

Me besó en la nariz y entró en la casa.

8

Algo más calmados tras el torbellino de pasión que había caracterizado el comienzo de nuestra relación, durante los ociosos días que pasamos en «Algún Lugar» Theo y yo nos dedicamos a conocernos mejor. Me descubrí confiándole cosas que no le había contado a ninguna otra persona, detalles nimios que, no obstante, significaban mucho para mí. Me escuchaba con una atención que jamás flaqueaba, y su mirada verde e intensa permanecía clavada en mí. De alguna manera, conseguía que me sintiera más valorada de lo que me había sentido en toda mi vida. Estaba especialmente interesado en Pa Salt y mis hermanas, en el «orfanato de lujo», como llamaba a nuestra existencia en Atlantis.

Una mañana bochornosa en la que el aire estaba tan quieto que tanto Theo como yo habíamos vaticinado tormenta, vino a sentarse conmigo en el diván de la terraza.

—¿Dónde estabas? —le pregunté.

—En una tediosa teleconferencia con nuestro patrocinador para la Fastnet, el entrenador del equipo y el propietario del *Tigresa*. Y mientras ellos hablaban de los pormenores, yo me he dedicado a garabatear.

—¿En serio?

—Sí. ¿Intentaste alguna vez hacer anagramas con tu nombre o escribirlo al revés cuando eras pequeña? Yo sí, y me salía una palabra ridícula —dijo con una sonrisa—. «Oeht.»

—Ya lo creo, y la mía es igual de absurda: «Ylla».

—¿Hacías también anagramas con tu apellido?

—No —respondí, preguntándome adónde querría ir a parar.

—De acuerdo. Pues a mí me encanta jugar con las palabras y,

como me aburría durante la conferencia, me he puesto a jugar con tu apellido.

—¿Y?

—Vale, sé que soy algo obsesivo y que adoro los misterios, pero también sé algo de mitología griega porque estudié a los clásicos en Oxford y porque he pasado aquí todos los veranos desde mi niñez —explicó Theo—. ¿Puedo enseñarte lo que he descubierto?

—Si insistes.

Me tendió un papel donde había anotadas unas palabras.

—¿Has visto la palabra que sale de D'Aplièse?

—Pleiades* —dije leyendo la palabra que Theo había escrito debajo de mi apellido y que, al parecer, había extraído de «D'Aplièse».

—Exacto. ¿Y reconoces el nombre?

—Me resulta familiar —acepté con renuencia.

—Ally, es el nombre griego del grupo de estrellas formado por las Siete Hermanas.

—¿Y qué me quieres decir con eso? —repliqué poniéndome absurdamente a la defensiva.

—Solo que es mucha casualidad que tú y tus hermanas os llaméis como las siete, o quizá debería decir seis, célebres estrellas y que vuestro apellido sea un anagrama de «Pleiades». ¿Era también el apellido de tu padre?

Noté que el rubor me abrasaba las mejillas mientras trataba de recordar si alguien había llamado alguna vez «señor D'Aplièse» a Pa Salt. El personal de Atlantis y del *Titán* lo llamaba «señor» a secas, salvo Marina, que al igual que nosotras, lo llamaba «Pa Salt» o «vuestro padre». Intenté pensar si alguna vez había visto un apellido escrito en las cartas que llegaban a casa, pero solo me venían a la mente sobres y paquetes de aspecto oficial dirigidos a alguna de las muchas empresas de Pa.

—Probablemente —respondí al fin.

—Lo siento, Ally. —Theo había percibido mi malestar—. Solo intentaba averiguar si tu padre inventó un apellido o si también él se llamaba así. En cualquier caso, cariño, mucha gente se cambia el nombre en el registro. De hecho, el tuyo es muy bonito. Eres «Alción Pleiades». En cuanto al apodo de «Pa Salt», diría que...

---

* «Pléyades» en español. (*N. del T.*)

—¡Ya basta, Theo!

—Perdón, es que lo encuentro fascinante. Estoy convencido de que tu padre era mucho más de lo que aparentaba a simple vista.

Me excusé y entré en la casa, incómoda por el hecho de que Theo hubiera reparado en algo tan íntimo sobre mi familia —aunque solo hubiera sido al jugar con las letras— que mis hermanas y yo, sin embargo, ni siquiera habíamos notado. Y si ellas lo habían descubierto, jamás lo habían mencionado abiertamente.

Cuando regresé a la terraza, Theo no volvió a sacar el tema. Durante la comida me habló de sus propios padres y de su amargo divorcio. Se había pasado la vida yendo de aquí para allá entre Inglaterra, donde vivía su madre, y Estados Unidos, donde pasaba las vacaciones con su padre. Como era típico en él, relató casi toda la historia en tercera persona —analíticamente, como si tuviera poco que ver con él—, pero me di cuenta de que había mucha tensión y rabia subyacentes. Intuí que Theo jamás le había dado una oportunidad a su padre por lealtad a su madre. No obstante, aún no sentía la confianza suficiente para decírselo, aunque supe que con el tiempo lo haría.

Aquella noche en la cama, afectada todavía por el descubrimiento sobre mi apellido, me costó conciliar el sueño. Si nuestro apellido era un anagrama creado por Pa como consecuencia de su obsesión por las estrellas y la mitología de las Siete Hermanas, ¿quiénes éramos, en realidad?

Y más importante aún, ¿quién había sido él?

Por desgracia, sabía que ya nunca podría averiguarlo.

Al día siguiente tomé prestado el portátil de Theo y busqué el grupo de estrellas de las Siete Hermanas o Pléyades. Aunque Pa nos había hablado de ellas y Maia había pasado mucho tiempo con él en el observatorio levantado sobre Atlantis, yo nunca había mostrado demasiado interés. Toda la información que Pa compartía conmigo solía ser de índole técnica, cuando salíamos a navegar juntos. Me había enseñado a utilizar las estrellas para navegar en el mar y me había contado que durante miles de años los marineros se habían servido de las Siete Hermanas para orientarse. Finalmente, cerré el ordenador pensando que, fueran cuales fuesen las razones por las que Pa nos había puesto aquellos nombres, se trataba simplemente de otro misterio que jamás sería desvelado. Y que tratar de descubrirlo solo aumentaría mi malestar.

Así se lo expliqué a Theo durante la comida, y estuvo de acuerdo conmigo.

—Lo siento, Ally, no debería habértelo mencionado. Lo que importa es el presente y el futuro. E independientemente de quién fuera tu padre, lo único que cuenta es que hizo lo correcto al recogerte cuando eras un bebé. Y aunque he descubierto algo más y estoy deseando contártelo...

Me miró tentativamente.

—¡Theo!

—Vale, vale, entiendo que no es el momento.

No lo era, pero aquella misma tarde —tal como quizá había pretendido Theo— saqué la carta de Pa de entre las páginas de mi diario donde la había guardado y volví a leerla. Puede que algún día, pensé, decidiera seguir la pista que me había dejado. O que por lo menos buscase el libro que mencionaba en aquellas líneas y que descansaba en la estantería de su estudio de Atlantis...

Hacia el final de nuestras vacaciones, me sentía como si Theo se hubiera convertido en parte de mí. Cada vez que me repetía aquella frase mentalmente, apenas podía creerme que fuera yo quien la decía. Sin embargo, y aunque se trataba de una idea romántica, de verdad sentía que era mi alma gemela. Con él me sentía completa.

Y no comprendí lo aterrador que podía llegar a ser aquel nuevo sentimiento hasta que, con su habitual serenidad, Theo mencionó la necesidad de abandonar «Algún Lugar» —que ahora ya sabía que estaba en la isla de Anafi— y volver a la realidad.

—Primero he de ir a Londres a ver a mi madre. Luego recogeré el *Tigresa* en Southampton y lo llevaré a la isla de Wight. Eso me dará la oportunidad de acostumbrarme un poco a él. ¿Y tú, cariño?

—Yo también debería pasar unos días en casa —dije—. A Ma se le da muy bien fingir que está bien, pero ahora que Maia y Pa no están allí, tengo la sensación de que debería ir a verla.

—He estado mirando vuelos. ¿Qué te parece si este fin de semana vamos juntos hasta Atenas en el *Neptuno* y luego coges un avión a Ginebra desde allí? Hay uno con plazas libres a mediodía, casi a la misma hora que mi vuelo a Londres.

—Genial, gracias —respondí con brusquedad, pues de pronto me sentía tremendamente vulnerable.

Me asustaba estar sin él y lo que pudiera depararnos el futuro. Incluso si habría siquiera un futuro después de «Algún Lugar».

—¿Qué te ocurre, Ally?

—Nada. Hoy me ha dado demasiado el sol y creo que debería irme ya a la cama.

Me puse en pie para abandonar la terraza, pero Theo me cogió la mano.

—No hemos terminado la conversación. Siéntate, por favor. —Me devolvió a la silla con firmeza y me besó en los labios—. Está claro que tenemos que hablar de nuestros planes después de volver a casa. Por ejemplo, de la Fastnet. He estado dándole muchas vueltas durante estos días y quiero proponerte algo.

—Adelante —dije con frialdad.

Aquellos no eran precisamente los «planes» de los que quería oírle hablar en ese instante.

—Quiero que vengas a entrenar con la tripulación, pero si veo que las condiciones meteorológicas son demasiado peligrosas para que participes en la regata propiamente dicha o si empiezas la regata pero en un momento dado te pido que vuelvas a tierra, tienes que jurarme que obedecerás mis órdenes.

Me obligué a asentir.

—A sus órdenes, capitán.

—No te lo tomes a risa, Ally, estoy hablando muy en serio. Ya te dije una vez que si te pasara algo nunca podría perdonármelo.

—¿No crees que tomar esa decisión me corresponde a mí?

—No. Como tu patrón, y no digamos como tu amante, me corresponde a mí.

—¿Y yo tendré permitido detenerte si creo que la regata es demasiado peligrosa?

—¡Naturalmente que no! —Theo negó con la cabeza, frustrado—. Seré yo quien tome las decisiones, para bien o para mal.

—¿Y si es «para mal» y yo lo sé?

—Me lo dices y tendré en cuenta tu advertencia, pero la decisión final será mía.

—¿Y por qué no puedo tomarla yo? No es justo, yo…

—Ally, esto es absurdo, así no llegaremos a ninguna parte. Además, estoy seguro de que no ocurrirá nada de esto. Lo único que intento decirte es que tienes que hacerme caso, ¿de acuerdo?

—De acuerdo —acepté malhumorada.

Aquello era lo más parecido a una discusión que habíamos tenido hasta el momento y, con el poco tiempo que nos quedaba en aquel lugar idílico, lo último que quería era que la situación empeorara aún más

—Pero lo más importante de todo… —vi que la mirada de Theo se enternecía mientras alargaba una mano y me acariciaba la cara— es que no debemos olvidar que hay todo un futuro después de la Fastnet. Estas han sido las mejores semanas de mi vida, pese a todo el trauma. Cielo, sabes que no soy dado a los discursos románticos, pero me encantaría que encontráramos la manera de estar juntos para siempre. ¿Qué me dices?

—Me parece bien —farfullé, incapaz de cambiar de una «irritación extrema» a «pasemos nuestra vida juntos» en unos pocos segundos. Estuve tentada de echar una ojeada a la agenda de Theo para ver si tenía anotado «Hablar del futuro con Ally».

—Y por anticuado que parezca, sé que nunca encontraré a otra mujer como tú. Así que, teniendo en cuenta que ya no somos unos críos y hemos tenido nuestras experiencias, quiero que sepas que estoy completamente seguro de lo que siento por ti. Y que me haría muy feliz casarme contigo mañana mismo. ¿Y a ti?

Lo miré de hito en hito, tratando en vano de asimilar lo que me estaba diciendo.

—¿Es una proposición al estilo Theo? —espeté.

—Supongo que sí. ¿Y bien?

—Entiendo lo que quieres decir.

—¿Y…?

—Bueno, la verdad es que no es precisamente una escena sacada de *Romeo y Julieta*.

—Tienes razón. Como ya has tenido la oportunidad de comprobar, no se me dan bien los grandes momentos. Supongo que solo quiero quitármelos de en medio y seguir… viviendo. Y lo cierto es que me gustaría mucho vivir contigo… casarme contigo, quiero decir —se corrigió.

—No tenemos por qué casarnos.

—No, pero imagino que aquí es donde entra en juego mi educación tradicional. Quiero pasar contigo el resto de mi vida y, por esa razón, quiero pedirte matrimonio formalmente. Me gustaría que fueras la señora de Falys-Kings y poder decirle a la gente «mi esposa y yo».

—A lo mejor no quiero adoptar tu apellido. Hoy en día muchas mujeres conservan su apellido de solteras —repliqué.

—Es cierto —reconoció él con calma—, pero es mucho más fácil así, ¿no te parece? Me refiero a compartir el mismo apellido. Para las cuentas bancarias, y ahorra explicaciones a la hora de telefonear a electricistas y fontaneros y…

—¿Theo?

—¿Sí?

—¡Por lo que más quieras, cierra el pico! A pesar de lo irritantemente práctico que puedes ser a veces, antes de que me analices para intentar sacarme un sí, déjame decirte que yo también me casaría contigo mañana mismo.

—¿En serio?

—Pues claro.

Entonces me pareció ver que se le llenaban los ojos de lágrimas, y la parte de mí que tanto se semejaba a él comprendió que hasta el ser humano más aparentemente seguro se volvía vulnerable al creer que la persona a la que amaba correspondía sus sentimientos. Y que lo deseaba y necesitaba con igual desesperación. Me acerqué a él y lo abracé con fuerza.

—¿No es maravilloso?

Theo sonrió y se enjugó disimuladamente las lágrimas.

—Teniendo en cuenta tu porquería de declaración, sí.

—Genial. Y ahora… aunque se trata de otra petición anticuada que puedes atribuir a la educación que he recibido, me gustaría que mañana fuéramos a comprar algo que marque nuestro compromiso.

—¿Quieres que nos prometamos? —pregunté con tono burlón—. Aunque hablas como si te hubieras escapado de una novela de Austen, será un placer.

—Gracias. —Theo alzó la vista hacia las estrellas, negó con la cabeza y me miró a los ojos—. ¿No te parece un milagro?

—¿Qué parte?

—Todo. Llevaba treinta y cinco años sintiéndome solo en este planeta, y un buen día tú apareces de la nada y de repente lo entiendo.

—¿Qué es lo que entiendes?

Hizo un gesto de negación y se encogió levemente de hombros.

—El amor.

Al día siguiente, tal como Theo me había pedido, fuimos a la capital de la isla, Chora, que en realidad era poco más que un aletargado pueblo de casitas blancas situado en lo alto de una colina con vistas a la costa sur de la isla. Paseamos por sus pintorescas callejuelas, donde encontramos un par de tiendecitas que vendían joyas hechas a mano además de un batiburrillo de productos alimenticios y utensilios para la casa, así como un pequeño mercado al aire libre con algunos puestos de bisutería. Nunca me habían gustado mucho las joyas, y después de pasarme media hora probándome anillos, me di cuenta de que Theo empezaba a impacientarse.

—Tiene que haber algo que te guste —me alentó cuando nos detuvimos ante el último puesto del mercado.

De hecho, acababa de echarle el ojo a un objeto en concreto.

—¿Te importaría que no fuera un anillo?

—Ahora mismo aceptaría un piercing en el pezón con tal de regalarte algo que te guste y de que pudiéramos irnos a comer. Estoy hambriento.

—Muy bien; entonces, quiero eso.

Señalé una delicada cadena de plata con un elegante ojo de cristal azul, el colgante tradicional griego contra el «mal de ojo».

El vendedor lo descolgó del expositor y se lo colocó en la palma de la mano para que pudiéramos verlo mejor mientras señalaba la etiqueta con el precio escrito a mano. Theo se quitó las gafas de sol y levantó el colgante entre los dedos pulgar e índice para examinarlo.

—Ally, es muy bonito, pero, por quince euros, no es lo que se dice una sortija de diamantes.

—A mí me gusta. Los marineros lo llevan para protegerse de los mares tempestuosos. Además, mi nombre significa que soy la protectora de los marineros.

—Lo sé, aunque no estoy seguro de que un amuleto contra el mal de ojo sea la joya de compromiso más adecuada.

—Pues a mí me encanta, y antes de que los dos nos hartemos y desistamos, ¿puedo quedármelo, por favor?

—Solo si prometes protegerme.

—Lo prometo —dije rodeándole la cintura con los brazos.

—De acuerdo. Pero te lo advierto, aunque solo sea por un tema de formas, es posible que en el futuro me vea obligado a regalarte algo más… tradicional.

Minutos después, nos alejábamos del mercado con el pequeño talismán ya en torno a mi cuello.

—Ahora que lo pienso —dijo Theo mientras recorríamos de nuevo las tranquilas calles buscando una cerveza y algo de comer—, creo que es mucho más apropiado tenerte encadenada por el cuello que por un solo dedo, aunque tarde o temprano tendremos que comprarte un anillo como es debido. Sin embargo, me temo que no podrá ser de Tiffany o Cartier.

—¿Quién está mostrando ahora sus raíces? —bromeé justo cuando nos sentamos en la terraza sombreada de una taberna—. Y, solo para que lo sepas, no me gustan las marcas de diseñador.

—Tienes razón. Te pido perdón por mostrar mi arraigado pasado de club de campo de Connecticut. Y ahora —cogió una carta plastificada—, ¿qué te apetece comer?

Al día siguiente, después de separarme a regañadientes de Theo en el aeropuerto de Atenas, me senté en el avión sintiéndome perdida sin él. De manera inconsciente, no dejaba de volverme una y otra vez hacia mi sorprendido vecino para contarle a Theo algo que se me acababa de ocurrir. Solo entonces recordaba que él ya no estaba. Tuve que reconocer para mis adentros que me sentía totalmente vacía sin él.

No había avisado a Ma de que volvía a casa porque pensé que sería agradable darle una sorpresa. Y mientras el avión me trasladaba a Ginebra y yo me preparaba para llegar a un Atlantis que había perdido su alma, mi corazón se debatía entre la felicidad por lo que había encontrado y el espanto por lo que había perdido y al que me disponía a regresar. Y esta vez mis hermanas no estarían allí para llenar el enorme vacío que había dejado Pa Salt.

Cuando llegué a Atlantis, por primera vez en mi vida nadie se acercó a recibirme al embarcadero, y aquello solo aumentó mi tristeza. Tampoco Claudia estaba en su habitual puesto de la cocina, pero sobre la encimera había un bizcocho de limón recién hecho, que, casualmente, era mi favorito. Corté una generosa porción y subí a mi cuarto. Dejé la mochila en el suelo y me senté en la cama admirando la vista del lago sobre los árboles y escuchando aquel silencio perturbador.

Me incorporé y fui hasta la estantería para coger el barco dentro de una botella que Pa Salt me había regalado cuando cumplí siete años. Contemplé la complicada maqueta de madera y lona y sonreí al recordar la tabarra que le había dado a Pa para que me explicara cómo podía haber entrado por el estrecho cuello de la botella.

—Es magia, Ally —me susurró al oído—. Y hemos de creer en ella.

Saqué mi diario de la mochila y, desesperada por volver a sentirlo cerca, extraje la carta que me había escrito. Después de repasar los detalles, decidí bajar a su estudio y buscar el libro que me aconsejaba que leyera.

Me detuve en el umbral y dejé que el familiar olor a limón, aire fresco y seguridad me inundara.

—¡Ally, cuánto siento no haber estado aquí para recibirte! No sabía que ibas a venir, pero es una sorpresa maravillosa.

—¡Ma! —Me di la vuelta para abrazarla—. ¿Cómo estás? Tenía unos días libres y quería asegurarme de que te encontrabas bien.

—Sí, sí... —dijo con cierta premura—. ¿Y cómo estás tú, *chérie*?

Sentí que me escudriñaba con su mirada de ojos inteligentes y sagaces.

—Ya me conoces, Ma, yo nunca enfermo.

—Y tanto tú como yo sabemos que no te estoy preguntando por tu salud, Ally —repuso con dulzura.

—He estado ocupada, y creo que eso me ha ayudado. Por cierto, ganamos la regata —comenté débilmente, pues no estaba preparada para hablarle a Ma de Theo y de la posible felicidad que acababa de encontrar. No me parecía apropiado estando en Atlantis sin Pa.

—Maia también está aquí. Se ha ido a Ginebra hace un rato, después de que se marchara el… amigo que la había acompañado desde Brasil. No tardará en volver, y se alegrará mucho de verte, estoy segura.

—Y yo a ella. Me envió un correo electrónico hace unos días y parecía muy feliz. Estoy deseando que me hable de su viaje.

—¿Te apetece una taza de té? Vamos a la cocina para que puedas contármelo todo sobre la regata.

—Está bien.

Me alejé del estudio de Pa y seguí obedientemente a Ma. Puede que solo fuera porque yo me había presentado en casa sin avisar, pero la notaba tensa, privada de la serenidad que la caracterizaba normalmente. Hablamos de Maia y de la regata de las Cícladas y, veinte minutos después, oímos el motor de la lancha. Me acerqué al embarcadero para recibir a Maia.

—¡Sorpresa! —dije abriendo los brazos.

—¡Ally! —Maia me miró atónita—. ¿Qué haces aquí?

—Te parecerá extraño, pero esta también es mi casa —bromeé mientras regresábamos a Atlantis cogidas del brazo.

—Lo sé, pero no te esperaba.

Decidimos sentarnos en la terraza y fui a buscar una jarra de la limonada casera de Claudia. Observé a Maia mientras me hablaba de su reciente viaje a Brasil y pensé que hacía años que no la veía tan animada. Tenía la piel resplandeciente y los ojos le brillaban. Sin duda, descubrir su pasado a través de las pistas póstumas de Pa Salt la había ayudado a sanar.

—Y, Ally, quiero contarte algo más. Debería habértelo explicado hace mucho tiempo…

Entonces me desveló qué era lo que le había sucedido en la universidad y la había hecho recluirse desde aquel momento. Mientras escuchaba la historia se me llenaron los ojos de lágrimas y busqué su mano para reconfortarla.

—Maia, no sabes cuánto siento que tuvieras que pasar por todo eso tú sola. ¿Por qué no me dijiste nada? ¡Era tu hermana! Siempre pensé que teníamos una relación estrecha. Habría estado a tu lado, de verdad que sí.

—Lo sé, Ally, pero por aquel entonces solo tenías dieciséis años. Y, además, me daba vergüenza.

A continuación le pregunté quién era la horrible persona que tanto había hecho sufrir a mi hermana.

—Ah, no lo conoces. Es un chico que iba conmigo a la universidad. Se llamaba Zed.

—¿Zed Eszu?

—Sí. Quizá hayas oído hablar de él en las noticias. Su padre es el magnate que se suicidó.

—Y cuyo barco, no sé si te acordarás, estaba cerca del de Pa el día que supe que había muerto —dije con un escalofrío.

—Es casi una ironía que fuera Zed el que, sin saberlo, me forzó a coger un avión hacia Río cuando aún me estaba planteando si ir o no. Después de catorce años de silencio, un buen día me deja un mensaje en el contestador diciéndome que viene a Suiza y que si podemos vernos.

La miré con extrañeza.

—¿Quería quedar contigo?

—Sí. Me dijo que se había enterado de la muerte de Pa y que podíamos prestarnos el hombro mutuamente para llorar. Si algo podía hacerme salir huyendo de Suiza a toda prisa, era eso.

Le pregunté si Zed sabía lo que le había ocurrido todos esos años atrás.

—No. —Maia sacudió enérgicamente la cabeza—. Y si lo supiera, dudo que le importara lo más mínimo.

—Creo que hiciste bien alejándote de él —le aseguré.

—¿Lo conoces?

—No personalmente, pero conozco a... alguien que sí. En cualquier caso —continué recomponiéndome antes de que pudiera seguir interrogándome—, juraría que subirte a ese avión es lo mejor que has hecho en tu vida. Oye, aún no me has contado nada de tu invitado, el brasileño atractivo. Creo que Ma se ha quedado prendada de él. Cuando he llegado, no hablaba de otra cosa. Es escritor, ¿verdad?

Hablamos un rato de él y luego Maia me preguntó por mí. Decidí que aquel era su momento de hablar de la persona que había encontrado después de tantos años, así que me abstuve de mencionarle a Theo y en su lugar le conté lo de la Fastnet y las pruebas olímpicas a las que me sometería.

—¡Ally! ¡Es genial! Mantenme informada, ¿eh? —suplicó.

—Pues claro.

Marina apareció en la terraza.

—Maia, *chérie*, no sabía que estabas en casa, me lo acaba de decir Claudia. Christian me ha dado esto para ti esta mañana; me temo que me había olvidado por completo de entregártelo.

Marina le tendió un sobre y los ojos de Maia se iluminaron al reconocer la letra.

—Gracias, Ma.

—¿Os apetece cenar algo? —nos preguntó Ma.

—Si estás preparando algo, me apunto. Maia —me volví hacia ella—, ¿te apetece cenar conmigo? No solemos tener muchas oportunidades de ponernos al día.

—Sí, claro. —Maia se levantó—. Pero, si no os importa, antes me voy un rato al Pabellón.

Ma y yo miramos con una media sonrisa primero la carta que tenía en las manos y luego a Maia.

—Te vemos luego, *chérie* —dijo Marina.

Cuando entré en la casa con Ma, estaba muy afectada por lo que Maia acababa de contarme. Por un lado, me alegraba que hubiésemos aclarado las cosas, pues al fin comprendía por qué Maia se había vuelto tan distante después de la universidad y había decidido vivir en lo que parecía un exilio autoimpuesto. Pero el hecho de que me hubiera contado que Zed Eszu había sido la causa de su sufrimiento era algo muy distinto…

Con seis chicas en la familia, y todas tan diferentes, los chismorreos sobre novios y aventuras amorosas habían variado de acuerdo con la personalidad de la hermana en cuestión. Hasta ahora, Maia se había mostrado totalmente hermética respecto a su vida privada y Star y CeCe se tenían la una a la otra y raras veces hablaban con el resto de nosotras. De manera que solo quedaban Electra y Tiggy, y las dos habían confiado en mí a lo largo de los años…

Subí a mi habitación y, paseando con nerviosismo de un lado a otro, cavilé sobre el dilema ético de saber algo que potencialmente afectaba a otras personas a las que quería y de si debía compartir esa información o callar. Pero, dado que Maia acababa de sincerarse conmigo por primera vez en años, me dije que la decisión de contar o no su historia al resto de nuestras hermanas era suya y solo suya. ¿De qué serviría que me entrometiera?

Tomada la determinación, consulté el móvil y sonreí al ver un mensaje de Theo.

«Mi querida Ally, te echo de menos. Poco original, pero cierto.»

Contesté de inmediato.

«Y yo a ti (menos original todavía).»

Mientras me duchaba antes de bajar a cenar con Maia, ansié contarle a mi hermana que yo también había conocido a un hombre maravilloso, pero me recordé que, después de tantos años, aquel debía ser su momento y que el mío podía esperar.

Durante la cena, Maia anunció que regresaba a Brasil al día siguiente.

—Solo se vive una vez, ¿no es cierto, Ma? —dijo, radiante de felicidad, y pensé que nunca la había visto tan guapa.

—Ya lo creo —convino Ma—. Y si algo hemos aprendido a lo largo de estas últimas semanas es justamente eso.

—Se acabó el esconderse. —Maia alzó su copa—. Y si no funciona, por lo menos lo habré intentado.

—Se acabó el esconderse —brindé sonriente con ella.

9

Marina y yo le lanzamos besos a Maia mientras la veíamos abandonar Atlantis.

—Me alegro tanto por ella —dijo Ma, enjugándose disimuladamente las lágrimas cuando nos dimos la vuelta para regresar a la casa, donde, frente a una taza de té, hablamos del difícil pasado de Maia y su al parecer prometedor futuro.

De las cosas que Ma decía, resultaba sencillo deducir que tenía la misma opinión de Zed Eszu que yo. Apuré el té y le dije que debía ir a revisar mi correo electrónico.

—¿Te importa que use el despacho de Pa? —le pregunté, pues sabía que tenía la mejor señal de internet de toda la casa.

—Pues claro que no. Recuerda que ahora esta casa es tuya y de tus hermanas —respondió Ma con una sonrisa.

Cogí el portátil de mi habitación, bajé a la planta baja y abrí la puerta del estudio de mi padre. Estaba como siempre, con sus paneles de madera de roble en las paredes, del mismo tono que los muebles antiguos y confortables. Me senté tímidamente en la butaca de cuero con ruedas de Pa Salt y coloqué el portátil sobre el escritorio de nogal. Mientras se iniciaba, hice girar el asiento para contemplar distraídamente la cornucopia de objetos que Pa siempre había tenido en los estantes. No guardaban relación entre sí, y yo había dado por sentado desde que era niña que únicamente eran cosas de las que se había encaprichado durante sus incontables viajes. Paseé la mirada por la librería que cubría una de las paredes de arriba abajo y me pregunté dónde podía estar el libro que mencionaba en su carta. Al percatarme de que Dante descansaba junto a Dickens y Shakespeare junto a Sartre, comprendí que los libros estaban colocados por orden alfabético y eran tan eclécticos y de gustos tan diversos como lo había sido el propio Pa.

El portátil decidió que, a pesar de que acababa de encenderlo, aquel era el mejor momento para preguntarme si quería instalar actualizaciones, así que, mientras esperaba a que se reiniciara, me levanté de la silla y me acerqué al reproductor de CD de mi padre. Todas las hermanas habíamos intentado que se pasara al iPod, pero, aunque en su despacho tenía todo tipo de sofisticados aparatos informáticos y de equipamiento electrónico, siempre decía que ya era demasiado viejo para cambiar y que prefería «ver» físicamente la música que le gustaba. Encendí el equipo, fascinada ante la posibilidad de descubrir lo último que había escuchado Pa Salt, y la estancia se llenó de inmediato con las primeras notas de «La mañana» de la suite de *Peer Gynt*.

Me quedé allí plantada, con los pies pegados al suelo, asaltada por un alud de recuerdos. Era la pieza orquestal favorita de Pa, y a menudo me pedía que le tocara las primeras notas con la flauta. Con el tiempo se había convertido en la banda sonora de mi infancia, porque me recordaba todos los gloriosos amaneceres que habíamos compartido cada vez que me llevaba al lago para enseñarme a navegar.

Lo echaba muchísimo de menos.

Y también extrañaba a otra persona.

La música que salía de los altavoces fue ganando intensidad e inundando el despacho con su maravilloso sonido. Sin pensarlo, cogí el teléfono que había encima de la mesa de Pa para hacer una llamada.

Me lo acerqué a la oreja dispuesta a marcar el número, cuando me di cuenta de que alguien más estaba usando la línea de la casa. Oí una voz conocida, la misma voz grave que tantas veces me había consolado de niña, y no pude evitar interrumpir la conversación.

—¿Hola? —dije mientras me abalanzaba sobre el equipo de música para bajar el volumen y asegurarme de que era él.

Pero la voz ya se había convertido en un pitido rítmico. Y supe que se había ido.

Me senté, respirando agitadamente, y luego me levanté de un salto y salí al rellano para llamar a Ma. Mis gritos también alarmaron a Claudia, que llegó corriendo desde la cocina. Para entonces, yo ya estaba llorando incontroladamente y, cuando Ma apareció en el rellano del primer piso, fui a su encuentro.

—Ally, *chérie*, ¿qué te ocurre?

—¡Acabo… acabo de oírlo, Ma! ¡He oído su voz!

—¿La voz de quién, *chérie*?

—¡De Pa Salt! Estaba hablando por la línea de la casa cuando he descolgado el teléfono del estudio para marcar un número. ¡Dios mío! ¡No está muerto, no está muerto!

—Ally. —Advertí que Ma intercambiaba una mirada significativa con Claudia antes de rodearme con un brazo y conducirme al salón—. Cálmate, *chérie*, te lo ruego.

—¿Cómo quieres que me calme? Mi intuición me decía que no estaba muerto, Ma, y eso quiere decir que está en algún lugar y sigue vivo. Y alguien de esta casa estaba hablando con él…

Le lancé una mirada acusadora.

—Ally, de verdad, entiendo que creas haber oído a tu padre, pero tiene una explicación muy sencilla.

—¿Qué explicación puede tener algo así?

—El teléfono sonó hace unos minutos. Lo oí, pero estaba demasiado lejos para poder cogerlo y saltó el contestador. Estoy segura de que lo que has escuchado es la grabación de tu padre pidiendo que dejen un mensaje.

—¡Estaba sentada justo delante del teléfono y no lo he oído sonar antes de descolgar!

—Tenías la música muy alta, Ally. Podía oírla desde el piso de arriba, desde mi habitación. Quizá por eso no lo hayas oído.

—¿Estás segura de que no estabas hablando por teléfono con él? O tal vez fuese Claudia —sugerí desesperada.

—Ally, por mucho que desees que te diga lo contrario, me temo que no puedo. ¿Quieres marcar el número de la casa desde tu móvil? Si lo dejas sonar cuatro veces, oirás el mensaje de voz de tu padre. Pruébalo, por favor —me instó.

Me encogí de hombros, avergonzada de haber acusado a Ma y a Claudia de mentirme.

—No, no, te creo —dije—. Simplemente… quería que fuera él, deseaba creer que toda esta situación horrible había sido un error.

—Es lo que nos gustaría a todas, Ally, pero tu padre se ha ido y nada de lo que hagamos hará que regrese.

—Lo sé, y lo siento.

—No es necesario que te disculpes, *chérie*. Si puedo hacer algo...

—No. —Me levanté—. Iré a hacer mi llamada.

Marina me sonrió con ternura mientras regresaba al estudio de Pa Salt, donde me senté una vez más frente al escritorio y examiné el teléfono. Descolgué, marqué el número de Theo y me salió el buzón de voz. Deseando hablar con él y no con una máquina, colgué bruscamente sin dejarle ningún mensaje.

Entonces recordé que aún tenía que encontrar el libro que Pa Salt quería que leyera. Me puse en pie, examiné los títulos de los autores que empezaban por «H» y di con él en cuestión de segundos.

Grieg, Solveig og Jeg
En biografi av Anna og Jens Halvorsen
Jens Halvorsen

Tan solo entendí que se trataba de algún tipo de biografía, pero me lo llevé hasta la mesa y me senté.

Era un libro sin duda antiguo, pues tenía las páginas amarillentas y quebradizas. Me fijé en que se había publicado en 1907, hacía exactamente cien años. Gracias a mis conocimientos de música, enseguida supe casi con total seguridad a qué hacía referencia el señor Halvorsen. Solveig era la triste heroína del poema de Ibsen, y también aparecía en la célebre composición escrita por el maestro Edvard Grieg para acompañar la representación teatral de dicho poema. Cuando pasé la página, vi que también había un prólogo en el que reconocí las palabras «Grieg» y «Peer Gynt». Por desgracia, fue lo único que pude leer, puesto que el resto del texto estaba escrito en lo que imaginaba que era noruego, la lengua materna de Grieg e Ibsen, y, por lo tanto, me resultaba indescifrable.

Con un suspiro de decepción, pasé las páginas y encontré varias imágenes en blanco y negro de una mujer menuda caracterizada de campesina para una obra de teatro. Debajo de aquella lámina podía leerse: «Anna Landvik som Solveig, septiembre de 1876». Examiné las fotografías y advertí que la tal Anna Landvik era prácticamente una chiquilla cuando se tomaron las imágenes. Bajo la gruesa capa de maquillaje escénico, se adivinaba un rostro muy joven. Pasé las demás láminas, en las que había fotografías donde aparecía con unos años más, y parpadeé atónita al reconocer el rostro del mismísimo Edvard Grieg. Anna Landvik estaba de pie junto a un piano de cola y Grieg detrás, aplaudiéndola.

Había otras imágenes que mostraban a un hombre joven y guapo —el biógrafo del libro— posando junto a Anna Landvik, que sostenía un bebé en los brazos. Frustrada por el hecho de que el libro no pudiera desvelarme más cosas a causa de la barrera idiomática, noté que se me había despertado la curiosidad. Necesitaba que me lo tradujeran, y me dije que Maia, como profesional de la traducción, seguramente conociera a alguien que pudiera ayudarme.

Dada mi formación musical, la idea de que hubiera podido existir una conexión entre mis antepasados y uno de los más grandes compositores de la historia —por el que Pa y yo, además, sentíamos predilección— me conmovía profundamente. ¿Era esa la razón de que a Pa le gustara tanto la suite de *Peer Gynt*? A lo mejor me la había puesto porque conocía mi conexión con ella...

Lamenté una vez más su muerte y las preguntas que ya nunca obtendrían respuesta.

—¿Estás bien, *chérie*?

Arrancada de mis pensamientos, levanté la vista y vi a Ma de pie en el umbral.

—Sí.

—¿Estabas leyendo?

—Sí —contesté posando una mano protectora sobre el libro.

—La comida está servida en la terraza.

—Gracias, Ma.

Frente a una ensalada de queso de cabra y una copa de vino blanco helado, volví a disculparme con Ma por mi exagerada reacción de hacía un rato.

—No hace falta que te disculpes, en serio —me tranquilizó—. Bien, las dos nos hemos puesto al día sobre Maia, pero tú has hablado muy poco de ti. Cuéntame cómo estás, Ally. Intuyo que te ha pasado algo bueno, porque tú también estás distinta.

—La verdad, Ma..., es que yo también he conocido a alguien.

—Lo imaginaba —dijo con una sonrisa.

—Y esa es la razón de que no escuchara los mensajes de voz que todas me dejasteis cuando murió Pa. En esos momentos estaba con él y había desconectado el móvil —solté de repente, pues necesitaba contar la verdad y liberarme de la angustia que me oprimía el pecho—. Lo lamento mucho, Ma. Me siento muy culpable.

—Pues no deberías. ¿Quién iba a imaginar que sucedería algo así?

—La verdad es que soy una montaña rusa emocional —suspiré—. Creo que nunca he estado tan contenta y tan triste a la vez. Es muy extraño. Me siento culpable por ser feliz.

—Dudo mucho que tu padre deseara que te sintieras así, *chérie*. ¿Y quién es ese hombre que te ha robado el corazón?

Se lo conté todo. Y el mero hecho de pronunciar el nombre de Theo hizo que me sintiera mejor.

—¿Crees que es el hombre de tu vida, Ally? Nunca te había oído hablar así de nadie.

—Creo que podría serlo, sí. De hecho… bueno, me ha pedido matrimonio.

—¡Dios mío! —Ma me miró perpleja—. ¿Y has aceptado?

—Sí, aunque aún tardaremos mucho en casarnos, estoy segura. Pero me regaló esto. —Tiré de la cadena de plata para enseñarle el colgante contra el mal de ojo que llevaba en el cuello—. Sé que todo ha ido muy deprisa, pero siento que es lo que quiero. Y él también. Ya me conoces, Ma, no soy de esas personas que se dejan llevar por el romanticismo, de modo que todo este asunto todavía me tiene un poco impactada.

—Sí, te conozco, Ally, y por eso sé que se trata de algo importante.

—A decir verdad, Theo me recuerda a Pa. Me habría gustado que se conocieran. —Suspiré antes de comer un poco de ensalada—. Cambiando de tema, ¿realmente crees que Pa quería que todas averiguáramos de dónde venimos?

—Creo que quería proporcionaros la información que necesitaríais en caso de que algún día sintierais el deseo de hacerlo. Pero la decisión, obviamente, es vuestra.

—A Maia, desde luego, la ha ayudado mucho. Mientras indagaba en su pasado ha encontrado su futuro.

—Es cierto —dijo Ma.

—Pero creo que es posible que yo ya haya encontrado el mío sin necesidad de ahondar en mi historia. Puede que algún día lo haga, pero ahora solo quiero disfrutar del presente y ver hacia dónde me lleva.

—Me parece muy bien. Espero que traigas pronto a Theo para que lo conozca.

—Lo haré, Ma —dije, y la mera idea me hizo sonreír—. Te lo prometo.

Después de unos días disfrutando de los guisos de Claudia, de noches de sueño reparador y del fabuloso clima de julio, me sentía recuperada y en paz. Todas las tardes sacaba el Laser y daba tranquilos paseos por el lago. Y cuando el sol apretaba, me tendía en la embarcación y dejaba que mis sentimientos por Theo me inundaran. Me notaba más cerca de él y de Pa cuando estaba en el agua. Poco a poco, me di cuenta de que iba aceptando la pérdida de Pa. Y, aunque le había dicho a Marina que no iba a investigar mi pasado por el momento, ya le había escrito un correo a Maia para preguntarle si conocía a algún traductor del noruego. Me había contestado que no, pero que haría algunas averiguaciones. Dos días después, me había enviado un correo con los datos de una tal Magdalena Jensen. Yo ya la había llamado y, cuando hablamos, Magdalena se había mostrado encantada de empezar a traducir el libro. Después de fotocopiar la cubierta y las fotografías por si se extraviaba, embalé el libro con sumo cuidado y se lo mandé por FedEx.

Mientras preparaba la mochila para partir hacia la isla de Wight —situada frente a la costa de Inglaterra— y comenzar los entrenamientos, un escalofrío de inquietud me recorrió la espalda. La Fastnet Race era un asunto serio, y Theo estaría al mando de veinte tripulantes muy experimentados y a los que había seleccionado minuciosamente. Yo jamás había participado en un desafío como aquel. Tendría que dar lo mejor de mí y estar dispuesta a observar y aprender. Bien mirado, era un inmenso honor que Theo me hubiera propuesto participar.

—¿Lista? —me preguntó Ma cuando aparecí en el vestíbulo con la mochila y la flauta, puesto que Theo me había pedido que volviera a llevarla. Al parecer era cierto que le encantaba oírme tocar.

—Sí.

Me abrazó con fuerza y me dejé mecer por el consuelo y la seguridad que Ma representaba.

—Sé prudente en la regata, ¿de acuerdo, *chérie*? —me pidió mientras bajábamos hacia el embarcadero.

—No te preocupes, Ma, por favor. Te prometo que tengo el mejor capitán del mundo. Theo me mantendrá a salvo.

—Pues entonces asegúrate de hacerle caso, ¿entendido? Sé lo obstinada que puedes llegar a ser a veces.

—Lo haré —dije con una sonrisa burlona, pensando en lo bien que me conocía.

—Llama de vez en cuando, Ally —me pidió al ver que apartaba la lancha del embarcadero al tiempo que Christian recogía los cabos y subía.

—Descuida, Ma.

Y en cuanto la lancha ganó velocidad, sentí que por fin navegaba hacia mi futuro.

10

Hola, Ally.
   Miré sorprendida a Theo mientras la marabunta humana del aeropuerto de Heathrow me dejaba atrás a toda prisa.
   —¿Qué haces aquí?
   —¿Qué pregunta es esa? Cualquiera diría que no te alegras de verme —rezongó en tono de broma antes de estrecharme entre sus brazos y besarme en mitad del pasillo de llegadas.
   —¡Claro que me alegro! —Me reí tontamente cuando nuestras bocas se separaron para coger aire, y me di cuenta de que Theo siempre conseguía asombrarme—. Creía que estabas ocupado con el *Tigresa*. Salgamos de aquí —añadí deshaciéndome de su abrazo—, estamos provocando un atasco humano.
   Theo me llevó hasta la parada de taxis.
   —Sube —dijo antes de darle la dirección al taxista.
   —¿No pretenderás que vayamos en taxi hasta el transbordador de la isla de Wight? —pregunté una vez dentro del vehículo—. Está lejísimos.
   —Naturalmente que no. Pero, dado que una vez allí no haremos más que entrenar, he pensado que sería agradable que pudiéramos disfrutar de una noche íntima antes de que yo vuelva a convertirme en «patrón» y tú simplemente en «Al». —Me atrajo hacia sí—. Te he echado de menos, mi amor —susurró.
   —Y yo a ti —contesté en tanto veía al taxista sonreír por el retrovisor.
   Para gran sorpresa y deleite míos, el taxi se detuvo delante del hotel Claridge, donde Theo tenía reservada una habitación. Pasamos una tarde maravillosa recuperando el tiempo perdido. Antes

de apagar la luz aquella noche me quedé un rato mirando cómo dormía Theo y empapándome de él. Y supe que mi lugar estaba donde estuviera él.

—Bueno, antes de tomar el tren a Southampton, debemos hacer una visita de cumplido.

—¿No me digas? ¿A quién?

—A mi madre. Por si lo has olvidado, vive en Londres, y se muere de ganas de conocerte. Así que me temo que vas a tener que levantar de la cama ese precioso trasero tuyo mientras yo me doy una ducha.

Obedecí y me puse a hurgar entre mis cosas, nerviosa porque me disponía a conocer nada más y nada menos que a mi futura suegra. Lo más elegante que tenía eran los tejanos, las camisetas y las zapatillas deportivas que reservaba para las raras tardes que no estaba en el barco vestida de arriba abajo de Gore-Tex, la hermana impermeable y absolutamente opuesta a lo sexy de la licra.

Entré en el cuarto de baño para buscar en mi neceser mi único juego de rímel y barra de labios, y descubrí que me lo había dejado en Atlantis.

—Ni siquiera tengo un mísero pintalabios —aullé a Theo a través de la mampara de la ducha.

—Ally, me gustas sin adornos —dijo cuando salió del humeante cubículo—. Ya sabes que detesto las mujeres demasiado maquilladas. Y métete en la ducha de una vez. Nos iremos enseguida.

Cuarenta minutos más tarde, después de recorrer un laberinto de calles que pertenecían, según me explicó Theo, a un barrio de Londres llamado Chelsea, el taxi se detuvo frente a una bonita casa adosada pintada de blanco. Tres escalones de mármol conducían a una puerta principal flanqueada por macetas repletas de aromáticas gardenias.

—Es aquí. —Theo subió los escalones a toda prisa, sacó una llave del bolsillo y abrió—. ¿Mamá? —llamó cuando entramos en el recibidor.

Lo seguí por un pasillo angosto hasta una espaciosa cocina dominada por una rústica mesa de roble y un aparador atestado de objetos de cerámica de vivos colores.

—¡Estoy aquí, cariño! —trinó una voz femenina al otro lado de las ventanas francesas.

Salimos a una terraza de losetas, donde una mujer de complexión delgada y pelo rubio oscuro recogido en una coleta corta estaba cortando rosas en un jardín vallado, pequeño y frondoso.

—Mi madre se crió en la campiña inglesa e intenta recrearla en el centro de Londres —murmuró tiernamente Theo al tiempo que la mujer levantaba la cabeza y nos obsequiaba con una sonrisa.

—Hola, cariño. Hola, Ally.

Cuando se acercó, sus ojos azul claro me dedicaron la misma mirada penetrante que los de su hijo. Sus rasgos de muñeca y su piel, que recordaba a la típica rosa inglesa, me hicieron pensar que era una mujer preciosa.

—He oído hablar tanto de ti que tengo la sensación de que ya te conozco —dijo besándome afectuosamente en las mejillas.

—Hola, mamá. —Theo le dio un abrazo—. Tienes buen aspecto.

—¿Tú crees? Justo esta mañana me he estado contando las canas frente al espejo. —La mujer soltó un suspiro fingido—. Por desgracia, a todos nos llega la vejez. ¿Qué os apetece tomar?

—¿Café? —preguntó Theo volviéndose hacia mí.

—Perfecto —dije—. Por cierto, ¿cómo se llama tu madre? —le susurré mientras la seguíamos hasta la cocina—. Yo diría que todavía es pronto para llamarla «mamá».

—¡Ostras, lo siento! Se llama Celia. —Theo me estrechó la mano—. ¿Va todo bien?

—Estupendamente.

Durante el café, Celia me preguntó sobre mi vida y, cuando le expliqué que Pa Salt había muerto, me consoló con ternura y empatía.

—Creo que ningún hijo llega a superar del todo la muerte de un progenitor, y aún menos las hijas con respecto al padre. Yo me quedé deshecha cuando perdí al mío. Lo máximo a lo que puedes aspirar es la aceptación. Además, todavía está muy reciente, Ally. Espero que mi hijo no te esté haciendo trabajar demasiado —añadió mirando a Theo de soslayo.

—En absoluto. Y, si te soy sincera, estar ociosa no hace más que empeorar la situación. Prefiero mantenerme ocupada.

—Pues yo no respiraré tranquila hasta que haya terminado esta Fastnet Race. Si un día tienes hijos, entenderás por qué vivo con el corazón encogido durante el tiempo que dura cada una de las regatas en las que Theo participa.

—Por favor, mamá, ya he competido en la Fastnet dos veces y sé lo que me hago —protestó Theo.

—Y es un patrón excelente, Celia —añadí—. Su tripulación haría cualquier cosa por él.

—No lo dudo, y te aseguro que estoy muy orgullosa de él, pero a veces me gustaría que hubiese elegido la profesión de contable o de agente de bolsa, o al menos alguna que no entrañara tanto peligro.

—Venga, mamá, normalmente no te inquietas tanto. Como ya hemos hablado otras veces, mañana mismo podría atropellarme un autobús. Además, fuiste tú la que me enseñó a navegar.

Theo le dio un codazo cariñoso.

—Perdona, no volveré a mencionarlo. Ya os lo he dicho antes: debe de ser la edad, que me está volviendo sensiblera. Por cierto, ¿has sabido algo de tu padre últimamente? —preguntó Celia en un tono un tanto mordaz.

Theo tardó un segundo en responder.

—Sí. Me envió un correo electrónico para contarme que estaba en su casa del Caribe.

—¿Solo?

Celia arqueó una ceja elegante.

—Ni idea. Y tampoco me importa —repuso su hijo con firmeza, e inmediatamente cambió de tema preguntándole a su madre si pensaba ir a algún sitio en agosto.

Los escuché en silencio mientras conversaban acerca de los inminentes planes de Celia de pasar una semana en el sur de Francia y, hacia finales de mes, unos días en Italia. A juzgar por la naturalidad con que hablaban, era evidente que se adoraban.

Al cabo de una hora, Theo apuró su segunda taza de café y miró el reloj de mala gana.

—Me temo, mamá, que tenemos que irnos.

—¿En serio? ¿No os quedáis a comer? Puedo preparar una ensalada, no es ninguna molestia.

—Imposible. A las cinco tenemos una reunión a bordo del

Tigresa con la tripulación al completo y no estaría bien que el capitán llegara tarde. Hemos de coger el tren en Waterloo a las doce y media. —Theo se levantó—. Voy un momento al lavabo. Os veré en el recibidor.

—Ha sido un placer conocerte, Ally —aseguró Celia cuando Theo salió de la cocina—. Cuando me dijo que eras la mujer de su vida, me inquieté bastante, como es lógico. Es mi único hijo y la persona más importante de mi vida. Pero ahora ya veo que hacéis una pareja perfecta.

—Te agradezco que me lo digas. Somos muy felices —dije con una sonrisa.

Camino del recibidor, me puso una mano en el brazo.

—Cuida de él, ¿de acuerdo? Tengo la sensación de que nunca ha llegado a entender el peligro.

—Haré cuanto esté en mi mano, Celia.

—Es…

Se disponía a añadir algo, cuando Theo reapareció junto a nosotras.

—Adiós, mamá. Te llamaré, pero no te inquietes si no doy señales de vida durante la semana de la regata.

—Lo intentaré —respondió Celia con un ligero temblor en la voz—. Y estaré en Plymouth para aplaudirte cuando cruces la meta.

Me dirigí hacia la puerta para que pudieran despedirse en privado, pero no pude evitar fijarme en que Celia abrazaba a su hijo como si no soportara dejarlo ir. Finalmente, Theo se liberó de su presa con suavidad y su madre nos dijo adiós desde la puerta con una sonrisa forzada.

Durante el trayecto en tren hacia Southampton, Theo parecía abstraído y más callado de lo normal.

—¿Estás bien? —le pregunté al verlo mirar por la ventanilla con aire pensativo.

—Estoy preocupado por mi madre, eso es todo. Hoy la he notado rara. No suele ser tan negativa. Siempre me despide con una sonrisa de oreja a oreja y un abrazo fugaz.

—Es evidente que te adora.

—Y yo a ella. Todo lo que soy se lo debo a mi madre, y siempre ha apoyado mi gusto por la navegación. Puede que simplemente se esté haciendo mayor —concluyó encogiéndose de hombros—. Además, dudo mucho que algún día supere lo del divorcio.

—¿Crees que todavía quiere a tu padre?

—Seguramente, aunque eso no significa que le caiga bien. Y la entiendo. Cuando descubrió la larga lista de aventuras de mi padre, se vino abajo. La pobre se sintió tan humillada que, aunque aquello le rompía el corazón, le pidió que se marchara.

—Es horrible.

—Sí. Mi padre, como no podía ser de otra manera, también sigue adorándola. Estar separados los hace desgraciados a los dos, pero supongo que la línea que separa el amor del odio es muy fina. Imagino que es como vivir con un alcohólico: en un momento dado, has de tomar la decisión de perder a la persona que amas y conservar tu propia salud mental. Y nadie puede protegernos de nosotros mismos, por mucho que nos quieran.

—No, es cierto.

De pronto, Theo me cogió la mano.

—Nunca permitas que a nosotros nos pase lo mismo, Ally.

—Nunca —respondí con firmeza.

Los siguientes diez días fueron —como sucedía siempre antes de una regata— frenéticos, tensos y agotadores, todo ello acentuado por la reputación de la Fastnet de ser una de las regatas más duras y técnicamente exigentes del mundo. El reglamento requería que el cincuenta por ciento de la tripulación hubiera completado trescientas millas de regatas en alta mar a lo largo de los últimos doce meses. La primera noche, cuando Theo reunió a los veinte miembros de su equipo en el *Tigresa*, me di cuenta de que yo tenía mucha menos experiencia que la mayoría de ellos. Aunque Theo era conocido por apoyar a los jóvenes talentos y había incluido a la tripulación de la regata de las Cícladas, estaba claro que no quería correr riesgos y había elegido al resto entre la flor y nata de la hermandad internacional de la navegación.

La ruta, ardua y peligrosa, recorría toda la costa sur de Inglaterra, cruzaba el mar Celta hasta la roca de Fastnet, en la costa irlandesa, y regresaba para terminar en Plymouth. En regatas anteriores, los fuertes vientos del oeste y el sudoeste, las corrientes traicioneras y los impredecibles sistemas climáticos habían terminado con las esperanzas de muchas embarcaciones. Y, como bien sabíamos todos, a lo largo de los años se habían producido bastantes muertes. Ninguna tripulación se tomaba la Fastnet a la ligera, y mucho menos aquellas, como la nuestra, cuyo objetivo era ganar.

Todos los días nos levantábamos al alba y pasábamos horas en el mar repitiendo las maniobras necesarias una y otra vez, poniendo a prueba las capacidades tanto de la tripulación como del barco de última generación y llevándolas al límite. Durante las sesiones de entrenamiento, aunque me daba cuenta de que Theo se frustraba cuando un miembro de la tripulación no se integraba en el «juego de equipo», como él lo llamaba, jamás perdía los estribos. Cada noche, durante la cena, se debatían y refinaban las tácticas y estrategias de cada fase de la carrera, aunque era Theo el que tenía la última palabra.

Además del entrenamiento propiamente dicho, asistimos a varias formaciones exhaustivas para aprender a manejar el sofisticado equipo de seguridad a bordo del velero y a todos se nos dotó de una radiobaliza de emergencia, un transmisor personal que iba sujeto al chaleco salvavidas. Cuando no estábamos navegando, la tripulación trabajaba incansablemente en el barco revisando con meticulosidad hasta el último detalle bajo la mirada atenta de Theo, desde repasar el inventario de los equipos hasta probar las bombas y los cabestrantes o examinar la ropa de navegación. Theo, entre sus otras muchas obligaciones como capitán, asignaba las literas y elaboraba los turnos rotativos de vigilancia.

Gracias a su inteligente liderazgo, el espíritu de equipo se hallaba en un punto álgido cuando pronunció su arenga final la víspera del 12 de agosto, el día que arrancaba la regata. Y hasta el último miembro de la tripulación se levantó y le aplaudió.

Al fin estábamos totalmente preparados. La única pega era la atroz predicción climatológica para los días siguientes.

—Cielo, tengo que ir al Royal Ocean Racing Club para la reunión de los patrones —me dijo Theo, y me dio un beso fugaz en la mejilla mientras el resto de la tripulación empezaba a dispersarse—. Vete al hotel y date un largo baño de agua caliente. Es el último que disfrutarás durante un tiempo.

Eso hice, procurando saborear al máximo el lujo sentir que el agua casi quemaba, pero, cuando más tarde miré por la ventana, vi que el viento había cogido fuerza y rugía sobre el puerto zarandeando con violencia los doscientos setenta barcos congregados en él y alrededor de la isla. Se me revolvió el estómago. Era lo último que necesitábamos, y la expresión de Theo cuando se reunió más tarde conmigo en la habitación era de preocupación.

—¿Qué pasa? —le pregunté.

—Malas noticias, me temo. Como ya sabíamos, la predicción es nefasta, tanto que hasta están pensando en posponer el comienzo de la regata. Se ha declarado la alerta por vientos huracanados. Para serte sincero, Ally, la situación no podría ser peor.

Se sentó, con aspecto de estar completamente desmoralizado, y me acerqué para darle un masaje en los hombros.

—Theo, no olvides que es solo una regata.

—Lo sé, pero ganarla sería el pináculo de mi carrera hasta el momento. Tengo treinta y cinco años, Ally, y no podré seguir compitiendo eternamente. ¡Maldita sea! —Golpeó el brazo de la butaca con el puño—. ¿Por qué este año?

—Bueno, esperemos a mañana. Los pronósticos del tiempo se equivocan a menudo.

—Pero la realidad no —suspiró señalando el cielo ennegrecido—. En cualquier caso, tienes razón, no puedo hacer nada. Mañana a las ocho llamarán a todos los patrones para comunicarnos si se aplaza la salida. Así que ahora me toca a mí disfrutar de un baño caliente.

—Iré a preparártelo.

—Gracias. Por cierto, Ally…

—¿Qué? —dije dándome la vuelta.

Theo me sonrió.

—Te quiero.

Tal como Theo temía, la regata se pospuso por primera vez en sus ochenta y tres años de historia. La desanimada tripulación comió en el Royal London Yacht Club contemplando sombríamente los cielos a través de los ventanales y esperando un milagro. Se tomaría una nueva decisión al día siguiente a primera hora, de modo que después del almuerzo Theo y yo regresamos cabizbajos a nuestro hotel del puerto.

—Acabará aclarando, Theo, siempre lo hace.

—Ally, he consultado hasta la última página de internet, además de llamar personalmente al centro meteorológico, y por lo visto estamos en medio de una borrasca que durará varios días. Aunque consigamos empezar la regata, será dificilísimo llegar a la meta. En fin —me miró y de pronto sonrió—, al menos tenemos tiempo para otro baño caliente.

Aquel domingo por la noche cenamos juntos en el restaurante del hotel, los dos sintiéndonos tensos y nerviosos. Theo incluso se permitió una copa de vino, algo que nunca hacía la víspera de una regata, y regresamos a la habitación un poco más tranquilos. Aquella noche me hizo el amor con especial urgencia y pasión; después, se derrumbó sobre las almohadas y me estrechó contra su cuerpo.

Justo cuando empezaba a conciliar el sueño, lo oí decir:

—¿Ally?

—¿Sí?

—Si todo va bien mañana, zarparemos, pero será una regata dura. Solo quería recordarte la promesa que me hiciste en «Algún Lugar». Como tu patrón, si te digo que quiero que abandones el barco, obedecerás.

—Theo…

—En serio, Ally, no te dejaré embarcar mañana a menos que tenga la certeza de que harás lo que te diga.

—En ese caso, lo haré —respondí encogiéndome de hombros—. Eres mi capitán y he de obedecer.

—Y antes de que vuelvas a mencionarlo, no es porque seas mujer o porque dude de tus aptitudes. Es porque te quiero.

—Lo sé.

—De acuerdo. Que duermas bien, amor mío.

A primera hora de la mañana, veinticinco horas después del inicio previsto, llegó la noticia de que la Fastnet Race comenzaría ese día. Después de informar a la tripulación, Theo se marchó de inmediato al barco y me percaté de que había recuperado la motivación y la energía.

Una hora después, me sumé al resto del equipo en el *Tigresa*. Incluso dentro del puerto los barcos se mecían peligrosamente azotados por el viento y las olas.

—Y pensar que ahora mismo podría estar en el Caribe capitaneando un yate de lujo alquilado —farfulló Rob cuando oímos el pistoletazo de salida y aguardamos nerviosos a que llegara nuestro turno de abandonar el puerto.

Durante la espera, Theo nos congregó en la cubierta para sacarnos una foto de *bon voyage*.

Hasta los navegantes más experimentados que nos acompañaban estaban un tanto pálidos cuando finalmente dejamos la protección del puerto. El mar embravecido que el viento alzaba en remolinos de espuma nos empapó a todos en cuestión de segundos.

Durante las turbulentas ocho horas que siguieron, en las que el viento continuó arreciando, Theo guardó la calma y apenas titubeó mientras pilotaba el barco por las aguas enfurecidas. Emitía una avalancha casi constante de órdenes para que conserváramos el rumbo y mantuviéramos la velocidad. Arrizábamos y desarrizábamos sin cesar las velas para intentar sortear unas condiciones climáticas del todo impredecibles, como por ejemplo ráfagas de viento de cuarenta nudos que parecían surgir de la nada. Y, entretanto, una lluvia sesgada nos acribillaba sin descanso.

Aquel primer día se nos asignaron las tareas de cocina a un compañero y a mí. Intentamos calentar sopa, pero, aun utilizando el fogón basculante diseñado para mantener la estabilidad del cazo, el cabeceo del velero era tan violento que el contenido se derramaba por todas partes y nos abrasó en más de una ocasión. Finalmente optamos por calentar raciones de comida precocinada en el microondas. Los miembros de la tripulación bajaban por turnos, tiritando bajo la ropa de regatista y demasiado agotados para quitársela durante los breves minutos que empleaban en comer. Pero sus miradas de gratitud me recordaban que en una regata las tareas domésticas eran tan importantes como lo que acontecía en la cubierta.

Theo bajó con el último turno y, mientras devoraba su comida, me informó de que varios veleros ya habían decidido refugiarse en diferentes puertos de la costa sur de Inglaterra.

—Será mucho peor cuando salgamos del Canal y naveguemos

por el mar Celta. Sobre todo cuando oscurezca —añadió mirando su reloj.

Eran casi las ocho de la noche y la luz empezaba a decaer.

—¿Qué piensan los demás? —le pregunté.

—Todos quieren continuar, y yo creo que el barco puede aguantar…

En ese momento, el *Tigresa* dio tal bandazo hacia estribor que nos hizo salir disparados de los bancos. Cuando el borde de la mesa se me clavó en el estómago solté un grito. Theo —el hombre que yo había llegado a creer que podía caminar sobre el agua— se estaba levantando del suelo.

—Se acabó —dijo al verme doblada de dolor—. Como bien dijiste, es solo una regata. Nos vamos a puerto.

Y sin darme tiempo a replicar, subió los escalones de dos en dos hasta la cubierta.

Una hora después, entrábamos en el puerto de Weymouth. Pese a nuestras ropas impermeables de alta tecnología, estábamos todos empapados hasta los huesos, y absolutamente agotados. Tras echar el ancla, arriar velas y comprobar que no hubiera daños en el equipo, Theo nos convocó en la cabina principal. Nos sentamos pesadamente allí donde encontramos un hueco, todavía ataviados con nuestros uniformes de regata naranjas, como si fuéramos langostas moribundas atrapadas en una red de pescar.

—Es demasiado arriesgado continuar esta noche y no estoy dispuesto a poner vuestras vidas en peligro. Sin embargo, la buena noticia es que casi todos los demás veleros ya han buscado refugio, así que es posible que aún nos quede una pequeña posibilidad. Ally y Mick prepararán pasta y, entretanto, podréis ducharos siguiendo la lista de turnos. Nos pondremos en marcha en cuanto salga el sol. Que alguien ponga agua a hervir para que podamos tomar un té y entrar en calor. Mañana necesitaremos estar muy concentrados.

Mick y yo nos levantamos, tambaleantes, y nos dirigimos hacia la cocina. Mientras hervíamos la pasta en una olla grande y calentábamos la salsa precocinada, Mick preparó té y yo me bebí el mío agradecida, imaginando que el calor descendía hasta mis pies helados.

—No me iría mal algo más fuerte —comentó Mick con una sonrisa—. No me extraña que los marineros de antaño le dieran al ron.

—Al, es tu turno en la ducha —llamó Rob.

—No te preocupes, no me importa dejarle mi turno a otro y ducharme más tarde.

—Buen chico —dijo con gratitud—. Me haré pasar por ti.

Jamás mis dudosas aptitudes culinarias habían sido tan apreciadas como aquella noche. Después de cenar y lavar los cuencos de plástico, la tripulación comenzó a dispersarse para dormir mientras pudiera. Dado que el barco no estaba diseñado para que tantos tripulantes durmieran a la vez, se fueron acomodando en los bancos y en el suelo embutidos en sus ligeros sacos de dormir.

Yo fui a darme una ducha preguntándome si el agua helada, que era la única que quedaba al final de la rotación, me haría sentir mejor o peor. Cuando salí, Theo me estaba esperando.

—Ally, tengo que hablar contigo.

Me cogió de la mano y cruzamos la cabina en penumbra, ya sembrada de cuerpos inertes, hasta el diminuto espacio atestado de material de navegación que él llamaba su «oficina». Me invitó a sentarme y tomó mis manos entre las suyas.

—Ally, ¿tú crees que te quiero?

—Sí, claro.

—¿Y crees que pienso que eres una navegante increíble?

—De eso no estoy tan segura. —Esbocé un sonrisa torcida—. ¿Por qué?

—Porque no quiero que continúes en la regata. Dentro de unos minutos vendrá a recogerte una lancha neumática. Tienes una habitación reservada en un hostal del puerto. Lo siento —dijo—. Simplemente no puedo.

—¿No puedes qué?

—Correr el riesgo. El pronóstico es pésimo, y ya he hablado con varios patrones que están pensando en abandonar. Creo que el *Tigresa* puede continuar, pero no puedo tenerte a bordo. ¿Lo entiendes?

—No. No lo entiendo. ¿Por qué yo? ¿Por qué no los demás? —protesté.

—Te lo ruego, cariño, ya sabes por qué. Además —guardó un breve silencio antes de continuar—, si quieres saber la verdad, me resulta mucho más difícil concentrarme y realizar mi trabajo contigo a bordo.

Lo miré desconcertada.

—Deja que me quede, Theo, por favor —le supliqué.

—Esta vez no. Disputaremos muchas otras regatas juntos, cielo. Y no todas sobre el agua. No las pongamos en peligro.

—Pero ¿por qué está bien que tú continúes si te preocupa tanto que yo haga lo mismo? Si otros barcos están pensando en retirarse, ¿por qué no lo haces tú también?

Mi rabia aumentaba a medida que mi cerebro iba asimilando la devastadora decisión de Theo.

—Porque esta carrera ha sido siempre mi destino, Ally. No puedo decepcionar a todo el mundo. Bien, será mejor que recojas tus cosas, la lancha está a punto de llegar.

—¿Y no te importa que yo decepcione a la gente? ¿Que te falle a ti? —dije deseando gritarle pero consciente de que había gente durmiendo cerca—. ¡Se supone que soy tu protectora!

—Ten por seguro que me decepcionarás si sigues discutiendo conmigo —repuso bruscamente—. Recoge tus cosas. Ya. Es una orden de tu capitán. Obedece, por favor.

—Sí, patrón —espeté irritada, sabedora de que debía aceptar la derrota.

Cuando fui a recoger mi mochila, estaba furiosa con Theo por un montón de razones contradictorias. Subí a cubierta y vislumbré las luces de la lancha que se acercaba desde el puerto. Me dirigí a la popa para bajar la escalerilla.

Decidida a marcharme sin dirigirle la palabra a Theo, agarré el cabo que me lanzó el patrón de la lancha y lo amarré a la cornamusa. Acababa de montarme en la escalerilla para descender cuando una linterna me alumbró la cara desde arriba.

—Te hospedas en The Warwick Guesthouse —dijo la voz de Theo.

—Bien —respondí muy seria.

Arrojé la mochila a la lancha y bajé otro escalón antes de que una mano me agarrara del brazo y tirase de mí hacia arriba.

—Por el amor de Dios, Ally, te quiero. Te quiero… —susurró Theo estrechándome entre sus brazos mientras las puntas de mis pies hacían equilibrios sobre el travesaño de la escalerilla—. Nunca lo olvides, ¿me oyes?

Pese a mi enfado, mi corazón se ablandó.

—Nunca. —Le quité la linterna de entre las manos y le iluminé el rostro para grabar sus rasgos en mi memoria—. Ten cuidado, amor mío —musité cuando Theo me soltó a regañadientes para poder desamarrar el cabo.

Bajé los peldaños y salté a la lancha.

Aquella noche, pese a lo agotada que estaba después del día de navegación más arduo de mi vida, no conseguí conciliar el sueño. Para colmo, cuando rebusqué en mi mochila me di cuenta de que con las prisas me había dejado el móvil a bordo del velero. No podría comunicarme directamente con Theo, y me reprendí por mi estupidez. Mientras caminaba nerviosa por la habitación, pasaba de la indignación por haber sido abandonada en tierra de cualquier manera al miedo cada vez que atisbaba por la ventana los nubarrones y el diluvio que caía sobre el puerto o que escuchaba el continuo golpeteo de los aparejos zarandeados por el viento. Sabía lo mucho que aquella regata significaba para Theo, pero temía que el deseo de ganar nublara su criterio profesional. Y de repente vi el mar tal como era en realidad: una bestia indomable que podía reducir a los seres humanos a pedazos con su fuerza descomunal.

Cuando un alba neblinosa empezó a despuntar, divisé el *Tigresa* cuando abandonaba el puerto de Weymouth para salir a mar abierto.

Aferré mi colgante de compromiso con los dedos y supe que no podía hacer nada más.

—Adiós, amor mío —susurré, y seguí contemplando el *Tigresa* hasta que no fue más que un punto diminuto arrojado a las crueles olas del mar abierto.

Pasé las siguientes horas presa de una sensación de total aislamiento. Al final comprendí que no tenía sentido permanecer sola y deprimida en Weymouth, de modo que hice la mochila y tomé el tren y el transbordador de regreso a Cowes. Por lo menos allí estaría cerca del centro de control de la Fastnet y sabría de primera mano cómo iban las cosas, en lugar de tener que depender de internet. Todos los veleros llevaban a bordo rastreadores por GPS, pero yo sabía que eran poco fiables ante el mal tiempo.

Tres horas y media después, me registraba en una habitación del mismo hotel donde Theo y yo nos habíamos alojado durante el entrenamiento y fui caminando hasta el Royal Yacht Squadron para ver qué podía averiguar. Se me cayó el alma a los pies al reconocer a varias de las tripulaciones que habían comenzado la regata con nosotros sentadas alrededor de las mesas con aire abatido.

Cuando reparé en Pascal Lemaire, un francés con el que había navegado años atrás, me acerqué a hablar con él.

—Hola, Al —me saludó sorprendido—. No sabía que el *Tigresa* se hubiera retirado.

—No lo ha hecho, por lo menos que yo sepa. Ayer el patrón me ordenó desembarcar. Pensaba que era demasiado peligroso.

—Y tenía razón. Docenas de barcos han abandonado oficialmente la regata o están aguardando en puerto a que el tiempo mejore. Nuestro capitán optó por que nos retiráramos. Para los veleros pequeños como el nuestro estar ahí afuera era un infierno. Pocas veces he visto un tiempo como este. Pero tus compañeros estarán bien en un barco de treinta metros. El velero que capitanea tu novio es insuperable —me tranquilizó al ver la preocupación en mis ojos—. ¿Te apetece una copa? Esta noche somos muchos los que estamos ahogando nuestras penas.

Acepté la invitación y me uní al grupo justo en el momento en que empezaban, inevitablemente, a comparar las condiciones climatológicas de aquel año con las de la Fastnet Race de 1979, cuando las olas derribaron ciento doce barcos y dieciocho personas, entre ellas tres miembros de los equipos de salvamento, perdieron la vida. Al cabo de media hora, preocupada por Theo y el *Tigresa*, me disculpé, me puse el forro polar y me dirigí por las calles sacudidas por la lluvia hacia el centro de control de la Fastnet, ubicado en el Royal Ocean Racing Club. Enseguida pregunté si tenían información sobre el *Tigresa*.

—Sí, acaba de dejar atrás Bishop Rock y avanza a buen ritmo —contestó el operador examinando la pantalla—. Actualmente va cuarto. Aunque, a este paso, con la cantidad de abandonos que se están produciendo, quizá gane por falta de contrincantes —añadió con un suspiro.

Celebrando que, aparentemente, todo iba bien y Theo estaba sano y salvo, regresé al Royal Yacht Squadron y pedí un sándwich mientras veía llegar a puerto a más tripulaciones agotadas y caladas hasta los huesos. El viento había arreciado de nuevo, los oí decir, pero estaba demasiado ensimismada para poder involucrarme en sus conversaciones, así que regresé al hotel y conseguí dormir un par de agitadas horas. Al final tiré la toalla y a las cinco de la mañana, mientras un amanecer plomizo luchaba por abrirse paso, ya estaba de vuelta en el centro de control. Cuando entré en la estancia se hizo el silencio.

—¿Alguna novedad?

Vi que los operadores intercambiaban miradas de preocupación.

—¿Qué ha ocurrido? —pregunté con el corazón súbitamente en un puño—. ¿Va todo bien en el *Tigresa*?

Otro intercambio de miradas.

—Recibimos una llamada de socorro a las tres y media de la madrugada. Hombre al agua, al parecer. Se ha enviado un barco salvavidas y un helicóptero de rescate. Todavía estamos esperando noticias.

—¿Saben quién ha caído? ¿Cómo ocurrió?

—Lo siento, de momento no tenemos más información. ¿Por qué no vas a tomar una taza de té? Te avisaremos en cuanto sepamos algo.

Asentí, intentando controlar la histeria que me invadía por dentro. El *Tigresa* era una embarcación de última generación con un sistema de comunicación inmejorable. Sabía que me estaban mintiendo cuando decían que no conocían los detalles de lo ocurrido. Y eso solo podía significar una cosa.

El corazón me latía tan deprisa que pensé que iba a desmayarme. Entré en el servicio de señoras y me desplomé sobre la tapa del retrete, tratando de respirar mientras el pánico se apoderaba de mí. A lo mejor estaba equivocada, a lo mejor no podían difundir la información hasta saber qué había sucedido exactamente. Pero en el fondo de mi ser, ya lo sabía.

11

Un helicóptero trasladó a tierra el cuerpo de Theo. El director de la regata me ofreció amablemente un coche para que me llevara a Southampton en el transbordador y de allí, si quería, al hospital en cuyo depósito yacería su cadáver.

—La madre de Theo y usted aparecen en el formulario de ingreso como sus allegados. Lamento tener que hablarle de esto, pero probablemente una de las dos tendrá que... en fin... rellenar todo el papeleo. ¿Quiere que llame a la señora Falys-Kings o prefiere hacerlo usted?

—No... no sé —respondí aturdida.

—Quizá debería hacerlo yo. Me preocupa mucho que pueda enterarse por la radio o la televisión. Por desgracia, la noticia tendrá una gran repercusión en todo el mundo. Lo siento mucho, Ally. No recurriré al tópico de que Theo hacía algo que amaba. Estoy simplemente desolado por usted, por su tripulación y por el mundo de la navegación en general.

No contesté. Sobraban las palabras.

—Bien. —Era evidente que no sabía qué más hacer conmigo, que seguía sentada en su despacho en estado catatónico—. ¿Quiere que la lleve a su hotel para que pueda descansar un poco?

Me encogí de hombros, desesperada. Sabía que sus intenciones eran buenas, pero dudaba que algún día pudiera volver a «descansar».

—No hace falta, gracias. Iré caminando.

—Si puedo hacer algo por usted, Ally, lo que sea, dígamelo. Tiene mi número de móvil, así que llámeme si desea el coche. En este instante, el resto de la tripulación está devolviendo el *Tigresa* a Cowes. Estoy seguro de que querrán hablar con usted en algún momento y explicarle qué sucedió exactamente, si está preparada para escucharlo. Entretanto, me pondré en contacto con la madre de Theo.

Regresé al hotel caminando como una autómata por el puerto, deteniéndome un segundo para contemplar el mar gris y cruel. Y mientras permanecía allí inmóvil le grité obscenidades, aullando como una desquiciada, exigiendo saber por qué me había arrebatado a mi padre y después a Theo.

Y en ese momento, me juré que nunca más volvería a poner un pie en un barco.

Pasé las siguientes horas sentada en mi habitación, sumida en un gran vacío, incapaz de pensar, sentir o procesar nada.

Lo único que sabía era que ya no me quedaba nada.

Nada.

El teléfono que había junto a la cama sonó y me levanté mecánicamente para responder. La recepcionista me comunicó que unos amigos me esperaban abajo.

—El señor Rob Bellamy y otros tres —especificó.

A pesar del aturdimiento comprendí que, por muy doloroso que fuera enfrentarme a la tripulación, tenía que escuchar cómo había muerto Theo. Le pedí a la recepcionista que les dijera que me reuniría con ellos en la cafetería del hotel.

Cuando entré, Rob, Chris, Mick y Guy me estaban esperando. También ellos estaban conmocionados, y apenas pudieron mirarme a los ojos cuando me dieron el pésame.

—Hicimos todo lo que pudimos…

—Fue muy valiente al lanzarse a rescatar a Rob…

—Nadie tiene la culpa, fue un trágico accidente…

Asentí y conseguí ofrecer respuestas breves a sus palabras de consuelo, dar la impresión de que seguía siendo un ser humano funcional. Finalmente, Mick, Chris y Guy se levantaron para marcharse, pero Rob dijo que quería quedarse.

—Gracias, chicos —dije dedicándoles un patético gesto de despedida con la mano.

—Al, si no te importa, necesito una copa. —Rob le hizo señas a la camarera que mataba el tiempo junto a la barra—. Y, antes de que te cuente lo que sucedió exactamente, tú también.

Al cabo de unos minutos, armados con sendos brandis, Rob respiró hondo y advertí que tenía la mirada vidriosa.

—Habla, Rob, te lo ruego —lo insté.

—De acuerdo. Habíamos echado el ancla debido al mal tiempo. Yo estaba en la cubierta de proa haciendo mi turno de vigilancia, cuando Theo vino a relevarme. Justo después de que desabrochara mi arnés del jackstay, una ola gigantesca me golpeó y me tiró al mar. Por lo visto perdí el conocimiento, así que me habría ahogado irremediablemente, pero Theo dio la alarma, arrojó el bote salvavidas y él mismo saltó al agua. Yo seguía inconsciente, pero para entonces el resto de los muchachos ya estaba en la cubierta y me han contado que Theo consiguió nadar hasta mí, arrastrarme hasta el bote y subirme a él, pero entonces otra ola enorme lo lanzó lejos de mí y lo engulló. Después de aquello lo perdieron totalmente de vista; era de noche y el mar estaba muy picado, y sabes tan bien como yo que es imposible divisar a alguien en el agua en esas condiciones. Si hubiera logrado mantenerse agarrado al bote —Rob ahogó un sollozo— probablemente habría sobrevivido. La tripulación pidió por radio un helicóptero de rescate. Cuando llegó, el equipo me encontró y me subió al barco gracias a la luz del bote. Pero Theo... al final localizaron su... su... su cuerpo una hora después gracias a la señal de su radiobaliza. Dios, Al, lo siento muchísimo. Nunca podré perdonármelo.

Por primera vez desde que me habían dado la noticia, sentí que una emoción real volvía a correr por mis venas. Posé una mano sobre la suya.

—Rob, todos sabemos los peligros que entraña la navegación, y Theo los conocía mejor que nadie.

—Lo sé, Al, pero si no me hubiera desabrochado el arnés en ese momento... ¡mierda! —Se tapó los ojos con la otra mano—. Estabais hechos el uno para el otro... y es culpa mía que ahora ya no estéis juntos. ¡Debes de odiarme!

Rompió a llorar desconsoladamente y solo fui capaz de darle unas palmaditas mecánicas en el hombro. Lo peor de todo era que una parte de mí, en efecto, lo odiaba, porque él había sobrevivido y Theo no.

—No fue culpa tuya. Hizo lo que habría hecho cualquier capitán. Y yo no habría esperado menos de él. Hay cosas que... —Me mordí el labio para contener las lágrimas, incapaz de seguir consolándolo.

—Perdona, Ally, no debería ser yo el que llora. —Rob se secó los ojos con expresión contrita—. Pero necesitaba confesarte cómo me siento.

—Gracias. Y te agradezco mucho que me hayas contado cómo sucedió. Tampoco debe de haber sido fácil para ti.

Nos quedamos un rato en silencio antes de que Rob finalmente hiciera ademán de levantarse.

—Si puedo hacer algo por ti, llámame, por favor. Por cierto —se llevó la mano al bolsillo del tejano—, encontré esto en la cocina. ¿Es tuyo?

—Sí, gracias.

Cogí el móvil que me tendía.

—Theo me salvó la vida —susurró—. Es un auténtico héroe. Lo… lo siento.

Me quedé mirando a un Rob desesperado mientras abandonaba la cafetería y después me di cuenta de que, ahora que ya había visto a la tripulación, nada me retenía allí. Además, estaba segura de que Celia querría identificar el cuerpo de su hijo. Cuando me puse en pie, impaciente por abandonar el lugar que había sido el telón de fondo de mi aniquilación personal, me pregunté adónde debería ir. A casa, en Ginebra, supuse. Pero también allí, comprendí, me esperaba el abismo de otra pérdida.

No tenía dónde refugiarme.

Entré en la habitación y me puse a recoger mis cosas distraídamente.

Aquella vez mantuve el móvil apagado por la razón opuesta a cuando estuve en el *Neptuno* con Theo. Estaba demasiado afectada para contárselo a mi familia. Además, mis hermanas no sabían lo de nuestra relación. Había dado por hecho que ya habría tiempo de sobra para que conocieran a Theo en el futuro. Y teniendo en cuenta lo poco que hacía que nos conocíamos, ¿cómo explicarles lo que había significado para mí? ¿Cómo explicarles que aunque, físicamente, solo habíamos pasado juntos unas semanas, sentía que nuestras almas llevaban juntas toda una vida?

Cuando Pa Salt falleció, pensé que, por lo menos, había sido el orden natural del ciclo de la vida. Y Theo había estado allí para consolarme, para brindarme la ilusión de un nuevo comienzo. Mientras lo meditaba, comprendí hasta qué punto había confiado en que Theo llenara el enorme vacío que Pa había dejado tras él. Pero ahora él también se había ido. Al igual que nuestros sueños de futuro. En el transcurso de unas pocas horas, no solo Theo sino también mi pasión por la navegación me habían sido brutalmente arrebatados.

Justo cuando me disponía a salir de la habitación con la mochila a cuestas, sonó el teléfono de la mesilla.

—¿Diga? —respondí con reticencia.

—Ally, soy Celia. El director de la regata me ha dicho que estabas alojada en el New Holmwood Hotel.

—Sí... Hola.

—¿Cómo estás? —preguntó.

—Destrozada —farfullé, pues ya no me veía capaz de seguir haciéndome la fuerte. Y entendía que, al menos con ella, tampoco era necesario—. ¿Y tú?

—Igual. Acabo de volver del hospital.

Se hizo un silencio mientras las dos digeríamos la espantosa irrevocabilidad que representaban sus palabras. Casi podía sentir a Celia luchando por contener las lágrimas antes de proseguir.

—Ally, estaba preguntándome... ¿adónde piensas ir ahora?

—No estoy segura. No... no lo sé.

—¿Por qué no coges el transbordador y vienes a Southampton? Podríamos viajar juntas a Londres y pasar unos días conmigo. La atención mediática que está empezando a recibir todo este asunto es una pesadilla. Podríamos atrincherarnos en mi casa durante un tiempo y tratar de pasar desapercibidas. ¿Qué me dices?

—Creo... —Tragué saliva cuando unas lágrimas de alivio y gratitud comenzaron a rodar por mis mejillas—. Creo que me encantaría.

—Tienes mi número. Llámame cuando sepas a qué hora estarás en la estación de tren de Southampton y me reuniré allí contigo.

—De acuerdo, Celia. Y gracias.

Desde entonces, muchas veces he pensado que si Celia no me hubiese llamado en aquel durísimo momento, bien podría haberme arrojado al mar encabritado en pos de Theo mientras el transbordador me llevaba a Southampton.

Cuando nos encontramos en la estación y reparé en la palidez de su rostro, semioculto tras unas gafas de sol enormes, corrí hacia sus brazos abiertos de la misma manera en que lo habría hecho con Ma. Estuvimos abrazadas un buen rato, dos relativas extrañas unidas por el dolor, ambas acompañadas por la única persona que sabíamos que podría entendernos.

Una vez en Waterloo, tomamos un taxi hasta la bonita casa blanca de Chelsea y, tras caer en la cuenta de que ninguna de las dos había comido nada desde la noticia, Celia preparó una tortilla. También sirvió dos generosas copas de vino y, juntas, nos sentamos en la terraza para disfrutar de un cálido y tranquilo atardecer de agosto.

—Ally, necesito contarte algo. Quizá te parezca una estupidez, pero el caso es que la última vez que estuvisteis aquí —un estremecimiento sacudió el delicado cuerpo de Celia—, lo supe. Cuando me despedí de él con un beso, sentí que era para siempre.

—Y Theo notó tu temor, Celia. Estuvo muy callado durante el viaje en tren a Southampton.

—¿Lo que sintió fue mi corazonada o la suya? ¿Recuerdas que justo antes de marcharos fue al cuarto de baño y dijo que se reuniría con nosotras en el recibidor? Pues después de cerrar la puerta, volví a la cocina y me encontré esto en la mesa del pasillo, dirigido a mí.

Me pasó un sobre grande con la palabra «Mamá» escrita con la caligrafía elegante y ensortijada de Theo.

—Lo abrí —continuó Celia—, y dentro encontré una copia de un testamento nuevo junto con una carta para mí. Y otra para ti, Ally.

Me llevé una mano a la boca.

—Dios mío.

—He leído la mía, pero la tuya está aquí dentro, todavía sin abrir, naturalmente. Es posible que aún no estés preparada para leerla, pero debo dártela, tal como Theo me pedía que hiciera en la carta dirigida a mí.

Sacó un sobre más pequeño del sobre grande y me lo tendió. Lo cogí con las manos temblorosas.

—Pero, Celia, si Theo tenía una corazonada, ¿por qué no abandonó la regata como hicieron muchos otros patrones?

—Creo que las dos conocemos la respuesta, Ally. Como navegante, tú sabes que cada vez que te subes a un barco al comienzo de una regata estás corriendo un riesgo. Como Theo nos dijo aquel día, también podría haberlo arrollado un autobús. —Celia se encogió de hombros con tristeza—. Quizá sintiera que su destino era…

—¿Morir a los treinta y cinco años? ¡Imposible! Si sentía eso, ¿cómo podría haberse enamorado de mí? ¡Me había pedido que me casara con él! Teníamos toda la vida por delante. No. —Sacudí la cabeza con vehemencia—. No puedo aceptarlo.

—Por supuesto que no, y te pido perdón por haberlo mencionado, pero, por algún extraño motivo, a mí me resulta reconfortante. La muerte es algo muy confuso. Nadie acepta realmente que sus seres queridos vayan a morir algún día. Y, sin embargo, aparte del nacimiento, es lo único que sabemos con certeza que nos ocurrirá a todos y cada uno de nosotros.

Contemplé el sobre que descansaba en mis manos.

—Tal vez tengas razón —suspiré con resignación—. Aun así, ¿por qué habría dejado un testamento nuevo y una carta para cada una de nosotras si no hubiese tenido algún tipo de premonición?

—Ya conoces a Theo: siempre organizado y eficiente, incluso en la muerte.

Sonreímos a nuestro pesar.

—Sí. Igual que mi padre. Supongo que debería leer la carta.

—Cuando consideres que es el momento oportuno. Y ahora, si me disculpas, subiré a darme un baño.

Celia se marchó, y supe que lo hacía más por dejarme un rato a solas que porque realmente le apeteciera bañarse.

Tomé un largo sorbo de vino, devolví la copa a la mesa y abrí el sobre con los dedos temblorosos. No me pasó inadvertido el hecho de que era la segunda carta póstuma que recibía en las últimas semanas.

De mí, sin una dirección en particular
(de hecho, estoy en el tren de Southampton
camino de recogerte en Heathrow)

Amor mío:

Reconozco que esta idea que se me ha metido últimamente en la cabeza es bastante absurda, pero, como ya sabes y mi madre te confirmará, soy una persona muy organizada. Ella tiene guardada una copia de mi testamento desde que empecé a competir en regatas. No es que tenga mucho que dejarle a nadie, pero creo que dejarlo todo dispuesto lo hace más fácil para los que se quedan.

Y, claro, ahora que has llegado a mi vida y te has convertido en el centro de mi universo y en la persona con la que espero pasar el resto de mis días, las cosas han cambiado. Dado que la situación no será «oficial» hasta que te ponga el anillo en el dedo para alargar la cadena que ya llevas en torno al cuello, me parece fundamental que todo el mundo sepa, por lo menos en el ámbito económico, cuáles son nuestras intenciones, por si acaso me ocurre algo.

Estoy seguro de que te llevarás una alegría enorme (¡ja!) cuando te diga que te dejo el establo de cabras de «Algún Lugar». El día que lo viste por primera vez me di cuenta de lo mucho que te gustaba (ejem), pero al menos el terreno, junto con el permiso urbanístico, valen algo. («Algo en Algún Lugar» sería un buen nombre para la casa, ¿no crees?) También quiero que te quedes con el *Neptuno*, mi actual hogar en el mar. Para serte sincero, esos son mis únicos bienes materiales con algún valor. Aparte de la motocicleta, pero creo que te sentirías ofendida si te la dejara, y con razón. Ah, se me olvidaba el exiguo fondo fiduciario de mi generoso padre, que por lo menos pagará el vino cutre que decidas beber en «Algún Lugar» en el futuro.

Perdona la caligrafía, pero estamos pasando por un tramo de baches. Estoy seguro de que en cuanto regresemos de la regata le birlaré esta carta a mi madre para pasarla a máquina. Pero, ante la remota posibilidad de que no vuelva porque la haya palmado, podré descansar tranquilo sabiendo que las cosas se harán según mis deseos.

Y ahora, Ally —puede que aquí me ponga un poco sensible— quiero que sepas lo mucho que te amo y que lo has sido todo para mí durante el poco tiempo que hemos estado juntos. Literalmente, has hecho temblar mi barco (espero que aprecies la analogía marinera) y estoy deseando pasar el resto de mi vida sosteniéndote la cabeza mientras vomitas, hablando de los orígenes de tu extraño apellido y descubriendo hasta el último detalle sobre ti mientras envejecemos y perdemos los dientes juntos.

Y si, por lo que sea, llegas a leer esto, levanta la vista hacia las estrellas, pues has de saber que estaré mirándote desde allí. Y probablemente tomándome una cerveza con tu Pa para que me explique todas tus malas costumbres de la infancia.

Mi querida Ally —mi Alción—, no imaginas cuánta dicha has traído a mi vida.

¡Sé FELIZ! Ese es tu don.

THEO XXX

Me quedé allí sentada, riendo y llorando al mismo tiempo, mientras caía la noche. La carta era tan típica de Theo que se me rompió el corazón una vez más.

Celia y yo nos vimos al día siguiente en el desayuno. La noche anterior me había mostrado mi habitación, pero no me había preguntado absolutamente nada sobre el contenido de la carta, y se lo agradecí. Por la mañana, me dijo que tenía que salir para registrar la defunción de Theo y realizar los trámites pertinentes para el traslado del cuerpo a Londres, y también que deberíamos decidir juntas la fecha del funeral.

—Ally, Theo decía algo más en la carta que me escribió. Preguntaba si querrías tocar la flauta en su funeral.

—¿En serio?

La miré sin dar crédito al nivel de previsión de Theo.

—Sí —suspiró—. Hacía años que había dejado instrucciones sobre su funeral. Quería una ceremonia en su recuerdo, seguida de una incineración a la que, por cierto, insistía en que no debía asistir nadie. También dispuso que sus cenizas se esparcieran por el puerto de Lymington, donde aprendió a navegar conmigo. ¿Te ves capaz?

—No... no lo sé.

—Theo me dijo que tocas muy bien. Como ya te imaginarás, la música elegida es tan poco convencional como él. Quería que tocaras «Jack's the Lad», de *Fantasia on British Sea Songs*. Seguro que la has escuchado en Last Night of the Proms.

—Sí, la conozco. No hay un solo marinero que no se sepa al menos la melodía. Básicamente, es la tonada de «Sailor's Hornpipe».

Repasé mentalmente algunas de las notas. Las había tocado hacía muchos años, pero todavía las recordaba. La petición era muy propia de Theo: aunaba su amor por la navegación con su innata alegría de vivir.

—Sí, creo que me gustaría tocarla.

Y entonces, por primera vez desde su muerte, lloré desconsoladamente.

A lo largo de los espantosos días que siguieron, mantuvimos las escotillas cerradas mientras los medios de comunicación acampaban delante de la casa. Vivimos como reclusas y solo salimos para comprar comida y un vestido negro para el funeral. Y, a medida que fuimos abordando las desagradables tareas que me hicieron respetar aún más a Pa Salt por su autoorquestado entierro, mi respeto por Celia también crecía. Aunque estaba claro que Theo lo había sido todo para ella, en ningún momento se mostró egoísta con su dolor.

—Imagino que nunca te lo mencionó, Ally, pero a Theo le encantaba la iglesia de la Santísima Trinidad de Sloane Street. No está lejos de aquí. Su colegio estaba cerca, y era la iglesia del barrio. Cuando tenía más o menos ocho años, cantó el solo de *Away in a Manger* en un oficio de villancicos —me explicó con una sonrisa tierna—. ¿Qué te parecería que celebráramos allí el funeral?

Me conmovía profundamente que contara con mi opinión en sus decisiones, aun cuando mis comentarios fueran irrelevantes. Ella había pasado toda una vida conociendo a Theo —su único hijo—, y sin embargo era lo bastante generosa y empática para ver y comprender lo que yo sentía por él. Y lo que él había sentido por mí.

—Lo que a ti te parezca mejor, Celia.

—¿Hay alguien a quien quieras invitar al funeral?

—Aparte de las personas a las que tú ya has invitado, como la tripulación y la hermanad de navegantes, nadie nos conocía como pareja —respondí con sinceridad—, así que no creo que lo entendieran.

Pero ella sí lo entendía. Y muchas veces, cuando nos encontrábamos en la cocina a las tres de la madrugada, el momento en que el dolor alcanzaba su punto álgido, nos sentábamos a la mesa y hablábamos de Theo sin parar, con la esperanza de encontrar en ello el consuelo que ambas necesitábamos. Pequeños recuerdos de la vasta reserva de treinta y cinco años de duración que Celia poseía, mientras que los míos abarcaban solo unas cuantas semanas. A través de ella llegué a conocer mejor a Theo, y no me cansaba de ver fotos de su niñez o de leer las cartas con faltas de ortografía que había escrito desde el internado.

A pesar de que era perfectamente consciente de que aquella no era la realidad, me reconfortaba que Celia y yo lo mantuviéramos vivo a través de la palabra. Y eso era lo más importante de todo.

12

L ista? —me preguntó Celia cuando nuestro coche se detuvo ante la iglesia de la Santísima Trinidad.

Asentí y, con un rápido apretón de manos de solidaridad mutua, dejamos atrás los flashes de las cámaras y entramos. La iglesia era grande y umbrosa, y al verla llena hasta arriba, únicamente con huecos libres para quedarse de pie en la parte de atrás, casi se me escaparon las lágrimas que había jurado que no derramaría.

Theo ya aguardaba en el altar cuando recorrí el pasillo junto a Celia en dirección a su féretro. Tragué saliva con dificultad a causa de aquella espantosa parodia de la boda que habríamos celebrado si él aún estuviera vivo.

Nos sentamos en el primer banco y el oficio comenzó. Theo había elegido un variado repertorio musical para sus exequias. Después de las palabras del pastor, llegó mi turno y me sumé a la pequeña orquesta que Celia había conseguido reunir. Situada en la parte delantera de la iglesia, la formaban varios violines, un chelo, dos clarinetes y un oboe. Envié una plegaria silenciosa al cielo, me llevé la embocadura a los labios y empecé a tocar. Y cuando el resto de la orquesta se unió a mí y el tempo se aceleró, vi que los asistentes empezaban a sonreír y a levantarse uno a uno hasta que todos estuvieron en pie, realizando el tradicional movimiento de rodilla del baile del «Sailor's Hornpipe», con los brazos cruzados y estirados delante del pecho. Nuestra pequeña orquesta aceleró el compás, tocando como si la vida le fuera en ello, mientras la gente subía y bajaba cada vez más rápido, al ritmo de la música.

Cuando llegamos al final, estalló una ovación colectiva y los asistentes prorrumpieron en aplausos. Hubo un bis, como sucedía siempre que se interpretaba aquella pieza. Regresé al banco con mi flauta y me senté al lado de Celia, que me estrechó la mano con fuerza.

—Gracias, querida Ally, muchas gracias.

Justo después, Rob caminó hasta el frente de la iglesia, subió los escalones y, tras colocarse ante el féretro de Theo, ajustó el micrófono.

—Celia, la madre de Theo, me ha pedido que diga unas palabras. Como todos sabéis, Theo perdió la vida salvando la mía. Nunca podré agradecerle lo que hizo por mí aquella noche, pero sé que su sacrificio les ha provocado un gran sufrimiento a Celia y Ally, la mujer a la que amaba. Theo, todas las personas que hemos navegado contigo te enviamos nuestro amor, respeto y gratitud. Eras el mejor. Y Ally —me miró directamente a los ojos—, esto es lo que pidió que cantaran para ti.

Una vez más, noté la mano de Celia sobre la mía cuando el coro se levantó y ofreció una hermosa interpretación del «Somewhere», de *West Side Story*. Traté de sonreír por el guiño privado de Theo, pero las sobrecogedoras palabras me conmovieron profundamente. Cuando terminó la canción, ocho miembros de la tripulación de la Fastnet Race, entre ellos Rob, alzaron suavemente el féretro para cargarlo sobre sus anchas espaldas y comenzaron a andar por el pasillo. Celia me cogió del brazo y juntas encabezamos la procesión de dolientes que se congregó detrás del féretro.

Mientras salíamos, vi algunos rostros conocidos entre los asistentes al funeral. Star y CeCe estaban entre la multitud y me sonrieron con cariño y empatía cuando pasé junto a ellas. Una vez fuera, Celia y yo nos detuvimos para observar cómo introducían el féretro de Theo en el coche fúnebre que trasladaría su cuerpo durante su solitario viaje hasta el crematorio. Y mientras se alejaba por Sloane Street, ambas le dijimos adiós en silencio por última vez. Luego me volví hacia Celia y le pregunté cómo se habían enterado mis hermanas.

—Theo me pedía en su carta que, si le sucedía algo, llamara a Marina para que ella y tus hermanas estuvieran al corriente. Pensaba que podrías necesitarlas.

La gente fue saliendo poco a poco de la iglesia y se congregó en la acera, saludándose unos a otros en voz baja. Algunas personas se me acercaron, en su mayoría amigos navegantes, para darme el pésame y expresar su admiración por mi hasta entonces desconocido talento musical. Miré a mi alrededor y vi a un hombre alto con traje oscuro y gafas de sol, algo apartado de la multitud. Parecía tan desolado que me excusé ante la gente y me acerqué a él.

—Hola —lo saludé—. Soy Ally, la novia de Theo. Me han pedido que le diga a todo el mundo que están invitados a casa de Celia para tomar un refrigerio. Está a solo cinco minutos de aquí a pie.

Se volvió hacia mí, pero sus gafas de sol me impidieron verle los ojos.

—Sí, ya sé dónde está. Antes vivía allí.

Entonces comprendí que aquel hombre era el padre de Theo.

—Me alegro mucho de conocerle.

—Estoy seguro de que entenderá que, pese a lo mucho que me gustaría volver a esa casa, por desgracia no sería bien recibido.

No supe que contestar, así que me limité a bajar la mirada, avergonzada. Era evidente que estaba destrozado e, independientemente de lo que hubiera sucedido entre su esposa y él en el pasado, aquel hombre también había perdido a un hijo.

—Es una pena —acerté a decir.

—Usted debe de ser la chica con la que Theo me dijo que iba a casarse. Me envió un correo hace unas cuantas semanas —continuó con su suave dejo estadounidense, muy diferente del acento británico de Theo—. Voy a marcharme, pero, Ally, le ruego que acepte mi tarjeta. Estaré unos días en la ciudad y me encantaría hablar con usted de mi hijo. A pesar de lo que seguro le habrán contado de mí, lo quería mucho. Supongo que es lo bastante inteligente para saber que todas las historias tienen dos caras.

—Sí —contesté recordando que Pa Salt me había dicho exactamente lo mismo en una ocasión.

—Será mejor que vuelva con sus amigos, pero ha sido un placer conocerla, Ally. Adiós, de momento —dijo antes de darme la espalda y alejarse despacio por la acera, rezumando desesperación por todos los poros.

Cuando me volví hacia la gente, vi a CeCe y a Star esperando respetuosamente a que terminara mi conversación. Me acerqué a ellas y las dos me rodearon con los brazos.

—Dios mío, Ally, todas te hemos dejado un montón de mensajes en el móvil desde que nos enteramos —dijo CeCe—. Lo sentimos muchísimo, ¿verdad, Star?

—Sí. —Mi otra hermana asintió y vi que también ella estaba al borde de las lágrimas—. Ha sido un funeral precioso, Ally.

—Gracias.

—Me ha encantado oírte tocar la flauta —añadió CeCe—. No has perdido tu magia.

Vi que Celia agitaba una mano para llamar mi atención y señalaba el coche negro que aguardaba junto al bordillo.

—Escuchad, debo irme con la madre de Theo, pero os espero en la casa.

—Me temo que no podemos ir —se disculpó CeCe—. Pero nuestro apartamento está justo al otro lado del río, en Battersea. Cuando estés mejor, danos un toque y ven a vernos, ¿de acuerdo?

—Nos encantaría verte, Ally —dijo Star dándome otro abrazo—. Todas las demás te envían su cariño. Cuídate mucho.

—Lo intentaré. Y gracias de nuevo por venir. No imagináis lo importante que ha sido para mí.

Mientras subía al coche, las vi alejarse calle abajo y me sentí profundamente conmovida por su presencia.

—Tus hermanas son encantadoras. Es una maravilla tener hermanos —comentó Celia cuando el coche se puso en marcha—. Yo soy hija única, como Theo.

—¿Estás bien? —le pregunté.

—No, pero ha sido un funeral muy bello y emotivo. Y no imaginas lo mucho que ha significado para mí oírte tocar. —Guardó silencio durante unos segundos y suspiró hondo—. Te he visto hablar con Peter, el padre de Theo.

—Sí.

—Debía de estar escondido en la parte de atrás, porque no lo he visto al entrar. De lo contrario, lo habría invitado a sentarse con nosotras.

—¿En serio?

—¡Pues claro! Puede que ya no seamos amigos, pero estoy segura de que está tan destrozado como yo. Supongo que ha dicho que no vendrá a casa.

—Sí, pero también me ha dicho que pasará unos días en la ciudad y que le gustaría verme.

—Señor, qué triste que no hayamos podido estar juntos ni siquiera en el funeral de nuestro hijo. En fin, te agradezco mucho tu apoyo, Ally —dijo Celia cuando el coche se detuvo delante de la casa—. No habría sido capaz de pasar por todo esto sin ti. Y ahora, entremos para recibir a nuestros invitados y celebrar la vida de nuestro muchacho.

Dos días después, me desperté en la acogedora y algo anticuada habitación de invitados de la casa de Celia. Ante las ventanas pendían cortinas floreadas de Colefax and Fowler, a juego con la colcha de la enorme cama de madera en la que yo estaba tumbada y con el gastado papel de rayas de las paredes. Eché una ojeada al despertador y vi que eran casi las diez y media. Desde el funeral, por fin había empezado a dormir otra vez, pero casi con una profundidad anormal. Por las mañanas me despertaba como si tuviera resaca o me hubiese tomado uno de los somníferos que Celia me había ofrecido y yo había rechazado. Aunque había dormido a pierna suelta durante más de diez horas, permanecí inmóvil en la penumbra, sintiéndome tan cansada como cuando me acosté, y medité sobre el hecho de que no podía seguir escondiéndome allí con Celia consolándome con nuestras interminables charlas sobre Theo. Ella tenía previsto marcharse a Italia al día siguiente y, a pesar de que me había invitado a acompañarla, yo sabía que debía seguir adelante con mi vida.

La pregunta era: ¿adónde iría desde allí?

Ya había decidido que llamaría al entrenador del equipo de vela suizo para comunicarle mi decisión de no presentarme con la tripulación a las pruebas olímpicas. Celia había insistido en que no debía permitir que lo sucedido echara a perder mi futuro y disminuyera mi pasión por el mar, pero cada vez que pensaba en volver a navegar me entraba un escalofrío. Tal vez algún día se me pasara, pero no antes de que comenzase el duro entrenamiento para el acontecimiento deportivo más importante del planeta. Habría demasiados conocidos de Theo en el campo de entrenamiento, y aunque hablar de él con su madre me había proporcionado un maravilloso desahogo, me sentía increíblemente vulnerable cuando otras personas lo mencionaban.

Pero ahora que Theo ya no estaba conmigo y había dejado de navegar, el futuro se me antojaba vacío, un abismo interminable que no tenía ni idea de cómo llenar.

Quizá fuera la nueva Maia de la familia, cavilé, destinada a regresar a Atlantis y soportar mi dolor en soledad, como había hecho ella. Sabía que mi hermana mayor había desplegado sus alas y emprendido el vuelo hacia su nueva vida en Río, y eso quería decir que podía volver a casa y ocupar su nido en el Pabellón.

Las últimas semanas me habían hecho comprender que hasta aquel momento había tenido una vida de ensueño y que, si era sincera conmigo misma, tendría que reconocer que siempre había mirado por encima del hombro a las personas más débiles que yo. No entendía por qué no podían volver a ponerse en pie, sacudirse de encima el trauma que llevaran a cuestas y seguir adelante. Ahora estaba empezando a comprender, de una manera brutal, que hasta que no se ha sufrido en carne propia una pérdida, con el consiguiente dolor, es imposible empatizar realmente con otras personas en igual situación.

En un esfuerzo por conservar el optimismo, me dije que por lo menos lo que me había sucedido quizá me convirtiera en mejor persona. Y, motivada por esa idea, finalmente saqué el móvil. Me avergonzaba reconocer que no lo había encendido desde la muerte de Theo hacía ya más de dos semanas. Lo puse a cargar al ver que no tenía batería y, mientras me duchaba, escuché los insistentes pitidos de los mensajes de texto y voz que llegaron cuando el móvil volvió a la vida.

Me sequé, me vestí y me preparé mentalmente antes de cogerlo y leer los interminables mensajes de texto de Ma y mis hermanas, y de muchas otras personas que se habían enterado de lo ocurrido. «Ally, ojalá pudiera estar ahí contigo, ni me imagino por lo que debes de estar pasando, pero te envío todo mi cariño», había escrito Maia. «Ally, te he llamado varias veces, pero no contestas. Ma me lo ha contado y lo siento muchísimo por ti. Aquí me tienes, Ally, día y noche, para lo que necesites. Besos. Tiggy.»

Pasé entonces a los mensajes de voz. Sin duda, la mayoría de ellos, como en el caso de los de texto, serían de gente que me daba el pésame. Pero marqué el número para recuperarlos y el corazón me dio un vuelco al escuchar el mensaje más antiguo, dejado hacía más de dos semanas. Había interferencias y la voz sonaba lejana, pero supe que era Theo: «Hola, amor mío. Te llamo con el teléfono vía satélite ahora que tengo un momento. Estamos detenidos en algún punto del mar Celta. Hace un tiempo endiablado y hasta mi célebre equilibrio me ha abandonado. Sé que estás enfadada conmigo por haberte echado del barco, pero antes de intentar dormir un par de horas quiero que sepas que no tiene nada que ver con tus aptitudes como navegante. Y, si te soy sincero, ahora me encantaría que estuvieras aquí, porque vales lo que diez de los hombres de a bordo. Sabes que solo se debe al hecho de que te quiero, mi adorada Ally. ¡Y espero que sigas dirigiéndome la palabra cuando vuelva! Buenas noches, cariño. Te quiero. Adiós».

Abandoné la idea de escuchar los demás mensajes y me limité a reproducir el de Theo una y otra vez, empapándome de cada palabra. Sabía, por el momento en que lo había enviado, que debía de haber llamado solo una hora antes de subir a cubierta y ver cómo una ola arrojaba a Rob al mar. Y de lanzarse a rescatarlo a costa de su propia vida. No tenía ni idea de cómo se conservaba un mensaje para siempre, pero decidí que tenía que averiguarlo.

—Yo también te quiero —susurré.

Y el último resquicio de la rabia que había albergado contra Theo en mi interior por haberme ordenado bajar del barco aquel día se desvaneció.

Durante el desayuno, Celia me dijo que tenía previsto salir para hacer unas compras de última hora para Italia.

—¿Has decidido adónde vas a ir ahora, Ally? Ya sabes que puedes quedarte aquí mientras estoy fuera. O acompañarme. Estoy segura de que podrías conseguir un vuelo de última hora a Pisa.

—Gracias, eres muy amable, pero creo que me iré a casa —contesté, pues temía estar convirtiéndome en una carga para Celia.

—Lo que decidas me parecerá bien, solo házmelo saber.

Cuando se hubo marchado, subí a mi cuarto y decidí que me sentía lo bastante fuerte para telefonear a CeCe y Star. Marqué primero el número de CeCe, pues siempre era ella quien organizaba los planes de ambas, pero me salió el buzón de voz y llamé a Star.

—¿Ally?

—Hola, Star. ¿Cómo estás?

—Bien. Pero lo importante es saber cómo estás tú.

—Bien. Estaba pensando en pasarme mañana por vuestra casa.

—Estaré yo sola. CeCe se irá a hacer unas fotos de la central eléctrica de Battersea. Quiere utilizarlas como inspiración para uno de sus proyectos de arte antes de que la conviertan en un nuevo complejo residencial.

—Entonces ¿puedo ir a verte a ti?

—Claro, me encantaría.

—Genial. ¿A qué hora te va bien?

—Estaré aquí todo el día. ¿Por qué no vienes a comer?

—De acuerdo. Llegaré sobre la una. Hasta mañana, Star.

Después de colgar, me senté en la cama y caí en la cuenta de que al día siguiente sería la primera vez que pasaría más de cinco minutos con mi hermana pequeña sin que CeCe estuviera presente.

Pensando que debería leer mis correos electrónicos, saqué el portátil de la mochila y lo dejé sobre el tocador. Lo encendí y vi que había más mensajes de pésame y mensajes basura de rigor, entre ellos uno de una tal «Tamara» que me ofrecía consuelo ahora que las noches empezaban a acortarse. Entonces vi otro nombre que no reconocí de inmediato: Magdalena Jensen. Al cabo de unos instantes, recordé que era la profesional que me estaba traduciendo el libro que había sacado de la biblioteca de Pa Salt y di gracias al cielo por no haber pulsado «eliminar».

De: Magdalenajensen1@trans.no
Para: Allygeneva@gmail.com
Asunto: Grieg, Solveig og Jeg / Grieg, Solveig y yo
20 de agosto de 2007

Querida señora D'Aplièse:

Estoy disfrutando sobremanera de la traducción de *Grieg, Solveig og Jeg*. Es una lectura fascinante, y nunca me había topado con una historia así en Noruega. Pensé que quizá le interesaría empezar a leer el manuscrito, de modo que le adjunto las páginas que he hecho hasta ahora, las 200 primeras. Espero poder enviarle el resto dentro de diez días.

Reciba un cordial saludo,

MAGDALENA

Abrí el archivo que contenía la traducción y leí la primera página. Luego, la segunda y, para cuando me embarqué en la tercera, ya había cogido el portátil y lo había enchufado junto a la cama para poder ponerme cómoda mientras seguía leyendo…

Anna

Telemark, Noruega

Agosto de 1875

13

Anna Andersdatter Landvik se detuvo para esperar a Rosa, la vaca más vieja de la manada, antes de proceder a bajar por la empinada ladera. Como de costumbre, Rosa se había quedado rezagada mientras sus compañeras avanzaban hacia nuevos pastos.

—Cántale, Anna, y verás como viene —solía decirle su padre—. Irá detrás de ti.

Anna entonó las primeras notas de *Per Spelmann*, la canción favorita de Rosa, y la melodía que brotó de sus labios resonó en el valle como una campanilla. Consciente de que el animal tardaría en alcanzarla, se sentó en la hierba basta y su cuerpo esbelto adoptó su postura favorita para pensar, esto es: las rodillas pegadas al mentón y los brazos alrededor de las piernas. Aspiró el aire todavía cálido del atardecer y admiró el paisaje sin dejar de tararear al ritmo del zumbido de los insectos. El sol comenzaba a descender sobre las montañas del otro lado del valle y cubría el lago de un brillo parecido al del oro rosa fundido. Pronto desaparecería por completo y la noche caería rápidamente.

A lo largo de las últimas dos semanas, mientras contaba las vacas que pastaban en la ladera, la oscuridad se había adelantado cada día un poco más. Después de meses de luz hasta cerca de la medianoche, sabía que aquel día, para cuando ella regresara a la cabaña, su madre ya habría encendido los quinqués. Y que su padre y su hermano pequeño habrían llegado para ayudarlas a cerrar la vaquería de verano y bajar los animales al valle en preparación para el invierno. Aquel acontecimiento marcaba el fin del verano nórdico y el advenimiento de lo que, para Anna, suponían unos interminables meses de oscuridad casi perpetua. El intenso verdor de la montaña pronto luciría una gruesa capa de nieve, y su madre y ella abandonarían la morada de madera donde pasaban los meses más cálidos para volver a la granja familiar, situada a las afueras del pequeño pueblo de Heddal.

Cuando Rosa echó a andar hacia ella, deteniéndose de vez en cuando para olisquear la hierba, Anna cantó otra estrofa de la canción para animarla. Su padre, Anders, creía que Rosa no vería otro verano. Nadie sabía su edad exacta, pero no era mucho más joven que la propia Anna, que tenía dieciocho años. La idea de que Rosa ya no estuviera allí para saludarla con lo que a la joven le gustaba pensar que era una mirada de reconocimiento en sus dulces ojos ambarinos hacía que los suyos se llenaran de lágrimas. Y pensar en los largos y oscuros meses que la aguardaban propulsaba las gotas titilantes hacia sus mejillas.

Por lo menos, pensó mientras se las enjugaba a toda prisa, cuando volviera a la granja de Heddal vería a su gato Gerdy y a su perro Viva. Nada le gustaba tanto como acurrucarse delante de la estufa, comiendo *gomme* dulce con pan, con Gerdy ronroneando sobre su regazo y Viva esperando para lamer las migajas. Aunque sabía que su madre no la dejaría pasarse todo el invierno holgazaneando y soñando.

—Algún día tendrás un hogar propio del que ocuparte, *kjære*, y yo no estaré allí para daros de comer a ti y a tu marido —solía decirle Berit, su madre.

Desde batir mantequilla y zurcir ropa hasta dar de comer a las gallinas o estirar con el rodillo los *lefse* —aquellos panes planos que su padre devoraba por docenas—, Anna tenía poco interés en las tareas domésticas y, desde luego, ninguna intención de dar de comer a un marido imaginario por el momento. Por mucho empeño que pusiera —y, si era sincera consigo misma, sabía que no era el suficiente—, el resultado de sus esfuerzos en la cocina solía ser incomible por no decir desastroso.

—Llevas años haciendo *gomme* y el sabor no ha mejorado lo más mínimo —había comentado su madre hacía solo una semana tras plantar un cuenco de azúcar y una jarra de leche fresca sobre la mesa de la cocina—. Ya es hora de que aprendas a hacerlo como es debido.

Pero hiciera lo que hiciese, el *gomme* de Anna siempre salía revuelto y quemado por debajo.

—Traidor —le había susurrado a Viva, pues hasta el perro de la granja, siempre apetente, había apartado el hocico.

Aunque hacía cuatro años que había dejado el colegio, Anna todavía echaba de menos la tercera semana de cada mes, cuando frøken Jacobsen, la maestra que repartía su tiempo entre los pueblos del condado de Telemark, llegaba a Heddal con nuevas cosas que enseñarles. Aquello le gustaba mucho más que las estrictas clases del pastor Erslev, en las que tenían que recitar de memoria pasajes de la Biblia y eran evaluados delante de todos los demás compañeros. Anna odiaba aquellos momentos, y siempre había sentido que la cara le ardía al notar las miradas de todo el mundo clavadas en ella cuando se encallaba con palabras desconocidas.

La mujer del pastor, fru Erslev, era mucho más amable y tenía más paciencia con ella cuando le tocaba aprenderse los himnos para el coro de la iglesia. Y, últimamente, solía asignarle los solos. Cantar era mucho más fácil que leer, pensaba Anna. Cuando cantaba, solo tenía que cerrar los ojos y abrir la boca para que de ella saliera un sonido que, al parecer, era del agrado de todos.

A veces soñaba con actuar delante de una congregación en una iglesia grande de Cristianía. Cuando cantaba, era el único momento en que sentía que valía algo. Pero, en realidad —como su madre le recordaba constantemente—, más allá de cantar para las vacas y de, algún día, entonar nanas para sus hijos, su talento carecía de utilidad. Todas sus compañeras del coro estaban ya prometidas, casadas o sufriendo las consecuencias del matrimonio, que por lo visto consistían en tener náuseas y ponerse gordas para, finalmente, generar un bebé rubicundo y llorón y tener que dejar de cantar.

En la boda de Nils, su hermano mayor, Anna había tenido que soportar los codazos e indirectas de todos sus familiares respecto a su propio futuro matrimonial, pero, dado que hasta el momento ningún pretendiente se había ofrecido para el puesto, aquel invierno ella sería la única que se quedaría atrás con las *gammefrøken*, que era como su hermano pequeño, Knut, llamaba a las solteronas del pueblo.

—Con la ayuda de Dios, encontrarás un marido que pueda

ignorar la comida de su plato y, a cambio, sumergirse en esos preciosos ojos azules que tienes —solía bromear Anders, su padre.

Anna sabía que la pregunta que rondaba por la mente de todos los miembros de su familia era si Lars Trulssen —que había compartido a menudo sus chamuscadas ofrendas— sería ese hombre valiente. El muchacho vivía en la granja vecina con su padre enfermo. Los hermanos de Anna habían convertido a Lars —hijo único y huérfano de madre desde los seis años— prácticamente en un tercer hermano, y muchas noches se lo veía cenando a la mesa de la familia Landvik. Anna se acordaba de lo mucho que, durante los largos inviernos, habían jugado todos juntos en los días de nieve. A sus atolondrados y bulliciosos hermanos les encantaba enterrarse mutuamente en la nieve de manera que el característico pelo rojizo de los Landvik destacara sobre el paisaje blanco, mientras que, para consternación de ambos, Lars, que era de naturaleza mucho más sosegada, se metía en casa para leer un libro.

En circunstancias normales Nils, como hijo primogénito, se habría quedado a vivir con su nueva esposa en casa de los Landvik después de casarse. Sin embargo, el reciente fallecimiento de los padres de ella había hecho que heredaran la granja familiar en un pueblo situado a varias horas de Heddal, así que Nils se había mudado allí para dirigirla. Ahora le correspondía a Knut pasar todo su tiempo en los campos de la granja de los Landvik ayudando a su padre.

De modo que a menudo Anna se descubría sentada a solas con Lars, que seguía visitando la casa con regularidad. A veces le hablaba del libro que estaba leyendo en aquellos momentos y, mientras ella aguzaba el oído para escuchar su voz apagada, el chico le narraba historias fascinantes de otros mundos que parecían mucho más emocionantes que Heddal.

—Acabo de terminar *Peer Gynt* —le dijo una noche—. Me lo envió mi tío desde Cristianía, y creo que te gustaría. En mi opinión es lo mejor que ha escrito Ibsen hasta el momento.

Anna había bajado la mirada, reacia a reconocer que no tenía ni idea de quién era aquel tal Ibsen, pero Lars no la juzgó por ello y le explicó todo lo relacionado con el más grande dramaturgo noruego aún vivo. Al parecer, Ibsen había nacido en Skien, una ciudad muy próxima a Heddal, y estaba dando a conocer al mundo la literatura y la cultura noruegas. Lars le dijo que había leído todo lo que Ibsen había escrito. De hecho, Anna tenía la impresión de que había leído todos los libros que se habían escrito en el mundo. Lars incluso le había confesado su sueño de convertirse algún día en escritor.

—Pero no es probable que ocurra aquí —añadió clavando con nerviosismo su mirada de ojos azules en los de ella—. Noruega es un país muy pequeño y muchos de nosotros tenemos una educación pobre, pero he oído que en Estados Unidos, si trabajas duro, puedes llegar a ser lo que quieras…

Anna sabía que Lars había aprendido por su cuenta a leer y escribir en inglés a fin de prepararse para ese momento. Componía poemas en ese idioma y decía que pronto los enviaría a una editorial. Siempre que él empezaba a hablarle de Estados Unidos, Anna sentía una punzada de dolor, pues sabía que Lars jamás podría permitirse tal cosa. Su padre padecía artritis y tenía las manos permanentemente paralizadas en un semipuño, de modo que Lars tenía que llevar la granja solo y seguía viviendo en la desvencijada casa familiar.

Cuando el joven no cenaba con ellos, no era extraño que el padre de Anna se lamentara del abandono que sufrían desde hacía años las tierras de la familia Trulssen y de que sus cerdos campasen a sus anchas por ellas y las revolvieran hasta tornarlas pobres y yermas.

—Con toda la lluvia que ha caído últimamente, son poco más que un lodazal —decía—. Pero ese muchacho vive en el mundo de sus libros, no en el mundo real de los campos y las granjas.

Durante el invierno anterior, una tarde en que Anna estaba intentando descifrar la letra de un himno nuevo que fru Erslev quería que se aprendiera, Lars había levantado la vista de su libro y se había quedado mirándola desde el otro lado de la mesa de la cocina.

—¿Necesitas ayuda? —se había ofrecido.

Sonrojándose al comprender que había estado vocalizando las mismas palabras una y otra vez en un intento de memorizarlas bien, Anna se había preguntado si quería que el muchacho se acercara más, pues siempre apestaba a puerco. Finalmente, había asentido con timidez y Lars se había sentado a su lado. Habían repasado juntos todas las palabras hasta que ella se dio cuenta de que podía leer el himno de carrerilla.

—Gracias por ayudarme —le había dicho.

—De nada —había contestado él, ruborizado—. Si quieres, podría ayudarte a leer y a escribir mejor. Si prometes cantar para mí de vez en cuando.

Consciente de que su nivel de lectura y escritura había empeorado a lo largo de los cuatro años que habían transcurrido desde que dejó el colegio, Anna había aceptado. Y a partir de aquel momento, ambos habían pasado muchas noches del último invierno sentados a la mesa de la cocina con las cabezas juntas. Tanto es así, que Anna había descuidado sus bordados, para disgusto de su madre. Pronto habían pasado de los himnos a los libros que Lars le llevaba desde su casa envueltos en papel encerado para proteger las valiosas páginas de la lluvia y la nieve incesantes. Y, terminada la clase, los libros se cerraban y Anna cantaba para él.

Aunque al principio sus padres habían visto con cierta preocupación la afición de Anna por los libros, les gustaba escucharla cuando les leía por las noches.

—Yo habría escapado de esos troles mucho más deprisa —les había dicho después de leerles *Las tres princesas de Blanquilandia* una noche frente al fuego.

—Pero si uno de los troles tenía seis cabezas —había señalado Knut.

—Seis cabezas te obligan a correr más despacio —había replicado ella con una sonrisa.

También había practicado su caligrafía, y Lars se había reído al ver la fuerza con la que apretaba el lápiz, hasta que los nudillos se le ponían blancos a causa de la tensión.

—No se va a escapar —le había dicho colocándole cada dedo en la posición adecuada alrededor del lápiz.

Una noche, tras ponerse el abrigo de pelo de lobo para protegerse del frío glacial, Lars había abierto la puerta para marcharse y unos copos de nieve tan grandes como mariposas se habían colado en la casa. Uno de ellos aterrizó sobre la nariz de Anna y Lars alargó tímidamente el brazo para quitárselo antes de que se derritiera. Al notar la aspereza de su mano sobre la piel de la joven, la devolvió rápidamente al bolsillo del abrigo.

—Buenas noches —había murmurado, antes de salir a la oscuridad del invierno, y los copos de nieve se derritieron en el suelo cuando la puerta se cerró a su espalda.

Anna se levantó cuando Rosa finalmente llegó hasta ella. Mientras le acariciaba las orejas aterciopeladas y le plantaba un beso en la estrella blanca que tenía en medio de la frente, no pudo por menos que reparar en los pelos grises en torno al morro rosado.

—Por favor, aguanta hasta el verano que viene —le susurró.

Tras cerciorarse de que Rosa descendía con parsimonia hacia la umbría ladera en la que pastaban apaciblemente sus compañeras, Anna puso rumbo a la cabaña. Por el camino decidió que todavía no estaba preparada para un cambio; lo único que quería era regresar allí cada verano y sentarse en los prados con Rosa. Su familia tal vez pensara que era una ingenua, pero Anna sabía exactamente lo que le tenían planeado. Y recordaba a la perfección el extraño comportamiento de Lars cuando se había despedido de ella al comienzo del verano.

Le había dado el poema de *Peer Gynt* de Ibsen para que lo leyera y le había tomado suavemente la mano mientras ella sostenía el libro frente a su pecho. Anna se había quedado petrificada. Aquel contacto había representado una forma nueva de intimidad, muy diferente de la relación de hermanos que siempre había creído que tenían. Al mirar a Lars, había visto una expresión distinta en sus intensos ojos azules y de pronto le había parecido un extraño. Aquella noche se había ido a la cama temblando a causa de esa mirada, pues sabía muy bien qué significaba.

Al parecer sus padres ya se habían informado de las intenciones de Lars.

—Podríamos comprar las tierras de los Trulssen como dote de Anna —había oído que su padre le decía a su madre una noche.

—Deberíamos buscarle un partido mejor —había contestado Berit en un susurro—. Los Haakonssen todavía tienen un hijo casadero en Bø.

—Me gustaría tenerla cerca —había respondido Anders con firmeza—. Si compramos la propiedad de los Trulssen, estaremos tres años sin obtener ingresos, hasta que la tierra se recupere. Pero después, la cosecha se duplicará. Creo que Lars es lo máximo a lo que podemos aspirar, dadas las... limitaciones de Anna.

El comentario le había dolido, y su resentimiento había aumentado cuando sus padres habían empezado a hablar abiertamente de posibles planes de boda entre ella y Lars. Se preguntaba si en algún momento se tomarían la molestia de preguntarle si quería casarse con él. Pero ese momento no llegó, así que Anna se abstuvo de comentarles que, aunque Lars le caía bien, no tenía muy claro que pudiera llegar a quererlo.

Aunque en más de una ocasión había imaginado cómo sería besar a un hombre, no estaba para nada segura de que en realidad fuera a gustarle. Y en cuanto a esa otra cosa desconocida —el acto que sabía que debía producirse para tener hijos—, era algo sobre lo que solo podía especular. A veces, por la noche, oía crujidos y gemidos extraños procedentes del dormitorio de sus padres, pero cuando le había preguntado a Knut al respecto, su hermano simplemente había soltado una risita y le había dicho que así habían llegado todos al mundo. Si se parecía en algo al momento en que el toro se le presentaba a la vaca... Anna se estremeció al recordar cómo había que animar a la criatura, que no paraba de bramar, a subirse sobre su conquista femenina, al tiempo que el mozo lo ayudaba a meter la «cosa» dentro de ella para que la vaca tuviera un ternero unos meses después.

Deseaba poder preguntarle a su madre si el proceso de los humanos era parecido, pero nunca conseguía reunir el valor necesario para hacerlo.

Para colmo, se había pasado el verano forcejeando con *Peer Gynt*, y ni siquiera entonces, después de analizar infinitas veces la historia, era capaz de entender ni lo más mínimo por qué la pobre campesina —Solveig, se llamaba— había malgastado toda su vida esperando a un hombre horrible y mujeriego como Peer. Y luego, cuando este al fin regresa, lo acepta y se posa su cabeza embustera e infiel sobre el regazo.

—Yo la habría utilizado como pelota para que Viva jugara con ella —farfulló camino de la cabaña.

Y lo que sí había decidido firmemente aquel verano era que jamás, jamás, podría casarse con un hombre al que no amara.

Cuando llegó al final del sendero, divisó la sólida cabaña de madera, intacta desde hacía varias generaciones. El tejado de pasto destacaba como un lozano recuadro verde brillante entre el follaje más oscuro de las píceas del bosque circundante. Anna tomó agua del cubo que descansaba junto a la puerta y se lavó las manos para quitarse el olor a vaca antes de entrar en la alegre cocina y sala de estar donde, tal como había vaticinado, ya ardían los quinqués.

La estancia albergaba una mesa grande cubierta por un mantel de cuadros, un aparador de pino labrado, un viejo horno de leña y una enorme chimenea abierta donde su madre y ella calentaban la olla de hierro con las gachas del desayuno y la cena, y la carne y las verduras del mediodía. En la parte de atrás estaban las habitaciones: la de sus padres, la de Knut, y el diminuto cuarto donde ella dormía.

Cogió uno de los quinqués de la mesa, avanzó por el gastado suelo de tablones y abrió la puerta de su habitación. Tenía que entrar prácticamente de costado, pues el espacio era tan reducido que la cama casi chocaba con la puerta. Dejó la lámpara en la mesilla de noche y se quitó el gorro para dejar que la melena de bucles cobrizos le cayera sobre los hombros.

Tomó su desvaído espejo y, sentándose en la cama, se miró la cara y se limpió una mancha de tierra de la frente a fin de estar presentable para la cena. Se quedó unos instantes examinando su reflejo en la agrietada superficie. No se consideraba una muchacha especialmente bonita. Su nariz parecía excesivamente pequeña en comparación con sus grandes ojos azules y sus labios carnosos y redondeados. Lo único bueno de la llegada del invierno, pensó, era que las abundantes pecas que le brotaban en verano sobre el puente de la nariz y las mejillas remitirían e hibernarían con ella hasta la primavera.

Con un suspiro, dejó el espejo, salió del cuarto con dificultad y miró la hora en el reloj de pared de la cocina. Marcaba las siete. Le extrañó que no hubiera nadie en casa, sobre todo porque aquel día esperaban a su padre y a Knut.

—¿Hola? —llamó en vano.

Salió a la luz crepuscular, que se desvanecía a toda prisa, y rodeó la cabaña hasta la parte de atrás, donde, sobre la tierra áspera, descansaba una mesa de pino macizo. Para su sorpresa, vio a sus padres y a Knut allí sentados con un desconocido cuyo rostro aparecía iluminado por la luz del quinqué.

—¿Dónde diantre estabas, criatura? —le preguntó su madre poniéndose en pie.

—Asegurándome de que las vacas bajaran de la montaña, tal como me pediste.

—Hace horas que te fuiste —la reprendió Berit.

—Tuve que ir a buscar a Rosa. Las demás la habían dejado atrás, completamente sola.

—Bueno, por lo menos ya estás aquí. —Berit parecía aliviada—. Este caballero ha subido con tu padre y tu hermano para conocerte.

Anna le echó un vistazo al caballero preguntándose por qué habría hecho una cosa así. Nadie había ido nunca a ningún lugar solo para «conocerla». Cuando lo observó con más detenimiento, advirtió que no era de la región. Lucía una americana de sastre oscura con solapas anchas, un pañuelo de seda en torno al cuello y un pantalón de franela que, pese a las manchas de barro de los dobladillos, era la clase de prenda que usaba la gente elegante de las grandes ciudades. Lucía un gran bigote con las puntas mirando hacia arriba, como los cuernos de una cabra, y Anna le calculó, por las arrugas de la cara, cincuenta años largos. Mientras lo escudriñaba, se dio cuenta de que él también la estaba examinando. Finalmente, el hombre esbozó una gran sonrisa de aprobación.

—Ven a conocer a herr Bayer, Anna.

Su padre le hizo señas para que se acercara al tiempo que cogía la gran jarra que había en la mesa para servir cerveza casera en la taza del caballero.

Anna se acercó tímidamente al hombre, que se levantó de inmediato y le tendió la mano. Ella alargó la suya y él, en lugar de estrechársela, la tomó entre las suyas.

—Frøken Landvik, es un honor conocerla.

—¿De veras? —respondió Anna, atónita.

—¡No seas maleducada, Anna! —la reprendió su madre.

—No, por favor —intervino el hombre—, estoy seguro de que Anna no pretendía serlo. Simplemente le sorprende mi presencia. Apuesto a que su hija no vuelve todos los días a su casa de las montañas para encontrarse a un desconocido esperándola. Y ahora,

Anna, si tienes la amabilidad de tomar asiento, te explicaré por qué estoy aquí.

Mientras ella obedecía, sus padres y Knut observaban la escena con expectación.

—En primer lugar, permite que me presente. Me llamo Franz Bayer y soy profesor de historia noruega en la Universidad de Cristianía. También soy pianista y profesor de música. Mis amigos y yo solemos pasar muchos veranos en el condado de Telemark estudiando la cultura nacional que las buenas gentes de estos lares tan bien conserváis y buscando jóvenes talentos musicales para actuar en Cristianía, la capital. Cuando llegué a Heddal, como siempre hago, me encaminé en primer lugar hacia la iglesia, y allí conocí a fur Erslev, la esposa del pastor. Me contó que es la directora del coro, y cuando le pregunté si tenía alguna voz excepcional entre sus filas, me habló de ti. Supuse, como es lógico, que vivirías en el pueblo o sus alrededores. Entonces me explicó que pasabas los veranos aquí arriba, a casi un día de trayecto en carreta, pero que daba la casualidad de que tal vez tu padre pudiese proporcionarme un medio de transporte, y así lo hizo. —Herr Bayer se volvió hacia Anders con una inclinación de cabeza—. Mi querida señorita, confieso que tuve mis reticencias cuando fru Erslev me dijo dónde vivías. Sin embargo, la mujer del pastor me aseguró que el viaje merecería la pena. Dice que posees una voz angelical. De modo que —abrió los brazos y esbozó una gran sonrisa— aquí estoy. Y tus padres se han mostrado sumamente hospitalarios mientras aguardábamos tu regreso.

Mientras Anna intentaba asimilar las palabras de herr Bayer, cayó en la cuenta de que tenía la boca abierta a causa de la sorpresa y se apresuró a cerrarla. No quería que un sofisticado hombre de ciudad la tomara por una campesina bobalicona.

—Me siento honrada de que haya hecho el viaje solo para verme a mí —dijo, y esbozó la reverencia más elegante que fue capaz de realizar.

—Bueno, si la directora de tu coro tiene razón, y me consta que tus padres también creen que posees talento, el honor es todo mío —respondió herr Bayer—. Y, por supuesto, ahora que ya estás aquí, me complace comunicarte que tienes una oportunidad de demostrar que están en lo cierto. Me encantaría que cantaras para mí, Anna.

—Por supuesto —dijo Anders al ver que Anna se quedaba paralizada, titubeando en silencio—. ¿Anna?

—Solo sé himnos y canciones populares, herr Bayer.

—Bien; cualquiera de las dos cosas servirá, te lo aseguro —la animó.

—Canta *Per Spelmann* —sugirió su madre.

—Es un buen comienzo —respondió herr Bayer asintiendo con la cabeza.

—Pero hasta ahora solo se la he cantado a las vacas.

—Imagina, entonces, que soy tu vaca favorita y que quieres que vuelva a casa —propuso herr Bayer con un brillo divertido en la mirada.

—Está bien, señor. Lo intentaré.

Anna cerró los ojos y trató de imaginarse de nuevo en la ladera llamando a Rosa, tal como había hecho aquella tarde. Respiró hondo y empezó a cantar. Las palabras brotaban de su interior sin que tuviera que pensarlas mientras contaba la historia del pobre violinista que entregó su vaca para recuperar su violín. Y cuando el aire de la noche se hubo llevado la última nota, abrió los ojos.

Miró a herr Bayer con incertidumbre, esperando una reacción. El silencio se alargó durante unos instantes mientras el hombre la estudiaba detenidamente.

—Ahora un himno —propuso al fin—. ¿Conoces *Herre Gud, dit dyre Navn og Ære*?

Anna asintió y abrió de nuevo la boca para cantar. Aquella vez, cuando terminó, vio que herr Bayer sacaba un pañuelo y se secaba los ojos.

—Jovencita —dijo con la voz ronca a causa de la emoción—, has estado sublime. Ha merecido cada una de las horas de dolor de espalda que sufriré esta noche a consecuencia del viaje.

—Por descontado, pasará la noche con nosotros —intervino Berit—. Puede instalarse en el dormitorio de nuestro hijo Knut. Él dormirá en la cocina.

—Muchas gracias, querida señora. Aceptaré su invitación encantado, pues tenemos muchas cosas de las que hablar. Disculpe mi atrevimiento, pero ¿podría ofrecer algo de pan a este exhausto viajero? No he probado bocado desde el desayuno.

—Le pido mil perdones, señor —se disculpó Berit, horrorizada por haberse olvidado por completo de la comida en medio de la agitación—. Anna y yo prepararemos ahora mismo para todos algo de comer.

—Entretanto, herr Landvik y yo hablaremos de cómo podríamos llevar la voz de Anna hasta los oídos del gran público noruego.

Con los ojos como platos, Anna siguió obedientemente a su madre hasta la cocina.

—¿Qué pensará de nosotros? Yo te lo diré: ¡que somos tan poco hospitalarios, o tan pobres, que no hay comida en nuestra mesa para un invitado! —se regañó Berit en tanto preparaba una gran fuente con pan, mantequilla y lonchas de cerdo curado—. Seguro que vuelve a Cristianía y les cuenta a sus amigos que las historias que han oído sobre nuestros modales incivilizados son ciertas.

—*Mor*, herr Bayer parece un caballero bondadoso y estoy segura de que no hará tal cosa. Si ya está todo listo, iré a buscar leña para el fuego.

—Bueno, date prisa, que has de poner la mesa.

—Sí, *mor*.

Anna salió con una gran cesta de mimbre bajo el brazo. Después de llenarla de troncos, se quedó un rato contemplando las luces titilantes que brillaban intermitentemente en la ladera que descendía hasta el lago y que indicaban la presencia de otras viviendas humanas. El corazón todavía le latía desbocado por los sorprendentes acontecimientos de aquella noche.

No tenía una idea clara de lo que significaban para ella, aunque había oído historias de otros cantantes y músicos con talento que habían sido arrastrados hasta la ciudad desde sus pueblos de Telemark por profesores como herr Bayer. Se preguntó si, en el caso de que el hombre le pidiera que se marchase con él, le apetecería de verdad hacerlo. Pero, teniendo en cuenta que su experiencia más allá de la lechería se limitaba a Heddal y algún que otro viaje esporádico a Skien, ni siquiera podía empezar a imaginarse lo que implicaría un paso así.

Al oír que su madre la llamaba, giró sobre sus talones y regresó a la cabaña.

A la mañana siguiente, durante los breves instantes de sopor que separan el sueño de la vigilia, Anna se revolvió en su cama con la vaga idea de que algo increíble había sucedido la noche previa. Cuando al fin recordó qué era, se levantó e inició el engorroso proceso de ponerse los pololos, la camiseta interior, la blusa de color crema, la falda negra y el chaleco de vivos colores que conformaban su atuendo cotidiano. Tras recogerse el pelo bajo el gorro de algodón, se calzó las botas.

La noche anterior, después de la cena, había cantado dos canciones más y otro himno antes de que su madre la enviara a la cama. Hasta aquel momento la charla no se había centrado en Anna, sino en el tiempo inusitadamente cálido y la cosecha que su padre preveía obtener el año siguiente. Luego, no obstante, la joven había escuchado las voces quedas de sus padres y herr Bayer a través de las finas paredes de madera y comprendido que estaban discutiendo de su futuro. En un momento dado, incluso se había atrevido a abrir la puerta de su cuarto unos centímetros.

—Como es lógico, me preocupa que si Anna nos deja para marcharse a la ciudad, mi esposa tenga que cargar sola con las tareas domésticas —había oído decir a su padre.

—Reconozco que la cocina y la limpieza no son lo suyo, pero es trabajadora y se ocupa de los animales —había añadido Berit.

—Bueno, estoy seguro de que podemos llegar a un acuerdo —había contestado herr Bayer para tranquilizarlos—. Naturalmente, estoy dispuesto a compensarles por perder la ayuda que representa su hija.

Anna había contenido la respiración, incrédula, cuando el profesor mencionó una cifra. Incapaz de seguir escuchando, había cerrado la puerta con sigilo. «¡Así que piensan venderme como una vaca en el mercado!», farfulló indignada por el hecho de que el dinero pudiera siquiera influir en la decisión de sus padres. Sin embargo, también había sentido un pequeño estremecimiento de emoción. Después de aquello, había tardado un buen rato en conciliar el sueño.

Por la mañana, frente a las gachas del desayuno, Anna guardó silencio mientras su familia hablaba de herr Bayer, que seguía durmiendo para recuperarse del agotamiento del viaje. Por lo visto, el entusiasmo de la noche previa había decaído y su familia había empezado a preguntarse si era prudente dejar que su única hija se marchara a la ciudad con un desconocido.

—Solo contamos con su palabra —señaló Knut, molesto por haber tenido que cederle su cama a herr Bayer—. ¿Quién nos asegura que Anna va a estar a salvo con él?

—Digo yo que si fru Erslev le ha dado su aprobación y nos lo ha enviado aquí arriba, será porque es un hombre respetable y temeroso de Dios —opinó Berit mientras preparaba un cuenco de gachas más copioso para su huésped, con una cucharada de mermelada de arándanos encima.

—Lo mejor sería que fuera a hablar con el pastor y su esposa cuando regresemos a Heddal la semana que viene —concluyó Anders, y Berit asintió.

—En ese caso, herr Bayer tendrá que darnos algo de tiempo para meditarlo y volver a visitarnos dentro de unos días para comentarlo.

Anna no se atrevía a abrir la boca, pues sabía que era su futuro lo que oscilaba sobre la balanza y no estaba segura de hacia qué lado quería que se decantara. Deseosa de pasar el día con las vacas para poder reflexionar en paz, se escabulló antes de que su madre pudiera asignarle otras tareas. Canturreando por el camino, se preguntó por qué herr Bayer estaba tan interesado en ella cuando seguro que en Cristianía había muchas chicas que cantaban mejor. Apenas le quedaban unos días en las montañas antes de regresar a Heddal para el invierno, y de pronto se angustió al comprender que quizá no regresara allí el siguiente verano. Tras darle un abrazo y un beso a Rosa, cerró los ojos y siguió cantando para ahuyentar sus miedos.

Una semana después, ya de regreso en Heddal, Anders fue a hablar con el pastor Erslev y su esposa, quienes lo tranquilizaron con respecto al carácter y las credenciales del profesor. Al parecer, herr Bayer había tomado a otras muchachas bajo su protección y las había convertido en cantantes profesionales. Una de ellas, comentó entusiasmada fru Erslev, incluso había cantado en el coro del Teatro de Cristianía.

Cuando herr Bayer fue a verlos poco tiempo después, Berit

había preparado la mejor pieza de cerdo que había encontrado para el almuerzo. Después de comer, mandaron a Anna a proseguir con su habitual tarea de dar de comer a las gallinas y llenar los abrevaderos de agua. La muchacha se había acercado en varias ocasiones a la ventana de la cocina, desesperada por escuchar lo que se estaba hablando dentro, pero no consiguió oír nada. Al final, Knut salió a buscarla.

Mientras se quitaba el abrigo, Anna vio que sus padres charlaban amigablemente con herr Bayer al tiempo que se bebían la cerveza casera de Anders. El profesor la recibió con una sonrisa jovial cuando se sentó a la mesa con Knut.

—Anna, tus padres han accedido a que vengas a vivir conmigo en Cristianía durante un año. Seré tu mentor, además de tu profesor, y les he prometido que actuaré fielmente *in loco parentis*. ¿Qué te parece?

Anna lo miró fijamente y no contestó, reacia a mostrar su ignorancia, pues no tenía la menor idea de qué significaba «mentor» o «*in loco parentis*».

—Herr Bayer quiere decir que vivirás con él en su apartamento de Cristianía y que te enseñará a cantar como es debido, te presentará a gente influyente y se hará cargo de que recibas los mismos cuidados que si fueras su hija —le explicó Berit posando una mano reconfortante en la rodilla de Anna.

Al reparar en su expresión de desconcierto, herr Bayer se apresuró a tranquilizarla todavía más.

—Como ya les he explicado a tus padres, la convivencia, naturalmente, tendrá lugar bajo el máximo de los decoros. Mi ama de llaves, frøken Olsdatter, también reside en el apartamento y estará siempre a tu disposición para acompañarte y atender tus necesidades. Así mismo, les he mostrado cartas con referencias de mi universidad y de la hermandad de músicos de Cristianía. De modo que no tienes nada que temer, mi querida señorita, te lo aseguro.

—Entiendo.

Anna se concentró en la taza de café que su madre le había puesto delante y bebió despacio.

—¿Dirías que te complace mi propuesta, Anna? —preguntó herr Bayer.

—Creo… que sí.

—Herr Bayer también está dispuesto a sufragar todos tus gastos —la alentó su padre—. Es una oportunidad maravillosa, Anna. Cree que tienes mucho talento.

—Así es —confirmó el profesor—. Tienes una de las voces más puras que he escuchado en mi vida. Y tu educación no será solo musical. Aprenderás otros idiomas y te pondré profesores particulares para mejorar tu nivel de lectura y escritura.

—Disculpe, herr Bayer —lo interrumpió Anna, incapaz de contenerse—, pero ya domino ambas cosas.

—Me alegro, porque eso quiere decir que podremos empezar a cultivar tu voz antes de lo que esperaba. Entonces, Anna, ¿aceptas?

Anna estaba deseando preguntar por qué: ¿por qué quería aquel hombre pagar a sus padres para dedicar su tiempo a educarlas a ella y su voz, y encima tenerla alojada en su apartamento? Pero como nadie más parecía hacerse esa pregunta, pensó que tampoco le correspondía a ella hacerla.

—Pero Cristianía está muy lejos y un año es mucho tiempo…

La voz de Anna se apagó cuando al fin comprendió la enormidad de lo que le estaban proponiendo. Todo lo que conocía, todo lo que había conocido hasta aquel momento, desaparecería de su vida. Ella era una muchacha humilde de una granja de Heddal, y aunque su vida y su futuro se le antojaban insulsos, el salto que le estaban pidiendo que diera sin apenas tiempo para meditarlo de pronto le pareció excesivo.

—Eh…

Tenía cuatro pares de ojos clavados en ella.

—Yo…

—¿Sí? —preguntaron sus padres y herr Bayer al unísono.

—Si durante mi ausencia Rosa muere, prometedme que no os la comeréis.

Y dicho eso, Anna Landvik rompió a llorar.

14

Tras la partida de herr Bayer, el hogar de los Landvik se convirtió en un hervidero de actividad. Su madre empezó a confeccionar una maleta para que Anna pudiera trasladar sus escasas pertenencias hasta Cristianía. Le lavó y remendó meticulosamente sus dos mejores faldas y blusas, así como la ropa interior, pues, como decía Berit, ninguna hija suya parecería una vulgar campesina entre aquella gente arrogante de la ciudad. Fru Erslev, la esposa del pastor, le regaló a Anna un devocionario nuevo de hojas blancas e inmaculadas antes de recordarle que rezara sus oraciones todas las noches y no se dejara seducir por las costumbres «paganas» de la ciudad. Habían quedado en que el pastor Erslev la recogería en Drammen y la acompañaría en el tren hasta Cristianía, donde debía asistir a una reunión eclesiástica.

Anna, por su parte, se dio cuenta de que apenas disponía de tiempo para sentarse y reflexionar sobre su decisión. Cada vez que la asaltaban las dudas, se esforzaba por apartarlas. Su madre le había dicho que Lars iría a verla al día siguiente, y la muchacha notaba que el corazón le aporreaba dolorosamente el pecho cuando recordaba las conversaciones susurradas de sus padres respecto a su boda. Tenía la impresión de que, independientemente de lo que le deparara el futuro, ya fuera en Heddal o en Cristianía, otras personas estaban tomando las decisiones por ella.

—Ha llegado Lars —anunció Berit a la mañana siguiente como si creyera que la propia Anna no había estado angustiosamente pendiente del chapoteo de sus botas contra el barro provocado por las lluvias de septiembre—. Yo abriré la puerta. ¿Por qué no lo recibes en el salón?

La joven asintió, consciente de que el salón era la estancia «seria». Allí estaban el banco con arcón, el único mueble tapizado de la casa, y una vitrina donde se almacenaba una mezcla de platos y pequeños adornos que su madre consideraba lo bastante buenos para ser exhibidos. El salón también había albergado los féretros de tres de los abuelos de Anna cuando habían abandonado aquel mundo. Mientras recorría el estrecho pasillo en dirección a tal estancia, la muchacha pensó que en realidad eran muy pocas las veces en que el salón había acogido a gente que respirara. Y cuando abrió la puerta, una ráfaga de aire con olor a rancio le golpeó la cara.

La conversación que estaba a punto de mantener justificaba, presumiblemente, la sobriedad del entorno, y Anna se preguntó dónde debería colocarse para cuando Lars entrara en la sala. Al oír las fuertes pisadas en el pasillo, corrió a sentarse en el banco, cuyos cojines eran casi tan duros como las tablas de pino que los sostenían.

Llamaron a la puerta y a Anna se le escapó una risita agitada. Hasta entonces, nadie había solicitado su permiso para entrar en una estancia que no fuera su dormitorio.

—¿Sí? —respondió.

La puerta se abrió y apareció el rostro redondo de su madre.

—Lars ya está aquí.

Anna lo observó mientras entraba. Se había esforzado por domar su espesa mata de pelo rubio y lucía su mejor camisa de color crema y el pantalón negro que normalmente solo se ponía para ir a la iglesia, además de un chaleco azul marino que ella no le había visto antes y que pensó que entonaba con sus ojos. Se dijo que en verdad era bastante guapo, pero también pensaba lo mismo de Knut, su hermano, y sin embargo tenía clarísimo que no quería casarse con él.

No se habían visto desde que él le había prestado *Peer Gynt*, y Anna tragó saliva con nerviosismo al recordar la mano de Lars sujetando la suya. Se levantó para recibirlo.

—Hola, Lars.

—¿Te apetece una taza de café, Lars? —le preguntó Berit desde la puerta.

—N-no, gracias, fru Landvik.

—En ese caso —dijo Berit después de un instante de silencio—, os dejo solos para que habléis.

—¿Quieres sentarte? —le preguntó Anna una vez su madre se hubo marchado.

—Sí —respondió él.

Anna se acomodó torpemente en el otro extremo del banco y entrelazó las manos sobre el regazo.

—Anna —Lars se aclaró la garganta—, ¿sabes por qué estoy aquí?

—¿Porque siempre estás aquí?

Su respuesta le arrancó una risa tímida a Lars y aligeró la tensión.

—Sí, supongo que tienes razón. ¿Cómo te ha ido el verano?

—Como todos los veranos anteriores, así que no puedo quejarme.

—Pero este ha sido especial para ti, ¿no? —insistió él.

—¿Lo dices por herr Bayer, el hombre de Cristianía?

—Sí. Fru Erslev se lo ha contado a todo el mundo. Está muy orgullosa de ti… y yo también —añadió—. Probablemente seas la persona más célebre de todo el condado de Telemark, con excepción de herr Ibsen, claro. Entonces ¿irás?

—Bueno, *far* y *mor* creen que es una gran oportunidad para mí. Dicen que es un honor que un hombre como herr Bayer quiera ayudarte.

—Y no se equivocan. Pero me gustaría saber si tú realmente quieres ir.

Anna lo meditó.

—Creo que debo hacerlo —contestó—. Rechazarlo sería una grosería, ¿no te parece? Sobre todo porque herr Bayer hizo todo un día de viaje para subir a la montaña y oírme cantar.

—Sí, supongo que lo sería.

Lars desvió la mirada hacia el cuadro del lago Skisjøen que colgaba de la pared de pesados troncos de pino situada detrás de Anna. Se hizo un largo silencio que la muchacha no sabía si romper o no. Finalmente, Lars volvió a fijar la vista en ella.

—Anna.

—¿Sí, Lars?

El joven respiró muy hondo, y ella se percató de que agarraba con fuerza el brazo del banco para que dejara de temblarle tanto la mano.

—Antes de que te marcharas a las montañas a pasar el verano, hablé con tu padre de la posibilidad de pedir… tu mano. Acordamos que yo le vendería las tierras de mi familia y que las trabajaríamos juntos. ¿Sabías algo de esto?

—He oído a mis padres hablar de ello —confesó Anna.

—Antes de que viniera herr Bayer, ¿cuál era tu opinión al respecto?

—¿Te refieres a lo de que *far* te comprara las tierras?

—No. —Lars se permitió esbozar una sonrisa irónica—. A lo de que nos casemos.

—Si te digo la verdad, no pensaba que realmente quisieras casarte conmigo. Nunca me lo has mencionado.

Lars la miró estupefacto.

—Anna, es imposible que no te hayas dado cuenta de mis sentimientos por ti. El invierno pasado venía casi todas las noches a ayudarte con la caligrafía.

—Pero, Lars, tú siempre has estado aquí, desde que era niña. Eres… como mi hermano.

Una punzada de dolor atravesó el rostro de Lars.

—El caso es, Anna, que te quiero.

Ella lo miró atónita. Había dado por sentado que Lars consideraría la propuesta de matrimonio un asunto de conveniencia, especialmente porque ella, con sus limitadas aptitudes domésticas, estaba lejos de ser un buen partido. Al fin y al cabo, según lo que había visto en su corta vida, la mayoría de los matrimonios parecían basarse en esa premisa. Pero Lars acababa de decirle que la quería… y aquello era algo muy diferente.

—Es muy amable por tu parte, Lars. Quererme, quiero decir.

—No es «amable», Anna, es…

Lars se interrumpió. Parecía confuso y aturdido. Se hizo un largo silencio durante el cual Anna pensó en lo parcas que serían sus conversaciones de la hora de la cena si se casaban. Lars probablemente se concentraría en su plato, y de eso, sin duda, no saldría nada bueno.

—Me gustaría saber, Anna, si habrías aceptado mi proposición de matrimonio si herr Bayer no te hubiese pedido que fueras con él a Cristianía.

La muchacha pensó en lo mucho que Lars la había ayudado durante el último invierno y en el enorme cariño que le tenía, y supo que solo podía darle una respuesta.

—Sí, la habría aceptado.

—Gracias —dijo él, visiblemente aliviado—. Bien, tu padre y yo hemos acordado que, dadas las circunstancias, el contrato de la compra de la granja de mi familia será redactado de inmediato. Después, te esperaré durante el año que pases en Cristianía y, a tu vuelta, pediré tu mano formalmente.

Anna empezó a alarmarse. Lars había malinterpretado sus palabras. Si le hubiera preguntado si ella lo amaba como él decía amarla a ella, habría contestado que no.

—¿Te parece bien, Anna?

El silencio se adueñó de la estancia mientras la joven trataba de ordenar sus pensamientos.

—Confío en que puedas aprender a quererme como yo te quiero a ti —continuó el chico en voz baja—. Y puede que algún día nos vayamos a Estados Unidos y comencemos allí una nueva vida. Toma, esto es para ti, el sello de nuestra promesa mutua, aunque aún no sea oficial. Te resultará más útil que un anillo, al menos de momento.

Se llevó la mano al bolsillo del chaleco, sacó un estuche de madera alargado y estrecho y se lo tendió.

—Yo… Gracias.

Anna acarició la lustrosa madera con los dedos y abrió el estuche. Dentro encontró la pluma estilográfica más bonita que había visto en su vida, y se dio cuenta de que debía de haberle costado una fortuna. El cuerpo, de ligera madera de pino, se curvaba con elegancia para encajar en su mano a la perfección, y el plumín terminaba en una punta delicada. La sostuvo tal como Lars le había enseñado a hacerlo. Y aunque no lo amaba ni quería casarse con él, su regalo la conmovió e hizo que se le saltaran las lágrimas.

—Lars, es el objeto más bello que he poseído en mi vida.

—Te esperaré, Anna —le aseguró él—. Tal vez puedas utilizarla para escribirme cartas contándome cómo es tu vida en Cristianía.

—Claro.

—¿Y estás de acuerdo en que nos prometamos formalmente el año que viene cuando regreses de Cristianía?

Sintiendo toda la fuerza del amor de Lars y bajando la mirada hacia la bella pluma, Anna pensó que solo podía responder una cosa.

—Sí.

El muchacho esbozó una sonrisa de oreja a oreja.

—Estoy muy contento. Y ahora iremos a anunciarles a tus padres que hemos llegado a un acuerdo. —Se puso en pie y la tomó de la mano. Después inclinó la cabeza para besársela—. Querida Anna, esperemos que Dios sea bondadoso con nosotros.

Dos días después, todos los pensamientos inquietantes sobre Lars y lo que sucedería un año más tarde desaparecieron de la mente de Anna cuando se levantó temprano para emprender el largo viaje hasta Cristianía. Estaba tan nerviosa que apenas pudo probar las tortitas especiales que su madre le había preparado de desayuno. Cuando Anders anunció que había llegado la hora de partir, Anna se puso en pie sintiendo que las piernas le temblaban como si fueran queso de cabra. Al contemplar por última vez la acogedora cocina, la asaltó un repentino deseo de deshacer la maleta y cancelar el viaje.

—Todo irá bien, *kjære* —dijo Berit abrazando a su hija y acariciándole los largos bucles—. Estarás de vuelta para visitarnos antes de que te des cuenta. No olvides rezar tus oraciones todas las noches, ir a la iglesia los domingos y cepillarte bien el pelo.

—*Mor*, deja de preocuparte o no se irá nunca —le espetó Knut al tiempo que abrazaba a su hermana—. Y no te olvides de divertirte mucho —le susurró al oído antes de enjugarle las lágrimas de las mejillas.

Su padre la llevó en la carreta hasta la ciudad de Drammen —a casi un día de viaje—, desde donde tomaría el tren a Cristianía con el pastor Erslev. Se hospedaron en una modesta casa de huéspedes que también disponía de cuadras para el caballo. Así podrían madrugar y llegar a la estación con tiempo suficiente.

El pastor Erslev estaba esperando en el andén, que se hallaba abarrotado de viajeros. Cuando al fin el tren hizo su entrada, los sibilantes penachos de humo y el chirrido de los frenos abrumaron a Anna, que vio que los demás pasajeros se apresuraban a embarcar. Anders la ayudó con la amplia maleta mientras seguían al pastor hacia el vagón.

—*Far*, estoy muy asustada —susurró Anna.

—Hija mía, si no eres feliz, solo tienes que volver a casa —respondió él con suavidad y acariciándole la mejilla—. Subiré contigo para ayudarte a instalarte.

Subieron los escalones y recorrieron el vagón hasta encontrar asientos para los dos viajeros. Anders ya había colocado la maleta sobre la rejilla de metal de arriba y, cuando el jefe de estación hizo sonar el silbato, se agachó para besar a su hija.

—Asegúrate de escribir regularmente a Lars para que podamos enterarnos de cómo estás y recuerda el gran honor que se te ha concedido. Demuestra a esa gente de la ciudad que sus hermanos del campo saben comportarse.

—Lo haré, *far*, lo prometo.

—Buena chica. Te veremos en Navidad. Que el Señor te proteja y te bendiga. Adiós.

—Quédese tranquilo, se la entregaré a herr Bayer sana y salva —dijo el pastor Erslev al estrecharle la mano a Anders.

Anna se esforzó por no llorar cuando su padre se apeó del tren y se acercó a la ventanilla para decirle adiós con la mano. En aquel momento, el tren arrancó con una fuerte sacudida y el rostro de su padre desapareció de inmediato tras la nube de vapor.

Mientras el pastor Erslev se concentraba en su devocionario, Anna se dedicó a observar a los demás ocupantes del vagón, y de repente sintió que su vestido tradicional llamaba demasiado la atención. El resto de los viajeros vestía ropa de ciudad, elegante, y aquello hizo que Anna se sintiera exactamente como la campesina que era. Se llevó la mano al bolsillo de la falda y sacó la carta que Lars le había entregado el día anterior, cuando se habían despedido. La había obligado a prometer que no la leería hasta que estuviera en el tren. Exagerando el gesto para demostrarles a los demás viajeros que, pese a ser una muchacha de campo, sabía leer, abrió el lacre.

Las palabras, escritas con la caligrafía cuidada de Lars, le planteaban un desafío, pero la muchacha perseveró con tenacidad.

Stalsberg Våningshuset
Tindevegen
Heddal

18 de septiembre de 1875

Kjære Anna:

Quería decirte que estoy orgulloso de ti. Aprovecha todas las oportunidades que se te presenten para mejorar tu voz y tu conocimiento del mundo que se extiende más allá de Heddal. No le tengas miedo, y recuerda que debajo de las ropas elegantes y las distintas costumbres de las personas que conocerás, solo son seres humanos como tú y como yo.

Yo, entretanto, esperaré con ansia el día de tu regreso. Por favor, escríbeme para decirme que has llegado bien a Cristianía. A todos nos fascinará conocer hasta el último detalle de tu nueva vida.

Tu afectuoso y siempre fiel,

LARS

Anna dobló la hoja con mucho cuidado y la devolvió a su bolsillo. Le costaba relacionar la persona física de Lars, tan torpe y callada, con la elocuencia natural de las palabras que había escrito en la carta. Mientras el tren traqueteaba rumbo a la capital y el pastor Erslev dormitaba en el asiento de enfrente —con una gotita de humedad colgándole peligrosamente de la punta de la nariz sin llegar a caer—, Anna sofocó la oleada de pánico que sentía cada vez que pensaba en su futura boda. Pero un año era mucho tiempo y podían suceder muchas cosas. A la gente podía caerle un rayo encima, o podía pillar un mal catarro y morir. Tal vez ella misma muriera, pensó cuando el tren pegó un repentino bandazo hacia la derecha. Y con ese pensamiento, cerró los ojos y trató de conciliar el sueño.

—¡Buenos días, pastor Erslev! Y mi querida frøken Landvik, permítame que le dé la bienvenida a Cristianía. ¿Tienes inconveniente en que te llame Anna ahora que vamos a vivir en la misma casa? —le preguntó herr Bayer al tiempo que le cogía la maleta y la ayudaba a bajar del tren.

—Desde luego, señor —respondió ella tímidamente.

—¿Qué tal el viaje, pastor Erslev? —preguntó mientras el anciano pastor renqueaba a su lado por el concurrido andén.

—Muy agradable, gracias. Bien, he cumplido con mi deber y veo que el pastor Eriksonn ya me está esperando —anunció saludando con la mano a un hombre calvo y bajito con una sotana idéntica a la suya—. Ha llegado el momento de despedirnos, Anna.

—Adiós, pastor Erslev.

Anna vio que el último vínculo que la unía a todo lo que le resultaba conocido cruzó la verja de la estación y salió a una calle bulliciosa donde aguardaban varios coches de caballos.

—También nosotros tomaremos uno de esos para que nos lleve rápido a casa. Normalmente cojo el tranvía, pero temo que te resulte excesivo después del largo viaje.

Herr Bayer le dio la dirección al cochero y la ayudó a subir. Entusiasmada con la idea de viajar en un medio de transporte tan lujoso, Anna tomó asiento en el banco, tapizado con un suave material de color rojo y mucho más cómodo que el del salón de su casa.

—El trayecto hasta mi apartamento es corto —comentó herr Bayer— y mi ama de llaves nos ha preparado la cena. Debes de tener apetito después del largo viaje.

Anna deseó secretamente que el trayecto durara mucho. Descorrió las cortinillas de brocado y, mientras se adentraban en el centro de la ciudad, miró fascinada por la ventanilla. A diferencia de las calzadas estrechas e irregulares que zigzagueaban por Skien, allí las calles eran anchas, arboladas y bulliciosas. Adelantaron un tranvía tirado por caballos, con sus pasajeros bien vestidos, las cabezas de los hombres tocadas con lustrosas chisteras y las de las mujeres con sofisticadas creaciones adornadas con flores y cintas. Anna trató de imaginarse luciendo uno de aquellos sombreros y ahogó una risita.

—Tenemos mucho de que hablar —iba diciendo herr Bayer—, pero hay tiempo de sobra hasta que...

—¿Hasta qué, señor? —preguntó Anna.

—Oh, hasta que estés preparada para recibir a un público más numeroso, mi querida señorita. Ya hemos llegado.

Herr Bayer abrió la ventanilla y pidió al cochero que detuviera el carruaje. Mientras el profesor la ayudaba a bajar y recuperaba la maleta, Anna contempló el alto edificio de piedra cuyas muchas plantas llenas de ventanas luminosas parecían elevarse hasta el cielo.

—Lamentablemente, aún no hemos instalado una de esas modernas máquinas elevadoras, por lo que tendremos que subir a pie —la informó herr Bayer tras cruzar la gran puerta de doble hoja y detenerse en el enorme vestíbulo de suelos de mármol—. Cuando llego al apartamento —comentó al empezar a ascender por una escalera curva con una brillante barandilla de bronce—, por lo menos siento que me he ganado la cena.

Anna solo había contado tres breves tramos de escalera, en su opinión mucho más fáciles de subir que la ladera de una montaña bajo la lluvia, cuando herr Bayer la condujo por un amplio corredor y abrió una puerta.

—¡Frøken Olsdatter, ya estamos en casa, ha llegado Anna! —gritó mientras la invitaba a recorrer un pasillo y entrar en un salón espacioso con las paredes forradas de papel rojo rubí y los ventanales más grandes que Anna había visto en su vida—. ¿Dónde se habrá metido esa mujer? —protestó herr Bayer—. Si me disculpas un momento, querida Anna, iré a buscarla. Siéntate y ponte cómoda, por favor.

Anna estaba demasiado tensa para permanecer quieta, así que aprovechó aquel rato para inspeccionar la estancia. Junto a uno de los ventanales descansaba un piano de cola, y debajo de otro había un enorme escritorio de caoba abarrotado de montones de partituras. El centro de la estancia estaba dominado por una versión más grande y mucho más refinada del banco de su familia. Enfrente tenía dos elegantes butacas tapizadas con la misma tela de rayas rosas y marrones y, entre ellas, una mesa baja hecha de una hermosa madera oscura, con una pila de libros y una colección de tabaqueras encima. Las paredes estaban adornadas con cuadros de paisajes campestres que recordaban a los que rodeaban su casa de Heddal, así como con cartas y diplomas enmarcados. Uno de ellos le llamó especialmente la atención y se acercó para examinarlo.

Det kongelige Frederiks Universitet tildeler
Prof. Dr. Franz Bjørn Bayer
Æresprofessorat i historie
16 de julio de 1847

Debajo del texto, había un sello de lacre y una firma. Anna se preguntó cuántos años de universidad habría necesitado su mentor para conseguir aquel título.

—¡Caray, ya está oscureciendo y apenas son las cinco! —se lamentó herr Bayer cuando volvió a entrar en el salón acompañado de una mujer alta y delgada de una edad tal vez similar, pensó Anna, a la de su madre.

Llevaba un vestido de lana oscura, con el cuello alto y largo hasta los pies, que, aunque de corte elegante, era sencillo y sin más adornos que el manojo de llaves que colgaba de la fina cadena que le rodeaba la cintura. El pelo, de color castaño claro, lo tenía recogido en un moño bajo.

—Anna, te presento a frøken Olsdatter, mi ama de llaves.

—Es un placer conocerla, frøken Olsdatter —dijo la joven con una reverencia, tal como le habían enseñado que debía hacer para mostrar respeto a sus mayores.

—Lo mismo digo, Anna —contestó la mujer con una media sonrisa en sus cálidos ojos castaños cuando la vio incorporarse—. Estoy aquí para servirte y atenderte a ti —recalcó—, de modo que debes informarme de cualquier cosa que necesites o que no sea de tu agrado.

—Eh… —Anna estaba confusa. ¿Era posible que aquella dama tan bien vestida fuera una sirvienta?—. Gracias.

—Por favor, frøken Olsdatter, encienda las lámparas —ordenó herr Bayer—. Anna, ¿tienes frío? Si es así, encenderemos también la estufa.

Anna tardó un rato en responder, pues estaba demasiado ensimismada observando a frøken Olsdatter bajar la araña que colgaba del techo sirviéndose de una cuerda y después girar un pomo de bronce situado en el centro de la misma antes de acercarle una vela de cera encendida. Unas llamas delicadas brotaron de los brazos labrados de la lámpara, que fueron inundando la estancia con una suave luz dorada mientras se alzaban hacia el techo. Anna se fijó entonces en la estufa a la que se refería herr Bayer. Estaba fabricada con algún tipo de cerámica especial y era de color crema. La amplia chimenea se elevaba hasta el alto techo de elegante entramado y la repisa labrada tenía el filo dorado. Comparada con el feo artilugio de hierro de su casa, aquello no era una estufa, pensó Anna, era una obra de arte.

—Gracias, herr Bayer, pero no tengo frío.

—Frøken Olsdatter, por favor, coja la capa de Anna y déjela en su habitación junto con la maleta —solicitó el profesor.

Anna se desató la cinta y el ama de llaves le retiró la capa de los hombros.

—La gran ciudad debe de resultarte abrumadora —le susurró mientras se colgaba la capa del brazo—. A mí, sin duda, me lo pareció cuando llegué desde Ålesund.

Anna supo de inmediato, gracias a aquellas pocas palabras, que un día frøken Olsdatter también había sido una chica de campo. Y que la entendía.

—Ahora, mi querida señorita, nos sentaremos y tomaremos una taza de té. En cuanto disponga de un momento para traerlo, frøken Olsdatter.

—Enseguida, herr Bayer.

El ama de llaves asintió, cogió la maleta de Anna y se marchó.

El profesor le señaló a la joven una de las butacas y él se sentó en el banco, frente a ella.

—Tenemos muchas cosas de que hablar, y como no hay mejor momento que el presente, empezaré a contarte cómo será tu nueva vida aquí, en Cristianía. Dices que sabes leer y escribir, lo cual nos ahorrará mucho tiempo. ¿Sabes también leer una partitura?

—No —admitió Anna.

Vio que herr Bayer se acercaba un cuaderno de piel y cogía una pluma esmaltada que hacía que la que Lars le había regalado a ella pareciera un tosco trozo de madera. El hombre sumergió la pluma en el tintero que descansaba en la mesa de centro y empezó a tomar notas.

—E imagino que no conoces otros idiomas.

—No.

Apuntó algo más en su cuaderno.

—¿Has asistido alguna vez a un concierto, y con eso me refiero a una actuación musical, en un teatro o en un auditorio?

—No, señor, solo en la iglesia.

—Pues hemos de ponerle remedio a eso lo antes posible. ¿Sabes qué es una ópera?

—Creo que sí. Es cuando en una obra de teatro los personajes cantan la historia en lugar de hablar.

—Muy bien. ¿Y cómo andas de cálculo?

—Sé contar hasta cien —contestó Anna muy orgullosa.

Herr Bayer reprimió una sonrisa.

—Y eso es más que suficiente para la música, Anna. Como cantante, has de saber contar los tiempos. ¿Sabes tocar algún instrumento?

—Mi padre tiene un violín *hardanger* y aprendí lo esencial para poder tocarlo.

—Está visto que ya eres una señorita muy formada —dijo satisfecho cuando el ama de llaves entró con la bandeja—. Ahora tomaremos una taza de té y después, si frøken Olsdatter es tan amable, te enseñará tu habitación. Cenaremos juntos a las siete en el comedor.

A Anna le llamó la atención la extraña jarra de la que el ama de llaves estaba sirviendo lo que parecía un café sumamente flojo.

—Es té de Darjeeling —le dijo herr Bayer.

Tratando de no desvelar su ignorancia, siguió el ejemplo de herr Bayer y se llevó la delicada taza de porcelana a los labios. El sabor era agradable pero un tanto insulso comparado con el del café fuerte que hacía su madre en casa.

—En tu habitación encontrarás varias prendas sencillas que te ha confeccionado frøken Olsdatter. Obviamente, solo pude darle una idea aproximada de tu talla y, ahora que te miro, eres aún más menuda de lo que recordaba, así que es posible que haya que retocarlas. Como ya habrás observado, en Cristianía ya casi nadie viste el traje tradicional noruego salvo en los días de fiesta.

—Estoy segura de que la ropa que frøken Olsdatter haya confeccionado me irá bien, señor —respondió educadamente Anna.

—Mi querida señorita, debo reconocer que estoy gratamente impresionado con tu aplomo hasta el momento. He pasado tiempo en compañía de otras cantantes jóvenes llegadas del campo y entiendo el enorme cambio que todo esto representa para vosotras. Por desgracia, muchas de ellas vuelven a sus casas como ratoncillos asustados. Tengo el presentimiento de que contigo será diferente. Y ahora, Anna, frøken Olsdatter te enseñará tu habitación para que te instales mientras yo me enfrento al interminable papeleo de la universidad. Nos veremos a las siete para cenar.

—Muy bien, señor.

Anna se levantó y vio que frøken Olsdatter ya estaba esperándola en la puerta. Le dedicó una reverencia al profesor y siguió al ama de llaves por el pasillo hasta que la mujer se detuvo delante de una puerta y la abrió.

—Esta va a ser tu habitación, Anna. Espero que te resulte acogedora. Las faldas y blusas que te he confeccionado están en el armario. Pruébatelas más tarde y veremos si necesitan arreglo.

—Gracias.

Anna contempló la enorme cama cubierta por una colcha bordada. Era el doble de grande que la que sus padres compartían en casa. Después se fijó en que, a sus pies, descansaba un camisón de hilo.

—Ya he deshecho parte de tu equipaje y te ayudaré con el resto más tarde. En la jarra de la mesilla de noche hay agua por si tienes sed, y el cuarto de baño está al final del pasillo.

«Cuarto de baño» era una expresión desconocida para Anna, así que la joven miró a frøken Olsdatter con indecisión.

—La habitación que contiene el retrete y la bañera. La difunta esposa de herr Bayer era estadounidense e insistía en gozar de tales comodidades. —El ama de llaves arqueó ligeramente las cejas y Anna no supo decir si como gesto de aprobación o de censura—. Nos veremos en el comedor a las siete —añadió antes de marcharse.

La muchacha se acercó al armario, lo abrió y ahogó un grito de asombro al ver su nuevo vestuario. Había cuatro blusas de delicado algodón que se abrochaban a la altura del cuello con botoncitos de nácar y dos faldas de lana. Pero lo mejor de todo era que también había un vestido de fiesta verde con polisón de una tela lustrosa y brillante que debía de ser seda. Cerró el armario con un estremecimiento de placer y, siguiendo las indicaciones de frøken Olsdatter, tomó el pasillo para ir al cuarto de baño.

De todas las cosas que había visto aquel día, lo que apareció ante sus ojos cuando abrió la puerta fue lo más milagroso. En un rincón de la estancia había un gran banco de madera que sostenía un asiento esmaltado con un agujero en el centro y, por encima, una anilla de hierro suspendida de una cadena. Cuando tiró con timidez de la anilla, un chorro de agua cayó automáticamente en el agujero y Anna comprendió que se trataba de una letrina interior. En medio de la habitación, sobre el suelo de baldosas, descansaba una bañera blanca y reluciente que hacía que la cuba de latón que de tanto en tanto utilizaba su familia en Heddal pareciera algo donde solo se bañaría una cabra.

Maravillada de que tales cosas fueran posibles, Anna regresó a su habitación. El reloj le informó de que apenas faltaba media hora para la cena con herr Bayer. Cuando se encaminó hacia el armario a fin de elegir un conjunto para la ocasión, reparó en que frøken Olsdatter había dejado papel de carta y la pluma de madera sobre la lustrosa mesita colocada bajo la ventana. Se prometió que, en cuanto tuviera la oportunidad, escribiría a Lars y a sus padres para hablarles de todo lo que ya había visto. Luego procedió a arreglarse para su primera noche en Cristianía.

15

Apartamento 4
10 St. Olav's Gate
Cristianía

24 de septiembre de 1875

Kjære Lars, *mor*, *far* y Knut:

Os pido perdón por las faltas de ortografía y la mala gramática, pero espero que podáis apreciar lo mucho que he mejorado mi caligrafía. Ya llevo aquí cinco días y debo compartir con vosotros lo maravillada que me tiene la vida de la ciudad.

Para empezar —y espero que no me tachéis de grosera por mencionarlo—, ¡hay un aseo interior con una cadena de la que tiras después para que se lo lleve todo! ¡Y una bañera que me llenan de agua caliente dos veces por semana! Me preocupa que frøken Olsdatter, el ama de llaves, y herr Bayer piensen que tengo alguna enfermedad y necesito pasar horas en la bañera.

También hay lámparas de gas, y una estufa en el salón que parece el altar de una iglesia imponente y que calienta tantísimo que a veces pienso que voy a desmayarme. Frøken Olsdatter lleva la casa y prepara y sirve las comidas, y también tenemos una doncella que viene todas las mañanas a limpiar el apartamento y lavar y planchar la ropa, por lo que confieso que apenas levanto un dedo en comparación con mis obligaciones en casa.

Vivimos en un tercer piso, en una calle llamada St. Olav's Gate que tiene unas bonitas vistas a un parque donde la gente pasea los domingos. Al menos veo algo de césped desde mi ventana, y unos cuantos árboles que están perdiendo rápidamente las hojas con la llegada del invierno, pero que me recuerdan mucho a casa. (Aquí es raro encontrar un pedazo de tierra que no esté ocupado por un edificio o una carretera.)

En cuanto a mis estudios, estoy aprendiendo a tocar el piano. Herr Bayer tiene mucha paciencia, pero creo que soy muy torpe. Mis pequeños dedos no parecen alcanzar las teclas como a él le gustaría.

Os contaré en qué consiste mi día y así lo entenderéis mejor. Me despierto a las ocho de la mañana, cuando frøken Olsdatter llama a mi puerta con la bandeja del desayuno. En ese momento, he de confesar que me siento como una princesa. Bebo té, a cuyo sabor me voy acostumbrando poco a poco, y como un pan blanco recién hecho que, según herr Bayer, también se toma en Francia e Inglaterra. Al lado hay un tarro de confitura que se esparce sobre el pan. Después de desayunar, me pongo la ropa que me ha hecho frøken Olsdatter, que parece muy moderna en comparación con la que vestía en casa, y a las nueve me presento en el salón para empezar mi clase de música con herr Bayer. Durante aproximadamente una hora me enseña las notas al piano y después estudiamos partituras. He de aprender cómo se corresponden las notas plasmadas en el papel con las teclas del piano y, poco a poco, gracias a las excelentes enseñanzas de herr Bayer, estoy empezando a entenderlo. Después de finalizar la clase, herr Bayer se marcha a la universidad de la que es profesor, o a comer con sus amigos.

Y entonces llega mi parte favorita del día: la comida. Al día siguiente de mi llegada, frøken Olsdatter me sirvió el almuerzo en el comedor, que tiene una mesa gigantesca que me hace sentir aún más sola. (La superficie está tan pulida que brilla como un espejo y veo mi reflejo en ella.) Después de comer, recogí mi plato y mi vaso y los llevé a la cocina. Frøken Olsdatter me miró horrorizada y dijo que quitar la mesa era tarea suya. Entonces, por el rabillo del ojo, reparé en algo que no había visto nunca: un enorme fogón negro de hierro. Frøken Olsdatter me enseñó que, para cocinar la comida, las ollas se colocaban sobre los hornillos de gas que había debajo y no sobre un fuego abierto. Es muy diferente de nuestra cocina de la granja, pero hizo que me acordara tanto de casa que le supliqué que los días que herr Bayer no estuviera en casa me dejara comer con ella. Y eso es lo que hemos hecho desde entonces. Charlamos como amigas, y ella es muy amable y comprende lo extraña que esta nueva vida es para mí. Por las tardes debo descansar una hora en mi cuarto con un libro que me «abra la mente». Ahora estoy leyendo (o intentando leer) la traducción al noruego de las obras de teatro de un escritor inglés llamado William Shakespeare. Estoy segura de que habréis oído hablar de él, pero murió hace mucho tiempo y la primera obra que leí iba de un príncipe escocés llamado Macbeth y era muy triste. ¡Mueren prácticamente todos!

Salgo de mi habitación cuando herr Bayer regresa de la universidad. Bebemos té otra vez y él me cuenta su día. La semana que viene quiere llevarme al Teatro de Cristianía. Veremos un ballet representado por unos rusos. Según me ha contado, es un baile acompañado de música donde nadie habla ni canta (¡y donde los hombres no llevan pantalones, sino medias, como las chicas!). Después del té regreso a mi habitación y me pongo el vestido de noche que me hizo frøken Olsdatter. Ojalá pudierais verlo, es precioso y no se parece a nada de lo que haya llevado antes. Durante la cena, bebemos un vino tinto que herr Bayer se hace enviar desde Francia y comemos una cantidad enorme de pescado en una salsa blanca que, por lo visto, es muy común aquí, en Cristianía. Después de cenar, herr Bayer se enciende un puro, que es tabaco envuelto en una hoja de tabaco seca, y bebe brandy. En ese momento, me retiro a mi habitación, por lo general muy cansada, y allí me encuentro un vaso de leche de vaca caliente junto a la cama.

El domingo frøken Olsdatter me acompañó a la iglesia. Herr Bayer dice que él también vendrá otro día, pero que esta vez estaba muy ocupado. La iglesia es grande como una catedral, y en ella había cientos de personas. Como podéis ver, mis experiencias aquí son muy diferentes de la vida que solía llevar en Heddal. Ahora mismo tengo la sensación de estar viviendo un sueño, de que nada es real, y nuestra casa me parece muy lejana.

Pensaba que herr Bayer me había traído a Cristianía para cantar. Lo cierto es que lo único que he hecho hasta el momento es cantar algo llamado escalas con el piano, es decir, he repetido las notas en orden ascendente y descendente una y otra vez, sin palabras.

Mi dirección aparece al comienzo de la carta y os agradecería mucho que me contestarais. Perdonad las manchas de tinta. Es la primera carta que escribo en mi vida y me ha llevado muchas horas. Estoy utilizando, por supuesto, la pluma que me regalaste, Lars, y la tengo sobre mi mesa para poder verla siempre.

Por favor, diles a *mor*, a *far* y a mis hermanos que los echo de menos. Espero que puedas leerles esta carta. No puedo escribirles otra porque tardo mucho y, además, las letras tampoco son lo suyo.

Espero que estés bien, y también tus cerdos.

ANNA

Releyó la carta muy despacio. Era la última de alrededor de una docena de borradores redactados a lo largo de los últimos cinco días, el resto de los cuales había empezado y descartado. Era consciente de que había escrito algunas palabras tal como sonaban y temía que hubiera faltas. Sin embargo, se dijo, seguro que Lars preferiría una misiva imperfecta a nada. Se moría de impaciencia por poder contarle a su familia la transformación que estaba experimentando su vida. Tras doblar la carta con cuidado, se levantó y vio su reflejo en el espejo. Se examinó el rostro un instante.

«¿Sigo siendo yo?», le preguntó. Al no recibir respuesta, se encaminó al cuarto de baño.

Aquella noche, al acostarse, escuchó las voces y las risas que le llegaban del salón. Herr Bayer tenía invitados, de modo que no había cenado con él en la lustrosa mesa del comedor, sino en su cuarto con una bandeja que le había llevado frøken Olsdatter, cuyo nombre de pila ahora sabía que era Lise.

—Mi querida señorita, permíteme explicarme —le había dicho herr Bayer después de anunciarle que ella no estaría presente en la cena—. Estás progresando mucho y muy deprisa. De hecho, mucho más deprisa que cualquier otro estudiante de música al que haya tenido el honor de instruir. No obstante, si te presentara a mis invitados seguro que querrían que cantaras para ellos después de todo lo que les he contado sobre tu potencial. Y no podemos exhibirte hasta que estés formada del todo, momento en el que te sacaremos de tu escondite para que los deslumbres.

Aunque Anna estaba empezando a acostumbrarse al elaborado uso del lenguaje de herr Bayer, se preguntó qué quería decir exactamente con «formada del todo». ¿Tenía que crecerle otra mano? Seguro que eso la ayudaría con sus lecciones de piano. O quizá unos cuantos dedos más en los pies para corregir su pésima postura. Un director de teatro que se había personado en la casa aquella misma tarde le había señalado dicho defecto. Le había explicado que herr Bayer lo había contratado para que le enseñara algo que denominó «presencia escénica», para cuando actuara en el teatro. Esta, por lo visto, tenía mucho que ver con mantener la cabeza erguida y juntar los dedos dentro de los botines para asegurarse de que, una vez obtenida la postura deseada, pudiera permanecer inmóvil.

—Entonces esperas a que terminen de aplaudir. Una pequeña inclinación de cabeza para mostrar tu agradecimiento por los aplausos, así. —El hombre bajó el mentón hacia el pecho y se llevó el brazo izquierdo hacia el hombro derecho—. Y luego empiezas.

Durante la siguiente hora, el hombre le había pedido que entrara y saliera del salón ensayando los mismos movimientos una y otra vez. Le había resultado tremendamente tedioso y desalentador, pues hasta aquel momento, si bien era cierto que no sabía coser ni cocinar, Anna siempre había creído que se le daba bien caminar.

Se tumbó sobre un costado en la enorme cama, sintiendo la suave blandura de la almohada bajo la mejilla, y se preguntó si algún día podría convertirse en aquello que herr Bayer quería que fuera.

Tal como le había contado a Lars en la carta, creía que la habían llevado allí por su talento para cantar. Sin embargo, herr Bayer no le había pedido que entonara una sola canción desde su llegada. Anna sabía que eran muchas las cosas que debía aprender y que no podría tener un mentor más amable o paciente, pero a veces tenía la sensación de que estaba perdiendo su vieja personalidad, por inculta o cándida que fuera. Se sentía dividida entre dos mundos: una muchacha que hacía tan solo una semana no había visto una lámpara de gas o un retrete interior y que, no obstante, se había acostumbrado a tener criada, a beber vino tinto en la cena y a comer pescado...

—¡Señor! —gimió al pensar en el omnipresente pescado.

Quizá herr Bayer la creyera demasiado estúpida para percatarse de sus intenciones. Pero Anna se había dado cuenta enseguida de que la había llevado a Cristianía no solo para educarle la voz, sino también para convertirla en una dama a la que poder presentar como tal. La estaba amaestrando, como si fuera uno de los animales de la feria que a veces pasaba por Heddal. Rememoró la noche en que herr Bayer llegó a la cabaña de su familia en las montañas y dedicó un buen rato a cantar las alabanzas de la cultura regional noruega. Así que no podía entender por qué veía tan necesario cambiarla.

—No soy un experimento —susurró firmemente para sí antes de quedarse finalmente dormida.

Una gélida mañana de octubre, Anna entró en el salón a la hora habitual de su clase con herr Bayer.

—Mi querida Anna, ¿has dormido bien?

—Muy bien, herr Bayer, gracias.

—Estupendo, estupendo. Es un placer para mí comunicarte hoy que creo que estás preparada para que demos otro paso, así que empezaremos a cantar. ¿De acuerdo?

—Sí, herr Bayer —respondió ella con cierto sentimiento de culpa por los pensamientos que había tenido unas noches antes.

—¿Te encuentras bien, Anna? Estás muy pálida.

—Estoy bien.

—No perdamos más tiempo, entonces. Quiero que cantes *Per Spelmann*, como la noche que nos conocimos. Te acompañaré al piano.

Anna seguía tan desconcertada por aquel inesperado giro de los acontecimientos que se quedó inmóvil, mirando a herr Bayer en silencio.

—¿No estás preparada?

—Perdone. Sí, lo estoy.

—Me alegro. Y ahora, canta.

Durante los siguientes cuarenta y cinco minutos, Anna repitió incontables veces aquella canción que conocía desde que tenía memoria. De vez en cuando, herr Bayer la interrumpía y le pedía que utilizara un poco más de lo que él llamaba «vibrato» en una nota concreta, o que alargara una determinaba pausa, o que contara los tempos… Ella se esforzaba por seguir sus instrucciones, pero después de catorce años cantándola siempre de la misma manera, le resultaba muy complicado.

A las once en punto sonó el timbre de la puerta. Anna escuchó unas voces quedas en el pasillo, tras lo cual frøken Olsdatter entró en el salón seguida de un caballero moreno de aspecto distinguido, nariz aguileña y entradas en el pelo. Herr Bayer se levantó y se acercó a saludarlo.

—Herr Hennum, le agradezco que haya venido. Le presento a frøken Anna Landvik, la muchacha de la que le he hablado.

El caballero se volvió hacia ella y la saludó con una inclinación de la cabeza.

—Frøken Landvik, herr Bayer se ha deshecho en elogios acerca de su voz.

—¡Y ahora va a tener la oportunidad de oírla! —Herr Bayer regresó al piano—. Anna, canta como cantaste para mí aquella primera noche en las montañas.

Anna lo miró estupefacta. Si quería que cantara como siempre lo había hecho, ¿por qué se había pasado una hora intentando enseñarle otra manera de hacerlo? Pero ya era demasiado tarde para preguntárselo, pues el profesor ya había comenzado a tocar los primeros acordes, así que empezó a cantar devolviéndole la libertad a su voz.

Cuando hubo terminado, miró expectante a herr Bayer, sin saber si había cantado bien o de manera mediocre. Había logrado recordar algunas de las cosas que él le había dicho, pero no todas, y se sentía muy confusa.

—¿Qué opina, Johan? —preguntó herr Bayer poniéndose en pie.

—Es exactamente como la ha descrito y, por tanto, perfecta. Está claro que aún no está pulida, pero quizá sea lo mejor.

—No esperaba que sucediera tan pronto. Tal como le expliqué, Anna llegó a Cristianía hace menos de un mes y acabo de empezar a educarle la voz —respondió herr Bayer.

La muchacha escuchaba a aquellos dos hombres hablar de ella y de sus aptitudes «sin pulir» sintiéndose como si fuera un mueble de madera basta necesitado de cera.

—Estoy pendiente de recibir la partitura definitiva, pero se la traeré en cuanto la tenga y llevaremos a Anna al teatro para que cante delante de herr Josephson. Ahora debo irme. Frøken Landvik —Johan Hennum le dedicó otra leve inclinación—, ha sido un placer oírla cantar, y no hay duda de que yo y muchas otras personas tendremos la oportunidad de volver a escucharla en un futuro muy próximo. Buenos días a los dos.

Herr Hennum se dirigió hacia la puerta del salón con la capa ondeando a su espalda.

—¡Buen trabajo, Anna!

Herr Bayer se acercó a ella, le tomó la cara entre las manos y le plantó un beso en cada mejilla.

—Por favor, señor, ¿podría decirme quién es ese hombre?

—Eso no importa ahora. Lo único que importa es que tenemos mucho trabajo por delante para prepararte.

—¿Prepararme para qué?

Pero herr Bayer no la estaba escuchando, estaba mirando el reloj.

—Tengo que dar una clase dentro de media hora y debo partir de inmediato. Frøken Olsdatter —llamó—, ¡mi capa, rápido! —Camino de la puerta sonrió una vez más—. Ahora, Anna, descansa, y cuando regrese empezaremos a trabajar.

Aunque Anna se pasó las siguientes dos semanas intentando averiguar quién era herr Hennum y para qué estaban trabajando, herr Bayer se mostró irritantemente misterioso. La joven no entendía por qué, de repente, el profesor se empeñaba en que cantara todas las canciones populares que conocía en lugar de, como les había mencionado a sus padres, enseñarla a cantar ópera. «¿De qué sirve esa clase de música aquí, en la ciudad?», pensó con tristeza al acercarse a la ventana un mediodía que herr Bayer se había marchado para asistir a una reunión. Trazó con el dedo el rastro que las gotas de lluvia dejaban por el exterior del cristal y de pronto sintió la necesidad de salir. Llevaba un mes sin apenas poner un pie en la calle, salvo para ir a la iglesia los domingos, y empezaba a sentirse como un animal enjaulado. Puede que simplemente herr Bayer se hubiera olvidado de que ella había crecido y pasado toda su vida al aire libre. Echaba de menos el viento fresco, los amplios prados de la granja de sus padres, espacio para caminar y correr a sus anchas…

—Aquí no soy más que un animal que hay que domesticar —declaró a la estancia vacía justo antes de que frøken Olsdatter entrara para comunicarle que la comida estaba lista.

Anna la siguió hasta la cocina.

—¿Qué te ocurre, *kjære*? Pareces un arenque que acaba de morder el anzuelo —comentó el ama de llaves cuando se sentaron a la mesa y Anna le dio un sorbo a su caldo de pescado.

—Nada —contestó.

No quería que la mujer le preguntara por su estado de ánimo. Pensaría que era una niña mimada y difícil. Al fin y al cabo, su lugar en la casa era muy superior al de frøken Olsdatter en cuanto a posición y comodidades. Pero notó que sus ojos inteligentes y sagaces la escudriñaban.

—Mañana, Anna, he de ir al mercado para comprar carne y verduras. ¿Te gustaría acompañarme?

—¡Oh, sí! Nada me gustaría tanto —respondió conmovida por el hecho de que la mujer hubiese percibido qué era exactamente lo que le pasaba.

—Así será, entonces, y quizá antes saquemos un rato para ir a dar un paseo por el parque. Mañana herr Bayer estará en la universidad entre las nueve y las doce y después comerá fuera, de modo que tenemos tiempo de sobra. Será nuestro pequeño secreto, ¿de acuerdo?

—De acuerdo. —Anna asintió aliviada—. Gracias.

A partir de aquel día, las escapadas al mercado se repitieron dos veces por semana. Aparte de los domingos cuando iba a la iglesia, aquellos eran los días que Anna esperaba con más ilusión.

A finales de noviembre cayó en la cuenta de que llevaba en Cristianía más de dos meses. Se había dibujado un calendario en el que contaba los días que quedaban para regresar a Heddal y pasar la Navidad con su familia. Por lo menos había nevado en la capital, y aquello le levantó un poco el ánimo. A aquellas alturas, las mujeres que paseaban por el parque que había al otro lado de la calle llevaban abrigos y sombreros de pieles y las manos escondidas en manguitos, moda que Anna consideraba de lo más absurda, porque si necesitaban rascarse la nariz se les podían congelar los dedos en el proceso.

Poco había cambiado en su rutina diaria dentro del apartamento, si bien la semana previa herr Bayer le había entregado un ejemplar del *Peer Gynt* de herr Ibsen y le había pedido que lo leyera.

—Oh, ya lo he leído —había contestado ella toda ufana.

—Tanto mejor. Así te resultará más fácil volver a hacerlo.

La primera noche, Anna había ignorado el libro, puesto que pensaba que era una pérdida de tiempo hacer lo que herr Bayer le pedía cuando ya conocía el final. Al día siguiente, sin embargo, el profesor la interrogó exhaustivamente sobre las primeras cinco páginas del poema y la joven, que apenas recordaba nada, le mintió y le dijo que la noche previa había tenido un terrible dolor de cabeza y se había metido pronto en la cama. Así pues, lo leyó una vez más, y hasta se llevó una alegría al comprobar lo mucho que había mejorado su capacidad de lectura desde el verano. Ya eran pocas las palabras que no conseguía descifrar, y en tales casos herr Bayer se mostraba más que dispuesto a ayudarla. Pero Anna ignoraba por completo qué relación podría tener aquel poema con su futuro en Cristianía.

—¡Mi *kjære* Anna, anoche al fin recibí de herr Hennum la partitura que estaba esperando! Nos pondremos a trabajar con ella ahora mismo.

Aunque no tenía ni idea de a qué partitura se refería, Anna advirtió que su mentor rezumaba entusiasmo cuando tomó asiento frente al piano.

—¡No puedo creer que tengamos un ejemplar en nuestras manos! Acércate, Anna, y la tocaré para ti.

La muchacha obedeció y estudió la partitura con interés.

—«Canción de Solveig» —murmuró leyendo el título que aparecía arriba.

—Sí, Anna. ¡Y tú serás la primera en cantarla! ¿Qué tienes que decir a eso?

Anna había aprendido que cuando herr Bayer le hacía esa pregunta, cosa que sucedía a menudo, debía responder siempre en afirmativo.

—Que estoy muy contenta.

—Bien, bien. Confiábamos en que el propio herr Grieg viajara a Cristianía para ayudar a la orquesta y los cantantes con su nueva composición, pero, por desgracia, sus padres murieron hace poco y todavía está muy afectado, así que se ve incapaz de hacer el viaje desde Bergen.

—¿Herr Grieg ha escrito esto? —preguntó Anna asombrada.

—En efecto. Herr Ibsen le pidió que compusiera la música para acompañar su producción teatral de *Peer Gynt*, que se estrenará en febrero en el Teatro de Cristianía. Mi querida señorita, tanto herr Hennum, el hombre al que conociste hace unas semanas, que es el admirado director de la orquesta de esta ciudad, como yo creemos que deberías ser tú quien cantara las canciones de Solveig.

—¿Yo?

—Sí, Anna, tú.

—Pero… ¡yo no me he subido a un escenario en mi vida! ¡Y aún menos al escenario más famoso de Noruega!

—Y eso, mi querida muchacha, es lo más maravilloso de todo. Herr Josephson, el director del teatro y de la producción, ya ha seleccionado a una actriz de renombre para el papel de Solveig. El problema, según recientes palabras de herr Hennum, es que será una gran actriz, pero cuando abre la boca para cantar suena como un gato escaldado. Por tanto, necesitamos una voz pura, alguien que cante entre bambalinas mientras madame Hansson mueve los labios articulando la letra de esta canción y de otra. ¿Lo entiendes, querida?

Anna lo entendía perfectamente, y no pudo evitar sentir una punzada de decepción al saber que el público no la vería. Y que la actriz con la voz de gato escaldado fingiría que la de Anna era suya. Aun así, el hecho de que el director del famoso Teatro de Cristianía admirara su voz tanto como para prestársela a madame Hansson era todo un cumplido. Y no quería parecer desagradecida.

—Tenemos ante nosotros una gran oportunidad —continuó herr Bayer—. Como es natural, todavía no hay nada definitivo. Primero has de cantar delante de herr Josephson, el director de la obra, para ver si considera que tu voz transmite el verdadero espíritu de Solveig. Has de interpretar las canciones con tal emoción, con tal sentimiento, que no quede un solo miembro del público sin lágrimas en los ojos. Herr Josephson ha aceptado recibirnos el 23 de diciembre por la tarde, justo antes de marcharse a pasar la Navidad fuera. Tomará la decisión entonces.

—¡Pero yo me voy a Heddal el 21! —protestó Anna, incapaz de contenerse—. Y si he de esperar aquí hasta el 23 por la tarde, no llegaré a casa a tiempo para la Navidad. El viaje dura casi dos días. ¿No... no podría herr Josephson recibirnos otro día?

—Anna, debes comprender que herr Josephson es un hombre muy ocupado y que el mero hecho de que nos haya concedido unos minutos en su presencia ya es un honor de por sí. Entiendo perfectamente que no sea de tu agrado quedarte aquí conmigo durante las fiestas navideñas, pero esta podría ser la mejor oportunidad que se te presente en la vida para cambiar por completo el curso de tu futuro. Tendrás muchas otras Navidades para pasarlas con tu familia, pero solo una oportunidad para conseguir cantar las canciones de Solveig en una obra en la que el dramaturgo y el compositor más célebres de Noruega combinan sus talentos por primera vez. —Herr Bayer negó con la cabeza dejándose llevar por un raro momento de frustración—. Anna, has de procurar comprender lo que esto podría representar para ti. Y si no puedes, te aconsejo que vuelvas a casa de inmediato y te dediques a cantar para las vacas en lugar de para un público en el Teatro de Cristianía en un estreno que probablemente haga historia. Y ahora, ¿quieres intentar cantar esta canción o no?

Sintiéndose pequeña e ignorante, tal como había pretendido el profesor, la joven asintió despacio.

—Sí, herr Bayer.

Aquella noche, sin embargo, lloró hasta quedarse dormida. Aunque estuviera «haciendo historia», como había dicho herr Bayer, no soportaba la idea de no pasar la Navidad con su familia.

16

Jens! ¿Sigues vivo?

Jens Halvorsen despertó sobresaltado cuando la voz de su madre resonó a través de la puerta de su dormitorio.

—Dora me ha dicho que cree que es posible que te hayas muerto mientras dormías, porque no has contestado en toda la mañana.

Con un suspiro, se levantó de la cama y contempló su reflejo desaliñado —y todavía completamente vestido— en el espejo.

—Bajaré a desayunar dentro de diez minutos —respondió.

—Es la hora de la comida, Jens. ¡Ya te has perdido el desayuno!

—Enseguida voy.

Jens estudió su aspecto detenidamente, como hacía cada mañana, para ver si entre sus ondulados cabellos de color caoba había brotado alguna cana. A sus escasos veinte años, sabía que eso no debería ser una preocupación, pero, dado que el pelo de su padre se había vuelto blanco de la noche a la mañana a los veinticinco —probablemente debido al impacto de casarse con su madre aquel mismo año—, Jens se despertaba temblando todas las mañanas.

Fiel a su promesa, diez minutos después apareció en el comedor vestido con ropa limpia y besó a Margarete, su madre, en la mejilla antes de ocupar su lugar a la mesa. Dora, la joven criada, procedió a servir la comida.

—Lo siento mucho, *mor*. Esta mañana me dolía tanto la cabeza que no podía levantarme. De hecho, todavía me noto algo indispuesto.

En un santiamén, la expresión de enfado de su madre fue sustituida por una de compasión. La mujer estiró un brazo por encima de la mesa para tocarle la frente con la mano.

—Es cierto, estás un poco caliente. Puede que tengas fiebre. Mi pobre muchacho. ¿Quieres comer aquí o prefieres que Dora te lleve una bandeja a la cama?

—Me quedaré, aunque espero que me perdones si no como mucho.

Jens, en realidad, estaba hambriento. La noche previa había quedado con unos amigos en un bar y habían terminado en un prostíbulo del muelle, cosa que le había proporcionado un final muy gratificante a la velada. Había bebido demasiado aquavit y solo recordaba vagamente que un coche de caballos lo había llevado a casa y que había vomitado las entrañas en la zanja que transcurría junto a ella. Y sus numerosos intentos fallidos, debido a la nieve compacta que cubría las ramas, de encaramarse al árbol que lindaba con la ventana de su habitación, que Dora le dejaba abierta siempre que salía por la noche.

Por lo tanto, se dijo a sí mismo, su historia no era del todo falsa. Por la mañana se había encontrado bastante mal, así que había seguido durmiendo pese a los tímidos intentos de Dora por despertarlo. Sabía que la criada estaba enamorada de él, de ahí que aceptara cubrirlo siempre que Jens lo necesitaba.

—Es una pena que ayer salieras, Jens. Mi buen amigo herr Hennum, el director de la orquesta de Cristianía, vino a cenar —dijo Margarete interrumpiendo sus pensamientos.

Su madre era una fiel mecenas de las artes y empleaba el «dinero cervecero» del padre de Jens, como ambos lo llamaban en privado, para financiar su pasión.

—¿Y fue una velada agradable?

—Mucho. Como seguramente ya te he contado, herr Grieg ha escrito una maravillosa partitura para acompañar el portentoso poema *Peer Gynt* de herr Ibsen.

—Sí, *mor*, ya me lo has contado.

—La obra se estrenará en febrero, pero ayer herr Hennum me explicó que, lamentablemente, la orquesta no está a la altura de las expectativas de herr Grieg, y tampoco de las suyas, de hecho. Las composiciones, al parecer, son complejas y deben ser interpretadas por una orquesta competente y experimentada. Herr Hennum está buscando músicos de talento que toquen más de un instrumento. Le he hablado de lo bien que tocas el piano, el violín y la flauta y quiere que vayas al teatro y toques para él.

Jens mordió un trozo del bagre traído especialmente de la costa oeste de Noruega.

—*Mor*, en estos momentos estoy estudiando química en la universidad para poder hacerme cargo de la fábrica de cerveza. Sabes perfectamente que *far* no permitirá que deje los estudios para tocar en una orquesta. De hecho, se pondría furioso.

—Si es un hecho consumado, tal vez transija —propuso ella.

—¿Me estás pidiendo que mienta?

De repente Jens se sintió tan indispuesto como había fingido hacía unos minutos.

—Lo que digo es que cuando cumplas veintiún años serás un hombre y podrás tomar tus propias decisiones sin importar lo que los demás piensen de ellas. Recibirías un sueldo de la orquesta, aunque no muy alto, que te daría cierta independencia económica.

—Faltan seis meses para mi cumpleaños, *mor*. De momento, sigo dependiendo de mi padre y estando bajo su control.

—Te lo suplico, Jens. Herr Hennum está dispuesto a oírte tocar en el teatro mañana a la una y media. Por favor, por lo menos ve a verlo. Nunca se sabe lo que puede pasar.

—No me encuentro bien. —Jens se levantó bruscamente de la mesa—. Disculpa, *mor*, pero necesito volver a mi cuarto y tumbarme.

Margarete vio a su hijo cruzar el comedor, abrir la puerta y cerrarla tras de sí con un golpe seco. Sintiendo una punzada de dolor en las sienes, se llevó los dedos a la frente. Sabía qué había provocado la marcha de Jens y suspiró contrita.

Desde que su hijo tenía poco más de tres años, se lo había sentado sobre las rodillas y le había enseñado las notas al piano. Uno de los recuerdos más bonitos que Margarete conservaba de la infancia de Jens era el de sus dedos regordetes deslizándose raudos por el teclado de marfil. Su mayor deseo había sido que su único hijo heredara su propio talento musical, puesto que ella no le había extraído todo su potencial debido a su matrimonio con el padre de Jens.

Jonas Halvorsen, el esposo de Margarete, no tenía alma de artista y solo le interesaba la cantidad de coronas que aparecía en los libros de contabilidad de la Halvorsen Brewing Company. Desde el comienzo de su matrimonio había considerado que la pasión de su esposa por la música era algo que había que desalentar, y con mayor vehemencia aún, la de su hijo. Sin embargo, mientras Jonas estaba en la fábrica, Margarete había perseverado en sus esfuerzos por desarrollar el talento de Jens, de manera que para cuando este cumplió seis años ya interpretaba con total soltura sonatas que habrían representado un desafío para un estudiante que lo triplicara en edad.

Cuando Jens tenía diez años, y en contra de los deseos de su marido, Margarete organizó un recital en casa e invitó a la flor y nata del círculo musical de Cristianía. Quienes oyeron tocar a su pequeño se mostraron cautivados y le auguraron un gran futuro.

—Debe asistir al conservatorio de Leipzig en cuanto tenga edad suficiente. Allí ampliará sus aptitudes y conocimientos, pues ya sabes que las oportunidades aquí, en Cristianía, son limitadas —le había comentado Johan Hennum, el nuevo director de la orquesta de Cristianía—. Con la formación adecuada, podría llegar muy lejos.

Así se lo había dicho Margarete a su marido, pero este respondió con una risita cruel:

—Mi querida esposa, sé lo mucho que deseas que nuestro hijo se convierta en un músico famoso, pero, como bien sabes, Jens se incorporará al negocio familiar cuando cumpla veintiún años. Mis antepasados y yo no hemos dedicado más de ciento cincuenta años a construir la fábrica para que en mi lecho de muerte se le venda a uno de mis competidores. Si Jens desea juguetear con sus instrumentos hasta entonces, adelante. Pero esa no será la profesión de un hijo mío.

Margarete, sin embargo, no se acobardó. Durante años, siguió enseñando a Jens a tocar el violín y la flauta además del piano, consciente de que para ingresar en cualquier orquesta un músico debía dominar más de un instrumento. También le había dado clases de alemán e italiano, idiomas que creía que lo ayudarían a abordar obras orquestales y operísticas complejas.

El padre de Jens había continuado haciendo caso omiso de los bellos sonidos que emergían de la sala de música y resonaban en toda la casa. Las únicas veces que Margarete conseguía obligarlo a escuchar a su hijo era cuando este tocaba el violín *hardanger*. A veces lo animaba a tocar para su padre después de cenar, y veía que Jonas —con la ayuda de varias copas de buen vino francés— relajaba el rostro y esbozaba una sonrisa soñadora mientras tarareaba las canciones populares interpretadas por su hijo.

Pese a la indiferencia de su marido con respecto al talento de Jens y a su empeño en que la música nunca podría convertirse en una profesión para su hijo, Margarete siguió creyendo que cuando Jens tuviera unos años más encontraría algún tipo de solución al dilema. Pero, entonces, el niño que con tanta diligencia había trabajado en las clases de música empezó a crecer y Jonas pasó a hacerse cargo de él. En lugar de las dos horas diarias de ensayo musical, Jens seguía a su padre por la cervecera mientras este supervisaba la producción o la contabilidad.

Los planes de Jonas se habían materializado tres años atrás, cuando insistió en que su hijo estudiara química en la universidad, ya que, según sus palabras, aquella ciencia le proporcionaría una buena formación para trabajar en la cervecera, aun cuando Margarete le había suplicado de rodillas que lo dejara ingresar en el Conservatorio de Leipzig.

—¡No tiene el menor interés por la química ni por la empresa, y sí un gran talento para la música! —le había rogado.

Jonas la había mirado con frialdad.

—Te he dejado seguir con ese capricho hasta ahora, pero Jens ya no es un niño y ha de comprender cuáles son sus responsabilidades. Será la quinta generación de Halvorsen que dirija la cervecera. Te has estado engañando a ti misma si creías que tus aspiraciones musicales para nuestro hijo darían resultado. El curso empieza en octubre. Asunto zanjado.

—No llores, *mor*, por favor —le había dicho Jens tras conocer la noticia de labios de su desconsolada madre—. No esperaba otra cosa.

Tal como Margarete había imaginado que sucedería, al verse obligado a dejar la música por una disciplina que no le interesaba y para la que no tenía aptitudes, Jens había sacado poco provecho de la universidad. Y lo peor de todo era que su carácter alegre y su actitud despreocupada habían empezado a apartarlo del buen camino.

Margarete, que tenía el sueño ligero y se despertaba al menor ruido, sabía que a menudo su hijo trasnochaba hasta altas horas de la madrugada. Jens tenía un amplio círculo de amigos que se sentían atraídos por su *joie de vivre* y su encanto natural. Su madre sabía que era generoso en extremo, tanto que muchas veces acudía a ella a mediados de mes diciendo que ya se había gastado la asignación de su padre en regalos y préstamos para tal o cual amigo y que si podía hacerle un préstamo.

Con frecuencia notaba el alcohol en el aliento de su hijo, por lo que había considerado la posibilidad de que la bebida también tuviera algo que ver en el vaciado de sus bolsillos. Margarete sospechaba, asimismo, que en las juergas nocturnas de Jens participaban mujeres. La semana anterior, sin ir más lejos, había visto una mancha de carmín en el cuello de su camisa. Pero eso al menos podía entenderlo: todos los hombres jóvenes —y los no tan jóvenes— tenían sus necesidades, como sabía por experiencia propia. Así era la naturaleza masculina.

Para ella el problema era bien sencillo: ante un futuro que no deseaba y sin su amada música, Jens se sentía insatisfecho y recurría a la bebida y a las mujeres para ahogar sus penas. Margarete se levantó de la mesa rezando para que al día siguiente Jens acudiera a su cita con herr Hennum. En su opinión, era lo único que podía salvarlo.

Entretanto, Jens estaba en su cama dando vueltas a los mismos pensamientos que su madre. Hacía tiempo que había comprendido que, para él, convertirse en músico profesional jamás sería una realidad. En cuestión de meses terminaría la universidad y entraría a trabajar en la cervecera de su padre.

La idea lo horrorizaba.

No sabía a quién compadecía más, si a su padre, un esclavo de su cuenta bancaria y de las interminables intrigas dentro de su próspera fábrica, o a su madre, que había aportado a la unión un pedigrí muy necesario pero estaba insatisfecha con la vida. Jens veía con claridad que su matrimonio era poco más que un pacto destinado a beneficiar a ambos. El problema para él era que, al ser hijo único, sus padres lo utilizaban constantemente como peón en su partida de ajedrez emocional. Hacía tiempo que había comprendido que él no podía ganar. Y, últimamente, tampoco tenía especial interés en intentarlo.

Aunque lo que su madre le había dicho aquel día era cierto. Ya casi era mayor de edad. ¿Y si fuera posible reavivar el sueño por el que tanto había luchado de niño?

Cuando oyó a su madre salir de casa después del almuerzo, bajó con sigilo y, llevado por un impulso, entró en la sala de música donde Margarete todavía recibía a algún que otro alumno.

Se sentó en el banco situado ante el bello piano de cola y su cuerpo adoptó automáticamente la postura correcta. Levantó la tapa y dejó que sus dedos acariciaran las teclas de arriba abajo mientras caía en la cuenta de que debía de hacer más de dos años que no tocaba. Comenzó con la sonata *Patética* de Beethoven, que siempre había estado entre sus favoritas, y rememoró las pacientes instrucciones de su madre y la facilidad con que había asimilado la pieza. «Cuando tocas, has de hacerlo con todo el cuerpo —le había dicho ella en una ocasión—, además del alma y el corazón. Eso es lo que distingue a un músico de verdad.»

Jens perdió la noción del tiempo mientras tocaba. Y cuando la música inundó la estancia, olvidó su batalla con las clases de química que tanto detestaba y el futuro que tanto temía, y se permitió perderse en la maravillosa música, como había hecho en otros tiempos.

Cuando la última nota reverberó en la sala, se dio cuenta de que se le habían llenado los ojos de lágrimas por la simple dicha de tocar. Y decidió que acudiría a su cita de la mañana siguiente con herr Hennum.

A la una y media del día siguiente, Jens tomó asiento frente a otro piano en el foso vacío de la orquesta del Teatro de Cristianía.

—Bien, herr Halvorsen, la última vez que lo oí tocar tenía diez años. Su madre me ha dicho que desde entonces se ha convertido en un músico excepcional —dijo Johan Hennum, el reconocido director de la orquesta.

—Mi madre peca de imparcialidad, señor.

—También dice que no ha recibido educación formal en un conservatorio.

—Lamentablemente no, señor. Llevo dos años y medio estudiando química en la universidad. —Jens notó de inmediato que el director creía que estaba malgastando el tiempo. Probablemente hubiera accedido a verlo para hacerle un favor a su madre, a cambio de sus generosas donaciones al mundo del arte—. Pero debo añadir que mi madre me enseñó música durante muchos años. Como bien sabe, es una profesora muy respetada.

—Ciertamente. Y dígame, ¿qué instrumento prefiere de los cuatro que la señora Halvorsen me ha dicho que sabe tocar?

—Sin duda, el que más me gusta tocar es el piano, pero creo que domino en igual medida el violín, la flauta y el *hardanger*.

—En la orquestación de herr Grieg para *Peer Gynt* no interviene el piano. Sin embargo, estamos buscando un segundo violinista y otro flautista. Tome. —Hennum le tendió una partitura—. Ensaye la parte de la flauta; yo volveré dentro de un rato para oírlo tocar.

El hombre se despidió con una inclinación de la cabeza y desapareció por la puerta que había debajo del escenario.

Jens echó un vistazo a la partitura: «Preludio del IV acto: "La mañana"». Sacó su flauta del estuche y la ensambló. En el teatro hacía casi el mismo frío glacial que en la calle, así que se frotó con energía los dedos entumecidos para tratar de reactivar la circulación sanguínea. Finalmente, se llevó el instrumento a los labios y probó las primeras seis notas…

—Bien, herr Halvorsen, veamos lo que ha conseguido —dijo Johan Hennum cuando regresó al foso cinco minutos después.

Jens sentía la imperiosa necesidad de impresionar a aquel hombre, de demostrarle que estaba capacitado para el puesto. Agradeciendo a Dios su habilidad para repentizar —pericia que siempre lo había ayudado a la hora de convencer a su madre de que había ensayado más de lo que lo había hecho en realidad—, empezó a tocar. Al cabo de pocos segundos se descubrió completamente inmerso en aquella música evocadora que no se parecía a nada de lo que hubiera escuchado hasta entonces. Cuando terminó la pieza, bajó la flauta y miró a Hennum.

—Para tratarse de un primer intento, no ha estado nada mal. Nada mal. Ahora, mírese esto. —El hombre le tendió otra partitura—. Es la parte del primer violín. Veamos qué puede hacer con ella.

Jens sacó el violín del estuche y lo afinó. Luego estudió la partitura durante unos minutos y practicó las notas quedamente antes de empezar a tocar.

—Muy bien, herr Halvorsen. Su madre no exageró al describir su talento. Reconozco que estoy gratamente sorprendido. Es usted un excelente repentista, lo cual será fundamental en las semanas venideras, cuando reúna a los miembros más bien dispares de mi orquesta. No habrá tiempo para contemplaciones. Y deje que le diga que tocar en una orquesta y tocar como solista son cosas muy diferentes. Le llevará tiempo adaptarse a la dinámica, y le advierto que no tolero conductas poco aplicadas por parte de mis músicos. Normalmente, sería reacio a aceptar a un novato, pero la necesidad obliga. Me gustaría que empezara dentro de una semana. ¿Qué me dice?

Jens lo miró de hito en hito, sin poder creerse que aquel hombre le estuviera ofreciendo un puesto. Estaba completamente seguro de que su falta de experiencia provocaría una respuesta negativa. Por otro lado, no era ningún secreto que la orquesta de Cristianía era una variopinta mezcla de músicos, pues la ciudad carecía de una escuela de música decente y, por lo tanto, había pocos talentos entre los que elegir. Su madre le había contado que en una ocasión había tocado en ella un muchacho de solo diez años.

—Será un honor para mí ocupar un lugar en su orquesta en un estreno tan importante —se oyó responder.

—Bienvenido entonces, herr Halvorsen. Posee los rudimentos necesarios para llegar a ser un buen músico. El salario, sin embargo, es algo escaso, aunque no creo que eso sea un problema para usted. Las horas de ensayo durante las próximas semanas serán largas y arduas. Y como ya habrá observado, el entorno no es precisamente acogedor. Le aconsejo que se abrigue bien.

—Lo haré, señor.

—Ha mencionado que actualmente está estudiando en la universidad. Supongo que está dispuesto a poner su compromiso con la orquesta por delante de sus clases.

—Sí —respondió Jens, sabedor de que su padre tendría algo que decir al respecto, pero decidiendo que, dado que era Margarete la que lo había metido en aquella situación, a ella le correspondería aplacar cualquier objeción. Aquel era su camino hacia la libertad y tenía intención de seguirlo.

—Por favor, transmítale a su madre mi agradecimiento por haberlo enviado.

—Lo haré, señor.

—Los ensayos comienzan la semana que viene. Nos veremos el lunes a las nueve en punto de la mañana. Ahora debo partir en busca de un fagotista aceptable, y le aseguro que no es fácil dar con uno en esta ciudad nuestra dejada de la mano de Dios. Buenos días, herr Halvorsen, y disculpe que no lo acompañe a la salida.

Desconcertado ante el radical giro que acababa de dar su vida, Jens observó al director abandonar el foso de la orquesta. Se volvió y contempló el auditorio en penumbra. Había estado allí muchas veces con su madre, viendo conciertos y óperas, pero cuando se dejó caer con brusquedad sobre el banco del piano se sintió repentinamente abrumado. Sabía que llevaba un tiempo vagando sin rumbo fijo por la vida, centrado en el presente sin pensar más allá, temiendo el día de su graduación y su futuro como fabricante de cerveza.

Justo en aquel instante, mientras interpretaba la nueva y exquisita composición de herr Grieg, había sentido un atisbo de su antigua euforia. De joven solía tumbarse en la cama y componer en su cabeza melodías que al día siguiente probaba al piano. Nunca las había anotado, pero componer su propia música era lo que más lo estimulaba.

Aquel día, envuelto en la tenue luz del foso, posó sus dedos helados sobre las teclas del piano de cola y se remontó hasta las piezas que había compuesto de niño. Una en particular, no muy diferente de la nueva composición de Grieg en cuanto a la estructura, recordaba a las antiguas canciones populares. Jens empezó a tocarla de memoria para el auditorio vacío.

17

14 de febrero de 1876

Kjære Anna:

Gracias por tu última carta. Como siempre, tus descripciones de la vida en Cristianía resultan instructivas además de divertidas. Siempre consiguen arrancarme una sonrisa. Y ten la certeza de que tu caligrafía y tu ortografía mejoran cada día. Aquí, en Heddal, todo sigue igual que siempre. La Navidad transcurrió sin novedad, pero con la pena de que no estuvieras aquí para celebrarla con nosotros. Como bien sabes, estamos en la época más fría y oscura del año, cuando no solo hibernan los animales, sino también los humanos. Las nieves han sido más prolongadas y abundantes de lo habitual y he descubierto que hay una gotera en el tejado de nuestra granja, lo que me obligará a reemplazar la turba antes del deshielo de primavera si no queremos que se forme un lago interior en el que podríamos patinar. Mi padre dice que la turba no se ha cambiado nunca, así que por lo menos le hemos sacado provecho. Knut me ha prometido que me ayudará en primavera, y le estoy muy agradecido.

Knut ha estado cortejando a una señorita de un pueblo cercano a Skien. Se llama Sigrid y es dulce y bonita, aunque un poco callada. La buena noticia es que tus padres han dado su aprobación y este verano repicarán campanas de boda en la iglesia de Heddal. Confío en que puedas venir a casa para el acontecimiento.

Me cuesta creer que vayas a formar parte del estreno teatral de mi poema favorito de Ibsen, con una música compuesta especialmente por el mismísimo herr Grieg. ¿Has visto ya a herr Ibsen en el teatro? Seguro que va por allí para asegurarse de que la obra se ajusta a sus deseos, aunque creo que actualmente vive en Italia. Quizá no tengas tiempo de volver a escribir antes de la noche del estreno, pues solo faltan diez días y supongo que estarás muy ocupada con los ensayos. Por si es así, os deseo a ti y a tu preciosa voz toda la suerte del mundo.

Con toda mi admiración,

LARS

P. D.: Te adjunto uno de mis poemas. Lo envié hace poco, junto con otros cuantos, a un editor de Nueva York, Estados Unidos, llamado Scribner. Lo he traducido de nuevo al noruego para ti.

Anna le echó un vistazo al poema, titulado «Oda a un abedul plateado». Como no tenía ni idea de lo que era una «oda», lo leyó en diagonal sin reconocer muchas de sus rimbombantes palabras y lo dejó junto al plato para seguir desayunando. Ojalá su vida fuera tan emocionante como creía Lars. Hasta la fecha solo había estado en el Teatro de Cristianía dos veces: una para cantar delante de herr Josephson justo antes de Navidad, momento en que se acordó que, efectivamente, sería ella quien interpretara las canciones de Solveig, y otra la semana anterior, cuando los actores habían realizado su primer ensayo sobre el escenario para que Anna pudiera observarlos desde las bambalinas y entender la obra.

Habiendo asumido erróneamente que un lugar tan magnífico como un teatro estaría caldeado, se había pasado el día sentada en un taburete soportando la corriente de los bastidores y muerta de frío. Solo habían conseguido llegar al tercer acto antes de que estallara una crisis. Henrik Klausen, el actor que interpretaba a Peer, había tropezado con la tela de color azul bajo la que diez niños, colocados de rodillas, movían el cuerpo para dar la impresión de que Peer estaba cruzando un mar tempestuoso. El actor se había torcido el tobillo y, como no podía haber obra sin el personaje principal, se habían suspendido los ensayos.

Anna había cogido un fuerte catarro y pasado en cama los últimos cuatro días mientras herr Bayer cuidaba como una gallina clueca de su voz ronca.

—¡Y solo falta una semana! —se había lamentado el hombre—. No podría haber sucedido en peor momento. Has de tomar toda la miel que puedas, señorita. Confiemos en que logre reparar tus cuerdas vocales a tiempo.

Aquella mañana Anna había cantado tímidamente algunas escalas después de la obligada dosis de miel —llevaba ingerida tal cantidad de dicha sustancia que temía que su cuerpo fuera a criar alas y a llenarse de rayas amarillas y marrones—, y herr Bayer se había mostrado aliviado.

—Afortunadamente estás recuperando la voz. Madame Thora Hansson, la actriz que interpreta a Solveig, no tardará en llegar para que podáis trabajar juntas en el movimiento de la boca mientras tú cantas. Es un gran honor que haya accedido a venir al apartamento debido a tu indisposición. Como sabes, es una de las actrices más famosas de Noruega y la preferida de herr Ibsen —había añadido herr Bayer.

A las diez y media, Thora Hansson hizo su entrada en el apartamento con una preciosa capa de terciopelo ribeteada de piel. Llegó al salón, donde Anna la esperaba nerviosa, envuelta en una nube de intenso perfume francés.

—Perdona que no me acerque, *kjære*, pero aunque herr Bayer dice que ya no contagias, no puedo permitirme contraer tu dolencia.

—Lo entiendo, madame Hansson —respondió recatadamente Anna con una pequeña reverencia.

—Por lo menos esta mañana no tendré que utilizar la voz —dijo con una sonrisa—, pues serás tú la que emita esos sonidos celestiales. Yo me limitaré a abrir y cerrar la boca, y concentraré mis esfuerzos en la representación visual de las bellas canciones de herr Grieg.

—Muy bien, madame.

Cuando herr Bayer entró en el salón y se puso a hablar con

madame Hansson, Anna aprovechó para estudiar a la actriz. En el teatro solo la había visto de lejos y le había dado la impresión de una mujer bastante mayor. Sin embargo, al tenerla cerca advirtió que en realidad era joven, quizá solo unos cuantos años mayor que ella. Le pareció muy guapa, sus rasgos eran finos y su espesa mata de pelo, castaña. A Anna le costaba creer que, ni siquiera embutida en un traje tradicional, aquella sofisticada joven pudiera convencer al público de que era una humilde campesina de las montañas.

Una campesina como ella...

—Bueno, ¿empezamos? Despacio, Anna —le aconsejó herr Bayer—. No queremos que fuerces la voz durante tu recuperación. Si está preparada, madame Hansson, comenzaremos con «Canción de Solveig» y luego pasaremos a «Canción de cuna».

Las dos mujeres pasaron el resto de la mañana practicando lo que, básicamente, era un dúo con una de las dos cantantes muda. En varias ocasiones, Anna reparó en la frustración de la actriz cuando abría la boca en el momento equivocado y la voz de Anna sonaba un compás más tarde. Madame Hansson propuso que Anna abandonara el salón para que herr Bayer pudiera comprobar si realmente daba la impresión de que era ella la que cantaba. De pie en el pasillo helado, con la cabeza dolorida y la garganta nuevamente irritada a causa del canto, Anna empezó a odiar las canciones. Tenía que aplicar siempre la misma longitud a las notas y las pausas para que madame Hansson supiera con exactitud cuándo abrir y cerrar la boca. Una de las cosas que normalmente le gustaban de cantar era poder interpretar una canción para sus oyentes de una manera diferente cada vez, ya fueran personas o vacas. Lo cual, pensándolo con perspectiva, se le antojaba mucho más gratificante que cantarle, como en aquellos momentos, a una puerta.

Finalmente herr Bayer aplaudió.

—¡Perfecto! Creo que lo tenemos. Buen trabajo, madame Hansson. Vuelve, Anna, por favor.

La muchacha entró y la actriz se volvió hacia ella con una sonrisa.

—Creo que saldrá de maravilla. Pero prométeme, querida, que cantarás de forma idéntica todas las noches.

—Descuide, madame Hansson.

—Anna, estás pálida. Me parece que los esfuerzos de esta mañana te han agotado. Ve a descansar. Le diré a frøken Olsdatter que te sirva la comida en la habitación y más miel para suavizarte la voz.

—Sí, herr Bayer —dijo ella obedientemente.

—Gracias, Anna. Y ten por seguro que nos veremos muy pronto en el teatro.

Madame Hansson le sonrió con dulzura y Anna hizo otra pequeña reverencia antes de retirarse a su cuarto.

Apartamento 4
10 St. Olav's Gate
Cristianía

23 de febrero de 1876

Kjære Lars, *mor*, *far* y Knut:

Escribo con prisa porque hoy es el ensayo general de *Peer Gynt* y mañana el estreno. Me encantaría que todos pudierais asistir, pero entiendo que el gasto hace imposible vuestra visita.

Estoy ilusionada pero también un poco nerviosa. Herr Bayer me ha enseñado los periódicos y todos hablan del acontecimiento de mañana, y hasta corre el rumor de que el rey y la reina estarán presentes en el palco real. (Yo, personalmente, lo dudo. Viven en Suecia, y hasta para la familia real sería un viaje demasiado largo solo para asistir a una función, pero eso es lo que se dice por aquí.) Dentro del teatro el ambiente es tenso. Herr Josephson, el director, cree que el estreno será un desastre porque aún no hemos ensayado la obra entera sin tener que detenernos durante horas a causa de algún problema técnico. Y herr Hennum, el director de la orquesta, que me cae muy bien y siempre se había mostrado tranquilo, grita constantemente a sus músicos por no contar los tempos.

¿Podéis creeros que aún no haya cantado «Canción de cuna» en el teatro porque no hemos conseguido llegar al final de la obra? Herr Hennum me ha asegurado que hoy la cantaré.

Entretanto, paso el rato con los niños que han contratado para interpretar a los personajes pequeños, como los troles y demás. Cuando me instalaron en su camerino, me sentí insultada, porque las otras chicas del coro están en otro. Puede que simplemente no sean conscientes de mi edad. Ahora, sin embargo, me alegro, porque los niños me hacen reír y jugamos a las cartas para entretenernos.

No puedo seguir escribiendo porque he de marcharme al teatro, pero debo informarte, Lars, sé que para tu gran decepción, de que herr Ibsen no ha aparecido aún.

Con todo mi cariño para todos desde Cristianía,

Anna

Antes de salir del apartamento hacia el teatro, dejó la carta en la bandejita de plata del recibidor.

Llevaban casi cuatro horas con el ensayo general y Jens estaba cansado, aterido e irascible, como el resto de la orquesta. Durante los últimos días, la tensión había ido en aumento en el foso. Herr Hennum le había gritado en más de una ocasión que prestara atención, y Jens consideraba que era injusto porque Simen, el anciano primer violinista que se sentaba a su lado, parecía pasarse el día dormitando. Jens calculaba que era el único miembro de la orquesta menor de cincuenta años. Los músicos, sin embargo, eran gente simpática y bromista y el muchacho disfrutaba de su divertida camaradería.

Hasta el momento había conseguido llegar puntual todos los días, aunque con alguna mala resaca esporádica. Pero como era algo que también parecía pasarle al resto de la orquesta, se sentía como pez en el agua. Además, estaban las encantadoras señoritas del coro, a las que admiraba sobre el escenario durante las interminables pausas en que herr Josephson se dedicaba a mover a los actores a su antojo.

Después de que le ofrecieran el puesto en la orquesta, la euforia de su madre había estado a punto de hacerlo llorar.

—Pero ¿qué le diremos a *far*? —había preguntado Jens—. Sabes que para asistir a los ensayos no tendré más remedio que saltarme las clases de la universidad.

—Será mejor que, por el momento, ignore tu repentino… cambio de rumbo. Le haremos creer que sigues asistiendo a tus clases. Seguro que ni se da cuenta.

En otras palabras, había sido la conclusión de Jens, a su madre le aterraba contárselo.

Poco importaba ahora, pensó mientras afinaba su violín, porque si su decisión de no trabajar en la cervecera era firme antes, ahora era inamovible. Pese a las largas horas de ensayos, el frío y los comentarios a menudo cáusticos de Hennum, Jens sabía que había recuperado la pasión por la música que había sentido en otros tiempos. La partitura de herr Grieg poseía numerosos pasajes evocadores, desde el alegre «En la gruta del rey de la montaña» hasta «La danza de Anitra», durante la cual Jens solo tenía que cerrar los ojos para imaginar el exotismo de Marruecos mientras interpretaba las notas en su violín.

Aun así, su pasaje favorito era «La mañana», al comienzo del IV acto. Era la música que acompañaba el momento en que Peer se despierta al amanecer en África, con una fuerte resaca y sabiendo que lo ha perdido todo. Entonces piensa en Noruega, su tierra natal, y en el sol cuando se eleva sobre los fiordos. Jens nunca se cansaba de tocarla.

En aquellos momentos, él y el otro flautista, que probablemente le triplicaba la edad, se turnaban para tocar las evocadoras notas de los cuatro primeros compases. Cuando Hennum apareció en el foso y dio unos golpecitos con la batuta para llamar la atención de los músicos, Jens se dio cuenta de que quería ser el flautista que tocara dichas notas la noche del estreno, era lo que más deseaba en el mundo.

—Bien, vamos a por el IV acto —anunció Hennum. Llevaban más de una hora de interrupción entre acto y acto—. Bjarte Frafjord, usted tocará hoy la primera flauta. Cinco minutos y empezamos —añadió antes de marcharse a hablar con herr Josephson, el director de la obra.

Jens se sintió embargado por una profunda decepción. Si Bjarte tocaba la primera flauta en el ensayo general, lo más probable sería que Hennum también quisiera que lo hiciese al día siguiente, en el estreno.

Minutos después, Henrik Klausen, que interpretaba a Peer Gynt, se acercó para colocarse con el cuerpo doblado sobre el foso de la orquesta, desde donde fingiría que vomitaba sobre los músicos mientras el protagonista se recuperaba de su resaca.

—¿Cómo estáis hoy, muchachos? —saludó afablemente desde arriba.

Se produjo un murmullo general mientras Hennum reaparecía y cogía su batuta.

—Herr Josephson me ha prometido que podremos ejecutar el IV acto sin apenas interrupciones para que así podamos llegar finalmente al V acto. ¿Listos?

Hennum alzó la batuta y el sonido de la flauta de Bjarte se elevó desde el foso. «No es tan bueno como yo», pensó Jens enfurruñado mientras se colocaba el violín bajo el mentón y se preparaba para tocar.

Una hora después, pese a una pequeña complicación que se había solucionado de inmediato, se aproximaban al final del IV acto. Jens levantó la mirada hacia madame Hansson, la actriz que interpretaba el papel de Solveig. Incluso vestida de campesina, le parecía sumamente atractiva, así que tenía la esperanza de poder conocerla al día siguiente, en la fiesta de después del estreno.

Recuperó rápidamente la concentración cuando herr Hennum levantó una vez más la batuta y los violinistas atacaron los primeros acordes de «Canción de Solveig». Prestó atención cuando madame Hansson empezó a cantar. Tenía una voz tan pura, tan perfecta y evocadora que Jens se descubrió trasladándose mentalmente a la cabaña de las montañas donde Solveig residía con su congoja. No tenía ni idea de que madame Hansson pudiera cantar así. Era una de las voces femeninas más maravillosas que había oído en su vida. Simbolizaba el aire puro y la juventud, pero también el dolor de las esperanzas y los sueños perdidos...

Tan embelesado estaba que se ganó una mirada severa por parte de Hennum cuando entró un compás tarde. Cuando, hacia el final de la obra, las dolorosamente tristes notas de «Canción de cuna» —interpretada por Solveig cuando el escarmentado Peer regresa y descansa la cabeza sobre su regazo— resonaron en el auditorio, Jens notó que el vello de la nuca se le erizaba ante la impecable interpretación de madame Hansson. Cuando, minutos después, cayó el telón el personal del teatro, que se había congregado para mirar y escuchar, prorrumpió en aplausos.

—¿Has oído eso? —le comentó Jens a Simen, que ya estaba guardando su violín para abandonar apresuradamente el foso y cruzar la calle hasta el Engebret Café antes de la última ronda—. No sabía que madame Hansson tuviera una voz tan bella.

—¡Pero qué infeliz eres, Jens! Lo que acabamos de escuchar es una voz bellísima, sí, pero no pertenece a madame Hansson. ¿No te has dado cuenta de que ella se limitaba a mover los labios? Esa mujer no es capaz de afinar ni una nota, así que han tenido que traer la voz de otra para que dé la impresión contraria. Seguro que a herr Josephson le encantará saber que su truco ha funcionado.

Simen rio y le dio unas palmaditas en el hombro antes de marcharse.

—¿Quién canta entonces? —quiso saber Jens antes de que su compañero desapareciera bajo el escenario.

—Buena pregunta —contestó Simen por encima del hombro—. Es una voz fantasma y nadie conoce a la propietaria.

La propietaria de la voz que tanto había conmovido a Jens Halvorsen se encontraba en aquel momento en un coche de caballos camino del apartamento de herr Bayer. Convencida de que llamaba la atención con el traje nacional que el profesor le había pedido que llevara en sus «actuaciones» para que tuviera el mismo aspecto que las señoritas del coro, se alegraba de hacer el trayecto a solas. Había tenido otro día largo y agotador, de manera que sintió un gran alivio cuando frøken Olsdatter le abrió la puerta y le quitó la capa.

—Debes de estar exhausta, kjære Anna. Pero dime, ¿como crees que has cantado hoy? —le preguntó mientras la empujaba delicadamente hacia el dormitorio.

—La verdad es que no lo sé. Cuando cayó el telón, hice justo lo que herr Bayer me dijo que hiciera: salir por la puerta de atrás y subirme rápidamente al coche. Y aquí estoy —suspiró Anna dejando que frøken Olsdatter la ayudara a desvestirse y acostarse.

—Herr Bayer dice que mañana puedes dormir hasta la hora que te apetezca. Quiere que tú y tu voz estéis descansadas para el estreno. Te he dejado la leche caliente con miel en la mesilla de noche.

—Gracias.

Anna cogió el vaso.

—Buenas noches, Anna.

—Buenas noches, frøken Olsdatter, y gracias.

Johan Hennum apareció en el foso y dio unas palmadas para llamar la atención de sus músicos.

—¿Están todos listos?

Miró a su orquesta con cariño y Jens pensó en lo diferente que era la atmósfera que se respiraba en el teatro en aquel momento comparada con la del día anterior. No solo los músicos vestían esmoquin en lugar de su abigarrada colección de atuendos de calle, sino que un público expectante había entrado ya en el auditorio para ocupar sus asientos. Las mujeres se quitaban los abrigos de piel para dejar al descubierto una colección de deslumbrantes vestidos de noche adornados con joyas suntuosas que brillaban bajo la tenue luz de la araña del techo.

—Caballeros —continuó Hennum—, esta noche tenemos el honor de ocupar nuestro lugar en la historia. Aunque herr Grieg no pueda estar presente, haremos que se sienta orgulloso de nosotros y daremos a su maravillosa música la interpretación que merece. Estoy seguro de que algún día les contarán a sus nietos que formaron parte de esto. Y herr Halvorsen, esta noche usted tocará la primera flauta en «La mañana». Bien, si estamos todos preparados...

El director se subió al podio para indicar al público que la representación estaba a punto de comenzar. Enseguida se hizo el silencio, como si el auditorio al completo estuviera conteniendo la respiración. Y en aquel momento, Jens dio gracias al cielo por que le hubieran concedido su deseo más ferviente.

Ninguna de las personas que aguardaban entre bambalinas sabía qué le estaba pareciendo la representación al público. Anna se acercó despacio hasta el costado del escenario para interpretar su primera canción. La acompañaba Rude, uno de los niños que actuaba en las escenas corales.

—No se oye ni el vuelo de una mosca, frøken Anna. He espiado al público desde un escondrijo y creo que les está gustando.

La joven ocupó su lugar al lado del escenario —oculta por los decorados, pero colocada de tal manera que pudiera ver a madame Hansson— y de pronto el miedo la paralizó. Aunque nadie pudiera verla y su nombre apareciera en el programa debajo de la larga lista del «Coro», sabía que ahí fuera herr Bayer estaría escuchándola. Como todas las personas importantes de Cristianía.

Notó la manita de Rude estrechar la suya.

—Tranquila, frøken Anna, todos pensamos que canta como los ángeles —dijo antes de dejarla sola.

Anna clavó entonces la mirada en madame Hansson y escuchó con atención el momento de su entrada. Cuando la orquesta tocó los primeros acordes de «Canción de Solveig», respiró hondo. Y pensando en Heddal, en Rosa y en su familia, dio rienda suelta a su voz.

Cuarenta minutos después, cuando el último telón cayó, Anna se encontraba nuevamente junto al escenario después de haber interpretado «Canción de cuna». El público guardaba un silencio reverencial mientras los actores se congregaban para el saludo final. Como nadie le había pedido que saliera, Anna se quedó donde estaba. Y cuando el telón volvió a alzarse para mostrar a los actores, el clamoroso estallido de aplausos estuvo a punto de dejarla sorda. La gente pateaba el suelo y pedía un bis.

—¡Cante de nuevo «Canción de Solveig», madame Hansson! —oyó gritar a alguien, pero la actriz declinó elegantemente la petición con un gesto de la cabeza y un saludo refinado con la mano.

Herr Josephson apareció al fin en el escenario para transmitir al público las disculpas tanto de Ibsen como de Grieg por sus respectivas ausencias y, tras el último saludo, el telón cayó definitivamente y los actores empezaron a dispersarse. Todos ignoraron a Anna al pasar a su lado llenos de adrenalina y charlando animadamente de lo que parecía haber sido un éxito rotundo después de tantas semanas de trabajo.

La joven regresó a su camerino para recoger la capa y despedirse de los niños, cuyas orgullosas madres estaban ayudándolos a cambiarse de ropa. Herr Bayer le había dicho que el coche estaría esperándola fuera y que debía marcharse en cuanto terminara la representación. Cuando se dirigía por el pasillo hacia la puerta de atrás, se tropezó con herr Josephson, que en ese momento salía del camerino de madame Hansson.

—Anna, has cantado como los ángeles. Creo que has hecho llorar hasta al último espectador. Felicidades.

—Gracias, herr Josephson.

—Que tengas un buen trayecto hasta casa —añadió con una inclinación de la cabeza antes de darse la vuelta para llamar al camerino de Henrik Klausen.

Anna llegó a la puerta de atrás y abandonó el teatro con renuencia.

—Entonces ¿quién es la chica que canta «Canción de Solveig»? —preguntó Jens mientras escrutaba con la mirada a la gente reunida en el vestíbulo—. ¿Está aquí?

—No lo sé, nunca la he visto —respondió Isaac, el violonchelista, que ya no podía con su alma—. Canta como un ángel, pero, con tanto misterio, lo mismo es que tiene cara de bruja.

Decidido a averiguarlo, Jens acorraló al director de la orquesta.

—Felicidades, joven —le dijo Hennum, eufórico por el éxito de aquella noche, mientras le daba una palmada en el hombro—. Me alegro de no haberme equivocado con usted. Podría llegar lejos con algo de práctica y experiencia.

—Gracias, señor. Por cierto, ¿quién es la chica desconocida que ha interpretado las canciones de Solveig de forma tan bella esta noche? ¿Está aquí?

—¿Se refiere a Anna? Es nuestra Solveig de las montañas en la vida real. Pero no creo que se haya quedado para la fiesta. Es la protegida de Franz Bayer, muy joven y poco habituada a la ciudad. El profesor la tiene muy vigilada, por lo que imagino que su Cenicienta se ha ido a casa antes de que el reloj marque la medianoche.

—Es una lástima. Me habría gustado decirle lo mucho que me ha emocionado su voz. También —continuó Jens aprovechando la oportunidad— soy un gran admirador de madame Hansson. ¿Cree que podría presentármela para que pueda expresarle mi admiración por su actuación de esta noche?

—Naturalmente —dijo herr Hennum—. Seguro que para ella será un placer conocerlo. Sígame.

18

Al día siguiente, «Cenicienta» estaba sentada en el salón frente a herr Bayer. Ambos bebían café mientras él repasaba la crítica del estreno en *Dagbladet* y leía en alto las partes que creía que podrían gustarle a la joven.

«Es un placer ver a madame Hansson en el papel de Solveig, la sufrida joven campesina, y su voz pura y dulce es un regalo para los oídos.»

—¿Qué te parece?

El profesor levantó la vista hacia ella.

Si hubiera sido su nombre el que figurase en los diarios de aquella mañana, pensó Anna, y su voz aquella cuyas virtudes se ensalzaban, le habría parecido maravilloso. Pero no era el caso, así que le daba igual.

—Me alegro de que la obra y mi voz hayan gustado —acertó a decir.

—Como es lógico, es la partitura de herr Grieg lo que los críticos encuentran especialmente inspirador. Su interpretación del maravilloso poema de herr Ibsen es sin duda sublime. Bien, Anna, como hoy no hay representación, te tomarás un descanso más que merecido. Deberías estar muy orgullosa de ti misma, mi querida señorita. No podrías haber cantado mejor. Por desgracia, yo no puedo descansar porque debo ir a la universidad. —Se levantó y se encaminó a la puerta—. Cuando vuelva a casa esta noche, celebraremos nuestro éxito durante la cena. Que tengas un buen día.

Cuando herr Bayer se marchó, Anna se terminó su café, ya tibio, sintiéndose desalentada y un tanto irritada. Tenía la sensación de que en los últimos meses todo había tenido como único objetivo el estreno. Y ahora que había pasado, nada había cambiado. No estaba segura de qué esperaba que cambiase, pero no podía evitar sentir que algo debería haberlo hecho.

¿Conocía ya herr Bayer la necesidad de una cantante «fantasma» cuando la había encontrado en las montañas el verano anterior?, se preguntó. ¿Era aquella la razón de que la hubiera llevado a la ciudad? Anna era muy consciente de que en el teatro todo el mundo deseaba que ella fuera invisible para poder atribuir su voz a madame Hansson.

Cogió uno de los periódicos y clavó el dedo en el lugar donde se mencionaba la voz «pura» de la actriz.

—¡Es mi voz! —aulló—. Mi voz…

Quizá a causa de la presión que había liberado la noche previa, como el corcho de una de las botellas de champán de herr Bayer, se arrojó sobre el sofá y lloró.

—Anna, *kjære*, ¿qué te ocurre?

La muchacha levantó el rostro bañado en lágrimas y se dio cuenta de que frøken Olsdatter había entrado en la estancia sin avisar.

—Nada —farfulló, secándose atropelladamente los ojos.

—Puede que estés agotada y abrumada por la experiencia de anoche. Y recuperándote todavía del catarro.

—No, no… Me encuentro muy bien, gracias —insistió Anna con firmeza.

—¿Quizá echas de menos a tu familia?

—Sí, sí. Y el aire puro del campo. Creo… creo que quiero volver a Heddal —susurró.

—No te preocupes, querida, lo entiendo. Siempre es así para los que venimos del campo. Y además, la vida que llevas es muy solitaria.

—¿Usted echa de menos a su familia? —le preguntó Anna.

—Ya no, porque me he acostumbrado, pero al principio era muy infeliz. Mi primera señora era una mujer cruel que nos trataba a mí y a sus demás criadas como si fueran perros. Me escapé dos veces, pero en ambas ocasiones me encontraron y me obligaron a volver. Entonces, una noche que fue a cenar a casa de mi señora, conocí a herr Bayer. Quizá se percatara de mi desdicha o puede que realmente necesitara un ama de llaves, pero el caso es que me ofreció trabajo aquella misma noche. Mi señora no se opuso. Creo que se alegraba de perderme de vista. Así que herr Bayer me trajo aquí. Pese a su excentricidad, Anna, puedes estar segura de que es un hombre bueno y amable.

—Lo sé —dijo la joven sintiéndose culpable por haberse compadecido de sí misma cuando la vida de frøken Olsdatter había sido mucho más difícil que la suya.

—Si te sirve de consuelo, he visto a muchas protegidas de herr Bayer salir por esa puerta durante mis años a su servicio Pero nunca lo he visto tan entusiasmado como lo está por tu talento. Anoche me dijo que cautivaste al público con tu voz.

—Pero casi nadie sabe que soy yo la que canta —repuso débilmente Anna.

—Ahora no, pero has de confiar en que un día se sabrá. Eres muy joven, *kjære*, y afortunada por formar parte de una producción tan prometedora. La gente más importante de Cristianía te ha oído cantar. Sé paciente y deja que el Señor guíe tu destino. Y ahora llego tarde al mercado. ¿Quieres acompañarme para que te dé un poco el aire?

—Me encantaría. —Anna se levantó—. Y gracias por escucharme.

A tan solo tres kilómetros de allí, Jens Halvorsen también sentía una gran frustración mientras se paseaba por su cuarto escuchando las fuertes voces que le llegaban desde la salita de abajo. La farsa que su madre y él habían representado a lo largo de las últimas semanas delante de su padre había alcanzado un brusco final aquella mañana durante el desayuno, cuando Jonas Halvorsen había leído la excelente crítica de *Peer Gynt* en el diario. El autor había tenido la deferencia de mencionar que «"La mañana", al comienzo del IV acto, es en mi opinión uno de los momentos cumbre de la partitura de herr Grieg, con los cautivadores y memorables primeros acordes interpretados a la flauta de manera sublime por Jens Halvorsen».

La cara de su padre había semejado una tetera de cobre olvidada en el fuego.

—¿Por qué no se me ha informado hasta ahora? —había estallado Jonas.

—Porque no me pareció importante que lo supieras —había contestado Margarete, y Jens comprendió que su madre estaba preparándose para una terrible escena.

—¿No te pareció importante? ¡Yo, un padre que cree que su hijo está estudiando en la universidad, descubro por la prensa que está trabajando en la orquesta de Cristianía! ¡Es un ultraje en toda regla!

—Te prometo que apenas ha perdido clases.

—Entonces explícame por qué el eminente crítico añade a continuación que «herr Johan Hennum, director de la orquesta de Cristianía, ha pasado muchos meses reuniendo a los músicos y ensayando con ellos a fin de hacer justicia a la compleja orquestación de herr Grieg». ¿En serio esperas que me crea que nuestro hijo, a quien de hecho nombran en este mismo artículo, se ha aprendido la partitura de un día para otro? ¡Señor! —Jonas sacudió la cabeza con vehemencia—. Está claro que ambos me habéis tomado por idiota. Os convendría no tratarme como tal a partir de este momento.

Margarete se había vuelto entonces hacia Jens.

—Sé que tienes que estudiar. Sube a tu cuarto y ponte con ello.

—Sí, *mor*.

Debatiéndose entre el sentimiento de culpa por dejar a su madre a merced de la ira de su padre y el alivio por no tener que sufrirla él mismo, Jens había asentido con la cabeza y se había marchado.

En aquellos momentos, mientras se paseaba con nerviosismo por su habitación escuchando los bramidos de su padre, decidió que a lo mejor el incidente del periódico había sido para bien: su padre se habría enterado tarde o temprano de sus actividades extrauniversitarias. En parte le apenaba que Jonas no pudiera alegrarse de que su hijo hubiera sido objeto de semejante elogio, pero lo entendía. Los músicos de Cristianía carecían de estatus social y sus ingresos eran limitados. Para su padre no había nada admirable en su empeño de hacerse músico. Y aún menos en la idea de que su hijo no ocupara el puesto que le correspondía a la cabeza de la Halvorsen Brewing Company.

Por otro lado, Jens estaba demasiado contento para dejar que su padre lo desanimara. Había encontrado su futuro en la orquesta y por fin se sentía realizado. La camaradería de los otros músicos, su sentido del humor y su afición por el alcohol cuando se reunían por las noches en el Engebret Café después de la función constituían un mundo en el que Jens se sentía muy cómodo. Por no mencionar la actitud claramente relajada de las señoritas de la obra...

La noche previa, herr Hennum había hecho lo que Jens le había pedido y le había presentado a madame Hansson. Cuando la celebración por el éxito del estreno tocaba a su fin, Jens había reparado en las miradas que le dirigía la actriz y se había ofrecido a acompañarla a su apartamento. Había sido un interludio sin duda agradable: Thora era una mujer experimentada y entusiasta, y Jens no había abandonado su lecho hasta la llegada del gélido amanecer. Al día siguiente tendría que esquivar sutilmente a Hilde Omvik, una bonita chica del coro con la que estaba saliendo. No podía permitir que a madame Hansson le llegaran rumores sobre su conducta en el teatro. Y, al fin y al cabo, Hilde iba a casarse la semana siguiente...

Llamaron a la puerta y respondió de inmediato.

—Jens, he hecho cuanto he podido, pero tu padre quiere hablar contigo. Ahora.

Su madre estaba pálida y agotada.

—Gracias, *mor*.

—Nosotros dos hablaremos cuando se haya ido a la fábrica.

Margarete le dio una palmadita en el hombro y, cuando Jens bajó, Dora lo informó de que su padre lo esperaba en el salón.

El joven dejó escapar un suspiro, pues sabía que los asuntos graves que afectaban a la familia Halvorsen se trataban siempre en el salón, una estancia tan fría y austera como su padre. Abrió la puerta y entró. Como de costumbre, la chimenea estaba apagada y por los ventanales entraba un torrente de luz blanca proyectada por la nieve apilada fuera.

Su padre se encontraba frente a una de las ventanas y se volvió al oírlo entrar.

—Siéntate.

Señaló una butaca. Jens obedeció y se esforzó por que su rostro expresara contrición y desafío a partes iguales.

—En primer lugar —comenzó Jonas tomando asiento frente a su hijo en un orejero de piel—, quiero decirte que no te culpo. Todo esto es culpa de tu madre por meterte esa ridícula idea en la cabeza. Sin embargo, en julio alcanzarás la mayoría de edad y te convertirás en un adulto que ha de tomar sus propias decisiones. Y debes decidir no vivir más bajo la influencia de tu madre.

—Sí, señor.

—La situación no ha cambiado —continuó Jonas—. Te incorporarás a la cervecera este verano, cuando hayas terminado tus estudios. Trabajaremos juntos y un día la fábrica será tuya. Serás la quinta generación de Halvorsen que dirija el negocio emprendido por mi tatarabuelo. Tu madre asegura que tus estudios no se han visto afectados por tu trabajo en la orquesta, pero personalmente lo dudo. ¿Qué dices tú, jovencito?

—Mi madre está en lo cierto —mintió tranquilamente Jens—. He perdido muy pocas clases.

—Aunque me gustaría poder hacerlo, comprendo que no sería bueno para la reputación de la familia sacarte del foso de la orquesta ahora, pues ya te has comprometido con herr Hennum. En vista de que no puede hacerse nada al respecto, tu madre y yo estamos de acuerdo en que se te permitirá continuar hasta que las representaciones de *Peer Gynt* finalicen el mes que viene. Espero que durante ese tiempo llegues a aceptar plenamente dónde está tu futuro.

—Sí, señor.

Jens vio que su padre se interrumpía para hacer crujir sus nudillos, una costumbre que lo irritaba sobremanera.

—Todo arreglado, entonces. Pero te lo advierto, una vez haya pasado esta… novedad, no volveré a tolerar un comportamiento semejante. A menos que desees dedicarte profesionalmente a la música, en cuyo caso no tendré más remedio que dejarte sin un céntimo y pedirte que abandones esta casa de inmediato. Los Halvorsen no hemos trabajado durante casi ciento cincuenta años para ver a nuestro único heredero dilapidar su legado tocando el violín.

Jens estaba decidido a no darle a su padre el gusto de ver la conmoción reflejada en su rostro.

—Lo entiendo, señor.

—En ese caso, me marcho a la fábrica. Ya llego más de una hora tarde y siempre debo dar ejemplo a mis empleados, al igual que tendrás que hacerlo tú cuando empieces a trabajar conmigo. Buenos días, Jens.

Jonas Halvorsen se despidió con un gesto de la cabeza y se

marchó para dejar que Jens reflexionara a solas sobre su futuro. Sintiendo que no podía enfrentarse a su madre en ese momento, el muchacho cogió los patines del recibidor, se puso la cazadora de piel, el gorro y los guantes, y salió a la calle a desahogarse.

Apartamento 4
10 St. Olav's Gate
Cristianía

10 de marzo de 1876

Kjære Lars, *mor, far* y Knut:

Gracias por vuestra última carta y por decir que mi ortografía ha mejorado. Yo no lo creo, pero lo intento. Ya han pasado dos semanas desde el estreno de *Peer Gynt* sobre el escenario del Teatro de Cristianía (aunque yo no lo pisé). Herr Bayer dice que toda la ciudad habla de ello y que la «casa», como la gente llama al auditorio, ha vendido las entradas de todas las funciones. Están hablando de alargar las representaciones debido a la demanda.

Aquí la vida sigue igual, con la diferencia de que herr Bayer me está enseñando algunas arias italianas que encuentro muy difíciles. Una vez a la semana viene a casa un cantante de ópera profesional llamado Günther para darme clase. Es alemán y, debido a su acento, me cuesta entenderlo. Además, huele a ropa sin lavar, está todo el rato esnifando rapé y este a menudo le gotea por la nariz y le forma un charquito en el labio superior. Es muy viejo y muy flaco, y me da bastante pena.

No estoy segura de qué haré cuando termine *Peer Gynt*, aparte de lo que hago todos los días aquí, que es aprender a cantar mejor, quedarme encerrada en casa y comer pescado. La temporada de teatro comienza después de Pascua y hablan de volver a representar *Peer Gynt* en el futuro. Os gustará saber que se rumorea que herr Ibsen vendrá desde Italia para ver la función. Si efectivamente viene, os lo haré saber.

Por favor, Lars, dale las gracias a *mor* por los chalecos que me ha hecho. Me resultan muy útiles en este largo invierno. Estoy deseando que llegue el calor y espero poder ir pronto a casa.

Anna

Dobló la carta y la cerró con un suspiro. Suponía que su familia estaría deseando escuchar chismorreos sobre la gente del teatro, pero no podía desvelarles ninguno. Enclaustrada un día tras otro en el apartamento, al que regresaba cada noche nada más terminar la función, se le estaban agotando las novedades que escribir en sus cartas.

Se acercó a la ventana para ver el cielo y advirtió que, a las cuatro de la tarde, todavía era de día. La primavera estaba finalmente en camino, y después de eso llegaría el verano... Apoyó la frente contra el cristal que la separaba del aire fresco de la calle. La idea de pasar los meses de calor recluida en aquella casa en lugar de en las montañas con Rosa se le hacía casi insoportable.

Rude llegó puntualmente al foso de la orquesta para cumplir su misión nocturna.

—Hola, Rude, ¿cómo estás hoy? —le preguntó Jens.

—Bien, señor. ¿Tiene una nota o mensaje para mí?

—Ya lo creo. Toma. —Jens se inclinó para hablar al oído del niño—. Entrégale esto a madame Hansson.

Introdujo una moneda y una carta en la mano menuda y entusiasta del muchacho.

—Gracias, señor. Así lo haré, señor.

—Muy bien —dijo Jens mientras Rude se disponía a marcharse—. Ah, por cierto, ¿quien era la joven con la que te vi salir anoche por la puerta de atrás? ¿Tienes novia? —bromeó.

—Será de mi estatura, señor, pero tiene dieciocho años. Demasiado mayor para mí, que tengo doce —contestó Rude muy serio—. Era Anna Landvik. Actúa en la obra.

—¿En serio? Pues no la reconocí... Claro que había poca luz y solo alcancé a verle la cabellera pelirroja.

—Lo que quiero decir, señor, es que participa en la función pero no se la ve en el escenario. —Echando una mirada deliberadamente exagerada a su alrededor, Rude le hizo señas para que acercara la oreja—. Es la voz de Solveig.

—Oh, entiendo —asintió Jens con fingida gravedad.

El hecho de que madame Hansson no era la que cantaba se había convertido en el secreto peor guardado del edificio, pero había que mantener las apariencias ante el mundo exterior.

—La señorita es muy bonita, ¿no cree, señor?

—Su melena decididamente lo es, pero es lo único que vi de ella.

—Personalmente, me da mucha pena. Nadie puede saber que es ella la que canta tan bien. Hasta la han puesto con nosotros en el camerino de los niños. Bueno —dijo Rude cuando sonó el timbre para indicar que faltaban cinco minutos para el comienzo de la representación—, entregaré la nota, no se preocupe.

Jens plantó otra moneda en la palma del muchacho.

—Entretén esta noche a frøken Landvik en la puerta para que pueda ver bien a nuestra cantante misteriosa.

—Creo que no será un problema, señor —aceptó Rude antes de escurrirse como un ratón, satisfecho con sus ganancias de aquella noche.

—¿Otra vez al acecho, Peer?

Simen, el primer violinista, no estaba tan sordo como parecía y había oído parte de la conversación. En el foso, los músicos comentaban entre burlas que los devaneos de Jens con los miembros femeninos de la compañía recordaban mucho a los del héroe homónimo de la obra.

—En absoluto —murmuró Jens justo cuando Hennum aparecía en el foso. Al principio el apodo le había parecido divertido, pero ya estaba empezando a cansarlo—. Ya sabes que solo tengo ojos para madame Hansson.

—Pues ayer debí de excederme con el oporto, porque estoy seguro de que te vi salir del Engebret con Jorid Skrovset del brazo.

—Estoy seguro de que fue el oporto.

Jens levantó la flauta cuando Hennum indicó que estaban listos para empezar.

Aquella noche, después de la representación, salió del teatro por la puerta de atrás y se quedó merodeando por los alrededores a la espera de que Rude apareciera con la misteriosa muchacha. Jens, por lo general, se iba al Engebret mientras Thora recibía a sus admiradores en su camerino y se cambiaba. Luego la actriz subía a su coche de caballos y lo recogía unos metros calle abajo, pues no quería que nadie los viera juntos.

Jens sabía que la razón de que Thora no quisiera que la paseara con él por la ciudad era su modesto estatus de músico. Estaba empezando a sentirse como una vulgar fulana que satisfacía una necesidad física pero no era lo bastante buena para ser vista en público. Lo cual era bastante ridículo, teniendo en cuenta que provenía de una de las familias más respetadas de Cristianía y era el actual heredero del imperio cervecero Halvorsen. Thora no paraba de repetirle que había cenado con la flor y nata de Europa, que Ibsen la adoraba y que la llamaba su musa. Jens había tolerado sus aires de grandeza hasta entonces porque, en la intimidad del dormitorio, la actriz le compensaba con creces las humillaciones que tenía que soportar. Pero ya estaba harto.

Al fin, vio salir a dos figuras por la puerta de atrás. Se detuvieron un momento en el umbral, tenuemente iluminado por la lámpara de gas del pasillo que tenían detrás, mientras Rude le señalaba algo a la joven. Con el semblante semioculto bajo la gorra, Jens la observó con detenimiento.

Era una chiquilla delicada de adorables ojos azules, nariz minúscula, labios rosados dentro de un rostro menudo con forma de corazón y una espectacular cabellera pelirroja que le caía formando bucles alrededor de los hombros. Poco dado a los elogios, de pronto Jens se sintió al borde de las lágrimas mientras la contemplaba. Era un auténtico soplo de aire puro de las montañas y hacía que, a su lado, las demás mujeres parecieran muñecas de madera emperifolladas.

Sumido en una especie de trance, la oyó despedirse de Rude con un quedo «buenas noches» y pasar flotando por su lado antes de subir a un coche de caballos.

—¿La ha visto, señor? —Los sagaces ojos de Rude localizaron a Jens merodeando entre las sombras en cuanto el coche de Anna se hubo alejado—. He hecho todo lo posible, pero no he podido retenerla más tiempo. Mi madre me está esperando en el camerino. Le he dicho que tenía que entregarle un mensaje al portero.

—La he visto. ¿Siempre se marcha nada más terminar la representación?

—Todas las noches, señor.

—Entonces he de concebir un plan para conocerla.

—Le deseo suerte, pero ahora debo irme.

Rude se quedó donde estaba, titubeante, y finalmente Jens se llevó la mano al bolsillo y le entregó otra moneda.

—Gracias, señor. Buenas noches.

Jens se dirigió al Engebret, pidió un aquavit y se sentó en un taburete de la barra con la mirada perdida.

—¿Te encuentras mal, muchacho? —le preguntó Einar, el cimbalero, tras acercarse a la barra—. Estás pálido. ¿Quieres otra?

Jens admiraba a Einar por su asombrosa habilidad para abandonar el foso en mitad de la representación y dirigirse al Engebret contando los compases. Una vez allí, se tomaba una cerveza sin dejar de contar y regresaba a su lugar en el foso justo antes de que le tocara estrellar de nuevo los platillos. La orquesta al completo seguía esperando que cualquier noche perdiera la cuenta, pero, al parecer, no había fallado una sola vez en diez años.

—Sí a las dos preguntas —respondió Jens.

Se llevó el vaso a los labios y vació el contenido de un trago. Mientras le ponían delante otro aquavit, se preguntó si no estaría incubando algún tipo de enfermedad, pues desde que había visto a Anna Landvik se sentía extrañamente inquieto. Decidió que, al menos aquella noche, madame Hansson podía regresar sola a su apartamento.

19

Frøken Anna, tengo una carta para usted.

Anna levantó la vista de los naipes y miró a Rude, que esbozó una sonrisa descarada antes de pasarle una nota plegada con disimulo. Estaban en el camerino de los niños, rodeados por el trajín de los preparativos para la representación de aquella noche.

Se disponía a abrir la carta cuando Rude le susurró:

—Aquí no. Me han dicho que debe leerla en privado.

—¿Quién?

Anna estaba desconcertada.

Rude se mostró debidamente enigmático y negó con la cabeza.

—No me corresponde a mí decírselo. Solo soy un mensajero.

—¿Por qué querría alguien escribirme una carta?

—Tendrá que leerla para averiguarlo.

Anna lo miró con el cejo fruncido, lo más severamente que pudo.

—Dímelo —exigió.

—No.

—En ese caso, ya no jugaré contigo al pináculo.

—No importa, tengo que vestirme.

El niño se encogió de hombros, se levantó y abandonó la mesa.

Una parte de ella quería reírse de las trastadas de Rude: era un diablillo, siempre a la caza de un mensaje que entregar o de una oportunidad para echar una mano a cambio de una moneda o un bombón. Anna pensaba que de mayor sería un excelente timador, o quizá espía, pues estaba al tanto de todos los chismorreos que corrían por el teatro. Comprendió que, a juzgar por las huellas mugrientas que había alrededor del sello roto, Rude sabía exactamente quién le enviaba la misteriosa misiva y probablemente hubiera leído su contenido. Tras decidir que la leería cuando estuviera a solas en su habitación, se guardó la carta en el bolsillo de la falda y fue a prepararse para la representación.

Teatro de Cristianía

15 de marzo de 1876

Mi querida frøken Landvik:

Dado que nunca nos han presentado, le pido disculpas por este impertinente mensaje y el medio por el que le ha sido entregado. Lo cierto es que, desde que la oí cantar por primera vez la noche del ensayo general, su voz me tiene cautivado. Y desde aquel momento la escucho extasiado todas las noches. ¿Cree que sería posible que nos viéramos mañana en la puerta de atrás del teatro antes del comienzo de la función —digamos a las siete y cuarto— para poder presentarnos formalmente?

Acuda, se lo ruego.

Sinceramente suyo,

Un admirador

Después de releer la carta y esconderla en el cajón de la mesilla de noche, Anna dedujo que debía de haberla escrito un hombre, pues sería de lo más peculiar que una mujer escribiera algo así. Mientras apagaba el quinqué para echarse a dormir, llegó a la conclusión de que se trataba de un caballero mayor, del estilo de herr Bayer... una perspectiva, pensó con un suspiro, de lo menos estimulante.

—¿Se reunirá con él esta noche? —le preguntó Rude con expresión inocente.

—¿Con quién?

—Ya sabe con quién.

—No, no lo sé. Además, ¿cómo sabes tú que me han invitado a reunirme con alguien, eh? —Anna disfrutó al ver la cara de consternación del muchacho cuando cayó en la cuenta de que se había delatado involuntariamente—. Te juro que ahora sí que no volveré a jugar contigo a las cartas, ni por dinero ni por caramelos, si no me dices el nombre del autor.

—No puedo, frøken Anna, lo siento. —Rude bajó la mirada y negó con la cabeza—. Me estoy jugando la vida. Le juré al remitente que no lo diría.

—Bueno, si no puedes decirme el nombre de la persona, por lo menos podrás responder a algunas preguntas con un «sí» o un «no».

—Eso sí —aceptó el niño.

—¿Fue un caballero el que escribió la nota?

—Sí.

—¿Tiene menos de cincuenta años?

—Sí.

—¿Menos de cuarenta?

—Sí.

—¿Menos de treinta?

—Frøken Anna, no estoy seguro de su edad, pero yo diría que sí.

Al menos ya era algo, pensó Anna.

—¿Es un miembro asiduo del público?

—No… Bueno, en realidad… —Rude se rascó la cabeza—. Sí, en cierta manera sí. Digamos que la oye cantar cada día.

—Entonces ¿es un miembro de la compañía?

—Más o menos.

—¿Es músico, Rude?

—Frøken Anna, me está poniendo en un aprieto. —El muchacho soltó un suspiro melodramático—. No puedo decirle más.

—Está bien, lo entiendo —cedió Anna, satisfecha con el resultado de su interrogatorio.

Echó un vistazo al viejo y poco fiable reloj de pared y le preguntó a una de las madres, que estaba bordando discretamente en un rincón, qué hora creía que era.

—Yo diría que casi las siete, frøken Landvik. Hace un momento estaba en el pasillo cuando llegó herr Josephson. Y él es siempre muy puntual —añadió.

—Gracias.

Miró de nuevo el reloj de pared, agradecida de que aquella noche funcionara bien. ¿Debía acudir a la cita? Al fin y al cabo, si aquel hombre tenía menos de treinta años tal vez deseara verla por razones indecorosas y no porque admirara su voz. Muy a su pesar, se ruborizó. La mera idea de que sus intenciones pudieran ser de esa índole —y de que se tratara de un hombre relativamente joven— la atraía mucho más de lo que debería.

La manecillas del reloj siguieron avanzando mientras se preguntaba qué hacer. A las siete y trece minutos decidió que acudiría a la cita. A las siete y catorce minutos decidió que no...

Y a las siete y cuarto en punto se descubrió caminando por el pasillo hasta la puerta de atrás, únicamente para descubrir que allí no había nadie.

Halbert, el portero, abrió la ventanilla de su caseta para preguntarle si necesitaba algo. Anna negó con la cabeza y se dio la vuelta para regresar al camerino. Una corriente de aire frío la asaltó cuando la puerta se abrió a su espalda y, un segundo después, una mano le tocó suavemente el hombro.

—¿Frøken Landvik?

—Sí.

—Le pido disculpas por retrasarme unos segundos.

Anna se dio la vuelta para tropezarse con los profundos ojos de color avellana del propietario de la voz. Notó un nudo extraño en el estómago, como cuando tenía que cantar. Mientras Halbert los contemplaba desde su caseta como si fueran idiotas, ellos simplemente se dedicaron a mirarse.

El joven que Anna tenía delante aparentaba aproximadamente su misma edad y poseía un rostro atractivo en extremo, coronado por una mata de pelo de color caoba que se le ensortijaba por encima del cuello de la camisa. No era alto, pero sus espaldas anchas le daban un imponente aire masculino. Anna sintió como si todo su ser —físico, mental y emocional— la abandonara y penetrara en aquel otro ser humano desconocido. Fue una sensación de lo más extraña, y la hizo tambalearse ligeramente.

—¿Se encuentra bien, frøken Landvik? Cualquiera diría que ha visto un fantasma.

—Perfectamente, gracias. Estoy un poco mareada, eso es todo.

Sonó el timbre que avisaba a la compañía y a la orquesta de que faltaban diez minutos para alzar el telón.

—Se lo ruego —susurró Jens, consciente de que Halbert seguía observándolos embobado por encima de las gafas—, no tenemos mucho tiempo. Salgamos fuera para poder hablar en privado. Por lo menos así le dará un poco el aire.

Jens la rodeó con un brazo para acompañarla hacia el exterior y advirtió que la cabeza de ella encajaba perfectamente en la curva de su hombro. Después abrió la puerta y la ayudó a salir. Era tan menuda, tan perfecta, tan femenina que el muchacho sintió al instante el deseo de protegerla cuando ella se apoyó brevemente en él como si fuera la cosa más natural del mundo.

Anna se detuvo en la acera a su lado, con el brazo del joven todavía a su alrededor, y aspiró el aire vigorizante de la noche.

—¿Por qué quería verme? —preguntó cuando recuperó la compostura y cayó en la cuenta de lo inapropiado que era mantener semejante proximidad física con un hombre. Y, para colmo, desconocido. Aunque tenía que reconocer que no lo sentía en absoluto como un desconocido…

—Si le soy sincero, no estoy seguro. Al principio fue su voz lo que me fascinó, pero luego pagué a Rude para que la entretuviera aquí fuera y poder observarla a hurtadillas… Frøken Landvik, ahora debo irme o herr Hennum me arrancará las tripas, pero dígame cuándo puedo volver a verla.

—No lo sé.

—¿Esta noche, después de la función?

—No, herr Bayer envía siempre un coche a recogerme en cuanto termina la representación.

—¿Durante el día?

—No. —Anna se tocó la cara. Tenía las mejillas ardiendo a pesar del frío—. Ahora mismo no puedo pensar. Además…

—¿Qué?

—Esta situación es de lo más impropia. Si herr Bayer supiera de nuestro encuentro, me…

Sonó el timbre de los cinco minutos.

—Se lo ruego, reúnase aquí conmigo mañana a las seis —propuso Jens—. Dígale a herr Bayer que la han convocado antes para un ensayo.

—Bu… buenas noches.

Anna se dio la vuelta y se encaminó hacia la puerta. Justo cuando se disponía a cerrarla tras de sí, Jens vio que sus dedos menudos la sujetaban por el canto y volvían a abrirla.

—¿Puedo saber al menos su nombre, señor?

—Le pido disculpas. Me llamo Jens. Jens Halvorsen.

Anna regresó aturdida al camerino y se sentó para intentar tranquilizarse. Cuando se hubo serenado, se dijo que tenía que averiguar todo lo que pudiera sobre Jens Halvorsen antes de aceptar otra cita con él.

Aquella noche durante la representación, preguntó a todas las personas en las que confiaba, e incluso a algunas en las que no confiaba, qué sabían de él.

Hasta el momento, había descubierto que tocaba el violín y la flauta en la orquesta y que, para decepción suya, todo el mundo en el teatro conocía su fama de mujeriego. Tanto era así que la orquesta le había puesto el apodo de «Peer» por su carácter donjuanesco. Una de las chicas del coro le confirmó que lo había visto con Hilde Omvik y Jorid Skrovset. Y lo peor de todo, se rumoreaba que era el amante secreto de madame Hansson.

Cuando se colocó junto al escenario para interpretar «Canción de cuna», estaba ya tan desconcentrada que sostuvo una nota más tiempo del debido y madame Hansson cerró la boca antes de que la terminara. Anna no se atrevía a volver la cabeza hacia el foso de la orquesta por si su mirada se posaba en Jens Halvorsen.

«No voy a pensar en él —se dijo con determinación antes de apagar el quinqué de su mesilla de noche—. Está claro que es un hombre horrible y cruel —añadió deseando que los rumores sobre sus devaneos no la excitaran—. Además, estoy prometida.»

Al día siguiente, sin embargo, tuvo que recurrir a toda su fuerza de voluntad para no pedir el coche de caballos antes de la hora acostumbrada y decirle a herr Bayer que tenía un ensayo extra. Cuando llegó al teatro a las seis cuarenta y cinco, su hora de siempre, no vio a nadie frente a la puerta de atrás y se reprendió con dureza por la profunda decepción que la embargó.

Cuando entró en el camerino, fue recibida por el habitual grupo de madres que bordaban en un rincón y los niños que corrían a su encuentro para ver si les había llevado algo nuevo con lo que jugar. Solo un niño se quedó donde estaba, y mientras Anna abrazaba a los demás, reparó en la infrecuente expresión apesadumbrada de Rude por encima de las cabezas de sus compañeros. Los pequeños tuvieron que salir a escena y, con una última mirada de pesar, Rude se marchó del camerino para ocupar su lugar en el escenario. En el entreacto, la acorraló.

—Mi amigo me ha dicho que no ha acudido a la cita de esta noche. Se ha puesto muy triste. Le envía otra carta.

Le tendió un sobre sellado.

Anna lo rechazó.

—Por favor, dile que no estoy interesada.

—¿Por qué no?

—Porque no, Rude, y ya está.

—Pero frøken Anna —insistió él—, esta noche he visto la desdicha en sus ojos cuando usted no se ha presentado.

—Rude, eres un jovencito con mucho talento, tanto para actuar como para sacar monedas a los adultos. Sin embargo, hay cosas que todavía no entiendes…

Anna abrió la puerta y salió del camerino, pero él la siguió.

—¿Cómo qué?

—Son cosas de mayores —replicó ella con impaciencia mientras se dirigía a los bastidores.

Todavía no le tocaba cantar, pero quería escapar del implacable interrogatorio del muchacho.

—Sí que entiendo las cosas de mayores, frøken Anna. Sé qué rumores debe de haber oído desde que supo quién era su admirador.

—Entonces, si sabes esas cosas de él, ¿por qué sigues suplicándome que lo vea? —Anna se volvió bruscamente hacia el niño y Rude se detuvo de inmediato—. ¡Tiene una reputación espantosa! Además, yo ya tengo pretendiente y algún día —giró de nuevo sobre sus talones y siguió andando— nos casaremos.

—Pues me alegro mucho por usted, pero le prometo que las intenciones del caballero en cuestión son nobles.

—¡Por lo que más quieras, criatura, déjame tranquila!

—Lo haré, pero debería conocerlo, frøken Anna. El negocio es el negocio, estoy seguro de que lo entiende, pero lo que acabo de decirle es gratis. Como mínimo acepte esta carta.

Sin darle tiempo a seguir protestando, el niño le puso el sobre en la mano y huyó por el pasillo. Anna se colocó discretamente detrás de uno de los decorados, donde nadie podía verla, y escuchó a la orquesta afinar para el segundo acto. Bajó la vista hacia el foso y vio a Jens Halvorsen ocupar su lugar y sacar la flauta del estuche. Cuando la joven alargó tímidamente el cuello para observarlo mejor, él levantó la vista y durante un breve instante sus miradas se encontraron. La desilusión que Anna vio en el semblante del músico la desconcertó. Volvió a ocultarse rápidamente tras los decorados y regresó aturdida al camerino. Por el camino se cruzó con madame Hansson y la familiar nube del perfume francés de la actriz invadió el pasillo. La mujer apenas reparó en ella y, cuando Anna recordó el rumor que había oído acerca de su amante secreto, se le endureció el corazón. Jens Halvorsen no era más que un sinvergüenza, un mujeriego que no dudaría en llevarla a la perdición. Consciente de que le convenía mantenerse ocupada, cuando entró en el camerino prometió a los niños que jugaría a las cartas con ellos durante el siguiente entreacto.

Aquella noche, cuando llegó al apartamento, se encaminó directamente hacia el salón vacío. Y haciendo un gran esfuerzo para controlarse, sacó la carta sin abrir del bolsillo de su falda y la arrojó a las llamas de la estufa.

Rude siguió llevándole una nueva carta de Jens Halvorsen todas las noches durante las dos semanas siguientes, pero Anna las quemaba en cuanto llegaba a casa. Y aquella noche se había reafirmado en su postura después de que tanto ella como todas las demás personas que se encontraban en el pasillo de los camerinos hubieran escuchado el eco de un aullido acompañado de un estallido de cristales. Los actores sabían perfectamente que el alboroto provenía del camerino de madame Hansson.

—¿Qué ha ocurrido? —le preguntó a Rude.

—No puedo decírselo —respondió él con testarudez y cruzando los brazos.

—Por supuesto que puedes, siempre me lo cuentas todo. Te pagaré —le propuso Anna.

—No se lo diría ni por dinero. Solo conseguiría darle la impresión equivocada.

—¿De qué?

Rude negó con la cabeza y se alejó. Más tarde, cuando el rumor empezó a circular por todas partes durante la representación, una de las chicas del coro le contó que madame Hansson se había enterado de que, dos semanas antes, habían visto a Jens Halvorsen con Jorid, otra chica del coro. Como Anna ya estaba al tanto de la historia, no se sorprendió, pero al parecer madame Hansson era la única del edificio que no lo había sabido hasta aquel momento.

Cuando llegó al teatro para la primera función de la semana siguiente, Anna vio un enorme ramo de rosas rojas sobre el mostrador de la cabina del portero. Al pasar junto a ellas de camino al camerino, oyó que Halbert la llamaba.

—¿Frøken Landvik?

—¿Sí?

—Estas flores son para usted.

—¿Para mí?

—Sí, para usted. Lléveselas, por favor, me tienen el mostrador invadido.

Con las mejillas tan coloradas como las rosas, se dio la vuelta y regresó hasta la cabina.

—Vaya, por lo visto tiene un admirador, frøken Landvik. Me pregunto quién será...

El portero, en un gesto de grave desaprobación, enarcó una ceja mientras Anna recogía el enorme ramo sin atreverse a levantar la mirada.

—¡Qué caradura! —se dijo mientras recorría el pasillo en dirección a las letrinas gélidas y malolientes que compartían las mujeres de la compañía—. Hacer esto con madame Hansson y Jorid Skrovset en el edificio. Está jugando conmigo —farfulló indignada tras cerrar la puerta con violencia y echar el pestillo—. Ahora que madame Hansson ha descubierto sus devaneos, cree que puede seducir a la humilde campesina con un puñado de flores.

Leyó la tarjeta que acompañaba las rosas.

«No soy como imagina. Le ruego que me dé una oportunidad.»

—¡Ja!

Anna la rompió en mil pedazos y los tiró a la letrina. En el camerino la asediarían a preguntas sobre el ramo y quería deshacerse de toda prueba que delatara su procedencia.

—¡Dios mío, Anna! —dijo una de las madres cuando entró en el camerino—. Son preciosas.

—¿Quién te las envía? —preguntó otra.

La estancia al completo guardó silencio mientras sus ocupantes esperaban una respuesta.

—Obviamente —Anna tragó saliva tras una pausa—, Lars, mi pretendiente de Heddal.

Un coro de exclamaciones invadió la habitación.

—¿Es por una ocasión especial? Tiene que serlo, si se ha gastado tanto dinero —señaló otra madre.

—Es… es mi cumpleaños —mintió Anna a la desesperada.

Las madres prorrumpieron en un nuevo coro de «¿Tu cumpleaños?» y «¿Por qué no nos lo habías dicho?».

Anna pasó el resto de la noche recibiendo felicitaciones, abrazos y pequeñas muestras de cariño de la gente mientras ignoraba la sonrisa sardónica de Rude.

—Bien, Anna, como ya sabes la temporada de *Peer Gynt* está a punto de acabar. En junio organizaré una velada de verano aquí, en el apartamento, e invitaré a la flor y nata de Cristianía para que venga a oírte cantar. Por fin nos pondremos a trabajar para empezar a lanzar tu carrera. ¡Y lo mejor de todo esto es que la «voz fantasma» al fin podrá mostrarse!

—Entiendo. Gracias, herr Bayer.

El profesor guardó silencio mientras observaba con preocupación la expresión de Anna.

—No pareces muy convencida.

—Solo estoy cansada, pero le agradezco mucho su dedicación.

—Sé que estos últimos meses han sido difíciles para ti, Anna, pero te aseguro que muchos conocidos míos del entorno musical saben perfectamente a quién pertenece en realidad la hermosa voz de Solveig. Ahora ve a descansar, no tienes buena cara.

—Sí, herr Bayer.

Mientras la veía abandonar el salón, Franz Bayer comprendió la frustración de la muchacha, pero ¿qué otra cosa podría haber hecho? El anonimato de Anna había sido parte del trato al que había llegado con Ludvig Josephson y Johan Hennum. Pero la situación estaba a punto de cambiar y el acuerdo había cumplido su propósito. El aliciente de conocer a la propietaria de la misteriosa voz que tan exquisitamente había interpretado las canciones de Solveig conseguiría atraer hasta la velada de su apartamento a todos los miembros influyentes de la comunidad musical de Cristianía. Tenía grandes planes para la joven Anna Landvik.

20

Una semana después de finalizar la temporada de *Peer Gynt*, Jens se despertó en su casa con el ánimo especialmente decaído. Y aunque Hennum le había prometido un puesto permanente en la orquesta para las compañías de ópera y ballet visitantes que requirieran sus servicios, tenía por delante un mes sin trabajo hasta el comienzo de la nueva temporada. Para colmo, como solo había asistido a media docena de clases desde el inicio de *Peer Gynt*, no estaba en absoluto preparado para los exámenes finales de la universidad. No le cabía duda de que suspendería.

La semana previa, antes de la penúltima función, había reunido el valor necesario para mostrarle a Hennum las composiciones que se había pasado horas escribiendo cuando tendría que haber estado estudiando. Después de interpretarlas para él, el director había declarado que eran «poco originales» pero buenas para tratarse de un principiante.

—Le aconsejo, joven, que estudie música en un conservatorio extranjero. Posee talento como compositor, pero ha de aprender a «escuchar» la melodía que ha escrito de la manera en que será interpretada por cada instrumento. Por ejemplo, esta pieza —Hennum señaló la partitura— ¿arranca con toda la orquesta? ¿O quizá... —tocó las primeras notas al piano y hasta para los parciales oídos de Jens sonaron como un homenaje a «La mañana» de herr Grieg— con una flauta?

Herr Hennum esbozó una sonrisa irónica y Jens tuvo la gentileza de sonrojarse.

—Entiendo, señor.

—Y en cuanto al segundo pasaje, ¿será interpretado por violines? ¿Por un chelo? ¿Una viola? —Hennum le devolvió la partitura con unas palmadas en el hombro—. Si realmente desea seguir los pasos de herr Grieg y sus eminentes amigos compositores, mi consejo es que aprenda a hacerlo como es debido, tanto dentro de su cabeza como sobre el papel.

—Pero aquí no puedo hacerlo, porque en Cristianía no hay nadie que pueda enseñarme —se lamentó Jens.

—Razón por la cual debe irse al extranjero, como han hecho todos nuestros grandes músicos y compositores escandinavos. Puede que a Leipzig, como hizo herr Grieg.

Jens se había marchado maldiciendo su ingenuidad. Y sabiendo que, si su padre cumplía la amenaza de cerrarle el grifo del dinero si decidía dedicarse a la música, no dispondría de los recursos necesarios para estudiar en un conservatorio. También había empezado a comprender que su talento natural para la música le había servido hasta entonces, pero ya no era suficiente. Si quería convertirse en compositor tenía que aprender las técnicas adecuadas. Tenía que trabajar en ello.

Mientras entraba en el teatro por la puerta de atrás se reprendió por las generosas asignaciones que había derrochado a lo largo de los últimos tres años. Si no se las hubiese gastado en mujeres y alcohol, habría podido ahorrarlas para su futuro. Ahora, pensó apesadumbrado, no cabía duda de que ya era demasiado tarde. Había desaprovechado sus oportunidades y la culpa era únicamente suya.

Pese a su firme decisión de no recaer en sus viejos hábitos cuando terminara la temporada de *Peer Gynt*, Jens tenía un terrible dolor de cabeza. La noche anterior, presa de la desesperación, había ido al Engebret para ahogar sus penas con cualquier músico conocido que casualmente deambulara por allí.

El silencio reinaba en la casa, señal de que la mañana ya estaba avanzada y su padre se había marchado a la fábrica mientras su madre había salido a tomar café con alguno de sus conocidos. Tocó el timbre —necesitaba un café con urgencia— y esperó a que llegara Dora. La doncella, después de un retraso deliberado, llamó a la puerta, entró con expresión huraña una vez que él le dio permiso para pasar y dejó la bandeja sobre la cama con una brusquedad innecesaria.

—¿Qué hora es? —preguntó Jens.

—Las once y media, señor. ¿Desea algo más?

Jens sabía que estaba enfurruñada porque últimamente no le había hecho mucho caso. Mientras se planteaba si debería hacer el esfuerzo de intentar apaciguarla solo para hacerse más fácil la vida en la casa, bebió un sorbo de café, pensó en Anna y decidió que no podía.

—No, Dora. Gracias.

Desviando la mirada del semblante herido de la muchacha, Jens cogió el diario de la bandeja y fingió leerlo hasta que la doncella se hubo marchado. Luego soltó el periódico y suspiró hondo. Estaba profundamente avergonzado de sí mismo por su borrachera de la noche previa, pero se había sentido tan desanimado y perdido que simplemente había querido olvidar. Y Anna Landvik tampoco ayudaba a mejorar su humor.

—¿Qué te ocurre? —le había preguntado Simen la noche anterior—. Problemas de faldas, seguro.

—Es la chica que cantaba las canciones de Solveig. No puedo dejar de pensar en ella. Simen, creo que estoy realmente enamorado por primera vez en mi vida.

Tras aquellas palabras, Simen había echado la cabeza hacia atrás con una carcajada.

—¿Es posible que no veas lo que está pasando, Jens?

—¡No! ¿Qué te hace tanta gracia?

—¡Es la única chica que te ha rechazado! ¡Por eso crees que estás «enamorado» de ella! Vale, tal vez te haya cautivado el lado poético de sus puras maneras campestres, pero por fuerza has de ver que no encaja ni por asomo con un muchacho educado y de ciudad como tú.

—¡Te equivocas! La amaría ya fuera aristócrata o campesina. Su voz es... es el sonido más bello que he escuchado en mi vida. Y además tiene cara de ángel.

Simen contempló el vaso vacío de Jens.

—Me temo que es el aquavit el que habla. Créeme, amigo, simplemente estás sufriendo tu primera experiencia con el rechazo, no con el amor.

En aquellos momentos, mientras se bebía su café tibio, Jens se preguntó si Simen no llevaría razón. Sin embargo, el recuerdo del rostro y la celestial voz de Anna Landvik seguía acechando sus sueños. Y con todos los problemas que debía afrontar en aquel momento, deseó no haberse fijado nunca en ella. Ni haberla oído cantar.

—La velada tendrá lugar el 15 de junio, coincidiendo con el cumpleaños de herr Grieg —le anunció herr Bayer cuando se reunió con Anna en el salón unos días después de la última función de *Peer Gynt*—. Le enviaré una invitación para que conozca a su auténtica «Solveig», aunque creo que se encuentra en el extranjero. Elaboraremos un programa que contenga algunas de sus canciones populares y, cómo no, las de *Peer Gynt*. También el «Aria de Violetta», de *La Traviata*, y un himno, quizá *Leid, Milde Ljos*. Me gustaría que los invitados escucharan tu amplia variedad de registros.

—Pero ¿podré regresar a Heddal para la boda de mi hermano? —preguntó Anna, pensando que, si no respiraba pronto el aire fresco del campo, acabaría ahogándose.

—Naturalmente, querida. Podrás marcharte a Heddal después de la velada y pasar allí el verano. Bien, mañana empezaremos a trabajar en serio. Tenemos un mes para conseguir que tú y tu voz alcancéis la perfección.

A fin de prepararla para la tarea, herr Bayer había reclutado a varios profesores que consideraba adecuados para instruirla debidamente en las canciones que iba a interpretar. Günther regresó para concentrarse en las arias operísticas, un maestro de coro de la catedral apareció, con las uñas mordidas y una cabeza casi calva y reluciente, para compartir con ella su dominio de los himnos, y el propio herr Bayer pasaba una hora al día enseñándole técnica vocal. Una modista llegó al apartamento para tomarle medidas y crearle un ropero digno de una joven estrella. Y lo mejor de todo, para gran deleite de Anna, herr Bayer empezó a sacarla del apartamento para llevarla a conciertos y recitales.

Una de aquellas noches, antes de partir hacia el Teatro de Cristianía para el estreno de *El barbero de Sevilla*, de Rossini, interpretado por una compañía de ópera italiana, Anna entró en el salón luciendo uno de sus nuevos y elegantes vestidos de noche, confeccionado con seda de color azul de Prusia.

—Mi querida señorita —dijo herr Bayer levantándose y juntando las manos—, estás sencillamente deslumbrante. Ese color te sienta muy bien. Permíteme que lo realce un poco más.

El profesor le tendió un estuche de cuero que contenía un collar de zafiros y unos pendientes de lágrima a juego. Las gemas, de múltiples caras titilantes, pendían de una elaborada filigrana de oro, la marca de un maestro artesano. Anna contempló las joyas sin apenas saber qué decir.

—Herr Bayer…

—Eran de mi esposa. Y me gustaría que las lucieras esta noche. ¿Puedo ayudarte con el collar?

Anna no pudo negarse, pues el hombre ya estaba sacándolo del estuche. Mientras le abrochaba el cierre, notó el contacto de los dedos de herr Bayer sobre su cuello.

—Te quedan perfectos —declaró él satisfecho, lo bastante cerca para que Anna pudiera oler su rancio aliento—. Bien, ha llegado la hora de partir hacia el Teatro de Cristianía.

A lo largo del mes siguiente, Anna hizo todo lo posible por concentrarse en sus estudios musicales y disfrutar de su estancia en Cristianía. Escribía asiduamente a Lars y todas las noches rezaba sus oraciones con fervor. Sin embargo, los pensamientos sobre Jens Halvorsen el Malo, como lo había bautizado con la esperanza de que aquello la ayudara a darle una lección a su traicionero corazón, acudían a su mente con una regularidad exasperante. Anna lamentaba no tener una amiga con la que poder hablar de su sufrimiento. Tenía que haber alguna medicina que lo curara.

—Señor —suspiró una noche después de sus oraciones—, creo que estoy muy muy enferma.

A medida que se acercaba el 15 de junio, Anna iba dándose cuenta de que herr Bayer se sumía en un estado de gran excitación.

—Querida —anunció la mañana de la velada—, he contratado a un violinista y a un violonchelista para que te acompañen. Conmigo al piano, por supuesto. Ambos llegarán dentro de un rato para ensayar con nosotros. Y por la tarde descansarás y te prepararás para tu gran noche.

A las once en punto sonó el timbre y Anna, que aguardaba en el salón, oyó a frøken Olsdatter abrir la puerta y recibir a los músicos. Cuando entraron en la estancia con herr Bayer, la joven se levantó.

—Permíteme que te presente a herr Isaksen, el violonchelista, y a herr Halvorsen, el violinista —anunció el profesor—. Vienen recomendados por mi amigo herr Hennum.

Una vez más, Anna creyó que iba a desmayarse cuando Jens Halvorsen el Malo cruzó el salón para saludarla.

—Frøken Landvik, es un honor para mí formar parte de su velada de esta noche.

—Gracias —acertó a decir vislumbrando el regocijo que danzaba en los ojos del joven.

Mientras el corazón seguía golpeándole las costillas, ella no fue capaz de encontrar nada remotamente divertido en la situación.

—Empezaremos con Verdi —propuso herr Bayer mientras los dos músicos se colocaban junto al piano—. ¿Me has oído, Anna?

—Sí, herr Bayer.

—Entonces, comencemos.

La joven era consciente de que no estaba dando lo mejor de sí misma durante el ensayo. Sentía la irritación de herr Bayer cada vez que olvidaba todo lo que había aprendido o se quedaba sin aliento al final de una nota con vibrato. «Y toda la culpa la tiene Jens Halvorsen el Malo», pensaba furiosa.

—Es suficiente por ahora, caballeros. Confío en que esta noche estemos más armonizados. Les espero a las seis y media en punto, pues la velada comienza a las siete.

Jens y su compañero asintieron educadamente y se despidieron de Anna con una breve inclinación de la cabeza. Al salir de la estancia, Jens le lanzó a la muchacha una mirada llena de complicidad con sus ojos color avellana.

—Anna, ¿qué te ocurre? —le preguntó herr Bayer—. Estoy seguro de que el acompañamiento no puede ser la causa de tus despistes. Te acostumbraste enseguida a cantar con una orquesta completa durante *Peer Gynt*.

—Lo siento, herr Bayer. Me duele un poco la cabeza, eso es todo.

—Yo diría que estás sufriendo un ataque de nervios de lo más comprensible, mi querida jovencita. —El profesor suavizó la expresión de su rostro y le dio unas palmaditas en el hombro—. Come algo ligero y descansa. Antes de la actuación de esta noche, nos beberemos una copa de vino juntos para calmar los nervios. Estoy convencido de que la velada será un gran éxito y mañana serás la estrella de Cristianía.

A las cinco en punto de la tarde, frøken Olsdatter entró en la habitación de Anna con un vaso de agua y la ubicua miel.

—Te he llenado la bañera, querida. Mientras te bañas te prepararé la ropa de esta noche. Herr Bayer desea que te pongas el vestido azul de Prusia y los zafiros de su esposa. También ha sugerido que te recojas el cabello. Te ayudaré a vestirte cuando vuelvas.

—Gracias.

Anna se estiró en la bañera con una toallita sobre la cara para intentar calmar su corazón, que no había dejado de latir con violencia desde que había posado la mirada en Jens Halvorsen aquella mañana. Su mera presencia le había provocado una intensa reacción física en las rodillas, la garganta y el corazón.

—Te lo ruego, Señor, dame fuerza y coraje para esta noche —rezó mientras se secaba con la toalla—. Y perdóname por desear que a Jens Halvorsen el Malo le dé un cólico y no pueda venir a tocar.

Después de vestirse y peinarse con la ayuda de frøken Olsdatter, Anna recorrió el pasillo en dirección al salón. Había treinta sillas doradas y de terciopelo rojo dispuestas en semicírculos frente al piano, situado junto a la ventana en voladizo. Jens Halvorsen y el violonchelista ya estaban charlando con herr Bayer, cuyo rostro se iluminó al verla.

—Estás perfecta, mi querida señorita —dijo tendiéndole una copa de vino—. Y ahora, brindemos todos por esta noche antes de que comience el alboroto.

Anna bebió un sorbo de vino y advirtió que la mirada de Jens se detenía brevemente en su escote; ignoraba si estaba contemplando los zafiros o la extensión de piel blanca y desnuda sobre la que descansaban, pero aun así notó que se le sonrojaban las mejillas.

—Por ti, Anna —brindó herr Bayer.

—Por frøken Landvik —lo secundó Jens alzando la copa en su dirección.

—Ahora ve a sentarte en la cocina con frøken Olsdatter hasta que vaya a buscarte.

—Sí, herr Bayer.

—Buena suerte, amor mío —susurró Jens para sí cuando Anna se dirigía hacia la puerta para abandonar la sala.

Ya fuera por el vino o por el empático acompañamiento de Jens Halvorsen el Malo al violín aquella noche, cuando la última nota reverberó en el silencioso salón, incluso Anna supo que había dado lo mejor de sí misma.

Tras un aplauso entusiasta, los invitados, entre ellos Johan Hennum, se congregaron a su alrededor para felicitarla y proponerle actuaciones en la Logia y en la Sala de Actos. Herr Bayer estaba a su lado, sonriéndole con aire protector, mientras Jens permanecía en segundo plano. Cuando el profesor se apartó al fin, Jens aprovechó la oportunidad para acercarse.

—Frøken Landvik, permítame que también yo la felicite por su actuación de esta noche.

—Gracias, herr Halvorsen.

—Y quiero que sepa, Anna —continuó bajando la voz—, que he sido un hombre atormentado desde la última vez que la vi. No puedo dejar de pensar en usted, de soñar con usted… ¿No se da cuenta de que el destino ha vuelto a conspirar para reunirnos?

Escuchar su nombre de pila de sus labios le pareció algo tan íntimo que Anna tuvo que dejar la mirada perdida más allá de Jens, pues sabía que si la posaba en sus ojos estaría perdida. Porque sus palabras eran el reflejo exacto de lo que ella sentía.

—Veámonos, por favor, donde y cuando usted quiera…

—Herr Halvorsen —consiguió decir ella al fin, recuperando la voz—, pronto volveré a Heddal para la boda de mi hermano.

—En ese caso, permítame verla cuando regrese a Cristianía. Anna, yo… —Viendo que herr Bayer se acercaba a ellos, Jens inclinó educadamente la cabeza—. Ha sido un placer acompañarla esta noche, frøken Landvik.

Levantó la mirada hacia la joven y Anna vislumbró en sus ojos un breve destello de desesperación.

—¿Verdad que ha estado maravillosa? —Herr Bayer le asestó

una palmada en el hombro a Jens—. Esos suaves ascensos en los registros intermedios y altos y ese magnífico vibrato... ¡Ha sido su mejor actuación!

—Frøken Landvik ha estado ciertamente soberbia. Y ahora, debo irme.

Jens miró expectante a herr Bayer.

—Claro, claro. Disculpa, mi querida Anna, pero he de hacer cuentas con nuestro joven violinista.

Cuando finalmente se retiró a su habitación una hora más tarde, Anna se sentía bastante mareada. Quizá fuera por la euforia de la actuación de aquella noche, o por la segunda copa de vino que había aceptado imprudentemente, pero, mientras frøken Olsdatter la ayudaba a desvestirse, en el fondo de su corazón comprendió que la causa era Jens Halvorsen. Era embriagador pensar que seguía enamorado de ella. Igual que ella, reconoció a regañadientes, lo estaba de él...

Stalsberg Våningshuset
Tindevegen
Heddal

30 de junio de 1876

Kjære Anna:

Te escribo para darte una triste noticia. Mi padre falleció el martes pasado. Por fortuna, tuvo una muerte tranquila. Y quizá haya sido lo mejor, pues ya sabes que padecía muchos dolores. Para cuando recibas esta carta, el entierro ya se habrá celebrado, pero creía que debías saberlo.

Tu padre me pide que te diga que la cosecha de cebada promete y que sus miedos eran infundados. Anna, cuando regreses para la boda de tu hermano, tendremos mucho que hablar sobre el futuro. Pese a la triste noticia, me alegra saber que pronto volveré a verte.

Hasta entonces,
Kjærling hilsen,

LARS

Después de leer la carta, Anna se recostó sobre la almohada sintiendo que no era mejor persona que Jens Halvorsen el Malo. No había pensado en nada más desde que había vuelto a verlo en la velada. Ni siquiera cuando herr Bayer le había hablado con gran ilusión de los recitales que le había conseguido fue capaz de mostrar el debido entusiasmo.

La noche previa el profesor le había pedido que acudiera al salón a la mañana siguiente a las once. Se vistió y cruzó desconsoladamente el pasillo. Cuando entró en la estancia, vio que su mentor era presa de una gran excitación.

—¡Anna, acércate a escuchar la maravillosa noticia! Esta mañana he estado con Johan Hennum y Ludvig Josephson. Quizá recuerdes que herr Hennum asistió a tu recital y me dijo que, debido al éxito de *Peer Gynt*, deseaban incluir la función en la temporada de otoño. Pues bien, han propuesto que retomes el papel de Solveig.

Anna lo miró con una mezcla de asombro y desencanto.

—¿Se refiere a cantar de nuevo entre bastidores mientras madame Hansson finge que mi voz es suya?

—¡Diantre, Anna! ¿Crees que osaría proponerte siquiera esa posibilidad? No, mi querida señorita, quieren que tú representes el papel en su totalidad. Madame Hansson no está disponible en estos momentos, y ahora que ya te has revelado como la talentosa dueña de la voz fantasma entre los círculos musicales de Cristianía, están deseando verte actuar. Por si eso fuera poco, herr Grieg ha anunciado que finalmente vendrá a la ciudad a ver la producción. Tanto Johan como Ludvig creen que tu interpretación de sus canciones es insuperable, así que quieren hacerte una prueba el próximo jueves para determinar si tienes talento suficiente como actriz. ¿Recuerdas alguna de las frases que Solveig dice en la obra?

—Sí, herr Bayer. Las he pronunciado muchas veces en silencio al mismo tiempo que madame Hansson —respondió Anna sintiendo que un hormigueo le recorría la espalda.

¿De verdad era posible que la quisieran a ella como la estrella principal? ¿Y tocaría en la orquesta el Ya No Tan Malo Jens Halvorsen...?

—¡Fantástico! En ese caso, hoy nos olvidaremos de las escalas y de la nueva aria que quería que aprendieras y repasarás el papel de Solveig mientras yo leo las intervenciones de todos los demás personajes de *Peer Gynt*. —El hombre cogió un ejemplar de la obra y lo abrió—. Puedes sentarte, si quieres. Ya sabes que la obra es larga, pero haremos lo que podamos. ¿Lista? —le preguntó.

—Sí, herr Bayer —contestó Anna mientras intentaba recordar las palabras.

—¡Caramba, caramba! —concluyó una hora más tarde el profesor dedicándole una mirada de admiración—. Al parecer no solo tienes voz, sino talento para interpretar personajes. —Le besó la mano—. Mi querida señorita, he de confesar que no dejas de sorprenderme.

—Gracias.

—No temas por la prueba, Anna. Actúa exactamente como lo has hecho hoy y el papel será tuyo. Y ahora, comeremos juntos.

El jueves por la tarde, a las dos en punto, Anna se reunió con herr Josephson en el escenario del teatro y ambos tomaron asiento para leer juntos el guión. La muchacha se percató del ligero temblor de su voz durante las primeras frases, pero fue ganando confianza a medida que leía. Leyó la escena en la que Solveig conoce a Peer en una boda, y también la escena final, cuando él regresa junto a Solveig después de sus viajes alrededor del mundo y ella lo perdona.

—¡Excelente, frøken Landvik! —exclamó herr Josephson cuando Anna levantó la vista del papel—. Creo que no necesito oír más. Debo reconocer que no estaba a favor de esta idea cuando herr Hennum me la propuso, pero se ha defendido muy bien para tratarse de una primera lectura. Tendremos que trabajar para mejorar la proyección de la voz y la entonación, pero creo que estoy de acuerdo en que debería desempeñar el papel de Solveig la próxima temporada.

—¡Anna! ¿No es una noticia maravillosa? —Herr Bayer, que había estado observando y escuchando con atención desde la platea, subió al escenario.

—Los ensayos empezarán en agosto y el estreno será en septiembre. Confío en que no tenga previsto marcharse al campo en esa época —señaló herr Josephson.

—No se preocupe, Anna estará aquí —respondió herr Bayer por ella—. Ahora deberíamos hablar de dinero. Hemos de acordar los honorarios de frøken Landvik por asumir un papel tan destacado.

Diez minutos después, estaban de nuevo en el coche de caballos. Herr Bayer propuso ir al Grand Hotel para celebrar el éxito de Anna con una merienda.

—Y por si eso fuera poco, es muy probable que herr Grieg venga en otoño para verte actuar. ¡Piénsalo, mi querida señorita! Si consigues deslumbrarlo, quizá surja la oportunidad de viajar al extranjero para actuar en otros teatros o salas de conciertos...

Anna dejó de prestarle atención mientras se imaginaba a Jens Halvorsen en el foso de la orquesta mirándola mientras pronunciaba las palabras de amor de Solveig.

—Escribiré a tus queridos padres para comunicarles la maravillosa noticia y rogarles que nos permitan a la gente de Cristianía y a mí disfrutar del placer de tu compañía durante unos meses más, mientras representas *Peer Gynt*. Regresarás a casa en julio para la boda de tu hermano y estarás de vuelta en agosto —le dijo Herr Bayer aquella noche durante la cena—. Yo también me ausentaré de Cristianía, como de costumbre, para pasar unos días con mi hermana y mi pobre madre enferma en la casa de verano de mi familia, en Drøbak.

—Entonces ¿no tendré tiempo de subir a las montañas? —Anna captó el dejo de irritación de su propia voz, pero quería ver con sus propios ojos que Rosa seguía viva.

—Anna, tendrás muchos más veranos para cantarles a las vacas, pero solo uno para prepararte el papel protagonista de una producción de *Peer Gynt* en el Teatro de Cristianía. Por supuesto, yo también regresaré cuando comiencen los ensayos.

—Estoy segura de que frøken Olsdatter puede cuidar de mí en el caso de que desee ausentarse más tiempo. No me gustaría molestarle con mis necesidades —respondió ella educadamente.

—Ni se te ocurra pensar eso, mi querida señorita. Hoy día tus necesidades son las mías.

Para Anna fue un alivio retirarse a su cuarto aquella noche.

Sabía que la efervescencia natural de herr Bayer era una cualidad adorable, pero vivir con ella día tras día también podía resultar agotador. Por lo menos Lars era tranquilo, pensó cuando se puso de rodillas para rezar sus oraciones, sabedora de que lo vería muy pronto y obligándose a recordar sus virtudes. Pero incluso mientras le hablaba a Jesús de Lars, sus pensamientos regresaban constantemente a Jens Halvorsen.

—Por favor, Señor, perdona a mi corazón, pues creo que me he enamorado del hombre equivocado. Ayúdame a amar al que se supone que debo querer. Y —añadió antes de levantarse para tratar de decir algo que fuera generoso—, ¿puedes hacer que Rosa viva otro verano?

21

Cuando, una semana más tarde, Anna partía hacia Heddal, Jens cargaba con algunas de sus pertenencias más preciadas hasta el centro de Cristianía. Se sentía desalentado y exhausto por la pesadilla de las últimas horas.

Aquella mañana, el joven se había sentado a la mesa del desayuno con la espalda erguida y la cabeza alta, sin tocar el pan y las confituras que tenía delante. Tras respirar hondo, había pronunciado las palabras que necesitaba decir en voz alta.

—He hecho todo lo posible por estar a la altura de sus expectativas, *far*, pero mi futuro no está en la cervecera. Quiero ser músico profesional y, algún día, convertirme en compositor. Lo siento, pero no puedo dejar de ser quien soy.

Jonas siguió salando sus huevos y comió un bocado antes de contestar.

—Que así sea. Has tomado tu decisión y, tal como te dije la primera vez que hablamos sobre el asunto, no recibirás más asignaciones y no habrá nada para ti en mi testamento. Desde este momento, ya no eres mi hijo. Sencillamente, no puedo soportar ser testigo de lo que estás despreciando ni tampoco que me traiciones de ese modo. Por tanto, tal como acordamos, espero que, para cuando regrese de la oficina esta noche, hayas abandonado esta casa.

Jens se había estado preparando para la reacción de su padre, pero aun así se sintió conmocionado. Se volvió hacia el rostro horrorizado de su madre.

—Pero Jonas, *kjære*, nuestro hijo cumple veintiún años dentro de unos días y, como bien sabes, le hemos organizado una cena.

¿No puedes concederle unos días de gracia para celebrarlo con sus padres y amigos?

—Dadas las circunstancias, dudo que tengamos nada que celebrar. Y si crees que con el tiempo me ablandaré, estás tristemente equivocada. —Jonas dobló el periódico dos veces, como hacía siempre—. Ahora debo irme a la fábrica. Buenos días a los dos.

Lo peor de todo aquel episodio fue ver a su madre romper a llorar en cuanto la puerta se hubo cerrado. Jens la consoló lo mejor que pudo.

—He decepcionado a *far*. Quizá debería retractarme y…

—No, no… Debes seguir tu pasión. Ojalá yo lo hubiera hecho cuando tenía tu edad. Lo siento, Jens, *kjære*, pero puede que haya pecado de ingenua. Creía que, cuando llegara el momento, tu padre cambiaría de parecer.

—Pues yo no, y por tanto estaba preparado para ello. Así que ahora debo cumplir su deseo y abandonar la casa. Perdona, *mor*, he de subir a hacer la maleta.

—Quizá haya hecho mal al animarte —dijo Margarete retorciéndose las manos— e ir en contra de los planes que tu padre tenía para ti. Tendría que haber supuesto que ganaría.

—No ha ganado, *mor*. Hago esto voluntariamente. Y no imaginas lo agradecido que te estoy por haberme dado el regalo de la música. Mi futuro sería mucho más triste sin ella.

Una hora después, Jens bajó al vestíbulo acarreando dos maletas con todas las pertenencias que había conseguido embutir en ellas.

El rostro lloroso de su madre lo recibió en la puerta del salón.

—Oh, hijo mío —sollozó en su hombro—. Puede que con el tiempo tu padre lamente lo que ha hecho hoy y te pida que vuelvas a casa.

—Creo que los dos sabemos que no lo hará.

—¿Adónde piensas ir?

—Tengo amigos en la orquesta y estoy seguro de que alguno de ellos me acogerá bajo su techo durante un tiempo. Quien me preocupa eres tú, *mor*. Tengo la sensación de que no debería dejarte sola con él.

—No te preocupes por mí, *kjære*. Solo prométeme que me escribirás para decirme dónde estás.

—Te lo prometo —accedió el joven.

Entonces su madre le puso un pequeño paquete en las manos.

—Vendí el collar y los pendientes de diamantes que tu padre me regaló por mi cuarenta cumpleaños por si acaso llevaba a cabo su amenaza. Aquí dentro está lo que me dieron por ellos. También encontrarás la alianza de oro de mi madre para que puedas venderla si lo necesitas.

—*Mor*...

—Calla, eran míos y, si me pregunta dónde están, le diré la verdad. Aquí hay dinero suficiente para pagar un año de estudios y alojamiento en Leipzig. Jens, júrame que no lo despilfarrarás como has hecho tantas veces en el pasado.

—*Mor*. —Jens se descubrió embargado por la emoción—. Te prometo que no lo haré.

Y, antes de que pudiera derrumbarse del todo, abrazó a su madre y la besó con ternura.

—Confío en que algún día pueda sentarme en el Teatro de Cristianía para verte dirigir una obra compuesta por ti —dijo ella con una sonrisa triste.

—Tienes mi palabra, *mor*, y haré todo lo posible por cumplirla.

Jens salió de su casa por última vez, aturdido pero también eufórico por la decisión que había tomado, y cayó en la cuenta de que, aunque había intentado tranquilizar a su madre al respecto, en realidad no había hecho planes sobre adónde iría si sucedía lo peor. Y así había sido, así que puso rumbo al Engebret con la esperanza de encontrar a algún músico que le prestara una cama para pasar la noche. Simen se había ofrecido a acogerlo en su casa, le había anotado la dirección y le había dicho que lo vería allí más tarde.

Después de unas cuantas cervezas para mitigar la enormidad de lo que acababa de hacer, Jens se descubrió caminando hacia una parte de la ciudad en la que nunca había estado. Y sintiendo que llamaba muchísimo la atención con su elegante traje hecho a medida. Le dolían los brazos por el peso de las maletas y caminaba lo más rápido que podía, esquivando las miradas de los transeúntes.

Nunca se había internado tanto en los aledaños de la ciudad, donde, a diferencia de en el centro de Cristianía, aún no se habían prohibido las casas de madera por el riesgo de incendio. El estado de los edificios empeoraba cuanto más se alejaba. Finalmente, se detuvo delante de una casa vieja con entramado de madera y volvió a comprobar la dirección que Simen le había dado en el Engebret. Llamó a la puerta y escuchó un gruñido y el sonido de alguien que escupía en el interior. La puerta se abrió y allí estaba Simen, medio borracho, como siempre, y sonriendo.

—Entra, entra, muchacho. Bienvenido a mi humilde morada. No es gran cosa, pero es mi hogar.

La pequeña y abarrotada sala de estar olía a comida rancia y al tabaco de pipa que fumaba Simen. Jens observó que cada centímetro estaba ocupado por un instrumento musical. Dos chelos, una viola, un piano, multitud de violines…

—Gracias, Simen. Te agradezco mucho que hayas aceptado acogerme en tu casa.

Su amigo restó importancia a sus palabras con un gesto de la mano.

—No es nada. Cualquier joven dispuesto a renunciar a todo por su amor a la música merece toda la ayuda que pueda prestarle. Estoy orgulloso de ti, Jens, en serio. Ahora subiremos para que puedas instalarte.

—Menuda colección tienes aquí.

Jens sorteó el revoltijo de instrumentos y siguió a Simen por una angosta escalera de madera.

—Soy totalmente incapaz de resistir la tentación de comprarlos. Uno de los chelos tiene casi cien años —explicó el hombre mientras los escalones crujían bajo el peso de las maletas que Jens arrastraba con él.

Llegaron a un cuarto con varias sillas destartaladas y una mesa polvorienta cubierta de restos de comida y bebida de hacía días.

—Hay un camastro para ti en algún lugar. No es a lo que estás acostumbrado, estoy seguro, pero es mejor que nada. Y ahora, amigo mío, ¿un aquavit para brindar por tu independencia?

Simen cogió una botella y un vaso turbio de la mesa. Olisqueó el recipiente y arrojó al suelo las gotas que aún contenía.

—Gracias.

Jens aceptó el vaso sucio. Si aquella iba a ser su nueva vida, cuanto antes la aceptara, mejor. Aquella noche agarró una buena curda y al día siguiente se despertó con una terrible resaca y con los huesos doloridos por la dureza del colchón. Y cayó en la cuenta de que no habría una Dora esperándolo con una reconfortante taza de café. Tras acordarse con sobresalto del paquete de dinero, se abalanzó sobre la chaqueta para palpar el bolsillo donde lo había guardado antes de salir de casa. Comprobó que seguía allí, lo abrió y, además de la alianza, vio que, efectivamente, había suficiente dinero para un año de estudios en Leipzig. O una cama cómoda en un hotel durante las próximas noches...

«No.» Jens se detuvo en seco. Le había prometido a su madre que no malgastaría el dinero y no tenía intención de decepcionarla.

Anna subió al tren que debía cubrir la primera etapa de su viaje hasta Heddal. Cuando llegó a la estación de Drammen ya había oscurecido, y al bajar del vagón vio que su padre la estaba esperando en el andén.

—¡*Far*, *far*! ¡Oh, *far*, cuánto me alegro de verte!

Y, para sorpresa de Anders, Anna se arrojó a sus brazos en una inusitada muestra de emotividad en público.

—Bueno, bueno, Anna. Imagino que estarás cansada después del viaje. Venga, vamos a la casa de huéspedes. Esta noche podrás dormir lo que te apetezca y mañana saldremos hacia Heddal.

Al día siguiente, recuperada tras una buena noche de sueño, Anna subió a la carreta y Anders dio unos golpecitos al caballo para que se pusiera en marcha.

—Pareces diferente a la luz del día. Creo que te has convertido en una mujer, hija. Estás preciosa.

—Qué cosas dices, *far*, eso no es cierto.

—Todos están deseando verte. Tu madre te está preparando una cena especial y Lars nos acompañará. Recibimos la carta de herr Bayer en la que nos habla de tu éxito en el Teatro de Cristianía. Dice que Solveig es nada menos que la protagonista.

—Sí. Pero ¿no te importa que alargue mi estancia en Cristianía, *far*?

—Sería injusto quejarse después de todo lo que herr Bayer ha hecho por ti —respondió el hombre con voz calmada—. Dice que te harás famosa y que toda la ciudad habla ya de tu voz. Estamos muy orgullosos de ti.

—Creo que herr Bayer exagera, *far* —dijo Anna ruborizándose.

—Lo dudo. Pero debes hablar con Lars, Anna. No le hace gracia tener que retrasar vuestros esponsales una vez más, pero esperemos que le importes lo suficiente para entenderlo.

Al oír el nombre de Lars, Anna sintió que se le encogía el estómago. Decidida a no permitir que aquellos pensamientos estropearan su primer día en Heddal, se esforzó por apartarlos de su mente.

Cuando salieron de Drammen a campo abierto, lucía el sol y Anna cerró los ojos para percatarse de que lo único que oía era el ruido de los cascos del poni y el trino de los pájaros en los árboles. Aspiró el aire puro y fresco como si fuera un animal enjaulado al que acaban de soltar en mitad del campo y decidió que a lo mejor no regresaba nunca a Cristianía.

Su padre le contó que Rosa había sobrevivido a otro invierno, lo cual reforzó la creencia de Anna en que se habían escuchado sus plegarias. También hablaron de los preparativos de la boda de Knut y del trajín que se llevaba su madre cocinando y horneando.

—Sigrid es una chica dulce y creo que será una buena esposa para Knut —comentó Anders—. Y lo que es más importante, a tu madre también le gusta, lo cual es de agradecer, porque la feliz pareja vivirá bajo nuestro techo. Cuando Lars y tú os caséis, te mudarás a su casa y el próximo año empezaremos a pensar en construir otra vivienda.

Cuando llegaron a la granja hacia el final de la tarde, todo el mundo salió a recibirla. Hasta Gerdy, la vieja gata, echó a correr hacia ella todo lo deprisa que se lo permitieron sus tres patas, y Viva, el perro, la siguió dando saltos de alegría.

Su madre le dio un largo abrazo.

—Llevo todo el día esperando tu llegada. ¿Qué tal el viaje? ¡Dios mío, qué flaca estás! Y cuánto te ha crecido el pelo, creo que necesita un buen corte…

Anna entró en la casa escuchando el parloteo incesante de Berit. Camino de la cocina, el reconfortante olor a leña, a los polvos de talco de su madre y a perro mojado asaltó sus fosas nasales.

—Lleva la maleta de Anna a su cuarto —le ordenó Berit a Knut antes de poner agua a hervir para preparar café—. Anna, espero que no te importe, pero te hemos trasladado a la habitación de Knut. Era demasiado pequeña para la cama de matrimonio que Sigrid y él compartirán una vez casados. Tu padre ha quitado las literas y creo que ha quedado muy acogedora con una sola cama. Conocerás a tu nueva hermana mañana cuando venga a cenar. Estoy segura de que te encantará, Anna. Es muy atenta y sus bordados son finísimos. Y también sabe cocinar, lo cual me será de gran ayuda, porque el reuma no me ha dado tregua este invierno.

Anna se pasó la siguiente hora oyendo a su madre hablar maravillas de Sigrid. Un tanto molesta por haber sido expulsada de su cuarto sin que siquiera se lo hubieran consultado, se esforzó por no sentirse desplazada por aquel aparente dechado de virtudes domésticas. Después de apurar su café, fue a deshacer el equipaje.

Cuando entró en su nuevo dormitorio vio que habían apilado todas sus cosas en las cestas que su madre solía utilizar para llevar las gallinas al mercado. Se sentó en el duro colchón de su hermano, se preguntó qué habría sido de su cama de la infancia y concluyó que, tal como estaban las cosas por allí, seguramente su padre la habría despedazado y utilizado como leña para la estufa. Profundamente contrariada, comenzó a vaciar la maleta.

Desplegó la funda de cojín que había pasado horas bordando como regalo de boda desde que se enteró de que Knut iba a casarse con Sigrid. Noche tras noche, había lamentado su falta de habilidad mientras se pinchaba los dedos y extraía los hilos de las puntadas mal hechas. La extendió sobre la cama y contempló los agujeros deshilachados que exhibía la tela de arpillera allí donde había tenido que corregir una puntada. Aunque su nueva y modélica cuñada destinara el cojín a la cesta del perro, Anna sabía que por lo menos había dado cada puntada con amor.

Con la cabeza bien alta, salió de la habitación para compartir con su familia su cena de «bienvenida».

Lars llegó cuando Anna estaba ayudando a su madre a servir la comida. Cargada con la fuente de patatas, lo observó entrar en la cocina y saludar a sus padres y a Knut. Y, para su irritación, no pudo evitar compararlo de inmediato con Jens Halvorsen el Malo. Físicamente eran opuestos, y mientras que Jens era siempre el centro de atención, Lars procuraba pasar desapercibido.

—Por lo que más quieras, Anna, suelta esas patatas y saluda a Lars —la reprendió su madre.

La joven dejó la fuente en la mesa y se acercó a él limpiándose las manos en el delantal.

—Hola, Anna —dijo Lars en voz baja—. ¿Cómo estás?

—Bien, gracias.

—¿Has tenido buen viaje?

—Sí, gracias.

La muchacha advirtió que Lars se sentía cada vez más incómodo mientras la miraba y pensaba en lo que debía decir a continuación.

—Tienes un aspecto… saludable —comentó al fin.

—¿Tú crees? —intervino Berit—. Yo la encuentro demasiado flaca. La culpa la tiene todo ese pescado que comen en la ciudad. No tiene grasa.

—Anna siempre ha sido delgada. Dios la hizo así.

Lars le dedicó a Anna una pequeña sonrisa de apoyo.

—Lamento el fallecimiento de tu padre.

—Gracias.

—¿Comemos, Berit? —propuso Anders—. Ha sido un viaje largo y tu marido está hambriento.

Durante la cena, Anna respondió a las interminables preguntas acerca de su vida en Cristianía. Luego la conversación derivó hacia la boda de Knut y los preparativos para los invitados.

—Debes de estar agotada por el viaje, Anna —dijo Lars.

—Lo estoy, sí —admitió ella.

—A la cama, entonces —le ordenó Berit—. Los próximos días habrá mucho que hacer y muy poco tiempo para dormir.

Anna se levantó.

—Buenas noches.

Lars la siguió con la mirada mientras salía de la cocina para ir a su cuarto. Anna ya estaba medio desvestida cuando de repente recordó que en la casa de sus padres no había cuarto de baño. Volvió a vestirse y salió al patio para utilizar la letrina. Ya en la cama, intentó buscar una postura cómoda. La almohada de crin parecía una roca en comparación con el mullido plumón de ganso sobre el que dormía en el apartamento de herr Bayer, la cama le resultaba estrecha y el colchón estaba lleno de bultos. Meditó sobre las muchas cosas a las que había empezado a acostumbrarse sin apenas darse cuenta. En Cristianía no tenía que ocuparse de las tareas de la casa y contaba con una criada que lo hacía todo.

«Anna —se reprendió—, creo que te estás volviendo una malcriada.» Y con ese pensamiento se quedó dormida.

Pasaron la semana antes de la boda cocinando, limpiando, llevando y trayendo y ocupándose de los preparativos de último minuto.

Pese a desear que la novia de su hermano, con todas sus habilidades domésticas, no fuera de su agrado, Anna descubrió que Sigrid era exactamente como su madre la había descrito. Aunque estaba claro que no era una belleza, poseía un carácter calmado que ayudaba a contrarrestar la histeria de Berit a medida que se acercaba el gran día. Sigrid, por su parte, impresionada por la vida refinada que Anna llevaba en Cristianía, la trataba con sumo respeto y aceptaba sin rechistar sus opiniones.

El hermano mayor de Anna, Nils, llegó la víspera del enlace acompañado de su esposa y sus dos hijos. Hacía más de un año que Anna no los veía y se mostró encantada de poder pasar tiempo con sus pequeños sobrinos.

En medio de la alegría de tener a toda la familia reunida, había algo que la inquietaba: todos parecían dar por sentado que cuando regresara de Cristianía después de la temporada de *Peer Gynt*, se mudaría a la destartalada casa de los Trulssen como esposa de Lars. Y que compartiría con él no solo la habitación, sino el lecho.

El mero hecho de pensar en ello hacía que se le revolviera el estómago y le quitaba el sueño por las noches.

La mañana de la boda, Anna ayudó a Sigrid a ponerse el traje de novia. Consistía en una falda colorada, una blusa blanca de batista y un bolero negro adornado con pesadas piezas de metal dorado. Examinó el exquisito bordado del delantal de color crema que se ataba a la cintura y cubría la parte delantera de la falda.

—Qué rosas tan elaboradas. Yo sería incapaz de bordar algo así, Sigrid. Eres muy hábil.

—Lo que pasa es que no tienes tiempo con la vida tan ajetreada que llevas en la ciudad. Me llevó muchas noches de los meses de invierno coser el ajuar —respondió ella—. Además, yo no sé cantar como tú. Cantarás en el banquete, ¿verdad?

—Si quieres, sí. Y ahora que lo pienso, creo que será mejor que digamos que ese es mi regalo de boda. Os he hecho una funda de cojín, pero me ha quedado espantosa —confesó.

—No te preocupes, hermana. Estoy segura de que la has hecho

con cariño, y eso es lo único que importa. Y ahora, ¿me ayudas a ponerme la corona?

Anna sacó de la caja la pesada corona nupcial chapada en oro. Custodiada por la iglesia desde hacía ochenta años, todas las novias del pueblo la lucían el día de su boda La colocó sobre los cabellos rubios de Sigrid.

—Ahora ya eres una novia de verdad —dijo mientras Sigrid se miraba en el espejo.

Berit asomó la cabeza por la puerta.

—Tenemos que irnos, *kjære*. Y deja que te diga que estás preciosa.

Sigrid tomó las manos de Anna entre las suyas.

—Gracias por tu ayuda, hermana. La próxima serás tú, cuando te cases con Lars.

Mientras seguía a Sigrid hasta la carreta engalanada con flores frescas recogidas de los prados, Anna tuvo un escalofrío involuntario.

En la iglesia, contempló a su hermano, ya de pie frente al altar con Sigrid y el pastor Erslev. Se le hacía extraño pensar que Knut se había convertido en cabeza de familia y que pronto tendría sus propios hijos pelirrojos. Observó de reojo a Lars, que estaba escuchando con atención y, por una vez, no la estaba mirando.

Después de la ceremonia, más de cien personas siguieron la carreta de los recién casados hasta la casa de los Landvik. Berit llevaba semanas suplicando al Señor que les proporcionara un cielo claro, pues dentro de la casa no había espacio para todos. Sus plegarias habían sido escuchadas y las mesas de madera instaladas en el prado contiguo se llenaron pronto de comida, en gran parte aportada por los propios invitados. Fuentes de cerdo salado y sazonado, de ternera tierna asada lentamente en un espetón y, por supuesto, de arenques mantuvieron los estómagos llenos y ayudaron a amortiguar la cerveza casera y el aquavit que corrieron en abundancia durante toda la fiesta.

Mucho más tarde, cuando empezaba a caer la noche, encendieron farolillos y los colgaron de postes de madera para crear una plaza improvisada y dar comienzo al baile. Los músicos arrancaron con la animada melodía del *hallingkast* y la gente retrocedió entre vítores para abrir un círculo en el centro. Una joven se colocó en medio del mismo y, sirviéndose de un palo, sostuvo un sombrero en alto frente a ella. A continuación, retó a los hombres a derribarlo de una patada. Los hermanos de Anna fueron los primeros en salir a bailar y saltar alrededor de la chica, jaleados por la multitud.

Casi sin aliento a causa de la risa, Anna se volvió y vio a Lars sentado solo a una mesa con aire taciturno.

—Anna, ¿cumplirás tu promesa de cantar para nosotros? —le preguntó Sigrid tras aparecer a su lado.

—Sí, tienes que cantar —se sumó al ruego un Knut jadeante.

—¡Canta «Canción de Solveig»! —gritó una voz entre la multitud.

La idea fue recibida con gritos de aprobación. Anna se colocó en el centro de la pista, respiró hondo y empezó a cantar. Y mientras lo hacía, sus pensamientos regresaron inesperadamente a Cristianía y al joven músico que, cautivado por su voz, no había dejado de buscarla...

«Volveremos a vernos, amor mío, y nunca nos separaremos. Nunca nos separaremos...»

Para cuando se perdió la última nota, Anna tenía lágrimas en los ojos. Tras un silencio sobrecogido, alguien empezó a aplaudir y el resto siguió su ejemplo hasta que el prado entero retumbó con sus ovaciones.

—¡Canta otra, Anna!

—¡Sí! Una canción de las nuestras.

Durante la media hora siguiente, acompañada por su padre al violín, Anna no tuvo tiempo de preocuparse por sus sentimientos mientras cubría el repertorio de canciones populares que todos los invitados conocían de memoria. Finalmente, llegó la hora de que los novios se retiraran. Entre chanzas bienintencionadas y silbidos, Knut y Sigrid entraron en la casa y la gente empezó a dispersarse.

Mientras ayudaba a recoger, Anna se sentía cansada y alterada. Se movía como una autómata, llevando las bandejas y los platos al tonel lleno de agua que ya habían extraído antes del pozo para ese fin.

—Pareces agotada, Anna.

Al notar el ligero contacto de una mano sobre el hombro, se dio la vuelta y vio que era Lars quien estaba detrás de ella.

—Estoy bien —dijo sonriendo débilmente.

—¿Lo has pasado bien?

—Sí, ha sido una boda preciosa. Sigrid y Knut serán muy felices juntos.

Al volverse para proseguir con su tarea, notó que la mano de Lars abandonaba su hombro. Por el rabillo del ojo, lo vio con la cabeza gacha y las manos en los bolsillos.

—Anna, te he echado de menos —dijo tan quedamente que ella apenas lo oyó—. ¿Tú... tú me has echado de menos a mí?

Se quedó paralizada y el plato enjabonado se le resbaló de las manos.

—Claro, os he echado de menos a todos, pero no imaginas lo ocupada que he estado en Cristianía.

—Con todos tus nuevos amigos, imagino.

—Sí, como frøken Olsdatter y los niños del teatro —se apresuró a responder mientras seguía lavando el plato y, secretamente, deseaba que Lars se marchara.

Él titubeó unos segundos y Anna pudo sentir la mirada del joven clavada en ella.

—Ha sido un día largo para todos —dijo al fin Lars—. Es hora de que me vaya... pero primero debo hacerte una pregunta, pues sé que mañana has de regresar a Cristianía. Y quiero que seas sincera, por el bien de los dos.

Anna captó la gravedad que traslucía su voz y el estómago le dio un vuelco.

—Por supuesto, Lars.

—¿Todavía... todavía deseas casarte conmigo? Dado lo mucho que las cosas han cambiado y seguirán cambiando para ti, juro que lo entenderé si no es así.

—Yo... —Anna bajó la cabeza, cerró los ojos con fuerza y deseó que aquel momento se esfumara—. Creo que sí.

—Y sin embargo yo creo que no. Anna, por favor, es mejor para ambos tener las cosas claras. Solo puedo seguir esperándote si hay esperanza. No logro evitar sentir que mi proposición te ha incomodado desde el principio.

—Pero ¿qué pasa con *mor* y *far* y la tierra que les has vendido?

Lars dejó escapar un profundo suspiro.

—Anna, acabas de decirme todo lo que necesitaba saber. Ahora me iré, pero te escribiré para decirte cómo debemos organizar las cosas. No hace falta que les digas nada a tus padres, yo me ocuparé. —Sacó del agua una de las manos de Anna, se la llevó a los labios y la besó—. Adiós, Anna, y que Dios te bendiga.

Anna lo vio perderse en la noche y comprendió que al parecer su compromiso con Lars Trulssen había terminado antes incluso de empezar.

Ally

Agosto de 2007

«Canción de Solveig»

Andante

p

Edvard Grieg

22

Era más de mediodía cuando levanté la vista de la pantalla del portátil, así que las rayas del papel de pared que había detrás bailaron borrosas delante de mí antes de que mis ojos pudieran reajustarse. Pese a no tener la menor idea de cómo encajaba yo en una historia que había tenido lugar hacía más de ciento treinta años, lo que había leído hasta el momento me tenía fascinada. En el Conservatorio de Ginebra había estudiado las vidas de numerosos compositores y sus obras maestras, pero aquel libro retrataba la época a la perfección. Y también me fascinaba el hecho de que Jens Halvorsen hubiera sido el flautista que había tocado aquellos emblemáticos primeros acordes en el estreno de una de mis piezas musicales predilectas.

Pensé entonces en la carta de Pa y me pregunté si lo único que pretendía era que leyera la historia de cómo se creó *Peer Gynt* para ayudar a reavivar mi pasión por la música. Como si supiese que tal vez la necesitara...

Y sí, tocar en el funeral de Theo me había reconfortado. Incluso el tiempo que había pasado ensayando la pieza me había servido para no pensar en él. Desde entonces, había sacado la flauta y tocado por placer. O, más exactamente, para mitigar el dolor.

La pregunta era si aquella conexión iba más allá y existía un lazo de sangre entre Anna, Jens y yo, un vínculo que se extendía como un frágil hilo de seda a lo largo de ciento treinta años...

«¿Es posible que Pa Salt conociera a Jens o a Anna cuando era mucho más joven?», pensé. Dado que Pa había muerto con más de ochenta años, supuse que existía esa posibilidad, dependiendo de la edad a la que hubieran fallecido Jens y Anna. Un dato que, para mi fastidio, no tenía a mi disposición en aquellos momentos.

El agudo timbre del teléfono fijo interrumpió mis cavilaciones. Como sabía que el viejo contestador de Celia estaba estropeado y que el aparato, por tanto, no dejaría de sonar, bajé corriendo al recibidor para contestar.

—¿Diga?

—Hola. ¿Está Celia?

—No. —Enseguida reconocí aquella voz masculina con acento americano—. Soy Ally. ¿Quieres dejar un mensaje?

—Ah, hola, Ally. Soy Peter, el padre de Theo. ¿Cómo estás?

—Bien —respondí de manera mecánica—. Celia volverá en torno a la hora de la cena.

—Demasiado tarde para mí, por desgracia. Solo telefoneaba para decirle que regreso a Estados Unidos esta noche. Quería hablar con ella antes de marcharme.

—Le diré que has llamado, Peter.

—Gracias. —Se produjo un silencio—. Ally, ¿tienes algo que hacer ahora mismo?

—No, la verdad es que no.

—Entonces ¿podríamos vernos antes de que me vaya al aeropuerto? Estoy alojado en el Dorchester. Podría invitarte a tomar el té. Está a solo quince minutos en taxi de la casa de Celia.

—Es que…

—Por favor.

—Está bien —acepté con renuencia.

—¿Qué tal a las tres en el Promenade? Debo salir hacia Heathrow a las cuatro.

—De acuerdo. Hasta luego.

Colgué y enseguida me pregunté qué diantres podría ponerme para tomar el té en el Dorchester.

Cuando, una hora después, entré en el hotel, me sentía extrañamente culpable, como si estuviera traicionando a Celia. Pero Pa Salt siempre me había enseñado a no juzgar a la gente por lo que se dice de ella. Además, Peter era el padre de Theo, así que debía darle una oportunidad.

—Buenas tardes, señorita —me llamó desde una mesa del lujoso salón con pilares de mármol que conectaba con el vestíbulo.

Cuando me acerqué se levantó y me dio un apretón de manos firme y cálido—. Siéntate, por favor. No estaba seguro de qué te apetecería y, como no tenemos mucho tiempo, me he tomado la libertad de pedir el menú completo.

Señaló la mesa baja repleta de bandejas de porcelana con emparedados cortados al milímetro y una fuente de varios pisos con delicados dulces franceses y scones acompañados de mermelada y nata.

—También hay litros de té, naturalmente. ¡No sé qué harían los ingleses sin su té!

—Gracias —dije tomando asiento frente a él sin la menor sensación de apetito.

Un camarero de aspecto impecable y guantes blancos se acercó enseguida para servirme una taza de té y, mientras lo hacía, estudié detenidamente al padre de Theo. Tenía los ojos oscuros, un cutis pálido apenas marcado por las arrugas de la edad —a pesar de que debía de rondar los sesenta y cinco años— y una constitución musculosa bajo una americana azul marino informal pero hecha a medida. Advertí, por el tono mate y poco natural de su pelo castaño, que se teñía. Acababa de decidir que Theo no guardaba ningún parecido con su padre cuando Peter me sonrió. El gesto torcido de su boca se semejaba tanto al de su hijo que el corazón me dio un vuelco.

—Bueno, ¿cómo estás, Ally? —me preguntó cuando el camarero se marchó—. ¿Qué tal lo llevas?

—Tengo momentos buenos y momentos malos, supongo. ¿Y tú?

—Si te soy sincero, estoy destrozado. Ha sido un golpe demasiado fuerte. No hago más que recordar a Theo de pequeño, era un crío encantador. No está dentro del orden natural de las cosas que un hijo muera antes que su padre.

—Lo sé. —Me puse en su lugar y me sentí intrigada por aquel hombre del que tan mal me habían hablado Celia y Theo.

Me di cuenta de que intentaba mantener la compostura, pero percibía su sufrimiento, pues emanaba de su ser como una presencia tangible.

—¿Cómo lo lleva Celia? —preguntó.

—Con mucha dificultad, como todos. Se está portando muy bien conmigo.

—Puede que sea terapéutico tener a alguien de quien cuidar. Ojalá yo también pudiera hacerlo.

—Quiero que sepas —dije tras coger un sándwich de salmón y darle un bocado— que Celia me dijo que te habría invitado a sentarte con ella en la iglesia de haber sabido que estabas allí.

—¿En serio? —El semblante de Peter se iluminó ligeramente—. Me alegra mucho saberlo, Ally. Tal vez debería haberla avisado de que venía, pero sabía que estaría destrozada y no quería disgustarla aún más. Supongo que ya habrás adivinado que no soy santo de su devoción.

—Quizá le resulta difícil perdonarte por… ya sabes, por lo que le hiciste.

—Bueno, como ya te dije el día del funeral, señorita, siempre existe la otra versión de la historia, pero no quiero entrar en eso ahora. Y sí, asumo una gran parte de la culpa. Entre tú y yo, todavía quiero a Celia —suspiró Peter—. La quiero tanto que me duele físicamente. Sé que la decepcioné y no hice bien las cosas, pero nos casamos muy jóvenes y ahora, cuando miro atrás, comprendo que tendría que haberme corrido mis juergas antes y no durante nuestro matrimonio. Celia… —Peter se encogió de hombros— era una auténtica «dama» en ese sentido, no sé si me entiendes. Éramos completamente opuestos en ese aspecto. En cualquier caso, he aprendido la lección.

—Sí —dije reacia a que siguiera explicándose en aquellos términos—. De hecho, yo creo que ella también sigue queriéndote.

—¿En serio? —Peter enarcó una ceja suspicaz—. Te aseguro que eso sí que no esperaba oírlo de ti.

—Me lo imagino. Pero se lo veo en los ojos cuando habla de ti, incluso cuando está diciendo algo negativo. Tu hijo me dijo una vez que la línea que separa el amor del odio es muy fina.

—Una frase digna de él. Mi hijo era un joven con una gran inteligencia emocional. Ojalá poseyera la mitad de su comprensión de la naturaleza humana —suspiró Peter—. Es evidente que no la heredó de mí.

Me di cuenta de que probablemente me había adentrado demasiado en aguas pantanosas, pero como ya me llegaban hasta el cuello, decidí continuar:

—¿Sabes? Creo que a Theo le habría encantado la idea de que

sus padres se vieran y tal vez hicieran las paces con el pasado, de que por lo menos algo bueno resultara de esta tragedia.

Peter se quedó mirándome mientras me llevaba la taza a los labios.

—Creo que entiendo perfectamente por qué mi hijo te quería tanto. Eres una mujer especial, Ally. Pero, por muy buenas que sean tus intenciones, ya no creo en los milagros.

—Yo sí. De veras —insistí—. Aunque Theo y yo solo pasamos unas semanas juntos, él cambió mi vida. Fue un milagro que nos conociéramos y conectáramos tanto, y sé que, a pesar de todo este dolor, me ha hecho mejor persona.

Entonces me tocó a mí emocionarme, y Peter estiró un brazo por encima de la mesa para darme unas palmaditas en la mano.

—Eres admirable, Ally, por intentar buscar lo positivo en lo negativo. Hace años yo también era así.

—¿No podrías volver a ser de esa manera?

—Creo que perdí esa parte de mí durante el divorcio. Pero háblame de tus planes para el futuro. ¿Te ha dejado mi hijo en buena situación?

—Sí. De hecho, modificó su testamento antes de la regata. Tengo su Sunseeker y un viejo establo en Anafi, cerca de tu preciosa casa. Para serte sincera, aunque quería mucho a Theo, no sé si me veo con ánimo de ir a «Algún Lugar», que era como llamábamos a Anafi, y de pelearme con las autoridades griegas para construir la casa de sus sueños.

—¿Te dejó ese establo para cabras? —Peter soltó una carcajada—. Que sepas que me ofrecí muchas veces a comprarle una casa, pero siempre rechazó mi propuesta.

—Orgullo —dije encogiéndome de hombros.

—O estupidez —replicó Peter—. Mi hijo era un deportista entregado a su pasión. Yo comprendía que necesitaba ayuda económica, pero él nunca la aceptó. Apuesto a que tú tampoco te has comprado una casa, Ally. ¿Cómo podrían permitirse algo así hoy día los jóvenes que ganan un sueldo medio?

—No, no me he comprado una casa, pero ahora tengo el establo —dije con una sonrisa.

—Pues quiero que sepas que siempre serás más que bienvenida en mi casa de Anafi. Celia sabe que también puede usarla cuando quiera, pero se niega a hacerlo, al parecer por algo que le dije una vez que estuvimos allí hace años. No me preguntes qué, porque no lo recuerdo. Y si alguna vez necesitas ayuda con las autoridades urbanísticas locales, soy tu hombre. He invertido tanto dinero en esa isla que deberían nombrarme alcalde. ¿Tienes ya la escritura?

—Todavía no, pero creo que me la mandarán cuando la hayan autenticado.

—Cuenta conmigo para cualquier cosa que necesites, señorita. Es lo menos que puedo hacer: cuidar de la chica que mi hijo amaba.

—Gracias.

Nos quedamos un rato callados, extrañando a Theo.

—Aún no me has hablado de tus planes para el futuro —dijo finalmente Peter.

—Porque todavía no estoy segura de lo que voy a hacer.

—Theo me contó que eras una navegante excepcional y que estabas a punto de entrar en el equipo olímpico suizo.

—Me he retirado. Y, por favor, Peter, no me pidas que te explique los motivos. Simplemente, no puedo hacerlo.

—No hace falta que me expliques nada. Y, por lo que he podido ver, posees otras habilidades. Eres una excelente flautista, Ally. Tu actuación en el funeral me conmovió profundamente.

—Eres muy amable, Peter, pero estoy muy desentrenada. Hace años que no practico como es debido.

—Pues a mí no me lo pareció. Si yo tuviera un talento como el tuyo, lo cuidaría. ¿Viene de familia?

—No estoy segura. Puede ser. Mi padre murió hace solo unas semanas y...

—¡Dios mío, Ally! —Peter me miró horrorizado—. ¿Cómo has podido perder a los dos hombres de tu vida sin venirte abajo?

—Si te digo la verdad, no lo sé. —Tragué saliva con dificultad, sintiendo que me emocionaba. Era capaz de aparentar fortaleza siempre y cuando nadie me ofreciera su compasión—. A lo que iba, el caso es que mis cinco hermanas y yo somos adoptadas, y el regalo de despedida de mi padre fue darme algunas pistas sobre mi pasado. Y a juzgar por lo poco que he descubierto hasta el momento, es posible que, en efecto, lleve la música en los genes.

—Entiendo. —Sus ojos oscuros me miraron con empatía—. ¿Tienes intención de seguir indagando?

—Todavía no lo sé. La verdad es que cuando estaba con Theo decidí no hacerlo. Quería mirar hacia el futuro.

—Es comprensible. ¿Tienes algún plan para las próximas semanas?

—No, ninguno.

—Pues ahí tienes la respuesta: sigue las pistas que te han dado. Yo lo haría, no tengo la menor duda, y creo que Theo habría querido que lo hicieras. Y ahora —miró su reloj—, por desgracia tengo que dejarte si no quiero perder el avión. La cuenta está pagada, así que si quieres puedes quedarte y acabar de merendar. E insisto, Ally: si alguna vez necesitas algo, llámame.

Se puso en pie y yo lo imité. Y, espontáneamente, me envolvió entre sus brazos y me estrechó con fuerza.

—Ally, es una lástima que no dispongamos de más tiempo para charlar, pero me alegro de haberte conocido. Hoy has sido la única cosa buena que he podido extraer de lo ocurrido, y te doy las gracias por ello. Alguien me dijo en una ocasión que la vida solo nos somete a las pruebas que cree que somos capaces de afrontar. Eres una joven realmente extraordinaria. —Me dio su tarjeta—. Llámame algún día.

—Lo haré —le prometí.

Se despidió con un gesto triste y se alejó con paso ligero.

Me recosté en la butaca para contemplar el festín que se desplegaba ante mis ojos y, de mala gana, cogí un scone, porque no soportaba la idea de tirar comida. También yo lamentaba que no hubiésemos tenido más tiempo para hablar. Independientemente de lo que Celia me hubiera contado sobre su ex marido, y de lo que él le hubiera hecho, me caía bien. Porque, a pesar de todo su dinero y de su conducta reprochable, había algo intrínsecamente vulnerable en aquel hombre.

Cuando llegué a casa, encontré a Celia en su dormitorio haciendo la maleta.

—¿Qué tal tu día? —me preguntó.

—Bien, gracias. He ido a tomar el té con Peter. Telefoneó para hablar contigo después de que te marcharas esta mañana y me encontró a mí.

—Caray, qué sorpresa. Normalmente no llama cuando viene al Reino Unido.

—Normalmente no ha perdido un hijo. En cualquier caso, te manda saludos.

—Ya. Bueno, como ya sabes, Ally —prosiguió con exagerado alborozo—, me marcho mañana a primera hora. Puedes quedarte aquí el tiempo que quieras. Solo tienes que conectar la alarma y echar las llaves por el buzón de la puerta cuando te marches. ¿Estás segura de que no quieres acompañarme? La Toscana está preciosa en esta época del año. Y Cora no es solo mi mejor amiga, sino también la madrina de Theo.

—Te agradezco la invitación, pero creo que ha llegado el momento de que salga y me busque una vida.

—Recuerda, no obstante, que aún está todo muy reciente. Yo me divorcié de Peter hace veinte años y creo que todavía no he conseguido encontrar la mía. —Me miró con tristeza—. Lo dicho, puedes quedarte el tiempo que quieras.

—Gracias. Por cierto, he comprado unas cosas antes de volver a casa y esta noche me gustaría hacer la cena para darte las gracias. Nada complicado, solo pasta, pero espero que te ayude a calentar motores para Italia.

—Eres un cielo, Ally. Acepto encantada.

Nos sentamos en la terraza para disfrutar de nuestra última cena juntas. Yo tenía poco apetito y, mientras me esforzaba por probar algún bocado, advertí que las rosas de Celia estaban perdiendo su color, que los pétalos estaban marrones y secos por los bordes. Hasta el aire olía diferente: más pesado, con un leve aroma a tierra que anunciaba la llegada del otoño. Durante la cena nos sumimos cada una en nuestros propios pensamientos, conscientes de que estábamos perdiendo nuestra burbuja de mutuo consuelo y de que teníamos que enfrentarnos de nuevo al mundo.

—Quería darte las gracias por estar aquí, Ally. Realmente no sé qué habría hecho sin ti —dijo Celia cuando llevamos los platos a la cocina.

—Y yo sin ti —añadí mientras ella empezaba a fregar y yo cogía un trapo para secar.

—También quiero que sepas que siempre que vengas a Londres has de considerar esta como tu casa, Ally.

—Gracias.

—Odio tener que mencionarlo, pero a mi vuelta de Italia iré a recoger las cenizas de Theo. Tendremos que buscar una fecha para ir a Lymington y esparcirlas juntas.

—Sí —dije con un nudo en la garganta—, claro.

—Te echaré de menos, Ally. Realmente siento que eres la hija que nunca tuve. Y ahora —añadió con cierta brusquedad— será mejor que me vaya a la cama. El taxi vendrá a buscarme a las cuatro y media y, como no espero que te levantes para decirme adiós, me despediré ahora. Llámame de vez en cuando, ¿de acuerdo?

—Por supuesto.

Aquella noche, las páginas en blanco de mi inminente futuro me persiguieron en sueños. Hasta aquel momento siempre había sabido exactamente adónde quería ir y lo que quería hacer. La sensación de vacío y letargo que estaba experimentando aquellos días era nueva para mí.

—Puede que esté cayendo en una depresión —murmuré al día siguiente cuando me levanté casi a rastras de la cama y, con una ligera sensación de náusea, me obligué a ducharme.

Tras secarme el pelo con la toalla, tecleé «Jens Halvorsen» en un buscador de internet. Para mi fastidio, los pocos resultados que aparecieron estaban escritos en noruego, así que entré en la página de una librería online y busqué perezosamente libros en inglés o francés que pudieran mencionarlo.

Y entonces lo encontré.

El aprendiz de Grieg
Autor: Thom Halvorsen
Fecha de publicación (en Estados Unidos):
30 de agosto de 2007

Localicé la sinopsis:

Thom Halvorsen, célebre violinista de la Orquesta Filarmónica de Bergen, ha escrito la biografía de su tatarabuelo, Jens Halvorsen. Relata la vida de un compositor y músico de talento que trabajó estrechamente con Edvard Grieg. Con la ayuda de fascinantes recuerdos familiares, vemos a un Grieg nuevo a través de los ojos de un hombre que lo conoció en profundidad.

Encargué el libro de inmediato, aunque me fijé en que tenía que llegar desde Estados Unidos y marcaban un tiempo estimado de entrega de como mínimo dos semanas. Entonces tuve una idea brillante y saqué de mi billetera la tarjeta de Peter. Le escribí un correo electrónico donde le daba las gracias por la merienda y le explicaba que necesitaba hacerme con un libro que solo estaba disponible en Estados Unidos. Después, le preguntaba si podía buscármelo. No me sentí demasiado culpable al pedirle aquel favor, pues estaba segura de que disponía de incontables subalternos que podrían tratar de conseguirlo.

Seguidamente, tecleé *Peer Gynt* y leí por encima las diferentes referencias. Llegué a la del Museo Ibsen de Oslo —o de Cristianía, el nombre con el que la habían conocido Anna y Jens— y su conservador, Erik Edvardsen. Al parecer era un experto en Henrik Ibsen de fama mundial, y quizá estuviera dispuesto a ayudarme si le escribía un correo.

Estaba ansiosa por proseguir con mis indagaciones y leer lo que me quedaba de la traducción, pero recordé que había quedado para comer con Star en Battersea media hora más tarde y me obligué a cerrar el portátil.

Tomé un taxi y al cruzar el Támesis sobre un recargado puente de color rosa decidí que me estaba enamorando de Londres. Poseía una elegancia intrínseca, casi majestuosa, sin la energía frenética de Nueva York o la insulsez de Ginebra. Como todo en Inglaterra, parecía tener una confianza plena en su historia y su singularidad.

El taxi se detuvo delante de lo que antaño había sido, sin duda, un almacén. Situado frente al río, en otros tiempos tanto él como sus vecinos habrían proporcionado fácil acceso a las barcazas cargadas de té, sedas y especias. Pagué al taxista y llamé al timbre situado junto al número que Star me había dado. La puerta se abrió con un zumbido electrónico y su voz me dijo que tomara el ascensor hasta la tercera planta. Así lo hice, y encontré a Star esperándome en la puerta.

—Hola, cariño, ¿cómo estás? —me preguntó dándome un abrazo.

—Voy tirando —mentí mientras pasábamos a una espaciosa sala de color blanco dotada de unos grandes ventanales que daban al Támesis—. ¡Uau! —exclamé al acercarme a ellos para admirar la vista—. ¡Este lugar es fantástico!

—Lo eligió CeCe —dijo Star encogiéndose de hombros—. Tiene mucha luz y espacio de sobra para que pueda trabajar.

Miré a mi alrededor y me fijé en el espacio diáfano, el mobiliario minimalista sobre el parquet claro y la elegante escalera de caracol que presumiblemente conducía a los dormitorios. No era la clase de apartamento que yo habría elegido, pues era de todo menos acogedor, pero era decididamente espectacular.

—¿Qué te apetece tomar? —me preguntó Star—. Tenemos vino de todos los colores y, por supuesto, cerveza.

—Tomaré lo mismo que tú.

La seguí hasta la zona de la moderna cocina, toda ella de acero inoxidable y cristal esmerilado. Star abrió una de las puertas de la nevera doble y pareció dudar.

—¿Vino blanco? —le sugerí.

—Sí, buena idea.

Mientras mi hermana bajaba dos copas del armario y abría el vino, pensé una vez más en que Star nunca parecía expresar sus propias opiniones o tomar decisiones. Maia y yo nos habíamos preguntado muchas veces si aquella tendencia a condescender formaba parte de su personalidad o era consecuencia del papel dominante de CeCe en su relación.

—Huele bien.

Señalé una olla que borbotaba sobre la placa de tamaño industrial. Vi que también había algo cocinándose en el horno.

—Vas a ser mi conejillo de Indias, Ally. Estoy probando una receta nueva, y ya casi está lista.

—Genial. *Cheers*, como dicen en Inglaterra.

—*Cheers*.

Tras beber un sorbo de vino, dejé la copa sobre la encimera, porque por algún motivo noté enseguida acidez en el estómago. Mientras veía a Star remover el contenido de la olla, pensé en lo joven que parecía con su pelo rubio claro hasta los hombros y el largo flequillo que solía caerle sobre la frente ocultando como una cortina protectora sus enormes ojos azul cielo y lo que estos expresaban. Me costaba recordar que Star era una mujer adulta de veintisiete años.

—Bueno, ¿qué tal va lo de vivir en Londres? —le pregunté.

—Bien, creo. Me gusta esta ciudad.

—¿Y cómo va el curso de cocina?

—Ya lo he acabado. Estuvo bien.

—¿Crees que podrías dedicarte a ello profesionalmente? —insistí con la esperanza de sacarle una respuesta más elaborada.

—Creo que la cocina no es para mí.

—Ya. ¿Y sabes qué harás ahora?

—No.

Y entonces llegó el silencio, como solía ocurrir en las conversaciones con Star. Al rato, me preguntó:

—¿Y cómo estás tú, Ally? Ha tenido que ser durísimo para ti, con la muerte de Pa tan reciente.

—La verdad es que no sé muy bien cómo estoy. Todo ha cambiado para mí. Tenía mi futuro perfectamente planeado y de repente se ha desvanecido como el humo. Le he dicho al entrenador del equipo nacional suizo que no me presentaré a las pruebas olímpicas. No me veo capaz de enfrentarme a ellas ahora mismo. La gente dice que hago mal y me siento culpable por no tener fuerzas para continuar, pero no me parece lo más correcto. ¿Tú qué opinas?

Star se apartó el flequillo de los ojos y me miró con cautela.

—Pienso que has de hacer lo que tú sientas, Ally. Aunque a veces es difícil, ¿verdad?

—Sí. No quiero decepcionar a nadie.

—Exacto. —Star dejó escapar un suspiro mientras dirigía la mirada hacia los ventanales y después procedía a servir el contenido de la olla en dos platos—. ¿Comemos fuera?

—¿Por qué no?

Contemplé el río y la terraza que abarcaba el largo de la sala, y me pregunté, mezquinamente, cuánto costaría el alquiler de aquel lugar. No era un apartamento propio de una estudiante de arte sin blanca y su hermana al parecer perdida. Era evidente que CeCe había conseguido engatusar a Georg Hoffman para que le diera dinero la mañana que Star y ella fueron a verlo a Ginebra.

Trasladamos la comida a la mesa, que tenía como telón de fondo una miríada de plantas aromáticas que crecían exuberantes en grandes macetas dispuestas a lo largo de la terraza.

—Qué bonita. ¿Qué es? —Señalé un tiesto con una masa frondosa de flores naranjas, blancas y rosas.

—Una *Sparaxis tricolor*, comúnmente llamada «arlequina», pero creo que no le gusta la brisa del río. Su sitio, en realidad, está en un rincón recogido de un jardín inglés.

—¿La has plantado tú? —pregunté antes de probar los fideos con marisco que Star había preparado como plato principal.

—Sí. Me gustan las plantas. Siempre me han gustado. Solía ayudar a Pa Salt en su jardín de Atlantis.

—¿De veras? No lo sabía. Esto está muy bueno, Star —dije, aunque apenas tenía hambre—. Hoy estoy descubriendo todos tus talentos ocultos. Yo solo sé cocinar cosas básicas y no sabría ni plantar una margarita, así que de todo esto mejor ni hablar.

Señalé la profusión de flores que nos rodeaba. Se hizo otro silencio incómodo, pero reprimí la tentación de llenarlo.

—Últimamente me he estado preguntando qué es en realidad el talento. Es decir, las cosas que haces con facilidad ¿son un don? —preguntó Star con timidez—. Por ejemplo, ¿tuviste que esforzarte para tocar la flauta tan bien?

—Supongo que no, por lo menos al principio. Pero para mejorar tuve que practicar mucho. No creo que el mero hecho de poseer un talento te libre de tener que trabajar duro. Mira a los grandes compositores: no basta con escuchar la melodía en tu cabeza, has de aprender a orquestarla y a plasmarla sobre el papel. Eso requiere años de práctica y aprendizaje. Estoy segura de que millones de personas poseemos una habilidad natural para algo, pero si no la desarrollamos y nos dedicamos a ella, nunca alcanzaremos nuestro verdadero potencial.

Star asintió despacio.

—¿Has terminado? —preguntó mirando mi plato casi intacto.

—Sí. Lo siento, Star, está delicioso, en serio, pero últimamente no tengo mucho apetito.

A continuación hablamos de nuestras hermanas y de lo que estaban haciendo. Star me contó que CeCe estaba muy ocupada con sus «instalaciones». Yo mencioné el traslado sorpresa de Maia a Río y lo fantástico que era que finalmente hubiera encontrado la felicidad.

—Me alegro mucho de verte, Star —dije con una sonrisa—. Me ha levantado el ánimo.

—Y yo de verte a ti. ¿Adónde tienes pensado ir ahora?

—Lo cierto es que puede que vaya a Noruega e investigue el lugar donde las coordenadas de Pa Salt dicen que nací.

Estoy segura de que mis palabras me sorprendieron mucho más a mí que a Star, pues era la primera vez que aquella idea se me pasaba por la cabeza.

—Muy bien —dijo ella—. Creo que eso es justamente lo que debes hacer.

—¿Tú crees?

—¿Por qué no? Las pistas de Pa podrían cambiarte la vida. Han cambiado la de Maia. Y puede que —Star hizo una pausa— también la mía.

—¿En serio?

—Sí.

Se hizo otro silencio y comprendí que era inútil intentar sonsacarle más detalles sobre su revelación.

—Bueno, creo que ya es hora de irme. Muchas gracias por la comida. —Me levanté, presa de un cansancio repentino e impaciente por volver a mi refugio—. ¿Es fácil encontrar un taxi por aquí? —le pregunté a Star camino de la puerta.

—Sí. Gira a la izquierda y llegarás a la calle principal. Adiós, Ally. —Me dio dos besos—. Si decides ir a Noruega, dímelo.

De regreso en la silenciosa casa de Celia, subí a mi dormitorio y abrí el estuche que contenía mi flauta. Clavé la mirada en ella como si pudiera responder a todas las preguntas que se agolpaban en mi cabeza. La más urgente era adónde debía ir a continuación. Sabía que podía recluirme en «Algún Lugar». Una llamada telefónica a Peter y su hermosa casa de Anafi sería mía el tiempo que quisiera. Podría pasar un año concentrada en renovar el establo para cabras de Theo. Se me pasaron por la cabeza imágenes de *Mamma Mia*, el musical de Abba, y se me escapó la risa. Por muy tentador que fuera el caparazón de «Algún Lugar», sabía que no me ayudaría a avanzar. Simplemente me dejaría vivir en mi mundo con Theo, un mundo que fue pero ya no era.

Por otro lado, ¿me convendría ir a Atlantis? ¿Me quedaba algo allí? Aun así, todo lo que descubriera en Noruega también formaba parte del pasado, y yo era una persona que siempre miraba hacia delante. No obstante, dado que el «ahora» se hallaba en un punto muerto, quizá tuviera que retroceder a fin de poder avanzar. Decidí que solo tenía dos opciones: regresar a Atlantis o volar a Noruega. Tal vez me sentaran bien unos días de reflexión íntima en un país nuevo, lejos de todo y de todos. Allí nadie conocería mi historia e investigar el pasado me daría, por lo menos, algo en lo que concentrarme. Aunque al final no me condujera a nada.

Empecé a mirar vuelos a Oslo y encontré uno que salía aquella misma tarde y tenía asientos libres. Caí en la cuenta de que tenía que salir enseguida si quería llegar a Heathrow a tiempo. Me quedé mirando al vacío, tratando de tomar una decisión.

—Vamos, Ally —me dije con brusquedad mientras mi dedo sobrevolaba la tecla de confirmación—, ¿qué puedes perder?

Nada.

Además, estaba preparada para saber.

23

Mientras el avión volaba hacia el norte aquella tarde de finales de agosto, eché una ojeada a la información que tenía sobre el Museo Ibsen y el Teatro Nacional de Oslo. Al día siguiente por la mañana, me dije, visitaría ambos lugares para ver si alguien podía arrojar más luz sobre los datos que había extraído del libro de Jens Halvorsen.

Cuando desembarqué en el aeropuerto de Oslo, noté que caminaba con una ligereza inesperada y algo que casi parecía ilusión. Tras pasar la aduana, me dirigí directamente al mostrador de información y le pregunté a la joven que lo atendía si podía recomendarme un hotel cerca del Museo Ibsen. Mencionó el Grand Hotel, llamó y me comunicó que solo tenían disponibilidad en las habitaciones más caras.

—Está bien —dije—. Aceptaré lo que me ofrezcan.

La joven me entregó un recibo con la confirmación de mi reserva, me pidió un taxi y señaló la salida para que lo esperara fuera.

Cuando entramos en el centro de Oslo, la oscuridad me impidió hacerme una idea de dónde estaba o llevarme una impresión de la ciudad. Cuando llegamos a la imponente entrada del Grand Hotel, el portero me invitó enseguida a entrar y, una vez resueltas las formalidades, me condujeron a mi habitación, que resultó llamarse la «Suite de Ibsen».

—¿Es de su agrado, señora? —me preguntó el botones en inglés al tenderme la llave.

Contemplé la hermosa sala de estar, con su lámpara de araña y varias fotografías de Henrik Ibsen adornando las sedosas paredes de rayas, y la coincidencia me hizo sonreír.

—Sí, muchas gracias.

Le di una propina y, cuando se marchó, me paseé por la suite pensando que no me importaría instalarme en ella de manera permanente. Después de darme una ducha, salí del cuarto de baño acompañada por un tañido de campanas de iglesia que anunciaba la medianoche y me alegré de estar allí. Me acosté entre las sábanas de lino y me dormí.

A la mañana siguiente, madrugué y salí al pequeño balcón para contemplar la ciudad con la luz de un nuevo día. A mis pies se extendía una plaza flanqueada de árboles y rodeada de una mezcla de bellos edificios antiguos de piedra y unos cuantos algo más modernos. A lo lejos, sobre una colina, vislumbré un castillo rosa.

Entré de nuevo y caí en la cuenta de que no había comido nada desde el almuerzo del día anterior. Pedí el desayuno al servicio de habitaciones y me senté en la cama con mi albornoz, sintiéndome como una princesa en su nuevo palacio. Estudié el plano que me había entregado el recepcionista al registrarme en el hotel y vi que el Museo Ibsen se hallaba a un breve paseo a pie.

Después de desayunar, me vestí y bajé armada con mi plano. Cuando crucé la plaza, enseguida me llegó el familiar olor del mar y recordé que Oslo estaba construida sobre un fiordo. Reparé entonces en las muchas personas de cabello pelirrojo y tez clara que pasaban por mi lado. Durante mis años escolares en Suiza, mis compañeras se reían de mi piel blanca, mis pecas y mis rizos pelirrojos. Sus burlas me dolían, como suele ocurrir a esas edades, y recuerdo que un día le pregunté a Ma si podía teñirme el pelo.

—No, *chérie*, tu pelo es tu principal atractivo. Algún día esas niñas despreciables te tendrán envidia —fue su respuesta.

«Bueno —pensé mientras seguía caminando—, está claro que aquí no llamaré la atención.»

Me detuve delante de un impresionante edificio de ladrillo blanquecino cuya entrada estaba presidida por una columnata de pilares grises:

NATIONALTHEATER

Leí la inscripción grabada en lo alto de la elegante fachada y vi que, justo debajo, tallados en placas de piedra, aparecían los nombres de Ibsen y otros dos hombres de los que nunca había oído hablar. Me pregunté si sería aquel el edificio donde se estrenó la obra *Peer Gynt*. Para mi desilusión, el teatro estaba cerrado en aquel momento, de modo que seguí caminando por la concurrida avenida hasta el Museo Ibsen. Cuando entré, me descubrí en una pequeña librería de cuya pared izquierda pendía un tablero con las fechas de los principales acontecimientos de la exitosa carrera del poeta. El corazón se me aceleró un poco cuando leí: «24 de febrero de 1876, estreno de *Peer Gynt* en el Teatro de Cristianía».

—*God morgen! Kan eg hjelpe deg?* —dijo la chica del mostrador.

—¿Habla inglés? —fue lo primero que le pregunté.

—Claro —contestó con una sonrisa—. ¿Puedo ayudarla en algo?

—Sí, o por lo menos eso espero. —Saqué del bolso la fotocopia de la cubierta de la biografía y la deposité sobre el mostrador—. Me llamo Ally D'Aplièse y estoy recabando información sobre un compositor llamado Jens Halvorsen y una cantante llamada Anna Landvik. Ambos participaron en el estreno original de *Peer Gynt* en el Teatro de Cristianía. Me preguntaba si alguien del museo podría contarme algo más sobre ellos.

—Yo no, dado que solo soy una estudiante a cargo de la caja registradora —confesó—, pero subiré a ver si ha llegado Erik, el director del museo.

—Gracias.

Cuando la chica desapareció por una puerta situada detrás del mostrador, yo me paseé por la tienda y cogí una traducción al inglés de *Peer Gynt*. Como mínimo, debería leerla, pensé.

—Erik bajará a verla enseguida —me confirmó la joven a su vuelta.

Le di las gracias y pagué el libro.

Un rato después, apareció un hombre de pelo blanco y aspecto elegante.

—Hola, señorita D'Aplièse. Soy Erik Edvardsen —dijo tendiéndome la mano—. Ingrid me ha dicho que está interesada en Jens Halvorsen y Anna Landvik.

—Así es.

Le estreché la mano antes de enseñarle la fotocopia de la cubierta.

La estudió y asintió con la cabeza.

—Creo que tenemos un ejemplar en la biblioteca. Sígame, por favor.

Me invitó a cruzar una puerta que desembocaba en un vestíbulo austero. Comparado con el estilo moderno de la librería, fue como retroceder en el tiempo. El director del museo abrió la verja del viejo ascensor, la cerró una vez que nos subimos y pulsó un botón. Durante el ascenso, Erik me señaló una planta en particular.

—Ese es el apartamento donde Ibsen vivió los últimos once años de su vida. Es un privilegio para nosotros tener su custodia. ¿Es usted historiadora? —me preguntó cuando salimos del ascensor a una espaciosa sala forrada de libros desde el suelo hasta el techo.

—Dios mío, no —respondí—. El libro me lo dejó en herencia mi padre, que falleció hace unas semanas. De hecho, quizá debería decir que es más bien una pista, porque todavía no estoy segura de la relación que guarda conmigo. Actualmente me están traduciendo el texto del noruego al inglés y solo he leído la primera entrega. Lo único que sé hasta el momento es que Jens fue el músico que tocó los primeros acordes de «La mañana» en el estreno de *Peer Gynt*. Y que Anna era la voz fantasma de las canciones de Solveig.

—Para serle franco, no sé si podré serle de gran ayuda, porque mi especialidad es Ibsen, no Grieg. En realidad necesita ver a un experto en el propio Grieg, y la persona que mejor podrá ayudarla es el conservador del Museo Grieg de Bergen. No obstante —dijo paseando la mirada por las estanterías—, tengo algo que podría interesarle. Ah, aquí está. —Sacó un libro antiguo y grande de una de las estanterías—. Lo escribió Rudolf Rasmussen, también conocido como «Rude», uno de los niños que participó en la producción original de *Peer Gynt*.

—¡He leído sobre él en el libro! Hacía de mensajero entre Jens y Anna cuando se enamoraron en el teatro.

—¿En serio? —dijo Erik mientras pasaba las páginas—. Mire, aquí hay fotos del estreno, con todos los actores caracterizados.

Me tendió el volumen y contemplé con incredulidad las caras de las mismas personas sobre las que acababa de leer. Allí estaban

Henrik Klausen en el papel de Peer Gynt y Thora Hansson en el de Solveig. Intenté imaginármela como una estrella glamurosa, sin el atuendo campestre de Solveig. En otras fotografías aparecía el elenco al completo, pero sabía que Anna no estaría entre ellos.

—Puedo fotocopiarle las imágenes, si quiere —se ofreció Erik—, así podrá examinarlas con detenimiento.

—Sería fantástico, gracias.

Mientras Erik se dirigía a la fotocopiadora que había en un rincón de la estancia, me fijé en una fotografía de un teatro antiguo.

—Hace un rato he pasado por delante del Teatro Nacional y he tratado de imaginármelo en el estreno de *Peer Gynt* —comenté para romper el silencio.

—En realidad *Peer Gynt* no se estrenó en el Teatro Nacional, sino en el Teatro de Cristianía.

—Ah. Había dado por hecho que se trataba del mismo edificio y que simplemente había cambiado de nombre.

—Lamentablemente, el Teatro de Cristianía desapareció hace mucho tiempo. Estaba en Bankplassen, a quince minutos de aquí. Ahora es un museo.

Boquiabierta, clavé la mirada en la espalda de Erik.

—¿No se referirá al Museo de Arte Contemporáneo?

—El mismo. El Teatro de Cristianía se cerró en 1899 y todas las producciones musicales fueron trasladadas al nuevo Teatro Nacional. Tome.

Me tendió las fotocopias.

—Me temo que ya he abusado bastante de su tiempo. Muchas gracias por atenderme.

—Antes de que se vaya, le anotaré la dirección de correo electrónico del conservador del Museo Grieg. Dígale que va de mi parte. Estoy seguro de que podrá ayudarla mucho más que yo.

—Herr Edvardsen, le aseguro que ha sido usted de gran ayuda —afirmé mientras garabateaba la dirección.

—Hasta yo me resigno al hecho de que la música de Grieg ha superado en fama a la del propio poema —comentó con una sonrisa mientras me acompañaba al ascensor—. Se ha convertido en una composición emblemática en todo el mundo. Adiós, señorita D'Aplièse. Me encantaría saber si ha conseguido resolver el misterio. Y si necesita algo más, ya sabe dónde encontrarme.

—Gracias.

Regresé al Grand Hotel prácticamente dando brincos. Las coordenadas de la esfera armilar por fin cobraban sentido. Y cuando entré en el Grand Café, que ocupaba la esquina frontal del hotel, examiné el fresco de Ibsen y tuve la certeza de que, de alguna manera, Jens y Anna formaban parte de mi historia.

Siguiendo el consejo de Erik, durante el almuerzo escribí un correo al conservador del Museo Grieg. Luego, llevada por la curiosidad, tomé un taxi hasta el antiguo Teatro de Cristianía. El Museo de Arte Contemporáneo se alzaba sobre una plaza con una fuente en el centro. El arte contemporáneo no era lo mío, aunque estaba segura de que a CeCe le habría encantado, y decidí no entrar. Divisé entonces el Engebret Café, al otro lado de la plaza, y me acerqué.

Dentro, las mesas y las sillas eran de madera rústica, exactamente como las había imaginado por la descripción que Jens hacía en su libro. Un olor particular —a alcohol rancio, a polvo y, en menor medida, a humedad— flotaba en el aire. Cerré los ojos e imaginé a Jens y a sus compañeros de la orquesta, hacía más de un siglo, ahogando sus penas en aquavit durante horas. Pedí un café en la barra y me tomé el líquido caliente y amargo sintiéndome frustrada por no poder leer el resto de la historia hasta que la traductora me la hubiese enviado.

Salí del Engebret, saqué el plano y decidí regresar caminando al hotel mientras imaginaba a Anna y Jens paseando por aquellas mismas calles. Estaba claro que la ciudad había crecido desde entonces, pero, aunque había zonas ultramodernas, todavía conservaba muchos de sus bellos edificios antiguos. Cuando llegué al Grand Hotel, decidí que Oslo poseía un encanto especial. Su estructura compacta resultaba reconfortante; allí me sentía como en casa.

De vuelta en mi habitación, revisé mi correo electrónico y vi que el conservador del Museo Grieg ya me había contestado.

Estimada señorita D'Aplièse:

Sí, sé quiénes fueron Jens y Anna Halvorsen. Como seguramente ya sabrá, Edvard Grieg fue una suerte de mentor para ambos. Me encontrará aquí, en Troldhaugen, a las afueras de Bergen, todos los días de nueve a cuatro. Sería un placer conocerla y ayudarla en su investigación.

Atentamente,

Erling Dahl Jr.

No tenía ni idea de dónde se hallaba Bergen, así que busqué un mapa de Noruega en internet y vi que estaba en la costa, al noroeste de Oslo, sin duda a un trayecto en avión desde la capital. Hasta aquel momento no me había percatado de lo vasto que era aquel país. Pasado Bergen, había otra enorme porción de tierra que subía hacia el Ártico. Decidí reservar un vuelo para el día siguiente y escribí al señor Dahl para comunicarle que llegaría a Bergen a mediodía.

Eran más de las seis y fuera todavía era de día. Me imaginé los largos inviernos noruegos, cuando el sol desaparecía después de comer y la nieve lo cubría todo con su manto. Y entonces pensé en lo que mis hermanas comentaban a menudo: que yo parecía inmune al frío, porque siempre estaba abriendo las ventanas para dejar entrar el aire fresco. Siempre había creído que, sencillamente, estaba acostumbrada al frío por mis horas de navegación, pero al recordar la capacidad de Maia para soportar el calor y adquirir un atractivo bronceado en apenas unos minutos mientras yo me ponía roja como una gamba, me dije que a lo mejor el invierno era parte de mi legado, igual que los climas soleados lo eran del de Maia.

Sin pretenderlo me puse a pensar en Theo, como me ocurría siempre que se acercaba la noche. Sabía que le habría encantado acompañarme en aquel viaje y que probablemente habría analizado mis reacciones a cada paso. Cuando me metí en la cama, que aquella noche se me antojaba demasiado grande, me pregunté si alguien podría ocupar su lugar en el futuro. Y dudé de que fuera posible. Antes de dejarme arrastrar por completo por el sentimentalismo, puse el despertador a las siete, cerré los ojos e intenté conciliar el sueño.

24

Las vistas panorámicas de Noruega desde el avión eran, sencillamente, espectaculares. Bosques de color verde oscuro cubrían todas las laderas de los fiordos azul marino y una nieve deslumbrante coronaba unas montañas siempre heladas, incluso a principios de septiembre. Cuando llegamos al aeropuerto de Bergen, subí a un taxi a toda prisa y le pedí al conductor que me llevara directamente a Troldhaugen, el hogar de Grieg en su día y ahora un museo. El único paisaje que se divisaba desde la transitada autovía era una interminable mancha de árboles, pero finalmente salimos de ella y tomamos una carretera rural.

El coche paró frente a una encantadora casa de listones pintados de amarillo claro. Pagué al taxista, bajé del coche y me colgué la mochila al hombro. Me detuve un momento para contemplar la fachada, los grandes ventanales con sus marcos verdes y el balcón enrejado que sobresalía en la planta superior. En una de las esquinas se alzaba una torre y en lo alto de un poste ondeaba la bandera noruega.

Vi que la casa descansaba sobre la ladera de una colina con vistas a un lago y estaba rodeada de majestuosas píceas y mantos de hierba. Admirada por la serena belleza del paisaje, entré en el moderno edificio que se anunciaba como la entrada del museo y me presenté a la chica sentada detrás del mostrador de la tienda de regalos. Tras pedirle que informara al conservador de mi llegada, eché un vistazo al expositor de cristal situado debajo del mostrador y contuve la respiración.

—*Mon Dieu!* —murmuré en mi primera lengua a causa de la sorpresa.

Allí, dentro del expositor, había una colección de ranitas marrones idénticas a la que había encontrado dentro del sobre de Pa Salt.

—Erling, el conservador, llegará enseguida —me informó la chica después de colgar.

—Gracias. ¿Puedo preguntarle por qué venden estas ranas?

—Grieg siempre llevaba el modelo original en el bolsillo a modo de talismán —me explicó—. Iba con ella a todas partes y, antes de dormirse, le daba un beso de buenas noches.

—Hola, señorita D'Aplièse. Soy Erling Dahl. ¿Qué tal el vuelo?

Un hombre atractivo de pelo cano había aparecido a mi lado.

—Muy bien, gracias —dije tratando de serenarme tras el descubrimiento de la rana—. Y se lo ruego, llámeme Ally.

—De acuerdo, Ally. ¿Puedo preguntarte si tienes hambre? En lugar de charlar en mi abarrotado despacho, podríamos hacerlo en la cafetería con un sándwich delante. Puedes dejarle tu equipaje a Else.

Señaló a la chica del mostrador.

—Me parece perfecto.

Le entregué mi mochila a la chica con un gesto de agradecimiento y seguí al conservador a través de una puerta doble. Las paredes de la sala en la que entramos estaban hechas casi por entero de cristal, de manera que permitían disfrutar de la imponente vista del lago a través de los árboles. Contemplé la refulgente extensión de agua, tachonada de pequeñas islas festoneadas de pinos antes de perderse en el horizonte brumoso.

—El lago Nordås es magnífico, ¿verdad? —dijo Erling—. A veces olvidamos lo afortunados que somos de trabajar en un lugar como este.

—Es impresionante —susurré—. En efecto, sois muy afortunados.

Después de pedir café y sándwiches para los dos, Erling me preguntó de qué modo podía ayudarme. Saqué una vez más las fotocopias del libro de Pa Salt y le expliqué lo que quería saber.

Las estudió detenidamente.

—No he leído el libro, pero conozco la historia que cuenta. No hace mucho ayudé a Thom Halvorsen, el tataranieto de Jens y Anna, a documentarse para una nueva biografía.

—Sí. Estoy pendiente de que me llegue de Estados Unidos. Entonces ¿conoces a Thom Halvorsen en persona?

—Ya lo creo. Vive a pocos minutos a pie de aquí, y la comunidad musical de Bergen es pequeña. Toca el violín en la Orquesta Filarmónica y hace poco que lo han nombrado subdirector de la misma.

—¿Crees que podrías presentármelo? —pregunté cuando llegaron los sándwiches.

—Desde luego, pero actualmente está de gira por Estados Unidos con la orquesta. Vuelve dentro de unos días. ¿Hasta dónde has llegado en tu investigación?

—Todavía no he terminado de leer la biografía original, puesto que estoy esperando el resto de la traducción. Me quedé en el momento en que Jens se ve obligado a abandonar la casa familiar y a Anna Landvik le ofrecen el papel de Solveig.

—Entiendo. —Erling me sonrió y miró su reloj—. Lamentándolo mucho, no puedo contarte nada más ahora mismo porque dentro de media hora tendrá lugar nuestro concierto del mediodía. Pero, de todas maneras, puede que lo mejor sea que termines de leer el manuscrito de Jens y charlemos después.

—¿Dónde es el concierto?

—En nuestro auditorio, llamado la Troldsalen. Durante los meses de verano invitamos a pianistas para que interpreten la música de Grieg. Hoy ofrecemos el *Concierto para piano en la menor*.

—¿De veras? ¿Te importa que asista?

—En absoluto. —Erling se levantó—. ¿Por qué no terminas tu sándwich y te acercas después al auditorio mientras yo voy a comprobar si nuestro pianista tiene lo que necesita?

—Me parece estupendo, gracias, Erling.

Después de obligarme a comerme el resto del sándwich, seguí los letreros que, a través del frondoso bosque, guiaban hasta un edificio acogedoramente oculto entre los pinos. Una vez dentro, bajé la escalera del empinado auditorio y descubrí que ya estaba lleno en sus dos terceras partes. El pequeño escenario, en cuyo centro descansaba un magnífico piano de cola Steinway, estaba rodeado de más ventanales que, con los abetos y el lago detrás, ofrecían un telón de fondo imponente.

Poco después de que me sentara, Erling apareció en el escenario acompañado de un hombre joven de pelo moreno y constitución delgada que, incluso de lejos, llamaba la atención por su aspecto. Erling se dirigió al público en noruego y seguidamente en inglés, como gesto de deferencia a los muchos turistas presentes.

—Es un honor para mí presentarles al pianista Willem Caspari. Este joven ha dejado ya su impronta en todo el mundo con sus actuaciones, la más reciente en el Proms del Royal Albert Hall de Londres. Le estamos sumamente agradecidos por haber aceptado deleitarnos con su presencia en este pequeño rincón del planeta.

El público aplaudió y Willem asintió impertérrito antes de sentarse frente al piano y esperar a que se hiciera el silencio. Cuando tocó los primeros acordes, cerré los ojos y dejé que la música me trasportara a mis días en el Conservatorio de Ginebra, donde todas las semanas asistía a conciertos y a menudo tocaba en ellos. En otros tiempos, la música clásica había sido mi gran pasión y, sin embargo, me di cuenta con gran vergüenza de que hacía por lo menos diez años que no asistía ni al más modesto de los recitales. Mientras escuchaba a Willem, fui relajándome. Observé la elegancia con que deslizaba sus ágiles manos sobre el teclado. Y me prometí que a partir de aquel momento pondría remedio a la situación.

Terminado el concierto, Erling vino a buscarme y me llevó hasta el escenario para presentarme a Willem Caspari. El pianista poseía un rostro de facciones particularmente angulosas. De piel blanca y tersa, sus pómulos elevados enmarcaban unos ojos azul turquesa y unos labios rojos y carnosos. Todo en él era impecable, desde el cabello moreno hasta los zapatos brillantes y negros. En cierto modo, recordaba a un vampiro atractivo.

—Muchas gracias por el concierto —le dije—. Me ha encantado.

—No hay de qué, señorita D'Aplièse. —Antes de estrecharme la mano, se secó discretamente los dedos con un pañuelo blanquísimo. Luego me miró con detenimiento—. ¿Sabe? Estoy casi seguro de que nos hemos visto antes.

—¿Usted cree? —repuse un tanto apurada, pues era incapaz de recordar dónde.

—Sí. Fui alumno del Conservatorio de Ginebra. Creo que usted entró cuando yo me encontraba en mi último año. Aparte de poseer una memoria excelente para las caras, recuerdo su apellido porque en aquel entonces me pareció poco corriente. Es usted flautista, ¿verdad?

—Sí —dije sorprendida—, o por lo menos lo era.

—¿En serio, Ally? No me lo habías dicho —intervino Erling.

—Bueno, ya hace mucho de todo eso.

—¿Ya no toca? —me preguntó Willem al tiempo que se alisaba compulsivamente las solapas en lo que parecía más un gesto inconsciente que un esfuerzo por impresionar.

—No.

—Si no recuerdo mal, asistí a un recital suyo en una ocasión. Interpretó *Sonata para flauta y piano*.

—Es verdad. Ciertamente, posee una memoria increíble.

—Para las cosas que deseo recordar, sí. Tiene su parte buena y su parte mala, créame.

—Qué interesante, porque el músico sobre el que Ally está investigando en estos momentos también era flautista —señaló Erling.

—¿Y de quién se trata, si no es indiscreción? —inquirió Willem clavando en mí su mirada de ojos brillantes.

—De un compositor noruego llamado Jens Halvorsen y de su esposa Anna, que era cantante.

—Me temo que no he oído hablar de ellos.

—Los dos fueron muy conocidos en Noruega, sobre todo Anna —explicó Erling—. Y ahora, si dispones de tiempo, quizá te apetezca visitar la casa de Grieg y la cabaña de la ladera de la colina donde componía su música.

—Sí, gracias.

—¿Le importa si la acompaño? —preguntó Willem sin dejar de observarme con la cabeza ladeada—. Llegué a Bergen anoche mismo y todavía no he tenido tiempo de darme una vuelta.

—En absoluto —contesté, pues prefería caminar a su lado a seguir siendo objeto de un escrutinio en apariencia desapasionado pero sin duda intenso.

—En ese caso, os dejo —dijo Erling—. Antes de marcharos, pasaos por mi despacho para despediros. Y gracias por tu fantástica actuación de hoy, Willem.

Willem y yo salimos del auditorio detrás de Erling y subimos los escalones flanqueados de árboles que conducían hasta la casa.

Franqueamos la puerta y entramos en un salón con suelo de madera donde, arrimado a una pared, había un piano de cola Steinway. El resto de la estancia contenía una ecléctica mezcla de muebles rústicos y elegantes piezas de nogal y caoba. Sobre las paredes de pino añejo, los retratos y los cuadros de paisajes se disputaban la atención del visitante.

—Sigue pareciendo un hogar —comenté.

—Es cierto —convino Willem.

Distribuidas por toda la estancia había fotos enmarcadas de Grieg y su esposa Nina, y una en concreto, en la que aparecían los dos de pie junto al piano, atrajo mi atención. Nina sonreía con candor y Grieg mantenía una expresión impenetrable bajo sus gruesas cejas y el denso bigote.

—Se los ve muy bajos al lado del piano —dije—. ¡Parecen muñecos!

—Por lo visto medían poco más de metro y medio. ¿Sabía que Grieg sufría de neumotórax? Cuando posaba se ponía un cojín pequeño dentro de la americana para rellenar el hueco, por eso siempre tiene la mano sobre el pecho, para sujetarlo.

—Fascinante —murmuré mientras paseábamos por la estancia examinando los diferentes objetos expuestos.

—¿Por qué dejó la música? —me preguntó de pronto Willem repitiendo un patrón conversacional que yo ya estaba empezando a reconocer: era como si mentalmente marcara una casilla que decía «Punto tratado» antes de pasar al siguiente tema de la lista.

—Me convertí en navegante profesional.

—¿Y pasó a tocar el *hornpipe*? —Se rio de su propio chiste—. ¿Echa de menos tocar?

—La verdad es que a lo largo de los últimos años no he tenido tiempo. La navegación ha sido mi vida.

—Yo no puedo imaginarme una vida sin música. —Willem señaló el piano de Grieg—. Este instrumento es mi pasión y mi tortura, el motor de mi vida. A veces tengo pesadillas con contraer artritis en los dedos. Sin mi música no tendría nada.

—Entonces puede que usted crea más en su talento de lo que yo creí en el mío en determinada época. Cuando estaba en el conservatorio, llegó un momento en que sentí que estaba estancada. Por mucho que practicara no tenía la sensación de progresar.

—Yo llevo años sintiendo eso todos los días, Ally. —Al parecer, Willem había decidido que ya podíamos tutearnos—. Me temo que son gajes del oficio. Debo creer que progreso, de lo contrario me suicidaría. ¿Te apetece que echemos un vistazo a la cabaña donde el gran hombre compuso algunas de sus obras maestras?

La cabaña no estaba lejos de la casa. A través de los vidrios de la puerta de entrada atisbé un modesto piano vertical junto a una pared, con una mecedora al lado y una mesa delante de la gran ventana que daba al lago. Y sobre la mesa, otra rana como la mía. Decidí no compartir aquel detalle con Willem.

—Qué vista —suspiró—. Bastaría para inspirar a cualquiera.

—Es un lugar muy solitario, ¿no crees?

—A mí eso no me molestaría —dijo encogiéndose de hombros—. Estaría feliz aquí solo. Soy muy autosuficiente.

—Yo también, pero aun así creo que acabaría volviéndome loca. —Sonreí—. ¿Volvemos?

—Sí. —Willem miró su reloj—. He quedado a las cuatro en mi hotel con una periodista que quiere entrevistarme. La recepcionista del museo me ha dicho que me pediría un taxi. ¿Dónde te hospedas? Quizá pueda acompañarte con el coche.

—Todavía no he buscado alojamiento —dije de regreso al museo—. Seguro que encuentro algo a través de la oficina de turismo de la ciudad.

—¿Por qué no pruebas en mi hotel? Es muy limpio y se encuentra en el paseo del puerto viejo, así que tiene unas vistas espectaculares del fiordo. Me admira tu actitud relajada respecto al tema del alojamiento —añadió cuando entrábamos en la recepción—. Cuando viajo, he de reservar el hotel con varias semanas de antelación y saber exactamente dónde voy a hospedarme; si no, me pongo tan nervioso que podría darme un ataque.

—Tal vez mi actitud se deba a los años dedicados a la navegación. Puedo dormir en cualquier lugar.

—Y quizá yo no pueda porque soy más quisquilloso que la mayoría de la gente. Todo el que me conoce se desespera con mi obsesión por tenerlo todo controlado.

Else, la chica de la caja, me devolvió la mochila y esperé junto a la puerta a que Willem consiguiera un taxi. Mientras lo estudiaba con disimulo, me dije que su tensión interna se reflejaba físicamente en su porte, que era como el de un soldado, con los tendones tirantes y unas manos que se abrían y cerraban mientras Else hablaba con la compañía de taxis.

«Pertinaz», fue la palabra que me vino a la cabeza.

—¿Y dónde vives cuando no estás navegando o recorriendo el mundo investigando a músicos fallecidos hace tiempo y a sus esposas? —me preguntó cuando subimos al taxi.

—En Ginebra, en la casa de mi familia.

—Entonces ¿no tienes casa propia?

—Nunca la he necesitado. Siempre estoy viajando.

—He ahí otra cosa que nos diferencia. Mi apartamento de Zúrich es mi refugio. Y tengo que contenerme para no pedirle a la gente que se quite los zapatos antes de entrar o para no ponerles una toallita antibacteriana en las manos cuando vienen a verme.

Recordé que después de tocar el piano se había limpiado discretamente las manos.

—Sé que soy raro —continuó en un tono afable—, de modo que no te avergüences por pensarlo.

—Casi todos los músicos que he conocido son excéntricos. A veces pienso que es un rasgo inherente al artista.

—O «autista», como dice mi psiquiatra. Puede que exista una línea muy fina entre ambas cosas. Mi madre dice que necesito encontrar pareja para enderezarme, pero dudo que haya alguien dispuesto a soportar mis manías. ¿Tienes pareja?

—La… la tenía, pero murió hace unas semanas —dije mirando por la ventanilla del taxi.

—Lo siento mucho, Ally.

—Gracias.

—No sé qué decir.

—No te preocupes, le pasa a todo el mundo —lo tranquilicé.

—¿Por eso has venido a Noruega?

—Supongo que sí.

El taxi redujo la velocidad al adentrarse en el encantador puerto flanqueado de edificios con tejados a dos aguas y fachadas de madera pintadas en blancos, granates, ocres y amarillos. Los colores se tornaron borrosos cuando noté el escozor de las lágrimas en los ojos.

Willem se aclaró la garganta después de un largo silencio.

—No suelo hablar de ello, pero el caso es que tengo experiencia de primera mano en lo que estás pasando. Mi pareja murió hace cinco años, justo después de Navidad. No es un buen recuerdo.

—Lo siento mucho.

Le di una palmadita en el puño apretado y entonces fue él quien desvió la mirada.

—Para mí fue una liberación. La enfermedad de Jack se agravó mucho hacia el final. ¿Y en tu caso?

—Theo tuvo un accidente navegando. Desapareció de un momento para otro.

—No sé qué es peor, la verdad. Yo tuve tiempo de hacerme a la idea, pero también tuve que ver sufrir a la persona que amaba. Creo que aún no lo he superado. Pero perdóname, no pretendía deprimirte más de lo que seguramente ya lo estás.

—No te preocupes. En cierto modo resulta reconfortante saber que otras personas han pasado por lo mismo.

El taxi se detuvo delante de un edificio alto de ladrillo.

—Este es mi hotel. ¿Por qué no entras y preguntas si tienen habitaciones? Dudo que encuentres algo mejor.

—En lo que a vistas se refiere, seguro que no —convine.

Cuando bajé del taxi, vi que el hotel Havnekontoret se alzaba a solo unos metros del borde del muelle, donde había amarrada una preciosa goleta de doble mástil.

—A Theo le habría encantado —musité, agradecida de poder comentar algo así y saber que mi interlocutor me entendería al instante.

—Sí. Permite que te lleve el equipaje.

Le pedí al taxista que aguardara unos minutos mientras entraba en el hotel con Willem y preguntaba la disponibilidad en recepción. Tras reservar una habitación, salí y le dije que podía marcharse.

—Me alegro de que ya tengas dónde alojarte. —Willem esperaba junto a la recepción en actitud tensa—. Parece que mi periodista ya ha llegado. Los detesto, pero qué se le va a hacer. Te veré más tarde.

—De acuerdo —dije, y él echó a andar hacia la mujer que aguardaba en el vestíbulo.

Después de entregar mi tarjeta de crédito y obtener la contraseña de la wifi, subí en ascensor a mi habitación. Se hallaba en el último piso y ofrecía unas vistas del puerto impresionantes. Como empezaba a anochecer, me quité los vaqueros, me puse un pantalón de chándal y una sudadera y encendí el portátil. Mientras se ponía en marcha, pensé en Willem y en el hecho de que, pese a todas sus rarezas, me había caído bien. Entré en mi cuenta de correo electrónico y vi que había otro correo de Magdalena Jensen, la traductora.

De: Magdalenajensen1@trans.no
Para: Allygeneva@gmail.com
Asunto: Grieg, Solveig og Jeg / Grieg, Solveig y yo
1 de septiembre de 2007

Querida Ally:

Te adjunto el resto de la traducción. Te devolveré el libro original mandándolo por correo a la dirección de Ginebra. Espero que disfrutes de la lectura. Es una historia interesante.
Saludos cordiales,

MAGDALENA

Cliqué en «Abrir archivo» y esperé impaciente a que el siguiente bloque de páginas se descargara. Y una vez más, empecé a leer...

Anna

Cristiania, Noruega

Agosto de 1876

25

Anna, *kjære*, qué alegría tenerte de nuevo con nosotros. —Frøken Olsdatter hizo pasar a la muchacha al apartamento y le cogió la capa—. Con herr Bayer en Drøbak, las cosas han estado demasiado tranquilas por aquí. ¿Lo has pasado bien en el campo?

—De maravilla, gracias, aunque se me ha hecho un poco corto.

Anna siguió al ama de llaves hasta el salón.

—¿Té?

—Sí, gracias.

—Enseguida vuelvo.

Cuando la mujer salió de la habitación, Anna pensó que se alegraba de estar de nuevo en Cristianía disfrutando de las amables atenciones del ama de llaves. «Y aunque me haya vuelto una malcriada, me da igual», se dijo con un suspiro de alivio al recordar que aquella noche dormiría en un colchón cómodo y al día siguiente se despertaría con la bandeja del desayuno en la cama. Por no mencionar el baño caliente…

Frøken Olsdatter interrumpió sus pensamientos al regresar con el té.

—Tengo que darte una noticia —dijo mientras servía el líquido humeante en dos tazas de porcelana y le pasaba una a Anna—. Herr Bayer aún tardará en regresar a Cristianía. Su pobre madre está muy enferma y no puede dejarla sola. Cree que el final está cerca y, como es lógico, quiere estar a su lado. Así que te ha dejado a mi cargo hasta su regreso.

—Siento mucho oír que la madre de herr Bayer esté tan enferma —respondió Anna, si bien no lamentaba en absoluto que la vuelta de herr Bayer se demorara.

—Los ensayos tendrán lugar durante el día, de modo que yo misma te llevaré y te traeré en el tranvía. Después del té deberías revisar tu nuevo guardarropa. Ya han llegado las prendas de invierno que herr Bayer encargó a la modista. En mi opinión, son magníficas. También te ha llegado una carta que te he dejado en la habitación.

Diez minutos después, Anna abrió su armario y lo encontró repleto de preciosas prendas confeccionadas a mano. Había blusas de la seda y la muselina más suaves, faldas de delicada lana y dos vestidos exquisitos: uno de color topacio y otro rosa oscuro. También había dos corsés nuevos, varios pares de bombachos y medias tan finas como una tela de araña.

La idea de que herr Bayer le hubiese encargado aquellas prendas tan íntimas la hizo estremecerse, pero la apartó de su mente diciéndose que seguramente habría sido frøken Olsdatter quien se había ocupado de ello. Sobre un estante descansaban dos pares de zapatos de tacón: uno forrado con la misma seda rosa del vestido y adornado con una hebilla plateada y el otro de color marfil con encaje blanco. Mientras se probaba los zapatos rosas su mirada se posó en una sombrerera. La bajó del estante con sumo cuidado y al abrir la tapa soltó una exclamación. El sombrero, a juego con el vestido rosa, exhibía el arreglo de plumas y cintas más elaborado que había visto en su vida. Se acordó del día en que llegó por primera vez a la estación de tren de Cristianía y de lo mucho que la habían maravillado los sombreros de las señoras. Este, se dijo mientras se lo colocaba delicadamente en la cabeza, no tenía nada que envidiarles. Se paseó por la habitación con su sombrero y sus zapatos nuevos, sintiéndose más adulta y más alta, y pensó con asombro en lo mucho que había cambiado desde su llegada a Cristianía.

Con el sombrero todavía en la cabeza, se sentó y cogió la carta que frøken Olsdatter le había dejado allí. Con un suspiro, vio que era de Lars y la abrió con recelo, temiendo lo que pudiera contener.

22 de julio de 1876

Querida Anna:

Prometí que te escribiría para proseguir con la breve conversación que mantuvimos la noche de la boda de tu hermano.

A lo largo de los últimos meses se ha hecho obvio que tu vida en Cristianía ha alterado tus esperanzas y proyectos de futuro. Te lo ruego, mi querida Anna, no te sientas culpable por ello. Es totalmente normal que cambien. Tienes mucho talento, y además lo has depositado en manos de gente importante que puede cultivarlo y ofrecérselo al mundo.

Aunque tus padres crean que las cosas apenas han cambiado, yo sé que sí lo han hecho, y mucho. Interpretar a Solveig en el Teatro de Cristianía en otoño es una oportunidad que por fuerza te ha de transformar aún más. Por difícil que me resulte, he de aceptar que la idea de casarte conmigo ya no te parezca atractiva. Si es que alguna vez te lo pareció, algo que dudo.

Sé que tu sentido de la ética y tu corazón bondadoso jamás te habrían permitido expresar tus verdaderos sentimientos. Aparte del dolor que pudieras causarme, no te habrías arriesgado a decepcionar a tus padres. Por lo tanto, tal como acordamos, les diré que he decidido que no puedo seguir esperándote. Tu padre ya me ha comprado las tierras y estoy satisfecho con el acuerdo económico al que hemos llegado. Igual que tú no estás hecha para la casa, yo no estoy hecho para la granja, y ahora que mi padre ha muerto poco me retiene aquí.

Y parece ser que existe otra alternativa.

Anna, debo decirte que he recibido noticias de Scribner, la editorial de Nueva York a la que te dije que había enviado mis poemas. Quieren publicarlos y me han ofrecido un pequeño adelanto. Como bien sabes, siempre he soñado con ir a Estados Unidos. Con el dinero que me ha dado tu padre por la tierra tengo lo justo para comprar el pasaje. Como puedes imaginar, estoy muy ilusionado con el viaje, y el hecho de que vayan a publicar mis poemas es todo un honor. Nada me habría gustado tanto como convertirte en mi esposa y llevarte conmigo para empezar allí una nueva vida. Sin embargo, es un mal momento para ti. Y francamente, Anna, aunque no lo fuera, entiendo que nunca podrías amarme como yo te he amado.

No te guardo rencor y te deseo lo mejor. Curiosamente, el Señor nos ha dado libertad para seguir nuestros respectivos caminos, que ya no podrán estar entrelazados. Aunque ya no vayamos a casarnos, espero que sigas considerándome tu amigo.

Parto hacia América dentro de seis semanas.

LARS

Anna dejó la carta sobre la cama y reflexionó largo rato sobre su contenido, conmovida y alterada a partes iguales.

Estados Unidos. Se reprendió por haber creído que era una quimera de Lars y por no haberlo tomado en serio. Ahora, ahí estaba, con sus poemas a punto de ser publicados y la posibilidad de seguir un día los pasos del propio herr Ibsen.

Por primera vez dejó de ver a Lars como una víctima, como un perro triste necesitado de caricias. Después de haberle vendido a su padre la tierra a modo de dote, él también tenía la oportunidad de escapar de Heddal y perseguir su sueño, justo igual que ella.

Aquello, al menos, la reconfortaba.

¿Se habría ido a América con él si se lo hubiera pedido?

—No.

La respuesta brotó espontáneamente de sus labios. Se recostó en la cama y su nuevo sombrero de seda se cayó hacia delante y le cubrió los ojos.

Apartamento 4
10 St. Olav's Gate
Cristianía

4 de agosto de 1876

Querido Lars:

Gracias por tu carta. Me alegro mucho de tu buena fortuna. Espero que me escribas desde Estados Unidos. Y por favor, acepta mi gratitud por todo lo que has hecho por mí. Tu ayuda con la lectura y la escritura hizo que mi vida aquí, en Cristianía, fuera posible.

Dales recuerdos a *mor* y a *far* de mi parte. Espero que no te echen la caballería encima cuando les digas que la boda se cancela. Es muy generoso por tu parte asumir la culpa.

Espero que en Estados Unidos encuentres una esposa mucho mejor que yo. Y como tú, también deseo seguir siendo tu amiga.

Espero que no te marees en el mar.

ANNA

Mientras le aplicaba el lacre al sobre, Anna acusó el impacto de lo que Lars le había contado en su carta. Ahora que ya solo era su amigo y se marchaba a otro país, se dio cuenta de que lo echaría de menos.

«¿Debería haberme casado con él? —se preguntó tras levantarse y acercarse a la ventana para contemplar la calle—. Era muy bueno y amable. Y probablemente hará fortuna en Estados Unidos, mientras que yo bien podría quedarme soltera toda la vida…»

Más tarde, cuando se dirigía al recibidor para dejar la carta en la bandejita de plata, sintió que, finalmente, el último y frágil hilo que la unía a su antigua vida se rompía.

Los ensayos de *Peer Gynt* comenzaron tres días después. Los demás actores, muchos de ellos de la primera producción, se mostraron amables y atentos con Anna, pero, si bien aprender una canción y cantarla no representaba ningún problema para la joven, ser actriz le resultaba mucho más complicado de lo que se había imaginado. Unas veces se trasladaba hasta el lugar correcto del escenario pero olvidaba su frase; otras, recordaba ambas cosas pero no lograba que su rostro expresara la emoción debida. Aunque herr Josephson, el director, era muy paciente con ella, para Anna era casi tan difícil como tener que frotarse la barriga y darse palmadas en la cabeza al tiempo que bailaba una polca.

Descorazonada, después del cuarto día de ensayo empezó a preguntarse si algún día conseguiría hacerlo bien. Al salir del teatro, se le escapó un grito cuando notó que una mano la agarraba del brazo.

—Frøken Landvik, veo que ya está de vuelta en Cristianía. ¿Qué tal lo pasó en el campo?

Y allí estaba Jens Halvorsen el Malo. Su cercanía aceleró el corazón de Anna y, aunque el muchacho relajó la mano, no la apartó del todo. La chica notó su calor a través de la manga de la blusa y tragó saliva con dificultad. Cuando se volvió hacia él, le sorprendió ver el cambio que había experimentado. El pelo, antes brillante y ensortijado, le caía lacio alrededor de la cara y llevaba el traje arrugado y roñoso. Tenía pinta de no haberse dado un buen baño desde hacía semanas, y su olfato se lo confirmó.

—Mi carabina me espera fuera —musitó—. Deje que me vaya, por favor.

—De acuerdo, pero antes debo decirle que no he dejado de extrañarla ni un solo día. ¿No cree que ya le he demostrado con creces mi amor y lealtad? Por favor, le ruego que diga que me concederá una cita.

—No pienso decir tal cosa —replicó ella.

—Entonces, nada me impedirá verla aquí, en el teatro, ¿no cree, frøken Landvik? —gritó Jens mientras Anna salía a toda prisa por la puerta y esta se cerraba a su espalda con un fuerte golpe.

Durante la semana siguiente, Jens esperó a Anna todos los días a la salida del teatro, después de los ensayos.

—Herr Halvorsen, esta situación resulta cada vez más irritante —le susurraba ella mientras Halbert, el portero, ocupaba su habitual asiento de primera fila para presenciar el cortejo.

—¡Fantástico! Puede que así transija y me permita por lo menos invitarla a tomar el té.

—Mi carabina estará encantada de acompañarnos. Por favor, comuníquele su petición —le decía ella cuando pasaba a su lado tratando de reprimir una sonrisa.

En realidad, Anna esperaba aquellos encuentros diarios con gran ilusión y había empezado a relajarse un poco, consciente de que ambos estaban disputando el atormentador juego del gato y el ratón. Dado que Lars ya no la «estaba esperando» y que ella se había pasado el verano soñando con Jens, su determinación, pese a todos sus esfuerzos, empezó a flaquear.

El lunes siguiente, después de un largo fin de semana encerrada en el apartamento, frøken Olsdatter anunció que tenía que ir a la otra punta de la ciudad para encargarse de un asunto de herr Bayer y que consideraba a Anna lo bastante responsable para volver a casa sola en el tranvía. Así pues, cuando Anna abandonó el escenario aquel día, supo que había llegado el momento de ceder.

Jens la estaba esperando, como siempre, junto a la puerta de atrás.

—¿Cuándo me dirá que sí, frøken Landvik? —preguntó lastimosamente cuando Anna pasó a su lado—. He de confesar que, pese a mi aguante, su indiferencia está minando lentamente mi determinación.

—¿Hoy? —propuso Anna volviéndose hacia él con brusquedad.

—Eh... sí... por supuesto.

Anna observó su desconcierto con satisfacción.

—Iremos al Engebret Café —dijo él—. Está aquí mismo, al otro lado de la plaza.

Anna había oído hablar del Engebret y, de hecho, le parecía un lugar muy atrayente.

—¿Y si nos ve alguien? Considerarán poco decoroso que acuda sin carabina.

—Lo dudo mucho —rio Jens—. El Engebret lo frecuentan sobre todo bohemios y músicos borrachos que ni siquiera pestañearían aunque bailara desnuda sobre una mesa. Nadie se fijará en nosotros, se lo prometo. Vamos, frøken Landvik, estamos perdiendo un tiempo precioso.

—Está bien.

Anna notó un hormigueo en el estómago.

Salieron del teatro en silencio y cruzaron la plaza hasta el café, donde ella señaló una mesa en el rincón más oscuro y tranquilo. Jens pidió té para dos.

—¿Y qué tal tu verano, Anna?

—Mucho mejor que el suyo a juzgar por su aspecto. Parece... enfermo.

—Bueno, gracias por expresarlo de una manera tan... delicada —rio Jens ante su franqueza—. No estoy enfermo, solo es que soy pobre y necesito ropa limpia y un baño como es debido. Simen, que también toca en la orquesta, dice que me he convertido en un músico auténtico. Tuvo la amabilidad de proporcionarme un techo cuando tuve que dejar mi casa.

—¡Dios mío! ¿Por qué?

—Porque mi padre desaprueba mis aspiraciones musicales. Quiere que siga sus pasos y dirija la fábrica de cerveza como han hecho mis antepasados.

Anna lo miró con renovada admiración. Debía de ser muy valiente, pensó, para abandonar a su familia y su cómoda vida por el bien del arte.

—Aun así —continuó Jens—, ahora que ha empezado la temporada en el teatro y finalmente estoy ganando dinero, me mudaré a un lugar mejor. Otto, el oboe, me dijo ayer que me alquilará una habitación en su apartamento. Su esposa ha muerto hace poco, y como era una mujer bastante rica, espero encontrar un entorno más salubre. Ese apartamento se encuentra a solo cinco minutos de tu casa, Anna. Seremos prácticamente vecinos. Podrás venir a tomar el té.

—Me alegra saber que estará más cómodo —dijo ella con timidez.

—¡Y mientras yo caigo en el arroyo, tu estrella no para de ascender! Puede que un día te conviertas en la rica benefactora que todo músico necesita —bromeó Jens cuando llegó el té—. Mírate, con esa ropa elegante y ese sombrero de París. Últimamente pareces una dama acaudalada.

—Puede que mi estrella caiga con la misma rapidez con que ha subido. Soy una actriz pésima y no me extrañaría que perdiera mi trabajo muy pronto —confesó de repente Anna, agradecida de poder desahogarse con alguien.

—Eso no es cierto. Cuando la orquesta se reunió ayer para su primera intervención, oí a herr Josephson decirle a Hennum que aprendías deprisa.

—Usted no lo entiende, herr Halvorsen. A mí nunca me ha preocupado plantarme delante del público y cantar, pero declamar y representar un personaje es algo muy diferente. Creo que incluso tengo pánico escénico —dijo Anna mientras toqueteaba distraídamente el asa de su taza—. No sé de dónde voy a sacar el valor para salir al escenario la noche del estreno.

—Anna… ¿qué te parece si yo te llamo Anna y tú me llamas Jens? Creo que ya nos conocemos lo bastante para tutearnos.

—Me parece bien. Pero solo en privado.

—Gracias. Como te decía, Anna, estoy seguro de que estarás tan bella y cantarás tan bien que nadie reparará en lo que dices.

—Le... te agradezco tus palabras, Jens, pero no puedo dormir por las noches. No quiero defraudar a nadie.

—Y estoy seguro de que no lo harás. Y ahora, dime, ¿cómo está tu prometido?

—Se marcha a Estados Unidos. Sin mí —contestó Anna con cautela y desviando la mirada—. Ya no estamos prometidos.

—Lo lamento, aunque debo confesar que acabas de darme una alegría. No he dejado de pensar en ti desde la última vez que nos vimos. Eres lo único que me ha ayudado a mantenerme en pie durante este difícil verano. Y estoy perdidamente enamorado de ti.

Anna lo miró fijamente a los ojos antes de contestar:

—¿Cómo es posible? Apenas me conoces. Nunca hemos conversado más de dos minutos seguidos. A las personas se las ama por su manera de ser. Y para eso hay que conocerlas bien.

—Te conozco bastante mejor de lo que crees. Por ejemplo, sé que eres modesta por lo mucho que te ruborizaste cuando la gente te aplaudió tras tu éxito en el recital que diste en casa de herr Bayer. Sé que eres poco vanidosa por la ausencia de maquillaje en tu rostro. También sé que eres una persona virtuosa y leal, con elevados principios morales, hecho que me ha dificultado sobremanera la tarea de cortejarte. Y eso también me lleva a pensar que, una vez que has tomado una decisión, eres terca como una mula, pues, según mi experiencia, son muy pocas las mujeres que no echarían por lo menos una ojeada rápida a la carta de un pretendiente antes de arrojarla al fuego, aunque estuvieran firmemente convencidas de que su efusivo acoso era inapropiado.

Anna se esforzó por no mostrar sorpresa ante su perspicacia.

—Pero hay muchas cosas —repuso tragando saliva— que no sabes. Por ejemplo, que mi torpeza con las labores domésticas desespera a mi madre. Soy una cocinera terrible y no sé coser. Mi padre dice que se me da mejor cuidar a los animales que a las personas.

—En ese caso, nos alimentaremos de amor y compraremos un gato —respondió él con una sonrisa.

—Lo siento, pero debo coger el tranvía y volver a casa. —Anna se puso en pie, sacó unas monedas de su bolso y las dejó sobre la mesa—. Por favor, permíteme pagar el té. Adiós, Jens.

—Anna. —Él le cogió la mano cuando se dio la vuelta para marcharse—. ¿Cuándo volveré a verte?

—Sabes perfectamente que estoy en el teatro todos los días entre las diez y las cuatro.

—Entonces te esperaré mañana a las cuatro —dijo Jens mientras la muchacha se dirigía hacia la puerta con paso presto.

Cuando Anna se hubo marchado, Jens contempló las monedas y vio que había suficiente para pagar el té y costearse un cuenco de sopa con un vaso de aquavit.

Una vez a salvo en el tranvía, Anna cerró los ojos y sonrió. Había sido maravilloso estar a solas con Jens Halvorsen. Ya fuera por sus nuevas circunstancias o simplemente por la perseverancia de su cortejo, el caso es que ya no le parecía un gallito orgulloso y ufano.

—Señor —rogó aquella noche—, perdóname si digo que creo que Jens Halvorsen el Malo ya no es tan malo. Ha pasado por una dura prueba y ha cambiado su actitud. Ya sabes que he hecho todo lo posible por no ceder a la tentación, pero —Anna se mordió el labio— puede que ahora lo haga. Amén.

Durante las semanas anteriores al estreno, Anna y Jens se vieron todos los días después del ensayo. Temiendo los rumores que pudieran correr por el teatro, Anna le propuso que la esperara dentro del Engebret. El café estaba tranquilo a aquella hora de la tarde, y poco a poco la joven empezó a relajarse y a preocuparse menos por mantener las apariencias. Un día en que Jens le buscó la mano por debajo de la mesa, la muchacha permitió que se la cogiera, y desde entonces se sentaban el uno junto al otro la mayoría de los días, con los dedos discretamente entrelazados. Resultaba difícil servir el té y la leche con una sola mano, pero merecía la pena cada segundo.

Jens había recuperado su antiguo aspecto. Se había mudado al apartamento de Otto y, tal como le explicó con todo lujo de detalles, había disfrutado de un exhaustivo despioje. En el apartamento, además, había una doncella que le lavaba la ropa, y Anna se alegraba de que oliera mucho mejor.

Pero, más allá de todo aquello, era el recuerdo del contacto de la piel de Jens sobre la suya —una caricia en apariencia inocente pero que prometía mucho más— lo que consumía los pensamientos de Anna día y noche. Por fin comprendía cómo se sentía Solveig y por qué había sacrificado tanto por su Peer.

Muchas veces ignoraban el té y se limitaban a empaparse el uno del otro en silencio. Aunque Anna se decía que debía ser cauta, sabía que finalmente se había rendido a él. Y que cada vez caía en su hechizo con más fuerza.

26

Tres días antes de que se inaugurara la nueva temporada de *Peer Gynt* en el Teatro de Cristianía, se retomó el arduo proceso de aunar orquesta y actores. En aquella ocasión, Anna no compartía el camerino de Rude y los demás niños, sino que ocupaba el antiguo tocador de madame Hansson, con toda una pared de espejos y un diván de terciopelo donde tumbarse cuando estaba cansada.

—¿A que es bonito, Anna? —había comentado Rude mirando a su alrededor—. Parece que algunos de nosotros hemos medrado en los últimos meses. ¿Le importa que venga de vez en cuando a hacerle compañía? ¿O ahora es demasiado famosa para relacionarse con alguien como yo?

Anna le había cogido la cara entre las manos mientras reía.

—Puede que no tenga tiempo para jugar a las cartas, pero puedes venir a verme cuando quieras.

La noche del estreno, Anna entró en el camerino y lo encontró lleno de ramos de flores y de notas de buena suerte. Había incluso una de sus padres y de Knut, con una carta en la que, con toda probabilidad, se haría referencia a la ruptura de su compromiso con Lars. La dejó a un lado para leerla más tarde. Mientras Ingeborgla la maquillaba, leyó las demás tarjetas, conmovida por las amables palabras que la gente le había dedicado. Hubo una en particular, acompañada de una única rosa roja, que hizo que se estremeciera.

> Esta noche estaré ahí, viéndote alcanzar las estrellas. Y sentiré cada latido de tu corazón.
>
> Canta, mi bello pájaro. ¡Canta!
>
> J.

Cuando Anna escuchó el timbre que anunciaba el comienzo de la obra, lanzó una plegaria al cielo: «Por favor, Señor, no permitas que desprestigie mi nombre o el de mi familia esta noche. Amén». Luego se levantó y puso rumbo a bastidores.

Aquella noche hubo momentos que Anna supo que permanecerían grabados para siempre en su memoria. Como el terrible instante en que, durante el segundo acto, salió al escenario y se quedó en blanco. Había mirado horrorizada hacia el foso de la orquesta y había visto a Jens articular las palabras con los labios. Anna confiaba en haberse repuesto antes de que el público lo notara, pero ya había estado nerviosa durante el resto de la representación. Solo durante «Canción de cuna», justo al final, cuando la cabeza de Peer descansaba sobre sus rodillas y estaban solos en el escenario, había recuperado la confianza en sí misma y había dado rienda suelta a su voz y sus emociones.

Después de que se apagara la última nota, hubo numerosos saludos, y ella y Marie, la actriz que interpretaba a Åse, la madre de Peer, recibieron sendos ramos de flores. Cuando por fin cayó el telón, Anna abandonó el escenario y rompió a llorar sobre el hombro de herr Josephson.

—Te lo ruego, querida, no llores —la tranquilizó el director.

—¡He estado horrible! ¡Sé que he estado horrible!

—En absoluto, Anna. ¿No ves que tu inseguridad natural ha realzado la vulnerabilidad de Solveig? Al final el público estaba... bueno, cautivado. Podría decirse que este papel está escrito para ti, y estoy seguro de que si herr Ibsen y herr Grieg te hubieran visto, se habrían sentido satisfechos. Además, has cantado como los ángeles, como siempre. Y ahora —le secó una lágrima de la mejilla— vamos a celebrar tu éxito.

Anna se encontró su camerino abarrotado de gente que deseaba felicitarla. Todos querían presenciar la coronación de una nueva princesa nacida y criada en las entrañas del país, y Anna se aseguró de dedicarle a cada uno las palabras adecuadas. Al cabo de un rato, herr Hennum entró y echó a todo el mundo.

—Ha sido un placer dirigir la orquesta esta noche y verte debutar en los escenarios, Anna. Y no, no has estado perfecta como actriz, pero eso es algo que aprenderás a medida que aumente tu confianza, te lo prometo. Por favor, trata de disfrutar de los elogios de la gente de Cristianía, porque son bien merecidos. Herr Josephson te recogerá dentro de quince minutos para acompañarte a la fiesta que daremos en el vestíbulo.

Y con una inclinación de la cabeza, Hennum se marchó y la dejó sola.

Mientras Anna se cambiaba, un golpecito en la puerta le anunció la llegada de Rude.

—Lo siento, frøken Anna, pero me han pedido que le entregue una nota. —Se la tendió con una sonrisa descarada—. Esta noche está preciosa, si me permite decirlo. ¿Puede preguntarle a mi madre si puedo ir a la fiesta? Quizá me deje si se lo pide usted.

—Sabes que no puedo, Rude, pero, ya que estás aquí, ¿puedes abrocharme el vestido?

Cuando Anna salió al vestíbulo acompañada por herr Josephson, fue recibida con una gran ovación. Jens la observaba desde lejos y se repitió que nunca la había amado tanto, tal como le había dicho en la nota que le había entregado Rude. Mientras la veía sonreír y charlar con la gente, pensó en lo alto que había volado su pájaro desde la primera vez que lo oyó cantar.

Pero el corazón le dio un vuelco cuando vio que una figura familiar se acercaba a Anna, con el enorme mostacho casi erizado de dicha, mientras la gente se apartaba para dejarlo pasar.

—¡Anna! Mi querida señorita, ni la enfermedad de mi madre me habría impedido estar presente esta noche gloriosa. Has estado soberbia, *kjære*, realmente soberbia.

Jens observó que el semblante de Anna se ensombrecía ligeramente. Luego la vio reponerse y saludar a herr Bayer con afecto. Abatido por no poder transmitirle a Anna lo orgulloso que estaba de ella debido a la aparición de su mentor, decidió marcharse.

Aunque Anna no se diera cuenta, pensó Jens en el Engebret mientras ahogaba sus penas en aquavit, él sí era perfectamente consciente de lo que estaba pasando. Puede que la joven se hubiera librado de su pretendiente del campo, pero a todo el mundo le resultaba evidente que herr Bayer estaba enamorado de ella. Y aquel hombre podía darle todo lo que deseara. Hacía unos cuantos meses, se dijo Jens, él habría podido hacer lo mismo.

Por primera vez, se preguntó si no habría cometido un tremendo error.

«Puede que frøken Landvik no aporte la seguridad y la experiencia de madame Hansson al papel de Solveig, pero lo compensa con su inocencia, su juventud y su exquisita interpretación de las canciones de Solveig.»

—Y en la primera edición del *Dagbladet* el crítico menciona de nuevo tu belleza, tu juventud y el…

Anna había dejado de prestar atención a herr Bayer. Se alegraba de haber salido airosa de la noche del estreno, pero ni siquiera era capaz de plantearse la idea de volver a pasar por ello al día siguiente.

—Lamentablemente, Anna, solo puedo quedarme en Cristianía hasta mañana por la mañana, pues he de tomar el ferry para volver junto a mi madre lo antes posible —dijo herr Bayer tras cerrar el periódico.

—¿Cómo está?

—Ni mejor ni peor —suspiró el profesor—. Mi madre siempre ha tenido un espíritu inquebrantable y eso es lo único que la mantiene viva. No puedo hacer nada salvo estar con ella mientras se acerca el final. Pero no hablemos más de eso. Esta noche, Anna, quiero que compartamos una cena especial y me cuentes todo lo que ha ocurrido desde la última vez que te vi.

—Claro, será un placer, pero ahora mismo me siento un poco cansada. Si esta noche vamos a cenar juntos, ¿puedo retirarme a descansar un rato?

—Por supuesto, mi querida señorita. Y felicidades otra vez.

Franz Bayer observó a Anna salir de la estancia y pensó, maravillado, en lo mucho que había cambiado en un año. Y en especial desde la última vez que la había visto. Siempre había sido un capullo a punto de abrirse, pero ya había florecido del todo. Era hermosa y, bajo su tutela, había adquirido una nueva elegancia y sofisticación.

A pesar de que acababa de quejarse de cansancio, Anna parecía desprender un nuevo brillo que herr Bayer no alcanzaba a definir. Confiaba en que no tuviera nada que ver con aquel violinista que la había dejado tan visiblemente prendada en la velada de junio. La noche anterior, herr Josephson le había comentado en broma que era un alivio que él, Franz, hubiera vuelto, pues su protegida había sido vista en más de una ocasión tomando el té con dicho sujeto en el Engebret.

Hasta entonces, herr Bayer había estado aguardando el momento oportuno, pues no deseaba asustar a Anna. Pero, después de lo que herr Josephson le había dicho, decidió que lo mejor sería dejar claras sus intenciones.

—Mi querida señorita, esta noche estás radiante —exclamó herr Bayer cuando Anna entró en el comedor con su vestido de color topacio.

Por muy bella que la gente le dijera que estaba —«sobre todo los hombres», pensó Anna con sarcasmo—, si la vieran sin los mágicos polvos para la cara, sus pecas saldrían a la luz una vez más y probablemente la encontrarían de lo más corriente.

Para corresponder al comentario galante de herr Bayer, lo único que se le ocurrió a la muchacha fue alabarle el nuevo pañuelo de estampado de cachemir, confiando en que el hombre no detectara la falta de sinceridad de su voz.

—¿Cómo encontraste a tu familia cuando fuiste a verla este verano? —preguntó el profesor.

—Están todos bien, gracias. Y la boda fue preciosa.

—Frøken Olsdatter me ha contado que, lamentablemente, tú y tu prometido habéis roto el compromiso.

—Sí. Lars decidió que no podía seguir esperándome.

—¿Y estás triste?

—Creo que es lo mejor para los dos —respondió con diplomacia antes de llevarse un trozo de pescado a la boca. Estaba deseando acostarse y soñar con Jens.

Después de tomar café en el salón, frøken Olsdatter le llevó una botella de brandy a herr Bayer y, para consternación de Anna, también una cubitera con una botella de champán. Era demasiado tarde para beber alcohol y enseguida se preguntó si herr Bayer esperaba invitados.

—Cierre la puerta cuando salga —dijo el profesor, y frøken

Olsdatter obedeció—. Y ahora, mi querida señorita, tengo algo que decirte. —Se aclaró la garganta—. Habrás advertido que mi afecto por ti ha ido creciendo desde que viniste a vivir aquí, y confío en que sepas apreciar los esfuerzos que he hecho para guiarte en tu carrera.

—Desde luego, herr Bayer. Nunca podré agradecérselo lo suficiente.

—Dejemos a un lado las formalidades. Por favor, Anna, llámame Franz. A estas alturas ya me conoces lo suficiente...

Herr Bayer se interrumpió. Era la primera vez que Anna lo veía quedarse sin palabras desde que lo conocía. Finalmente, el profesor se repuso y continuó:

—Verás, Anna, si he hecho todo esto no ha sido solo para cultivar tu talento, sino porque... porque estoy enamorado de ti. Evidentemente, como soy un caballero, no podía decírtelo mientras estuvieras prometida a otro hombre, pero ahora que estás libre, en fin... Me he dado cuenta de la profundidad de mis sentimientos hacia ti este verano, mientras hemos estado separados. Y sé que debo abandonarte de nuevo para volver junto al lecho de mi madre ignorando cuánto tiempo estaré ausente. Así pues, he pensado que es preferible que te comunique mis intenciones ahora. —Hizo una breve pausa y respiró hondo—. Anna, ¿me harías el honor de casarte conmigo?

La joven lo miró en silencio, incapaz de impedir que el espanto se reflejara en su cara. El profesor reparó enseguida en la expresión de la muchacha y carraspeó de nuevo.

—Comprendo que mi proposición te haya sorprendido, pero ¿te das cuenta de lo lejos que podríamos llegar juntos? Te he ayudado mucho en tu carrera hasta el momento y ya has tocado el cielo aquí, en Cristianía. Pero Noruega es un país pequeño, demasiado pequeño para tu talento. Ya he escrito a varios directores de orquesta y a comités de programación de Dinamarca, Alemania y París para hablarles de tu don. Y es indudable que, después de la función de anoche, oirán hablar de ti. Si nos casáramos podría viajar contigo a Europa cuando actúes en las salas de concierto más importantes. Podría protegerte, cuidarte... He esperado muchos años para encontrar un talento como el tuyo. Y, obviamente —se apresuró a añadir—, también me has robado el corazón.

—Entiendo. —Anna tragó saliva con dificultad, pues sabía que debía decir algo.

—Supongo que tú también me aprecias.

—Sí, y le estoy… agradecida.

—Creo que formamos una buena pareja tanto dentro como fuera de los escenarios. Al fin y al cabo, has vivido bajo mi techo durante casi un año y conoces todas mis manías —rio—. Y espero que también algunas de mis virtudes. Nuestro matrimonio, por tanto, no sería un salto tan grande como imaginas, porque muchas cosas de nuestra vida seguirían igual.

Anna se estremeció por dentro, pues sabía en qué aspectos esperaría herr Bayer que su relación fuera diferente.

—No dices nada, mi querida Anna. Veo que te he sorprendido. Mientras que yo concebía esto como la evolución natural de nuestra relación, tú, probablemente, ni siquiera te lo habías planteado.

«En eso tiene toda la razón», pensó Anna.

—No —dijo en alto.

—Quizá el champán haya sido un gesto un tanto presuntuoso por mi parte. Ahora comprendo que debo darte algo de tiempo para considerar mi oferta. ¿Lo meditarás, Anna?

—Por supuesto, herr Bayer… Franz. Tu proposición me halaga —acertó a farfullar.

—Estaré fuera al menos dos semanas, puede que más. Eso te dará tiempo para reflexionar. Solo espero y suplico que tu respuesta sea afirmativa. Tenerte en mi casa me ha hecho comprender lo solo que he estado desde que falleció mi esposa.

Herr Bayer parecía tan triste que Anna sintió deseos de consolarlo, igual que habría deseado consolar a su padre. Descartó la idea y, tras decidir que no había nada más que decir, se levantó.

—Meditaré detenidamente tu proposición. Tendrás una respuesta a tu vuelta. Buenas noches… Franz.

La joven tuvo que hacer un esfuerzo para no huir del salón a la carrera, pero en cuanto llegó al pasillo apretó el paso. Ya en su habitación, cerró la puerta y echó la llave. Se dejó caer pesadamente sobre la cama y enterró la cabeza entre las manos, todavía sin poder dar crédito a lo que acababa de suceder. Se devanó los sesos pensando en qué podía haber hecho para que herr Bayer la creyera dispuesta a casarse con él. Estaba segura de que su comportamiento había sido intachable en todo momento. No recordaba haber coqueteado con él ni haberle hecho «ojitos», como lo llamaban las chicas del coro de *Peer Gynt*, ni una sola vez.

Sin embargo, reconoció, sus padres habían accedido a que Anna viviera bajo su techo y a que herr Bayer la alimentara, la vistiera y le proporcionara oportunidades con las que ni siquiera habría podido soñar. Por no mencionar el dinero que el profesor le había entregado a su padre. ¿Por qué no debería el hombre dar por sentado, después de todo lo que había hecho por ella, que la recompensa por sus esfuerzos sería una unión permanente?

—Dios mío, no puedo ni imaginármelo… —gimió.

Las posibles repercusiones de la proposición de herr Bayer eran enormes. Si Anna la rechazaba, sabía que no podría seguir viviendo bajo su techo. Y entonces ¿adónde iría?

En aquel momento comprendió lo mucho que dependía de él. Y que eran muchas las jóvenes, y puede que hasta las mujeres mayores como frøken Olsdatter, que estarían encantadas de convertirse en su esposa. Herr Bayer era rico, culto y frecuentaba los círculos de la alta sociedad de Cristianía. También era amable y respetuoso. Pero casi le triplicaba la edad.

Además, Anna no había olvidado la promesa que se había hecho a sí misma. Ella no amaba a herr Bayer. Amaba a Jens Halvorsen.

27

Después de la representación de la noche siguiente, que a Anna se le antojó insulsa y desapasionada en comparación con el estreno, encontró a Jens esperándola en la puerta.

—¿Qué haces aquí? —siseó. Vio que el coche de caballos la estaba esperando y caminó presurosa hacia él—. Podrían vernos.

—No temas, Anna, no pretendo comprometer tu reputación. Solo quería decirte en persona que estuviste maravillosa en el estreno. Y preguntarte si te sucede algo.

Anna se detuvo en seco y se volvió hacia el joven.

—¿Por qué lo preguntas?

—Esta noche te he notado rara. Nadie más se ha dado cuenta, te lo prometo. Has estado fantástica.

—¿Cómo has podido saber lo que estaba sintiendo? —preguntó ella mientras unas lágrimas de alivio brotaban de sus ojos.

—Entonces tengo razón —dijo él cuando llegaron al coche y el conductor abrió la puerta—. ¿Puedo hacer algo para ayudarte?

—No… no lo sé… Ahora debo irme a casa.

—De acuerdo, pero deberíamos hablar a solas, por favor —insistió Jens bajando la voz para que el cochero no pudiera oírlo—. Por lo menos toma mi dirección. —Deslizó un papel en la mano menuda de Anna—. Otto, mi casero, irá mañana a casa de uno de sus alumnos. Estaré solo en el apartamento de cuatro a cinco.

—No te prometo nada —musitó ella antes de darle la espalda y subir al coche.

El cochero cerró la portezuela y Anna se derrumbó en el asiento del interior. Jens le dijo adiós con la mano y ella estiró el cuello para verlo a través de la ventanilla mientras cruzaba la calle en dirección al Engebret. Cuando el coche se puso en marcha, la joven se recostó en el asiento con el corazón desbocado. Sabía perfectamente que visitar a un hombre solo en su apartamento era de lo más inapropiado, pero también sabía que tenía que hablar con alguien de lo que había ocurrido con herr Bayer la noche previa.

—Esta tarde iré al teatro a las cuatro —le anunció Anna a frøken Olsdatter al día siguiente durante el desayuno—. Herr Josephson ha programado un ensayo porque no está satisfecho con una escena del segundo acto.

—¿Estarás de vuelta para la cena?

—Espero que sí. No creo que dure más de dos horas.

Quizá fuera su imaginación, pero Anna tuvo la impresión de que frøken Olsdatter la miraba como lo hacía su madre cuando sabía que su hija estaba mintiendo.

—Muy bien. ¿Quieres que mande un coche a recogerte?

—No, el tranvía todavía funcionará y puedo volver a casa sola sin problemas.

Anna se levantó y abandonó la mesa del desayuno lo más calmadamente que pudo.

Cuando aquella tarde salió del apartamento, distaba mucho de estar calmada.

Ya en el tranvía, el corazón le latía con tanta fuerza que le extrañaba que su vecino no pudiera oírlo. Se bajó en la siguiente parada y caminó presurosa hacia la dirección que Jens le había entregado. Trató de justificar su comportamiento diciéndose que era su único amigo en Cristianía y la única persona en la que podía confiar.

—Has venido —dijo él con una sonrisa cuando abrió la puerta del apartamento—. Entra, por favor.

—Gracias. —Anna lo siguió por un pasillo hasta un salón elegante y espacioso, no muy diferente del de herr Bayer.

—¿Te apetece una taza de té? Aunque te advierto que he de prepararlo yo, porque la doncella se ha marchado a las tres.

—No, gracias. He tomado un té antes de salir y el trayecto hasta aquí no es largo.

—Siéntate, por favor.

Jens señaló una butaca.

—Gracias. —Anna se alegró de que la butaca se hallara cerca de la estufa, pues estaba tiritando de frío y nervios. Jens tomó asiento frente a ella—. Es un apartamento muy acogedor —añadió.

—Si hubieras visto dónde vivía antes… —Jens meneó la cabeza y rio—. Solo te diré que estoy muy contento de haber encontrado otro alojamiento. Pero no perdamos el tiempo hablando de trivialidades. Anna, ¿qué te ocurre? ¿Te sientes con ánimos de hablar de ello?

—¡Señor! —Anna se llevó una mano a la frente—. Es… complicado.

—Los problemas suelen serlo.

—El problema es que herr Bayer me ha propuesto matrimonio.

—Entiendo. —Jens asintió con aparente serenidad, pero había cerrado los puños con fuerza—. ¿Y qué le has respondido?

—Herr Bayer se marchó a Drøbak ayer por la mañana temprano. Su madre se está muriendo y quiere estar a su lado. Debo darle una respuesta a su vuelta.

—¿Y cuándo será eso?

—Cuando su madre muera, supongo.

—Contéstame con sinceridad: ¿cómo te sentiste cuando te lo propuso?

—Horrorizada. Y también culpable. Has de entender que herr Bayer ha sido muy bueno conmigo. Me ha dado mucho.

—Anna, es tu talento lo que te ha dado todo lo que ahora tienes.

—Sí, pero él me ha educado y me ha ofrecido oportunidades que jamás habría podido imaginar cuando vivía en Heddal.

—Entonces estáis en paz.

—Yo no lo siento así —insistió ella—. Y cuando lo rechace, ¿adónde iré?

—¿Estás diciendo que quieres rechazarlo?

—¡Naturalmente! ¡Sería como casarme con mi abuelo! Debe de tener más de cincuenta años. Pero tendré que dejar el apartamento y seguro que me ganaré un enemigo.

—Yo tengo muchos enemigos, Anna —suspiró Jens—. Vale, reconozco que la mayoría me los he buscado. Pero herr Bayer tiene menos poder en Cristianía de lo que tú y él creéis.

—Tal vez, pero ¿adónde iré, Jens?

Se hizo un silencio mientras los dos reflexionaban sobre lo que acababan de decir. Y sobre lo que quedaba sin decir. Jens fue el primero en romperlo.

—Anna, me resulta muy difícil opinar sobre tu futuro. Antes del verano, podría haberte ofrecido lo mismo que herr Bayer, y admito que por ser mujer la vida tiene para ti más limitaciones. Sin embargo, no debes olvidar que te has hecho famosa por méritos propios: eres la actual estrella del firmamento de Cristianía. Necesitas a herr Bayer menos de lo que imaginas.

—Supongo que no sabré cuánto lo necesito hasta que haya tomado la decisión, ¿no?

—Exacto. —El pragmatismo de Anna le arrancó una sonrisa—. Ya sabes lo que siento por ti, Anna, pero aunque mi corazón desea ofrecértelo todo, no tengo ni idea de cuál será mi situación económica en el futuro. No obstante, debes creerme cuando te digo que sería el hombre más desdichado de Cristianía si te casaras con herr Bayer. Y no solo por razones egoístas, sino también por ti, porque sé que no lo quieres.

Anna cayó entonces en la cuenta de lo desagradable que debía de resultarle todo aquello a Jens, quien, a diferencia de ella, ya le había confesado su amor. Aturdida, se levantó para marcharse.

—Perdóname, Jens, no debería haber venido. Es del todo... —buscó la palabra que habría utilizado herr Bayer— indecoroso.

—Reconozco que es duro para mí escuchar que otro hombre te ha dicho que te ama. Aunque la mayor parte de Cristianía aplaudiría que aceptaras su proposición de matrimonio.

—Lo sé. —Anna desvió la mirada y se encaminó hacia la puerta—. Lo siento mucho, pero realmente debo irme.

Abrió la puerta, pero notó que la mano de Jens envolvía la suya y la instaba a retroceder.

—Por favor, independientemente de las circunstancias, no desperdiciemos este valioso momento que tenemos para estar a solas por una vez. —Se acercó un poco más y tomó el rostro de Anna entre sus manos—. Te quiero, Anna, y no me cansaré de decirlo. Te quiero.

Y fue entonces cuando ella lo creyó por primera vez. Estaban tan cerca el uno del otro que podía sentir el calor que emanaba del cuerpo de Jens.

—Quizá también sea importante para tu decisión reconocer ante ti misma, y ante mí, por qué has venido —continuó—. Admítelo, Anna: tú me quieres, me quieres…

Antes de que pudiera impedírselo, Jens comenzó a besarla. Y Anna descubrió que sus labios respondían de inmediato y sin su permiso. Sabía que aquello estaba muy mal, pero ya era tarde, pues la sensación era tan maravillosa y tan deseada que no se le ocurría ni una sola razón para interrumpirla.

—¿Vas a decírmelo, entonces? —le suplicó él cuando se preparaba para irse.

Anna se volvió hacia el.

—Sí, Jens Halvorsen, te quiero.

Una hora después, Anna utilizó su llave para abrir la puerta del apartamento de herr Bayer. Como la actriz que estaba aprendiendo a ser, estaba preparada cuando frøken Olsdatter la abordó camino de su habitación.

—¿Cómo ha ido el ensayo, Anna?

—Muy bien, gracias.

—¿A qué hora te gustaría cenar?

—Esta noche me gustaría cenar en mi habitación, si no es mucha molestia. Estoy exhausta después de la función de anoche y el ensayo de hoy.

—En absoluto. ¿Quieres que te llene la bañera?

—Sería maravilloso, gracias.

Anna entró en su dormitorio y cerró la puerta tras ella con un suspiro de alivio. Se arrojó sobre la cama y se rodeó el torso con los brazos, extasiada por el recuerdo de los labios de Jens sobre los suyos. Y entonces supo que, fueran cuales fuesen las consecuencias, debía rechazar la proposición de herr Bayer.

La noche siguiente, un nuevo rumor empezó a circular por el teatro.

—He oído que va a venir.

—No. Ha perdido el tren en Bergen.

—Pues alguien ha oído a herr Josephson hablar con herr Hennum, y esta tarde han convocado más pronto a la orquesta…

Anna sabía que solo una persona podía confirmarle el rumor, de modo que la mandó llamar. Rude entró en su camerino minutos después.

—¿Quería verme, frøken Anna?

—Sí. ¿Es cierta esa historia que ronda esta noche por el teatro?

—¿Que herr Grieg asistirá a la representación?

—Sí.

—Bueno —Rude cruzó los brazos sobre su cuerpo delgaducho—, eso depende de quién lo diga.

Con un suspiro, Anna le plantó una moneda en la palma de la mano y el muchacho esbozó una sonrisa de oreja a oreja.

—Puedo asegurarle que herr Grieg está con herr Hennum y herr Josephson en el despacho de arriba. No puedo confirmarle si asistirá o no a la representación, pero dado que está aquí, es probable que lo haga.

—Gracias por la información, Rude —dijo Anna cuando el muchacho se dirigía a la puerta.

—No hay de qué, frøken Anna. Buena suerte esta noche.

Cuando se anunció que la representación estaba a punto de comenzar y los actores ocuparon su lugar entre bastidores, los clamorosos aplausos que se alzaron al otro lado del telón le confirmaron que, efectivamente, una persona muy importante acababa de entrar en el auditorio. Por fortuna, Anna no tuvo mucho tiempo de pensar en las consecuencias, porque en aquel momento la orquesta arrancó con el «Preludio» y la función comenzó.

Antes de hacer su primera entrada, notó que una mano le tiraba del brazo. Se volvió y vio a Rude a su lado. El muchacho se rodeó la boca con las manos para susurrarle algo al oído y ella se agachó.

—Recuerde, frøken Anna, lo que siempre me dice mi madre: que hasta el rey tiene que mear.

Anna soltó una risita que todavía se apreciaba en sus facciones cuando salió a escena. Con la dulce presencia de Jens en el foso de la orquesta, se relajó y dio lo mejor de sí misma. Cuando el telón cayó tres horas después, todo el teatro estalló en aplausos histéricos cuando el propio Grieg saludó desde su palco. Anna sonrió a Jens desde el escenario mientras recibía un ramo detrás de otro.

—Te quiero —le dijo él con los labios.

Cuando el telón bajó definitivamente, les pidieron a los actores que aguardaran en el escenario y la orquesta subió desde el foso para unirse a ellos. Anna se volvió hacia Jens y él le lanzó un beso.

Finalmente, un hombre delgado, no mucho más alto que ella, subió al escenario acompañado de herr Josephson. La compañía lo recibió con un aplauso sonoro y Anna se percató de que Edvard Grieg era mucho más joven de lo que pensaba. Tenía el pelo rubio y ondulado peinado hacia atrás y un bigote que nada tenía que envidiar al de herr Bayer. Para gran sorpresa de la muchacha, el compositor fue directo a ella, la saludó con una inclinación de la cabeza y le besó la mano.

—Frøken Landvik, su voz era lo máximo a lo que podía aspirar cuando compuse los lamentos de Solveig.

Después se dio la vuelta para dirigirse a Henrik Klausen, el actor que interpretaba nuevamente a Peer, y al resto de los miembros principales del elenco.

—Creo que les debo una disculpa a todos los actores y músicos por mi ausencia hasta hoy en este teatro. Ciertas… —Guardó silencio un instante, como si necesitara hacer acopio de fuerzas para poder proseguir—. Ciertas circunstancias me han mantenido alejado de Cristianía. Lo único que puedo hacer es expresar mi más sincero agradecimiento a herr Josephson y herr Hennum por crear una producción de la que me enorgullece haber formado parte. Permítanme felicitar a la orquesta por transformar mis humildes composiciones en algo mágico y a los actores y cantantes por dar vida a los personajes. Gracias a todos.

Cuando los actores y músicos empezaron a abandonar el escenario, la mirada de Edvard Grieg se posó de nuevo en Anna. Regresó a su lado y le tomó la mano una vez más al tiempo que hacía señas a Ludvig Josephson y Johan Hennum para que se acercaran a ellos.

—Caballeros, ahora que ya he visto la obra, mañana hablaremos de algunas pequeñas alteraciones, pero les agradezco que hayan realizado una producción tan magnífica con unos recursos que sé son limitados. Herr Hennum, la orquesta ha estado mucho mejor de lo que me habría atrevido a soñar. Ha hecho un milagro. Y en cuanto a esta joven señorita —continuó mirando a Anna con sus expresivos ojos azules —, quienquiera que la haya elegido para el papel de Solveig es un genio.

—Gracias, herr Grieg —dijo Hennum—. No hay duda de que Anna es un nuevo gran talento.

Herr Grieg se acercó un poco más a la joven para susurrarle al oído:

—Hemos de proseguir nuestra conversación, querida, porque puedo ayudarla a seguir triunfando.

Y con una sonrisa, le soltó la mano y se volvió hacia herr Josephson.

Anna abandonó el escenario asombrada, una vez más, por el giro que había dado su vida. Aquella noche, el compositor más famoso de Noruega había elogiado su talento públicamente. Mientras se cambiaba y se quitaba el maquillaje, le costaba creer que fuera la misma chica de campo que hacía poco más de un año se dedicaba a cantar a las vacas.

Aunque, obviamente, no era la misma chica.

—Sea quien sea ahora, soy lo que soy —murmuró para sí mientras el sonido de los cascos del caballo que tiraba del coche la arrullaba camino del apartamento de herr Bayer.

Excepcionalmente, aquella noche Hennum se había sumado al resto de la orquesta en el Engebret después de la función.

—Herr Grieg os pide disculpas por no acudir a la celebración, pero, como bien sabéis, todavía está de luto por la muerte de sus padres. No obstante, me ha dado dinero suficiente para teneros bien contentos durante al menos un mes —declaró entre vítores.

Los músicos estaban muy animados, en parte por las interminables rondas de oporto y aquavit, pero también por saber que la precaria existencia que llevaban con su exiguo salario, sin apenas un gracias por sus esfuerzos, había sido enaltecida aquella noche por los elogios y el agradecimiento sincero del propio compositor.

—Herr Halvorsen. —Hennum le hizo señas para que se acercara—. Quiero hablar un momento con usted.

Jens obedeció.

—He pensado que le alegraría saber que le he mencionado a herr Grieg que es usted un compositor en ciernes y que he escuchado algunas de sus composiciones. Simen me ha contado que se ha pasado el verano trabajando en algunas más.

—¿Cree que podría convencer a herr Grieg de que le eche un vistazo a lo que he compuesto hasta el momento?

—No se lo garantizo, pero sé que es un gran defensor del talento noruego, así que es posible. Entrégueme lo que tenga y se lo enseñaré mañana por la mañana cuando venga a verme.

—Muy bien, señor. No sabe cuánto se lo agradezco.

—Simen también me ha contado que este verano ha tomado una decisión difícil. Un músico que está dispuesto a sacrificarlo todo por su arte merece toda la ayuda que pueda prestarle. Y ahora debo irme. Buenas noches, herr Halvorsen.

Johan Hennum se despidió con una inclinación de la cabeza y salió del bar. Jens buscó a Simen y le dio un abrazo.

—¿Qué ocurre? ¿Se te han acabado las mujeres y ahora recurres a los hombres? —preguntó su asombrado amigo.

—Puede —bromeó Jens—. Gracias, Simen. Muchísimas gracias, de verdad.

Al día siguiente, a mediodía, entregaron en mano en el apartamento una carta dirigida a Anna.

—¿De quién crees que puede ser? —preguntó frøken Olsdatter mientras la joven estudiaba la caligrafía.

—No tengo ni idea.

La abrió y empezó a leer. Unos segundos después, miró al ama de llaves con incredulidad.

—Es de herr Grieg, el compositor. Quiere venir a verme esta tarde.

—¡Santo Dios! —Frøken Olsdatter lanzó una mirada inquieta a la plata sin pulir del aparador y, seguidamente, al reloj de la pared—. ¿A qué hora llegará?

—A las cuatro.

—¡Qué gran honor! Ojalá herr Bayer estuviera aquí para conocerlo también. Ya sabes que es un gran defensor de la música de herr Grieg. Lo siento, Anna, pero si hemos de prepararnos para un invitado tan ilustre, debo poner manos a la obra de inmediato.

—Claro —contestó la muchacha mientras el ama de llaves salía prácticamente corriendo del comedor.

Anna terminó su almuerzo con una creciente sensación de nervios en el estómago. Cuando fue a su habitación a ponerse algo más adecuado para tomar el té con un compositor célebre, examinó su nuevo y vasto guardarropa. Tras descartar varias blusas por ser demasiado anticuadas, demasiado atrevidas, demasiado pomposas o demasiado sosas, se decidió por el vestido de seda rosa oscuro.

El timbre sonó a la hora señalada y frøken Olsdatter acompañó a su invitado al salón. Desde la hora del almuerzo, había comprado flores y había horneado apresuradamente unos pasteles; le preocupaba que Edvard Grieg se presentara con un séquito de amigos, pero en realidad había acudido solo.

—Querida frøken Landvik, gracias por recibirme a pesar de haberla avisado tan tarde.

Anna se levantó y herr Grieg le besó la mano.

—Siéntese, por favor. ¿Le apetece una taza de té? ¿Un café? —tartamudeó ella, poco acostumbrada a recibir invitados estando sola.

—Preferiría un vaso de agua.

Frøken Olsdatter asintió y salió de la estancia.

—Me temo que no tengo mucho tiempo, pues he de regresar a Bergen mañana mismo y, como puede imaginar, tengo muchas visitas que hacer en Cristianía. Pero antes de irme deseaba verla. Frøken Landvik, posee usted una voz exquisita, aunque no seré tan presuntuoso como para pensar que soy la primera persona que se lo dice. De hecho, he oído que herr Bayer la ha guiado en su carrera.

—Así es —reconoció Anna.

—Y a juzgar por su actuación de anoche, ha hecho un trabajo excelente. No obstante, la capacidad de herr Bayer para proporcionarle a su talento todas las oportunidades que merece es… limitada. Yo, por el contrario, tengo la suerte de poder presentarle personalmente a directores musicales de toda Europa. Muy pronto viajaré a Copenhague y Alemania, donde podría mencionar su talento a mis conocidos de allí. Frøken Landvik, debe entender que, aunque nos gustaría que no fuera así, actualmente Noruega no es más que un punto diminuto en el mapa cultural europeo. —Al ver la cara de desconcierto de Anna, herr Grieg sonrió—. Lo que estoy intentando decirle, querida, es que deseo ayudarla a impulsar su carrera fuera de nuestras fronteras.

—Es muy amable por su parte, señor, y todo un honor.

—Pero, antes que nada, ¿puedo preguntarle si está libre para viajar? —inquirió herr Grieg cuando frøken Olsdatter entraba en el salón con una jarra de agua y dos vasos.

—Podré una vez que finalice la temporada de *Peer Gynt*, pues no tengo más compromisos en Noruega.

—Bien, bien —dijo el hombre cuando el ama de llaves abandonó la habitación—. ¿Y no está casada o comprometida con ningún joven en estos momentos?

—No, señor.

—Imagino que tendrá muchos admiradores, pues no solo posee un gran talento, sino también belleza. En muchos aspectos me recuerda a mi querida esposa, Nina. Ella también tiene la voz de un pájaro cantor. Bien, le escribiré desde Copenhague y veré qué puede hacerse para dar a conocer su excepcional voz al resto del mundo. Ahora debo irme.

—Gracias por su visita, señor —le dijo Anna cuando se puso en pie.

—Y permítame que la felicite una vez más por su actuación. Me ha servido usted de inspiración. Estoy seguro de que volveremos a vernos, frøken Landvik. Adiós.

Herr Grieg le besó la mano y después la miró de una forma que Anna había aprendido a reconocer como indicadora de un interés por ella como mujer.

—Adiós —lo despidió con una pequeña reverencia.

—¿Qué quiere decir con que se ha ido de Cristianía?

—Pues lo que acabo de explicarle, que ha tenido que volver a Bergen.

—¡Entonces no hay nada que hacer! Solo Dios sabe cuándo volverá.

Jens se dejó caer en su incómoda silla del foso de la orquesta mientras miraba abrumado a herr Hennum.

—La buena noticia es que conseguí que escuchara sus composiciones antes de partir. Y me ha dado esto para usted.

Herr Hennum le tendió un sobre dirigido «A quien pueda interesar».

Jens lo miró sin entender nada.

—¿Qué es?

—Una carta de recomendación expresa para el Conservatorio de Leipzig.

Jens golpeó el aire con el puño. Aquella carta era su pasaporte al futuro.

28

Cuando finalice la producción de *Peer Gynt* me iré a Leipzig. Ven conmigo, Anna, por favor —le suplicó Jens. Estaban sentados en el salón del apartamento de Otto, los brazos de él alrededor de la delicada figura de ella—. Me niego a dejarte en Cristianía a merced de las garras de herr Bayer. No confío en que vaya a comportarse como un caballero una vez que rechaces su proposición. —Le dio un beso tierno en la frente—. Hagamos como los jóvenes amantes de las novelas y huyamos juntos. ¿Dices que herr Bayer tiene guardados tus ingresos de estos meses?

—Sí, pero estoy segura de que me los dará si se los pido. —Anna se mordió el labio y titubeó—. Jens, sería una grave traición después de todo lo que herr Bayer ha hecho por mí. ¿Y qué haría yo en Leipzig?

—¡Leipzig es el centro del escenario musical de Europa! Podría ser una gran oportunidad para ti. El propio herr Grieg te dijo que el mundo en Cristianía es muy pequeño y que tu talento merece un público más amplio —insistió Jens—. Su editor musical vive allí y él mismo pasa una gran parte de su tiempo en esa ciudad, de modo que podrías reencontrarte con él en el futuro. Piénsalo, Anna, por favor. Creo que es la única solución para nosotros. En estos momentos, no se me ocurre ninguna otra.

Anna miró a Jens con nerviosismo. Había tardado un año en acostumbrarse a la vida en Cristianía. ¿Y si no conseguía hacer lo mismo en otro lugar? Además, una vez que había adquirido seguridad, había empezado a gustarle hacer de Solveig, y echaría de menos a frøken Olsdatter y a Rude… Pero cuando intentó imaginarse su vida en Cristianía sin Jens, se le encogió el corazón.

—Sé que te estoy pidiendo mucho —reconoció él leyéndole el pensamiento—, y es cierto que podrías quedarte aquí y convertirte en la soprano más famosa de Noruega. Pero podrías aspirar a algo más, compartir una vida de amor conmigo y triunfar a lo grande. Naturalmente, no será fácil, pues tú no tienes dinero y yo solo cuento con el que mi madre me dio para pagarme los estudios y el alojamiento en Leipzig. Viviríamos exclusivamente de la música, el amor y la fe en nuestro talento —terminó con gesto triunfal.

—¿Y qué les diría a mis padres? Herr Bayer se verá obligado a contarles lo que he hecho. Deshonraré el apellido de mi familia. No podría soportar que pensaran... —La voz de Anna se apagó y la muchacha se llevó la mano a la frente—. Necesito tiempo para meditarlo...

—Por supuesto —dijo Jens con dulzura—. Todavía falta un mes para que termine *Peer Gynt*.

—Y yo no podría... no podría estar contigo si permanecemos solteros —añadió Anna, muerta de vergüenza por tener que mencionar ese asunto—. Me pudriría eternamente en el infierno y mi madre se arrojaría a la olla de agua hirviendo antes que enfrentarse a tal escándalo.

Jens reprimió una sonrisa ante la vívida imaginación de Anna.

—Frøken Landvik —dijo tomándole las manos—, ¿está intentando añadir una tercera proposición a su lista de pretendientes?

—¡Por supuesto que no! Solo digo que...

—Anna. —Jens le besó la mano diminuta—. Sé lo que quieres decir y lo entiendo. Y te prometo que, tanto si nos fugáramos a Leipzig como si no, sería mi deseo proponerte matrimonio.

—¿En serio?

—En serio. Si nos vamos a Leipzig, nos casaremos en secreto antes de nuestra partida, te lo prometo. No desearía comprometer tus principios morales.

—Gracias.

Anna respiró aliviada al comprender que el ofrecimiento de Jens iba en serio, que si, efectivamente, «se fugaban» —contuvo un escalofrío— por lo menos serían marido y mujer a los ojos de Dios.

—Dime, ¿cuándo volverá herr Bayer suspirando por tu respuesta?

—No tengo ni idea, pero... —Anna miró el reloj de la pared y se tapó la boca con una mano al ver la hora—. Lo que sí sé es que debo irme ya. He de estar en el teatro una hora y media antes de que se alce el telón para que me maquillen.

—Claro. Pero, Anna, por favor, es preciso que comprendas que, aunque yo no me fuera a Leipzig, si rechazas la proposición de herr Bayer, presiento que nos hará la vida imposible. Ven y bésame antes de marcharte. Te veré más tarde en el teatro, pero prométeme que pronto me darás una respuesta.

Anna estaba exhausta cuando regresó al apartamento después de la representación de aquella noche. Solo quería meterse en la cama y dormir.

—¿Qué tal la función?

Frøken Olsdatter la miró inquisitivamente cuando le llevó el vaso de leche caliente y la ayudó a desvestirse.

—Bien, gracias.

—Me alegro, *kjære*. Esta tarde he recibido un telegrama de herr Bayer. Su madre ha fallecido esta mañana. Él y su hermana deben quedarse para el funeral, pero regresará a Cristianía el viernes.

«Solo tres días», pensó Anna.

—Lamento mucho su situación.

—Sí, pero quizá sea un alivio que fru Bayer al fin haya dejado de sufrir.

—Me hace ilusión que herr Bayer vuelva a casa —mintió Anna antes de que frøken Olsdatter saliera de la habitación.

Mientras se preparaba para acostarse, notó que se le formaba un nudo en el estómago al pensar en el regreso de herr Bayer.

A la mañana siguiente, entró en el comedor todavía dándole vueltas a su situación.

—Estás pálida, Anna. ¿No has dormido bien? —le preguntó frøken Olsdatter.

—Tengo... cosas en la cabeza.

—¿Te gustaría compartirlas conmigo? Tal vez pueda ayudarte.

—Nadie puede ayudarme —suspiró la joven.

—Entiendo. —Frøken Olsdatter la estudió con detenimiento, pero no insistió—. ¿Comerás aquí?

—No, hoy… debo ir pronto al teatro.

—Muy bien, Anna. Entonces te veré en la cena.

Frøken Olsdatter y la doncella externa se pasaron los tres días siguientes limpiando a fondo el apartamento. Anna dedicaba su tiempo a ensayar cómo le explicaría a herr Bayer por qué no podía aceptar su proposición de matrimonio.

Desconocían la hora exacta de su llegada, pero a las tres y media, incapaz de seguir soportando la tensión en el apartamento, Anna se puso la capa y le dijo a frøken Olsdatter que salía a dar un paseo por el parque. El ama de llaves le clavó una de aquellas miradas —una mezcla de incredulidad y fría aceptación— que en los últimos tiempos se habían convertido en algo habitual.

Como siempre, el aire fresco y limpio la reanimó. Desde su banco favorito, Anna contempló el fiordo y las aguas plateadas que resplandecían bajo la luz del atardecer.

«Estoy donde estoy —se dijo—, y poco puedo hacer salvo actuar con gratitud y gentileza, tal como me enseñaron a hacer de niña.»

Se levantó pensando en sus padres y se le llenaron los ojos de lágrimas. Le habían escrito una carta breve pero cariñosa para consolarla por la ruptura de su compromiso con Lars y su inesperada marcha a Estados Unidos. En aquel momento deseó con todas sus fuerzas que herr Bayer no la hubiera encontrado nunca y estar a salvo en su casa de Heddal casada con Lars.

—Herr Bayer llegará a tiempo para la cena —la informó frøken Olsdatter abordándola en el recibidor—. Te he preparado el baño y tienes el vestido sobre la cama.

—Gracias.

Anna continuó caminando y fue a prepararse para la confrontación.

—¡Anna, *min elskede*! —exclamó herr Bayer con familiaridad cuando la muchacha entró en el comedor. Tomó con su enorme mano una de las de la joven y se la besó—. Ven a sentarte.

Mientras comían, el profesor le habló del triste fallecimiento de su madre y de los pormenores del entierro. Anna albergaba la vaga esperanza de que, debido a la pena, el hombre se hubiera olvidado de su proposición. No obstante, cuando pasaron al salón para tomar café y brandy, la joven percibió que la atmósfera cambiaba.

—¿Y bien, mi querida señorita, has pensado en la importante pregunta que te hice antes de mi partida?

Anna bebió un sorbo de café y aprovechó el inciso para ordenar sus pensamientos antes de hablar. Aunque, a decir verdad, había ensayado las palabras un centenar de veces.

—Herr Bayer, su proposición me complace y halaga…

—¡Entonces soy feliz! —anunció él con una gran sonrisa.

—Sí, pero, después de meditarlo mucho, creo que debo rechazarla.

Anna advirtió que la expresión del profesor se alteraba, que afilaba la mirada.

—¿Puedo preguntar por qué?

—Porque creo que no podría ser lo que usted necesita en una esposa.

—¿Qué diantres quieres decir con eso?

—Que no se me da bien dirigir una casa ni tengo la educación suficiente para atender a sus invitados o…

—Anna. —Herr Bayer suavizó el semblante al escucharla y Anna comprendió que había utilizado el enfoque equivocado—. Es propio de tu dulzura y modestia decir esa clase de cosas, pero has de saber que nada de eso importa. Tu talento compensa con creces aquellas cualidades de las que careces, y tu juventud e inocencia son algunas de las razones por las que te has granjeado mi aprecio. Por favor, mi querida señorita, no debes subestimarte o pensar que no eres digna de mí. Te he tomado mucho cariño. En cuanto a cocinar, ¡para eso tenemos a frøken Olsdatter!

Se produjo un silencio durante el que Anna trató de pensar en otros argumentos.

—Herr Bayer…

—Anna, llámame Franz, por favor, ya te lo he dicho.

—Como quieras, Franz. Aunque tu proposición me halaga, lamento decirte que no puedo aceptarla. Y mi decisión es definitiva.

—¿Hay alguien más?

El tono súbitamente severo del profesor le provocó un escalofrío.

—No…

—Anna, antes de que sigas hablando, debes saber que, aunque no he estado presente en Cristianía durante las últimas semanas, tengo mis espías. Si estás rechazando mi proposición por ese apuesto sinvergüenza que toca el violín en la orquesta, permíteme prevenirte. No solo como un hombre que te ama y desea ofrecerte todo aquello con lo que siempre has soñado, sino también como tu consejero y guía en un mundo que aún eres demasiado ingenua para entender.

Anna no contestó, pero era consciente de que todas y cada una de sus facciones reflejaban su conmoción.

—¡Bien! —Herr Bayer se dio una palmada en los firmes muslos—. He acertado. Por lo visto estoy compitiendo por tu afecto con un patán sin blanca de la orquesta. Lo sabía —rio echando la cabeza hacia atrás—. Lo siento, Anna, pero esta noche me has demostrado hasta dónde llega realmente tu ingenuidad.

—¡Pues sí, perdóname, pero estamos enamorados! —El hecho de que herr Bayer se riera de ella y menospreciara lo que Jens y ella sentían hizo que perdiera los estribos—. Y lo apruebes o no, es la verdad. —Se puso en pie—. Dadas las circunstancias, creo que será mejor que me vaya. Te agradezco todo lo que has hecho por mí y lamento que mi negativa no haya sido de tu agrado.

Se encaminó hacia la puerta a toda prisa, pero él la alcanzó en apenas dos zancadas.

—Espera, Anna, no nos despidamos así. Siéntate y hablemos, por favor. Siempre has confiado en mí hasta ahora y me gustaría demostrarte lo errónea que es tu actitud. Conozco a ese hombre y entiendo que te haya hechizado. No te culpo por ello. Eres muy cándida y, sí, crees que estás enamorada. Poco importa ya que aceptes o no mi proposición. Ese hombre te romperá el corazón y te destruirá, como ha destruido a muchas otras mujeres antes que tú.

—No, no lo conoces…

Anna se retorció las manos, desesperada, mientras lágrimas de frustración rodaban por sus mejillas.

—Intenta tranquilizarte, por favor, estás muy nerviosa. Te lo ruego, ven a sentarte y hablemos.

Dándose por vencida, Anna se dejó conducir hasta una butaca.

—Querida —comenzó herr Bayer con suavidad—, ya debes de

conocer las relaciones que herr Halvorsen ha mantenido previamente con otras mujeres.

—Sí, las conozco.

—Jorid Skrovset, la chica del coro, sufrió tanto que se ha negado a volver al teatro. Y la propia madame Hansson cayó en tal estado de desolación después de que herr Halvorsen se aprovechara de ella que se ha ido al extranjero para recuperarse. Y esa es la razón por la que tú estás interpretando su papel en el Teatro de Cristianía.

—Señor, sé por el propio Jens que...

—Perdona, Anna, pero no sabes nada de ese hombre —la interrumpió el profesor—. Comprendo que no soy tu padre ni, lamentablemente en estos momentos, tu prometido, y que por tanto poco puedo influir en tus decisiones. Pero debo decirte, por el profundo afecto que te profeso, que Jens Halvorsen solo te causará problemas. Te destrozará, Anna, como ha hecho con todas las mujeres que han tenido la mala fortuna de caer en su trampa. Es un hombre débil, y su debilidad son las mujeres y la bebida. Temo por ti, te lo digo con total sinceridad, y ha sido así desde que me enteré de esta... relación.

—¿Cuánto hace que lo sabes? —susurró Anna, incapaz de mirarlo a los ojos.

—Unas semanas. Y debería advertirte que en el teatro todo el mundo está al corriente. Y sí, fue ese descubrimiento lo que motivó mi proposición, sencillamente porque quiero salvaros a ti y a tu talento de ti misma. Si te vas con él, no tardará en dejarte por otra. Y no soporto la idea de que lo arrojes todo por la borda por un donjuán egoísta, después de lo mucho que hemos trabajado.

Anna guardó silencio mientras herr Bayer se servía otro brandy.

—En vista de que no respondes, te diré lo que creo que deberíamos hacer. Si te empeñas en seguir con ese hombre, estoy de acuerdo en que deberías abandonar este apartamento de inmediato e irte con él a Leipzig cuando finalice la temporada de *Peer Gynt*, sencillamente porque no soportaría presenciar el dramático e inevitable desenlace. —Reparó en la cara de estupefacción de Anna y continuó—: Si decides que eso es realmente lo que quieres, te entregaré el dinero que has ganado en el teatro y te dejaré marchar. No obstante, si crees que hay algo de verdad en lo que te he contado y accedes a renunciar a herr Halvorsen y casarte conmigo después del debido período de duelo por mi madre, entonces, por favor, te pido que te quedes. No hay prisa, lo único que necesito de ti es una declaración de buena voluntad. Te lo ruego, Anna, medita detenidamente tu decisión, pues cambiará tu vida para siempre, ya sea para bien o para mal.

—Si sabías todo esto, ¿por qué no me lo dijiste antes? —preguntó ella con un hilo de voz—. Tenías que saber que te rechazaría.

—Sencillamente porque me culpo por lo ocurrido. No he estado en Cristianía para protegerte de él. Ahora que he vuelto, estoy dispuesto a hacerlo, pero solo con la condición de que destierres a Jens Halvorsen de tu vida inmediatamente. Si me rechazaras por otro pretendiente, puede que lo aceptara sin rechistar. Pero en este caso soy incapaz, porque sé que te destruirá.

—Estoy enamorada de él —insistió Anna inútilmente.

—Sé que así lo crees, y entiendo que es muy difícil para ti aceptar mis condiciones, pero espero que algún día puedas ver que todo esto lo hago por tu bien. Y ahora será mejor que nos retiremos. He tenido unas semanas agotadoras y estoy muy cansado. —Herr Bayer le besó la mano—. Buenas noches, Anna, que duermas bien.

29

Al día siguiente, Anna se alegró de llegar al teatro, donde, para su consuelo, todo seguía como siempre. Dividida entre lo que le dictaban la cabeza y el corazón, no había pegado ojo en toda la noche. Gran parte de lo que herr Bayer le había contado era cierto, sobre todo para alguien que lo viera desde fuera. Ella misma había pensado aquellas cosas de Jens, por lo que no podía reprochar a los demás que sintieran lo mismo. Y seguro que todo el mundo le aconsejaba que se casara con herr Bayer y no con un músico sin blanca. Sería la decisión más sensata.

Tales razonamientos, sin embargo, no resolvían el dilema, porque lo mirara como lo mirase, la idea de renunciar para siempre a Jens Halvorsen le resultaba, sencillamente, imposible.

Por lo menos, se dijo cuando salió del camerino para dirigirse al escenario, vería a Jens al cabo de unos minutos, transmitiéndole su amor y su apoyo desde el foso de la orquesta. Anna ya le había escrito una nota diciéndole que era preciso que se vieran después de la función y le había pedido a Rude que se la entregara durante el primer entreacto. A punto de comenzar la obra, Anna intentó calmar su agitado corazón. Cuando salió al escenario y empezó a declamar, bajó disimuladamente la mirada hacia el foso.

Y vio, horrorizada, que Jens no estaba allí y que un anciano minúsculo ocupaba su silla.

Finalizado el primer acto, presa del pánico, abandonó el escenario e inmediatamente llamó a Rude a su camerino.

—Hola, frøken Anna, ¿cómo está?

—Bien —mintió—. ¿Sabes dónde está herr Halvorsen? He visto que esta noche no está tocando en el foso.

—¿En serio? Caramba, por una vez me cuenta algo que no sabía. ¿Quiere que lo averigüe?

—Sí, por favor.

—Seguramente me llevará un rato, así que la veré en el siguiente intermedio.

Anna interpretó el segundo acto atormentada por la angustia, y cuando Rude se personó en su camerino como le había prometido, pensó que iba a desmayarse a causa de la tensión.

—La respuesta es que nadie sabe nada. Puede que esté enfermo, frøken Anna. Pero aquí seguro que no está.

Anna sobrevivió al resto de su actuación sumida en un estado de aturdimiento. Tras el último saludo de los actores, se vistió a toda velocidad, salió del teatro y le indicó al cochero que la llevara al apartamento de Jens. Una vez allí, bajó del coche de caballos y le pidió que la esperara antes de irrumpir en el edificio y subir a la carrera. Resoplando, aporreó la puerta hasta que escuchó unos pasos.

La puerta se abrió y Anna vio a Jens. Se derrumbó en sus brazos sintiendo una oleada de alivio.

—Gracias a Dios, gracias a Dios…

—Anna.

Le pasó un brazo por los hombros temblorosos y la llevó al salón.

—¿Dónde estabas? Pensaba que te habías ido… Yo…

—Anna, por favor, cálmate y déjame explicártelo. —Jens la condujo hasta el sofá y se sentó a su lado—. Esta tarde, cuando llegué al teatro, Johan Hennum me comunicó que la orquesta ya no requería mis servicios. Habían encontrado a otro violinista y flautista para sustituirme con efecto inmediato. Le pregunté si se trataba de un arreglo temporal y me dijo que no. Me pagó el sueldo entero y me despachó. Anna, te juro que no tengo la menor idea de por qué me ha despedido.

—Yo sí. Dios mío… —Anna enterró la cabeza entre las manos—. Jens, por una vez esto no tiene nada que ver con tu conducta, sino con la mía. Anoche le dije a herr Bayer que no podía casarme con él. ¡Y entonces él me contó que sabía lo nuestro! Dijo que podía seguir alojándome en su casa si renunciaba a ti de inmediato, pero que si no estaba dispuesta a hacerlo debía marcharme del apartamento.

347

—Señor —suspiró Jens, que por fin lo entendía todo—. Y un día después me invitan a abandonar la orquesta de Cristianía. Herr Bayer ha debido de decirles a Hennum y Josephson que soy una mala influencia y que estaba desconcentrando a su nueva estrella.

—Lo siento, Jens, no creía que herr Bayer fuera capaz de una cosa así.

—Yo sí, y te lo dije —farfulló él—. Por lo menos ahora ya conozco el motivo de mi repentino despido.

—¿Qué vas a hacer?

—Pues la verdad es que estaba haciendo el equipaje.

—¿Para ir adónde? —preguntó Anna horrorizada.

—A Leipzig, naturalmente. Es evidente que aquí ya no tengo futuro. He decidido que cuanto antes me vaya, mejor.

—Entiendo.

Anna bajó la mirada y se concentró en contener las lágrimas.

—Pensaba escribirte esta noche y dejar la carta en la portería del teatro.

—¿Lo juras? ¿O simplemente pensabas desaparecer sin decir palabra?

—Anna, *min kjære*, ven aquí. —Jens la tomó entre sus brazos y le acarició la espalda con ternura—. Sé que estás pasando por un momento muy difícil, pero hace solo unas horas que Hennum me despidió. Claro que iba a decirte dónde estaba. ¿Por qué no iba a hacerlo? Fui yo quien te pidió que vinieras conmigo a Leipzig, ¿recuerdas?

—Sí, sí… tienes razón. —Anna se enjugó las lágrimas—. Estoy muy nerviosa. Y tremendamente enfadada por el hecho de que te hayan castigado a ti por algo que he hecho yo.

—Pues no lo estés. Ya sabes que tenía planeado irme de todos modos, simplemente tendré que hacerlo antes de lo previsto. ¿Se enfadó mucho contigo herr Bayer, amor mío?

—En absoluto. Dijo que no quería que echara a perder mi vida estando contigo y que deseaba que no volviera a verte por mi propio bien.

—Por eso me han echado del foso sin miramientos, para que no pudieras volver a verme. ¿Qué piensas hacer?

—Herr Bayer me ha dado un día para meditarlo. ¡Cómo se atreve a inmiscuirse de este modo en nuestras vidas!

—Los dos nos hallamos en una situación difícil —suspiró Jens—. Me marcho a Leipzig mañana mismo. Hace solo dos semanas que comenzó el curso en el conservatorio, de modo que no me habré perdido mucho. Si quieres, puedes reunirte allí conmigo cuando finalice la temporada de *Peer Gynt*.

—¡Jens, después de lo que te han hecho sería incapaz de volver al teatro! —Anna se estremeció—. Me iré contigo ahora mismo.

El joven la miró estupefacto.

—¿Estás segura de que es lo más sensato, Anna? Si te marchas antes de que termine la temporada, no podrás volver a trabajar en el Teatro de Cristianía nunca más. Tu nombre quedará tan desprestigiado como el mío.

—Tampoco querría volver a trabajar allí —replicó ella con la mirada encendida a causa de la indignación—. Me niego a permitir que la gente, por importante y rica que sea, se comporte como si yo fuera de su propiedad.

Jens rio al ver su expresión feroz.

—Debajo de esa apariencia dulce escondes una auténtica rebelde, ¿no es así?

—Mis padres me han enseñado a distinguir lo que está bien de lo que está mal, y sé que lo que te han hecho está mal, muy mal.

—Lo sé, amor mío, pero por desgracia poco podemos hacer al respecto. En serio, Anna, debo advertírtelo: por muy enfadada que estés, medita detenidamente lo de venirte conmigo mañana. Detestaría ser la causa de la destrucción de tu carrera. Y que conste —la silenció cuando ella abrió la boca para protestar— que no lo digo porque no desee que me acompañes. Sencillamente me preocupa que mañana tomemos el transbordador a Hamburgo y luego el tren nocturno a Leipzig sin saber siquiera dónde vamos a alojarnos o si me aceptarán en el conservatorio.

—Pues claro que te aceptarán, Jens. Tienes la carta de herr Grieg.

—Tienes razón, y es muy probable que ingresé en la escuela, pero, mientras que yo soy un hombre y puedo soportar las privaciones físicas, tú eres una señorita con ciertas… necesidades.

—Que nació en una granja y que no había visto un retrete interior hasta que llegó a Cristianía —replicó Anna—. En serio, Jens, tengo la impresión de que estás haciendo todo lo posible por convencerme de que no vaya.

—Bueno, cuando lleguemos a Leipzig no digas que no te previne. —Jens sonrió de repente—. Y ahora que ya he hecho cuanto estaba en mi mano por disuadirte y que te has negado a hacer caso de mis advertencias, tengo la conciencia tranquila. Partiremos juntos mañana al amanecer. Ven aquí, Anna. Abracémonos y démonos fuerza para la aventura que estamos a punto de emprender.

La besó en la boca y en aquel momento todos los temores que Anna hubiera podido sentir por la reticencia de Jens o respecto a la decisión que había tomado se desvanecieron. Finalmente, separaron los labios y, cuando Anna apoyó la cabeza sobre su pecho, Jens le acarició el cabello.

—Hay algo más de lo que debemos hablar. Tendremos que hacernos pasar por un matrimonio delante de todas las personas que conozcamos en el viaje, y también en Leipzig. Deberás convertirte en fru Halvorsen de la noche a la mañana a los ojos del mundo, pues nadie nos alquilaría una habitación si supiera que no estamos casados. ¿Qué piensas al respecto?

—Pienso que debemos casarnos en cuanto lleguemos a Leipzig. No podría tolerar ningún…

La voz de la muchacha se apagó.

—Por supuesto que nos casaremos. Y no te preocupes, Anna, aunque tengamos que compartir lecho, ten la certeza de que siempre me comportaré como un caballero. Entretanto —Jens salió de la estancia y regresó un minuto después con un pequeño estuche de terciopelo—, debes llevar esto. Era la alianza de boda de mi abuela. Mi madre me la dio cuando me fui de casa para que la vendiera en el caso de que necesitara el dinero. ¿Te la pongo?

Anna contempló el delgado anillo de oro. Aquella no era, ni mucho menos, la «boda» con la que había soñado, pero sabía que debía bastarle por el momento.

—Te quiero, fru Halvorsen —dijo él poniéndole el anillo en el dedo con delicadeza—. Y te prometo que en Leipzig nos casaremos como es debido. Ahora debes irte y prepararte para mañana. ¿Puedes estar aquí a las seis en punto?

—Sí —respondió ella camino de la puerta—. De todas maneras, no creo que consiga dormir mucho esta noche.

—Anna, ¿tienes algo de dinero?

—No. —Se mordió el labio—. Y difícilmente podría pedirle

mis estipendios a herr Bayer ahora. No estaría bien. Le he fallado a él y a mucha otra gente.

—Entonces seremos pobres como vagabundos hasta que nos abramos paso en esa nueva ciudad —dijo él encogiéndose de hombros.

—Sí. Buenas noches, Jens —susurró Anna.

—Buenas noches, amor mío.

Cuando Anna llegó al apartamento, todo estaba en silencio. Avanzaba con sigilo por el pasillo cuando vio el rostro angustiado de frøken Olsdatter asomar por la puerta de su dormitorio.

—Me tenías preocupada, Anna —susurró la mujer yendo a su encuentro—. Menos mal que herr Bayer se ha acostado pronto aquejado de una leve calentura. ¿Dónde has estado?

—Por ahí —se limitó a responder la muchacha, que ya no quería darle explicaciones a nadie.

Giró el pomo para entrar en su cuarto.

—¿Por qué no vamos a la cocina? Te calentaré un vaso de leche.

—Porque… —Anna se detuvo. Aquella mujer había sido muy amable con ella y no le parecía bien marcharse sin decirle nada—. Gracias.

Se dejó arrastrar por el pasillo hasta la cocina.

Frente a un vaso de leche caliente, Anna le explicó toda la historia al ama de llaves. Y cuando hubo terminado, se alegró de haberlo hecho.

—Caray, *kjære* —murmuró la mujer—, estás hecha una rompecorazones. Por lo visto los caballeros se desviven por cortejarte. Entonces ¿has decidido seguir a tu violinista hasta Leipzig de inmediato?

—No tengo elección. Herr Bayer me dijo que debía abandonar esta casa si no estaba dispuesta a renunciar a Jens. Y después de lo que le ha pedido a herr Hennum que haga contra Jens, no quiero seguir en Cristianía ni un minuto más.

—Anna, ¿no crees que herr Bayer solo está intentando protegerte? ¿Que únicamente piensa en lo que es mejor para ti?

—¡En absoluto! ¡Está pensando en lo que él quiere, no en lo que quiero yo!

—¿Y qué pasa con tu carrera? Te lo ruego, Anna, tienes mucho talento. Es un sacrificio excesivo, incluso por amor.

—Pero es necesario —insistió ella—. No puedo vivir en Cristianía sin Jens. Y puedo cantar en cualquier lugar del mundo. El propio herr Grieg me dijo que me ayudaría si alguna vez se lo pedía.

—Y es un benefactor influyente —convino frøken Olsdatter—. ¿Qué harás en cuanto al dinero?

—Herr Bayer me dijo que me daría los estipendios que he ganado en el teatro, pero he decidido no pedírselos.

—Es un gesto que te honra, pero hasta los enamorados necesitan comida y un techo sobre sus cabezas. —El ama de llaves se levantó, se acercó al cajón del aparador y sacó una caja de latón. Tras seleccionar una llave de la cadena que le pendía de la cintura, la abrió. Dentro había una bolsa con monedas y se la tendió a Anna—. Toma. Son mis ahorros. Actualmente no los preciso y tu necesidad es mayor que la mía. No puedo verte salir de esta casa y caminar hacia un futuro incierto con los bolsillos vacíos.

—No puedo aceptarlos… —protestó Anna.

—Puedes y lo harás —replicó la mujer con firmeza—. Y un día, cuando me entere de que estás cantando en el Teatro de la Ópera de Leipzig, me invitarás a ir a verte como recompensa.

—Gracias, es usted muy buena. —Conmovida hasta el extremo por el gesto, Anna le cogió la mano—. Seguro que piensa que me estoy equivocando.

—¿Quién soy yo para juzgarte? Ya sea una decisión correcta o equivocada, eres una joven valiente y de firmes principios, y te admiro por ello. Cuando estés más calmada, deberías escribir a herr Bayer.

—Me asusta que pueda ponerse furioso.

—No estará enfadado, Anna, solo terriblemente triste. Tú lo ves como un hombre mayor, pero recuerda que, aunque envejezcamos, nuestro corazón funciona igual que lo ha hecho siempre. No le culpes por haberse enamorado de ti y desear que te quedes a su lado para siempre. Y ahora, si has de levantarte al alba, será mejor que te acuestes e intentes dormir.

—Sí.

—Y por favor, Anna, escríbeme desde Leipzig para asegurarme

que estás bien. Herr Bayer no es el único de esta casa que extrañará tu presencia. Procura recordar que posees juventud, talento y belleza. No los desperdicies, ¿de acuerdo?

—Haré cuanto esté en mi mano para no desaprovecharlos. Gracias por todo.

—¿Qué les dirás a tus padres? —le preguntó de pronto frøken Olsdatter.

—No lo sé —suspiró Anna—, sinceramente no lo sé. Adiós.

Cuando el transbordador abandonó el fiordo rumbo a Hamburgo, escupiendo humo y vapor por sus chimeneas, Anna estaba sola en la cubierta viendo desaparecer su tierra natal tras la bruma del otoño. Y se preguntó si algún día volvería a verla.

30

Veinticuatro horas después, Anna y Jens se apeaban al fin del tren en la estación de Leipzig. El sol acababa de salir y, dado que Anna estaba tan cansada que apenas podía tenerse en pie, Jens cargó tanto con su maleta como con la de ella. El tren de Hamburgo a Leipzig disponía de coches cama, pero habían decidido que no debían gastarse el dinero en la comodidad de una litera. Habían pasado la noche sentados en los duros asientos de madera, donde Jens se había quedado dormido casi de inmediato, con la cabeza sobre el hombro de Anna. Con el paso de las horas, la incredulidad de la muchacha ante lo que acababa de hacer había ido en aumento.

Al menos hacía una mañana soleada cuando salieron de la bulliciosa estación y se adentraron en el centro de la ciudad. A pesar del cansancio, Anna se animó un poco al contemplar la belleza de Leipzig. Las calles, amplias y adoquinadas, estaban flanqueadas por edificios altos e imponentes, muchos de ellos decorados con esculturas o gabletes elaborados y largas hileras de elegantes ventanas abatibles. Los transeúntes hablaban un idioma entrecortado que Anna sabía que era alemán porque lo había escuchado durante el largo viaje en tren desde Hamburgo. Jens le había asegurado que él lo hablaba con razonable soltura, pero ella solo lograba entender las escasas palabras que se semejaban al noruego.

Terminaron en la plaza del mercado central, dominada por el majestuoso ayuntamiento de tejado rojo y arcada frontal, sobre el que destacaba la gran torre abovedada del reloj. La plaza ya estaba abarrotada de puestos y hervía de actividad. Jens se detuvo ante un mostrador donde un panadero estaba extendiendo un amplio surtido de hogazas recién horneadas. Al aspirar el delicioso aroma, Anna cayó en la cuenta de lo hambrienta que estaba.

Pero Jens no se había detenido por la comida.

—*Entschuldigung Sie, bitte. Wissen Sie wo die Pension in der Elsterstraße ist?*

Anna no entendió ni una palabra de la áspera respuesta del panadero.

—Bien, la pensión que herr Grieg me recomendó no queda lejos —dijo Jens.

Esta resultó ser un edificio modesto con entramado de madera situado en una callejuela que desembocaba en una calle que Anna vio que se llamaba Elsterstraße. Tenía un aspecto muy diferente de los edificios espléndidos que habían visto por el camino, pensó con recelo. El barrio parecía un tanto descuidado, pero, obligándose a recordar que era cuanto podían permitirse, siguió a Jens cuando este subió los escalones de la entrada y llamó con fuerza a la puerta. Al cabo de varios minutos apareció una mujer atándose apresuradamente el cordón de la bata para taparse el camisón y Anna cayó en la cuenta de que no debían de ser más de las siete de la mañana.

—*Um Himmels willen, was wollen Sie denn?* —gruñó la mujer.

Jens respondió en alemán y Anna solo entendió «herr Grieg». Al oír el nombre, la mujer relajó el rostro y los invitó a pasar.

—Dice que está completo, pero que como nos envía herr Grieg podemos utilizar temporalmente una habitación de servicio que hay en el desván —tradujo Jens.

Subieron y subieron acompañados por el crujido de los peldaños de madera. Finalmente llegaron al último piso y la mujer abrió la puerta de una habitación diminuta situada debajo de los aleros de la casa. Una cama estrecha de bronce y una cómoda con una jofaina y una jarra encima constituían todo el mobiliario, pero al menos parecía limpia.

Se produjo otra conversación en alemán entre Jens y la mujer. Él señaló la cama y ella asintió antes de salir del cuarto.

—Le he dicho que nos la quedaremos hasta que encontremos otro alojamiento. También le he dicho que la cama es demasiado estrecha para los dos y ha ido a buscarme un colchón. Yo dormiré en el suelo.

Cansados, examinaron la habitación en silencio hasta que la mujer regresó con el colchón. Jens le tendió unas monedas.

—*Nur Goldmark, keine Kronen* —dijo la mujer negando con la cabeza.

—Acepte las coronas por el momento y más tarde compraré marcos —propuso Jens.

La mujer aceptó las monedas a regañadientes y, dando nuevas instrucciones, señaló el espacio de debajo de la cama antes de marcharse por segunda vez.

Anna se sentó con cautela. La cabeza le daba vueltas debido al agotamiento, pero sobre todo le urgía ir al lavabo. Sonrojándose, preguntó a Jens si la mujer le había dicho dónde estaba.

—Me temo que ahí. —También él señaló debajo de la cama—. Aguardaré fuera mientras tú…

Cada vez más colorada, Anna asintió y cuando Jens se hubo marchado hizo lo que llevaba horas ansiando hacer. Después de cubrir el contenido del bacín con el trapo de muselina destinado para ese fin, dejó entrar a Jens.

—¿Mejor? —sonrió él.

—Sí, gracias —contestó cohibida.

—Me alegro. Y ahora, propongo que descansemos un rato.

Anna se sonrojó y desvió la mirada cuando Jens procedió a desvestirse hasta quedarse en calzas y camiseta de algodón. Empleando el abrigo como manta, se tumbó en el colchón.

—Tranquila, te prometo que no miraré —dijo entre risas—. Que descanses, Anna. Los dos nos encontraremos mejor después de dormir un poco.

Le lanzó un beso y se tumbó dándole la espalda.

Anna se desató las cintas de la capa, se quitó la blusa y la pesada falda y se quedó en camisola y bombachos. Para cuando se metió bajo la basta manta de lana y apoyó la cabeza en la almohada, ya le llegaban desde el colchón del suelo los ronquidos suaves de Jens.

«¿Qué he hecho?», pensó. Herr Bayer tenía razón. Era una muchacha ingenua y obstinada que no se había detenido a pensar en las consecuencias de sus actos. Ahora había quemado todas sus naves y había terminado en aquel cuartucho claustrofóbico, durmiendo a pocos centímetros de un hombre con el que ni siquiera estaba casada y teniendo que realizar actos íntimos sin la menor privacidad.

—Señor, perdóname por el dolor que he causado a otros —susurró a los cielos, donde se imaginaba a Dios observándola en aquel momento y extendiéndole un billete al averno.

Finalmente, se sumió en un sueño inquieto.

Para cuando Jens se removió en su colchón, Anna ya estaba levantada y vestida de arriba abajo, muerta de hambre y desesperada por un vaso de agua.

—¿Es cómoda la cama? —le preguntó él con un bostezo.

—Me acostumbraré.

—Ahora iremos a comprar marcos y a buscar algo de comer —continuó Jens mientras se vestía y Anna le daba la espalda—, pero primero, ¿puedo pedirte que salgas de la habitación? Saldré en cuanto termine de hacer mis necesidades.

Horrorizada ante la idea de que Jens viera lo que ya había en el bacín, Anna hizo lo que le pedía. Al rato, para su espanto, Jens salió con el bacín en la mano.

—Hay que preguntarle a la casera qué hacemos con la porquería —dijo al pasar por su lado en dirección a la escalera de madera.

Anna lo siguió con las mejillas ardiendo. Puede que hubiera llegado a Cristianía como una humilde chica de campo, pero jamás se había tropezado con algo tan antihigiénico y repugnante. En su casa de Heddal la letrina estaba fuera y era muy básica, pero desde luego muy preferible a aquello. Comprendió que, tras haberse acostumbrado al moderno cuarto de baño del apartamento de herr Bayer, nunca se había parado a pensar en cómo se deshacían de sus deposiciones los habitantes de las ciudades.

Encontraron a la casera en el recibidor y Jens le tendió el bacín como si fuera una sopera. La mujer asintió y señaló hacia la parte de atrás de la casa, pero lo cogió de todos modos.

—Asunto arreglado —dijo Jens al abrir la puerta de la casa—. Salgamos a comer algo.

Recorrieron las concurridas calles hasta dar con una *Bierkeller* en un recodo de una plaza pequeña y se sentaron a una mesa. Jens pidió cervezas y los dos contemplaron el tablón donde aparecía la carta escrita con tiza. Anna no entendía una sola palabra.

—Hay bratwurst, o sea, salchichas. He oído que son muy buenas, aunque algo más grasientas que las nuestras —explicó Jens—. *Knödel*, no me preguntes qué es... *Speck*, que imagino que es tocino...

—Creo que tomaré lo mismo que tú —dijo Anna en tono hastiado cuando la cerveza llegó acompañada de un cuenco de pan negro. Aunque habría preferido agua, agarró la jarra y bebió con avidez.

Contempló la animada plaza a través de las ventanas deslucidas. Casi todas las mujeres llevaban vestidos negros y sencillos con delantales blancos o grises que acentuaban la palidez de su piel y los afilados rasgos germanos. Anna pensaba que vería atuendos más refinados en Leipzig, pues le habían contado que era una de las ciudades más importantes de Europa. De tanto en tanto pasaba un coche de caballos que le permitía vislumbrar un elegante sombrero de plumas sobre la testa de una mujer pudiente.

Llegó la comida y Anna devoró las patatas y las salchichas grasientas. La cerveza se le había subido a la cabeza y sonrió a Jens con ternura.

—¿Cómo pido agua?

—Has de decir: «*Ein Wasser, bitte*» —respondió Jens antes de desviar la atención hacia la pequeña orquesta callejera de violines que tocaba en medio de la plaza con un gorro en el suelo para que la gente dejara dinero.

Anna lo vio desperezarse mientras escuchaba complacido.

—¿No es maravilloso? Nuestro futuro está en esta ciudad, estoy seguro. —Alargó el brazo y le cogió la mano—. ¿Qué te parece nuestra aventura hasta el momento?

—Me siento sucia, Jens. Cuando volvamos, ¿crees que podríamos preguntarle a la casera si hay algún sitio donde tomar un baño y lavar la ropa?

Jens la miró con dureza.

—Por Dios, Anna, me dijiste que eras una chica de campo acostumbrada a las privaciones. ¿Eso es lo único que se te ocurre decir sobre haber llegado a Leipzig?

La joven pensó con añoranza en Heddal y en la nieve impoluta que recogían en invierno y derretían al fuego para lavarse. Y en los arroyos cristalinos y frescos donde se bañaban en verano.

—Perdona. Estoy segura de que podré apañármelas.

Jens levantó su segunda jarra de cerveza y bebió.

—Debería darle las gracias a herr Bayer por haberme obligado a caminar finalmente hacia mi futuro.

—Me alegra verte tan feliz por estar aquí, Jens.

—Lo estoy. Aspira el aire, Anna. Incluso huele diferente. Esta ciudad es un crisol de música y creatividad. ¡Mira a toda esa gente congregada alrededor de los músicos! ¿Has visto algo así en Cristianía alguna vez? Aquí la música se celebra, no se ridiculiza como una afición de pobretones. Y ahora yo podré formar parte de esa celebración. —Apuró la jarra y arrojó unas monedas sobre la mesa antes de ponerse en pie—. Ahora iré a buscar la carta de herr Grieg e iré directo al conservatorio. ¡Este es el principio de todo aquello con lo que he soñado!

De regreso en la pensión, rebuscó en su maleta hasta dar con la preciada carta. Luego besó a Anna y se dirigió a la puerta.

—Descansa, Anna. Te despertaré más tarde con vino y buenas noticias.

—¿Preguntarás en el conservatorio si alguien podría oírme cantar…?

Pero la puerta ya se había cerrado.

Anna se desplomó sobre la cama. Ahora comprendía que aquella «aventura» tenía un trasfondo muy diferente para cada uno de ellos: Jens corría hacia algo y ella huía de algo. Y ahora, pensó apesadumbrada, no había nada que pudiera hacer al respecto aunque se hubiera equivocado.

Al cabo de unas horas, Jens regresó del conservatorio aún más eufórico.

—Cuando llegué y pregunté por el director, el doctor Schleinitz, el portero me miró como si fuera el tonto del pueblo. Entonces le enseñé la carta y, en cuanto la leyó, ¡fue a buscarlo a su despacho! El doctor Schleinitz me pidió que tocara el violín y una de mis composiciones al piano. Y no te lo vas a creer —Jens golpeó el aire con el puño—, ¡me hizo una reverencia! Lo que oyes, Anna, ¡me hizo una reverencia a mí! Hablamos de herr Grieg y me dijo que estaría encantado de enseñar a un protegido suyo.

Así que mañana comienzo mis estudios en el Conservatorio de Leipzig.

—¡Eso es maravilloso, Jens!

Anna trató de que su voz sonara alegre.

—De regreso a la pensión he pasado por un sastre y he tenido que pagarle el doble para que mañana por la mañana me tuviera listo un traje como es debido. No quiero que nadie me tome por un simplón de los fiordos. ¿No es maravilloso? —Abrazó a Anna por la cintura, la levantó del suelo y dio vueltas con ella mientras reía—. Y antes de salir a celebrarlo nos mudaremos a nuestro nuevo alojamiento.

—¿Ya has encontrado un lugar para nosotros?

—Sí. No es un palacio, pero decididamente es mejor que esto. Mientras haces el equipaje, iré a pagarle a la casera sus marcos. Te espero abajo.

—No... —Anna estaba a punto de decirle que no creía que pudiera cargar sola con las dos maletas, pero Jens ya se había ido.

Minutos después, jadeando por el esfuerzo, se reunió con él en el recibidor.

—Bueno, ya podemos marcharnos a nuestra nueva morada —proclamó Jens.

Anna lo siguió hasta la calle y, estupefacta, lo vio cruzar la acera y entrar en la casa de enfrente.

—Vi el letrero de vacante en la ventana y se me ocurrió entrar a preguntar —explicó Jens.

La casa se parecía mucho a la que acababan de dejar, pero la habitación estaba en la primera planta y, por lo menos, era más grande y tenía mejor ventilación que el agobiante desván. Una gran cama de bronce ocupaba casi todo el espacio y Anna sintió que el corazón le daba un vuelco cuando vio que en el suelo no había sitio para un colchón.

—Al otro lado del rellano hay un retrete, lo que quiere decir que esta habitación es más cara, pero por lo menos será de tu agrado. ¿Estás contenta, Anna?

—Sí —asintió ella con estoicismo.

—Bien. —Jens le entregó unas monedas a frau Schneider, la casera, de quien Anna pensó que por lo menos parecía más atenta que la anterior—. Esto cubrirá nuestra primera semana de alquiler —prosiguió el joven con una sonrisa magnánima.

—*Kochen in den Zimmern ist untersagt. Abendbrot um punkt sieben Uhr. Essen Sie hier heute Abend?*

—Dice que está prohibido cocinar en la habitación, pero que podemos cenar todas las noches abajo, a las siete —explicó Jens bajando la voz. Luego se volvió hacia frau Schneider—. Me parece una idea excelente. ¿Cuánto será?

Una vez más, el dinero cambió de manos y finalmente la puerta se cerró.

—Dime, frau Halvorsen —sonrió Jens—, ¿qué te parece nuestro nuevo nido?

—Es…

La muchacha contempló la cama y Jens vio el miedo reflejado en su semblante.

—Ven aquí, Anna.

Obedeció y él la estrechó entre sus brazos.

—Cálmate. Ya te he prometido que no te tocaré hasta que me des tu permiso, pero al menos podremos darnos calor durante las frías noches de Leipzig.

—En serio, Jens, tenemos que casarnos lo antes posible —lo instó Anna—. Tenemos que encontrar enseguida una iglesia luterana donde…

—Lo haremos, pero no nos preocupemos por eso ahora.

La atrajo hacia sí e intentó besarla en el cuello.

—¡Jens, lo que estamos haciendo es un pecado contra Dios! —le espetó Anna rechazando sus caricias.

—Tienes razón —suspiró él contra su piel antes de apartarse—. Y ahora creo que los dos necesitamos un buen aseo. Después saldremos a comer y beber. ¿Sí?

Jens le levantó el mentón para poder mirarla a los ojos.

—Sí —dijo ella con una sonrisa.

31

Durante las dos semanas siguientes, Anna fue creándose una rutina. O, al menos, encontrando cosas con las que mantenerse ocupada durante sus muchas horas de soledad mientras Jens estaba en el conservatorio.

El invierno se estaba echando encima de la ciudad y la habitación amanecía helada por las mañanas, de modo que cuando Jens se iba a la escuela, ella regresaba a la cama y se acurrucaba bajo el calor de las mantas de lana a esperar que el carbón que había encendido en la pequeña chimenea caldeara el ambiente. Luego se lavaba y se vestía, salía a la calle y caminaba hasta el mercado a fin de comprar pan y fiambre para su almuerzo.

La única comida caliente del día era la que frau Schneider les servía por la noche. Casi siempre consistía en algún tipo de salchicha acompañada de patatas o de pastosas bolas de pan sumergidas en una salsa insípida. Anna añoraba el sabor de las verduras frescas y los alimentos saludables de su infancia.

Pasó muchas horas intentando redactar las cartas que sabía que debía enviar a sus padres y a herr Bayer. Con la pluma de Lars entre los dedos, se preguntaba si ya habría zarpado hacia Estados Unidos como tenía previsto. Y en sus momentos más bajos se preguntaba si debería haberse ido con él.

Leipzig

1 de octubre de 1876

Apreciado herr Bayer:

A estas alturas ya sabrá, dado que no estoy en Cristianía, que me he trasladado a Leipzig. Herr Halvorsen y yo nos hemos casado y somos felices. Quiero darle las gracias por todo lo que me ha dado. Le ruego que se quede con mis estipendios del Teatro de Cristianía para pagar una parte de todo ello, y confío en que pueda vender los vestidos que me regaló, pues son muy bonitos.

Herr Bayer, siento que no pudiera amarlo.

Atentamente,

ANNA LANDVIK

Después cogió otra hoja y comenzó una segunda carta.

Kjære mor y *far*:

Me he casado con Jens Halvorsen y me he ido a vivir a Leipzig. Mi marido está estudiando en el conservatorio de la ciudad y yo me ocupo de la casa. Soy feliz. Os echo de menos a todos. Y también extraño Noruega.

ANNA

Sintiéndose demasiado asustada y culpable para recibir sus recriminaciones, no les facilitó una dirección. Por las tardes, daba paseos por el parque o deambulaba por las calles de la ciudad, a pesar de que su capa no fuera suficiente contra el viento afilado, simplemente para poder sentirse parte de la humanidad. En todas partes encontraba testimonios del legado musical de Leipzig, desde estatuas de compositores famosos y calles con sus nombres, hasta las casas donde habían vivido nada menos que Mendelssohn y Schumann.

Su lugar favorito era el espectacular Teatro Nuevo, hogar de la Compañía de Ópera de Leipzig, con su alta columnata en la entrada y las enormes ventanas en arco. A veces Anna lo contemplaba preguntándose si algún día se atrevería a soñar con actuar en un teatro como aquel. Una tarde incluso reunió el coraje suficiente para llamar a la puerta de atrás e intentar comunicarse con el portero. Pero por más que gesticuló no consiguió hacer entender al hombre que estaba buscando trabajo como cantante.

Descorazonada y cada vez más convencida de que aquel no era su lugar, había encontrado refugio en la Thomaskirche, un majestuoso edificio gótico sobre el que se alzaba un bello campanario blanco. Aunque era mucho más grande que la iglesia de Heddal, el olor y la atmósfera le recordaban a su hogar. El día que finalmente envió las cartas a sus padres y a herr Bayer, fue a retirarse allí. Tomó asiento en un banco, agachó la cabeza y pidió redención, fuerza y consejo.

—Señor, perdóname por las terribles mentiras que contienen las cartas. Creo que la peor es —tragó saliva con dificultad— la de que soy feliz, porque no lo soy. En absoluto. Pero sé que no merezco compasión ni perdón.

Notó una mano suave en el hombro.

—*Warum so traurig, mein Kind?*

Sobresaltada, levantó la mirada y vio el rostro sonriente de un pastor.

—*Kein Deutsch, nur Norwegisch* —acertó a decir, tal como Jens la había enseñado.

—¡Ah! —exclamó el pastor—. Yo sé algo de noruego.

Aunque Anna hizo lo posible por comunicarse con él, el noruego del pastor era tan limitado como su alemán, así que la joven comprendió que tendría que ser Jens quien hablara con él de la boda y lo convenciera de su fe.

El mejor momento del día era cuando se sentaban a cenar y Jens le hablaba del conservatorio: los demás alumnos, que provenían de toda Europa, las hileras de pianos Blüthner para ensayar y los maravillosos profesores, muchos de los cuales eran además músicos de la Orquesta de la Gewandhaus de Leipzig. Aquella noche el tema era el Stradivarius que le habían permitido tocar.

—La diferencia en la calidad del sonido es similar a la de una mesera tarareando y una soprano cantando un aria —aseguró encantado—. ¡Todo es tan fantástico! No solo puedo tocar el piano y el violín todos los días, sino que estoy aprendiendo muchas cosas en las clases de composición musical, armonía y análisis musical. Y en historia de la música ya he estudiado obras de Chopin y Liszt de las que nunca había oído hablar. Pronto tocaré el *Scherzo n.º 2* de Chopin en un concierto de alumnos que tendrá lugar en la sala de la Gewandhaus.

—Me alegro mucho por ti —dijo Anna procurando mostrar entusiasmo—. ¿Hay alguien a quien puedas preguntar si existe la posibilidad de que me oigan cantar?

—Siempre me preguntas lo mismo, Anna —contestó él entre bocado y bocado—, y siempre te contesto que si no aprendes alemán te será muy difícil abrirte camino en esta ciudad.

—Pero seguro que hay alguien dispuesto a escucharme. Me sé el «Aria de Violetta» en italiano, y más adelante podría aprenderla en alemán.

—No te preocupes, cariño. —Jens le cogió la mano—. Te prometo que volveré a consultarlo.

Tras la cena, siempre llegaba la incómoda rutina de acostarse. Anna se ponía el camisón en el retrete y se metía a toda prisa bajo las mantas, donde Jens ya la esperaba. Él la envolvía con sus brazos y ella se relajaba contra su pecho, aspirando su olor almizclado. Él la besaba y Anna notaba que su cuerpo respondía, y al igual que el de Jens, ambos deseosos de más… Entonces ella se apartaba y él dejaba escapar un suspiro hondo.

—No puedo —había susurrado ella una noche en la oscuridad—. Primero debemos casarnos.

—Lo sé, amor mío, y algún día nos casaremos, pero, antes de eso, ¿no podríamos…?

—¡No, Jens! Simplemente… no puedo. Ya sabes que he encontrado una iglesia donde podemos casarnos pronto, pero tienes que hablar con el pastor para organizar la ceremonia.

—No tengo tiempo para eso, Anna. Mis estudios requieren toda mi atención. Además, por el conservatorio corren nuevas ideas. Entre los estudiantes hay radicales que creen que la Iglesia solo existe para controlar a la gente. Prefieren una visión más progresista, como la de Goethe en su obra *Fausto*, una historia que aborda todos los aspectos de lo espiritual y lo metafísico. Un amigo me ha dejado un ejemplar y este fin de semana te llevaré al

Auerbachs Keller, el bar que Goethe frecuentaba y donde hay un fresco en el que se inspiró para escribir su obra.

Anna nunca había oído hablar del tal Goethe ni de su, al parecer, reveladora obra. Lo único que sabía era que antes de poder unirse físicamente a Jens tenía que estar casada a los ojos de Dios.

La llegada de la Navidad le recordó a Anna que Jens y ella ya llevaban en Leipzig tres meses. Quería asistir a la *Christmette*, la misa del gallo, y el pastor Meyer incluso le había regalado un librito de himnos tradicionales alemanes. Feliz ante la perspectiva de volver a cantar con otras personas, había estado tarareando *Stille Nacht* para sí misma. Jens, sin embargo, insistió en que pasaran la Nochebuena en casa de Frederick, un compañero del conservatorio.

Con una jarra de *Glühwein* caliente en la mano, Anna se pasó toda la cena sentada al lado de Jens, escuchando en silencio el alemán gutural sin entender nada de lo que se decía. Jens, que ya estaba borracho, no hizo ningún esfuerzo por traducírselo. Después de cenar tocaron instrumentos, pero el muchacho no le propuso que cantara en ningún momento.

Cuando regresaban a casa en la fría noche, Anna oyó que las campanas daban las doce anunciado el comienzo del día de Navidad. Al pasar por delante de la iglesia le llegó un rumor de villancicos y miró a Jens, que tenía la cara roja por el alcohol y el jolgorio de la velada. La joven elevó una plegaria silenciosa por su familia, que estaba celebrando la Navidad sin ella en Heddal, y deseó con todas sus fuerzas poder estar allí con ellos.

A lo largo de los meses de enero y febrero Anna pensó que iba a enloquecer de aburrimiento. Su rutina diaria, que al principio le había resultado soportable por la novedad, se le antojaba ya terriblemente tediosa. La nieve había llegado a Leipzig y a veces hacía tanto frío que se le entumecían los dedos de las manos y los pies. Se pasaba el día subiendo cubos de carbón para la estufa, lavando ropa en el gélido lavadero y haciendo esfuerzos patéticos por entender las palabras de *Fausto*, la obra que Jens la había animado a leer para mejorar su alemán.

—¡Soy demasiado estúpida! —se reprendió una tarde, cerrando el libro con brusquedad y echándose a llorar, algo que ahora hacía con una regularidad alarmante.

Jens estaba cada vez más implicado con el conservatorio y los compañeros y muchas veces llegaba a casa a medianoche, después de un concierto, oliendo a cerveza y a humo de tabaco. Ella fingía dormir cuando sus manos la buscaban y le acariciaban torpemente el cuerpo por encima del camisón. Entonces lo oía refunfuñar por su falta de respuesta y, mientras el corazón le latía con fuerza contra el pecho, Jens se daba la vuelta con un gruñido y se ponía a roncar. Era entonces cuando podía Anna respirar aliviada y dormirse.

A aquellas alturas ya cenaba sola casi todos los días y observaba a los demás huéspedes con disimulo. Muchos cambiaban semanalmente y la joven imaginaba que eran vendedores ambulantes. Había, sin embargo, un caballero mayor que, como ella, parecía residir en la pensión de forma permanente y cenaba solo todas las noches. Siempre tenía la nariz enterrada en un libro y vestía con anticuada distinción.

El hombre se convirtió para Anna en objeto de estudio durante la cena. Se pasaba horas preguntándose cuál sería su historia y por qué habría elegido pasar sus últimos años allí. A veces, cuando cenaban ellos dos solos, él la saludaba con la cabeza y decía «*Guten Abend*» cuando entraba y «*Gute Nacht*» cuando ella se marchaba. Anna se dio cuenta de que le recordaba a herr Bayer con su mata de pelo blanco, su poblado bigote y sus modales educados.

—Debo de ser muy infeliz si echo de menos incluso a herr Bayer —farfulló una noche al salir del comedor.

Unas cuantas noches después, el caballero se levantó y cruzó la estancia con su inevitable libro en la mano.

—*Gute Nacht* —se despidió con una inclinación de la cabeza camino de la puerta. Pero luego, como pensándoselo mejor, se dio la vuelta—. *Sprechen sie Deutsch?*

—*Nein, Norwegisch.*

—¿Es usted noruega? —preguntó sorprendido.

—Sí —respondió Anna, encantada de que el hombre hubiera contestado en su idioma con fluidez.

—Yo soy danés, pero mi madre era de Cristianía y me enseñó su idioma cuando era pequeño.

Después de tantos meses sin poder comunicarse como es debido con nadie salvo Jens, Anna sintió deseos de abrazarle.

—Es un placer conocerlo, señor.

Advirtió que el hombre la observaba desde la puerta con aire pensativo.

—¿Ha dicho usted que no habla alemán?

—Solo conozco unas cuantas palabras.

—¿Y entonces cómo es posible que se las arregle en esta ciudad?

—Para serle franca, señor, no lo hago.

—¿Su marido trabaja en Leipzig?

—No, estudia en el conservatorio.

—¡Músico! Ahora entiendo por qué casi nunca cena con usted. ¿Puedo preguntarle cómo se llama?

—Anna Halvorsen.

—Yo soy Stefan Hougaard. —Le dedicó una ligera venia—. Es un placer conocerla. ¿Trabaja usted, fru Halvorsen?

—No, señor, aunque espero encontrar pronto un empleo de cantante.

—Entretanto, ¿qué le parece si la ayudo a estudiar alemán? —propuso él—. Al menos podría enseñarle los conceptos básicos. Si quiere, podríamos reunirnos aquí por las mañanas, después del desayuno, bajo la feroz mirada de nuestra casera para que su marido no piense que hacemos algo indecoroso.

—Es usted muy amable, señor, y le agradecería enormemente su ayuda. Aunque debo advertirle que aprendo despacio y las letras no son mi fuerte, ni siquiera en mi propio idioma.

—En ese caso, simplemente tendremos que insistir un poco más. ¿Le parece bien mañana a las diez?

—Me parece perfecto.

Anna se acostó mucho más animada aquella noche a pesar de que Jens había vuelto a dejarla sola porque estaba, le dijo, ensayando para un concierto. El mero hecho de poder conversar con otro ser humano la había llenado de dicha, y cualquier cosa que pudiera hacer para añadir un poco de variedad a sus días tenía que ser bueno. Y si aprendía un poco de alemán, tal vez existiera alguna posibilidad de volver a cantar en público...

Los árboles empezaron a dar sus primeras flores y Anna aún pasaba las mañanas en el salón de la pensión tratando de obligar a su obtuso cerebro a memorizar y repetir las palabras que herr Hougaard le enseñaba. Transcurridos unos días, él insistió en acompañarla en sus visitas diarias al mercado, donde se mantenía a cierta distancia y escuchaba con atención a Anna mientras la joven, siguiendo sus instrucciones, daba los buenos días al vendedor, pedía lo que necesitaba y pagaba antes de despedirse. Las primeras veces la muchacha se puso muy nerviosa y se trabó al pronunciar las frases que había aprendido, pero poco a poco fue ganando confianza.

A lo largo de las semanas, las incursiones en la ciudad con herr Hougaard comenzaron a diversificarse conforme el alemán de Anna mejoraba, hasta que un día pidió ella sola en un restaurante un almuerzo para los dos que insistió en pagar como gesto de agradecimiento.

Seguía sin saber apenas nada de él, salvo que su esposa había muerto unos años atrás. Tras enviudar, se había mudado del campo a la ciudad para disfrutar de todos los beneficios de la escena cultural de Leipzig sin tener que preocuparse de las tareas domésticas.

—¿Qué más necesito aparte de un estómago lleno, sábanas limpias, ropa lavada con regularidad y un concierto magnífico a solo unos minutos a pie para estimular mis sentidos? —le había dicho con una amplia sonrisa.

Herr Hougaard se sorprendía de que Jens no invitara a Anna a asistir a los numerosos conciertos en los que le decía que tocaba. Jens argumentaba que no podían gastarse dinero en eso, pero, según herr Hougaard, muchos eran gratuitos. De hecho, Anna veía cada vez menos a su «marido», y últimamente había días en que ni siquiera volvía a casa por las noches. Una mañana, al abrir la ventana de la habitación para dejar entrar el aire primaveral antes de bajar para su clase diaria, la joven pensó que si no fuera por herr Hougaard hacía meses que se habría arrojado ante un tranvía.

Fue en una de sus salidas por el centro de la ciudad a la hora de comer cuando Anna se sorprendió de ver a Jens sentado a una mesa junto al ventanal del Thüringer Hof, uno de los mejores restaurantes de Leipzig. Era el lugar donde la aristocracia local se reunía, luciendo sus elegantes trajes, mientras sus coches de caballos aguardaban pacientemente formando una hilera para llevarlos a casa después de un almuerzo opulento. La misma vida que ella había llevado una vez en Cristianía, pensó con remordimiento.

Estiró el cuello para atisbar entre los coches de caballos a la persona que estaba comiendo con Jens. Por el sombrero colorado y la pluma sujeta a él que se bamboleaba cuando la figura hablaba, comprendió que se trataba de una mujer. Tras acercarse un poco más, para extrañeza de herr Hougaard, advirtió que tenía el pelo castaño y un perfil que su madre habría definido como romano, que básicamente quería decir narigón.

—¿Qué diantre está mirando, Anna? —Herr Hougaard se le acercó por detrás—. Parece la pequeña cerillera del cuento de mi compatriota Hans Christian Andersen. ¿No quiere acercarse a pegar la nariz al cristal, como hacía ella? —rio.

—No. —Anna desvió la mirada cuando Jens y la mujer juntaron un poco más las cabezas para hablar—. Pensaba que había visto a un conocido.

Aquella noche Anna se obligó a permanecer despierta hasta que Jens regresó pasada la medianoche. Desde hacía un tiempo, el chico se cambiaba en el retrete y se metía en la cama a oscuras para no despertarla. Pero, obviamente, la despertaba. Cada noche.

—¿Qué haces todavía despierta? —le preguntó cuando entró en el cuarto, sin duda sorprendido al ver el quinqué todavía encendido.

—Te estaba esperando. Tengo la sensación de que ya nunca nos vemos.

—Lo sé —suspiró él derrumbándose en la cama a su lado, y Anna supo de inmediato que había estado bebiendo otra vez—. Por desgracia, así es la vida del estudiante de música en el célebre Conservatorio de Leipzig. ¡Si apenas tengo tiempo ni para comer!

—¿Ni siquiera a mediodía? —espetó Anna antes de poder frenarse.

Jens se volvió hacia ella.

—¿Qué quieres decir?

—Hoy te he visto comiendo en un restaurante del centro.

—¿En serio? ¿Y por qué no has entrado a saludar?

—Porque no iba debidamente vestida para un lugar tan lujoso. Y porque estabas muy entretenido conversando con una mujer.

—Ah, sí, la baronesa von Gottfried. Es una gran benefactora del conservatorio y sus alumnos. La semana pasada asistió a un concierto en el que cuatro jóvenes compositores tuvimos la oportunidad de interpretar una de nuestras piezas cortas. Es la composición en la que he estado trabajando, ¿recuerdas?

No, no lo recordaba, porque Jens ya nunca estaba allí para contarle las cosas.

—Ya.

Anna sintió que se le formaba un nudo en la garganta y que la indignación crecía dentro de ella al preguntarse por qué Jens, si había estrenado una composición, no la había invitado a escucharla.

—La baronesa me ha invitado a comer para hablar de la posibilidad de dar a conocer mis composiciones a un círculo más amplio. Tiene muchos contactos en todas las grandes ciudades europeas. París, Florencia, Copenhague… —Jens sonrió con expresión soñadora y se colocó las manos debajo de la cabeza—. ¿Te imaginas que mi música llegara a interpretarse en las grandes salas de conciertos del mundo, Anna? Herr Hennum se quedaría con un palmo de narices, ¿no te parece?

—Sí, y seguro que eso te daría una satisfacción enorme.

—¿Qué te ocurre, Anna? —preguntó Jens al percibir la frialdad de su voz—. Vamos, suéltalo. Tienes ganas de decirme algo.

—¡Pues sí! —Anna no pudo contener su rabia durante más tiempo—. Apenas te veo durante la semana y ahora me dices que estás dando conciertos a los que yo, tu prometida y a los ojos del mundo tu esposa, ni siquiera estoy invitada. Casi todos los días llegas después de medianoche, ¡y a veces ni eso! Y yo me quedo aquí, esperándote como un perro fiel, sin amigos, sin nada que hacer salvo tareas domésticas y sin perspectiva alguna de continuar con mi carrera de cantante. Y por si eso fuera poco, voy y te veo en uno de los mejores restaurantes de la ciudad comiendo con otra mujer. ¡Eso es lo que tenía que decir!

Una vez que quedó claro que Anna había dado por finalizado su arrebato, Jens se levantó de la cama.

—Ahora, Anna, vas a escuchar lo que yo tengo que decir. ¿Tienes idea de lo que significa para mí yacer cada noche junto a la mujer que amo, estar tan cerca de su hermoso cuerpo, y que no me permitan tocarlo más allá de una caricia o un beso? ¡Por Dios, si hasta en cierto modo esa pequeña concesión que te dignas a hacerme solo contribuye a aumentar mi frustración! Noche tras noche me tumbo a tu lado soñando con hacerte el amor, hasta el punto de que no logro descansar. Es mejor para mí y mi salud mental no acostarme a tu lado ardiendo de deseo, sino llegar a casa lo más tarde y lo más borracho posible para caer derrotado. ¡Sí! —Jens se cruzó de brazos con gesto desafiante—. Porque esta… «vida» que compartimos no es ni carne ni pescado. Eres mi esposa pero no eres mi esposa. Te muestras reservada y taciturna… y da la impresión de que nada te gustaría más que volver a casa. Anna, por favor, no olvides que venir aquí fue decisión tuya. ¿Por qué no te marchas? Es evidente que no eres feliz. ¡Que yo no te hago feliz!

—¡Estás siendo muy injusto, Jens! Sabes tan bien como yo que estoy deseando casarme para que podamos construir una vida juntos como marido y mujer, pero cada vez que te pido que vengas a conocer al pastor dices que estás demasiado cansado o demasiado ocupado. ¿Cómo te atreves a culparme de esta situación cuando no es responsabilidad mía?

—En eso tienes razón. —La expresión de Jens se suavizó—. Pero ¿por qué crees que no quiero ver al pastor todavía?

—¿Porque no quieres casarte conmigo?

—Anna —soltó una carcajada exasperada—, sabes que estoy deseando convertirme en tu marido de verdad, pero creo que no eres consciente de lo que cuestan esas cosas. Necesitarás un vestido, invitados, un banquete… Lo que toda novia merece. Y lo que yo quiero que tengas. Pero no tenemos dinero para eso, así de sencillo. Vivimos con lo justo.

La furia de Anna se desvaneció de golpe cuando por fin lo entendió.

—Pero Jens… yo no necesito nada de eso. Yo solo quiero que nos casemos.

—Bueno, si lo que dices es cierto, nos casaremos enseguida. Aunque, desafortunadamente, no será la boda con la que soñabas de niña.

—Lo sé. —Anna tragó saliva con esfuerzo al pensar que nadie

de su familia estaría presente. Ni *mor*, ni *far*, ni Knut y Sigrid. El pastor Erslev no presidiría la ceremonia y ella no luciría la corona nupcial del pueblo—. Pero no me importa.

Jens se recostó en la cama y la besó con ternura.

—Iremos a ver a tu pastor y fijaremos una fecha.

32

L a ceremonia nupcial en la Thomaskirche fue breve, sobria e íntima. Anna lucía un sencillo vestido de color blanco que había comprado para la ocasión con el dinero de frøken Olsdatter y flores blancas en el pelo. El pastor Meyer sonrió afablemente al pronunciar los votos que los unirían para el resto de sus vidas.

—*Ja, ich will* —dijeron tanto Anna como Jens cuando les llegó el turno.

Después, el joven deslizó la sencilla alianza de oro de su abuela en el dedo de Anna con gesto dulce y firme. Ella cerró los ojos cuando Jens la besó castamente en los labios y, con gran alivio, sintió el perdón del Señor en su corazón.

El reducido cortejo nupcial se trasladó a la *Bierkeller*, donde los amigos músicos de Jens improvisaron una marcha nupcial cuando los recién casados hicieron su entrada, y los demás clientes alzaron sus jarras de cerveza para brindar por su felicidad. Frente a una sencilla sopa de albóndigas, Anna notó el tranquilizador contacto de la mano de su marido sobre la rodilla. Gracias a herr Hougaard, pudo sumarse a las bromas y brindis de los amigos de Jens y dejó de sentirse como una extraña en un mundo extraño.

Aquella noche, mientras subían por la escalera hacia su habitación, Jens le puso la mano en la parte baja de la espalda y le provocó escalofríos de nerviosa expectación.

—Mírate —murmuró él con los ojos llenos de deseo tras cerrar la puerta a su espalda—, tan menuda, tan inocente, tan perfecta... —La atrajo hacia sí y paseó audazmente las manos por su cuerpo—. Necesito poseer a mi esposa —le susurró al oído antes de levantarle el rostro para besarla—. ¿Y te extraña que buscara consuelo en otro lado?

Al oír aquellas palabras, Anna se apartó de él con brusquedad.

—¿Qué quieres decir?

—Nada, nada… únicamente que te deseo.

Antes de que ella pudiera replicar, él ya estaba besándola y acariciándole la espalda, los muslos, los pechos… y a Anna, muy a su pesar, le pareció maravilloso y natural que su propia ropa y las demás barreras que los habían separado cayeran al fin para poder consumar su unión. Jens la tendió en la cama, se desnudó y se tumbó sobre ella. Las manos de Anna le exploraron con timidez los duros músculos de la espalda. Cuando su marido la penetró, la joven estaba lista, sabedora de que su cuerpo llevaba ensayando aquel momento de manera inconsciente desde la primera vez que vio a Jens.

El proceso le resultó extraño, pero cuando él suspiró y cayó derrumbado a su lado, acurrucando la cabeza en su hombro, todas las historias de terror que había escuchado sobre aquel momento se desvanecieron. Pues ahora se pertenecían de verdad el uno al otro.

Durante las semanas siguientes, Jens llegó a casa a la hora de la cena, ansiando, como ella, terminar el plato para poder retirarse a su cuarto. A Anna se le hizo obvio que su marido era un experto en el arte de amar y, una vez que él ganó confianza y ella se relajó, las noches se convirtieron en una aventura maravillosa. La soledad de los últimos meses fue quedando atrás a medida que Anna iba comprendiendo la diferencia entre amigos y amantes. Y daba la impresión de que se habían invertido los papeles, pues era ella quien deseaba constantemente sentir las caricias de Jens.

—Por Dios, esposa mía —le dijo él una noche mientras jadeaba a su lado—. Estoy empezando a arrepentirme de haberte enseñado este juego. ¡Eres insaciable!

Y lo era. Porque aquellos momentos eran la única parte de él que le pertenecía por completo. Cuando él abandonaba sus brazos por la mañana y se vestía para ir al conservatorio, Anna veía que la expresión le cambiaba y notaba que su mente se alejaba. Había adquirido la costumbre de acompañarlo a pie hasta el conservatorio, donde Jens la abrazaba y le decía que la quería antes de cruzar la puerta y desaparecer en aquel otro mundo que lo consumía.

«Mi enemigo», pensaba a veces Anna cuando se daba la vuelta y regresaba a casa.

Herr Hougaard había reparado en su nuevo andar brioso y en la rápida sonrisa con que lo saludaba por las mañanas.

—Parece más contenta, frau Halvorsen, y me alegro mucho por usted —decía.

Espoleado por aquel nuevo optimismo, el alemán de Anna había mejorado muy deprisa. Ahora hablaba con una seguridad que herr Hougaard aplaudía. Y la muchacha tenía la impresión de que cada palabra que aprendía la conducía hacia muchas otras.

Decidió que no quería seguir esperando de brazos cruzados a que Jens le consiguiera trabajo como cantante. Le escribió una carta a herr Grieg para comunicarle que se había trasladado a vivir a Leipzig y preguntarle si podía conseguirle una audición con alguien que conociera en la ciudad. Jens había pedido en el conservatorio la dirección de C. F. Peters, la editorial musical de herr Grieg en Leipzig. Tras localizar el número diez de Talstraße, Anna le entregó la carta en mano a un joven que trabajaba en la tienda de la planta baja vendiendo partituras. A partir de entonces, todas las noches rezaba para que herr Grieg recibiera la misiva y contestara.

Un día de junio, tras mantener una conversación de quince minutos en alemán sin cometer un solo error, herr Hougaard se inclinó ante ella.

—Frau Halvorsen, ha estado impecable. La felicito.

—*Danke* —rio Anna.

—También debo decirle que me marcho a Baden-Baden para tomar las aguas, como hago siempre en los meses de verano. En la ciudad hace demasiado calor para mí y hace un tiempo que me noto particularmente cansado. ¿Piensan herr Halvorsen y usted regresar a Noruega cuando termine el curso?

—No me ha comentado nada al respecto.

—Parto mañana por la mañana, de modo que volveré a verla, con suerte, en otoño.

—Así lo espero. —Anna se puso en pie imitando a herr Hougaard y lamentando no poder mostrarle su afecto y gratitud de una manera menos formal que la que exigían las normas de cortesía—. Estoy en deuda con usted, señor.

—Frau Halvorsen, le aseguro que ha sido un placer —dijo él para despedirse.

Cuando herr Hougaard se marchó a Baden-Baden, Anna también notó un cambio en Jens. Ya no volvía a casa a cenar con la misma frecuencia, y cuando lo hacía estaba nervioso, como un gato sobre las brasas. Y cuando le hacía el amor, lo sentía lejos.

—¿Qué te ocurre? —le preguntó una noche—. Sé que pasa algo.

—No es nada —respondió él secamente antes de escapar de entre sus brazos y darse la vuelta—. Estoy cansado, eso es todo.

—Jens, *min elskede*, te conozco. Por favor, dime qué pasa.

Jens permaneció inmóvil durante un rato antes de volverse de nuevo hacia ella.

—Está bien, tengo un dilema y no sé cómo resolverlo.

—Por lo que más quieras, dime de qué se trata. Tal vez pueda ayudarte.

—El problema es que no va a hacerte ninguna gracia.

—Razón de más para que me lo cuentes.

—¿Te acuerdas de la mujer con la que me viste comiendo?

—La baronesa —dijo Anna con un escalofrío—. ¿Cómo iba a olvidarla?

—Me ha pedido que pase el verano con ella en París, en el *château* que su marido y ella tienen cerca del palacio de Versalles. Todas las semanas ofrece veladas musicales para la flor y nata del mundo de las artes y quiere que estrene allí mis composiciones. Es una oportunidad de oro para dar a conocer mi obra, obviamente. La baronesa von Gottfried conoce a todo el mundo y, como ya te dije en una ocasión, es una gran mecenas de los jóvenes compositores. Me ha contado que incluso herr Grieg tocó en una de sus veladas.

—Entonces está claro que debemos ir. No entiendo dónde está el dilema.

Jens soltó un gemido.

—Por eso no te lo quería decir, Anna. El problema es que no puedo llevarte conmigo.

—Ah. ¿Puedo preguntar por qué?

—Porque... —Jens suspiró— la baronesa von Gottfried no sabe que existes. Nunca le he mencionado que estoy casado. Si te soy sincero, pensaba que podría perjudicar su buena disposición hacia mí. Cuando la conocí, nuestra relación era... complicada y vivíamos prácticamente como hermanos o amigos. Y así está la cosa. No tiene ni idea de que existes.

—Entonces ¿por qué no le cuentas ahora que sí que existo? —repuso Anna en un tono quedo y frío mientras digería el significado subyacente a las palabras de su marido.

—Porque... tengo miedo. Sí, Anna, tu Jens tiene miedo de que la baronesa ya no desee que la acompañe a París si se entera.

—¿Quieres que la baronesa crea que estás disponible para que te ayude en tu carrera?

—Sí, Anna. Dios, soy un imbécil...

—Lo eres.

Anna miró desapasionadamente a Jens cuando este se cubrió la cabeza con una almohada y se escondió como un niño travieso regañado por su madre.

—Perdóname, Anna. Me detesto, pero por lo menos ya lo sabes todo.

—¿Cuánto tiempo quiere que vayas?

—Tan solo el verano. —Jens asomó la cabeza por debajo de la almohada—. Quiero que entiendas que todo esto lo hago por nosotros, para dar un impulso a mi carrera y ganar el suficiente dinero para que puedas salir de esta habitación y tener tu propia casa, que es lo que realmente te mereces.

«Y para que puedas saborear la fama que crees merecer», pensó ella con amargura.

—Entonces debes ir.

—¿En serio? —Jens parecía receloso—. ¿Por qué ibas a dejarme ir?

—Porque me has puesto entre la espada y la pared. Si te lo prohíbo, estarás todo el verano enfurruñado y me culparás de tu desgracia. Y, en contra de lo que piensan los demás —Anna respiró hondo—, yo confío en ti.

—¿De veras? —La miró atónito—. ¡Entonces eres una auténtica diosa!

—Eres mi marido, Jens. ¿Qué sentido tendría estar casada contigo si no pudiera confiar en ti? —respondió ella con gravedad.

—Gracias. Gracias, mi querida esposa.

Jens se marchó pocos días después dejándole el dinero suficiente para vivir con holgura hasta su regreso. La abrumadora gratitud del joven por su generosidad había bastado para convencer a Anna de que había tomado la decisión correcta. Durante las noches anteriores a su partida, cuando yacían el uno junto al otro en la cama, Anna lo había visto contemplarla con admiración.

—Te quiero, Anna, te quiero… —le repetía una y otra vez.

Y la mañana de su marcha la estrechó contra su pecho como si no soportara la idea de separarse de ella.

—Prométeme que me esperarás, mi adorada esposa, pase lo que pase.

—Por supuesto, Jens. Eres mi marido.

Anna sobrevivió al sofocante verano de Leipzig a fuerza de determinación. De noche yacía desnuda en la cama, sudando y con las ventanas abiertas de par en par a fin de dejar entrar el poco aire que se colaba entre las casas de la angosta calle. Terminó el *Fausto* de Goethe y leyó con gran esfuerzo todos los libros que pudo tomar prestados de la biblioteca municipal para mejorar su léxico en alemán. También compraba telas en el mercado y se llevaba la costura al parque, donde, sentada a la sombra de un árbol, se confeccionó un vestido de fustán y una capa gruesa para el invierno. Al tomarse las medidas, la inquietó comprobar que, pese a no haber cumplido aún los veinte, se había ensanchado de cintura, como les sucedía a otras mujeres una vez casadas. Solía visitar la Thomaskirche un día sí y otro no, en busca de solaz tanto espiritual como físico, pues el fresco interior de la iglesia era el único lugar donde podía escapar del calor.

Escribía regularmente a Jens a la dirección que le había dado antes de irse a París, pero solo recibió de él dos notas breves en las que le contaba que estaba bien y muy ocupado conociendo a muchos de los importantes contactos de la baronesa von Gottfried.

Decía que su composición había sido bien recibida en el recital y que estaba trabajando en algo nuevo en los ratos libres.

«¡El *château* me está inspirando mi mejor obra hasta el momento! ¿Cómo puede alguien no sentirse creativo en un lugar tan bello?»

El verano parecía no tener fin, pero Anna se resistía a sucumbir a los sombríos pensamientos que luchaban por abrirse paso en su mente respecto a la rica y poderosa mecenas de Jens. Su marido volvería pronto a su lado, se decía, y continuarían con su vida marital.

Jens no había especificado la fecha exacta de su regreso, pero una mañana de principios de septiembre, mientras Anna estaba desayunando, frau Schneider, la casera, le preguntó deliberadamente si su marido tenía previsto llegar a Leipzig ese día, a tiempo para el comienzo del curso en el conservatorio la mañana siguiente.

—Seguro que sí —contestó con calma, decidida a no mostrar su sorpresa.

Subió enseguida a su cuarto para cepillarse el pelo y ponerse su vestido nuevo. Se miró en el espejito que tenía encima de la cómoda y le gustó lo que vio. No cabía duda de que se le habían redondeado las mejillas desde la marcha de Jens, y estaba segura de que su marido lo aprobaría, pues, al igual que su familia, solía decirle que estaba demasiado delgada.

Nerviosa e ilusionada por el regreso de su marido, no salió de la bochornosa habitación en todo el día.

No obstante, cuando la noche empezó a caer, también lo hizo su ánimo. Jens no se perdería el primer día de curso en su amado conservatorio, se dijo. Sin embargo, cuando las campanas de las iglesias dieron las doce anunciando el comienzo de un nuevo día, se quitó el vestido y se tumbó en la cama con la enagua. Sabía que aquella noche ya no llegarían más trenes a la estación de Leipzig.

Tres días después, estaba a punto de volverse loca de preocupación. Se acercó al conservatorio y esperó a que los estudiantes salieran por sus puertas fumando y charlando. Al reconocer a Frederick, el joven con el que habían pasado la Nochebuena, se acercó a él tímidamente.

—Perdone que le moleste, herr Frederick —dijo, pues no conocía su apellido—. ¿Ha visto a Jens en la escuela esta semana?

El joven la estudió y tardó unos instantes en reconocerla, tras lo cual intercambió una mirada significativa con sus amigos.

—Me temo que no, frau Halvorsen. ¿Alguno de vosotros lo ha visto? —preguntó al grupo que lo acompañaba.

Negaron con la cabeza y miraron hacia otro lado, avergonzados.

—Me preocupa que le haya ocurrido algo en París, pues hace más de un mes que no sé nada de él y tenía que regresar para el comienzo del curso. —Nerviosa, Anna le daba vueltas a la alianza que lucía en el dedo—. ¿Hay alguien más en el conservatorio que pueda conocer su paradero?

—Puedo preguntarle al tutor de herr Halvorsen si sabe algo, pero, si he de serle franco, frau Halvorsen, tengo la impresión de que su plan era establecerse en París. Me dijo que solo tenía dinero para pagar un año de conservatorio aquí, aunque es posible que la escuela le haya concedido una beca. ¿Es ese el caso? —le preguntó.

—Yo...

Anna sintió que la cabeza le daba vueltas y se tambaleó levemente. Frederick la agarró del brazo para que no perdiera el equilibrio.

—Frau Halvorsen, está claro que no se encuentra bien.

—No, no, estoy perfectamente. —Anna se liberó de su presa y recurrió a su orgullo para alzar el mentón—. *Danke*, herr Frederick —dijo con un leve asentimiento, y se alejó con la cabeza lo más alta que pudo.

—Dios mío, Dios mío —murmuraba mientras luchaba por volver a casa a través de las concurridas calles, todavía mareada y sin aliento.

Se derrumbó sobre la cama, cogió el vaso de agua de la mesilla y bebió con avidez para calmar la sed y el aturdimiento.

—No puede ser verdad. ¡No puede ser verdad! Si su intención es quedarse en París, ¿por qué no ha mandado a buscarme? —Las paredes desnudas de la habitación no pudieron darle la respuesta que necesitaba—. Él no me abandonaría, es imposible —se dijo—. Me quiere, soy su esposa...

Después de pasar la noche en vela temiendo enloquecer a causa de los pensamientos que la asediaban, bajó a desayunar y se encontró a frau Schneider en el recibidor leyendo una carta.

—Buenos días, frau Halvorsen. Acabo de recibir una noticia muy triste. Por lo visto, su amigo, herr Hougaard, falleció hace dos semanas de un ataque al corazón. Su familia me pide que recoja sus pertenencias porque enviará un carro a buscarlas.

Anna se llevó la mano a la boca.

—No, Dios mío, no.

Y en aquel momento, todo se volvió negro.

Despertó tumbada en el sofá de la sala privada de frau Schneider con una compresa fría sobre la frente.

—Tranquila —susurró la mujer—. Sé que apreciaba mucho a herr Hougaard, como yo. Debe de haber sido un fuerte golpe para usted, con su marido todavía de viaje. Y en su estado.

Anna siguió la mirada de la mujer hasta su barriga.

—¿A... a qué se refiere con «en mi estado»?

—Pues a su embarazo, a qué va a ser. ¿Sabe cuándo sale de cuentas? Con lo menuda que es usted, frau Halvorsen, tiene que cuidarse mucho.

Anna sintió que el mundo volvía a girar a gran velocidad y pensó que iba a vomitar sobre el sofá de terciopelo de frau Schneider.

—Intente beber un poco de agua —le sugirió la mujer tendiéndole un vaso.

Anna obedeció mientras frau Schneider seguía parloteando.

—Pensaba hablar con usted sobre el futuro cuando regresara su marido. Verá, una de las normas de la casa es que no se admiten niños. Los gritos y los llantos molestan a los demás huéspedes.

Si Anna creía que las cosas no podían empeorar, al parecer acababan de hacerlo.

—Sin embargo, mientras su esposo esté ausente, no me parece bien dejarla en la calle, así que estoy dispuesta a tenerla aquí hasta que nazca el bebé —declaró la mujer con magnanimidad.

—*Danke* —susurró Anna, consciente de que la breve exhibición de empatía de su casera había llegado a su fin y de que la mujer deseaba seguir con sus menesteres. Se puso en pie—. Ya me encuentro mejor. Le agradezco su amabilidad y le pido disculpas por las molestias que le he causado.

Saludó educadamente y regresó a su cuarto.

Pasó el resto del día tendida en la cama, inmóvil. Quizá, si permanecía quieta y con los ojos cerrados, las cosas terribles que habían sucedido —y lo que estaba sucediendo en aquel preciso instante— desaparecieran. Pero si movía un solo músculo, significaría que seguía viva y que tendría que enfrentarse a la realidad.

—Señor, te lo ruego, ayúdame —musitó.

Más tarde, después de verse obligada a salir de la cama para visitar el retrete, se quitó el vestido y se quedó en ropa interior. Tras levantarse la camisola, se forzó a bajar la vista y reconocer la ligera hinchazón de su barriga. ¿Por qué no había relacionado el aumento de su cintura con un posible embarazo?

—¡Idiota! —aulló—. ¿Cómo es posible que no te hayas dado cuenta? ¡Herr Bayer tenía razón! ¡Eres una campesina estúpida e ingenua!

Cogió papel y tinta del cajón, se sentó en la cama y procedió a escribir a su marido.

—Esta mañana ha llegado una carta para usted —anunció frau Schneider tendiéndole un sobre. La criatura, pues así veía la casera a su menuda inquilina, la miró con ojos tristes y vacíos, y por primera vez la mujer vislumbró en ellos un destello de esperanza—. Lleva un sello francés. Estoy segura de que es de su marido.

—*Danke*.

Frau Schneider hizo un gesto de asentimiento y salió del salón para que «la criatura» pudiera leerla en privado. Desde hacía dos semanas, era el espectro de Anna el que salía de la habitación para mirar con desinterés la comida que ella le ponía delante y retiraba intacta. Suspirando, la casera se dirigió a la cocina para lavar los platos del desayuno en el barril de madera. Ya había visto otros casos así. Y aunque la muchacha le daba un poco de pena, confiaba en que aquella carta resolviera el problema. Hacía tiempo que había aprendido que las vidas de sus huéspedes, por trágicas que fueran, no eran responsabilidad suya.

Anna subió a su cuarto y abrió la carta con dedos temblorosos.

Hacía semanas que había escrito a Jens al *château* para contarle lo del bebé. Quizá aquella fuera finalmente su respuesta.

Mi querida Anna:

Perdona mi tardanza en escribirte, pero antes quería estar definitivamente instalado. Estoy viviendo en un apartamento en París y estudiando composición con Augustus Theron, un renombrado profesor de música. Me está ayudando a mejorar mucho. La baronesa von Gottfried ha sido muy generosa actuando como mi benefactora y mecenas y presentándome a todas las personas que podrían prestarme su ayuda. Incluso ha organizado un recital en noviembre para que pueda interpretar mis piezas delante de la alta sociedad parisina.

Como ya te dije, no me parecía conveniente hablarle de ti, pero la verdad es, Anna, que no quería preocuparte antes de mi partida. El caso es que se me había terminado el dinero y, de no ser por la liberalidad de la baronesa, ahora los dos estaríamos viviendo en la miseria. Te dejé en Leipzig todo lo que tenía, y sé que aún conservas las monedas que frøken Olsdatter te dio, así que confío en que no estés sufriendo.

Anna, entiendo que debes de ver mi marcha y el hecho de que no haya vuelto junto a ti como una terrible traición de nuestro amor, pero tienes que creerme cuando te digo que te AMO y que todo esto lo he hecho por nosotros y por nuestro futuro. Cuando mi música empiece a ser conocida, podré mantenernos a los dos sin ayuda de nadie y entonces iré a buscarte, amor mío. Te lo juro por la Biblia que en tanta estima tienes. Y por nuestra unión.

Te lo ruego, Anna, cumple tu promesa y espérame. Trata de comprender que esto lo hago por los dos. Aunque te cueste, confía en mí y créeme cuando te digo que esta es la mejor manera.

Te echo de menos, amor mío. Mucho.

Te quiero con todo mi corazón.

Siempre tuyo,

JENS

Anna dejó que la carta resbalara hasta el suelo y enterró la cabeza entre las manos para intentar ordenar sus ideas. Jens no mencionaba al bebé. ¿Acaso no había recibido la carta? ¿Y cuánto tiempo más debía esperarlo?

«Ese hombre te romperá el corazón y te destruirá…» Las palabras de herr Bayer resonaron en su mente y minaron su decisión de confiar en su marido.

La joven consiguió sobrevivir otro mes. Cómo ignoraba cuándo regresaría Jens y las monedas de frøken Olsdatter iban desapareciendo, decidió salir a buscar algún tipo de trabajo.

Durante una semana, recorrió las calles de Leipzig solicitando empleo de camarera o marmitón, pero en cuanto el empleador reparaba en su protuberante barriga, negaba con la cabeza y la despachaba.

—Frau Schneider, ¿no necesitaría usted algo de ayuda con la cocina o la limpieza? —preguntó un día a su casera—. Ahora que herr Hougaard ya no está y aguardo el regreso de mi marido, me aburro. He pensado que me gustaría hacer algo útil.

—Aquí trabajamos duro, pero si está segura de que quiere ayudar —contestó la casera mirándola con recelo—, es cierto que no me iría mal alguien que me echara una mano.

Para empezar, Frau Schneider la puso en la cocina a preparar desayunos, así que Anna debía levantarse a las cinco y media de la mañana. Después de lavar las ollas, subía a las habitaciones de los huéspedes y cambiaba la ropa de cama cuando se necesitaba. Las tardes eran para ella, pero a las cinco estaba de regreso en la cocina pelando patatas y preparando la cena. Teniendo en cuenta su falta de aptitudes para las tareas domésticas, Anna encontraba su situación irónica. Era un trabajo duro y pesado y la barriga la lastraba, especialmente cuando subía y bajaba la escalera, pero estaba tan cansada que por lo menos dormía toda la noche.

—¿En qué me he convertido? —se preguntó con tristeza una noche cuando ya estaba tumbada en la cama—. La estrella de Cristianía transformada en fregona en apenas unos meses.

Después, como hacía todas las noches, rezó para que su marido volviera a su lado.

—Te lo suplico, Señor, no permitas que mi amor por mi marido y mi fe en él sean una equivocación y que las personas que han dudado de Jens estén en lo cierto.

Cuando el viento gélido de noviembre empezó a soplar, Anna notó un dolor repentino en la barriga en mitad de la noche. Tras encender el quinqué que descansaba junto a la cama con gran esfuerzo, se levantó para aliviar el malestar y vio, horrorizada, que sus sábanas estaban empapadas de sangre. El dolor le atravesaba el vientre en espasmos regulares mientras la muchacha luchaba por no gritar. Demasiado asustada para gritar pidiendo ayuda por si aquello disgustaba a frau Schneider, se enfrentó sola a las largas horas de parto y, al despuntar el día, bajó la mirada y vio una criatura diminuta que yacía inmóvil entre sus piernas.

Reparó en que había un trozo de piel unido al ombligo del bebé que también parecía estar unido a ella. Incapaz de seguir conteniendo el pánico, gritó con todo el dolor, el miedo y el agotamiento que sentía. Frau Schneider llegó de inmediato, contempló la carnicería que se había montado sobre la cama y corrió a avisar a la comadrona.

Anna despertó de un sueño febril cuando unas manos suaves le retiraron el pelo de la cara y le pusieron un trapo en la frente.

—Tranquila, *Liebe*, tranquila. Voy a cortar el cordón y a lavarla —murmuró dulcemente una voz.

—¿Se está muriendo? —La voz familiar de frau Schneider penetró en la conciencia de Anna—. Debí pedirle que se marchara en cuanto vi que estaba preñada. Esto es lo que pasa cuando dejo que mi blando corazón mande sobre mi cabeza.

—No, la señorita se pondrá bien, pero, por desgracia, el bebé ha nacido muerto.

—Una verdadera tragedia, pero me temo que tengo mucho que hacer.

Y sin más, frau Schneider salió de la habitación chasqueando la lengua.

Una hora después, Anna estaba aseada y descansando entre sábanas limpias. La comadrona había envuelto al bebé en una mantita y se lo tendió para que se despidiera de él.

—Era una niña, querida. Intente no disgustarse, estoy segura de que tendrá más hijos en el futuro.

Anna contempló los perfectos rasgos de su hija, si bien la piel ya mostraba un tono azulado. Demasiado aturdida para poder llorar siquiera, la besó con dulzura en la frente y dejó que la comadrona se la quitara de los brazos.

33

Ahora que está algo más recuperada, me gustaría hablar con usted —dijo frau Schneider mientras retiraba del regazo de Anna el plato con el desayuno intacto.

La criatura seguía en la cama después de una semana, demasiado débil para levantarse. La casera había decidido que ya estaba harta.

Anna asintió con desgana, pues sabía perfectamente lo que la mujer se disponía a decirle. La traía sin cuidado que la echara a la calle. Ya todo le daba igual.

—No ha recibido ninguna carta de su marido desde principios de otoño.

—No.

—¿Le dijo cuándo pensaba volver?

—No. Solo que lo haría.

—¿Y todavía lo cree?

—¿Por qué iba a mentirme?

Frau Schneider la miró sin poder dar crédito a su candidez.

—¿Tiene dinero para pagarme el alquiler de la semana pasada?

—Sí.

—¿Y de la semana que viene? ¿Y de la otra?

—No lo he mirado, frau Schneider. Lo haré ahora mismo.

Anna metió la mano debajo del colchón y sacó la caja de latón.

Frau Schneider no necesitó que le dijera que allí apenas quedaban monedas. Cuando la criatura abrió la tapa, vio el pánico reflejado en sus ojos azules. Anna sacó dos monedas, se las tendió a la casera y cerró la caja.

—*Danke.* ¿Y qué hay de los honorarios de la comadrona? ¿Puede pagármelos también? Antes de irse me dejó una factura. Y, claro, también está el asunto del entierro de la pequeña. Su bebé sigue en el depósito de cadáveres municipal, y si no quiere que lo entierren en una fosa común, tendrá que pagar el funeral y la parcela en el cementerio.

—¿Cuánto costará?

—No lo sé, pero lo cierto es que las dos sabemos que más de lo que posee.

—Sí —asintió Anna con pesar.

—Criatura, no soy una mala mujer, pero tampoco soy una santa. Le he tomado cariño y sé que es usted una muchacha buena y temerosa de Dios que ha caído en la miseria por culpa de un hombre. Y no soy tan cruel como para dejarla tirada en la calle después de lo mucho que ha sufrido. Pero tenemos que ser realistas. Esta habitación es la mejor de la pensión y el dinero que ha ganado trabajando para mí apenas cubre dos noches del alquiler semanal. Y luego están sus otras deudas…

Frau Schneider se quedó mirándola a la espera de una reacción, pero los ojos muertos de Anna ni siquiera parpadearon. Tras un suspiro, prosiguió:

—Por tanto, le propongo que siga trabajando para mí en la pensión a jornada completa hasta que su marido vuelva, si es que vuelve, a cambio de la habitación de servicio que hay al fondo de la cocina, en la parte de atrás de la casa. Se alimentará de los restos del desayuno y la cena que servimos a los huéspedes y, además de eso, le prestaré el dinero necesario para pagar a la comadrona y dar a su pequeña un entierro cristiano. ¿Qué me dice?

Anna no podía decir nada. Su mente se hallaba lejos de allí. Solo estaba presente físicamente, porque no tenía elección, de modo que asintió de manera mecánica.

—Decidido, entonces. Mañana trasladará sus pertenencias a su nuevo cuarto. Hay un caballero que desea alquilar esta habitación durante un mes.

La casera se encaminó hacia la puerta y, tras envolver el pomo con su mano grande y competente, se volvió hacia Anna con el ceño fruncido.

—¿No piensa darme las gracias, criatura? Otras personas ya la habrían echado a la calle.

—Gracias, frau Schneider —repitió Anna como un loro.

La mujer farfulló algo al salir y Anna comprendió que no había mostrado suficiente gratitud. Cerró los ojos para aislarse de la realidad. Lo más seguro era quedarse en un lugar donde nada ni nadie pudiera alcanzarla.

A principios de diciembre, acompañada por un viento helado, Anna fue al cementerio de Johannis y se detuvo ante la tumba de su hija.

«Solveig Anna Halvorsen.»

El Dios en el que siempre había creído, el amor por el que lo había sacrificado todo, su bebé... todo aquello había muerto.

Durante los tres meses siguientes, Anna se limitó a existir. Frau Schneider la hacía trabajar de la mañana a la noche aprovechándose del acuerdo económico al que habían llegado cuando Anna estaba convaleciente. La casera holgazaneaba en su sala de estar privada mientras cargaba a Anna con cada vez más tareas. Por la noche, la joven se tumbaba en el camastro de aquel cuartucho que apestaba a comida podrida y a desechos procedentes del angosto sumidero del patio de atrás, tan cansada que se dormía enseguida y no soñaba con nada.

Se le habían agotado los sueños.

Cuando finalmente reunió el coraje necesario para preguntar cuánto le faltaba para saldar la deuda y poder percibir un sueldo por su trabajo, frau Schneider le respondió con un gruñido:

—¡Niña ingrata! ¿Te doy techo y comida y todavía quieres más?

«No —pensó Anna aquella noche—, es frau Schneider la que quiere más.» Por aquel entonces ya se ocupaba de todas las labores de la pensión, así que sabía que debía buscarse otro empleo que le proporcionara un salario, por precario que fuera. Cuando se desvistió y contempló su rostro mugriento en el espejo, se dio cuenta de que no tenía mucho mejor aspecto que una rata de cloaca: estaba famélica, se vestía con harapos y olía a basura. Difícilmente le darían trabajo en aquel estado.

Pensó en escribir a frøken Olsdatter e incluso en pedir clemencia a sus padres. Cuando preguntó en una casa de empeños cuánto le darían por la pluma que Lars le había regalado, comprendió que no le llegaría ni para sufragar el envío de una carta a Noruega.

Además, el escaso orgullo que le quedaba le decía que era la única responsable de la desgracia que había caído sobre ella y que no merecía piedad.

La Navidad llegó y pasó, y los días gélidos de enero fueron minando la poca fe que todavía albergaba en su interior. Si en otros tiempos había rezado para obtener la salvación, en aquel momento lo hacía para no volver a despertarse.

—Dios no existe, es todo mentira… una gran mentira —susurraba por la noche antes de caer rendida.

Una tarde de marzo que se hallaba en la cocina cortando verduras para la cena de los huéspedes, frau Schneider entró en la estancia muy alterada.

—Ha venido a verte un caballero, Anna.

La joven se volvió con una expresión de alivio en el rostro.

—No, no es tu marido. Le he hecho pasar a mi salón privado. Antes de ir quítate el delantal y lávate la cara.

Desalentada, Anna se preguntó si sería herr Bayer, que había ido a burlarse de ella. En el fondo le daba igual, pensó mientras recorría el pasillo camino del salón de frau Schneider. Llamó a la puerta, presa del nerviosismo, y la casera le dijo que pasara.

—¡Frøken Landvik! ¿O debería dirigirme a usted como fru Halvorsen? ¿Cómo está mi pequeño pájaro cantor?

—Eh…

Anna miró atónita al caballero, estudiándolo como si fuera un objeto expuesto en el museo de su vida pasada.

—Vamos, criatura, dile algo a herr Grieg —la reprendió frau Schneider—. Le aseguro que cuando le interesa, no tiene pelos en la lengua —comentó la casera con ironía.

—Sí, siempre ha sido una joven fuerte y con carácter. Pero así es el espíritu de los artistas, señora —replicó Grieg.

—¿Artista? —Frau Schneider miró a Anna con desdén—. Creía que el artista era el marido ausente.

—Puede que el marido sea un buen músico, pero esta joven señorita es el auténtico talento de la familia. ¿No la ha oído cantar, señora? Posee la voz más bella que he oído en mi vida, aparte de la de mi querida esposa Nina, por supuesto.

Anna permaneció callada mientras herr Grieg y frau Schneider hablaban de ella, disfrutando de la cara de pasmo de su casera.

—Naturalmente, si lo hubiese sabido la habría traído a este salón y la habría hecho cantar para mis huéspedes mientras yo la acompañaba al piano. Soy una simple aficionada, pero muy aplicada.

Frau Schneider señaló el viejo instrumento que descansaba en un rincón y que Anna jamás le había oído tocar.

—Estoy seguro de que subestima sus aptitudes, querida señora. —Edvard Grieg se volvió hacia Anna—. Mi pobre criatura —dijo en noruego para que frau Schneider no pudiera entender lo que decía—. Hace apenas unos días que llegué a Leipzig y me entregaron su carta. Está usted medio desnutrida. Le pido disculpas. De haber conocido su situación, habría venido antes.

—Por favor, herr Grieg, no debe inquietarse por mí. Estoy bien.

—Salta a la vista que eso no es cierto, y es un placer para mí ayudarla en todo lo que pueda. ¿Le debe algo a esta bruja?

—No lo creo, señor. Hace seis meses que no me paga y yo diría que mis deudas están más que saldadas, pero puede que ella no opine lo mismo.

—Mi pobre, pobre niña —dijo Grieg asegurándose de mantener un tono desenfadado ante el escrutinio de frau Schneider—. Ahora le pediré que vaya a buscarme un vaso de agua. Cuando salga del salón, irá directamente a su habitación y recogerá sus cosas. Después traerá el vaso, cogerá la maleta y saldrá de la casa. Me reuniré con usted en la *Bierkeller* de la esquina de Elsterstraße. Entretanto, yo me ocuparé de frau Schneider. —Se volvió hacia la casera y prosiguió en alemán—. Le estaba diciendo a Anna que estoy sediento y se ha ofrecido a traerme un vaso de agua.

La casera asintió con la cabeza y Anna salió de la estancia y corrió a su cuarto a hacer el equipaje, tal como herr Grieg le había pedido que hiciera. Llenó un vaso de agua y, antes de entrar en el salón, dejó la maleta junto a la puerta de la calle.

—Gracias, querida —le dijo Grieg cuando le tendió el vaso—. Bien, seguro que tendrá tareas que atender. La veré antes de marcharme.

Volviéndose hacia frau Schneider, le hizo un guiño discreto a

Anna, que se retiró apresuradamente, cogió la maleta y abandonó la casa.

Atónita ante el repentino giro de los acontecimientos, esperó junto a la *Bierkeller* durante veinte minutos hasta que vio que la figura familiar de su salvador se acercaba por la acera con paso ligero.

—Bueno, fru Halvorsen, espero que algún día su marido ausente me recompense por haber negociado su liberación.

—¡Dios mío! ¿Ha tenido que pagarle?

—No, ha sido mucho peor que eso. Su casera se ha empeñado en que le tocara mi *Concierto en la menor* con ese horrible instrumento. Debería hacer leña con él para calentar su orondo cuerpo en invierno —rio Grieg mientras cogía la maleta de Anna—. Le he prometido que iría a verla otro día para darle una serenata, pero puedo asegurarle que no tengo intención alguna de cumplir mi promesa. Ahora tomaremos un coche en la plaza para ir a Talstraβe y, por el camino, me contará todo lo que ha sufrido en manos de esa malvada frau Schneider. Parece usted *Aschenputtel* y esa mujer la cruel madrastra que la destierra a la cocina para que le haga de criada. ¡Solo nos faltan las dos horribles hermanastras!

Grieg le ofreció la mano para ayudarla a subir al coche de caballos. En aquel momento, Anna se sintió, en efecto, como una auténtica princesa de cuento de hadas rescatada por su príncipe.

—Iremos a casa de mi gran amigo, el editor musical Max Abraham —le informó Grieg.

—¿Está al tanto de mi visita?

—No, querida señorita, pero en cuanto conozca su situación se mostrará encantado de acogerla. Siempre me alojo en su casa cuando vengo a Leipzig. Disfrutará de una estancia muy confortable hasta que le busquemos otro lugar. Yo dormiré sobre el piano si es necesario.

—Por favor, señor, no quiero ser un problema ni una molestia para usted.

—Le aseguro que no lo es, querida, solo estaba bromeando. —Herr Grieg esbozó una sonrisa afable—. En casa de Max hay muchas habitaciones libres. Y ahora, dígame, ¿cómo ha llegado a esta situación después de lo alto que había llegado la última vez que la vi?

—Verá, señor…

—¡No me lo diga! —Grieg alzó la mano y luego se acarició el bigote—. Déjeme adivinar. Las atenciones de herr Bayer se estaban tornando intolerables. Puede que hasta le propusiera matrimonio. Usted lo rechazó porque estaba enamorada de nuestro apuesto pero poco de fiar violinista y aspirante a compositor. Él le dijo que quería venir a estudiar a Leipzig y usted decidió casarse con él y seguirlo. ¿He acertado?

—No se burle de mí, se lo ruego. —Anna bajó la cabeza—. Es evidente que ya conocía la historia. Todo lo que ha dicho es cierto.

—Fru Halvorsen… ¿puedo llamarla Anna?

—Por supuesto.

—Me enteré de tu repentina desaparición por herr Hennum, pero desconocía los detalles. Y por los rumores que me habían llegado en Cristianía, comprendí que las intenciones de herr Bayer iban más allá del ámbito profesional. ¿Tu marido violinista sigue en París?

—Creo que sí.

Anna se preguntó cómo se habría enterado de aquello.

—E imagino que se hospeda en el apartamento de una rica benefactora llamada baronesa von Gottfried.

—Ignoro dónde se hospeda, señor. Hace meses que no sé nada de él. Ya no lo considero mi marido.

—Has sufrido mucho, mi querida Anna. —Grieg le tendió una mano reconfortante—. Por desgracia, la baronesa es muy entusiasta en su búsqueda de talentos musicales. Cuanto más jóvenes y atractivos, mejor.

—Disculpe, señor, pero no me interesa oír los detalles.

—Naturalmente que no. Te pido perdón por mi falta de tacto. La buena noticia, sin embargo, es que la baronesa se cansará pronto de él, se buscará a otro joven y tu marido volverá a tu lado. —La miró—. Siempre he dicho que eras el espíritu de mi Solveig. E, igual que ella, estás esperando a que regrese junto a ti.

—No, señor. —Anna endureció el rostro ante aquellas palabras—. Yo no soy Solveig y no esperaré a que Jens vuelva a mi lado. Él ya no es mi marido y yo ya no soy su esposa.

—Dejemos este tema por el momento, Anna. Ahora estás conmigo y a salvo, y voy a hacer todo lo que pueda por ayudarte.

—Grieg se quedó callado cuando el coche de caballos se detuvo delante de una bella y elegante casa blanca de cuatro plantas tachonada por hileras de grandes ventanales en arco. Anna la reconoció como el edificio donde tiempo atrás había dejado la carta para el compositor—. Por cuestión de decoro, es preferible que la gente piense que estás pasando por una situación difícil mientras esperas que tu marido vuelva de París. ¿Lo entiendes?

La miró un instante con sus penetrantes ojos azules al tiempo que le estrechaba la mano con más fuerza.

—Sí, señor.

—Llámame Edvard, te lo ruego. Y ahora —dijo soltándole la mano—, entremos y anunciemos nuestra llegada.

Aún aturdida por los acontecimientos del día, Anna dejó que la doncella la condujera a los encantadores aposentos del ático y luego se sumergió en una bañera de agua caliente. Tras restregarse con fuerza para desprenderse de la mugre de los últimos meses, se puso un vestido de seda verde esmeralda que había aparecido por arte de magia sobre su cama con dosel. Curiosamente, el vestido se ceñía perfectamente a su figura menuda.

Contempló maravillada las hermosas vistas de Leipzig desde el gran ventanal, sintiendo que, mientras admiraba la opulencia que la rodeaba, el recuerdo de su encierro en la diminuta pensión ya empezaba a diluirse. Se dirigió a la planta baja, como le habían dicho que hiciera, pensando que de no ser por herr Grieg todavía estaría en la mugrienta cocina de frau Schneider pelando zanahorias para la cena.

La doncella la guio hasta el comedor y Anna se descubrió sentada a una larga mesa entre Edvard, como debía llamarlo a partir de aquel momento, y herr Abraham, el anfitrión. Cuando este le dedicó unas palabras de bienvenida, Anna vio el brillo de unos ojos amables detrás de sus gafas redondas. Sentados a la mesa había otros músicos, y la cena transcurrió entre risas y buena comida. Pese a estar muerta de hambre, Anna no pudo comer mucho, ya que su estómago había perdido el hábito de digerir. Así pues, se dedicó a escuchar a los demás comensales en silencio, pellizcándose el brazo de cuando en cuando para asegurarse de que no estaba soñando.

—Esta bella dama —dijo Grieg alzando la copa de champán en

su dirección— es la cantante con más talento de Noruega. ¡Obsérvenla! Es la mismísima encarnación de Solveig. Ya me ha servido de inspiración para algunas canciones populares que he compuesto este año.

El resto de los invitados le suplicaron de inmediato que tocara sus nuevas canciones acompañado por la voz de Anna.

—Tal vez más tarde, amigos, si Anna no está excesivamente fatigada. ¡Ha vivido unos meses durísimos secuestrada por la mujer más malvada de Leipzig!

Mientras Edvard narraba las circunstancias que habían conducido al rescate de la muchacha —y los invitados ahogaban una exclamación en todos los momentos oportunos—, Anna procuró no dejarse abrumar por los penosos recuerdos de lo que había pasado.

—¡Pensaba que mi musa se había desvanecido! ¡Pero aquí estaba, viviendo delante de nuestras narices en el mismísimo Leipzig! —terminó con un ademán teatral—. ¡Por Anna!

—¡Por Anna!

Los comensales alzaron sus copas y bebieron a su salud.

Después de la cena, Edvard le hizo señas para que se acercara al piano y le puso delante una partitura.

—Y ahora, Anna, a cambio de mi heroico rescate, ¿crees que tendrás fuerzas para cantar? La canción se titula *La primera prímula* y nadie la ha interpretado aún, porque tenías que hacerlo tú. Ven a sentarte a mi lado —dio unas palmaditas en el banco— y la ensayaremos durante unos minutos.

—Señor... Edvard —murmuró Anna—, llevo mucho tiempo sin cantar.

—Lo que quiere decir que tu voz ha descansado y volará como un pájaro. Presta atención a la música.

Anna obedeció lamentando que no estuvieran solos para, al menos, poder cometer errores en privado y no delante de gente tan entendida. Cuando Edvard anunció que estaban preparados, el público se volvió hacia ellos con cara de expectación.

—Levántate, Anna, por favor, así controlarás mejor la respiración. ¿Puedes ver la letra por encima de mi hombro?

—Sí, Edvard.

—Entonces, empecemos.

Anna temblaba de pies a cabeza cuando su salvador tocó los

primeros compases. Llevaba tanto tiempo sin ejercitar las cuerdas vocales que no tenía ni idea de lo que saldría de su boca cuando la abriera. Y, efectivamente, las primeras notas sonaron afinadas pero endebles. No obstante, en cuanto aquella hermosa música empezó a inundarle el alma, su voz recuperó la memoria y la confianza y echó a volar.

Cuando terminó de cantar, Anna sabía que había hecho una buena actuación. La gente aplaudió entusiasmada y pidió un bis.

—Impecable, Anna, como sabía que sería. ¿Publicarás la canción en tu catálogo, Max?

—Desde luego, pero creo que también deberíamos ofrecer un recital en la Gewandhaus con las demás canciones populares que has escrito, siempre y cuando sean interpretadas por nuestra angelical Anna. Es evidente que se han escrito únicamente para su voz.

Abraham se inclinó ante Anna para expresarle su admiración.

—Así se hará —dijo Edvard con una sonrisa al tiempo que Anna ahogaba un bostezo.

—Querida, veo que está usted agotada. Si desea retirarse, estoy seguro de que mis invitados no se lo tendrán en cuenta —dijo Max para alivio de Anna—. Por lo que nos han contado, ha pasado usted por una experiencia terrible.

Edvard se levantó y le besó la mano.

—Buenas noches, Anna.

Anna subió la escalera hasta su habitación del ático, donde encontró a la doncella avivando el fuego. Desplegado sobre la enorme cama, encontró un camisón.

—¿Puedo preguntarle a quién pertenecen todas estas prendas? Son justo de mi talla.

—A Nina, la esposa de Edvard. Herr Grieg me ha dicho que no tenía nada que ponerse y que sacara algunos trajes del armario de frau Grieg —explicó la doncella mientras la ayudaba a quitarse el vestido.

—Gracias —dijo Anna, que había perdido la costumbre de que la sirvieran—. Ya puede retirarse.

—Buenas noches, frau Halvorsen.

Cuando la doncella se marchó, Anna se puso el suave camisón de popelina y se deslizó, extática, entre las limpias sábanas de hilo.

Por primera vez desde hacía meses, dirigió una oración de agradecimiento al Dios que había desterrado y pidió perdón por haber perdido la fe. Después cerró los ojos, demasiado cansada para seguir pensando, y se quedó profundamente dormida.

A lo largo de las siguientes semanas, todo Leipzig se hizo eco de la historia, cada vez más aderezada, de cómo herr Grieg había rescatado a Anna de las garras de la malvada frau Schneider. Y mientras su nuevo y poderoso mentor la paseaba por las altas esferas sociales y musicales de la ciudad, todas las puertas se abrían para ellos. Asistieron a varias cenas elegantes en las casas más bellas de Leipzig, después de las cuales pedían a Anna que cantara para ganarse la comida, como decía Edvard. Otras veces Anna participaba en pequeñas veladas musicales con otros cantantes y compositores.

Edvard la presentaba siempre como «la personificación de todo lo bello y puro de mi país» o como «mi perfecta musa noruega». En algunas ocasiones, mientras cantaba las piezas del compositor sobre vacas, flores, fiordos y montañas, Anna se preguntaba si no debería vestirse simplemente con la bandera nacional para que Edvard pudiera desfilar con ella. No porque le molestara, naturalmente; para ella era un honor que Grieg se interesase tanto por ella. Y en comparación con la vida que había llevado hasta aquel momento en Leipzig, cada segundo le parecía un milagro.

Con el paso de los meses conoció a grandes compositores del momento, entre ellos a Piotr Chaikovski cuya música apasionada y romántica adoraba. Todos acudían a Max Abraham, que, como director de C. F. Peters, la había convertido en una de las editoriales musicales más admiradas de Europa.

El negocio ocupaba las plantas inferiores del edificio y a Anna le encantaba deambular por ellas y leer los libros de partituras, bellamente encuadernados y con sus características tapas de color verde claro, admirando las composiciones de genios como Bach y Beethoven. También le fascinaban las imprentas mecánicas del sótano, que producían página tras página de partitura a una velocidad de vértigo.

Poco a poco, gracias a la buena comida, el descanso y, sobre todo, los tiernos cuidados que toda la casa le prodigaba, Anna fue recuperando las fuerzas y la confianza en sí misma. La terrible traición de Jens todavía le removía las entrañas y la llenaba de una ira candente, pero se esforzaba por apartarla —al igual que a él— de su mente. Ya no era una niña ingenua que creía en el amor, sino una mujer cuyo talento podía proporcionarle todo lo que necesitaba.

Cuando, desde Alemania y otros países, empezaron a llegarle con regularidad solicitudes para actuar en recitales, Anna decidió hacerse también con el control de sus finanzas, pues no quería volver a depender de ningún hombre. Con el sueño de poder permitirse algún día su propio apartamento, ahorraba hasta el último céntimo. Edvard la estimulaba y alentaba, y su relación era cada vez más estrecha.

A veces, Anna se despertaba en mitad de la noche a causa del sonido lastimero del piano de cola que había justo debajo de su habitación, al que Edvard solía sentarse para componer hasta altas hora de la madrugada.

Una noche de finales de primavera, atormentada por la visión recurrente de su pobre hija sepultada fría y sola bajo tierra, salió de su habitación, bajó por la escalera y se sentó en el último peldaño, junto al salón, para escuchar la melancólica melodía que Edvard estaba tocando. Comenzó a llorar quedamente y enterró la cabeza entre las manos para dejar que el dolor de su pérdida brotara con las lágrimas.

—¿Qué te ocurre, pequeña?

Sobresaltada, Anna levantó la cabeza al notar una mano en el hombro y se tropezó con los ojos azules y amables de Edvard.

—Lo siento. Es por la hermosa música, que me ha llegado al alma.

—Yo diría que es por algo más. Ven. —Edvard la hizo pasar al salón y cerró la puerta tras ellos—. Vamos, siéntate a mi lado. Puedes secarte las lágrimas con esto.

Le tendió un pañuelo de seda.

La empatía de Edvard provocó otro torrente de lágrimas que Anna fue incapaz de contener. Finalmente, avergonzada, levantó la vista. Consciente de que Edvard merecía una explicación, respiró hondo y le habló de la pérdida de su bebé.

—Pobre chiquilla. Debe de haber sido terrible pasar sola por todo eso. Como es posible que ya sepas, yo también perdí una hija... Alexandra vivió hasta los dos años, una criatura adorable a la que quería con toda mi alma. Su muerte me rompió el corazón, y al igual que tú, perdí la fe en Dios y en la propia vida. Y confieso que tuvo repercusiones en mi matrimonio. Nina quedó destrozada y desde entonces nos ha sido prácticamente imposible darnos consuelo el uno al otro.

—Al menos yo ese problema me lo ahorré en aquel momento —ironizó Anna.

Edvard rio.

—Mi dulce Anna, te has convertido en alguien muy importante para mí. Admiro profundamente tu espíritu y tu coraje. Los dos conocemos el verdadero sufrimiento y lo único que puedo decirte es que debemos buscar consuelo en nuestra música. Y quizá —Edvard le cogió la mano y la miró a los ojos— el uno en el otro.

—Sí, Edvard —dijo ella comprendiendo exactamente lo que quería decir—, estoy de acuerdo.

Un año después, con la ayuda de Edvard, Anna pudo dejar la casa de Talstraße y mudarse a su propia residencia adosada en Sebastian-Bach-Straße, en una de las mejores zonas de Leipzig. Iba a todas partes en coche de caballos y conseguía las mejores mesas en los restaurantes más exclusivos de la ciudad. Cuando su fama creció en Alemania, empezó a viajar con Edvard a Berlín, a Frankfurt y a muchas otras ciudades para ofrecer recitales. Además de interpretar las composiciones de Grieg, su repertorio incluía el «Aria de las campanas», de la recién estrenada ópera *Lakmé*, y el aria «Adiós, colinas y campos» de *La doncella de Orleans*, su ópera favorita de Chaikovski.

Habían viajado incluso a Cristianía para actuar en un recital en el mismo teatro donde Anna había comenzado su carrera. La joven había escrito previamente a frøken Olsdatter y a sus padres para invitarlos a la actuación, incluyendo también en el sobre coronas suficientes para pagar el viaje. Además, les había reservado habitación en el Grand Hotel, donde se alojaba también ella.

Después de todo lo que había sucedido y de lo mal que se sentía por haberlos defraudado, Anna había esperado sus respuestas con gran nerviosismo. No tendría por qué haberse preocupado. Todos aceptaron la invitación y fue un reencuentro dichoso. Después del recital, durante la cena de celebración, frøken Olsdatter le comunicó con discreción que herr Bayer había fallecido recientemente. Al oír la noticia, Anna le dio el pésame y le suplicó que regresara con ella a Leipzig como su ama de llaves.

Lise, por fortuna, aceptó. Anna sabía que, dadas las circunstancias, necesitaba que en su casa trabajara alguien de absoluta confianza.

En cuanto a su marido errante, pensaba en él lo menos posible. Sabía que la baronesa había sido vista en Leipzig, y también le habían llegado rumores de que estaba impulsando la carrera de otro joven compositor, pero hacía años que nadie sabía nada de Jens. Como solía comentar Edvard, había desaparecido como una rata en las cloacas de París. Anna rezaba por que estuviera muerto, pues, aunque llevaba una vida poco convencional, era feliz.

Eso fue hasta que Edvard llegó a Leipzig en el invierno de 1883 como respuesta a la carta urgente que ella le había enviado.

—¿Comprendes lo que debemos hacer, *kjære*? ¿Por el bien de todos?

—Lo comprendo —respondió Anna con los labios apretados y expresión de resignación.

Llegó en la primavera de 1884. La doncella llamó a la puerta del salón para comunicarle a Anna que un hombre deseaba verla.

—Le he dicho que vaya a la puerta de servicio, pero se niega en redondo a moverse de donde está hasta que la haya visto. He cerrado la puerta principal, pero se ha sentado en el escalón de la entrada. —A través de la ventana, la mujer señaló una figura encorvada—. ¿Llamo a la policía, frau Halvorsen? Es evidente que se trata de un mendigo o de un ladrón, ¡o de algo peor!

Anna se levantó despacio del sofá en el que estaba descansando y se acercó a la ventana. Sentado en el escalón vio a un hombre con la cabeza enterrada entre las manos.

El alma se le cayó a los pies y, una vez más, pidió fuerzas al Señor. Solo Él sabía cómo iba a soportar aquello, pero, dadas las circunstancias, no tenía elección.

—Por favor, hágalo pasar de inmediato. Parece ser que mi marido ha vuelto.

Ally

Bergen, Noruega
Septiembre de 2007

«En la gruta del rey de la montaña»

34

Cuando leí que Jens había regresado junto a Anna, se me desbocó el corazón y pasé las siguientes páginas a toda prisa para averiguar qué sucedía tras su vuelta. Sin embargo, el propio Jens había preferido pasar de puntillas sobre los que debieron de ser unos meses tremendamente difíciles y concentrarse en su traslado, un año más tarde, a una casa llamada Froskehuset, muy próxima a Troldhaugen, la residencia de Grieg en Bergen. Y en el posterior estreno de sus composiciones en dicha ciudad. Fui hasta la última página, donde aparecía la nota del autor.

Este libro está dedicado a mi maravillosa esposa, Anna Landvik Halvorsen, que ha fallecido recientemente de neumonía a la edad de cincuenta años. Si no me hubiese perdonado y recogido cuando aparecí en su puerta años después de haberla abandonado, me habría visto literalmente engullido por las cloacas de París. Gracias a su generosidad, hemos disfrutado de una vida feliz junto a nuestro querido hijo Horst.

Anna, mi ángel, mi musa… tú me enseñaste lo que verdaderamente importa en la vida.

Te quiero y te echo de menos,

Tu JENS

Cuando cerré el portátil me sentía agitada y confusa. Me costaba mucho creer que Anna, una mujer de carácter fuerte y firmes principios morales —las mismas herramientas que le habían permitido superar lo que Jens le había hecho—, hubiera podido perdonarlo sin más y aceptarlo de nuevo como marido.

—Yo lo habría echado sin miramientos y me habría divorciado de inmediato —les dije a las paredes de la habitación, enfadada por el final del increíble relato de Anna.

Pese a saber que en aquellos tiempos las cosas eran diferentes, a mí me parecía que Jens Halvorsen —la encarnación del mismísimo Peer Gynt— había salido impune.

Miré la hora y vi que eran las diez de la noche. Me levanté para ir al cuarto de baño y conectar el hervidor de agua para prepararme un té.

Mientras echaba las pesadas cortinas sobre las luces titilantes del puerto de Bergen, me pregunté si yo habría sido capaz de perdonar a Theo si me hubiese abandonado. Cosa que supuse que había hecho en realidad, y de la forma más definitiva y espantosa posible. Y sí, sabía que yo también estaba enfadada y que no había perdonado aún al universo. A diferencia de Jens y Anna, mi historia con Theo había terminado antes incluso de empezar, y sin que ninguno de los dos tuviéramos la culpa.

Para evitar ponerme sentimental, consulté mis correos mientras asaltaba la fuente de fruta, pues estaba demasiado cansada para bajar al restaurante y no había servicio de habitaciones después de las nueve. Vi que tenía un mensaje de Ma, otro de Maia y un tercero de Tiggy, en el que me decía que me llevaba en el pensamiento. Peter, el padre de Theo, también me había escrito para comunicarme que había conseguido un ejemplar del libro de Thom Halvorsen y preguntarme adónde debía enviarlo. Le contesté que me lo mandara por FedEx a la dirección del hotel y decidí que me quedaría en Bergen hasta que llegara.

Al día siguiente iría a buscar la casa de Jens y Anna y tal vez me pasara de nuevo a ver a Erling, el amable conservador del Museo Grieg, para que me contara más cosas de ellos. Me gustaba estar en Bergen, aun cuando, en aquellos momentos, mi investigación se hubiese quedado estancada.

El teléfono de la mesilla de noche sonó y di un respingo.

—¿Diga?

—Hola, soy Willem Caspari. ¿Estás bien?

—Sí, gracias.

—Me alegro. Ally, ¿te gustaría desayunar mañana conmigo? Tengo una idea que me gustaría comentarte.

—Eh… sí, claro.

—Estupendo. Que duermas bien.

La comunicación se cortó bruscamente y colgué sintiéndome un tanto incómoda por haber aceptado la invitación de Willem. Traté de averiguar la causa y finalmente reconocí que era culpa. Siendo sincera conmigo misma, debía admitir que notaba un leve hormigueo dentro de mí que me decía que me sentía físicamente atraída por él. Aunque mi cabeza y mi corazón se lo prohibieran, mi cuerpo estaba desobedeciendo las órdenes y reaccionando por su cuenta. Pero no podía decirse que aquello fuera una «cita». Además, a juzgar por lo que Willem me había contado sobre Jack, su pareja, estaba claro que era gay.

Mientras me preparaba para acostarme, me permití esbozar una sonrisa; al menos era una atracción sin riesgos, y probablemente se debiera más al talento de Willem como pianista que a otra cosa. Sabía que se trataba de un afrodisíaco poderoso y me perdoné por sucumbir a él.

—¿Qué te parece? —me preguntó Willem al día siguiente durante el desayuno mientras me atravesaba con su mirada de ojos azul turquesa.

—¿Cuándo es el recital?

—El sábado por la noche. Pero ya has interpretado esa pieza en otras ocasiones, y tenemos el resto de la semana para ensayar.

—Por Dios, Willem, han pasado diez años. Me halaga mucho tu propuesta, pero…

—La *Sonata para flauta y piano* es bellísima, y nunca olvidaré la noche que la tocaste en el Conservatorio de Ginebra. Si me acuerdo de ella y de ti diez años más tarde, significa que fue una interpretación brillante.

—No poseo, ni de lejos, tu talento o tu éxito —protesté—. Te he buscado en internet y eres toda una celebridad, Willem. ¡El año pasado tocaste en el Carnegie Hall! Así que muchas gracias por proponérmelo, pero no, gracias.

Willem echó un vistazo a la comida intacta de mi plato. Me había levantado con el estómago revuelto.

—Estás nerviosa, ¿verdad?

—¡Pues claro que sí! ¿Te imaginas lo oxidado que estarías después de diez años sin tocar una sola tecla?

—Sí, pero por otro lado tocaría con renovado ímpetu. Deja de comportarte como una cobarde y como mínimo inténtalo. ¿Por qué no vienes al auditorio después de mi concierto del mediodía y tocamos la pieza juntos? Estoy seguro de que a Erling no le importará, aunque puede que considere una blasfemia interpretar a Francis Poulenc en el santuario de Grieg. Además, el Teatro Logen, donde se celebrará el recital del sábado, es un lugar precioso. Es la manera idónea de que encuentres de nuevo tu camino hacia la música.

—Me estás acosando, Willem —dije al borde de las lágrimas—. ¿Por qué tienes tanto interés en que toque?

—Si después de la muerte de Jack no me hubiesen empujado a retomar el piano, lo más probable es que jamás hubiera vuelto a tocar una sola nota, así que podría decirse que, kármicamente, estoy devolviendo el favor. ¿Qué me dices?

—Ah, está bien. Esta tarde iré a Troldhaugen y lo intentaré —acepté, dándome por vencida.

—Genial.

Willem dio una palmada de aprobación.

—Cuando me oigas tocar, es muy probable que te quedes horrorizado. Es cierto que toqué en el funeral de Theo, pero eso fue diferente.

—Después de esa experiencia, lo del sábado será coser y cantar. —Se levantó de la mesa—. Te veré a las tres.

Lo observé mientras se alejaba. La delgadez de su cuerpo contrastaba con el contundente desayuno que acababa de verlo zamparse. Estaba claro que se alimentaba de adrenalina. De regreso en mi habitación, diez minutos más tarde, abrí el estuche con parsimonia y contemplé la flauta como si fuera el enemigo al que debía enfrentarme en una batalla.

—¿Qué he hecho? —gemí al tiempo que sacaba las piezas y las ensamblaba, enroscando despacio las juntas y alineando correctamente el instrumento.

Después de afinarlo y probar unas cuantas escalas, toqué de memoria el primer movimiento de la sonata. Para tratarse de un primer intento, no sonó demasiado mal, me dije mientras, mecánicamente, secaba el exceso de humedad y limpiaba los platillos antes de devolver la flauta al estuche.

Luego salí a dar un paseo por el muelle. Como la temperatura había bajado en picado y en la mochila solo llevaba ropa de verano, entré en una de las tiendas de listones de madera para comprarme un jersey de pescador.

Regresé al hotel para recoger la flauta, tomé un taxi y pregunté al taxista si conocía una casa llamada Froskehuset que se encontraba en la misma carretera que el Museo Grieg. Me dijo que no, pero que podríamos fijarnos en los nombres de las residencias por las que pasáramos, y así fue como dimos con ella. Froskehuset se hallaba a solo unos minutos a pie del museo. Despedí al taxista y me quedé contemplando la hermosa casa de madera, pintada de color crema y de diseño tradicional. Cuando me acerqué a la verja vi que estaba bastante descuidada, pues la pintura estaba levantada y el jardín abandonado. Sintiéndome como una ladrona que planea un atraco, me pregunté quién viviría allí en aquellos momentos y si debería llamar a la puerta para averiguarlo. Tras descartar la idea, continué calle arriba hasta el Museo Grieg.

Me dirigí a la cafetería notándome ligeramente revuelta una vez más. Desde la muerte de Theo había perdido el apetito, y sabía que había adelgazado. Aunque no tenía hambre, pedí un sándwich de atún y me obligué a comérmelo.

—Hola, Ally. —Erling se acercó a mi mesa con una sonrisa dibujada en la cara—. He oído que esta tarde después del concierto tienes un ensayo improvisado en el auditorio.

—Siempre y cuando no suponga un inconveniente para ti, Erling.

—Nunca tengo inconveniente en que la gente toque buena música aquí —me aseguró—. ¿Has leído algo más de la biografía de Jens Halvorsen?

—La terminé anoche, de hecho. Acabo de ir a ver la casa en la que vivió con Anna.

—Justamente ahí vive ahora Thom Halvorsen, el biógrafo y tataranieto de Anna y Jens. ¿Crees que podrías estar emparentada con la familia Halvorsen?

—Si lo estoy, no se me ocurre cómo. Al menos por el momento.

—Tal vez Thom pueda aclararte algunas cosas cuando regrese

de Nueva York a finales de semana. ¿Asistirás al concierto del mediodía de Willem?

—Sí. Es un pianista con mucho talento, ¿no te parece?

—Ya lo creo. Quizá te haya contado que hace un tiempo sufrió una trágica pérdida. Creo que eso lo ha hecho mejorar como pianista. Esa clase de experiencias vitales pueden matar o curar, no sé si me explico.

—Perfectamente —respondí conmovida.

—Te veré en el auditorio.

Media hora después, estaba de nuevo en la Troldsalen, la sala de conciertos, oyendo tocar a Willem. En aquella ocasión tocó *Moods*, una pieza poco conocida que Grieg había escrito hacia el final de su vida, cuando apenas podía salir a la calle debido a su enfermedad pero aún conseguía trasladarse trabajosamente hasta la cabaña para componer. Willem ofreció una interpretación soberbia, y me pregunté qué demonios hacía yo planteándome siquiera la posibilidad de tocar con un pianista de su talla. O, más exactamente, qué hacía él proponiendo que tocáramos juntos.

Después de que el agradecido público abandonara el auditorio, Willem me hizo señas y bajé al escenario hecha un manojo de nervios.

—Nunca había escuchado esa pieza —dije—. Es preciosa, y tu interpretación ha sido magnífica.

—Gracias. —Inclinó brevemente la cabeza y me miró con fijeza—. ¡Ally, estás blanca como la leche! Será mejor que empecemos antes de que te entre el pánico y salgas corriendo.

—No vendrá nadie, ¿verdad? —dije levantando la vista hacia la puerta del auditorio.

—¡Por Dios, Ally, te estás volviendo tan paranoica como yo!

—Lo siento —farfullé.

Saqué la flauta y la monté antes de que Willem me diera la señal para comenzar. Me sentí orgullosa cuando conseguí superar los doce minutos de duración de la pieza sin saltarme una sola nota, aunque el acompañamiento intuitivo de Willem y el increíble timbre del piano Steinway me ayudaron enormemente.

Los aplausos de Willem resonaron en el auditorio vacío.

—Si tocas así después de diez años, tendré que pedir que dupliquen el precio de la entrada para el recital del sábado.

—Eres muy amable, pero no puede decirse que haya sido una interpretación perfecta.

—Tienes razón, pero es un gran comienzo. Ahora tocaremos la pieza más despacio. Hay algunas cuestiones de ritmo que necesitamos pulir.

Durante la media hora siguiente, ensayamos los tres movimientos de la pieza por separado. Y mientras guardaba la flauta y salíamos juntos del auditorio, caí en la cuenta de que no había pensado en Theo ni una sola vez durante los últimos cuarenta y cinco minutos.

—¿Vuelves al centro? —me preguntó Willem.

—Sí.

—En ese caso pediré un taxi.

Durante el trayecto de regreso a Bergen, le di las gracias y le confirmé que el sábado tocaría con él.

—Me alegro mucho —respondió mirando distraídamente por la ventanilla—. Bergen es un lugar especial, ¿no crees?

—Sí, yo también tengo esa sensación.

—Una de las razones de que aceptara venir para dar los conciertos de mediodía de esta semana en la Troldhaugen es que me han pedido que me incorpore a la Orquesta Filarmónica de Bergen como pianista permanente. Quería tantear el terreno, pues si aceptara tendría que dejar mi refugio en Zúrich e instalarme en Bergen casi todo el año. Y después de lo que te conté ayer, ya sabes lo difícil que sería para mí dar semejante paso.

—¿Jack y tú vivíais juntos en Zúrich?

—Sí. Puede que me haya llegado el momento de empezar de cero. Y Noruega, por lo menos, es un país limpio —añadió Willem muy serio.

—Ya lo creo —reí—. Y la gente es muy amable. Aunque aprender noruego debe de ser tremendamente difícil.

—Por suerte, tengo muy buen oído. Las notas y los idiomas se me dan bien, además de algún que otro acertijo matemático. Y, por otro lado, aquí todo el mundo habla inglés.

—Creo que la orquesta sería muy afortunada si consiguiera ficharte.

—Gracias. —Esbozó una sonrisa inesperada—. ¿Qué haces esta noche? —me preguntó cuando entramos en el hotel.

—Todavía no lo he pensado, la verdad.

—¿Cenamos juntos? —Enseguida reparó en mi titubeo—. Perdona, seguro que estás cansada. Te veré mañana a las tres. Adiós.

Willem se alejó bruscamente y me dejó sola en el vestíbulo, sintiéndome culpable y desconcertada. Sin embargo, era cierto que no me encontraba muy bien, cosa extraña en mí. Cuando entré en mi habitación, me tumbé en la cama y pensé con tristeza que últimamente había muchas cosas «extrañas» en mí.

35

Había tenido que salir de compras por Bergen en busca de algo elegante y discreto para el recital. Y mientras me ponía el vestido negro que había elegido para la actuación, ahuyenté el recuerdo de haber lucido uno parecido en el funeral de Theo. Me apliqué un toque de rímel y noté que empezaba a subirme la adrenalina. Tanto que tuve que inclinarme sobre el retrete, presa de una arcada. Me enjugué las lágrimas y regresé frente al espejo para retocarme la máscara de pestañas y añadir un poco de carmín. Después cogí la chaqueta y el estuche de la flauta y bajé al vestíbulo para reunirme con Willem.

No solo me encontraba mal físicamente, sino que había estado incómoda con Willem desde que me había invitado a cenar. A partir de aquel momento, había notado cierta frialdad en su trato durante nuestros ensayos. Se había encargado de mantener nuestras conversaciones restringidas a lo «profesional» y en el taxi solo hablábamos de la música que habíamos ensayado.

Las puertas del ascensor se abrieron y lo vi esperándome en la recepción, muy atractivo con su pajarita y su impecable esmoquin negro. Y confié en no haberlo disgustado con mi rechazo. Había percibido trazos de la misma torpeza que Theo y yo habíamos experimentado en los inicios de nuestra relación, y además algo me decía que decididamente Willem no era gay...

—Estás muy guapa, Ally —dijo mientras se acercaba a mí.

—Gracias, pero a mí no me lo parece.

—Les ocurre a todas las mujeres —espetó cuando salíamos del hotel para subir al taxi que había reservado.

Hicimos el trayecto en silencio y me sentí frustrada por el

malestar que se palpaba entre ambos. Willem parecía tenso y distante.

Al llegar al Teatro Logen, entramos y él fue al encuentro de la organizadora del recital, que estaba esperándonos en el vestíbulo.

—Síganme, por favor.

Nos condujo hasta un elegante auditorio de techos altos, numerosas hileras de asientos y lámparas de araña que iluminaban la estrecha galería superior. En el escenario solo había un piano de cola y un atril para mí. Los técnicos aún encendían y apagaban los focos mientras hacían las últimas pruebas.

—Los dejaré solos para que puedan ensayar —dijo la mujer—. Abriremos las puertas al público quince minutos antes de que comience el recital, de modo que disponen de media hora para evaluar la acústica.

Willem le dio las gracias, subió los escalones del escenario y se acercó al piano de cola. Levantó la tapa y deslizó los dedos sobre el teclado.

—Es un Steinway B —se congratuló— y suena bien. ¿Hacemos un repaso rápido?

Saqué la flauta del estuche y al montarla advertí que las manos me temblaban. Tocamos la sonata y después fui al cuarto de baño mientras Willem ensayaba sus solos. Tuve otra arcada y, cuando me lavé la cara con agua fría, me reí del reflejo pálido que me devolvía el espejo. Se suponía que era una mujer capaz de soportar las condiciones más duras en el mar sin sufrir la menor molestia. Y allí, en tierra firme, tocando la flauta en público durante doce minutos, me sentía tan mareada como una novata en su primera tormenta.

Regresé a bastidores y vi por una rendija que el auditorio empezaba a llenarse. Miré de reojo a Willem, que, a pocos metros de mí, parecía estar realizando algún tipo de ritual consistente en farfullar, caminar de un lado a otro y estirar los dedos, así que lo dejé hacer. Por desgracia, la *Sonata para flauta y piano* era la penúltima pieza del recital, lo cual quería decir que tendría que permanecer entre bambalinas, esperando y poniéndome nerviosa.

—¿Estás bien? —me susurró Willem mientras oíamos al presentador leyendo los hitos más destacados de su currículum antes de darle paso.

—Sí, gracias —contesté cuando un fuerte aplauso reverberó en la sala.

—Quiero disculparme formalmente por mi presuntuosa invitación a cenar de la otra noche. Fue del todo inoportuna, dadas las circunstancias. Comprendo el punto en el que te encuentras en lo que a emociones se refiere y a partir de ahora lo respetaré. Espero que podamos ser amigos.

Sin más, Willem salió al escenario y saludó con una inclinación de la cabeza antes de sentarse frente al piano. Comenzó con el rápido y complejo *Estudio en sol bemol mayor n.º 5* de Chopin.

Mientras lo escuchaba tocar, reflexioné sobre la intrincada e interminable danza que elaboraban continuamente los hombres y las mujeres. Y cuando las últimas notas de la pieza inundaron el auditorio, reconocí que una parte de mí se sentía extrañamente decepcionada por el hecho de que Willem esperara que pudiéramos ser amigos. Por no mencionar el sentimiento de culpa que me asaltaba cada vez que pensaba qué habría dicho Theo en cuanto a la confusión que me producía mi atracción por Willem...

Después de pasearme arriba y abajo por los estrechos bastidores durante lo que me pareció una eternidad, oí que al fin Willem me presentaba y salí para unirme a él sobre el escenario, donde lo obsequié con una amplia sonrisa de agradecimiento por su amabilidad y aliento de los últimos días. Después, me llevé la flauta a los labios, le indiqué que estaba preparada y empezamos a tocar.

Cuando Willem terminó su última pieza de la noche, subí de nuevo al escenario y me sentí muy extraña saludando al público a su lado. Los organizadores incluso me regalaron un pequeño ramo de flores.

—Felicidades, Ally, lo has hecho muy bien. Muy muy bien, de hecho —me dijo Willem mientras abandonábamos juntos el escenario.

—Estoy de acuerdo contigo.

Me volví hacia la voz familiar y vi a Erling, el conservador del Museo Grieg, acompañado entre bambalinas de otros dos hombres.

—Hola —lo saludé con una sonrisa—. Y gracias.

—Ally, te presento a Thom Halvorsen, el biógrafo y tataranieto de Jens Halvorsen, además de virtuoso violinista y subdirector de la Orquesta Filarmónica de Bergen. Y él es David Stewart, el gestor de la orquesta.

—Es un placer conocerte, Ally —dijo Thom en tanto que David Stewart se volvía hacia Willem—. Erling me ha contado que estás buscando información sobre mis tatarabuelos.

Me quedé mirándolo y pensé que me sonaba su cara, pero en aquel momento no supe decir de qué. Poseía un físico típicamente noruego: cabello pelirrojo, pecas en la nariz y ojos grandes y azules.

—Así es.

—En ese caso, estaré encantado de ayudarte en lo que pueda. Aunque esta noche tendrás que perdonarme si estoy algo despistado. Acabo de llegar de Nueva York. Erling me ha recogido en el aeropuerto y me ha traído directamente aquí para que pudiera escuchar a Willem.

—Los jet lags son matadores —dijimos a la vez y, tras un breve silencio, ambos sonreímos con timidez.

—Lo son —añadí.

David Stewart se volvió hacia nosotros.

—Lo siento, pero he de marcharme enseguida. Thom, llámame si hay buenas noticias.

Se despidió de todos los demás y desapareció.

—Ally, seguro que ya sabes que estamos intentando convencer a Willem de que se incorpore a la Orquesta Filarmónica de Bergen. ¿Has pensado en ello, Willem?

—Sí, Thom, y tengo algunas preguntas que hacerte.

—En ese caso, te propongo que vayamos a comer algo al restaurante de enfrente. ¿Nos acompañáis? —nos preguntó a Erling y a mí.

—Si tenéis cosas de qué hablar, no nos gustaría molestaros —respondió Erling por los dos.

—En absoluto. Solo se necesita un «sí» de Willem para abrir el champán.

Diez minutos después, estábamos sentados en un acogedor restaurante iluminado con velas. Uno frente al otro, Thom y Willem estaban absortos en su conversación, de modo que me puse a hablar con Erling.

—Esta noche has estado estupenda, Ally. Eres demasiado buena para ignorar tu talento, y eso por no hablar del mero placer de tocar.

—¿Tú también eres músico? —le pregunté.

—Sí. Pertenezco a una familia de músicos, igual que Thom. Soy violonchelista y toco con una orquesta pequeña aquí, en Bergen. Esta ciudad tiene una gran cultura musical. La Filarmónica de Bergen es una de las orquestas más antiguas del mundo.

—¡Ya podemos abrir el champán! —anunció de repente Thom—. Willem ha aceptado el puesto.

—Para mí no, gracias —repuso el pianista con firmeza—. Nunca bebo alcohol después de las nueve.

—Si vas a mudarte a Noruega, me temo que tendrás que cambiar ese hábito —bromeó Thom—. Es lo único que nos ayuda a superar los largos inviernos.

—Creo que la ocasión merece una excepción —aceptó educadamente Willem al tiempo que el camarero aparecía con la botella.

—¡Por Willem! —brindamos cuando llegó la comida.

—Me siento mucho más despierto después de esta copa de champán. —Thom me sonrió—. Cuéntame más cosas sobre tu conexión con Jens y Anna Halvorsen.

Le hablé brevemente del legado de Pa Salt, que incluía la biografía de Anna escrita por su marido, Jens Halvorsen, y las coordenadas de la esfera armilar, que me habían conducido primero a Oslo y después a Bergen y el Museo Grieg.

—Es fascinante —murmuró mientras me miraba con aire pensativo—. Eso quiere decir que podríamos estar emparentados. Aunque, sinceramente, después de mis recientes investigaciones sobre la historia de mi familia, en estos momentos no se me ocurre cómo.

—A mí tampoco —lo tranquilicé temiendo de pronto que pudiera tomarme por una «robagenes» cazafortunas—. He encargado tu libro, por cierto. Me lo están trayendo desde Estados Unidos mientras hablamos.

—Te lo agradezco, Ally, pero en casa tengo un ejemplar de sobra si quieres consultarlo.

—Lo tendré en cuenta. O por lo menos te pediré que me firmes el mío. Y ahora, aprovechando que te tengo delante, quizá puedas aclararme algunas cosas. ¿Sabes qué le ocurrió a la familia Halvorsen en los años posteriores a la biografía de Jens?

—Más o menos. Por desgracia, se trata de un período poco

agradable de la historia del hombre, con las dos guerras mundiales en camino. Noruega se mantuvo neutral en la primera, pero en la segunda se vio seriamente afectada por la ocupación alemana.

—¿De verdad? Ni siquiera sabía que Noruega hubiera sido ocupada —confesé—. La historia no era mi fuerte en el colegio. De hecho, nunca me he parado a pensar en el impacto que pudo tener la Segunda Guerra Mundial en los países que no fueron los principales protagonistas, y aún menos aquí, en esta tranquila nación recluida en la cima del mundo.

—Bueno, en el colegio tendemos a aprender la historia de nuestro país. ¿De dónde eres tú?

—De Suiza.

Lo miré riéndome.

—Neutral —dijimos al unísono.

—Pues resulta que los alemanes nos invadieron en 1940 —continuó Thom—. De hecho, Suiza me recordó a Noruega cuando estuve en Lucerna hace un par de años para un concierto. Y no solo por la nieve. Ambos países parecen vivir un tanto desconectados del resto del mundo.

—Es cierto —convine. Observé a Thom mientras comía, tratando de averiguar aún por qué su cara me resultaba tan familiar, y llegué a la conclusión de que debía de estar reconociendo en él algunos de los rasgos que había visto en las fotografías de sus antepasados—. Entonces ¿los Halvorsen sobrevivieron a las dos guerras?

—Es una historia muy triste, en realidad, y sin duda demasiado compleja para que mi cerebro recién aterrizado pueda explicártela. Pero podríamos quedar otro día, quizá mañana por la tarde en mi casa. También fue la casa de Anna y Jens, y podría enseñarte dónde vivieron algunos de los momentos más felices de su relación.

Arqueó una ceja y sentí una ligera emoción al darme cuenta de que él también conocía toda la historia de Anna y Jens.

—La vi hace un par de días camino de la Troldhaugen.

—Entonces ya sabes cómo llegar. Y ahora, si no te importa, necesito ir a acostarme. —Thom se levantó y miró a Willem—. Buen viaje de vuelta a Zúrich. Estoy seguro de que el departamento de administración se pondrá en contacto contigo para el tema del contrato. Si se te ocurre alguna pregunta más, llámame. Ally, ¿mañana a las dos en Froskehuset?

—Sí. Y gracias.

—¿Te apetece caminar? —me preguntó Willem después de que nos despidiéramos también de Erling, que se ofreció a llevar a Thom en coche—. El hotel no está lejos.

—Buena idea.

Me notaba la cabeza cargada y pensé que el aire fresco me sentaría bien. Recorrimos las calles empedradas y salimos al puerto. Willem se detuvo frente al muelle.

—Bergen… ¡Mi nuevo hogar! ¿Crees que he tomado la decisión correcta, Ally?

—No lo sé, pero no se me ocurre un lugar más bonito para vivir. Cuesta imaginar que aquí puedan suceder cosas malas.

—Eso es justamente lo que me preocupa. ¿Estoy intentando borrarme del mapa? ¿Huyendo una vez más de lo que le sucedió a Jack? No he parado de viajar desde que ella murió, y ahora me pregunto si en realidad vengo aquí a esconderme.

Suspiró y reemprendimos la marcha por el muelle en dirección al hotel. Enarqué mentalmente las cejas al percatarme de que Willem se había referido a su pareja como «ella».

—También podrías mirarlo desde un prisma más positivo y decir que vienes aquí para pasar página y comenzar de nuevo —le sugerí.

—Sí, cierto. De hecho, quería preguntarte si tú también has pasado por la fase de «por qué murió él y no yo».

—Ya lo creo, y aún no la he superado. Fue Theo quien me obligó a abandonar el velero en el que competíamos poco antes de que se ahogara. Pese a saber que habría sido imposible, me he pasado horas y más horas pensando que si me hubiese quedado, habría podido salvarlo.

—Es un camino que no lleva a ninguna parte. Yo he comprendido que la vida es una sucesión de acontecimientos aleatorios. Tú y yo nos hemos quedado aquí y tenemos que seguir adelante. Mi psicoterapeuta dice que por eso tengo síntomas de TOC. Tras la muerte de Jack, sentía que no podía controlar mi vida y he tratado de compensar esa deficiencia desde entonces. Poco a poco voy mejorando. Por ejemplo, esa copa de champán después de las nueve…
—Willem se encogió de hombros—. Sin prisa, Ally, paso a paso.

—Sí. Por cierto, ¿cuál era el nombre completo de Jack?

—Jacqueline, por Jacqueline du Pré. Su padre era violonchelista.

—La primera vez que me hablaste de ella pensé que era un hombre…

—¡Ja! Por lo visto es otra forma de control, y funciona. Me ha protegido de todas las mujeres depredadoras que se han cruzado en mi camino. En cuanto menciono a mi pareja Jack, reculan. Sé que no soy una estrella del rock, pero después de los conciertos siempre se acercan algunas fanáticas del piano que me hacen ojitos y me piden ver mi, eh…, instrumento. Una incluso me dijo que su fantasía era que le tocara el *Concierto n.º 2* de Rachmaninoff desnudo.

—Pues espero que no me tomaras por una de ellas.

—Ni mucho menos. —Nos habíamos detenido delante del hotel y Willem se volvió hacia las tranquilas aguas que lamían el muelle—. De hecho, fue todo lo contrario. Y, como ya te dije antes, me equivoqué al invitarte a cenar. Típico de mí —suspiró, de repente taciturno—. Cambiando de tema, gracias por tocar esta noche. Confío en que quieras mantener el contacto.

—Willem, soy yo quien debe darte las gracias. Me has ayudado a recuperar la música. Pero, si no me voy a la cama ya, caeré redonda aquí mismo.

—Me voy mañana a primera hora —anunció cuando entramos en el desierto vestíbulo—. Tengo muchas cosas que organizar en Zúrich. Thom quiere que me incorpore a la orquesta lo antes posible.

—¿Cuándo volverás?

—En noviembre, justo a tiempo para preparar el Concierto del Centenario de Grieg. ¿Piensas quedarte por aquí mucho tiempo? —me preguntó camino del ascensor.

—No lo sé, la verdad.

Entramos juntos y pulsamos los botones de nuestras respectivas plantas.

—Bueno, aquí tienes mi tarjeta. Por favor, cuéntame cómo te van las cosas.

—Lo haré.

El ascensor se detuvo en su planta.

—Adiós, Ally.

Se despidió con una sonrisa fugaz y un leve gesto de la cabeza y salió.

Diez minutos después, cuando apagaba la lámpara de mi mesilla de noche, confié en que Willem y yo mantuviéramos realmente el contacto. Aunque estaba a años luz de pensar en tener otra relación, me gustaba. Y después de lo que acababa de decirme, sospechaba que yo a él también.

36

Hola. —Thom me dedicó una sonrisa cuando abrió la puerta de Froskehuset—. Vamos al salón. ¿Qué te apetece tomar?

—Un vaso de agua, gracias.

Eché un vistazo a la estancia mientras Thom iba a la cocina. La pintoresca decoración era de un estilo que había empezado a reconocer como típicamente noruego: sencillo y muy acogedor. Incluía una mezcolanza de sillones disparejos y un sofá con antimacasares de encaje, todos ellos bien dispuestos alrededor de una enorme estufa de hierro que imaginé que mantendría el frío totalmente a raya por las noches. El único objeto llamativo de la sala era el piano de cola negro situado frente a la ventana en voladizo con vistas al magnífico fiordo.

Me acerqué a un recodo para ver mejor la colección de fotografías que descansaba sobre un espantoso buró *faux* rococó. Me llamó la atención una en particular, de un niño de unos tres años —Thom, supuse— sentado sobre el regazo de una mujer, junto al fiordo y bajo un sol radiante. Tenían la misma sonrisa amplia, el mismo color de tez y los mismos ojos grandes y expresivos. Cuando Thom regresó al salón, vi en su semblante vestigios del niño de la fotografía.

—Disculpa la decoración —dijo—. Me mudé a esta casa hace solo unos meses, tras la muerte de mi madre, y todavía no he tenido tiempo de cambiarla. Yo soy más minimalista, de gustos escandinavos modernos. Esta reliquia del pasado no es mi estilo.

—Pues la verdad es que yo estaba pensando que me gusta mucho. Es muy…

—¡Auténtica! —exclamamos ambos al mismo tiempo.

—Me has leído el pensamiento —rio Thom—. Y dado que estás investigando la vida de Anna y Jens, está bien que veas la decoración original antes de que empiece a tirar cosas al contenedor. Muchos de estos muebles eran suyos y tienen más de ciento veinte años, como el resto de la casa, incluidas las cañerías. Mis tatarabuelos compraron el solar, o, mejor dicho, lo compró Anna, en 1884 y tardaron un año en construir la casa.

—No había oído hablar de ellos hasta que leí el libro —dije en un tono de disculpa.

—Anna era la más conocida de los dos en Europa, pero Jens también era bastante célebre, sobre todo en Bergen. Empezó a destacar de verdad después de la muerte de Grieg en 1907, aunque, para serte franco, su música poseía numerosas reminiscencias del maestro y no estaba a su altura. Ignoro cuánto sabes de la influencia de Grieg en la vida de Anna y Jens…

—Bastante, ahora que he leído la biografía de Jens. Sé lo que hizo por Anna tras rescatarla de la pensión de Leipzig.

—Sí, bueno… Como aún no has tenido la oportunidad de leer mi libro, una cosa que no sabes es que fue Grieg quien encontró a Jens viviendo con una modelo artística en Montmartre. Su mecenas, la baronesa, lo había abandonado y se ganaba precariamente la vida tocando el violín, casi siempre borracho y bajo los efectos del opio, como muchos artistas del círculo bohemio de París de aquella época. Al parecer, Grieg le leyó la cartilla, le pagó el billete a Leipzig y le dejó muy claro que tenía que ir a ver a Anna y suplicar su perdón.

—¿Quién te contó todo eso?

—Mi bisabuelo, Horst, a quien se lo había contado la propia Anna en su lecho de muerte.

—¿Y cuándo regresó Jens a Leipzig?

—En torno a 1884.

—¿Varios años después de que Grieg rescatara a Anna de la pensión? La verdad, Thom, es que cuando llegué al final del libro se me cayó el alma a los pies. No fui capaz de entender que Anna aceptara de nuevo a Jens después de tantos años de abandono. Y ahora no comprendo por qué Grieg fue a buscar a Jens a París. No me cabe duda de que sabía lo que Anna sentía por él. No tiene sentido.

Thom me estudió como si estuviera dándole vueltas a algo en la cabeza.

—He ahí el problema de la historia, tal y como descubrí mientras investigaba el pasado de mi familia —dijo al fin—. Conoces los hechos, pero averiguar las verdaderas motivaciones humanas ya es más difícil. Recuerda que fue Jens quien escribió la biografía. En ningún momento sabemos qué piensa Anna sobre el tema. El libro se publicó después de la muerte de ella y fue, básicamente, un homenaje de su marido.

—Yo, personalmente, habría agarrado el cuchillo de la carne nada más ver a Jens cruzar la puerta. Me parecía mucho mejor persona Lars, su primer novio.

—¿Lars Trulssen? ¿Sabes que se marchó a Estados Unidos y se convirtió en un poeta de cierto renombre? Contrajo matrimonio con una mujer que pertenecía a una familia acaudalada de origen noruego que llevaba tres generaciones en Nueva York. Tuvo muchísimos hijos.

—¿En serio? Eso me hace sentir mucho mejor. Me daba mucha pena Lars. Pero ya se sabe que las mujeres no siempre elegimos al hombre que más nos conviene, ¿verdad?

—Me niego a opinar sobre eso —dijo Thom con una carcajada—. Lo único que puedo decirte es que, al parecer, Anna y Jens permanecieron felizmente casados hasta que ella murió. Por lo visto, Jens siempre les estuvo muy agradecido a ambos, a Grieg por haberlo salvado de los antros de perdición de París y a Anna por haberlo perdonado. Los dos matrimonios pasaban mucho tiempo juntos, pues vivían casi puerta con puerta. Cuando Grieg murió, Jens contribuyó a crear un departamento de música en la Universidad de Bergen con el legado económico del compositor. Ahora es la Academia Grieg, y ahí fue donde estudié yo.

—En realidad no sé nada de la familia Halvorsen después de 1907, que es cuando termina el libro de Jens, y, de hecho, nunca he escuchado ninguna de sus composiciones.

—En mi opinión, escribió pocas piezas que merezcan la pena. Aunque, cuando estuve organizando sus numerosas carpetas de partituras, que llevaban años acumulando polvo en el desván, tropecé con algo muy especial. Un concierto para piano que, según he averiguado, jamás se ha interpretado en público.

—¿En serio?

—Como este año es el centenario de la muerte de Grieg, se han organizado varios eventos, entre ellos un gran concierto aquí, en Bergen, para clausurar las celebraciones.

—Sí, Willem me lo ha comentado.

—Como te imaginarás, la música noruega ocupará un lugar muy destacado en el programa y sería fantástico poder estrenar la pieza para piano de mi tatarabuelo. He hablado con el Comité de Programaciones y con el propio Andrew Litton, el venerado director de la Filarmónica de Bergen y actualmente mi mentor. Han escuchado la pieza, que, en mi opinión, es sensacional, y han decidido incluirla en el programa para el concierto del 7 de diciembre. Como en el desván solo encontré la partitura para piano, se la envié a un tipo que conozco y que tiene mucho talento para que hiciera la orquestación, pero cuando llegué ayer de Nueva York me encontré un mensaje suyo en el contestador. Dice que su madre enfermó hace unas semanas y todavía no ha podido siquiera ponerse con ella.

Guardó silencio y vi, por la expresión de su cara, que estaba decepcionado.

—Dudo mucho que esté lista para diciembre. Es una verdadera pena, porque creo que es lo mejor que Jens compuso en toda su vida. Además, estrenar una obra original compuesta por un Halvorsen que tocó en la primera representación de *Peer Gynt* habría sido perfecto. Pero basta de hablar de mis problemas. Háblame de ti, Ally. ¿Has tocado alguna vez en una orquesta?

—Dios mío, no. Nunca he tenido nivel para eso. Digamos que soy una aficionada entusiasta.

—Después de escucharte ayer, permíteme que disienta. Willem dice que estudiaste cuatro años de flauta en el Conservatorio de Ginebra. Eso no lo hace una «aficionada entusiasta», Ally —me regañó.

—Puede que no, pero hasta hace solo unas semanas era navegante de profesión.

—¿En serio? ¿Y cómo es eso?

Frente a una infusión que Thom había encontrado en un armario, le hice un resumen de mi vida y de los acontecimientos que me habían llevado hasta Bergen. Me di cuenta de que me estaba acostumbrando a relatarlos de forma mecánica, sin implicación emocional. Y no tenía ni idea de si aquello era bueno o malo.

—Caray, Ally, pensaba que mi vida era complicada, pero la tuya... No sé cómo has conseguido superar estas últimas semanas. Me descubro ante ti.

—Me he mantenido ocupada hurgando en mi pasado —dije con impaciencia, deseosa de cambiar de tema—. Y ahora que ya te he aburrido con mi vida, ¿crees que podrías devolverme el favor y hablarme de los Halvorsen más contemporáneos? Si no es molestia —me apresuré a añadir, consciente de que estaba pidiendo información sobre la familia de Thom. No quería que pensara que estaba reclamando algún tipo de derecho—. En el caso de que tenga algún vínculo con ellos, debe estar en el pasado reciente, porque solo tengo treinta años.

—Yo también. Nací en junio. ¿Tú?

—El 31 de mayo, según mi padre adoptivo.

—¿En serio? Yo el 1 de junio.

—Nos llevamos un día —musité—. Pero cuéntame, soy toda oídos.

—Veamos. —Thom bebió un sorbo de café—. A mí me crió aquí, en Bergen, mi madre, que murió hace un año. Por eso me vine a vivir a Froskehuset.

—Lo siento mucho, Thom. Sé muy bien lo que significa perder a un padre.

—Gracias. Fue un golpe durísimo, porque estábamos muy unidos. Ella era madre soltera y vivimos sin un marido y un padre que nos apoyara.

—¿Sabes quién era tu padre?

—Desde luego. —Thom enarcó una ceja—. Es el vínculo sanguíneo con Jens Halvorsen. Felix, mi padre, es su bisnieto. Pero, a diferencia de Jens, que por lo menos al final regresó junto a Anna, mi padre nunca asumió sus responsabilidades.

—¿Sigue vivo?

—Ya lo creo, aunque tenía unos veinte años más que mi madre cuando se conocieron. Desde mi punto de vista, de todas las generaciones de hombres Halvorsen, mi padre es el que más talento musical posee. Y mi madre, al igual que Anna, tenía una voz maravillosa. Total, que mi madre asistió a clases de piano con mi padre y él la sedujo. Se quedó embarazada con veinte años. Felix se negó a aceptar que el hijo era suyo y le aconsejó que abortara.

—Eso podría ser una prueba irrefutable. ¿Fue eso lo que tu madre te contó?

—Sí. Y, conociendo a Felix, la creo —aseguró Thom—. Mi madre lo pasó muy mal después de tenerme. Sus padres, granjeros del norte con una mentalidad muy conservadora, la repudiaron y Martha, mi madre, se quedó prácticamente en la indigencia. No olvides que hace treinta años Noruega era todavía un país relativamente pobre.

—Qué horror, Thom. ¿Y qué hizo?

—Afortunadamente, mis bisabuelos, Horst y Astrid, nos ofrecieron su casa. Aunque creo que mi madre nunca se repuso de lo que le había hecho mi padre. Sufrió terribles episodios depresivos el resto de su vida. Y nunca explotó su talento como cantante.

—¿Te reconoce ahora Felix como su hijo?

—Se vio obligado a hacerlo cuando, siendo yo un adolescente, el tribunal le exigió una prueba de ADN —explicó Thom con semblante triste—. Mi bisabuela había muerto y, en lugar de dejarle la casa a Felix, su nieto, me la dejó a mí. Felix impugnó el testamento alegando que mi madre y yo éramos unos impostores, de ahí que el tribunal pidiera una prueba de ADN. ¡Y bingo! Se demostró que con total seguridad la sangre de los Halvorsen corría por mis venas. Aunque yo nunca lo había dudado. Mi madre jamás habría mentido sobre algo así.

—Vaya. Primero, deja que te diga que tu pasado no tiene nada que envidiarle al mío en cuanto a dramatismo —dije con una sonrisa, y vi, aliviada, que Thom me la devolvía—. ¿Ves a tu padre alguna vez?

—De vez en cuando me lo encuentro por la ciudad, pero no mantenemos una relación social.

—¿Vive aquí?

—Sí, en las colinas, con sus botellas de whisky y un reguero incesante de mujeres llamando a su puerta. Es un auténtico Peer Gynt, un hombre que nunca ha sido consciente de sus errores.

Thom se encogió de hombros con pesar.

—Hay algo que se me escapa… Me has hablado de tus bisabuelos, pero falta una generación. ¿Qué fue de tus abuelos, los padres de Felix?

—Esa es la historia que te mencioné anoche. Nunca llegué a conocerlos porque murieron antes de que yo naciera.

—Lo siento mucho, Thom.

Sorprendida, advertí que se me llenaban los ojos de lágrimas.

—Dios mío, Ally, no llores. Estoy bien y he conseguido seguir adelante con mi vida. Tú has pasado por cosas mucho peores últimamente.

—Sé que lo has superado, Thom. Perdona, la historia me ha conmovido, eso es todo —dije sin entender muy bien por qué me afectaba tanto.

—No son cosas de las que suela hablar, como puedes imaginar. De hecho, me sorprende haber sido capaz de hablarte de ello con tanta franqueza.

—Y yo te agradezco que lo hayas hecho, Thom, de verdad. Solo una pregunta más. ¿Alguna vez has escuchado la versión de la historia de tu padre?

Me miró extrañado.

—¿Qué otra versión puede haber?

—No sé…

—¿Una distinta a la de que es un cabrón egoísta e inútil que dejó a mi madre embarazada y sola, quieres decir?

—Sí —respondí con un suspiro y comprendiendo que había entrado en terreno pantanoso. Reculé de inmediato—. Por lo que me has contado, probablemente tengas toda la razón y no haya más que eso.

—Eso no significa que Felix no me dé pena a veces —reconoció Thom—. Su vida es un absoluto desastre y ha tirado su extraordinario talento por la ventana. Por suerte, heredé una pizca de ese don y siempre le estaré agradecido por ello.

Vi que Thom consultaba la hora y me dije que había llegado el momento de marcharme.

—Será mejor que me vaya. Ya te he robado suficiente tiempo.

—No, Ally, no te vayas aún, por favor. De hecho, ahora mismo estaba pensando que estoy hambriento. En Nueva York es más o menos la hora del desayuno. ¿Te apetecen unas tortitas? Es el único plato que sé preparar sin una receta delante.

—Thom, en serio, si quieres que me vaya, dilo.

—No quiero que te vayas. De hecho, ¿por qué no vienes a la cocina y haces de pinche?

—Vale.

Mientras hacíamos las tortitas, Thom me preguntó sobre mi vida.

—Por las cosas que me cuentas, parece que tu padre adoptivo era un hombre muy especial.

—Lo era, sí.

—Y con tantas hermanas… seguro que nunca te ha faltado compañía. Yo a veces me sentía muy solo siendo hijo único. Siempre deseé tener hermanos.

—Cierto, nunca sufrí de soledad. Siempre había alguien con quien jugar, algo que hacer. Y, sobre todo, aprendí a compartir.

—Mientras que yo lo tenía todo para mí y me agobiaba el hecho de ser el príncipe de mi madre —dijo él mientras servía las tortitas en dos platos—. Siempre sentí la presión de tener que cumplir sus expectativas. Solo me tenía a mí.

—A mis hermanas y a mí siempre nos alentaron a que fuéramos nosotras mismas. —Nos sentamos a la mesa de la cocina—. ¿Te sentías culpable por el hecho de que tu madre hubiera sufrido tanto para traerte al mundo?

—Sí. Y cuando caía en sus episodios depresivos y me decía que yo tenía la culpa de que su vida se hubiera ido al traste, me entraban ganas de gritarle que yo no había pedido nacer y que la decisión había sido suya.

—Menudo par estamos hechos tú y yo.

Me miró con el tenedor suspendido en el aire.

—Y que lo digas. De hecho, me resulta agradable tener a alguien capaz de entender mis peculiares circunstancias familiares.

—A mí también.

Lo miré y sonreí. Él me devolvió el gesto y de pronto tuve una fuerte sensación de *déjà vu*.

—Qué extraño —murmuró Thom unos segundos después—, me siento como si te conociera de toda la vida.

—Sé a qué te refieres, a mí me pasa lo mismo.

Un rato después, me llevó al hotel en coche.

—¿Estás libre mañana por la mañana? —me preguntó.

—Sí, no tengo planes.

—Genial. Vendré a recogerte para dar un paseo en barco por el puerto. Y te contaré lo que les pasó a Pip y Karine, mis abuelos. Como ya te he comentado, es un capítulo duro y doloroso de la historia de los Halvorsen.

—¿Te importaría que nos viéramos en tierra firme? Desde que Theo murió soy incapaz de subirme a un barco.

—Es comprensible. ¿Por qué no subes otra vez a Froskehuset? Vendré a buscarte a las once. Buenas noches, Ally.

—Buenas noches, Thom.

Le dije adiós desde la puerta del hotel y subí a mi habitación. Me asomé a la ventana para contemplar el mar, maravillada por las muchas horas que Thom y yo habíamos pasado hablando de todo y de nada, y por lo cómoda que me había sentido. Me duché y me metí en la cama pensando que, independientemente de lo que surgiera de mis indagaciones sobre mi pasado, al menos estaba haciendo nuevos amigos por el camino.

Y con esa idea me dormí.

37

Cuando me desperté al día siguiente, la serenidad que había sentido la noche anterior me abandonó mientras corría al cuarto de baño a vomitar. Regresé a la cama a trompicones, con los ojos húmedos e incapaz de entender por qué me encontraba tan mal. Siempre había gozado de buena salud. De niña raras veces enfermaba y siempre era la que ayudaba a Ma cuando un virus especialmente agresivo saltaba de una hermana a otra.

Aquel día me encontraba fatal y empecé a preguntarme si las náuseas que había sentido en Naxos se debieron a algún virus estomacal que seguía dentro de mí, porque no había vuelto a encontrarme bien desde entonces. De hecho, cada vez estaba peor... Seguro que simplemente se debía a la tensión de las últimas semanas, pensé con impotencia. Necesitaba comer —debía de estar baja de azúcar—, de modo que pedí un desayuno continental completo, decidida a no dejar ni una miga. «Así es como se tratan los mareos en el mar, Ally», me recordé cuando me senté en la cama con la bandeja sobre las rodillas y peleé valientemente por comer todo lo que pude.

Veinte minutos después, eché el desayuno entero por el inodoro. Mientras me vestía con las manos temblorosas, pues solo faltaba media hora para que llegara Thom, decidí que le pediría el nombre de un buen médico, pues ya no me cabía duda de que padecía alguna dolencia. En esas estaba cuando sonó el teléfono.

—¿Diga?

—¿Ally?

—Tiggy, ¿cómo estás?

—Estoy... bien. ¿Dónde estás?

—Sigo en Noruega.

Se produjo un silencio y finalmente dijo:

—Ah.

—¿Qué ocurre, Tiggy?

—Nada, nada… Solo quería saber si habías vuelto ya a Atlantis.

—No, lo siento. ¿Va todo bien?

—Sí, sí, muy bien. Únicamente llamaba para saber cómo estabas.

—Estoy bien, y descubriendo muchas cosas sobre las pistas que me dejó Pa.

—Me alegro. Bueno, avísame cuando vuelvas de Noruega para que podamos vernos —dijo con una alegría falsa en la voz—. Te quiero, Ally.

—Y yo a ti.

Tomé el ascensor pensando, desconcertada, en lo extraña que se había mostrado Tiggy. Estaba acostumbrada a su serenidad, a su capacidad para hacer que todos los que la rodeaban se sintieran mejor tras ofrecerles su visión esotérica de la vida. Aquel día, sin embargo, la había notado muy diferente. Me hice la promesa de escribirle un correo más tarde.

—Hola.

Thom se acercó a mí cuando salí del ascensor.

—Hola —dije con una sonrisa y procurando mantener la compostura.

—¿Estás bien, Ally? Se te ve… pálida.

—Sí. Bueno, la verdad es que no —confesé camino de la salida—. No me encuentro muy bien, y ya llevo varios días así. Estoy segura de que no es más que una simple gastroenteritis, pero quería preguntarte si conoces a algún médico.

—Claro. ¿Quieres que te lleve ahora?

—Caray, no, no estoy tan mal. Solo me siento… rara.

Me ayudó a subir a su destartalado Renault.

—Ally, tienes muy mala cara —insistió mientras sacaba el móvil—. Deja que te pida hora para hoy mismo.

—Está bien, gracias.

Thom marcó un número y habló con la persona del otro lado de la línea en noruego.

—Hecho, tienes hora a las cuatro y media. —Contempló mi rostro macilento y sonrió—. Te propongo que vayamos a Froskehuset y te tumbes en el sofá con un edredón calentito. Luego podrás decidir si quieres que te cuente la historia de mis abuelos o que te toque el violín.

—¿No podrían ser las dos cosas?

Esbocé una sonrisa débil y me pregunté cómo podría saber Thom que en aquel frío día de otoño y con el estómago revuelto, un edredón, una historia y algo de música eran justamente lo que necesitaba.

Media hora después, acurrucada en el sofá, con el privilegio añadido de que hubiera puesto en marcha la enorme estufa de hierro, le pedí a Thom que tocara el violín para mí.

—¿Por qué no empiezas por tu pieza preferida?

—De acuerdo. —Fingió un suspiro—. Aunque teniendo en cuenta tu estado, no quiero que pienses que guarda relación alguna.

—No lo pensaré —prometí, extrañada por el comentario.

—Está bien.

Thom se colocó el violín debajo del mentón con suma delicadeza, dedicó unos segundos a afinarlo y finalmente de su arco empezaron a brotar las evocadoras notas de una de mis piezas predilectas. Solté una carcajada al comprender lo que había querido decir.

Se interrumpió con una sonrisa.

—Te lo advertí.

—*La muerte del cisne* también es una de mis piezas favoritas.

—Me alegro.

Y siguió tocando mientras yo, recogida bajo el cálido edredón, gozaba del privilegio de un recital privado por parte de un virtuoso natural del violín. Cuando la última nota se desvaneció en el aire, aplaudí.

—Precioso.

—Gracias. ¿Qué te gustaría escuchar ahora?

—Lo que más te guste tocar.

—Muy bien. Ahí va.

Durante los cuarenta minutos siguientes, escuché a Thom tocar una maravillosa selección de sus piezas favoritas, entre ellas el primer movimiento del *Concierto para violín en re mayor* de Chaikovski y la sonata conocida como *El trino del diablo* de Tartini, y lo vi perderse en otro mundo, un mundo en el que había visto sumergirse a todos los músicos de verdad cuando tocaban. Volví a preguntarme cómo había sido capaz de vivir sin música y sin músicos durante los últimos diez años. Yo también había conocido aquella sensación en otros tiempos. En algún momento debí de quedarme traspuesta del todo, pues me sentía tan relajada y segura que, simplemente, me evadí. Hasta que noté una mano suave en el hombro.

—Vaya, perdona —dije al abrir los ojos.

Thom me estaba mirando con cara de preocupación.

—Podría sentirme muy ofendido por el hecho de que el único miembro de mi público se haya dormido, pero no me lo tomaré como algo personal.

—No deberías, Thom, de verdad. Te prometo que, aunque te resulte paradójico, es un cumplido. ¿Puedo usar el cuarto de baño? —pregunté mientras salía despacio de debajo del edredón.

—Sí, está al final del pasillo a la izquierda.

—Gracias.

Cuando regresé, aliviada por encontrarme algo mejor, vi a Thom en la cocina con algo borboteando en el fuego.

—¿Qué estás haciendo? —pregunté.

—La comida. Es más de la una. Te he dejado dormir dos horas largas.

—¡Caray! No me extraña que te hayas sentido ofendido. Perdona.

—No hay nada que perdonar, Ally. Por lo que me has contado, últimamente lo has pasado muy mal.

—Sí. —No me daba vergüenza reconocerlo delante de él—. Añoro mucho a Theo.

—Estoy seguro. Aunque te parezca extraño, en cierto modo te envidio.

—¿Por qué?

—Yo aún no he sentido eso por ninguna mujer. He tenido relaciones, sí, pero ninguna ha salido bien. Todavía he de encontrar ese gran amor del que todo el mundo habla.

—Lo encontrarás, estoy segura.

—Puede, pero la verdad es que voy perdiendo la esperanza con la edad. No parece tarea fácil.

—Thom, alguien aparecerá, como Theo apareció para mí, y en ese momento lo sabrás. ¿Qué estás cocinando?

—El otro plato con el que es imposible que falle: pasta. A la Thom.

—No sé qué le pones tú, pero estoy segura de que mi «pasta especial» es mucho mejor que la tuya —bromeé—. Es mi plato estrella.

—¿Ah, sí? Apuesto a que no puede superar la mía. La gente baja en tropel desde las colinas de Bergen únicamente para probarla —afirmó mientras escurría la pasta y la mezclaba con una salsa—. Haga el favor de sentarse.

Empecé a comer con cautela, pues no me atraía la idea de tener que realizar otra visita al cuarto de baño, pero descubrí que el plato de Thom —una sabrosa combinación de queso, hierbas y jamón— me estaba sentando muy bien.

—¿Qué te ha parecido? —preguntó señalando mi plato vacío.

—Excelente. Tu pasta especial me ha devuelto a la vida. Estoy lista para escuchar el concierto de tu tatarabuelo. Si te apetece interpretarlo para mí, claro.

—Por supuesto. Aunque has de tener presente que el piano no es mi primer instrumento y que, por consiguiente, no le haré justicia.

Regresamos al salón y me instalé de nuevo en el sofá, esta vez con la espalda erguida, mientras Thom cogía la partitura del estante.

—¿Es la partitura original?

—Sí. —La dejó sobre el atril—. Te ruego que tengas paciencia con mi torpeza.

Cuando empezó a tocar, cerré los ojos y me concentré en la música. Había en ella indudables resonancias de Grieg, pero también algo único, una melodía bella e hipnótica que recordaba a Rachmaninoff con una pincelada, quizá, de Stravinski. Thom terminó con una floritura y se volvió hacia mí.

—¿Qué te parece?

—Ya estoy tarareándola en mi cabeza. Es una música hechizante.

—Estoy de acuerdo, y también lo están David Stewart y Andrew Litton. Mañana me concentraré en intentar encontrar a alguien que haga la orquestación. No sé si podrá terminarse en tan poco tiempo, pero merece la pena intentarlo. Si te soy sincero, no entiendo cómo se las ingeniaban nuestros antepasados. Si hoy en día resulta difícil pese a todas las herramientas informáticas que tenemos, escribir manualmente cada nota para cada instrumento de una orquesta en una partitura debía de ser una tarea descomunal. No me extraña que los grandes compositores tardaran tanto en instrumentar sus sinfonías y conciertos. Me quito el sombrero ante Jens y todos los demás.

—Está claro que perteneces a un linaje ilustre, ¿eh?

—La gran pregunta, Ally, es, ¿y tú? —dijo despacio Thom—. Anoche, cuando te fuiste, estuve pensando un buen rato en cuál podría ser tu parentesco con el clan Halvorsen. Dado que Felix, mi padre, es hijo único y ninguno de mis abuelos tenía hermanos, solo he sido capaz de llegar a una conclusión.

—¿Cuál?

—Me preocupa que te ofendas, Ally.

—Suéltalo, Thom, lo soportaré —lo insté.

—Está bien. Teniendo en cuenta el escabroso pasado de mi padre con las mujeres, me he preguntado si existe la posibilidad de que tuviera una hija ilegítima de cuya existencia, tal vez, ni siquiera es consciente.

Clavé la mirada en Thom mientras asimilaba sus palabras.

—Es una teoría, sí. Pero recuerda que todavía no tengo pruebas de que esté emparentada con los Halvorsen. Y me siento muy incómoda apareciendo de pronto aquí e irrumpiendo en tu historia familiar.

—Para mí, cuantos más Halvorsen seamos, mejor. En estos momentos, soy el último de la dinastía.

—Pues solo hay una manera de averiguarlo, y es preguntárselo directamente a tu padre.

—Estoy seguro de que mentiría —repuso Thom con amargura—, como hace siempre.

—Por como lo describes, espero que no tenga nada que ver conmigo.

—No pretendo ser negativo, Ally, pero digamos que no tiene muchas cosas positivas a las que agarrarse.

Thom se encogió de hombros.

—Bien —dije para pasar a otro tema—, a ver si me aclaro con las generaciones. Jens y Anna tuvieron un hijo llamado Horst.

—Exacto. —Thom cogió un libro que descansaba sobre el buró—. Esta es mi biografía, e incluye el árbol genealógico de la familia Halvorsen. Toma. —Me la tendió—. Está al final, antes de los agradecimientos.

—Gracias.

—Horst era un violonchelista muy bueno y estudió en París, no en Leipzig —prosiguió Thom mientras yo buscaba la página—. Regresó a Noruega y tocó en la Filarmónica de Bergen la mayor parte de su vida. Era un hombre encantador, y aunque tenía noventa y dos años cuando yo nací, lo recuerdo muy activo. Fue el primero que me puso los dedos en un violín cuando tenía tres años, según me contó mi madre. Murió a los ciento un años sin haber estado enfermo un solo día de su vida. Ojalá haya heredado sus genes.

—¿Y sus hijos?

—Horst se casó con Astrid, que era quince años más joven que él, y vivieron en esta casa casi toda su vida. Tuvieron un hijo al que pusieron de nombre Jens en honor a su abuelo, aunque, por alguna razón, todo el mundo lo llamaba Pip.

—¿Y qué fue de él? —pregunté, confusa, mientras examinaba el árbol genealógico.

—Esa es la desgarradora historia que te mencioné, Ally. Con lo mal que te encuentras, ¿seguro que te ves con ánimos de escucharla?

—Sí —respondí con firmeza.

—De acuerdo. Jens júnior demostró ser un músico de gran talento y se marchó a estudiar a Leipzig, igual que había hecho su abuelo y tocayo antes que él. Pero estamos hablando de 1936 y el mundo estaba cambiando...

Pip

Leipzig, Alemania

Noviembre de 1936

38

Jens Horst Halvorsen —más conocido como «Pip», apodo recibido cuando aún era una diminuta semilla en el vientre de su madre— caminaba con paso ligero hacia el magnífico edificio de piedra clara que albergaba el Conservatorio de Leipzig. Aquella mañana sus compañeros y él tenían una clase magistral con Hermann Abendroth, el célebre director de la Orquesta de la Gewandhaus de Leipzig, y sentía escalofríos de emoción. Desde que había llegado a Leipzig dos años y medio antes, procedente de los estrechos confines musicales de Bergen, su ciudad natal, todo un mundo nuevo se había abierto para él, tanto creativa como personalmente.

En lugar de la música hermosa —pero anticuada, para el oído de Pip— de compositores como Grieg, Schumann y Brahms que había escuchado desde la infancia con Horst, su padre, el conservatorio le había dado a conocer compositores coetáneos. Su favorito en aquellos momentos era Rachmaninoff, cuya *Rapsodia sobre un tema de Paganini*, estrenada hacía dos años en Estados Unidos, era la pieza que había inspirado a Pip para escribir su propia música. Avanzaba por las amplias calles de Leipzig silbando la melodía casi para sí. Sus estudios de piano y composición habían avivado su imaginación creativa y lo habían acercado a ideas musicales progresistas. Además de admirar la brillantez de Rachmaninoff, también lo había cautivado *La consagración de la primavera* de Stravinski, una pieza tan moderna y audaz que, veinte años después de su estreno en París en 1913, todavía conseguía que el padre de Pip, consumado violonchelista, la calificara de «obscena».

Mientras seguía su camino, pensó en el otro amor de su vida,

Karine. Ella era la musa que lo inspiraba y lo impulsaba a mejorar. Algún día le dedicaría un concierto.

Se habían conocido hacía poco más de un año, una fría noche de octubre, en un recital celebrado en la sala de conciertos de la Gewandhaus. Pip acababa de empezar su segundo curso en el conservatorio y Karine el primero. Mientras esperaban en el vestíbulo para ocupar sus asientos en la última fila, a Karine se le había caído un guante de lana y Pip se lo había recogido. Cuando se incorporó para dárselo, sus miradas se encontraron y desde entonces habían sido inseparables.

Karine era una mezcla exótica de sangre francesa y rusa y había crecido en un particularmente bohemio hogar de París. Su padre era un escultor francés de cierto renombre y su madre una célebre cantante de ópera. Ella había encontrado la forma de expresar su propia creatividad en el oboe y era una de las pocas mujeres que estudiaban en el conservatorio. A pesar de tener el cabello negro y aterciopelado como el pelaje de una pantera y unos ojos oscuros y brillantes que descasaban sobre unos pómulos prominentes, la piel de Karine, incluso en el momento álgido del verano, permanecía siempre tan blanca como la nieve de Noruega. Vestía con un estilo singular que evitaba los habituales adornos femeninos y se decantaba por los pantalones acompañados de un blusón de pintor o una americana hecha a medida. En lugar de hacerla parecer masculina, su manera de vestir realzaba su sensual belleza. Su única imperfección física —de la que Karine se quejaba con regularidad— era la nariz, heredada al parecer de su padre judío. A Pip le habría traído sin cuidado que hubiera tenido el tamaño de la de Pinocho después de una mentira. Para él, ella era perfecta, sencillamente perfecta.

Ya habían planeado su futuro en común: intentarían encontrar trabajo en orquestas de Europa y, después de ahorrar el dinero suficiente, partirían a Estados Unidos para empezar allí una nueva vida. En realidad aquel sueño era más de Karine que de él, reconocía Pip. Él podría ser feliz en cualquier lugar del mundo siempre y cuando ella estuviera a su lado, pero comprendía que la joven deseara marcharse. Allí, en Alemania, la propaganda antijudía distribuida por el partido nazi iba en aumento y, en otras partes del país, los judíos sufrían un hostigamiento constante.

Por fortuna, el alcalde de Leipzig, Carl Friedrich Goerdeler, seguía siendo un acérrimo opositor de los valores nazis. Pip le aseguraba a Karine todos los días que allí no le ocurriría nada malo y que él la protegería. Y cuando se casaran, añadía siempre, un apellido noruego sustituiría el revelador «Rosenblum». «Aunque tú me pareces tan bella como una rosa en flor», solía bromear cada vez que surgía el tema.

Pero aquel día, sin embargo, lucía un sol radiante y los tensos rumores sobre la amenaza nazi parecían lejanos y exagerados. Pese al frío, aquella mañana había decidido hacer a pie el agradable trayecto de veinte minutos que separaba el conservatorio de su pensión en Johannisgasse en lugar de tomar el tranvía. Pensó en lo mucho que había crecido la ciudad desde los tiempos de su padre. Aunque Horst Halvorsen había vivido en Bergen la mayor parte de su vida, había nacido en Leipzig, y aquella conexión familiar le daba a Pip una mayor sensación de pertenencia.

Al aproximarse al conservatorio, pasó junto a la estatua de bronce de Felix Mendelssohn, el fundador de la escuela, erigida delante de la sala de conciertos de la Gewandhaus. Lo saludó llevándose la mano al sombrero mentalmente antes de mirar el reloj y aligerar el paso, pues llegaba tarde.

Dos buenos amigos de Pip, Karsten y Tobias, lo esperaban apoyados en la arcada que daba entrada a la academia.

—Buenos días, dormilón. Karine te tuvo despierto hasta tarde, ¿no? —preguntó Karsten con una sonrisa maliciosa.

Pip sonrió con afabilidad.

—No, he venido caminando y he tardado más de lo que pensaba.

—Daos un poco más de brío, por el amor de Dios —los interrumpió Tobias—. ¿O queréis llegar tarde a la clase de herr Abendroth?

El trío se sumó al torrente de estudiantes que ya estaba entrando en la Großer Saal, un vasto espacio con un techo abovedado sostenido por hileras de pilares y una galería superior que asomaba a la platea y el escenario. Solía utilizarse como auditorio y sala de conferencias. Mientras tomaba asiento, Pip recordó su primer recital de piano en aquel mismo escenario y se le escapó una mueca. Sus profesores y compañeros de clase conformaban un público mucho más crítico que cualquier otro que pudiera encontrar en el futuro en las salas de conciertos. Y, en efecto, su actuación de aquel día había sido debidamente analizada y, a renglón seguido, descuartizada.

Ahora, dos años y medio después, era prácticamente inmune a las observaciones ácidas sobre su forma de tocar. El conservatorio se enorgullecía de producir músicos profesionales curtidos y preparados para ingresar en cualquier orquesta del mundo.

—¿Has leído el periódico de hoy? Nuestro alcalde ha viajado a Múnich para reunirse con el partido —susurró Tobias—. Sin duda le habrán insistido para que emplee sus tácticas antisemitas aquí, en Leipzig. La situación es cada día más peligrosa.

Los estudiantes prorrumpieron en vítores cuando Hermann Abendroth entró en el auditorio, pero Pip aplaudió con el corazón ligeramente acelerado a causa de lo que Tobias acababa de contarle.

Aquella noche se reunió con Karine y la mejor amiga de esta, Elle, en el café de siempre, situado a medio camino entre sus respectivas pensiones. Las dos jóvenes se habían conocido durante el primer trimestre de conservatorio, cuando les asignaron la misma habitación. Como ambas eran francesas de nacimiento y hablaban la misma lengua materna, se hicieron amigas enseguida. Aquella noche Elle había llevado a su novio, Bo, del que Pip solo sabía que también estudiaba su segundo año de música. Mientras pedían una ronda de cervezas *Gose*, Pip reparó, sorprendido, en el contraste entre los arrolladores rasgos morenos de Karine y la belleza rubia de ojos azules de Elle. «La gitana y la rosa», pensó cuando las bebidas llegaron a la mesa.

—Supongo que ya has oído la noticia —le dijo Karine bajando la voz.

Últimamente nunca se sabía quién podía estar escuchando.

—Sí —dijo Pip, y se percató de que el rostro de Karine se había contraído a causa de la tensión.

—Elle y Bo también están preocupados. Ya sabes que Elle también es judía, aunque no lo parezca. Tiene suerte —musitó la chica antes de volverse de nuevo hacia sus amigos, que estaban sentados enfrente.

—Creemos que lo que está sucediendo en Bavaria empezará a suceder aquí tarde o temprano —dijo quedamente Elle.

—Debemos esperar y ver qué consigue hacer el alcalde en Múnich. Pero aunque suceda lo peor, estoy seguro de que no tocarán a los estudiantes de nuestra escuela —los tranquilizó Pip—. Todos los alemanes llevan la música en el alma y el corazón, sean cuales sean sus inclinaciones políticas. —Confió en que sus palabras no sonaran demasiado huecas. Miró a Bo, que tenía la mirada sombría y un brazo protector sobre los hombros de su novia—. ¿Cómo estás, Bo? —le preguntó.

—Bien —contestó él.

Era un hombre parco en palabras que insistía en ir a todas partes cargado con el arco de su chelo.

Pip sabía que se trataba de uno de los chelistas con más talento de todo el conservatorio y que todo el mundo esperaba grandes cosas de él.

—¿Dónde pasaréis la Navidad?

—Todavía no…

En aquel momento, Bo miró por encima del hombro de Pip, se puso tenso y empalideció. Pip se volvió y vio a dos oficiales de las SS, con el inconfundible uniforme gris y la cartuchera de cuero alrededor de la cintura, cruzar la puerta. Advirtió que Bo se estremecía y desviaba la mirada. Por desgracia, últimamente no era una escena inusual en Leipzig.

Los dos oficiales pasearon la mirada sobre los clientes del café y tomaron asiento a una mesa cercana.

—Todavía no lo hemos decidido —respondió Bo, recuperándose.

Se volvió hacia Elle y le susurró algo al oído. Al cabo de un rato, los dos se levantaron para marcharse.

—Están muy asustados —suspiró Karine mientras Pip y ella los veían abandonar la cervecería con la máxima discreción.

—¿Bo también es judío?

—Él dice que no, pero son muchos los que mienten. Quien le preocupa es la mujer a la que ama. Creo que podrían marcharse de Alemania muy pronto.

—¿Y adónde irán?

—No lo saben. A París, quizá, aunque Elle dice que a Bo le preocupa que si Alemania decide entrar en guerra, también Francia se vea involucrada. Mi hogar.

Pip le cogió la mano que le tendía y se dio cuenta de que estaba temblando.

—Esperemos a ver qué sucede cuando el alcalde Goerdeler regrese de Múnich —insistió Pip—. Si es necesario, Karine, nosotros también nos iremos.

Al día siguiente, de camino al conservatorio, Pip avanzó entre la típica neblina gris de las mañanas de noviembre en Leipzig. Cuando se aproximaba a la Gewandhaus, las rodillas estuvieron a punto de fallarle al reparar en la multitud que se había congregado delante del edificio. En el lugar donde el día anterior se alzaba orgullosa la espléndida estatua de Felix Mendelssohn, el fundador judío del conservatorio, ahora solo quedaban escombros y polvo.

—Dios mío —farfulló mientras pasaba raudo junto a una muchedumbre vestida con el uniforme de las Juventudes Hitlerianas y escuchaba los insultos que proferían entre los cascotes—. Ya ha empezado.

Cuando entró en el conservatorio, una aglomeración de estudiantes horrorizados llenaba el vestíbulo. Vio a Tobias y se acercó a él.

—¿Qué ha ocurrido?

—Ha sido Haake, el alcalde adjunto, quien ha ordenado la destrucción de la estatua de Mendelssohn. Lo tenía todo planeado para que sucediera mientras Goerdeler estuviera en Múnich. Ahora seguro que lo obligarán a dimitir. Y entonces Leipzig estará perdido.

Pip buscó a su novia entre el tumulto y la encontró mirando por uno de los ventanales. La muchacha dio un respingo cuando Pip le puso una mano en el hombro y se volvió hacia él con lágrimas en los ojos. Karine negó con la cabeza sin decir una palabra mientras el joven la abrazaba.

Aquel día, el director del conservatorio, Walther Davisson, canceló todas las clases; la tensión en la zona era cada vez mayor y consideró que permanecer allí era demasiado peligroso para los estudiantes. Karine dijo que había quedado con Elle en un café situado en la esquina de Wasserstraße y Pip se ofreció a acompañarla. Cuando llegaron, Elle estaba sentada con Bo en un reservado discreto.

—Después de lo que ha ocurrido, ya no tenemos a nadie que

nos proteja —dijo Karine cuando Pip y ella se sentaron a su lado—. Todos sabemos que Haake es antisemita. Acordaos de sus esfuerzos por aplicar esas horribles leyes del resto de Alemania. ¿Cuánto tiempo más pasará antes de que los médicos judíos tengan prohibido ejercer y los arios acudir a sus consultas también en Leipzig?

Pip contempló los tres rostros pálidos que lo rodeaban.

—No debemos dejar que el pánico se apodere de nosotros, sino esperar a que Goerdeler regrese. La prensa dice que lo hará dentro de unos días. Ha viajado desde Múnich a Finlandia para un encargo de la Cámara de Comercio. Estoy seguro de que cuando se entere de lo sucedido volverá a Leipzig de inmediato.

—¡Pero el ambiente en la ciudad es irrespirable! —espetó Elle—. Todo el mundo sabe que en el conservatorio estudian muchos judíos. ¿Y si deciden ir más lejos y echar el edificio abajo, como han hecho con las sinagogas en otras ciudades?

—El conservatorio es un templo de la música, no un poder religioso o político. Por favor, debemos tratar de mantener la calma —insistió Pip.

Pero Elle y Bo ya estaban hablando entre ellos en susurros.

—Para ti es fácil decirlo —señaló Karine en voz baja—. Tú no eres judío y pasarás por uno de los suyos. —Clavó la mirada en sus ojos azul claro y su ondulado cabello rojizo—. Para mí es diferente. Justo después de que derribaran la estatua, he pasado junto a un grupo de jóvenes camino del conservatorio y me han gritado «*Jüdische Hündin!*».

Karine bajó la mirada al rememorar el momento. Pip sabía perfectamente qué significaban aquellas palabras: «Zorra judía». Le hirvió la sangre, pero no ayudaría a Karine perdiendo los estribos.

—Y para colmo —continuó ella—, ni siquiera puedo hablar con mis padres. Ahora mismo están en Estados Unidos preparando la nueva exposición de esculturas de mi padre.

—Yo te protegeré, cariño, aunque tenga que llevarte a Noruega para conseguirlo. Nadie va a hacerte daño.

La cogió de la mano y le retiró un mechón de pelo negro del rostro angustiado.

—¿Me lo prometes?

Pip la besó en la frente con ternura.

—Te lo prometo.

Para alivio de Pip, la situación se calmó durante los siguientes días. Goerdeler regresó a Leipzig y prometió que reconstruiría la estatua de Mendelssohn. El conservatorio abrió nuevamente sus puertas y Pip y Karine procuraban desviar la mirada cada vez que pasaban por delante de los escombros. Los estudiantes parecían tocar ahora con renovada pasión e intensidad, como si les fuera la vida en aquella música.

Al fin llegaron las vacaciones de Navidad, pero no eran lo bastante largas para permitir que Pip o Karine regresaran a casa, así que los dos pasaron la semana en un pequeño hotel donde se registraron como marido y mujer. Dado que había crecido en un hogar luterano que desaprobaba el sexo antes del matrimonio, Pip se había sorprendido de la actitud relajada de Karine respecto a aquel asunto cuando, a las pocas semanas de conocerse, le había propuesto que se acostaran. Pip había descubierto que, a diferencia de él, su novia ni siquiera era virgen. La primera vez que hicieron el amor, a Karine le hizo gracia que se sintiera tan cohibido.

—Pero si es un proceso de lo más natural entre dos personas enamoradas —había bromeado cuando se plantó desnuda delante de él con sus extremidades largas y blancas expuestas con una elegancia natural y sus senos pequeños y perfectos apuntando hacia arriba—. Nuestros cuerpos están diseñados para darnos placer. ¿Por qué deberíamos negárnoslo?

A lo largo de los últimos meses, Pip había aprendido el arte del amor físico y se había sumergido gustoso en lo que su pastor solía llamar los pecados de la carne. Aquella era la primera Navidad que pasaba lejos de casa, y decidió que estar en la cama con Karine era preferible a cualquier regalo que pudiera hacerle Papá Noel en Nochebuena.

—Te quiero —le susurraba constantemente al oído cuando yacía a su lado, tanto despierto como dormido—. Te quiero.

El nuevo trimestre comenzó en enero y Pip, consciente de que le quedaba poco tiempo en el conservatorio, concentró sus energías en empaparse de todo lo que le enseñaban. Se pasó el gélido invierno de Leipzig caminando sobre la nieve mientras tarareaba a Rachmaninoff, Prokofiev y la *Sinfonía de los salmos* de Stravinski. Y mientras lo hacía, empezó a concebir en su cabeza sus propias melodías.

Cuando llegaba al conservatorio, sacaba de la cartera una partitura en blanco y, con las manos entumecidas por el frío, las anotaba antes de que se le olvidaran. Poco a poco, había aprendido que el método para componer que mejor le funcionaba consistía en pensar con libertad y dejar volar la imaginación, a diferencia del sistema que preferían otros alumnos, basado en planificar meticulosamente los temas y escribir los acordes de uno en uno y de forma ordenada.

Le mostraba sus trabajos a su tutor, que lo criticaba, pero también lo animaba a seguir. Pip vivía en un estado de gran excitación, pues sabía que aquel no era más que el principio de su excepcional proceso. Destilaba energía y la sangre se le aceleraba en las venas cada vez que escuchaba a su musa interior.

En la ciudad seguía reinando una calma relativa cuando Goerdeler anunció que se presentaría a la reelección en marzo. El conservatorio al completo lo apoyó, repartiendo panfletos y carteles que pedían el voto del ciudadano, y Karine parecía convencida de que ganaría.

—Aunque todavía no ha cumplido su promesa de reconstruir la estatua, en cuanto la gente se exprese y Goerdeler sea reelegido, el Reich no tendrá más remedio que apoyarlo en esa empresa —le había comentado esperanzada a Elle frente a una taza de café después de un largo día de campaña.

—Sí, pero todos sabemos que Haake se opone abiertamente a su reelección —replicó su amiga—. La destrucción de la estatua de Mendelssohn dejó muy clara su postura ante los judíos.

—Haake está creando tensión para hacerle la pelota al partido nazi —convino Karine con tristeza.

La noche del recuento de votos, Pip, Karine, Elle y Bo se sumaron al gentío congregado ante el ayuntamiento y prorrumpieron en vítores cuando oyeron que Goerdeler había sido reelegido.

Lamentablemente, cuando los árboles empezaron a florecer en mayo y por fin salió el sol, la euforia de la ciudad se apagó bruscamente.

Pip llevaba varias horas trabajando en su sala de ensayo del conservatorio cuando Karine fue en su busca con las últimas noticias.

—Múnich se ha pronunciado: la estatua no se reconstruirá —le dijo con la voz entrecortada.

—Es una mala noticia, cariño, pero no te inquietes, te lo ruego. Falta poco para que termine el curso. Después podremos evaluar la situación y elaborar un plan.

—¿Y si la situación se deteriora antes de eso?

—Estoy seguro de que no lo hará. Ahora, vete a casa. Nos veremos esta noche.

Pero Karine no se equivocaba y Goerdeler dimitió pocos días después. Y la ciudad se sumió de nuevo en el caos.

Pip estaba ocupado preparándose para los exámenes finales y perfeccionando su primer opus, pues debía estrenarlo en el concierto de graduación previo al final del curso. Obligado a quedarse cada noche hasta altas horas terminando la orquestación, le costaba encontrar un hueco para tranquilizar a una Karine consumida por la inquietud.

—Elle dice que ella y Bo se irán de Leipzig dentro de dos semanas, en cuanto termine el curso, y que no volverán. Les parece demasiado peligroso seguir aquí ahora que los nacionalsocialistas tienen vía libre para exigir las sanciones contra los judíos que otras ciudades están aplicando.

—¿Y adónde irán?

—Todavía no lo saben. Puede que a Francia, aunque a Bo le preocupa que el problema llegué también allí. El Reich tiene simpatizantes en toda Europa. Escribiré a mis padres para pedirles consejo, pero si Elle se va, yo también.

La noticia consiguió captar toda la atención de Pip.

—Pensaba que tus padres estaban en Estados Unidos.

—Y así es. Mi padre está pensando en quedarse allí mientras dure la tormenta antisemita en Europa.

—¿Y te irías con ellos?

Pip sintió que el pánico le retorcía las tripas.

—Si ellos lo juzgan conveniente, sí.

—Y… ¿qué pasa con nosotros? ¿Qué voy a hacer sin ti? —preguntó, consciente del tono lastimero de su voz.

—Podrías venir conmigo.

—Karine, sabes que no tengo dinero para ir a Estados Unidos. ¿Y cómo me ganaría la vida allí si no me gradúo primero en el conservatorio y adquiero algo de experiencia?

—*Chéri*, creo que no comprendes la gravedad de la situación. Los judíos nacidos en Alemania y que llevan varias generaciones aquí ya han perdido la ciudadanía. Mi pueblo tiene prohibido casarse con arios, ingresar en el ejército y ondear la bandera alemana. He oído que en algunas regiones están deteniendo a barrios enteros de judíos y deportándolos. Si ya se ha permitido que suceda todo eso, ¿quién sabe hasta dónde serán capaces de llegar?

Karine apretó la mandíbula, desafiante.

—Entonces ¿serías capaz de irte a Estados Unidos y dejarme aquí?

—Si de ese modo salvo la vida, sí, por supuesto. Por el amor de Dios, Pip, sé que estás muy comprometido con tu opus, pero supongo que me prefieres viva antes que muerta, ¿no?

—¡Naturalmente! ¿Cómo puedes siquiera pensar lo contrario? —replicó él indignado.

—Porque te niegas a tomarte este asunto en serio. En tu seguro mundo noruego, nunca ha habido peligro. Los judíos, en cambio, sabemos que siempre correremos el riesgo de que se nos persiga, como ha ocurrido a lo largo de toda la historia. Lo de ahora no es diferente. Es algo que sentimos dentro, todos nosotros. Llámalo instinto tribal, si quieres, pero los judíos sabemos cuándo hay un peligro inminente.

—No puedo creerme que pretendas irte sin mí.

—¡Por Dios, Pip, madura de una vez! Sabes que te quiero y que deseo pasar el resto de mi vida contigo, pero esta… situación no es nueva para mí. Los judíos siempre hemos sufrido el desprecio de los demás, antes incluso de que el Reich legalizara nuestra persecución. Hace años, en París, a mi padre le lanzaron huevos en una de sus exposiciones. El sentimiento antisemita existe desde hace miles de años. Tienes que entenderlo.

—¿Y por qué es así?

Karine se encogió ligeramente de hombros.

—Porque la historia nos ha convertido en chivos expiatorios, *chéri*. La gente siempre teme a quienes son diferentes, y durante siglos se nos ha obligado a dejar un hogar para buscar otro. Y adondequiera que llegamos, nos instalamos y prosperamos. Permanecemos unidos porque es lo que se nos ha enseñado a hacer. Gracias a eso hemos sobrevivido.

Avergonzado, Pip bajó la mirada. Karine tenía razón. Después de haber pasado casi toda su vida protegido y a salvo en su pequeña ciudad de la cima del mundo, lo que Karine le estaba contando le parecía un relato de ficción ambientado en otro universo. Y aunque había visto con sus propios ojos los cascotes de la estatua de Mendelssohn, había logrado convencerse a sí mismo de algún modo de que aquello no era más que la protesta aislada de un grupo de jóvenes, como los pescadores hacían a veces cuando el precio del combustible de sus barcos subía pero los comerciantes se negaban a pagarles más por el pescado.

—Tienes razón, Karine —reconoció—, y te pido perdón. Soy un ingenuo y un idiota.

—Creo que en realidad tiene más que ver con que no deseas afrontar la verdad. No quieres que el mundo desbarate tus sueños y planes para el futuro. Nadie lo quiere, pero así son las cosas —suspiró Karine—. Y lo cierto es que ya no me siento segura en Alemania, así que debo irme. —Se puso en pie—. He quedado con Elle y Bo en el Coffe Baum dentro de media hora para hablar de la situación. Te veré más tarde.

Karine le dio un beso en la coronilla y se marchó.

Pip contempló la partitura que tenía delante, extendida sobre la mesa. Faltaban dos semanas para el estreno de su opus. Mientras se reprendía por su egoísmo, no pudo evitar preguntarse si ese día llegaría.

Karine estaba más tranquila cuando se reencontraron horas después.

—He escrito a mis padres para pedirles consejo y, mientras espero su respuesta, no me quedará más remedio que seguir aquí, de modo que es probable que, al fin y al cabo, te oiga interpretar tu obra maestra.

Pip le cogió la mano.

—¿Puedes perdonarme por ser un egoísta?

—Claro que sí. Soy consciente de que todo esto no podría haber ocurrido en peor momento.

—He estado pensando…

—¿Sobre qué?

—En que tal vez lo mejor sea que pases el verano conmigo en Noruega. Allí no tendrías que preocuparte de tu seguridad.

—¿Yo? ¿Que vaya a la tierra de los renos, los árboles de Navidad y la nieve? —bromeó Karine.

—No siempre nieva, en serio. Creo que en verano te parecerá precioso —repuso Pip, que enseguida se puso a la defensiva—. Tenemos una pequeña población judía que recibe el mismo trato que cualquier otro ciudadano noruego. Allí estarás segura. Y si la guerra estalla en Europa, no llegará a Noruega, y tampoco los nazis. En mi país todos dicen que somos un territorio demasiado pequeño e irrelevante para que reparen en nosotros. Además, Bergen cuenta con una orquesta excelente, una de las más antiguas del mundo. Mi padre trabaja en ella de violonchelista.

Karine lo escudriñó con sus ojos oscuros y acuosos.

—¿Me llevarías a casa contigo?

—¡Pues claro! A mis padres ya les he hablado de ti y de nuestra intención de casarnos.

—¿Saben que soy judía?

—No. —Pip notó que el rubor le encendía las mejillas y se puso furioso por permitirlo—. Pero no porque no quiera que lo sepan, sino porque da igual cuál sea tu religión. Mis padres son gente culta, Karine, no campesinos de las montañas. Recuerda que mi padre nació en Leipzig. Estudió música en París y siempre nos habla de la vida bohemia de Montmartre durante la Belle Époque.

Entonces fue Karine quien tuvo que disculparse.

—Tienes razón, estoy siendo una arrogante. —Se frotó el entrecejo con el dedo índice, como hacía siempre que le daba vueltas a algo—. Quizá esa sea la mejor solución si no puedo irme a Estados Unidos. Gracias, *chéri*. Me reconforta saber que existe un lugar donde puedo encontrar refugio si la situación se pone fea en el futuro.

Se inclinó sobre la mesa y lo besó.

Aquella noche, tras meterse en la cama, Pip rezó para que «el futuro» pudiera esperar hasta después del estreno de su opus.

Pese a haber leído en la prensa acerca de unos judíos que habían sido apedreados al salir de una sinagoga y de otros incidentes sumamente preocupantes, Karine parecía más tranquila, quizá porque ahora sabía que existía un plan alternativo. Así las cosas, Pip pasó las dos semanas siguientes concentrado en su partitura. No se atrevía a mirar más allá del día en que terminaba el curso y esperaba con ansiedad la respuesta de los padres de Karine, que probablemente la instaría a viajar a Estados Unidos. Solo de pensarlo le entraban escalofríos, pues sabía que no dispondría de dinero para seguirla hasta que empezara a ganarse la vida como músico.

El día del concierto de graduación, en el que se interpretarían seis obras breves de diferentes alumnos, Karine fue a verlo a la hora del almuerzo.

—*Bonne chance, chéri* —dijo—. Elle y yo estaremos esta noche entre el público para aplaudirte. Bo dice que en su opinión tu composición es la mejor.

—Es muy amable. Y él hace una interpretación maravillosa de mi obra como violonchelista. Ahora debo asistir al último ensayo.

Besó a Karine en la nariz y se alejó por el largo y ventoso pasillo en dirección a su sala de práctica.

A las siete y media en punto, Pip se sentó con su frac en la primera fila de la Großer Saal junto con los otros cinco jóvenes compositores. Walther Davisson, el director del conservatorio, los presentó al público y el primer estudiante subió a la tarima. Pip era el último y sabía que jamás olvidaría la angustiosa hora y media de espera que tendría que pasar antes de que le llegara el turno. Pero pasó, y dirigiendo una breve plegaria al cielo, el joven subió a la tarima temiendo tropezarse con los escalones de tanto como le temblaban las piernas. Saludó al público y se sentó ante el piano.

Terminado el concierto, apenas podía recordar los aplausos y ovaciones que se produjeron cuando los demás compositores se unieron a él para el saludo final. Solo sabía que aquella noche había dado lo mejor de sí mismo, y aquello era lo único que importaba.

Un rato después, compañeros y profesores se congregaban a su alrededor para darle palmadas en la espalda y augurarle un gran futuro. Un periodista incluso le pidió una entrevista.

—Mi pequeño Grieg —le dijo Karine con una risita después de conseguir abrirse paso entre la gente para abrazarlo—. *Chéri*, tu brillante carrera acaba de empezar.

Había bebido más champán de la cuenta después del concierto, así que al día siguiente Pip se enfadó cuando, a una hora muy temprana, lo despertaron unos golpes en la puerta de su cuarto de la pensión. Se levantó de la cama a trompicones para ir a abrir y se encontró a su casera, todavía en camisón, mirándolo con cara de pocos amigos.

—Herr Halvorsen, abajo hay una señorita que dice que necesita hablar urgentemente con usted.

—*Danke*, frau Priewe —dijo antes de cerrar la puerta y ponerse la primera camisa y pantalón que encontró.

Fuera lo esperaba una Karine muy pálida. Al parecer, frau Priewe aplicaba su norma de «no se admiten señoritas en la casa» incluso en los casos de emergencia.

—¿Qué haces aquí? ¿Qué ha pasado?

—Anoche prendieron fuego a tres casas de Leipzig… con sus residentes judíos dentro. La pensión de Bo fue una de ellas.

—¡Dios mío! ¿Está…?

—Está vivo. Consiguió escapar. Se encaramó a la ventana de su dormitorio, en el primer piso, y saltó. Con su adorado arco, por supuesto. —Karine acertó a esbozar una sonrisa triste—. Pip, Elle y Bo han decidido abandonar Leipzig de inmediato, y creo que yo también debería hacerlo. Vamos, necesito un café, y me parece que tú también, a juzgar por tu cara.

La pequeña cafetería del conservatorio acababa de abrir sus puertas y todavía no había nadie cuando se sentaron a una mesa junto a la ventana y pidieron. Pip se frotó la cara en un intento de despejar la cabeza. Tenía una fuerte resaca.

—¿Has recibido respuesta de tus padres?

—Sabes que hasta ayer no me había llegado nada, y hoy todavía no ha pasado el cartero —respondió Karine irritada—. No hace ni dos semanas que les escribí.

—¿Qué piensan hacer Elle y Bo?

—Irse de Alemania en cuanto puedan, eso seguro. Pero ninguno de los dos tiene dinero para marcharse muy lejos. Además, ninguno de nosotros sabe dónde podríamos estar a salvo. En cuanto a mí, mis padres han alquilado el apartamento de París mientras están en Estados Unidos. No tengo adonde ir —dijo encogiéndose de hombros.

—¿Entonces…? —preguntó Pip intuyendo lo que Karine iba a decir.

—Sí, Pip, si tu ofrecimiento sigue en pie, iré contigo a Noruega, al menos hasta que reciba noticias de mis padres. No tengo otra opción. El curso termina dentro de unos días y tú ya has estrenado tu composición, así que no veo razón para demorar nuestra partida. Esta mañana Elle y Bo me han contado que después de los incendios de anoche, el éxodo de judíos de Leipzig será multitudinario, por lo que será mejor que nos vayamos ahora que todavía podemos.

—Sí —convino Pip—. Por supuesto.

—Tengo algo más que pedirte…

—¿De qué se trata?

—Ya sabes que desde que llegué a Leipzig Elle se ha convertido en mi hermana. Sus padres murieron en la Gran Guerra y a su hermano y a ella los mandaron a un orfanato. A él lo adoptaron cuando todavía era un bebé y Elle nunca ha vuelto a verlo. Ella no tuvo tanta suerte, y si ahora tiene un futuro es únicamente porque su profesora de música reparó en su talento para la flauta y la viola y solicitó una beca en el conservatorio para ella.

—Entonces ¿no tiene una casa a la que volver?

—Aparte del orfanato, su casa está aquí, en Leipzig, en la habitación que comparte conmigo. Bo y yo somos su única familia. Pip, ¿pueden venir a Noruega con nosotros? Aunque solo sea unas semanas. Desde la seguridad de tu país podrían ver cómo evoluciona la situación en Europa y decidir qué hacer. Sé que es mucho pedirte, pero no puedo dejar a Elle aquí. Y como ella se negará a dejar a Bo, él también debe venir.

Pip observó el semblante desesperado de Karine mientras se preguntaba cómo reaccionarían sus padres si apareciera en la puerta y anunciara que se había llevado a Noruega a tres amigos para pasar el verano. Y supo que se mostrarían generosos y hospitalarios, sobre todo porque los tres eran músicos.

—Por supuesto que pueden venir, cariño. Si crees que es lo mejor.

—¿Podemos irnos de inmediato? Cuanto antes salgamos de aquí, mejor. Por favor. Te perderás tu ceremonia oficial de graduación, pero…

Pip sabía que cada día que Karine pasara en Leipzig, además de ser peligroso, la acercaría a la carta de respuesta de sus padres proponiéndole que se reuniera con ellos en Estados Unidos.

—Claro. Nos iremos todos juntos.

—¡Gracias! —Karine le rodeó el cuello con los brazos y Pip vio el alivio en sus ojos—. Ven, vamos a darles la buena noticia a Elle y a Bo.

39

Dos días después, Pip y sus extenuados amigos bajaban por la pasarela del barco hasta el puerto de Bergen. Una breve llamada telefónica realizada desde el despacho del director del conservatorio era todo el aviso que sus padres habían recibido acerca de sus inesperados invitados. Después de aquello, había tenido lugar una apresurada sucesión de despedidas y agradecimientos con todos los amigos y profesores de Pip, y el director le había dado una palmada en la espalda alabando su generosidad por llevarse a sus amigos a Noruega.

—Lamento no poder quedarme hasta que acabe el curso —había dicho Pip mientras estrechaba con firmeza la mano de Walther Davisson.

—Creo que hacen bien en marcharse ahora. ¿Quién sabe? Puede que más adelante no sea tan fácil —había suspirado el director con tristeza—. Vaya con Dios, muchacho, y escríbame cuando llegue.

Pip se volvió hacia sus amigos, que contemplaban con cansancio la hilera de casas de madera de vivos colores del puerto mientras trataban de asimilar su nuevo entorno. Bo a duras penas podía caminar. Tenía la cara magullada debido al impacto contra el suelo que había sufrido tras saltar por la ventana y Pip sospechaba que tenía el codo derecho fracturado. Elle se lo había inmovilizado contra el pecho con un pañuelo y él no se había quejado ni una sola vez en todo el viaje, pese al sufrimiento que se reflejaba en su rostro aunque tratara de ocultarlo.

Pip atisbó a Horst, su padre, esperando en el muelle, y se acercó a él con una gran sonrisa.

—*Far!* —exclamó mientras se abrazaban—. ¿Cómo estás?

—Muy bien, gracias, y lo mismo puedo decir de tu madre —respondió Horst sonriendo cordialmente a los cuatro—. Y ahora preséntame a tus amigos.

Pip lo hizo y los chicos estrecharon la mano del hombre con gratitud.

—Bienvenidos a Noruega —dijo Horst—. Estamos encantados de teneros aquí.

—*Far* —le recordó Pip—, ten en cuenta que ninguno de ellos habla noruego.

—¡Naturalmente! Os pido disculpas. ¿Alemán? ¿Francés?

—Nuestra lengua materna es el francés —explicó Karine—, pero también hablamos alemán.

—¡Entonces hablaremos en francés! —Horst aplaudió, emocionado como un niño con zapatos nuevos—. Así tendré la oportunidad de presumir de mi excelente acento —añadió con una sonrisa, y se puso a charlar con ellos en dicho idioma mientras se dirigían al coche.

La conversación prosiguió durante el trayecto por la sinuosa carretera que subía desde Bergen hasta las colinas donde se encontraba Froskehuset, la casa de los Halvorsen. Pip se sintió un poco excluido, porque apenas hablaba francés, así que, sentado en el asiento delantero, se dedicó a observar detenidamente a su padre; llevaba el pelo rubio y ya con entradas peinado hacia atrás, y tenía el rostro surcado de arrugas fruto de años de constante buen humor. Pip prácticamente no podía recordarlo sin una sonrisa en los labios. Se había dejado una perilla que, junto con el bigote, le daba un aire a los pintores impresionistas franceses que Pip había visto en fotos. Como era de esperar, Horst se había mostrado encantado de recibir a sus amigos, y Pip nunca lo había querido tanto como en aquel momento por su generosidad.

Cuando llegaron a casa, Astrid, su madre —tan bonita como siempre—, abrió la puerta y los saludó con la misma calidez, aunque en noruego. Enseguida reparó en Bo, que para entonces ya estaba tan cansado y dolorido que tenía que caminar apoyándose sobre el hombro de Elle.

Astrid se llevó una mano a la boca.

—¿Qué le ha pasado?

—Tuvo que saltar por la ventana cuando prendieron fuego a su pensión —explicó Pip.

—¡Pobre muchacho! Horst, Pip y tú llevad a nuestras invitadas al salón. Y tú, Bo —dijo la mujer señalando la silla que había en el recibidor, junto al teléfono—, siéntate para que pueda echar un vistazo a esas heridas.

—Mi madre es enfermera —le susurró Pip a Karine mientras seguían a Horst y Elle por el pasillo—. Seguro que en algún momento os contará la historia de cómo se enamoró de mi padre mientras lo cuidaba después de una operación de apendicitis.

—Parece mucho más joven que él.

—Lo es, quince años. Mi padre siempre dice que se casó con una niña. Solo tenía dieciocho cuando se quedó embarazada de mí. Se adoran.

—Pip...

Pip notó los delicados y esbeltos dedos de Karine en el brazo.

—¿Sí?

—Gracias, de parte de los tres.

Aquella noche, después de que llamaran al médico para que le vendara las heridas a Bo y pidieran hora en el hospital para que le examinaran el codo, Elle y Astrid subieron con Bo y lo acostaron en la habitación de Pip.

—Pobrecillo —dijo Astrid cuando bajó para preparar la cena y Pip la siguió hasta la cocina—. Está agotado. Tu padre me ha contado por encima lo que está sucediendo en Leipzig. ¿Me pasas el pelador de patatas?

—Toma.

Pip se lo dio.

—No son tres amigos de vacaciones en Noruega, sino refugiados, ¿verdad?

—Digamos que son ambas cosas.

—¿Y cuánto tiempo se quedarán?

—Sinceramente, *mor*, no lo sé.

—¿Son todos judíos?

—Karine y Elle sí. En cuanto a Bo, no estoy seguro.

—Reconozco que me cuesta creer lo que está sucediendo en

Alemania. Pero no me queda otra. El mundo es un lugar muy cruel —suspiró Astrid—. ¿Y Karine es la chica de la que tanto nos has hablado?

—Sí.

Pip observó a su madre pelar patatas mientras esperaba a que continuara.

—Parece una chica llena de energía y muy inteligente. Imagino que no siempre será fácil lidiar con ella —añadió.

—Es un reto, sí —admitió Pip con un tono algo defensivo—. He aprendido muchas cosas del mundo gracias a ella.

—Exactamente lo que necesitas, una mujer fuerte. Solo Dios sabe qué habría hecho tu padre sin mí —rio Astrid—. Estoy muy orgullosa de ti por lo que has hecho para socorrer a tus amigos. Tu padre y yo los ayudaremos en todo lo que podamos. Pero…

—¿Qué, *mor*?

—Tu generosidad te ha relegado al sofá del salón hasta que Bo se reponga.

Después de cenar en la terraza con vistas al espectacular fiordo, Elle subió a ver a Bo, al que ya le habían llevado una bandeja con la cena, y luego se fue a dormir. Horst y Astrid anunciaron que también ellos se retiraban y Pip oyó sus risas quedas en la escalera. Durante la cena, mientras observaba cómo la tensión desaparecía de los rostros de sus amigos, el joven había pensado que nunca se había sentido tan orgulloso de sus padres ni tan agradecido de estar en Noruega.

—Yo también debería subir —dijo Karine—. Estoy agotada, pero estas vistas son demasiado mágicas para ignorarlas. Son casi las once de la noche y todavía hay luz.

—Y mañana el sol se despertará mucho antes que tú. Ya te dije que este lugar era muy bello.

Pip se levantó de la mesa y cruzó la terraza para acodarse en la barandilla de madera que separaba la casa de los interminables pinos que cubrían la ladera de la colina hasta el agua.

—Es más que bello… es conmovedor. Y no solo el paisaje, también el recibimiento de tus padres, su amabilidad… Estoy abrumada.

Pip la tomó entre sus brazos y Karine derramó silenciosas lágrimas de alivio contra su hombro. Alzó la cabeza y lo miró a los ojos.

—Prométeme que nunca tendré que irme.

Y él se lo prometió.

Al día siguiente, Horst acompañó a Bo y a Elle al hospital. Los médicos le diagnosticaron al muchacho dislocación y fractura múltiple del codo y tuvo que quedarse ingresado a fin de someterse a una operación para recolocárselo. Elle pasó los siguientes días en el hospital con él, y Pip aprovechó para enseñarle a Karine las maravillas de Bergen.

La llevó a Troldhaugen, la casa de Grieg, que se hallaba a solo unos minutos a pie de Froskehuset y se había convertido en un museo. Y observó su alborozo cuando visitaron la cabaña encaramada sobre la ladera del fiordo donde el maestro había escrito algunas de sus composiciones.

—¿Tú te harás también una de estas cuando seas famoso? —le preguntó Karine—. Yo te llevaré dulces y vino para almorzar y haremos el amor en el suelo.

—Entonces no me quedará más remedio que echar la llave por dentro. Un compositor no puede tener distracciones mientras trabaja —bromeó él.

—Pues tendré que buscarme un amante que llene mis horas solitarias —replicó ella con una sonrisa pícara antes de darse la vuelta y echar a andar.

Entre risas, Pip la alcanzó y la abrazó por detrás. Sus labios buscaron la suave curva del cuello de Karine.

—Jamás —susurró—. Yo seré tu único amante.

Tomaron el tren hasta el centro de la ciudad, donde pasearon por las calles adoquinadas y pararon a comer en una cafetería para que ella probara el aquavit.

Los dos rieron cuando a Karine se le saltaron las lágrimas y declaró que aquello era «más fuerte que la absenta» justo antes de lanzarse a pedir otro. Después de comer, Pip la llevó a ver el Teatro Nacional, del que, en su día, Ibsen había sido director artístico y Grieg director de orquesta.

—Ahora la orquesta tiene sala propia, el Konsert-palæet, don-

de mi padre pasa una buena parte de su tiempo como primer chelo
—añadió.

—¿Crees que podría conseguirnos trabajo?

—Seguro que puede recomendarnos —contestó Pip, que no
quería arrebatarle la ilusión contándole que en la Orquesta Filarmónica de Bergen no había, y nunca había habido, miembros femeninos.

Otro día tomaron el Fløibanen —el diminuto funicular— que
subía hasta el monte Fløyen, uno de los siete imponentes picos
que rodeaban Bergen. El mirador ofrecía unas vistas espectaculares
de la ciudad con el centelleante fiordo detrás. Apoyada en la barandilla, Karine dejó escapar un suspiro de placer.

—Dudo que exista en el mundo un paisaje más bonito que este
—dijo.

Pip estaba encantado con el sincero entusiasmo que Karine
mostraba hacia Bergen, dado que ella siempre había tenido sus mi-
ras puestas en Estados Unidos. Harta de no poder comunicarse
con Astrid sin un traductor presente, Karine le pidió a Pip que
empezara a enseñarle algo de noruego.

—Tu madre se ha portado tan bien conmigo, *chéri*, que quiero
expresarle mi agradecimiento en su propio idioma.

Bo volvió a la casa con el brazo derecho enyesado. Por las noches
cenaban todos juntos en la terraza y después celebraban un concierto improvisado. Pip se sentaba frente al piano de cola del salón
con las puertas de la terraza abiertas de par en par. Dependiendo de
la pieza, Elle tocaba la viola o la flauta, Karine el oboe y Horst el
chelo. Interpretaban desde las sencillas canciones populares noruegas que Horst les enseñaba pacientemente hasta piezas de viejos
maestros como Beethoven y Chaikovski y composiciones más modernas de músicos como Bartók y Prokofiev, si bien Horst trazó el
límite en Stravinski. La maravillosa música resonaba por las colinas
hasta el fiordo. La vida de Pip se había convertido en una combinación armónica de todo lo que amaba y necesitaba, así que se
alegraba de que el destino hubiera llevado a sus amigos a Noruega.

Solo de madrugada, cuando yacía ovillado sobre su catre en el
cuarto que ahora compartía con Bo y añoraba el cuerpo desnudo

y sensual de Karine, se decía que las cosas nunca eran del todo perfectas.

Cuando aquel templado agosto tocaba a su fin, en la casa de los Halvorsen se mantuvieron serias conversaciones sobre el futuro. La primera fue entre Pip y Karine, un día a altas horas de la noche en la terraza cuando los demás ya se habían retirado. Karine por fin había recibido carta de sus padres, quienes habían decidido quedarse en Estados Unidos hasta que la amenaza de guerra hubiera pasado y le aconsejaban que no regresara a Alemania para el nuevo curso. Tampoco veían necesario que su hija hiciera la larga y costosa travesía hasta el continente americano de inmediato, pues por el momento estaba a salvo en Noruega.

—Me piden que salude y les dé las gracias a tus padres de su parte —añadió Karine devolviendo la carta al sobre—. ¿Crees que a Horst y a Astrid les importaría que alargara mi estancia?

—En absoluto. Creo que mi padre está ligeramente enamorado de ti. O por lo menos de cómo tocas el oboe —aseguró Pip con una sonrisa.

—Pero si me quedo aquí, no podemos seguir abusando de la hospitalidad de tus padres. Además, te echo de menos, *chéri* —susurró Karine, que se acurrucó junto a él y le mordisqueó la oreja.

Buscó sus labios y se besaron antes de que Pip se apartara al oír una puerta que se abría en el piso de arriba.

—Esta es la casa de mis padres, y debes entender que...

—Naturalmente que lo entiendo, *chéri*, pero podríamos buscarnos un apartamento. Me muero de ganas de estar contigo...

La chica le cogió una mano y se la llevó al pecho.

—Yo también, cariño. —Pip apartó suavemente la mano por temor a que alguien los descubriera—. No obstante, aunque mis padres aceptan muchas cosas que otros noruegos no aceptarían, la idea de que compartiéramos el lecho sin estar casados, ya sea bajo su techo o el nuestro, sería para ellos inaceptable. Y una falta de respeto después de todo lo que han hecho por nosotros.

—Lo sé, pero ¿qué podemos hacer? Esto es una tortura. —Karine puso los ojos en blanco—. Ya sabes lo mucho que necesito esa parte de nuestra relación.

—Y yo. —Pip a veces tenía la sensación de que, en el tema de la unión física, él era la mujer y ella el hombre—. Pero, a menos que estés dispuesta a convertirte para casarte conmigo, así son las cosas en Noruega.

—¿Tendría que hacerme cristiana?

—Luterana, para ser más exactos.

—*Mon Dieu!* Me parece un precio muy alto por hacer el amor. Estoy segura de que en Estados Unidos no existen tales normas.

—Es posible, pero no estamos allí. Vivimos en una ciudad pequeña de Noruega y, por mucho que te quiera, no podría vivir abiertamente contigo delante de las narices de mis padres. ¿Lo entiendes?

—Sí, sí, pero si me convirtiera… en fin, estaría traicionando a mi madre. Por otro lado, mi madre era gentil antes de convertirse para casarse con mi padre, de modo que genéticamente solo soy medio judía. Tendré que preguntarles a mis padres qué opinan. Me han dejado el número de teléfono de la galería para casos de emergencia y creo que esto lo es. Si dan su aprobación, ¿podremos casarnos enseguida?

—No conozco bien las reglas, Karine, pero creo que el pastor necesitaría ver tu partida bautismal.

—Ya sabes que no tengo. ¿Podría sacármela aquí?

—¿Lo harías? ¿Te bautizarías como luterana?

—Unas gotas de agua y una cruz en la frente no me convierten en cristiana de corazón, Pip.

—No, pero… —Pip se dio cuenta de que Karine no estaba entendiendo las implicaciones de aquella conversación—. Aparte de para que podamos hacer el amor, ¿estás segura de que quieres casarte conmigo?

—Lo siento, Pip —se disculpó Karine con una sonrisa—. Mi ansia por encontrar respuesta a los aspectos prácticos ha ensombrecido la parte romántica de nuestra conversación. ¡Naturalmente que quiero casarme contigo! Y para ello estoy dispuesta a hacer lo que haga falta.

—¿Realmente te convertirías por mí?

Pip se sentía abrumado y conmovido. Sabía lo mucho que significaba para Karine su herencia cultural.

—Si mis padres lo aprueban, sí. Debo actuar con sensatez,

chéri. Y estoy segura de que tanto tu dios como el mío me perdonarán dadas las circunstancias.

—Aunque estoy empezando a pensar que solo me quieres por mi cuerpo —bromeó Pip.

—Probablemente —concedió ella entre risas—. Mañana le pediré a tu padre que me deje telefonear a Estados Unidos.

Mientras la veía alejarse, Pip pensó que su carácter voluble y sus quijotescos razonamientos nunca dejaban de sorprenderlo. Se preguntó si algún día llegaría a comprender de verdad la compleja personalidad de Karine. Por lo menos, si conseguían casarse, no se aburriría jamás.

Los padres de Karine le devolvieron la llamada la noche siguiente.

—Están de acuerdo en que me convierta —anunció con expresión sombría—. Y no solo para que pueda casarme contigo. Creen que estaré más segura llevando tu apellido, por si acaso…

—Me alegro mucho, amor mío.

Pip la tomó entre sus brazos y la besó. Cuando Karine se apartó al fin, tenía la mirada más alegre.

—¿Cuándo podremos casarnos?

—En cuanto conozcas al pastor y aceptes que te bautice.

—¿Mañana? —propuso ella bajando la mano hacia la entrepierna de Pip.

—Estate quieta —gimió él antes de apartar la mano a regañadientes—. ¿Te parece bien que nos quedemos en Noruega por el momento?

—Hay lugares mucho peores donde establecerse, y por ahora debemos vivir el día a día, hasta que sepamos qué va a suceder. Ya sabes que me encanta esto, exceptuando vuestro horrible idioma, claro está.

—Entonces me pondré de inmediato a buscar trabajo de músico para mantenernos. Puede que en la orquesta de Bergen, o quizá en la de Oslo.

—Tal vez yo también encuentre trabajo.

—Tal vez, cuando sepas decir algo más que «por favor» y «gracias» en nuestro «horrible» idioma —bromeó Pip.

—¡Vale, vale! Lo estoy intentando.

—Sí. —Pip la besó en la nariz—. Lo sé.

Astrid preparó una cena especial para los seis cuando Pip y Karine anunciaron su intención de casarse.

—¿Os quedaréis aquí, en Bergen? —preguntó.

—De momento, sí. Si *far* nos ayuda a encontrar empleo de músicos —contestó Pip.

—Puedo preguntar, claro —respondió Horst.

En aquel instante, Astrid se levantó y abrazó a su futura nuera.

—Dejemos a un lado los aspectos prácticos. Hoy es un día especial. Felicidades, *kjære*, y bienvenida a la familia Halvorsen. Mi dicha es doble, pues creía que perderíamos a Pip y su talento en algún lugar de Europa o Estados Unidos. Pero tú nos has devuelto a nuestro hijo.

Pip tradujo las palabras de su madre y vio que los ojos de Astrid, y también los de su futura esposa, se humedecían.

—Felicidades —dijo Bo de pronto alzando su copa—. Elle y yo confiamos en seguir pronto vuestro ejemplo.

Astrid, que conocía bien al pastor de la iglesia local, fue a hablar con él. Lo que le contara al hombre acerca de los orígenes judíos de Karine se lo guardó para sí, pero el pastor accedió a bautizarla de inmediato. La familia Halvorsen asistió a la breve ceremonia y más tarde, ya de regreso en la casa, Horst habló con Pip en privado.

—Lo que Karine ha hecho hoy está bien en más de un sentido. Tengo un amigo en la orquesta que acaba de regresar de un concierto en Múnich. La campaña nazi contra los judíos está ganando fuerza con rapidez.

—Pero aquí no nos afectará, ¿verdad?

—No lo creo, pero cuando un demente consigue atraer la atención de tanta gente, y no solo en Alemania, es imposible saber cómo acabará todo esto —se lamentó Horst.

Poco después, Bo y Elle anunciaron que ellos también se quedarían en Bergen por el momento. A Bo le habían retirado el yeso, pero aún tenía el codo demasiado rígido para poder tocar el chelo.

—Los dos rezamos para que se recupere pronto —le confesó Elle a Karine aquella noche en el dormitorio que compartían—.

Tiene mucho talento y todos sus sueños dependen de que se cure. De momento ha encontrado trabajo en un taller de cartografía náutica del puerto. Nos han ofrecido el pequeño apartamento que hay encima. Nos hemos hecho pasar por marido y mujer y yo limpiaré para la esposa del cartógrafo.

—¿Habláis noruego suficiente para hacer todo eso? —le preguntó Karine con envida.

—Bo aprende rápido. Y yo, simplemente, me esfuerzo mucho. Además, el cartógrafo es alemán, y tanto Bo como yo hablamos bien ese idioma.

—¿Y os casaréis de verdad?

—Nos encantaría, sí, pero debemos ahorrar. Así que, por ahora, viviremos una mentira. Bo dice que la verdad está en el corazón, no en un papel.

—Estoy de acuerdo. —Karine le cogió la mano—. Prométeme que seguiremos viéndonos cuando os mudéis al centro.

—Por supuesto. Eres mi hermana en todo salvo en el apellido, Karine. Te quiero y nunca podré estaros lo bastante agradecida a Pip y a ti por todo lo que habéis hecho por nosotros.

—¿También nosotros tendremos pronto un hogar propio? —le preguntó Karine a Pip al día siguiente, después de contarle los planes de Elle y Bo.

—Si la entrevista de mañana va como espero, sí —respondió Pip.

Horst le había conseguido una prueba con Harald Heide, el director de la Orquesta Filarmónica de Bergen.

—Irá bien, *chéri* —le aseguró Karine con un beso—, ya lo verás.

Pip estaba casi más nervioso cuando llegó al Konsert-palæet que el día en que se había examinado para ingresar en el conservatorio. Quizá fuera, pensó con ironía, porque aquella vez su actuación tendría consecuencias en el mundo real, mientras que por aquel entonces era un joven despreocupado sin más responsabilidad que cuidar de sí mismo. Le dio su nombre a la mujer de la taquilla, y esta lo condujo por un pasillo hasta una espaciosa sala de ensayo donde había un piano y varios atriles apilados. Poco después llegó un hombre alto, de espaldas anchas, ojos chispeantes y una mata de pelo rubio oscuro que se presentó como Harald Heide.

—Su padre me ha hablado muy bien de usted en más de una ocasión, herr Halvorsen. Está sin duda encantado de volver a tenerlo en Noruega. —Le estrechó calurosamente la mano a Pip—. Tengo entendido que toca el piano y el violín.

—Así es, señor, si bien el piano ha sido mi primer instrumento mientras estudiaba en Leipzig. Con el tiempo me gustaría convertirme en compositor.

—Empecemos, entonces. —El director le señaló la banqueta del piano mientras él tomaba asiento en otro banco estrecho arrimado a una pared—. Cuando quiera, herr Halvorsen.

A Pip le temblaban ligeramente las manos cuando las posó sobre el teclado, pero nada más sumergirse en los lentos acordes que, como tañidos de campanas, abrían el primer movimiento del *Concierto para piano n.º 2 en do menor* de Rachmaninoff, su nerviosismo se diluyó. Cerró los ojos y se dejó invadir por la pasión de aquella música, escuchando en su cabeza los acompañamientos de las secciones de cuerda y viento mientras sus dedos danzaban por la rápida secuencia de arpegios. Iba por la mitad de la sección lírica en mi bemol mayor cuando herr Heide lo interrumpió.

—Creo que ya he escuchado suficiente. Ha estado usted fantástico. Si toca el violín la mitad de bien, no veo ninguna razón para no ofrecerle trabajo, herr Halvorsen. Ahora vayamos a mi despacho y charlemos un poco más.

Pip regresó a casa una hora más tarde, ebrio de felicidad, y enseguida anunció a Karine y a su familia que había sido oficialmente contratado por la Orquesta Filarmónica de Bergen.

—Solo en calidad de suplente. Cubriré el piano y el violín cuando los músicos estén enfermos o no puedan acudir, pero herr Heide me ha dicho que el actual pianista de la orquesta está mayor y se ausenta a menudo. Es probable que no tarde en jubilarse.

—Franz Wolf es como una verja oxidada y padece artritis en los dedos. Tendrás muchas oportunidades de tocar. ¡Te felicito, muchacho! —Horst le dio una palmada en la espalda—. Tocaremos juntos, como solíamos hacer mi padre y yo.

—¿Le has dicho que también eres compositor? —lo presionó Karine.

—Sí, pero Roma no se construyó en un día y de momento me conformo con poder mantenerte una vez que nos casemos.

—Y quizá algún día yo también pueda ingresar en la orquesta —dijo Karine con un mohín—. No creo que llegue a ser nunca una buena *Hausfrau*.

Pip le tradujo enseguida las palabras de Karine a su madre y Astrid sonrió.

—No te preocupes. Mientras tu padre y tú os dedicáis a la música, yo enseñaré a Karine todo lo que necesita saber sobre el cuidado de la casa.

—Dos Halvorsen de nuevo en una orquesta, un hijo a punto de casarse y seguro que muchos nietos a los que querer en el futuro.

Los ojos de Horst brillaron de felicidad.

Pip vio que Karine arqueaba las negras cejas. Siempre había dicho que carecía de instinto maternal y que era demasiado egoísta para tener hijos. Él no la tomaba en serio; a Karine le gustaba mucho escandalizar a la gente diciendo cosas inimaginables. Y la amaba por ello.

Karine y Pip se casaron la víspera de Nochebuena. Una capa de nieve fresca cubría la ciudad como un mullido manto blanco y, mientras la pareja se trasladaba en coche de caballos al Grand Hotel Terminus, las titilantes luces que engalanaban las calles del centro de Bergen hicieron que se sintieran como en un cuento de hadas. Después del banquete —que Horst se había empeñado en pagar de su bolsillo—, los recién casados se despidieron de los invitados y subieron a la habitación nupcial, obsequio de Elle y Bo. Tras cerrar la puerta, se abrazaron con una avidez que solo seis meses de abstinencia podrían producir. Mientras se besaban, Pip le desabrochó los botones del vestido de blonda de color crema a Karine y, cuando este cayó por los hombros y los brazos de su esposa, le pasó los dedos por las elegantes clavículas antes de acariciarle los pezones rosados. Gimiendo, ella lo agarró del pelo para apartarle la boca de la suya y guiarla hasta sus senos. Cuando los labios de él se cerraron alrededor del pezón, ella jadeó de placer y se bajó el vestido por las caderas hasta que finalmente cayó al suelo. Entonces Pip la cogió en brazos y la dejó sobre la cama, ardiendo de deseo y con la respiración entrecortada. Cuando, de pie junto al lecho, procedió a quitarse la ropa con torpeza, Karine se puso de rodillas sobre el colchón y lo detuvo.

—No —dijo con la voz ronca—. Ahora me toca a mí.

Con dedos hábiles, le desabotonó primero la camisa y luego el pantalón. Segundos después, lo atrajo hacia sí hasta tenerlo encima y se perdieron el uno en el otro.

Una vez saciados, permanecieron tendidos en la cama, el uno al lado del otro, escuchando que el reloj de la vieja plaza anunciaba la medianoche.

—Decididamente, la conversión ha merecido la pena —declaró Karine apoyándose en un codo y sonriendo mientras acariciaba el rostro de Pip con el dorso de los dedos—. Y, por si no lo había dicho antes, lo diré ahora, como tu esposa desde hace solo unas horas, y quiero que lo recuerdes siempre: te quiero, *chéri*, y nunca he sido tan feliz como esta noche.

—Yo tampoco —susurró él llevándose la mano de ella a los labios—. Siempre juntos.

—Siempre.

40

1938

Mientras la nieve y la lluvia caían incesantes sobre Bergen a lo largo de los meses de enero, febrero y marzo y las breves horas de luz sucumbían rápidamente a la oscuridad, Pip pasaba varias horas al día ensayando con la Filarmónica de Bergen. Al principio solo lo llamaban para tocar en conciertos vespertinos una vez a la semana como mucho, pero a medida que el pobre Franz, el viejo pianista, aumentaba sus ausencias debido al empeoramiento de su artritis, Pip fue convirtiéndose poco a poco en un miembro habitual de la orquesta.

Entretanto, dedicaba su tiempo libre a componer su primer concierto. No enseñaba los resultados de sus esfuerzos a nadie, ni siquiera a Karine. Cuando lo tuviera terminado, se lo dedicaría a ella. Por las tardes, después de los ensayos, solía quedarse solo en el auditorio. Allí, rodeado por la atmósfera espectral de una sala sin orquesta ni público, trabajaba en su composición frente al piano del foso.

Karine, por su parte, se mantenía ocupada gracias a Astrid, a la que había tomado un gran cariño. Su noruego empezó a mejorar lentamente, y se esforzaba por aprender el arte de las labores domésticas bajo la supervisión bondadosa de su suegra.

Siempre que a Elle se lo permitía su trabajo, Karine se reunía con ella en el diminuto apartamento situado sobre el taller del cartógrafo, en el puerto, y las dos charlaban acerca de sus sueños y planes para el futuro.

—No puedo evitar envidiarte por tener tu propio hogar —le

confesó Karine una mañana frente a una taza de café—. Pip y yo estamos casados, pero seguimos viviendo con sus padres y durmiendo en su cuarto de la infancia. No es un ambiente precisamente atractivo. Siempre hemos de ir con sumo sigilo, y estoy deseando gozar de libertad para hacer el amor con desenfreno.

Elle estaba acostumbrada a los atrevidos comentarios de su mejor amiga.

—Algún día tendrás tu casa, ya lo verás. —Sonrió—. Tienes suerte de contar con el apoyo de los padres de Pip. Nuestra situación sigue siendo difícil. Bo tiene el codo mucho mejor, pero aún no está lo suficientemente recuperado para probar suerte en la orquesta de Bergen o en la de cualquier otro lugar. Le deprime muchísimo no poder entregarse a su pasión en estos momentos. Y a mí también, la verdad.

Karine conocía perfectamente aquel sentimiento. Confinada al entorno doméstico desde su llegada a Bergen, su talento musical había quedado restringido a los recitales improvisados que ofrecían en Froskehuset. Pero también se daba cuenta de que sus problemas eran insignificantes comparados con las dificultades a las que se enfrentaban Elle y Bo.

—Lo siento, Elle, estoy siendo una egoísta.

—No, hermana. Llevamos la música en la sangre y es duro vivir sin ella. Pero al menos de la imposibilidad de Bo para tocar el chelo ha salido algo bueno. Le gusta su trabajo con el cartógrafo y está aprendiendo nuevos métodos de navegación. De momento se conforma, y yo también.

—Lo celebro —dijo Karine con efusión—. Y me alegro de que sigamos viviendo en la misma ciudad y podamos vernos siempre que queramos. No sé qué haría sin ti.

—Y yo sin ti.

A principios de mayo, Pip le anunció a Karine que había ahorrado dinero suficiente para alquilar una casita en Teatergaten, en el corazón de la ciudad, a solo un tiro de piedra del teatro y la sala de conciertos.

Karine se echó a llorar.

—No podría haber llegado en mejor momento, *chéri*. Porque,

por si fuera poco, tengo que decirte que estoy… *mon Dieu!* Estoy embarazada.

—¡Pero eso es maravilloso! —exclamó Pip, corriendo extasiado junto a su esposa para abrazarla—. No pongas esa cara de espanto —bromeó él mientras le levantaba el trémulo mentón para poder mirarla a los ojos—. Con todas tus creencias naturalistas, deberías ser la primera en reconocer que un hijo es, sencillamente, el resultado de dos corazones enamorados.

—Lo sé, pero todas las mañanas me levanto con náuseas. ¿Y si no me gusta la criatura? ¿Y si soy una madre horrible? ¿Y si…?

—Tranquila. Estás asustada, eso es todo. Como todas las madres primerizas.

—¡No! Todas las mujeres que conozco disfrutan siempre de sus embarazos. Se acarician la panza como gallinas cluecas y gozan de la atención que reciben. ¡Yo solo soy capaz de ver un ser extraño dentro de mí, que me deforma la barriga y me roba la energía!

Tras aquellas palabras, se derrumbó en los brazos de su marido, presa de otro ataque de llanto.

Pip reprimió una sonrisa, respiró hondo y se esforzó por consolarla.

Aquella noche les comunicaron a Horst y a Astrid que iban a ser abuelos. Y que Karine y él iban a mudarse a su propia casa.

Los felicitaron efusivamente, pero Horst no le ofreció un vaso a Karine cuando sacó la botella de aquavit.

—¿Lo ves? —se quejó ella una vez en la cama—. Ya no puedo disfrutar de las cosas que me gustan.

Riendo, Pip la estrechó contra su pecho y le deslizó una mano por debajo del camisón para acariciar el pequeño bulto. Era, pensó, como el primer indicio de la luna creciente en un cielo estrellado. Y un milagro.

—Solo has de aguantar seis meses más, Karine. Y te prometo que el día que des a luz te pondré una botella de aquavit en la mesilla y podrás bebértela entera.

A principios de junio se mudaron a su nueva casa de Teatergaten. Aunque pequeña, era tan bonita como si la hubieran sacado de una postal, con su fachada de listones turquesa claro y el porche de madera que comunicaba con la cocina. Durante el verano, mientras Pip trabajaba, Karine pintó el interior con la ayuda de Astrid y Elle y llenó el porche de tiestos con petunias y lavanda. A pesar de sus escasos recursos, la convirtió poco a poco en un paraíso de tranquilidad.

La noche en que Pip cumplía veintidós años, en octubre, volvió a casa desde el teatro después de un concierto y se encontró a Karine, Elle y Bo en la sala de estar.

—Feliz cumpleaños, *chéri* —le dijo Karine con la mirada chispeante al tiempo que los tres se apartaban para desvelar un piano vertical situado en un rincón de la estancia—. Sé que no es un Steinway, pero por algo se empieza.

—Pero ¿cómo…? —preguntó Pip anonadado—. No tenemos dinero para esto.

—De eso me ocupo yo, tú solo has de disfrutarlo. Un compositor ha de poder disponer de un instrumento propio en todo momento para ir tras su musa —sentenció—. Bo lo ha probado y dice que suena bien. Vamos, toca para nosotros.

—Será un placer.

Pip se acercó al instrumento y deslizó los dedos por la tapa que protegía el teclado mientras admiraba la sencilla marquetería de la madera dorada. No exhibía la marca del fabricante, pero estaba bien construido y en perfecto estado. Además, resultaba claro que alguien se había esmerado en sacarle brillo. Levantó la tapa para descubrir las lustrosas teclas y buscó con la mirada una silla donde sentarse.

Elle dio un paso al frente.

—Y este es nuestro regalo. —De detrás de una butaca, sacó una banqueta tapizada y la colocó delante del piano—. Bo ha tallado la madera y yo lo he tapizado.

Pip contempló emocionado las delicadas patas de pino y el laborioso bordado del cojín. Se sintió abrumado.

—No… no sé qué decir —balbuceó antes de sentarse—. Excepto que muchas gracias a los dos.

—No es nada comparado con lo que tú y tu familia habéis hecho por nosotros, Pip —dijo Bo quedamente—. Feliz cumpleaños.

Pip acercó los dedos al teclado y tocó las primeras notas del *Capricho en sol bemol* de Chaikovski. Bo tenía razón, el instrumento sonaba muy bien. Y pensó, emocionado, que desde aquel momento podría trabajar en su concierto a cualquier hora del día o de la noche.

Mientras Karine seguía engordando a tan solo unas semanas del parto, Pip se sentaba frente a su querido piano para escribir a un ritmo frenético y experimentar con acordes y variaciones armónicas, pues sabía que, cuando naciera el bebé, la paz del hogar se vería seriamente perturbada.

Felix Mendelssohn Edvard Halvorsen —el primer nombre elegido en honor al padre de Karine— llegó al mundo sano y feliz el 15 de noviembre de 1938. Y, tal como había sospechado Pip, a pesar de todos sus temores, Karine se adaptó sin problema a su papel de madre. Aunque se alegraba de verla tan contenta y realizada, tenía que reconocer que a veces se sentía excluido del estrecho vínculo que compartían madre e hijo. Toda la atención de su esposa estaba concentrada en el bebé, y Pip adoraba y lamentaba a partes iguales aquel cambio. Lo que más le costaba aceptar era el hecho de que Karine, que siempre lo había animado a trabajar en su composición, últimamente lo hiciera callar cada vez que se sentaba al piano.

—¡Pip, el bebé está durmiendo y vas a despertarlo!

Existía, sin embargo, una razón concreta por la que Pip se alegraba de que Karine estuviera tan entregada a su papel de madre, y era que no se molestaba en leer los periódicos, que cada semana parecían informar de crecientes tensiones en Europa. Después de que en marzo Alemania se anexionara Austria, a finales de septiembre se había vislumbrado la posibilidad de evitar la guerra: Francia, Alemania, Inglaterra e Italia habían firmado el Pacto de Múnich, que cedía el territorio checoslovaco de los Sudetes a Alemania a cambio del compromiso por parte de Hitler de no hacer más demandas territoriales. El primer ministro británico, Neville Chamberlain, incluso había anunciado en un discurso que dicho acuerdo traería «la paz para nuestro tiempo». Pip rezaba con todas sus fuerzas para que el señor Chamberlain estuviera en lo cierto. Pero hacia finales de otoño, los rumores en el foso de la orquesta y en las calles de Bergen eran cada vez más pesimistas: pocos creían que el Pacto de Múnich fuera a respetarse.

Las fiestas navideñas les proporcionaron, al menos, un grato respiro. Pasaron el día de Navidad en casa de Horst y Astrid con Elle y Bo. En Nochevieja, Karine y Pip dieron una pequeña fiesta en su propia casa y, cuando las campanadas sonaron a medianoche anunciando el comienzo de 1939, Pip tomó a su mujer entre sus brazos y la besó con ternura.

—Amor mío, todo lo que tengo te lo debo a ti. Nunca podré agradecerte bastante lo que has significado para mí y lo mucho que me has dado —le susurró—. Brindo por nosotros tres.

El día de Año Nuevo, Karine —a quien sus suegros habían convencido para que dejara a Felix a su cuidado— subió con Pip, Bo y Elle a un barco de la Hurtigruten en el puerto de Bergen para recorrer la magnífica costa occidental de Noruega. Incluso se olvidó de su celo maternal mientras admiraba los asombrosos paisajes que iban dejando atrás. La cascada de las Siete Hermanas, suspendida sobre el filo del Geirangerfjord, se convirtió en su favorita.

—Es sencillamente espectacular, *chéri* —le dijo a Pip, con quien la contemplaba desde la cubierta envuelta en varias capas de lana para protegerse de las gélidas temperaturas.

Ambos admiraron sobrecogidos las increíbles esculturas naturales de hielo que se habían formado cuando los torrentes de agua se habían congelado en plena caída a comienzos del invierno.

El Hurtigruten prosiguió remontando la costa, adentrándose en los fiordos para volver después a mar abierto y deteniéndose con víveres y correspondencia en una miríada de puertos diminutos. Tal servicio suponía un cabo salvavidas para los residentes de las aisladas comunidades que salpicaban la costa.

Cuando el barco puso rumbo a Mehamn, el punto más septentrional de la travesía en la costa ártica de Noruega, Pip explicó a sus compañeros el fenómeno de las luces del norte.

—Las auroras boreales son un espectáculo de luces celestiales propio del mismísimo Señor —dijo tratando de describir con palabras la belleza del fenómeno y consciente de que no lo estaba consiguiendo.

—¿Tú lo has visto? —le preguntó Karine.

—Sí, pero solo una vez en que se dieron las condiciones adecuadas y las luces llegaron nada menos que hasta Bergen. Nunca había hecho este viaje.

—¿Cómo se forma una aurora boreal? —preguntó Elle con la mirada fija en el despejado cielo estrellado.

—Estoy seguro de que existe una explicación técnica —reconoció Pip—, pero no soy la persona indicada para proporcionártela.

—Y, de todos modos, tal vez no sea necesaria —añadió Bo.

A partir de Tromsø, se encontraron el mar picado y las dos mujeres se retiraron a sus camarotes cuando el barco se aproximaba al cabo Norte. El capitán anunció que aquel era el mejor lugar para observar las luces del norte, pero, consciente de lo mareada que estaba Karine, Pip no tuvo más remedio que dejar a Bo solo en la cubierta contemplando el cielo y bajar a cuidar de ella.

—Te dije que odiaba el mar —gimió Karine antes de inclinarse sobre la bolsa que la compañía tenía la deferencia de proporcionar a los que se mareaban en el mar.

El día siguiente, tras abandonar el cabo Norte y emprender el regreso en dirección sur hacia Bergen, amaneció sobre aguas más tranquilas. Bo saludó a Pip en el comedor con el rostro emocionado.

—¡Amigo mío, lo he visto! ¡He visto el milagro! Y su esplendor ha bastado para convencer al más acérrimo de los ateos de que existe un poder superior. Qué colores… verdes, amarillos, azules… ¡el cielo entero brillaba! Fue… —Se le hizo un nudo en la garganta y tuvo que hacer un esfuerzo para recuperar la compostura. Con la mirada vidriosa por las lágrimas contenidas, alargó los brazos y estrechó con fuerza a Pip—. Gracias —dijo—. Gracias.

De vuelta en Bergen, y para no molestar al pequeño Felix, Pip se retiraba a la desierta sala de conciertos o a casa de sus padres para tocar el piano. Tenía el cerebro embotado a consecuencia de las interminables noches que su hijo pasaba berreando debido a los cólicos, a los que era particularmente propenso. Aunque Karine se levantaba para atenderlo y dejaba dormir a Pip, pues sabía lo mucho que tenía que trabajar, los llantos agudos de Felix atravesaban las delgadas paredes de la casa y le impedían descansar.

—Quizá debería añadirle un chorrito de aquavit al biberón y acabar con esto de una vez —comentó una Karine exhausta durante el desayuno después de una noche especialmente difícil—. Ese niño va a acabar conmigo —suspiró—. Siento mucho el alboroto, *chéri*. A veces me resulta imposible tranquilizarlo. Soy una mala madre.

Pip le rodeó la cintura con los brazos y le secó las lágrimas con las yemas de los dedos.

—Eso no es cierto, amor mío. Se le pasará con el tiempo, ya lo verás.

El verano se acercaba y ambos padres soñaban con dormir sin interrupciones, aunque solo fuera una noche. No obstante, durante la primera noche tranquila, tanto Pip como Karine se despertaron instintivamente a las dos en punto, la hora a la que solían empezar los berridos.

—¿Crees que está bien? ¿Por qué no llora? *Mon Dieu!* ¿Y si está muerto? —aulló Karine, que bajó de un salto de la cama y corrió hasta la cuna colocada en un recodo de la habitación—. No, no, está respirando y no parece que tenga fiebre —susurró mientras le tocaba la frente.

—Entonces ¿qué hace? —preguntó Pip.

Karine esbozó una sonrisa.

—Dormir, *chéri*, simplemente dormir.

Cuando la paz regresó al hogar, Pip comenzó a trabajar de nuevo en su composición. Después de meditarlo mucho, había decidido titularla *El concierto de Hero*. Había leído la historia de la sacerdotisa que desobedeció las normas del templo al permitir que su joven admirador le hiciera el amor y que, cuando este pereció ahogado, se arrojó al mar para estar junto a él. Le parecía que encajaba a la perfección con la naturaleza independiente e impulsiva de Karine. Además, Karine era su «Hero» y Pip sabía que, si algún día la perdía, él haría lo mismo.

Una tarde de agosto soltó el lápiz que utilizaba para escribir en la partitura y estiró los brazos entumecidos. Por fin había completado la orquestación. Su composición estaba lista.

El domingo siguiente, Karine, Felix y él tomaron el tren para ir a Froskehuset a ver a sus padres. Después de comer, Pip repartió las partituras con las partes del chelo, el violín y el oboe y les pidió a Karine y a Horst que las estudiaran. Tras un breve ensayo —ambos eran expertos repentistas—, Pip se sentó al piano y la pequeña orquesta empezó a tocar.

Veinte minutos más tarde, Pip se apoyó las manos en el regazo y se volvió para ver a su madre enjugándose las lágrimas.

—Eso lo ha escrito mi hijo... —susurró Astrid mirando a su marido—. Horst, creo que ha heredado el talento de tu padre.

—Estoy de acuerdo —convino Horst, también visiblemente emocionado. Posó una mano en el hombro de Pip—. Es una partitura realmente inspirada, muchacho. Hay que tocarla ante Harald Heide lo antes posible. Estoy seguro de que querrá estrenarla en Bergen.

—Todo esto, claro está, me lo debes a mí por comprarte el piano —dijo despreocupadamente Karine mientras regresaban a casa en el tren—. Así, cuando te hagas rico, podrás reemplazar el collar de perlas que vendí para pagarlo. —Al ver la cara de espanto de su marido, le plantó un beso en la mejilla—. No te inquietes, cariño. Felix y yo estamos muy orgullosos de ti y te queremos.

Pip se armó de valor para ir a ver a Harald Heide a la sala de conciertos antes de la primera función de la semana. Lo encontró detrás del escenario y le explicó que había escrito un concierto y deseaba conocer su opinión al respecto.

—No hay mejor momento que el presente. ¿Por qué no lo toca ahora? —propuso Harald.

—Eh... muy bien, señor.

Nervioso, Pip tomo asiento frente al piano, posó los dedos sobre las teclas e interpretó el concierto entero de memoria. Harald no lo interrumpió ni una sola vez, y cuando Pip terminó, aplaudió con ganas.

—Vaya, vaya, herr Halvorsen, es muy bueno, buenísimo. El tema central es deliciosamente original e hipnótico. Ya lo estoy tarareando. Por lo que puedo ver en estas páginas, hay que trabajar un poco más la orquestación, pero yo mismo puedo ayudarlo con eso. Me pregunto —dijo al devolverle la partitura— si tendremos otro joven Grieg entre nosotros. Hay una clara influencia de su obra en la estructura, pero es posible que también haya escuchado en ella a Rachmaninoff y Stravinski.

—Confío en que también haya escuchado un poco de mí, señor —replicó Pip con valentía.

—Desde luego, desde luego. Buen trabajo, joven. Creo que podríamos tratar de incluirlo en el programa de primavera, así dispondrá de tiempo para pulir la orquestación.

Después del concierto, Pip se tomó la libertad de despertar a su esposa.

—¿Te lo puedes creer, *kjære*? ¡Va a suceder! ¡Puede que el año que viene por estas fechas ya sea compositor profesional!

—Es lo más maravilloso que he oído en mi vida, aunque yo jamás lo había dudado. Serás un hombre influyente —rio Karine—. Y yo seré la esposa del célebre Pip Halvorsen.

—De «Jens Halvorsen» —la corrigió él—. Como es lógico, utilizaré el nombre que comparto con mi abuelo.

—Quien estoy segura de que estaría muy orgulloso de ti, *chéri*. Tanto como yo.

Brindaron con aquavit y remataron la celebración haciendo el amor en silencio para no despertar a Felix, que dormía plácidamente en su cuna a los pies de la cama.

«¿Por qué la felicidad siempre dura tan poco?», se preguntó Pip el 4 de septiembre al leer en el periódico que, después de la invasión germana de Polonia del 1 de septiembre, Francia e Inglaterra habían declarado la guerra a Alemania. Cuando Pip salió de casa y puso rumbo a la sala de conciertos para asistir a un ensayo, sintió el manto de pesimismo que flotaba sobre los residentes de la ciudad.

—Noruega logró mantenerse neutral en la última guerra. ¿Por qué no iba a hacerlo ahora? Somos una nación pacífica y no deberíamos tener nada que temer —aseguró Samuel, uno de los compañeros de Pip, mientras la orquesta afinaba los instrumentos en el foso.

Todos estaban alterados por la noticia y la tensión se palpaba en el ambiente.

—Pero recuerda que Vidkun Quisling, el líder del partido fascista noruego, está haciendo todo lo posible por reunir apoyos para defender la causa de Hitler —replicó sombríamente Horst mientras frotaba el arco de su chelo con colofonia—. Ha impartido numerosas conferencias sobre lo que denomina «el problema judío» y, si asciende al poder, no lo quiera Dios, no hay duda de que se pondrá del lado de los alemanes.

Después del concierto, Pip quiso hablar con su padre en privado.

—*Far*, ¿realmente crees que entraremos en esta guerra?

—Me temo que es posible. —Horst se encogió de hombros con tristeza—. Y aunque nuestro país desoiga la llamada a tomar las armas de uno u otro bando, dudo que el régimen alemán nos deje en paz.

Aquella noche, Pip hizo cuanto pudo por consolar a Karine, cuya mirada ardía una vez más con el miedo que ya la había invadido en Leipzig.

—Tranquilízate, te lo ruego —le suplicó mientras su esposa se paseaba por la cocina apretando a un Felix inquieto contra su pecho, como si los nazis estuvieran a punto de irrumpir en su casa y arrebatarle a su hijo—. Recuerda que ahora eres luterana y llevas el apellido Halvorsen. Aunque los nazis nos invadan, lo cual es muy poco probable, nadie sabe que eres judía de nacimiento.

—¡Por Dios, Pip! ¿Cómo puedes ser tan ingenuo? No hay más que mirarme a la cara para ver la verdad, y no les haría falta investigar mucho para corroborarla. No entiendes lo minuciosos que son. ¡No pararán hasta acabar con nosotros! ¿Y qué pasa con nuestro hijo? ¡Tiene sangre judía! ¡Puede que se lo lleven a él también!

—No veo manera de que lo descubran. Además, tenemos que creer que no vendrán a Noruega —insistió Pip, decidido a apartar de su mente los anteriores comentarios de su padre—. Varias personas me han dicho que hay un goteo constante de judíos procedentes de Europa llegando a Noruega a través de Suecia para escapar de la amenaza nazi. Ellos nos ven como un refugio seguro. ¿Por qué tú no?

—Porque puede que estén equivocados. Pip… puede que estén equivocados. —Karine se dejó caer bruscamente sobre una silla con un suspiro—. ¿Voy a tener que vivir siempre con miedo?

—Te juro, Karine, que haré todo lo que esté en mi mano para protegeros a ti y a Felix. Cueste lo que cueste, amor mío.

Ella levantó la cabeza para mirarlo. Sus ojos oscuros rezumaban angustia e incredulidad.

—Sé que ese es tu deseo, *chéri*, y te lo agradezco, pero puede que ni siquiera tú puedas salvarme esta vez.

Tal como había sucedido después de la destrucción de la estatua de Mendelssohn en Leipzig, Pip tuvo la sensación de que la atmósfera de tensión se calmaba a lo largo del mes siguiente, pues los noruegos empezaron a aceptar la situación y a reaccionar en consecuencia. El rey Haakon y su primer ministro, Johan Nygaardsvold, se esforzaron por convencer a sus ciudadanos de que Alemania no estaba interesada en su diminuto rincón del mundo. No había razones para inquietarse, insistían, si bien habían movilizado al ejército y la armada y ya se estaban tomando algunas precauciones por si ocurría lo peor.

Entretanto, guiado por las manos expertas y alentadoras de Harald, Pip pasaba las horas perfeccionando la orquestación de su concierto. Justo antes de Navidad, el director le comunicó la maravillosa noticia de que, definitivamente, iba a incluir *El concierto de Hero* en el programa de primavera, cosa que dio lugar a más rondas de aquavit cuando llegó a casa aquella noche después del concierto.

—Y la primera actuación te la dedicaré a ti, cariño.

—Y yo estaré allí para oírte dar vida a tu obra maestra. Tú estuviste conmigo cuando yo di vida a la mía —dijo Karine arrojándose a sus brazos impulsada por el alcohol.

Luego hicieron el amor con desenfreno, sin el impedimento de su hijo, que aquella noche dormía en casa de sus abuelos.

41

Una lluviosa mañana de marzo de 1940, sentado frente a su esposa a la mesa del desayuno, Pip la vio fruncir el cejo mientras leía una carta de sus padres.

—¿Qué ocurre, cariño? —le preguntó.

Karine levantó la vista.

—Mis padres dicen que deberíamos marcharnos a Estados Unidos de inmediato. Están convencidos de que herr Hitler pretende dominar el mundo, que no se dará por satisfecho hasta que controle Europa y el resto del planeta. Mira, nos han enviado todos los dólares que han podido reunir para ayudarnos a sufragar el viaje. —Agitó un delgado fajo de billetes—. Si vendiéramos el piano, conseguiríamos el dinero que nos falta. Dicen que ya ni Francia y ni siquiera Noruega están a salvo de una posible invasión.

A tan solo unas semanas del estreno de su composición, programada como parte de un concierto especial en el Teatro Nacional el domingo 14 de abril, Pip le sostuvo la mirada.

—Perdona, pero ¿cómo pueden tus padres, que están a miles de kilómetros de aquí, saber más sobre la situación de Europa que nosotros?

—Porque ellos poseen una visión global e imparcial que nosotros no podemos tener. Nosotros estamos «dentro» del problema, y es posible que aquí, en Noruega, nos estemos engañando porque es lo único que podemos hacer para consolarnos. Pip, de verdad, creo que ha llegado el momento de irnos —terció Karine.

—Cariño, sabes tan bien como yo que nuestro futuro y el de nuestro hijo depende del éxito del estreno de mi concierto. ¿Cómo quieres que renuncie a eso ahora?

—¿Para mantener a salvo a tu esposa y a tu hijo?

—¡Karine, por favor, no digas eso! He hecho cuanto he podido por protegeros y seguiré haciéndolo. Si queremos labrarnos un futuro en Estados Unidos, he de crearme primero una reputación. De lo contrario, llegaré como otro aspirante más a compositor procedente de un país del que muchos estadounidenses ni siquiera han oído hablar. Si ya dudo de que me dejaran entrar en la Filarmónica de Nueva York o en cualquier otra orquesta como chico de los recados, imagínate como alguien a quien hay que tomar en serio.

Pip vio un repentino brillo de furia en los ojos de Karine.

—¿Estás seguro de que lo haces por el dinero? ¿No será más bien por tu ego?

—Deja de tratarme con condescendencia —replicó él con frialdad al levantarse de la mesa—. Soy tu marido y el padre de nuestro hijo. Soy yo el que toma las decisiones en esta casa. Tengo una reunión con Harald dentro de veinte minutos. Seguiremos hablando más tarde.

Pip salió de casa echando humo y pensando que, a veces, Karine lo presionaba demasiado. Aparte de leer todos los periódicos que caían en sus manos, siempre mantenía el oído aguzado, atento a las conversaciones que tenían lugar en la calle y en el foso de la orquesta. Entre sus filas había dos músicos judíos y ninguno de ellos parecía creer que hubiera motivos para inquietarse. Y hasta el momento nadie había insinuado que herr Hitler tuviera planes inminentes de invadir Noruega. Decididamente, pensó mientras recorría las calles de la ciudad, los padres de Karine eran unos alarmistas. Teniendo en cuenta que solo faltaban tres semanas para el estreno, sería una locura que se marcharan en aquel momento.

Y por una vez, pensó Pip presa de la irritación por ver sus opiniones desautorizadas, Karine haría caso a su marido.

—Como quieras —respondió ella con desdén cuando Pip le dijo aquella noche que quería que la familia permaneciera en Bergen hasta después del estreno—. Si crees que tu esposa y tu hijo están a salvo aquí, no me queda más opción que confiar en ti.

—Lo creo, al menos por el momento. Más adelante, si es necesario, podremos reconsiderar la situación.

Pip la vio levantarse de la silla después de oírlo rebatir con firmeza la opinión de sus padres y la intuición de su propia esposa.

—Naturalmente —añadió Pip con un gesto de hastío—, no puedo impedir que te vayas si eso es lo que quieres.

—Como bien has señalado, eres mi marido y debo aceptar tus opiniones y decisiones. Felix y yo nos quedaremos aquí contigo. Esta es nuestra casa. —Karine le dio la espalda y se dirigió hacia la puerta. Luego se detuvo y se volvió de nuevo hacia él—. Solo espero que tengas razón, Pip. De lo contrario, que Dios nos proteja.

Cinco días antes del estreno del concierto de Pip, la maquinaria bélica alemana atacó Noruega. Para el país, cuya flotilla mercante al completo estaba ocupada ayudando a Inglaterra a bloquear el Canal para protegerlo de una invasión, fue un golpe totalmente inesperado. Los noruegos, con su escuálida armada, hicieron lo posible por defender los puertos de Oslo, Bergen y Trondheim, e incluso lograron destruir, en Oslofjord, un buque de guerra alemán que transportaba armas y víveres. Pero el bombardeo enemigo desde mar, tierra y aire fue incesante e imparable.

Durante el asedio de Bergen, Pip, Karine y Felix se marcharon a las colinas para refugiarse en Froskehuset, desde donde escuchaban, sumidos en un silencio aterrorizado, el rugido de la Luftwaffe sobre sus cabezas y los estallidos de las ametralladoras en la ciudad que se extendía a sus pies.

Pip no se atrevía a mirar a Karine a los ojos; sabía exactamente lo que encontraría en ellos. Aquella noche se acostaron sin mediar palabra y yacieron como dos extraños mientras Felix dormía entre ambos. Finalmente, incapaz de seguir soportándolo, Pip buscó la mano de su mujer.

—Karine —susurró en la oscuridad—, ¿crees que podrás perdonarme algún día?

Ella tardó un rato en responder.

—Debo hacerlo. Eres mi marido y te quiero.

—Te juro que, pese a lo que ha ocurrido, estamos a salvo. Todo el mundo dice que los ciudadanos de Noruega no tienen nada que temer. Los nazis solo nos han invadido para proteger el paso de sus suministros de hierro desde Suecia. No tiene nada que ver contigo y conmigo.

—No, Pip. —Karine dejó escapar un suspiro exhausto—. Pero siempre tiene que ver con nosotros.

A lo largo de los dos días siguientes, los invasores alemanes aseguraron a los residentes de Bergen que no tenían nada que temer y que la vida seguiría como siempre. De la fachada del ayuntamiento pendían esvásticas y los soldados con uniforme nazi llenaban las calles. El centro de la ciudad había sufrido graves daños durante la toma de Bergen y se cancelaron todos los conciertos.

Pip estaba devastado. Había arriesgado la vida de su esposa y de su hijo por un estreno que jamás tendría lugar. Salió de casa, subió por la ladera y se adentró en el bosque. Se sentó pesadamente sobre un tocón y enterró la cabeza entre las manos. Y por primera vez en su vida de adulto lloró de vergüenza y miedo.

Bo y Elle fueron a Froskehuset a visitarlos aquella noche y los seis hablaron de la situación.

—Me han contado que nuestro valeroso rey ha abandonado Oslo —le dijo Elle a Karine—. Está escondido en algún lugar del norte. Bo y yo también hemos decidido marcharnos.

—¿Cuándo? ¿Cómo? —preguntó Karine.

—Bo tiene un amigo pescador que trabaja en el puerto. Le ha dicho que nos llevará a nosotros y a todo el que lo desee a Escocia. ¿Vendréis?

Karine miró de soslayo a Pip, que estaba conversando con su padre.

—Dudo mucho que mi marido quiera irse. ¿Crees que Felix y yo corremos peligro aquí? Dímelo, Elle, por favor. ¿Qué opina Bo?

—Es imposible saberlo, Karine. Aunque lleguemos a Gran Bretaña, puede que los alemanes también la invadan. Esta guerra es como una plaga que no deja de propagarse. Por lo menos aquí estás casada con un noruego, y además ahora eres luterana. ¿Le has hablado a alguien de aquí de tus orígenes y tu religión?

—¡No! Con excepción de mis suegros, claro.

—En ese caso, tal vez sea mejor que te quedes aquí con tu marido. Llevas su apellido y cuentas con la fama de su familia en Bergen para protegerte. Para nosotros es distinto. No tenemos nada tras lo que escudarnos. Les estamos tremendamente agradecidos a Pip y a su familia por habernos acogido y salvado del peligro. Si nos hubiésemos quedado en Alemania... —Elle se estremeció—. He oído historias sobre campos para judíos, sobre familias enteras que desaparecen de sus hogares en mitad de la noche.

Karine también las había oído.

—¿Cuándo os vais?

—No voy a decírtelo. Es preferible que no lo sepas, por si la situación empeora. Y te ruego que no se lo cuentes a Pip ni a sus padres.

—¿Será pronto?

—Sí. Y Karine —dijo Elle tomando a su amiga de la mano—, debemos despedirnos ahora. Espero que algún día volvamos a vernos, y rezo por ello.

Se abrazaron con los ojos llenos de lágrimas y se cogieron de las manos en una silenciosa muestra de solidaridad.

—Siempre estaré aquí si me necesitas, amiga mía —susurró Karine—. Escríbeme cuando llegues a Escocia.

—Lo haré, te lo prometo. Recuerda que, aunque tu marido se haya equivocado, es un buen hombre. ¿Quién, salvo los de nuestra raza, habría podido prever algo así? Perdónalo, Karine. Él no puede entender lo que representa vivir siempre con miedo.

—Lo intentaré —concedió Karine.

—Bien.

Con una pequeña sonrisa, Elle se levantó del sofá y le indicó a Bo que ya podían irse.

Cuando los vio partir, Karine supo en lo más profundo de su alma que nunca volvería a verlos.

Dos días después, Karine y Pip se atrevieron a bajar de la colina y regresar a su hogar. Todavía brotaban volutas de humo de las casas del puerto que habían sido destruidas por el fuego durante los bombardeos.

El taller del cartógrafo era una de ellas.

Los dos contemplaron horrorizados la humeante pila de escombros.

—¿Crees que estaban dentro? —preguntó Pip con voz trémula.

—No lo sé —respondió Karine recordando la promesa que le había hecho a Elle—. Tal vez.

—Dios mío.

Pip cayó de rodillas al suelo y rompió a llorar, pero en aquel momento Karine divisó un pelotón de soldados alemanes que avanzaba por la calzada.

—¡Levántate! —susurró—. ¡Vamos!

Pip obedeció y, cuando los soldados pasaron por su lado, Karine y él los saludaron respetuosamente con la esperanza de que simplemente los tomaran por dos jóvenes noruegos enamorados.

La mañana del malogrado estreno de *El concierto de Hero*, Pip se despertó y vio que Karine ya se había levantado. Tras comprobar que Felix seguía durmiendo plácidamente en la camita colocada a los pies de la suya, bajó en busca de su esposa. Entró en la cocina y encontró una nota en la mesa.

«He salido a comprar leche y pan. No tardo. Besos.»

Pip se acercó a la puerta y caminó nervioso hasta la acera, preguntándose por qué su esposa habría salido sola de casa. Se oían algunos disparos aislados a lo lejos, pues todavía quedaban focos de soldados noruegos plantando batalla, si bien nadie se hacía ilusiones en cuanto a quiénes eran los vencedores.

Al no ver en la calle ni a una sola persona a quien poder preguntar por el paradero de su mujer, Pip entró de nuevo en casa y despertó a su hijo. Felix, que para entonces ya tenía diecisiete meses, saltó de la cama y, aferrado a la mano de su padre, bajó la escalera con paso inseguro. Se oyó otra ráfaga de disparos.

—¡Pum, pum! —exclamó Felix con una sonrisa—. ¿Dónde está mamá? ¡Tengo hambre!

—Mamá volverá enseguida. Veamos qué hay de comer en la cocina.

Pip enseguida comprendió por qué Karine había decidido salir, pues al abrir la despensa la encontró vacía. También reparó en las dos botellas de leche vacías que descansaban junto al fregadero. Recurrió a un mendrugo de pan que había sobrado de la cena para distraer a Felix hasta que su madre volviera. Se sentó al pequeño en el regazo y le leyó un cuento, intentando concentrarse en algo que no fuera su propio miedo.

Al cabo de dos horas, Karine seguía sin aparecer. Desesperado, Pip llamó a la puerta de su vecina. La mujer lo tranquilizó diciéndole que la comida había empezado a escasear y que el día antes ella misma había tenido que hacer cola durante más de una hora para comprar pan.

—Estoy segura de que no tardará en volver. Es posible que haya tenido que alejarse más de lo habitual para encontrar provisiones.

Pip regresó a casa y decidió que no podía soportarlo más. Después de vestir a Felix, salió a la calle con su hijo fuertemente asido de la mano. Sobre la bahía todavía se alzaban columnas de humo acre fruto de los bombardeos de la Luftwaffe, y aún se oía algún que otro disparo. Pese a que eran más de las once, las calles estaban prácticamente desiertas. Vio que la panadería que solían frecuentar tenía los postigos cerrados, al igual que la verdulería y la pescadería de Teatergaten. Escuchó las fuertes pisadas de una patrulla de vigilancia y, al doblar la esquina, los vio marchar en su dirección.

—¡Soldado!

Felix los señaló con el dedo, ajeno al peligro que representaban.

—Sí, soldado —dijo Pip mientras se devanaba los sesos pensando adónde podía haber ido Karine.

Se acordó entonces de la pequeña hilera de tiendas de Vaskerelven, justo pasado el teatro. A veces Karine le pedía que se pasara por allí camino del trabajo cuando les faltaba algo.

Al llegar al teatro, levantó la vista y vio que la fachada estaba totalmente destrozada. Horrorizado, se quedó sin aliento. Lo primero que pensó fue que, aunque tenía la partitura original del piano en Froskehuset, las del resto de su orquestación estaban guardadas bajo llave en la oficina del teatro.

—Dios mío, seguro que han desaparecido —musitó desconsolado.

Desvió la mirada para que su hijo no reparara en su miedo y pasó junto a los restos del teatro decidido a no lamentarse por lo que se había perdido en su interior.

—¿*Far*, por qué duermen?

Felix señaló la plaza, situada unos metros más adelante, y fue entonces cuando Pip vio los cuerpos, unos diez o doce. Parecían muñecos de trapo arrojados al suelo de cualquier manera. Dos de ellos llevaban el uniforme del ejército noruego, pero el resto eran civiles: hombres, mujeres y un niño. Probablemente se hubiera producido una escaramuza y aquellos inocentes se hubieran visto atrapados en el fuego cruzado.

Pip trató de apartar a su hijo, pero este permaneció clavado en el suelo señalando uno de los cuerpos.

—*Far*, ¿podemos despertar ya a mamá?

Ally

Bergen, Noruega
Septiembre de 2007

«*La muerte de Åse*»

Edvard Grieg

42

Noté el escozor de las lágrimas en los ojos cuando Thom, que había estado caminando de un lado a otro mientras me narraba la historia, finalmente se desplomó sobre una butaca.

—Dios mío, Thom, no tengo palabras. Es espantoso —susurré al fin.

—Sí. Tremendo. Cuesta creer que sucediera hace solo dos generaciones. Y que ocurriera justo aquí, en lo que hasta ahora tenías por nuestro seguro refugio en la cima del mundo.

—¿Cómo consiguió seguir adelante Pip después de la muerte de Karine? Debió de sentirse totalmente responsable.

—Verás, Ally… No lo hizo. Seguir adelante, quiero decir.

—¿De qué estás hablando?

—Después de encontrar a Karine muerta en la plaza, Pip trajo a Felix a esta casa para que se quedara con sus abuelos. Les dijo a Horst y a Astrid que se iba a dar un paseo porque necesitaba pensar. Al ver que anochecía y no regresaba, Horst salió en su busca. Y lo encontró muerto en el bosque que hay justo detrás de la casa. Pip había cogido la escopeta de caza de su padre del cobertizo y se había suicidado.

Lo miré horrorizada, incapaz de articular palabra.

—Dios mío, pobre, pobre Felix.

—Qué va, él no sufrió lo más mínimo —replicó Thom—. Era demasiado pequeño para entender lo que había sucedido, y Horst y Astrid se hicieron cargo de él, obviamente.

—Aun así, perder a tu madre y a tu padre el mismo día…

Me percaté de la expresión de Thom y decidí callar.

—Lo siento, Ally —se disculpó al reconocer la dureza de su

propio tono—. De hecho, creo que lo que es aún peor que todo eso es que Felix, al que nunca le habían contado la verdad acerca de la muerte de su padre, se enteró por un imbécil de la Filarmónica de Bergen que decidió soltárselo un día pensando que él ya lo sabía.

—Uf.

Me estremecí.

—Tenía veintidós años y acababa de incorporarse a la orquesta. Más de una vez me he preguntado si fue eso lo que lo apartó del buen camino e hizo que empezara a beber…

La voz de Thom se apagó.

—Tal vez —respondí con delicadeza, aunque en realidad quería contestar que sí, que estaba segura de que una revelación así bastaría para desestabilizar a cualquiera.

Thom miró su reloj y se levantó de un salto.

—Debemos irnos, Ally, o no llegaremos a tu cita con el médico.

Salimos de la casa, subimos al coche y descendimos raudos por la colina en dirección al centro de Bergen. Cuando llegamos a la clínica, Thom detuvo el coche frente a la entrada.

—Ve pasando mientras voy a aparcar.

—No es necesario que me acompañes, Thom, de verdad.

—Lo haré de todas formas. No todo el mundo habla inglés o francés en Noruega, ¿sabes? Suerte —me deseó con una sonrisa antes de dirigirse al aparcamiento.

Me llamaron de inmediato y, aunque el inglés de la doctora no era perfecto, bastó para que entendiera lo que estaba intentando decirle. Me hizo algunas preguntas y me sometió a un examen pélvico exhaustivo.

Cuando, terminado el reconocimiento, me incorporé en la camilla, me dijo que quería hacerme un análisis de sangre y otro de orina.

—¿Cuál cree que es el problema? —pregunté inquieta.

—¿Cuándo tuvo la última regla, señorita… D'Aplièse?

—Mmm… —La verdad era que no lo recordaba—. No estoy segura.

—¿Existe alguna posibilidad de que pueda estar embarazada?

—No… no sé —contesté, incapaz de asimilar la enormidad de su pregunta.

—Le haremos un análisis de sangre para descartar todo lo

demás, pero tiene la matriz visiblemente dilatada y es probable que sus náuseas sean las propias de las primeras semanas de embarazo. Calculo que está ya de dos meses y medio aproximadamente.

—Pero he perdido peso —señalé—. No puede ser eso.

—Algunas mujeres adelgazan debido a las náuseas. La buena noticia es que tienden a remitir después del tercer mes. Debería empezar a encontrarse mejor muy pronto.

—Ya. Esto… gracias.

Me levanté de la camilla sintiendo que me faltaba el aire. La doctora me entregó un bote para la muestra de orina y me indicó dónde se encontraba la enfermera que debía realizar la extracción de sangre. Salí del despacho, busqué el lavabo más cercano y, después de hacer lo que tenía que hacer, me quedé allí sentada, sudando y temblando mientras luchaba desesperadamente por recordar la fecha de mi último período.

—Dios mío —susurré entre las reverberantes paredes.

Había sido en junio, justo antes de incorporarme a la tripulación de Theo para preparar la regata de las Cícladas…

Salí del baño tambaleándome para ir a que me sacaran sangre. Pensé en la de veces que había oído decir a otras mujeres que no se habían dado cuenta de que estaban embarazadas. Yo siempre me había reído de ellas, pues me costaba creer que a una mujer se le retirase la regla sin que se le pasara esa idea por la cabeza. Ahora yo era esa mujer. Porque con todo lo que me había sucedido a lo largo de las últimas semanas, sencillamente no había reparado en tal ausencia.

«Pero ¿cómo?», pensé cuando localicé a la enfermera y me subí la manga para que pudiera atarme la cinta elástica al brazo. Siempre había tenido mucho cuidado de tomarme la píldora puntualmente. Pero entonces me acordé de aquella noche en Naxos, cuando me puse a vomitar delante de Theo y él cuidó de mí con tanto mimo. ¿Era posible que aquello hubiera reducido el efecto contraceptivo de la píldora? ¿O acaso había olvidado tomármela algún día, conmocionada como estaba por la muerte de Pa…?

Regresé a la recepción y entregué la muestra de orina. Allí me dijeron que tendrían los resultados al día siguiente por la tarde y que llamara a la consulta para conocerlos.

—Gracias —dije, y al darme la vuelta me tropecé con Thom.

—¿Todo bien?

—Creo que sí.

—Me alegro.

Lo seguí hasta el coche y permanecí callada mientras me llevaba al hotel.

—¿Seguro que estás bien? ¿Qué te ha dicho la doctora?

—Que estoy… agotada, estresada. Quiere hacerme unas pruebas —respondí con ligereza.

No estaba preparada para divulgar los detalles de un cuarto de hora que podría cambiarme la vida hasta que yo misma lo hubiera asimilado.

—Mañana por la mañana tengo concierto con la orquesta en el Grieg Hall, pero podría pasar después por tu hotel para ver cómo estás. ¿Hacia el mediodía?

—Me encantaría. Gracias por todo, Thom.

—De nada. Y te pido disculpas si mi relato te ha afectado. Llámame si necesitas algo, ¿de acuerdo?

Me apeé del coche y reparé en su cara de preocupación.

—Tranquilo, lo haré. Adiós.

Aguardé en la acera a que el coche desapareciera por el muelle. Necesitaba cerciorarme y la farmacia que había visto camino del hotel debía de estar a punto de cerrar. Corrí los pocos cientos de metros que me separaban de ella y llegué justo cuando se disponían a echar la llave. Compré lo que necesitaba y volví al hotel a un ritmo mucho más tranquilo.

Una vez en el cuarto de baño, seguí las instrucciones y me dispuse a esperar los dos minutos que se suponía que tardaba en verse el resultado.

Miré de reojo la tira de plástico y vi que, al cabo de solo unos segundos, la raya ya estaba tornándose indiscutiblemente azul.

Aquella noche experimenté todo un abanico de emociones. Del alivio abrumador que me producía saber que no estaba enferma, sino simplemente embarazada, pasé al temor no solo de que a mi cuerpo le estuviera sucediendo algo que escapaba a mi control, sino de tener que afrontar la situación sola. Por último, y de manera totalmente inesperada, empezó a invadirme un paulatino sentimiento de dicha.

Iba a tener un hijo de Theo. Una parte de él seguía viva… y

estaba dentro de mí, creciendo y haciéndose un poco más fuerte cada día. Me parecía tan milagroso que, a pesar del miedo, derramé lágrimas de alegría por la forma en que la vida parecía encontrar siempre la manera de reponerse.

Superada la conmoción inicial, me levanté y me puse a caminar de un lado a otro de la habitación. Ya no me sentía decaída, enferma y asustada, sino llena de una energía nueva. Aquello estaba ocurriendo, me gustara o no, y ahora tenía que pensar en lo que iba a hacer. ¿Qué clase de hogar podría darle a mi hijo? ¿Y dónde? Sabía que el dinero no era, por suerte, un problema. Y tampoco me faltaría ayuda, en caso de quererla, con Ma en Ginebra y Celia en Londres. Por no mencionar a las cinco tías chochas en que se convertirían mis hermanas. No sería una infancia convencional, pero me juré a mí misma que haría todo lo posible por ser tanto una madre como un padre para aquel bebé mío y de Theo.

Mucho más tarde, cuando decidí acostarme y tratar de conciliar el sueño, caí en la cuenta de que, desde que me habían comunicado que estaba esperando un hijo, ni por un momento se me había pasado por la cabeza no tenerlo.

—Hola, Ally —me saludó Thom al día siguiente en el vestíbulo del hotel, dándome dos besos—. Hoy tienes mejor aspecto. Ayer me quedé un poco preocupado.

—Me encuentro mejor… Creo —añadí al tiempo que esbozaba una sonrisa burlona y decidía que, en realidad, estaba deseando compartir la buena nueva con alguien—. Por lo visto, estoy embarazada y esa es la razón de que me encontrara tan mal.

—Ostras… Uau, es fantástico… ¿no? —aventuró tratando de leerme el pensamiento.

—Sí, creo que sí. Aunque ha sido una sorpresa. No me lo esperaba y el padre ya no está, pero me siento… ¡feliz!

—Entonces yo también lo estoy.

Me di cuenta de que Thom seguía observándome para cerciorarse de que en realidad no estaba haciéndome la valiente.

—Estoy encantada, en serio. De hecho, estoy más que encantada.

—En ese caso, felicidades.

—Gracias.

—¿Se lo has contado a alguien? —me preguntó.

—No. Eres el primero.

—Entonces, me siento halagado —dijo mientras salíamos del hotel en dirección al coche—. Aunque ahora me pregunto si lo que tenía planeado para esta tarde le conviene a tu delicado... estado.

—¿Qué es?

—Había pensado que podríamos hacerle una visita a Felix para ver si tiene algo que contar. Pero como no será una experiencia agradable, quizá deberíamos dejarla para más adelante.

—No, me encuentro perfectamente, en serio. Estoy segura de que el miedo que me generaba estar tan hecha polvo hacía que me encontrara aún peor. Ahora que conozco la causa, puedo empezar a hacer planes. Así que, venga, vayamos a casa de Felix.

—Como te dije ayer, aunque supiera de tu existencia, es muy probable que lo niegue. Yo vivía justo delante de sus narices y aun así no quiso aceptar que era su hijo.

—¿Thom? —le dije una vez en el coche.

—¿Qué?

—Pareces más convencido que yo de que tengo una conexión familiar contigo y los Halvorsen.

—Puede —reconoció mientras giraba la llave de contacto—. En primer lugar: me contaste que tu padre le entregó a cada una de sus hijas una pista sobre su pasado y el lugar donde comenzaba su historia. En tu caso fue el libro de mi tatarabuelo. En segundo lugar: eres o has sido música, y está científicamente demostrado que el talento puede transmitirse a través de los genes. En tercer lugar: ¿te has mirado últimamente al espejo?

—¿Por qué?

—¡Ally, míranos!

—Vale.

Juntamos las cabezas y nos miramos en el espejo retrovisor.

—Sí —concluí—, nos parecemos. Pero la verdad es que fue una de las primeras cosas que pensé cuando llegué a Noruega, que me parecía a todo el mundo.

—Estoy de acuerdo en que tu pelo y tu piel son típicamente noruegos. Pero, fíjate, si hasta tenemos los mismos hoyuelos.

Thom se llevó los dedos a los suyos y yo hice lo propio.

Estiré los brazos por encima del cambio de marchas y lo abracé.

—Bueno, aunque descubramos que no estamos emparentados, creo que he encontrado a mi nuevo mejor amigo. Lo siento, sé que parece sacado de una película de Disney, pero es que ahora mismo tengo la sensación de estar viviendo una película —dije riéndome de mi absurda sensación.

—Dime otra vez que estás segura de que quieres hacer esto —insistió mientras se alejaba del bordillo—, que estás preparada para ir a ver al trol de la colina que puede que sea o no sea tu padre biológico.

—Lo estoy. ¿Así es como lo llamas? ¿Trol?

—Eso no es nada comparado con los apelativos que le he puesto en el pasado, por no hablar de los adjetivos que utilizaba mi madre.

—¿No crees que deberíamos avisarlo de nuestra visita? —pregunté cuando tomamos la carretera del puerto.

—Si se lo decimos, seguro que encontrará una excusa para no recibirnos.

—Por lo menos cuéntame algo más de él antes de que lleguemos a su casa.

—¿Aparte de que es un crápula que ha echado a perder su vida y su talento?

—Vamos, Thom. Después de lo que me contaste ayer, sospecho que Felix sufrió mucho de niño. Perdió a sus padres en circunstancias horribles.

—Vale, vale, lo siento. Son los años de un resentimiento alimentado, lo reconozco, por mi madre. Resumiendo, fue Horst quien enseñó a mi padre a tocar el piano. Y, según la leyenda, a los siete años ya tocaba conciertos de oído y a los doce había compuesto uno propio. Orquestación incluida —añadió Thom—. A los diecisiete obtuvo una beca para estudiar en París, y tras ganar el concurso de Chopin en Varsovia, fue contratado por la Filarmónica de Bergen. Era el pianista más joven que habían tenido nunca. Según mi madre, las cosas empezaron a ir mal a partir de aquel momento. Felix carecía de ética laboral, llegaba tarde a los ensayos, a menudo con resaca, y al final de la tarde ya estaba borracho. La gente lo toleraba porque tenía mucho talento, hasta que se les agotó la paciencia.

—Me recuerda un poco a su bisabuelo Jens —murmuré.

—Exacto. Al final lo echaron de la orquesta por llegar tarde, o simplemente no presentarse, con demasiada frecuencia. Horst y Astrid también se hartaron y no tuvieron más remedio que echarlo de Froskehuset. Creo que fue uno de esos casos de lo que hoy en día los terapeutas llaman «aplicación de mano dura», aunque Horst le permitió instalarse en la cabaña que Astrid y él habían construido años antes para cuando querían pasar tiempo en el bosque cazando. Era muy básica, por decirlo con delicadeza. Felix vivía fundamentalmente a costa de las mujeres a las que cautivaba y, de acuerdo con mi madre, saltaba de flor en flor. Incluso ahora, pese a tener agua corriente y electricidad, es poco más que una choza con pretensiones.

—Cuanto más sé de él, más me recuerda a Peer Gynt. ¿Cómo lograba sobrevivir sin trabajar?

—Se vio obligado a dar clases particulares de piano para pagar su adicción al alcohol. Así fue como conoció a mi madre. Y, por desgracia, poco ha cambiado en estos treinta años. Sigue siendo un mujeriego borracho y sin blanca en el que no se puede confiar. Pero ahora más viejo.

—Qué desperdicio de talento —suspiré.

—Sí, una pena. En fin, esa es la historia resumida de la vida de mi padre.

—¿Y qué hace todo el día ahí arriba? —pregunté mientras el coche continuaba su ascenso por la colina.

—No sabría decirte. Todavía tiene algún que otro alumno y se gasta el dinero que gana en whisky. Felix se está haciendo mayor, aunque eso no significa que haya perdido su encanto. Ally, sé que lo que voy a decir puede parecerte una aberración teniendo en cuenta el motivo de nuestra visita, pero me preocupa que te tire los tejos.

—Estoy segura de que sabré manejarlo, Thom —dije con una sonrisa triste.

—No lo dudo, pero me siento… responsable. Y estoy empezando a preguntarme por qué te he metido en esto. Quizá debería ir a verlo yo solo para ponerlo en antecedentes.

Noté que estaba nervioso y traté de tranquilizarlo.

—Ahora mismo, entre tu padre y yo no existe ninguna relación. Para mí es un desconocido. Estamos... estás haciendo meras elucubraciones sobre lo que podría o no podría ser. Y pase lo que pase, te prometo que no dejaré que me afecte.

—Eso espero, Ally, de verdad. —Aminoró la velocidad y arrimó el coche a una ladera cubierta de pinos—. Hemos llegado.

Mientras subía detrás de Thom por unos escalones toscos y cubiertos de vegetación que al parecer conducían a algún tipo de morada, comprendí que aquel era un acontecimiento mucho más doloroso para él que para mí. Independientemente de lo que me esperara allí arriba, yo continuaría teniendo un padre que me había querido y cuidado a lo largo de mi infancia. Y, decididamente, no buscaba ni necesitaba otro.

En lo alto de la colina, los escalones empezaban a descender y, en medio de un claro, vislumbré una cabaña de madera que me hizo pensar en la casa de la bruja del cuento de Hansel y Gretel.

Cuando llegamos a la puerta, Thom me dio un apretón en la mano.

—¿Lista?

—Lista —dije.

Tras un leve titubeo, llamó con los nudillos. Esperamos una respuesta.

—Sé que está porque he visto su moto abajo —susurró Thom antes de volver a probar—. Ahora mismo ni siquiera puede permitirse un coche, y como la policía lo ha parado tantas veces, parece creer que una moto es un medio de transporte más invisible. ¡Hay que ser idiota!

Al cabo de unos instantes escuchamos pasos en el interior y una voz que decía algo en noruego. La puerta se abrió inmediatamente después.

—Está esperando a un alumno y cree que somos él —me tradujo Thom.

Una figura apareció en el umbral y mi mirada se topó con los ojos azul claro del padre de Thom. Me había equivocado al esperar un viejo decrépito con la nariz tumefacta a causa del whisky y el cuerpo devastado por años de alcoholismo. El hombre que tenía delante iba descalzo y vestía unos vaqueros con un roto en la rodilla y una camiseta que parecía no haberse quitado desde hacía varios días. Yo le había calculado sesenta años largos; sin embargo, apenas tenía canas y en su rostro se apreciaban pocas arrugas. Si lo hubiera visto por la calle, le habría echado diez años menos.

—Hola, Felix, ¿cómo estás? —lo saludó Thom.

El hombre parpadeó, visiblemente sorprendido.

—Bien. ¿Qué haces aquí?

—Hemos venido a hacerte una visita. Mucho tiempo sin verte y todo eso. Te presento a Ally.

—¿Es tu nueva novia? —Los ojos del hombre chispearon y noté que me escrutaba con la mirada—. Es guapa.

—No es mi novia, Felix. ¿Podemos pasar?

—Eh… la asistenta lleva días sin venir y está todo patas arriba, pero sí, adelante.

Yo no había entendido nada de lo que habían dicho hasta entonces porque hablaban en noruego.

—¿Habla inglés? —susurré a Thom cuando entramos en la casa—. ¿O francés?

—Probablemente. Se lo preguntaré.

Thom le explicó mi limitación lingüística y Felix asintió con la cabeza y cambió al francés de inmediato.

—*Enchanté*, mademoiselle. ¿Vive en Francia? —me preguntó mientras nos hacía pasar a una sala de estar espaciosa pero muy caótica, invadida por precarias pilas de libros y periódicos viejos, tazas de café usadas y ropa tirada de cualquier manera sobre algunos muebles.

—No, en Ginebra —contesté.

—Suiza… Fui una vez para un concurso de piano. Es un país muy… organizado. ¿Es usted suiza?

Nos indicó que nos sentáramos.

—Sí —contesté.

Disimuladamente, aparté un jersey viejo y un sombrero de fieltro a fin de hacer sitio para Thom y para mí en el maltrecho sofá de cuero.

—Pues es una pena, porque tenía la esperanza de poder hablar con usted de París, donde malgasté mi juventud —repuso Felix con una risa ronca.

—Lamento defraudarlo, aunque conozco bien la ciudad.

—No tan bien como yo, mademoiselle, se lo aseguro. Pero esa es otra historia.

Felix me guiñó un ojo y no supe si reír o echarme a temblar.

—Por supuesto —respondí recatadamente.

—¿Podemos hablar en inglés, por favor? —propuso de repente Thom—. Así yo también podré intervenir.

—Bien, ¿qué os trae por aquí? —inquirió su padre cambiando de idioma.

—En pocas palabras, Ally está buscando respuestas —contestó Thom.

—¿Sobre qué?

—Sobre sus verdaderos orígenes.

—¿A qué te refieres con eso?

—Ally fue adoptada cuando era un bebé y su padre adoptivo murió hace unas semanas. Le dejó varias pistas para ayudarla a encontrar a su familia biológica en el caso de que ese fuera su deseo —añadió Thom—. Entre las pistas se encontraba la biografía de Jens y Anna Halvorsen escrita por tu bisabuelo, así que he pensado que tal vez podrías ayudarla.

Vi que Felix volvía a estudiarme de arriba abajo. Tras aclararse la garganta, cogió una bolsa de tabaco y papel de fumar para liarse un cigarrillo.

—¿Y de qué manera crees que puedo ayudar, exactamente?

—Ally y yo hemos descubierto que tenemos la misma edad… —Noté que Thom libraba una batalla interna antes de proseguir—. Me preguntaba si alguna de las mujeres que has conocido… una novia, quizá… tuvo… bueno, tuvo una niña en torno a la misma época en que mi madre me tuvo a mí.

Tras aquellas palabras, Felix soltó una sonora carcajada y encendió el cigarrillo.

—Felix, por favor, esto no tiene ninguna gracia —protestó Thom

Le estreché la mano para intentar tranquilizarlo.

—Tienes razón, lo siento. —El hombre recuperó la seriedad—. ¿Es Ally un diminutivo de Alison?

—De Alción.

—Una de las Siete Hermanas de las Pléyades —señaló.

—Exacto. Por eso me pusieron ese nombre.

—¿En serio? —Felix había retomado el francés y me pregunté si sería una treta deliberada para irritar a Thom—. Pues bien, Alción, desgraciadamente no tengo más hijos, que yo sepa. Pero si quieres que telefonee a todas mis ex novias y les pregunte si, ignorándolo yo, dieron a luz una niña hace treinta años, lo haré encantado.

—¿Qué ha dicho? —me susurró Thom.

—Nada importante. Felix —continué rápidamente en francés—, no culpes a Thom por hacerte una pregunta tan difícil. Yo siempre he pensado que era una empresa inútil. Tu hijo es una buena persona y solo estaba intentando ayudarme. Sé que vuestra relación no ha sido fácil, pero deberías estar orgulloso de él. No te robaremos más tiempo. —Me levanté para marcharme, harta de su actitud condescendiente—. Vamos, Thom —dije volviendo al inglés.

Él se incorporó y vi el dolor en su mirada.

—Dios mío, Felix, ¿cómo se puede ser tan capullo?

—¿Qué he hecho? —protestó el hombre.

—Sabía que sería una pérdida de tiempo —farfulló Thom enfadado mientras salíamos de la cabaña y empezábamos a subir los escalones.

De repente, noté una mano en el hombro. Era Felix.

—Te pido disculpas, Ally, no me esperaba esta visita. ¿Dónde te hospedas?

—En el hotel Havnekontoret —contesté secamente.

—Bien. Adiós.

Me di la vuelta y subí a la carrera para alcanzar a Thom.

—Lo siento, Ally, ha sido una estupidez venir aquí.

Abrió la portezuela del coche y entró.

—No lo ha sido —lo consolé—. Gracias por intentarlo. ¿Por qué no volvemos a tu casa y te preparo una taza de café para que te relajes?

—De acuerdo.

Dio la vuelta y nos alejamos a toda velocidad. El pequeño motor del Renault rugía como un león enfurecido a causa de la innecesaria presión del pie de Thom sobre el acelerador.

Ya de regreso en Froskehuset, Thom desapareció durante un rato. Era evidente que necesitaba estar solo, y entonces comprendí cuán hondo era el dolor que le producía el pasado. El rechazo de su padre había dejado en su interior una herida profunda que, después de conocer a Felix, dudaba que pudiera cerrarse. Me senté en el sofá y hojeé la vieja partitura del concierto para piano que había compuesto Jens Halvorsen y que descansaba, desordenada, sobre la mesa. Estaba leyendo por encima la primera página cuando reparé en unos números romanos escritos con letra pequeña en el ángulo inferior derecho. Obligué a mi cerebro a recordar mis clases del colegio, cogí un bolígrafo y traduje los números en la última página de mi agenda.

—¡Claro! —exclamé en tono triunfal.

«Puede que esto le levante el ánimo a Thom», pensé.

—¿Estás bien? —dije cuando reapareció.

—Sí.

Se sentó a mi lado.

—Lamento que estés disgustado, Thom.

—Y yo lamento haberte presentado a Felix. ¿Cómo es posible que esperara algo de él? Está claro que la gente no cambia, Ally. Esa es la verdad.

—Puede que tengas razón, pero escucha, Thom —lo interrumpí—. Siento mucho cambiar de tema, pero creo que he descubierto algo muy interesante.

—¿Qué es?

—Imagino que siempre has dado por sentado que este concierto lo escribió tu tatarabuelo, Jens.

—Sí. ¿Por qué no iba a hacerlo?

—¿Y si no lo hubiese escrito él?

—Ally, su nombre aparece en la portada de la partitura. —Thom la señaló y me miró extrañado—. La tienes justo delante. Ahí pone que la escribió él.

—¿Y si el concierto para piano que encontraste en el desván no fuera de tu tatarabuelo Jens, sino de tu abuelo, Jens Halvorsen júnior, más conocido como Pip? ¿Y si este es *El concierto de Hero* dedicado a Karine que nunca llegó a estrenarse? Puede que Horst lo guardara en el desván porque no soportaba la idea de volver a escucharlo después de lo que le había sucedido a su hijo y a su nuera.

Mi teoría quedó flotando en el aire y esperé a que Thom la asimilara.

—Continúa, Ally. Te escucho.

—Sé que comentaste que, por su estilo, el concierto parecía noruego, y es cierto que posee influencias. No soy historiadora musical, de modo que puedo equivocarme, pero la música que tocaste ayer para mí no encajaba con lo que se estaba componiendo a principios del siglo xx. Capté en ella vetas de Rachmaninoff y, más importante aún, de Stravinski que no empezó a componer sus obras más destacadas hasta las décadas de 1920 y 1930, mucho después de que Jens Halvorsen falleciera.

Se hizo otro silencio y observé a Thom cavilar sobre lo que acababa de decirle.

—Tienes razón, Ally. Supongo que simplemente di por hecho que era la primera obra de Jens. Para mí las partituras antiguas no son más que eso, antiguas, ya tengan ochenta, noventa o cien años. En el desván encontré tantas partituras que pertenecían sin duda al primer Jens Halvorsen que supuse que este concierto también lo había escrito él. Además, el título de *El concierto de Hero* no aparece por ningún lado. ¿Sabes una cosa? Cuanto más lo pienso, más convencido estoy de que podrías tener razón —admitió.

—Me dijiste que las partituras orquestales fueron destruidas casi con total seguridad durante el bombardeo del teatro. Lo más probable es que esta —señalé las hojas— sea la partitura original del piano, escrita antes de que Pip decidiera el título.

—Las obras de mi tatarabuelo eran menos originales y mucho más románticas. Aquí, en cambio, hay fuego, pasión... Es diferente de todas las piezas escritas por él que he escuchado. Dios mío, Ally. —Thom esbozó una sonrisa torcida—. Empezamos con tu misterio y hemos acabado desentrañando el mío.

—Existe, de hecho, una prueba irrefutable —anuncié, y hasta yo capté la petulancia de mi voz.

—¿En serio?

—Sí, mira.

Señalé las pequeñas letras anotadas en el ángulo inferior derecho de la hoja.

—MCMXXXIX —leí en voz alta.

—¿Y?

—¿Aprendiste latín en el colegio? —le pregunté.

—No.

—Pues yo sí, y estas letras representan números.

—Bueno, hasta ahí llego. Pero ¿qué significan?

—El año 1939.

Thom digirió el significado de mis palabras en silencio.

—Entonces, esto lo compuso mi abuelo.

—Por la fecha, yo diría que sí.

—No… no sé qué decir.

—Yo tampoco, y aún menos después de lo que me contaste ayer.

Nos quedamos un rato callados.

—Caray, Ally, es un descubrimiento realmente increíble —dijo Thom cuando al fin logró recuperar el habla—. No solo por las connotaciones emocionales, sino por el hecho de que, en un principio, estaba previsto que la Filarmónica de Bergen estrenara el concierto de Pip hace casi setenta años. Y, por todo lo que te he contado, nunca vio la luz.

—Y Pip le había dedicado el concierto a Karine… su «Hero»…

Me mordí el labio al notar que los ojos se me llenaban de lágrimas, consciente de las similitudes que aquello guardaba con mi vida.

Pensé que también ellos eran jóvenes y estaban empezando una nueva vida cuando la muerte la truncó cruelmente. Y pensé en lo afortunada que era de haber nacido en una época mejor, de seguir viva y, con suerte, tener el privilegio de cuidar de la criatura que crecía dentro de mí.

—Sí. —Thom me había leído el pensamiento y me dio un abrazo espontáneo—. Independientemente de la relación que nos una, Ally, te prometo que siempre podrás contar conmigo.

—Gracias, Thom.

—Te llevaré al hotel y luego me pasaré por el Grieg Hall para hablar con David Stewart, el gestor de la orquesta. Tengo que contarle lo de *El concierto de Hero*. Y espero que me ayude a encontrar a alguien que lo orqueste a tiempo para el Concierto del Centenario de Grieg. Hemos de tocarlo esa noche sí o sí. Así de simple.

—Estoy de acuerdo.

Cuando Thom me dejó en el hotel, tenía un mensaje esperándome en la recepción. Lo abrí en el ascensor y, sorprendida, descubrí que era de Felix.

«Llámame», decía. Había dejado su número de móvil.

Desde luego, no tenía la menor intención de llamarlo después de cómo se había comportado aquella mañana. Me duché y me metí en la cama meditando sobre los acontecimientos de la jornada, y volví a sentir pena por Thom.

Thom, que desde niño había sabido que su padre conocía su existencia y sin embargo lo había rechazado. Rememoré todas las noches de mi adolescencia que había dedicado a despotricar contra la autoridad de Ma o Pa Salt y había deseado estar con mis padres biológicos, convencida de que ellos me habrían entendido mucho mejor.

Al quedarme dormida, me di cuenta, con mayor claridad que nunca, de lo privilegiada que había sido mi infancia.

43

Lo primero que hice al día siguiente fue llamar a la doctora para conocer los resultados del análisis de orina. La prueba, como era de esperar, había dado positivo, y la mujer me felicitó.

—Cuando regrese a Ginebra, señorita D'Aplièse, tendrá que ponerse en contacto con los servicios de maternidad —añadió.

—Lo haré. Y muchas gracias por todo.

Me recosté en la cama con una taza de té, pues no soportaba el olor del café. Aunque las náuseas persistían, desde que conocía el motivo habían dejado de preocuparme. Me dije que debía comprarme por internet un libro sobre el embarazo. Era una ignorante en todo lo referente a tener un bebé, pero ¿qué mujer no lo era hasta que se encontraba en la tesitura?

Yo siempre había tenido sentimientos encontrados respecto a la maternidad. No estaba ni a favor ni en contra, simplemente era una de esas cosas que podrían sucederme o no en el futuro. Theo y yo, obviamente, habíamos hablado del tema y nos habíamos reído pensando en nombres ridículos para nuestros retoños imaginarios. Y comentando que el establo para cabras de «Algún Lugar» tendría que ser lo suficientemente grande para albergar a nuestra numerosa prole de tez bronceada mientras disfrutaba de una infancia extraída directamente de una novela de Gerald Durrell. Por desgracia, la suerte no lo había querido así. Y en algún momento no muy lejano me tocaría decidir dónde quería dar a luz. Y dónde estaba realmente «mi casa».

El teléfono de la mesilla sonó y contesté. La recepcionista me informó de que tenía una llamada del señor Halvorsen y, dando por sentado que sería Thom, le pedí que me la pasara.

—*Bonjour, Ally. Ça va?*

Para mi espanto, era Felix.

—Sí, estoy bien —respondí secamente—. ¿Y tú?

—Todo lo bien que me lo permiten mis viejos huesos. ¿Estás ocupada?

—¿Por qué?

Se produjo un silencio al otro lado de la línea.

—Me gustaría hablar contigo.

—¿De qué?

—No quiero comentarlo por teléfono. ¿Cuándo tienes un rato para que nos veamos?

El tono de su voz me dijo que, fuera lo que fuese, se trataba de algo serio.

—¿Dentro de una hora? ¿Aquí?

—Perfecto.

—Hasta luego.

Yo ya estaba esperándolo en la recepción cuando llegó con un casco de moto lleno de arañazos en la mano. Al levantarme para saludarlo, me pregunté si la luz le estaba jugando una mala pasada o si realmente había envejecido de un día para otro. Aquel día aparentaba su edad.

—*Bonjour*, mademoiselle —dijo con una sonrisa forzada—. Gracias por hacerme un hueco. ¿Dónde podemos hablar?

—Creo que hay un salón para los clientes. ¿Te parece bien?

—Sí.

Cruzamos el vestíbulo y entramos en el salón, que a aquellas horas estaba vacío. Felix tomó asiento y se quedó un rato mirándome antes de esbozar una sonrisa débil.

—¿Es demasiado pronto para una copa?

—No lo sé, Felix, eso lo decides tú.

—Café, entonces.

Fui a buscar a una camarera que nos sirviera café y agua y pensé que Felix parecía muy decaído aquella mañana, como si toda su energía se hubiese desintegrado dejándolo hundido y vacío. Charlamos de trivialidades hasta que la camarera nos llevó las bebidas y se marchó, y comprendí que lo que fuera que Felix tenía que decirme debía hablarse en privado y sin interrupciones. Lo observé expectante mientras bebía un sorbo de café y advertí que le temblaban las manos.

—Ally, en primer lugar quiero hablarte de Thom. Es evidente que tenéis una relación muy estrecha.

—Sí, aunque en realidad solo hace unos días que nos conocemos. Es increíble. Sentimos que ya estamos muy unidos.

Felix me miró con los ojos entornados.

—Cierto. Por la manera en que os tratabais ayer, pensaba que hacía años que os conocíais. Bien, a lo que iba, imagino que te habrá contado que durante muchos años me negué a aceptar que yo fuera su padre.

—Sí.

—¿Me creerías si te dijera que, hasta que me hice la prueba de ADN, estaba convencido de que Thom no era hijo mío?

—Si tú lo dices, será verdad.

—Lo es, Ally. —Felix asintió con vehemencia—. La madre de Thom, Martha, era mi alumna. Es cierto que tuvimos un breve idilio, pero sospecho que ella nunca le contó a Thom que, durante aquella época, ella tenía novio. De hecho, cuando nos conocimos estaba comprometida con él y ya tenían fecha para la boda.

—Entiendo.

—No quiero parecer presuntuoso —continuó Felix—, pero Martha se enamoró perdidamente de mí nada más verme, hasta el punto de obsesionarse. Para mí, claro está, lo nuestro no significó nada. Hablando en plata, fue solo sexo, nada más. Nunca había querido otra cosa de ella, ni de ninguna otra mujer, en realidad. La verdad, Ally, es que yo nunca he estado hecho para el matrimonio, y aún menos para ejercer de padre. Supongo que hoy día se diría de mí que tengo fobia al compromiso, pero siempre he sido muy claro con mis novias a ese respecto. Yo crecí en la era del amor libre, en los desinhibidos años sesenta, cuando todo el mundo empezó de repente a liberarse de los viejos convencionalismos. Y para bien o para mal, esa actitud nunca me abandonó. Simplemente soy así —concluyó encogiéndose de hombros.

—Vale, y cuando la madre de Thom te contó que estaba embarazada, ¿qué le dijiste? —pregunté.

—Que si quería tener el niño, que en aquel entonces yo estaba convencido de que era de su prometido, dado que Martha y yo solo nos habíamos acostado un par de veces, debía decírselo a su novio y casarse con él de inmediato. Pero entonces me confesó que había roto el compromiso la noche anterior porque se había dado cuenta de que no lo quería y de que a quien quería era a mí. —Felix se llevó una mano a la frente y luego se tapó los ojos con ella—. Me avergüenza reconocer que me reí en su cara y le dije que estaba loca. Aparte de que no existía ninguna prueba de que el niño fuera mío, la idea de que nos fuéramos a vivir juntos y jugáramos a la familia feliz me resultaba descabellada. Yo vivía con una mano delante y otra detrás en una cabaña donde te congelabas... ¿Qué podía ofrecerles yo a una mujer y a un niño, aunque hubiese querido hacerlo? Así que la mandé a paseo con la esperanza de que, al ver que conmigo no tenía nada que hacer, no le quedara más remedio que volver con su prometido. Pero no lo hizo. En lugar de eso, poco después de dar a luz fue a ver a Horst y a Astrid, mis abuelos, que para entonces tenían noventa y tres y setenta y ocho años respectivamente, y les contó que me había portado como un cabrón con ella. Si mi relación con mis abuelos ya era problemática, aquello acabó de rematarla. Mi abuelo y yo apenas volvimos a hablarnos antes de que muriera, a pesar de que de niño siempre lo había adorado. Horst era un hombre maravilloso, Ally. Cuando yo era joven, lo veía como mi héroe. —Felix me miró abatido—. ¿Tú también piensas que soy un cabrón, como Thom?

—No estoy aquí para juzgarte, sino para escuchar lo que tienes que decir —repuse con cautela.

—Bien. El caso es que Martha desapareció después de que le dijera que no quería saber nada del niño, pero me escribió para contarme que iba a seguir adelante con el embarazo y que estaba viviendo en casa de una amiga suya en el norte, cerca de su familia, hasta que decidiera lo que quería hacer después. Siguió escribiéndome cartas interminables en las que me decía que me quería. Yo no respondía, pues confiaba en que mi silencio la ayudara a pasar página. Martha era joven y muy atractiva, así que no me cabía duda de que le resultaría sencillo encontrar a otra persona que le diera lo que necesitaba. Entonces... recibí una carta con una fotografía justo después del parto...

Felix se interrumpió y me miró de una forma extraña antes de proseguir:

—Durante unos meses, no volví a saber nada de ella, hasta que un día la vi empujando un cochecito por el centro de Bergen.

Como el cobarde que soy —torció el gesto— me escondí, pero después le pregunté a un amigo mío si sabía dónde vivía. Fue él quien me dijo que mis abuelos la habían acogido en su casa porque no tenía adónde ir. Al parecer, la amiga con la que había estado viviendo la había echado. Supongo que Thom te habrá contado que Martha sufría episodios depresivos, e imagino que su posparto no fue sencillo.

—¿Cómo te tomaste que estuviera viviendo con tus abuelos? —le pregunté.

—¡Me puse furioso! Creía que se habían dejado embaucar por una mujer que decía tener un hijo mío. Pero ¿qué podía hacer? Martha se las había ingeniado muy bien para convencerlos. Hacía años que mis abuelos me tenían por un crápula sin principios, de modo que aquella conducta les parecía muy propia de mí. Dios, qué enfadado estaba. Lo estuve durante años. Sí, había cometido el error de dejar embarazada a una mujer, pero mis abuelos nunca quisieron escuchar mi versión de la historia, nunca. Martha les había hecho creer que yo era un desgraciado, y ni siquiera se plantearon lo contrario. Oye, voy a pedir una copa. ¿Quieres algo?

—No, gracias.

Mientras Felix salía del salón en dirección al bar, rememoré las palabras de Pa Salt acerca de la otra versión de la historia. Todo lo que Felix me había contado hasta el momento tenía sentido. Y aunque fuera un borracho irresponsable, no creía que me estuviera mintiendo. Si acaso, era demasiado claro y sincero. Si lo que explicaba era cierto, podía entender perfectamente su punto de vista.

Regresó con un whisky doble.

—*Skål!* —dijo antes de beber un largo trago.

—¿Has intentado alguna vez contarle todo esto a Thom?

—Por supuesto que no. —Soltó una carcajada—. Desde el día en que nació, le dijeron que yo era un canalla. Además, siempre ha defendido a su madre a capa y espada. Y lo entiendo —añadió—. No obstante, a medida que pasaban los años empecé a sentir pena por él. Sabía, por lo que se contaba por ahí, que Martha seguía padeciendo episodios depresivos. Por lo menos, el hecho de vivir con mis abuelos durante los primeros años de su vida le proporcionó a Thom una estabilidad muy necesaria en esa etapa. Martha era una muchacha un poco especial, con una personalidad muy infantil. Siempre creía que las cosas tenían que ser como ella quería.

—Así que dejaste que la situación se quedara como estaba hasta que te enteraste de que Thom iba a heredar la casa familiar.

—Ajá. Horst falleció cuando Thom tenía ocho años, pero mi abuela, que era bastante más joven, estuvo con él hasta que cumplió dieciocho. Cuando el abogado me comunicó que mis abuelos me habían dejado el chelo de Horst y una pequeña suma de dinero y que el resto había ido a parar a manos de Thom, me dije que tenía que hacer algo al respecto.

—¿Cómo te sentiste cuando descubriste que, efectivamente, eras el padre de Thom?

—Estupefacto —reconoció Felix antes de beber otro sorbo de whisky—. Pero la naturaleza es así, ¿no? —añadió con una risa—. Juega malas pasadas. Sé que al impugnar el testamento conseguí que Thom me odiara todavía más, pero después de lo que te he contado estoy seguro de que puedes comprender por qué estaba tan convencido de que Thom era un cuco instalado en el nido que yo debía heredar.

—¿Te alegraste cuando supiste que Thom era hijo tuyo? —inquirí, y me sentí como una psicóloga analizando a un cliente.

«A Theo le habría encantado», pensé.

—Francamente, no recuerdo qué sentí —reconoció Felix—. Cuando la prueba de ADN salió positiva, me pasé varias semanas completamente borracho. Martha, por supuesto, me escribió una corrosiva carta de triunfo que arrojé al fuego. —Suspiró hondo—. Qué desastre, qué jodido desastre.

Nos quedamos un rato en silencio mientras yo asimilaba las cosas que Felix me había revelado. Y sentí una profunda tristeza por aquellas vidas que tanto se habían torcido.

—Thom me ha contado que eras un pianista y compositor muy bueno —comenté.

—¿Era? ¡Has de saber que todavía lo soy! —Felix sonrió de verdad por primera vez.

—Pues es una pena que no utilices tu talento.

—¿Y cómo sabes que no lo utilizo, mademoiselle? Ese piano que tengo en la cabaña es mi amante, mi tormento y mi cordura. Puede que sea demasiado bebedor e irresponsable para que alguien me contrate, pero eso no significa que haya dejado de tocar para mí. ¿Qué crees que hago todo el día en esa cabaña perdida en medio del bosque? Tocar, tocar para mí. Tal vez un día te permita escucharme —añadió con una sonrisa irónica.

—¿Y a Thom?

—Dudo que quiera, y supongo que no puedo reprochárselo. Él ha sido la víctima en todo esto. Atrapado entre una madre amargada y depresiva y un padre que nunca se hizo cargo de él. Tiene todo el derecho a despreciarme.

—Felix, deberías explicarle a él lo que acabas de contarme a mí.

—Ally, te prometo que en cuanto pronunciara una sola palabra negativa sobre su adorada madre, daría media vuelta y se iría. Además, sería una crueldad echar por tierra lo que Thom lleva creyendo toda su vida, que Martha era la parte inocente, y derribarla de su pedestal, y más aún ahora que está muerta. ¿Qué importa ya? —suspiró—. Lo hecho hecho está.

Felix empezó a caerme mejor, pues lo que acababa de decir demostraba que Thom y Martha le importaban, aun cuando no hubiera hecho nada para granjearse el cariño de su hijo.

—¿Puedo preguntarte por qué me has explicado todo esto? ¿Es porque quieres que sea yo quien se lo cuente a Thom?

Me miró a los ojos durante unos segundos, levantó su copa de whisky y la apuró.

—No.

—Entonces ¿lo has hecho para decirme que Thom tenía razón? ¿Que soy otra hija ilegítima tuya? ¿De otra de tus conquistas? —bromeé a pesar de que veía en sus ojos que no había terminado de hablar.

—Es algo más complicado que todo eso, Ally. ¡Mierda! Enseguida vuelvo. —Se levantó de nuevo, llegó a la barra prácticamente corriendo y regresó con otro whisky doble—. Lo siento, pero no hace falta que te diga que soy alcohólico. Y para tu información, toco mucho mejor cuando estoy borracho.

—Felix, ¿qué es lo que quieres contarme? —le insistí temiendo que perdiera del todo el hilo cuando el whisky invadiera su torrente sanguíneo.

—Verás… ayer, cuando Thom y tú estuvisteis sentados el uno al lado del otro en mi sofá, me di cuenta de que erais como dos gotas de agua. Y sumé dos más dos. Llevo toda la noche pensando si debo decírtelo o no. Contrariamente a lo que todo el mundo opina de mí, poseo ciertos códigos éticos y emocionales. Y lo último que deseo es hacer más daño del que ya he causado.

—Felix, por favor, habla de una vez —repetí.

—Vale, vale, pero, como acabo de decirte, es solo una suposición. Bien…

Se llevó la mano al bolsillo y sacó un sobre viejo. Lo dejó sobre la mesa delante de mí.

—Ally, cuando Martha me escribió para decirme que había dado a luz, incluyó una fotografía en el sobre.

—Sí, ya me lo has dicho. De Thom.

—Sí, de Thom. Pero también aparecía ella con otro bebé en los brazos. Una niña. Martha tuvo gemelos. ¿Quieres ver la carta y la fotografía?

—Dios mío —musité, y me agarré al brazo de la butaca cuando de repente el mundo empezó a girar a mi alrededor.

Metí la cabeza entre las piernas y sentí que Felix venía a sentarse a mi lado y me daba palmadas en la espalda.

—Toma, bebe un poco de whisky, Ally. Siempre ayuda en los momentos difíciles.

—No. —Aparté bruscamente el vaso, pues el olor me producía náuseas—. No puedo, estoy embarazada.

—¡Señor! —oí que exclamaba Felix—. Pero ¿qué he hecho?

—Pásame el agua. Ya me encuentro un poco mejor. —Bebí unos sorbos y la sensación de mareo se redujo—. Lo siento, de verdad que ya estoy bien.

Miré el sobre que descansaba sobre la mesa y lo cogí. Me temblaban las manos tanto como las de Felix, pero lo abrí y saqué una hoja de papel de carta y una vieja fotografía en blanco y negro de una hermosa mujer que enseguida supe que era la madre de Thom, puesto que era la misma que había visto en los retratos enmarcados de Froskehuset. Sostenía en brazos a dos bebés envueltos en sendas mantitas.

—¿Puedo leer la carta?

—Está en noruego. Tendría que leértela yo.

—Hazlo, por favor.

—De acuerdo. Primero pone la dirección, Hospital St. Olav de

Trondheim. Está fechada el 2 de junio de 1977. Bien, allá voy. —Felix se aclaró la garganta—. «Mi querido Felix, he pensado que deberías saber que he tenido gemelos, un niño y una niña. La niña nació primero, justo antes de la medianoche del 31 de mayo, y nuestro hijo llegó unas horas más tarde, durante la madrugada del 1 de junio. Estoy muy cansada porque fue un parto largo, así que puede que me quede en el hospital otra semana, aunque me voy recuperando poco a poco. Te adjunto una fotografía de tus hijos. Si quieres verlos ahora que ya están aquí, o si deseas verme a mí, ven cuando desees. Te quiero. Martha.» Ya está. Eso es lo que pone en la carta.

Felix tenía la voz ronca y pensé que iba a echarse a llorar.

—El 31 de mayo... mi cumpleaños.

—¿En serio?

—En serio.

Miré a Felix con absoluta incredulidad y de nuevo a los bebés de la fotografía. Eran indistinguibles e ignoraba cuál de ellos podría ser yo.

—Imagino que, al no tener casa ni marido, Martha decidió daros a uno de los dos en adopción enseguida —dijo Felix.

—Pero cuando la viste en Bergen después de que diera a luz, por fuerza tuviste que preguntarte dónde estaba el otro bebé... —tragué saliva con dificultad—, dónde estaba yo, ¿no?

—Ally —Felix posó una mano tímida sobre la mía—, me temo que di por sentado que la niña había muerto. Martha nunca volvió a mencionármela. Y, que yo sepa, tampoco les habló nunca de ella a mis abuelos o a Thom. Pensé que seguramente era un recuerdo demasiado doloroso para ella y que había decidido borrarlo de su mente. Además, después de aquello yo apenas me comunicaba con Martha, y cuando lo hacía siempre era con rabia y resentimiento.

—En esta carta... —Fruncí el cejo desconcertada—. Martha habla como si creyera que ibais a estar juntos.

—Tal vez pensara que ver la fotografía de mis supuestos hijos me provocaría algún tipo de respuesta emocional. Que como ya estaban en este mundo no tendría más remedio que asumir mis responsabilidades.

—¿Respondiste a su carta?

—No, Ally, no lo hice. Lo siento.

Tenía la impresión de que iba a estallarme la cabeza con tanta información, y también sentía el corazón lleno de emociones encontradas. Antes de saber casi con total seguridad que Felix era mi padre biológico había sido capaz de racionalizar lo que me había contado sobre su pasado. Pero ahora ya no sabía qué pensar de él.

—Puede que esta niña no sea yo —farfullé a la desesperada—. No hay pruebas contundentes de que lo sea.

—Es cierto, pero después de veros a los dos juntos, sumado a lo de tu fecha de nacimiento y al hecho de que tu padre adoptivo te enviara en busca de los Halvorsen, me sorprendería mucho que no lo fueras —argumentó Felix con suavidad—. Hoy en día es muy fácil averiguarlo, lo sé por experiencia. Una prueba de ADN lo confirmaría. Estoy dispuesto a ayudarte a hacerla si lo deseas, Ally.

Apoyé la cabeza contra el respaldo del sofá, respiré hondo y cerré los ojos, pues sabía que no necesitaba confirmación. Como acababa de decir Felix, todo encajaba. Y además de las razones que él había citado, estaba el hecho de que la primera vez que vi a Thom me sentí como si lo conociera de toda la vida. Su cara me resultó familiar desde el principio. Éramos como dos gotas de agua. A lo largo de los últimos días, habíamos tenido simultáneamente la misma ocurrencia en multitud de ocasiones, y eso nos había hecho reír. La posibilidad de haber encontrado a mi hermano gemelo me llenaba de dicha, pero al mismo tiempo me forzaba a enfrentarme al hecho de que mi madre había tenido que elegir a qué bebé dar en adopción. Y me había elegido a mí.

—Sé lo que estás pensando, Ally, y lo siento mucho —dijo Felix interrumpiendo mis pensamientos—. Si te sirve de algo, cuando Martha me comunicó que estaba embarazada, me dijo que estaba convencida de que era un niño y que eso era lo que quería. Estoy seguro de que fue una decisión basada en el género del bebé, nada más.

—Gracias, pero ahora mismo eso no hace que me sienta mejor.

—Lo sé. ¿Qué puedo decir? —suspiró.

—Nada. Al menos de momento, pero gracias por contármelo todo. ¿Te importa que me quede la carta y la fotografía durante unos días? Te prometo que te las devolveré.

—Claro.

—Perdona, pero me gustaría ir a dar un paseo. Sola —añadí mientras me ponía en pie—. Necesito que me dé el aire.

—Lo entiendo. Y, una vez más, te pido perdón por habértelo explicado. De haber sabido que estabas embarazada no lo habría hecho. Seguro que eso lo empeora todo.

—De hecho, Felix, hace que todo sea mucho mejor. Gracias por ser tan sincero conmigo.

Salí del hotel para respirar el aire frío y salobre del puerto, y eché a caminar con paso presto en dirección al mar, donde los barcos cargaban y descargaban sus mercancías. Finalmente me detuve junto a un bolardo y me senté sobre su superficie fría y dura. Hacía viento y, como el pelo me azotaba la cara, me lo recogí con la goma que llevaba siempre en la muñeca.

Al fin conocía la verdad. Una mujer llamada Martha me había concebido en Bergen con un hombre llamado Felix, me había traído al mundo y me había entregado enseguida en adopción. Mi mente racional me decía que aquello último era, sencillamente, el resultado inevitable de mis indagaciones sobre mis orígenes, pero el dolor de que mi madre no me hubiera elegido a mí en lugar de a mi hermano era desgarrador.

¿Habría preferido ser el bebé que conservó y haber ocupado el lugar de Thom?

No lo sabía…

Lo que sí tenía claro era que, desde el día en que nací, siempre había existido un universo paralelo al mío que bien podría haber sido mi destino. Y ahora ambos universos habían colisionado y yo daba bandazos del uno al otro.

—Martha. Mi madre.

Pronuncié las palabras en alto y me pregunté si, dadas las letras con las que comenzaba su nombre, también la habría llamado «Ma». La ironía me hizo sonreír mientras contemplaba el vuelo de dos gaviotas. Y pensé en la vida que estaba creciendo dentro de mí, una vida que jamás había imaginado que existiría…

Aunque solo hacía veinticuatro horas que lo sabía, y a pesar de que antes de ese momento jamás me había parado a pensar en serio en la maternidad, el instinto protector que manaba de mi interior era tan profundo como cualquier sentimiento de amor que hubiera experimentado hasta entonces.

—¿Cómo pudiste entregarme? —le grité al agua—. ¿Cómo pudiste? —insistí con un sollozo.

Dejé que las lágrimas rodaran libremente por mis mejillas y que el viento las secara.

Nunca lo sabría. Nunca conocería su versión de la historia. Nunca sabría cuánto había sufrido mi madre al entregarme y despedirse de mí por última vez. Probablemente se aferrase a Thom con más fuerza si cabe, porque todavía le quedaba un hijo al que querer.

Con la conciencia aún agitada, me levanté y seguí caminando deprisa. Mis pensamientos chocaban unos con otros como las olas contra el puerto, reflejaban mi desesperación desconcertados por su incapacidad de fluir sosegadamente.

Dolía. Dolía mucho.

«¿Qué vine a buscar aquí? —me pregunté—. ¿Dolor?

»Ally, te estás dejando llevar por el victimismo —me reprendí—. ¿Qué pasa con Thom? Has encontrado a tu hermano gemelo.

»Sí. ¿Qué pasa con Thom?»

Y conforme me fui tranquilizando y empecé a pensar en la parte positiva, caí en la cuenta de que, igual que Maia cuando se había marchado en busca de su pasado, yo también había encontrado el amor, aunque de un modo muy diferente. La noche anterior me había acostado sintiendo lástima por Thom y su difícil infancia. También me había confesado a mí misma que hasta entonces me había preocupado lo unida que me había sentido a él. E incapaz de poner un nombre a lo que Thom representaba para mí, me había negado a reconocer que lo que sentía era amor. Pero así era. Y ahora que sabía que era mi hermano gemelo, significaba que tales sentimientos eran naturales y aceptables.

Cuando llegué a Noruega, había perdido a las dos personas más importantes de mi vida. Y mientras regresaba al hotel por el muelle, supe que haber encontrado a Thom compensaba con creces el dolor de lo que había descubierto.

Volví al hotel agotada, subí a mi habitación, pedí a la recepción que bloquearan mi teléfono y me sumí en un sueño profundo.

Cuando desperté ya había oscurecido. Miré el reloj y vi que eran más de las ocho de la tarde y que había dormido varias horas. Aparté el edredón, fui a lavarme la cara con agua fría y, mientras lo hacía, recordé lo que me había contado Felix. Pero antes de empezar a analizarlo de nuevo, caí en la cuenta de que estaba hambrienta, así que me puse unos vaqueros y una sudadera y bajé al restaurante.

Para mi sorpresa, al cruzar el vestíbulo me encontré a Thom sentado en uno de los sofás. En cuanto me vio, se levantó de un salto y me miró muy preocupado.

—Ally, ¿estás bien? He llamado a tu habitación, pero tienes el teléfono bloqueado.

—Sí... ¿Qué haces aquí? Hoy no habíamos quedado, ¿verdad?

—No, pero este mediodía se ha presentado en la puerta de mi casa un Felix histérico. Dios mío, Ally, si hasta estaba llorando. Lo llevé a la sala, le puse un whisky y le pregunté qué le pasaba. Me dijo que te había contado algo que no debería haberte explicado, pero que en aquel momento no sabía que estabas embarazada. Estaba muy preocupado por tu estado de ánimo. Me dijo que habías salido a dar un paseo por el puerto.

—Como puedes ver, no me he arrojado al mar. Thom, ¿te importa que sigamos hablando en el restaurante? Estoy muerta de hambre.

—En absoluto. De hecho, es una buena señal —dijo con patente alivio cuando encontramos una mesa y nos sentamos—. Después Felix me contó toda la historia.

Lo miré por encima de la carta.

—¿Y?

—Me he quedado de piedra, como tú, pero Felix estaba tan mal que al final acabé consolándolo. Y sintiendo lástima por él por primera vez en mi vida.

Llamé a la camarera, le rogué que me llevara pan de inmediato y le pedí un bistec con patatas fritas.

—¿Quieres algo? —le pregunté a Thom.

—¿Por qué no? Tomaré lo mismo que tú. Y una cerveza, por favor —añadió cuando la camarera ya se iba.

—Cuando dices que tu padre te ha contado «toda» la historia, ¿te refieres también a la situación de tu madre cuando Felix la conoció?

—Sí, pero otra cosa es que lo crea.

—Como simple espectadora de todo este asunto hasta hace

unos días, yo creo que dice la verdad. Eso no justifica lo que hizo…
o, más bien, lo que no hizo —me apresuré a añadir, pues no quería
que Thom pensara que estaba poniéndome del lado de su padre—.
Pero, en cierta manera, explica su comportamiento. Felix se sintió
manipulado por todo el mundo.

—Me temo que aún no he llegado a la fase de poder confiar en
él o empezar a perdonarlo, pero por lo menos hoy he visto algo de
remordimiento. Pero basta de hablar de mí y de cómo me siento
o me dejo de sentir. ¿Qué me dices de ti? Tú eres la que ha recibido
el golpe más fuerte. Lo siento mucho, Ally. Creo que debo disculparme por ser el bebé que conservó mi madre.

—No digas tonterías, Thom. Nunca sabremos las verdaderas
razones por las que hizo lo que hizo, y aunque ahora mismo me
resulta muy doloroso pensar en ello, lo hecho hecho está. Por mi
propia tranquilidad, me gustaría comprobar si el hospital donde
Martha nos dio a luz tiene algún tipo de registro de nuestro nacimiento, o quizá algún documento relativo a mi adopción. Y, si no
te importa, también me gustaría que nos hiciéramos una prueba de
ADN.

—Por supuesto. Aunque, francamente, Ally, no creo que existan muchas dudas.

—No —dije justo cuando el pan llegaba a la mesa.

Arranqué un pedazo y me lo llevé a la boca con urgencia.

—Por lo menos parece que, a pesar del trauma, has recuperado
el apetito. Quizá este no sea el mejor momento para pensar en la
parte positiva, porque tú aún estás bajo el impacto de la parte negativa, pero acabo de caer en la cuenta de que voy a ser tío. Y eso
me hace muy feliz.

—Siempre es un buen momento para mirar el lado positivo de
las cosas, Thom —convine—. Antes de llegar a Noruega, me sentía
tremendamente sola y perdida. Y ahora resulta que he encontrado
una nueva familia. Aunque mi verdadero padre sea un alcohólico
depravado.

Thom me asió tímidamente la mano.

—Hola, hermana gemela.

—Hola, hermano gemelo.

Nos quedamos así un buen rato, ambos embargados por la
emoción. Éramos las dos mitades de un todo, así de sencillo.

—Es curioso… —dijimos al mismo tiempo, y nos echamos a reír.

—Tú primera. Al fin y al cabo, eres la mayor.

—Ay, qué extraño me resulta eso. Yo siempre he sido la segundona de la familia y Maia la mayor. Ten por seguro que me aprovecharé todo lo que pueda de mi nueva posición de superioridad —bromeé.

—No lo dudo ni por un segundo —dijo Thom—. Bueno, los dos decíamos que era curioso que…

—Sí, pero he olvidado a qué me refería concretamente. Son tantas las cosas que me resultan curiosas en este momento… —dije cuando llegó la cena.

—¿A mí me lo dices? —Thom se sirvió la cerveza y brindó con mi vaso de agua—. Por nuestro reencuentro después de treinta años. ¿Sabes qué?

—¿Qué?

—Que ya no soy hijo único.

—Es cierto —dije—. ¿Y sabes otra cosa?

—¿Qué?

—Que ahora las seis hermanas tienen un hermano.

44

Durante la cena, Thom me propuso que me mudara de inmediato a Froskehuset.

—No hay nada más triste que alojarse en un hotel y, técnicamente, Ally, la mitad de esta casa debería ser tuya —añadió mientras subía los escalones de la casa con mi mochila a cuestas una hora más tarde.

—Por cierto —le pregunté—, ¿qué significa «Froskehuset»?

—«La casa de la rana.» Por lo visto, Horst le contó a Felix que conservaba una réplica de la rana que Grieg tenía siempre sobre el atril del piano. Ignoro qué fue de ella, pero quizá guarde relación con el nombre de la casa.

—Creo que eso resuelve el misterio. —Sonreí cuando Thom dejó la mochila en el recibidor e introduje la mano en el bolsillo lateral para sacar mi rana—. Mira, esta es la otra pista que me dejó Pa Salt. He visto decenas como esta en el Museo Grieg.

Thom la examinó y sonrió.

—La rana te estaba guiando hacia aquí, Ally. Hacia tu verdadero hogar.

Thom y yo solicitamos una prueba genética y Felix insistió en contribuir con muestras de saliva y un folículo capilar. Una semana después, se confirmó que yo era, en efecto, la hermana gemela de Thom y que Felix era mi padre.

—Al ser de diferente sexo no somos idénticos —dije mientras examinábamos la carta con los resultados—. Cada uno tiene su propio perfil de ADN.

—Está claro que yo soy mucho más guapo que tú, hermana mayor.

—Gracias.

—De nada. ¿Llamamos a nuestro descarriado padre y le damos la buena noticia?

—¿Por qué no?

Felix apareció aquella noche con una botella de champán y otra de whisky para él. Y los tres brindamos por compartir el mismo acervo genético. Me di cuenta de que Thom todavía desconfiaba de su padre, pero también de que se esforzaba en mejorar la relación por mí. También me percaté de que Felix estaba intentando compensarlo. Y por algo se empezaba, me dije mientras bebía unas gotas de champán con mi padre y mi hermano.

Felix se levantó para marcharse y se dirigió hacia la puerta tambaleándose.

—¿Seguro que estás en condiciones de conducir esa cosa por la colina? —le pregunté mientras se ponía el casco.

—Llevo haciéndolo casi cuarenta años, Ally, y todavía no me he caído —gruñó Felix—, pero te agradezco el interés. Hacía mucho tiempo que nadie se preocupaba lo suficiente por mí como para hacerlo. Buenas noches, y gracias. No desaparezcas, ¿de acuerdo? —dijo antes de perderse en la noche.

Cerré la puerta con un suspiro, pues sabía que no debía mostrar la lástima que sentía por mi padre delante de Thom.

Pero, una vez más, mi hermano gemelo me había leído el pensamiento.

—No me importa —dijo cuando regresé a la sala y me acerqué a la estufa para calentarme las manos.

—¿Qué no te importa?

—Que Felix te dé pena. De hecho, muy a mi pesar, a mí también me la da. No estoy preparado para perdonarle por lo que le hizo a mi madre, pero cuando pienso en que vio a su propia madre muerta en la calle y que su padre se suicidó horas después… —Thom se estremeció—. Aunque Felix no recuerde los detalles, es una historia horrible, ¿no crees? A saber qué cicatrices le ha dejado.

—Sí, quién sabe —convine.

—Pero basta de hablar de Felix. —Thom exhaló y clavó la mirada en mí—. Hay algo más que me gustaría compartir contigo.

—¿De veras? Te has puesto tan serio que me pregunto si estás a punto de desvelarme que tengo otro hermano o hermana.

—Eso tendría que decírnoslo Felix, así que ¿quién sabe? —bromeó—. No, se trata de algo más… —Thom buscó la palabra adecuada— importante.

—No se me ocurre nada más importante que descubrir que soy una Halvorsen de nacimiento.

—Sin pretenderlo, has dado en el clavo. Quiero enseñarte algo.

Se acercó al buró que descansaba en un rincón de la sala y cogió una llave de un jarrón que había encima. Abrió uno de los cajones, sacó una carpeta y regresó al sofá. Yo guardé silencio y me limité a esperar a que pusiera orden en sus pensamientos, fueran los que fuesen.

—Bien. ¿Recuerdas lo enfadada que estabas después de leer la biografía de Jens Halvorsen? No podías creerte que Anna hubiese aceptado el regreso de Jens sin rechistar después de que él la hubiese abandonado en Leipzig años atrás.

—Desde luego que lo recuerdo, y sigo sin entenderlo. El propio Jens dice en el libro que pensaba que Anna había renunciado al amor y a él. Y la describe como una mujer tan batalladora que me resulta imposible creer que lo dejara volver sin más.

—Exacto.

Thom me miró fijamente.

—Suéltalo de una vez —lo animé.

—¿Y si se vio obligada?

—¿A qué?

—A aceptar su regreso.

—¿Para guardar las apariencias? ¿Porque en aquellos días una mujer no podía divorciarse sin provocar un escándalo?

—Sí, pero no. Has acertado en lo referente a la presión moral de la época.

—Thom, son más de las once de la noche y no tengo ganas de jugar a las adivinanzas. Dime adónde quieres ir a parar.

—De acuerdo, Ally, pero antes tienes que jurarme que no se lo contarás a nadie. Y eso incluye a Felix, nuestro padre. Nunca he hablado de esto con nadie.

—Hablas como si hubieras encontrado el vellocino de oro debajo de Froskehuset. Cuéntamelo de una vez, por favor.

—Perdona, es que es una auténtica bomba. El caso es que cuando estaba investigando la relación de Jens y Anna Halvorsen con Grieg para mi libro, sus pasos me llevaron hasta Leipzig. Y he aquí lo que encontré.

Thom extrajo un sobre de la carpeta, sacó la hoja que había dentro y me la tendió.

—Échale un vistazo a esto.

Lo leí por encima y vi que era la partida de nacimiento de Edvard Horst Halvorsen.

—Nuestro bisabuelo. ¿Y?

—Supongo que ahora mismo no lo recuerdas, pero Jens cuenta en su biografía que regresó a Leipzig en abril de 1884.

—No, no lo recuerdo, la verdad.

—Aquí tienes una fotocopia de la página donde lo dice. —Me la tendió—. He resaltado el párrafo en cuestión. No obstante, según esta partida de nacimiento, Horst nació el 30 de agosto de 1884. Técnicamente, eso querría decir que Anna tuvo un hijo después de cuatro meses de embarazo. Incluso un siglo más tarde, eso sigue siendo imposible.

Examiné la fecha de la partida de nacimiento y vi que Thom estaba en lo cierto.

—Puede que Jens simplemente olvidara el mes exacto en que volvió a Leipzig. A fin de cuentas, la biografía la escribió muchos años después.

—Lo mismo pensé yo. Al principio.

—¿Estás intentando decirme que el hijo que Anna llevaba dentro, o sea Horst, no podía ser de Jens?

—Exacto.

A Thom se le hundieron los hombros inesperadamente, pero no supe si de alivio, desesperación o miedo. Quizá fuera una mezcla de las tres cosas.

—Vale, hasta el momento te sigo. ¿Qué más descubriste para confirmar tu teoría?

—Esto.

Thom sacó otra hoja de la carpeta. Era una fotocopia de una carta antigua escrita en noruego. Antes de que pudiera protestar, me pasó otra hoja.

—La he traducido al inglés.

—Gracias.

Leí la misiva, fechada en marzo de 1883.

—Es una carta de amor.

—Ajá. Y hay muchas más en el lugar donde la encontré.

—Thom —dije levantando la vista—, ¿de quién es esta carta? ¿Quién la firma como «Ranita»? —Y antes de que pudiera responder, lo supe—. Dios mío —murmuré—. No hace falta que me lo digas. ¿Has dicho que hay más?

—Docenas. Era un corresponsal muy prolífico. Escribió cerca de veinte mil cartas a diferentes personas en el transcurso de su vida. Y he comparado la caligrafía con la de las cartas del museo de Bergen. Decididamente son suyas.

Se me formó un nudo en la garganta.

—¿Y dónde encontraste esta?

—Han estado en esta sala, delante de las narices de todo el mundo, durante los últimos ciento diez años.

—¿Dónde?

Miré a mi alrededor.

—Encontré el escondite totalmente por casualidad. Se me cayó un bolígrafo y se metió debajo del piano. Cuando me agaché a recogerlo, me golpeé la cabeza con la parte inferior del instrumento. Al levantar la vista, me di cuenta de que se había añadido a la estructura una especie de bandeja de madera estrecha pero de casi tres centímetros de profundidad. Ven, te la enseñaré.

Nos colocamos de rodillas junto al piano. Y allí, clavada toscamente a la base, justo debajo de la sección de las cuerdas, vimos una bandeja de madera contrachapada. Thom sujetó el fondo de la misma y la deslizó por las guías.

—Mira —dijo tras salir de debajo del piano y dejar la bandeja sobre la mesa—. Hay docenas de ellas.

Con sumo cuidado, cogí las cartas de una en una para examinarlas. La tinta de la vitela estaba tan gastada que resultaba prácticamente ilegible —aunque hubiese sabido noruego—, pero comprobé que las fechas iban de 1879 a 1884 y que todas estaban firmadas por «*Liten Frosk*», es decir, ranita en noruego.

—Y aunque siempre lo llamaron «Horst», habrás visto en la partida de nacimiento que nuestro bisabuelo también fue bautizado con el nombre de «Edvard» —continuó Thom.

—No… no sé qué decir —musité mientras contemplaba la bella caligrafía de una de las misivas—. Estas cartas de Edvard Grieg a Anna deben de tener un valor enorme. ¿Se las has enseñado a un historiador?

—Ya te he dicho antes, Ally, que no se las he enseñado a nadie.

—¿Y por qué no las incluiste en tu libro? Son una prueba irrefutable de que existía una relación entre Grieg y Anna Halvorsen.

—En realidad demuestran algo más que eso. He leído todas y cada una de esas cartas, y queda clarísimo que fueron amantes. Durante al menos cuatro años.

—Uau. Si eso es cierto, estoy segura de que habrías vendido millones de ejemplares si hubieras incluido en tu libro una revelación tan jugosa sobre uno de los compositores más famosos del mundo. No entiendo por qué no lo hiciste, Thom.

—¿De verdad no te lo imaginas, Ally? —me preguntó frunciendo el cejo—. ¿Todavía no has sumado dos más dos?

—No me trates como si fuera tonta, Thom —repliqué irritada—. Estoy intentando asimilar todo lo que me cuentas, pero necesito tiempo. O sea que estas cartas confirman que Anna y Grieg fueron amantes. Y supongo que piensas que Grieg era el padre del hijo de Anna.

—Creo que es muy probable, sí. ¿Recuerdas que te conté que fue el propio Grieg quien sacó a Jens de las cloacas de París? Aquello fue a finales de 1883, cuando Grieg llevaba casi un año separado de Nina, su esposa, y estaba afincado en Alemania. Luego, en la primavera de 1884, justo cuando Jens se presenta en casa de Anna, Grieg vuelve a Copenhague junto a Nina. Y Edvard Horst Halvorsen nace en agosto.

—Edvard Horst Halvorsen, hijo de Grieg —murmuré tratando de digerir la magnitud de semejante posibilidad.

—Como tú misma comentaste después de leer la biografía, ¿por qué demonios fue Grieg a París a buscar a Jens después de seis años de ausencia? ¿Y por qué se mostró Anna tan dispuesta a aceptar su regreso? La única explicación es que ella y Grieg hubiesen llegado a algún tipo de acuerdo por un tema de decoro. No hay que olvidar que en aquella época el compositor era uno de los hombres más célebres de Europa. Aunque fuera aceptable que se le viera en compañía de musas de talento como Anna por la ciudad, no podía arriesgarse a que lo señalaran como el padre de un hijo ilegítimo. Y recuerda que entonces Grieg estaba separado de Nina y que existen pruebas documentales procedentes de los programas que se conservan en los archivos de que Anna y él viajaron juntos por Alemania dando recitales. Puede que corrieran rumores sobre su relación, pero la reaparición del marido en escena habría evitado las posibles especulaciones cuando llegara un bebé unos meses después. Anna y Jens se mudaron a Bergen aquel mismo año y presentaron al niño en Noruega como un Halvorsen.

—¿Y te parece que Anna aceptó que aquello era lo que debía hacer? ¿Vivir una mentira?

—Recuerda que ella también era famosa en aquel entonces. El menor escándalo en torno a su persona habría terminado con su carrera de cantante. Comprendió que Grieg nunca se divorciaría de Nina. Y ambos sabemos que Anna era una joven sensata y pragmática. Apuesto a que concibieron el plan entre los dos.

—Si estás en lo cierto y Jens regresó para encontrarse a Anna embarazada de cuatro o cinco meses, ¿por qué se quedó?

—Probablemente porque sabía muy bien que si no lo hacía moriría de hambre en las calles de París poco después. Y estoy casi seguro de que Grieg le prometió que haría todo lo posible por ayudarlo a hacerse un nombre como compositor en Noruega. ¿No lo ves, Ally? Todos salían ganando.

—Y, menos de un año después, las dos parejas estaban viviendo aquí, prácticamente puerta con puerta. Es increíble, Thom. ¿Crees que Nina sospechó alguna vez lo que había sucedido?

—No sabría decírtelo. Está claro que Edvard y Nina se adoraban, pero ser la esposa de semejante celebridad tenía un precio, como ocurre en la mayoría de los casos. Quizá se conformara con que su marido hubiese vuelto a su lado. Y, claro, luego estaba Horst. El hecho de que vivieran tan cerca significaba que Grieg podía ver a su supuesto hijo siempre que quería sin levantar sospechas. Recuerda que Nina y él ya no tenían hijos. En una de sus muchas cartas a un amigo compositor, Grieg explica que se le caía la baba con el pequeño Horst.

—Por tanto, Jens solo tenía que tolerar la situación.

—Sí. Personalmente, creo que recibió su castigo por abandonar a Anna. Vivió para siempre bajo la sombra musical de Grieg y, casi con total seguridad, tuvo que educar al hijo ilegítimo de este como si fuera suyo.

—Entonces ¿por qué escribió Jens la biografía de ambos si tenían que ocultar semejante secreto?

—No sé si sabrás que Anna murió el mismo año que Grieg. A partir de ese momento, las composiciones de Jens empezaron a destacar de verdad. Yo diría que el libro no fue más que una manera de sacar tajada a la fama que Jens sentía que tanto había tardado en alcanzar. La biografía fue todo un éxito en su día, y debió de ganar un buen dinero con ella.

—Tendría que haber sido más cuidadoso con las fechas —señalé.

—¿Quién iba a saberlo, Ally? A menos que alguien fuese a Leipzig a buscar la partida de nacimiento original de Horst, como hice yo.

—Sí, más de ciento veinte años después. Thom, todo esto es pura especulación.

—Echa un vistazo a esto. —Sacó tres fotografías de la carpeta—. Este es Horst de joven, y estos dos son sus posibles padres. ¿A quién dirías que se parece?

Examiné las fotografías y vi que no cabían muchas dudas.

—Pero Anna también tenía el pelo claro y los ojos azules, como Grieg. Puede que Horst heredara esos rasgos de su madre.

—Cierto —admitió Thom—. Todo esto está basado en las únicas herramientas de las que disponemos cuando indagamos en el pasado: pruebas documentales y una buena dosis de conjetura.

Estaba escuchando a Thom solo a medias cuando de repente caí en la cuenta de lo que significaba todo aquello.

—Entonces, si estás en lo cierto, Horst, Felix, tú y yo…

—Exacto. Como te dije al principio, puede que, estrictamente hablando, al fin y al cabo no seas una Halvorsen.

—En serio, Thom, esto es más de lo que puedo asimilar. Si quisiéramos, ¿podríamos demostrarlo de alguna manera?

—Desde luego. John, el hermano de Grieg, tuvo hijos, y sus descendientes siguen vivos. Podríamos mostrarles las pruebas y preguntarles si se prestarían a un test de ADN. Se me ha pasado por la cabeza cientos de veces ponerme en contacto con ellos, pero luego me digo que qué sentido tiene provocar un revuelo que podría dañar la inmaculada reputación de Grieg. Todo eso ocurrió hace más de ciento veinte años y, en lo que a mí respecta, me gustaría que mi música obtuviera fama porque es buena, no porque estoy sacando partido de un viejo escándalo. Así que he tomado la decisión de dejar el pasado tranquilo. Por eso no incluí en el libro lo que había descubierto. También tú has de tomar una decisión, Ally, y si quieres cerciorarte de tus orígenes, no te lo reprocharé, aunque yo preferiría dejar las cosas como están.

—Por Dios, Thom, me he pasado treinta años muy tranquila sin necesitar saber de dónde venía, así que creo que, por el momento, con un acervo genético tengo más que suficiente —dije con una sonrisa—. ¿Qué hay de Felix? ¿Me has dicho que no se lo has contado?

—No, porque temo que se emborrache y empiece a proclamar a los cuatro vientos que es el bisnieto de Grieg y nos meta a todos en un lío.

—Estoy de acuerdo. Uau —suspiré—, menuda historia.

—Sí. Y ahora que ya me he quitado ese peso de encima, ¿te apetece una taza de té?

Cuando mi partida de nacimiento llegó unos días después, se la enseñé a Thom. Había escrito al hospital y al registro municipal de nacimientos y defunciones de Trondheim no solo porque quisiera ver la prueba, sino también para obtener toda la información que pudiese respecto a cómo me había encontrado Pa Salt.

—Fíjate —le dije—. Me pusieron de nombre «Felicia», el femenino de Felix.

—Me gusta mucho. Es muy bonito y cursi —bromeó Thom.

—Perdona, pero si hay algo que no soy, es cursi. Ally me pega mucho más —repliqué.

Le enseñé otro documento que había llegado junto con la partida de nacimiento. Decía que había sido adoptada el 3 de agosto de 1977. Debajo había un sello que parecía oficial, pero aquello era todo.

—Todas las agencias de adopción con las que me he puesto en contacto me han contestado diciendo que en sus archivos no consta ninguna adopción oficial y que, por tanto, la mía debió de realizarse de forma privada. Y eso significa que probablemente Pa Salt conociera a Martha —razoné mientras devolvía la carta más reciente a la carpeta.

—Es solo una idea, Ally —dijo de repente Thom—, pero me has contado que Pa Salt adoptó a seis niñas y que les puso a todas los nombres de las Pléyades. ¿Y si fue él quien te eligió? ¿Y si fui yo al que rechazaron?

Pensé en ello y me di cuenta de que era una posibilidad. Y aquello mitigó el dolor de manera inmediata. Me levanté y me acerqué a mi hermano, que estaba sentado frente al piano. Le rodeé el cuello con los brazos y le planté un beso en la coronilla.

—Gracias.

—No hay de qué.

Miré la partitura que tenía en el atril, que estaba llena de anotaciones escritas con lápiz.

—¿Qué estás haciendo?

—Echando un vistazo a lo que ha hecho hasta el momento el tipo que me recomendó David Stewart para realizar la orquestación de *El concierto de Hero*.

—¿Y cómo va?

—Pues lo que he visto hasta ahora no me parece gran cosa, la verdad. Dudo mucho que esté lista para el Concierto del Centenario de Grieg de diciembre. Estamos casi a últimos de septiembre y la partitura definitiva tiene que ir a imprenta a últimos del mes que viene para que la orquesta tenga tiempo de ensayarla. Después de haber conseguido el visto bueno de David para incluirla en el programa del centenario, me disgustaría mucho que no pudiera interpretarse, pero esto —se encogió de hombros señalando la partitura— no me convence en absoluto. Y decididamente no cumple los requisitos para enseñársela a David.

—Ojalá pudiera ayudarte —dije.

De pronto, se me ocurrió una idea, aunque no estaba segura de si debía expresarla en alto.

—¿Qué pasa? —me preguntó Thom.

Empezaba a darme cuenta de que era imposible ocultarle nada a mi nuevo hermano gemelo.

—Si te lo digo, prométeme que no lo descartarás de inmediato.

—Prometido. Habla.

—Podría hacerlo Felix, es decir, nuestro padre. A fin de cuentas, es el hijo de Pip. Estoy segura de que conectaría de una manera especial con la música de su padre.

—¿Qué? ¿Te has vuelto loca, Ally? Sé que estás intentando que todos juguemos a la familia feliz, pero esto me parece excesivo. Felix es un borracho y un vago que no ha completado ni una sola tarea en la vida. No pienso darle el hermoso concierto de nuestro abuelo para que lo destruya. O, aun peor, para que lo deje a medias. Si existe alguna posibilidad de estrenarlo en el centenario, te aseguro que ese no es el camino a seguir.

—¿Sabes que Felix sigue tocando varias horas al día únicamente para su disfrute personal? Y tú mismo me has dicho mil veces que de adolescente era un genio componiendo y orquestando sus propias composiciones —insistí.

—Basta, Ally. No hay más que decir.

—Está bien.

Me encogí de hombros y me fui de la sala. Estaba frustrada y disgustada. Era la primera vez que Thom y yo discutíamos.

Por la tarde, Thom se marchó a ensayar con la orquesta. Yo sabía que guardaba la partitura original de Pip Halvorsen en el buró de la sala. Sin tener ni idea de si estaba haciendo lo correcto o no, abrí el buró, saqué las hojas y las metí en una bolsa de plástico. Luego busqué las llaves del coche que había alquilado y salí de casa.

—¿Qué opinas, Felix?

Le había explicado la historia que había detrás de *El concierto de Hero* y lo mucho que urgía orquestarla. Acababa de oírle tocar el concierto de principio a fin. Y, aunque no había visto la partitura en su vida, lo había interpretado sin cometer un solo error. Y con un estilo y un dominio técnico propios de un pianista de gran talento.

—Creo que es maravilloso, de verdad. Dios mío, mi padre era un genio.

Felix estaba visiblemente emocionado y, guiada por un impulso, me acerqué a él y le apreté el hombro.

—Sí, ¿verdad?

—Es una pena que no recuerde nada de él. Era muy pequeño cuando murió.

—Lo sé. Y también fue una pena que este concierto nunca llegara a estrenarse. ¿No sería maravilloso que lo lográramos ahora?

—Sí, sí, con la debida orquestación... por ejemplo, aquí, en los primeros cuatro compases, un oboe, acompañado por una viola aquí —señaló la partitura—, pero los timbales han de entrar casi de inmediato para sorprender, así. —Me hizo una demostración del tempo sirviéndose de dos lápices—. Eso desconcertará a quienes crean que están escuchando otro pastiche de Grieg. —Sonrió con picardía y vi que se le iluminaba la mirada mientras cogía una partitura en blanco y anotaba los arreglos que acababa de describir—. Dile a Thom que sería un auténtico golpe maestro. Y después —prosiguió cuando empezó a tocar de nuevo— llegan los violines, todavía acompañados por los timbales para prolongar ese trasfondo de peligro.

Volvió a rellenar varios compases en la partitura. Luego se detuvo bruscamente y me miró.

—Lo siento, me estoy dejando llevar. Te agradezco que me lo hayas enseñado.

—Felix, ¿cuánto tiempo crees que tardarías en orquestar la pieza entera?

—Dos meses, quizá. No sé si es porque la escribió mi padre, pero ya oigo cómo debería sonar exactamente.

—¿Qué tal tres semanas?

Se volvió hacia mí, puso los ojos en blanco y soltó una carcajada.

—Es una broma, ¿no?

—No. Tendré que hacerte una fotocopia de la partitura del piano, pero si consigues orquestar esto y presentárselo a Thom con la misma brillantez con que acabas de presentármelo a mí, dudo que él o el gestor de la Orquesta Filarmónica de Bergen pudieran decirte que no.

Felix lo meditó en silencio.

—¿Me estás desafiando? ¿Quieres que le demuestre a Thom que puedo hacerlo?

—Aparte del hecho de que en estos momentos esta pieza está incluida en el programa del Concierto del Centenario de Grieg de diciembre, sí. A juzgar por lo que he escuchado hace unos instantes, eres un genio. Y, sin ánimo de ofender, la escasez de tiempo significará que no tienes más remedio que ponerte las pilas.

—Eso ha sido un batiburrillo de cumplidos e insultos, jovencita —resopló Felix—. Me quedaré con los cumplidos, porque, naturalmente, son ciertos. Trabajo mucho mejor con la presión de una fecha límite, y en los últimos años ha habido muy pocas en mi vida.

—Entonces ¿lo intentarás?

—Si acepto el encargo, ten por seguro que haré mucho más que intentarlo. Empezaré esta misma noche.

—En cualquier caso, me temo que tendré que llevarme la partitura original. No quiero que Thom descubra lo que estamos haciendo.

—Oh, no te preocupes por eso, ya la tengo en la cabeza. —Felix recogió las hojas, las apiló con cuidado y me las tendió—. Tráeme una copia mañana, pero después no quiero volver a verte merodeando por aquí para ver cómo van las cosas mientras esté trabajando. Así que te veré dentro de tres semanas.

—Pero…

—No hay peros que valgan —replicó Felix mientras me seguía hasta la puerta.

—Vale, mañana te traeré la partitura. Adiós.

—Otra cosa, Ally.

—¿Qué?

—Gracias por darme esta oportunidad.

45

Durante las tres semanas siguientes, di muchas vueltas por la casa. Sabía que, por lo general, orquestar una sinfonía requería meses de arduo trabajo. Pero aunque Felix solo consiguiera completar los primeros cinco minutos, esperaba que bastaran para convencer a Thom de lo que yo misma había escuchado. Y si Felix no había hecho nada, tampoco importaba, porque Thom nunca lo sabría.

«Todo el mundo merece una segunda oportunidad», pensé para mí cuando oí que se abría la puerta de la calle y que Thom volvía de tocar la ópera *Carmen* con la orquesta. La temporada de conciertos había arrancado y, cuando cayó derrengado en el sofá, le tendí una cerveza bien fría.

—Gracias, Ally. Podría acostumbrarme a esto —dijo mientras la abría—. De hecho, estos últimos días he estado dándole vueltas a la cabeza.

—¿Ah, sí?

—¿Has decidido ya dónde quieres tener a Pulgarcito?

Pulgarcito era el apodo que le habíamos puesto al bebé un día que Thom me preguntó qué tamaño tenía en aquel momento y yo, siguiendo mi nuevo libro sobre el embarazo, se lo mostré utilizando el pulgar.

—No, todavía no.

—¿Y por qué no te quedas en Froskehuset conmigo? Siempre dices que te encantaría hacerle reformas, y está claro que yo no dispongo de tiempo para ello. Teniendo en cuenta eso del síndrome del nido que leíste el otro día en tu libro del embarazo, ¿por qué no lo canalizas de una manera práctica y pones manos a la obra?

A cambio de cama y comida, gasto que no para de aumentar, con eso de que ahora comes por dos —se burló—. Y, por supuesto, a cambio de convertirte en propietaria oficial de la mitad de la casa.

—¡Thom, esta casa es tuya! Jamás se me ocurriría quedarme una parte.

—¿Y si inviertes algo de dinero, en el caso de que lo tengas, en modernizarla? Me parece un trueque justo. ¿Lo ves? No estoy siendo tan generoso como pensabas.

—Podría preguntarle a Georg Hoffman, el abogado de Pa. Estoy segura de que lo vería como una buena inversión. No hará falta mucho dinero para modernizar esta casa, aunque estaba pensando que deberíamos arrancar ese engendro de estufa y sustituirla por una chimenea moderna, y tal vez poner suelo radiante en el resto de la casa. Y también hay que cambiar la caldera, y las tuberías de todos los cuartos de baño, porque estoy harta de ducharme con un chorrito de agua tibia, y...

—Diantre —rio Thom—, estás hablando de un millón de coronas como mínimo. La casa está valorada en cuatro millones, de modo que te pagaré un extra como interiorista. Deberíamos acordar que si uno de los dos necesita venderla en el futuro, el otro tendrá derecho a comprarle su parte, pero, Ally, creo que es importante que sientas que tu hijo y tú tenéis un hogar propio.

—Hasta el momento me ha ido bien sin tenerlo.

—Porque hasta el momento no has tenido hijos. Y como alguien que creció en una casa que mi madre no cesaba de recordarme que no era nuestra, me gustaría que mi sobrino o sobrina no tuviera esa preocupación. Podría ofrecerte mis servicios como mentor y figura paterna hasta que aparezca otro hombre en escena. Y estoy seguro de que aparecerá —añadió.

—Pero, Thom, si me quedara aquí...

—¿Qué?

—¡Tendría que aprender noruego! Y eso es imposible.

—Bueno, el bebé y tú podríais aprender juntos —repuso Thom con una sonrisa.

—¿Y qué pasa si uno de los dos, o los dos, conocemos a alguien?

—Ya te lo he dicho, podemos vender la casa o comprarle su parte al otro. Además, no olvides que esta casa tiene cuatro dormitorios. Y como me niego a permitir que estés con un hombre que no cuente con mi aprobación, no hay razón para que no podamos vivir aquí todos juntos en plan comuna. En cualquier caso, no creo que tenga mucho sentido preocuparse por lo que tal vez pase más adelante. ¿No es esa una de tus frases favoritas?

—Antes sí, pero… ahora he de pensar en nuestro futuro.

—Claro que sí. La maternidad ya ha empezado a cambiarte.

Aquella noche me metí en la cama diciéndome que Thom tenía razón. Ya no pensaba solo en mí, sino también en qué era lo mejor para mi pequeño. No había duda de que me sentía feliz, segura y en paz en aquel país que estaba empezando a querer. Y el hecho de que a mí se me hubiese privado de mi verdadera herencia cultural hacía más importante de alguna manera que mi hijo pudiera abrazar la suya. La abrazaríamos juntos.

A la mañana siguiente, le dije a Thom que, en principio, su idea me parecía fantástica y que me encantaría quedarme y tener el niño allí.

—También quiero ver si puedo hacer que me traigan el Sunseeker de Theo hasta aquí. Aunque yo ya no me atreva a subirme a un barco, tal vez a ti te apetezca llevarte a tu sobrino a dar una vuelta por los fiordos en verano.

—Me parece una idea genial —convino Thom—. Aunque, por el bien del bebé, además de por el tuyo, tendrás que volver al mar en algún momento.

—Lo sé, pero aún es pronto —le espeté bruscamente—. Lo único que me preocupa ahora es qué haré después de jugar a ser interiorista y dar a luz.

Dejé sobre la mesa del desayuno las tortitas que tanto le gustaban a Thom.

—¿Lo ves? Ya estás haciéndolo otra vez, Ally. Estás anticipando el futuro.

—Cierra el pico, Thom. Tienes delante a una mujer que ha trabajado toda su vida y que cada día se enfrentaba a algún tipo de desafío.

—¿Y mudarte a otro país y tener un hijo no te parece suficiente desafío?

—Por supuesto, al menos de momento. Pero, aparte de ejercer de madre, me gustaría hacer otras cosas.

—Tal vez pueda echarte un cable —dijo Thom despreocupadamente.

—¿Cómo?

—En la orquesta siempre hay sitio para una flautista de tu talento. De hecho, quería proponerte algo.

—Ah, ¿y de qué se trata?

—Ya te he hablado del Concierto del Centenario de Grieg, en el que debía estrenarse *El concierto de Hero*, aunque ahora probablemente ya no sea posible. La primera parte incluye la suite de *Peer Gynt* y estaba pensando en lo apropiado que sería que una Halvorsen de carne y hueso tocara las primeras notas de «La mañana». De hecho, ya se lo he mencionado a David Stewart y le parece una idea fantástica. ¿Qué me dices?

—¿Ya has hablado con él?

—Pues claro que sí, Ally. Fue pan comido y…

—Aunque lo haga de pena, me dejarán tocar por mi apellido —terminé por él.

—¡No digas tonterías! David te oyó tocar con Willem en el Teatro Logen, ¿recuerdas? Lo que estoy intentando decirte es que nunca se sabe qué puertas podría abrirte ese concierto. Así que yo no me preocuparía demasiado por el tema del trabajo si decides echar raíces aquí.

Lo fulminé con la mirada.

—Ya lo tienes todo pensado, ¿verdad?

—Sí. Exactamente como habrías hecho tú.

Justo tres semanas después de haberle llevado el concierto a Felix, llamé a la puerta de su casa con gran nerviosismo. Durante un rato no obtuve respuesta, así que empecé a sospechar que, a pesar de que eran casi las doce, Felix seguía durmiendo la mona.

Y cuando finalmente me abrió, con cara de sueño y vestido con una camiseta y un bóxer, se me cayó el alma a los pies.

—Hola, Ally. Pasa.

—Gracias.

La sala de estar olía a tabaco y a alcohol rancio, y mi inquietud creció cuando reparé en las botellas de whisky vacías y dispuestas en fila sobre la mesa de centro, como si fueran bolos.

—Disculpa el desorden, Ally. Siéntate. —Retiró del sofá una almohada y una manta raída—. Me temo que durante estas últimas semanas he dormido donde caía muerto.

—Ah.

—¿Una copa?

—No, gracias. Sabes por qué estoy aquí, ¿no?

—Más o menos. —Se pasó una mano por el pelo ralo—. ¿Algo relacionado con el concierto?

—Sí, exacto. ¿Y bien? —pregunté sin rodeos, ya desesperada por saber si había superado el reto.

—Sí... esto... ¿dónde lo he puesto?

Había pilas de partituras por toda la sala, y muchas otras convertidas en pelotas que ya estaban allí en mi última visita y que ahora acumulaban polvo y telarañas allá donde las habían tirado. Desalentada, observé a Felix rebuscar en estantes, en cajones atestados y detrás del sofá donde estaba sentada.

—Sé que lo puse a buen recaudo... —farfulló mientras se agachaba para mirar debajo del piano—. ¡Ajá! —exclamó al abrir la tapa del precioso piano de cola Blüthner y sujetarla con la varilla de madera—. Aquí está.

Introdujo la mano en las tripas del instrumento y sacó una gigantesca pila de partituras. Se acercó al sofá y la dejó caer sobre mis rodillas, que casi se hundieron bajo su peso.

—Terminado.

Vi que las primeras páginas pertenecían a la parte original del piano y estaban guardadas en una carpeta de plástico transparente. La siguiente sección correspondía a la flauta, seguida de la viola y de los timbales, tal como Felix había descrito. Fui pasando carpeta tras carpeta de partituras impecables y, cuando llegué a la sección de metales, había olvidado para cuántos instrumentos era la orquestación de Felix. Levanté la cabeza, absolutamente anonadada, y vi que me estaba sonriendo con petulancia.

—Si me conocieras mejor, querida y recién hallada hija, sabrías que siempre me crezco ante un reto musical. Y, sobre todo, ante uno tan importante como este.

—Pero...

Clavé la mirada en las botellas de whisky que cubrían la mesa.

—Recuerdo muy bien haberte dicho que trabajo mejor borracho. Triste pero cierto. En cualquier caso, está todo ahí, listo para que se lo lleves a mi amado hijo y nos dé su veredicto. Personalmente, creo que mi padre y yo hemos creado una obra maestra.

—No estoy capacitada para juzgar la calidad, pero sin duda la cantidad de trabajo que has hecho en tan poco tiempo es un milagro.

—Noche y día, cariño, noche y día. Y ahora, largo.

—¿Seguro?

—Sí, quiero acostarme otra vez. No he dormido mucho desde la última vez que te vi.

—Como quieras.

Me levanté sujetando la pila de hojas contra el pecho.

—Cuando sepas el veredicto, comunícamelo, ¿de acuerdo?

—Descuida.

—Ah, y dile a Thom que la única parte que no acaba de convencerme es la entrada de la trompa con el oboe en el tercer compás del segundo movimiento. Quizá sea un poco excesivo. Adiós, Ally.

Y, sin más, cerró la puerta con firmeza detrás de mí.

—¿Qué es eso? —me preguntó Thom aquella tarde cuando llegó a casa después del ensayo con la orquesta y vio las partituras que descansaban sobre la mesa de centro del salón.

—Oh, nada, solo la orquestación completa para *El concierto de Hero* —contesté como si tal cosa—. ¿Un café?

—Sí, por favor —dijo mientras, con gesto cómico, volvía a clavar los ojos en las partituras.

Me dirigí tranquilamente hacia la cocina, serví el café y regresé a la sala, donde Thom ya estaba pasando las hojas.

—¿Cómo? ¿Cuándo? ¿Quién?

—Felix. A lo largo de las últimas tres semanas.

—¡Me estás tomando el pelo!

—No.

Me entraron ganas de golpear el aire con el puño en señal de triunfo al ver su cara de pasmo.

—Como es lógico —carraspeó hasta bajar el tono una octava—, ignoro si el trabajo es bueno, pero...

Lo oí tararear la parte del oboe y las violas. Luego pasó a los timbales y se echó a reír.

—¡Es brillante! Me encanta…

—¿Estás enfadado?

—Te lo diré más tarde. —Me miró y en sus ojos vi euforia y un respeto sincero—. Pero, a primera vista, creo que Felix ha hecho un trabajo increíble. Olvida el café, voy a llamar a David Stewart antes de que se marche del teatro. Voy a llevárselo ahora mismo. Estoy seguro de que va a quedarse tan pasmado como nosotros.

Lo ayudé a recoger la partitura y, emocionada, le deseé buena suerte desde la puerta.

—Pip —les susurré a las estrellas—, tú «Hero» va a estrenarse al fin.

El otoño seguía su curso y los preparativos para el estreno del concierto —completo con la inspirada orquestación de Felix— cobraban forma. Yo, entretanto, me mantenía ocupada con mis propios planes. Había llamado a Georg Hoffman para explicarle la situación. Le había parecido sensato que creara un hogar para mi hijo y para mí en una casa de la que era copropietaria. Tras añadir al proyecto mis escasos ahorros y el pequeño legado de Theo, había comenzado con las reformas de Froskehuset. En mi mente ya había tomado forma la visión de un bello refugio escandinavo con suelos y paredes de pino claro reciclado, muebles de diseñadores noruegos jóvenes y lo último en tecnología de bajo consumo.

Después de meditarlo mucho, había llegado a la conclusión de que, técnicamente, sería justo que Thom y yo le cediéramos una tercera parte del valor de la casa a Felix en el momento de modificar la escritura para incluirme en ella. Cuando le planteé el asunto, mi padre me sonrió.

—Gracias, cariño, pero no. Te agradezco el detalle, pero estoy contento con la cabaña y, en cualquier caso, los dos sabemos perfectamente adónde iría a parar el dinero.

Además, la semana anterior, Edition Peters —la editorial de Leipzig conocida como C. F. Peters en los tiempos en que había publicado las obras de Grieg— ya se había interesado por *El concierto de Hero* y había programado una grabación con la Filarmónica de Bergen para el año siguiente. Como heredero legítimo de los derechos de publicación y representación de la obra de su padre, así como de los de su propio trabajo de orquestación, era muy probable que Felix ganara mucho dinero si el concierto, como auguraba Andrew Litton, era un éxito.

Con la conciencia tranquila, y tal vez a causa del síndrome del nido, me sentía llena de optimismo y energía cuando entrevistaba a proveedores y obreros de la zona, hablaba con los responsables de urbanismo y consultaba sin parar cientos de revistas y páginas web. Pensaba en cómo se habrían reído de mí mis hermanas: Ally interesada en el diseño de interiores. Y me maravillaba comprobar hasta qué punto eran responsables las hormonas de muchos de nuestros actos.

Mientras ojeaba un muestrario de telas, sentí un aguijonazo de culpabilidad al caer en la cuenta de que desde mi llegada a Bergen no había telefoneado a Ma todo lo que debería. Y tampoco a Celia. Y ahora que el «período de riesgo» de los tres meses había pasado, ambas merecían conocer la noticia.

Llamé primero a Ginebra.

—¿Diga?

—Ma, soy yo, Ally.

—*Chérie!* Qué alegría oírte.

Cuando escuché la calidez y la total ausencia de reproche en su tono de voz, sonreí aliviada.

—¿Cómo estás? —me preguntó.

—Buena pregunta —dije con una carcajada de sincero arrepentimiento.

Y a renglón seguido, acompañada por las expresiones de sorpresa e incredulidad de Ma, le hablé de Thom y de Felix y de cómo me habían llevado hasta ellos las pistas de Pa Salt.

—Así pues, Ma, espero que entiendas que haya decidido quedarme una temporada en Bergen —dije al fin—. Y hay otra cosa que todavía no te he contado y que complica un poco las cosas. Estoy esperando un hijo de Theo.

Se hizo un breve silencio al otro lado de la línea, seguido de una exclamación de alegría ahogada.

—¡Es una noticia maravillosa, Ally! Después de lo mucho que... has pasado. ¿Cuándo sales de cuentas?

—El 14 de marzo.

No me pareció adecuado mencionarle que, después de que la ecografía confirmara la fecha exacta, yo había calculado que habíamos concebido el bebé en torno al día de la muerte de Pa.

—No imaginas cuánto me alegro por ti, *chérie*. ¿Tú estás contenta? —me preguntó.

—Mucho —la tranquilicé.

—Tus hermanas también lo estarán. Van a ser tías y volveremos a tener un bebé correteando por Atlantis cuando venga de visita. ¿Se lo has contado ya?

—Todavía no. Quería que fueras la primera en saberlo. Durante el último par de semanas he hablado por teléfono con Maia, Tiggy y Star, pero no consigo dar con Electra. No me contesta los mensajes ni los correos electrónicos. Llamé a su agente de Los Ángeles y le dejé un mensaje en el buzón de voz, pero no me ha devuelto la llamada. ¿Va todo bien?

—Seguro que solo es que está muy ocupada. Ya sabes que tiene unos horarios de locura —fue la respuesta de Ma después de lo que me pareció un breve titubeo—. Que yo sepa, Electra está bien.

—Bueno, es un alivio. Y cuando llamé a Star a Londres y le pedí que me pusiera con CeCe, simplemente me dijo que no estaba. No he sabido nada de ninguna de ellas desde entonces.

—Ajá —fue la lacónica respuesta de Ma.

—¿Tienes alguna idea de lo que está pasando?

—No, pero, una vez más, estoy segura de que no hay razón para preocuparse.

—¿Me llamarás si tienes noticias de ellas?

—Por supuesto, *chérie*. Pero, dime, ¿qué planes tienes para cuando nazca el bebé?

Después de colgar, no sin antes haber invitado a Ma y a todas las hermanas que pudiera congregar al Concierto del Centenario de Grieg en diciembre, marqué el número de Celia. Al igual que Ma, se alegró mucho de oírme.

Ya había decidido que quería darle la noticia del bebé en persona, pues sabía que sería un momento muy emotivo para ella. Además, todavía teníamos pendiente el tema de las cenizas de Theo.

—Celia, ahora mismo no tengo mucho tiempo para hablar, pero quería preguntarte si te importaría que fuera a verte dentro de unos días.

—Ally, no tienes ni que preguntarlo. Aquí siempre serás bienvenida. Me encantaría que vinieras.

—Tal vez podríamos ir a Lymington a...

No pude evitar que se me formara un nudo en la garganta.

—Sí, creo que ha llegado el momento —respondió ella con calma—. Lo haremos juntas, como a él le habría gustado.

Dos días después aterricé en Heathrow, donde Celia me esperaba en la sala de llegadas. Cuando dejamos atrás el aeropuerto en su viejo Mini, se volvió hacia mí.

—Ally, espero que no te moleste, pero vamos directamente a Lymington, no a Chelsea. No sé si te había comentado alguna vez que todavía tengo una casita allí. Es muy pequeña, pero es donde Theo y yo nos instalábamos durante sus vacaciones escolares para navegar juntos. He pensado que estaría bien... pasar allí la noche.

Alargué el brazo y le estreché la mano que apretaba con fuerza el volante.

—Me parece perfecto, Celia.

Y lo fue. La casita, con su fachada curva, se hallaba justo en el centro georgiano del pueblo de Lymington, rodeada de calles adoquinadas y pintorescos edificios de color pastel. Tras dejar el equipaje en el estrecho recibidor, seguí a Celia hasta una sala de estar acogedora y luminosa. Una vez allí, me tomó las manos entre las suyas.

—Ally, antes de enseñarte tu habitación, has de saber que esta casa solo tiene dos dormitorios. Uno es el mío y el otro... Bueno, es donde dormía Theo y, como es lógico, todavía contiene... muchos recuerdos.

—No importa, Celia —la tranquilicé, conmovida como siempre por su amabilidad y consideración hacia mí.

—Si quieres, puedes subir tu bolsa mientras yo enciendo la chimenea y empiezo a preparar la cena. He traído unas cuantas cosas para poder improvisar algo. ¿O prefieres cenar fuera?

—No, prefiero que nos quedemos aquí, gracias. Enseguida bajo a ayudarte.

—El cuarto es la primera puerta de la izquierda.

Recogí la mochila y subí. Ya en el rellano, vi una puerta baja con las palabras LA CABAÑA DE THEO toscamente talladas en la madera. La abrí y vi una cama estrecha debajo de una ventana de guillotina y, recostado sobre los cojines, un viejo osito de peluche de color caramelo vestido con un jersey de pescador minúsculo. Las paredes irregulares estaban salpicadas de fotos de veleros y, colgado sobre la cómoda pintada, había un antiguo salvavidas de rayas rojas y blancas. Se me llenaron los ojos de lágrimas al reparar en lo mucho que se parecía a mi dormitorio de la infancia en Atlantis.

—Mi alma gemela —susurré, y de repente sentí la esencia de Theo a mi alrededor.

Me senté en la cama y apreté el osito de peluche contra mi pecho al tiempo que, con el rostro bañado de lágrimas, tomaba conciencia de que Theo jamás vería a su hijo.

Aquella noche, Celia sirvió un guiso de pollo mientras charlábamos amigablemente. Había encendido un fuego en la chimenea de la sala y las dos nos sentamos a cenar en el mullido sofá.

—Es una casa muy acogedora, Celia. No me extraña que te encante venir aquí.

—Tuve la suerte de heredarla de mis padres. A ellos también les gustaba navegar, y era un lugar perfecto para traer a Theo cuando era niño. A Peter nunca le entusiasmó el mar y, de todas maneras, por aquel entonces casi siempre estaba de viaje por trabajo, así que Theo y yo veníamos aquí a menudo.

—Hablando de Peter, ¿has sabido algo de él últimamente? —le pregunté con suavidad.

—Es extraño, pero sí. De hecho, incluso me atrevería a decir que nos hemos hecho bastante colegas durante estas últimas semanas. Me llama a menudo y hasta nos hemos planteado la posibilidad de que pase la Navidad conmigo en Chelsea, dado que ninguno de los dos parece tener un plan mejor. —Un leve rubor le tiñó las delicadas mejillas—. Sé que puede parecer un tópico, pero creo que la muerte de Theo ha acabado con parte del resentimiento que sentíamos.

—No me parece ningún tópico. Sé que Peter te hizo mucho daño, Celia, pero tengo la sensación de que se ha dado cuenta de los errores que cometió y de lo mucho que te afectaron.

—En fin, nadie es perfecto, Ally. Creo que yo también he madurado y he visto algunas de las cosas que hice mal. Para empezar, sé que cuando Theo nació se convirtió en el centro de mi vida durante años. Dejé a Peter de lado, y como ya habrás advertido, no es un hombre al que le guste que lo ignoren —añadió con una sonrisa.

—Tienes razón. Me alegro de que por lo menos volváis a hablaros.

—De hecho, le conté que íbamos a venir aquí para lanzar las cenizas de Theo mañana al amanecer, pero no me ha contestado. Típico de él —suspiró Celia—. Nunca se le ha dado bien hablar sobre las cosas que realmente importan.

»Pero da igual, ya basta de hablar de mí. Quiero que me lo cuentes todo sobre tu aventura en Noruega. En el coche me has dicho que has estado siguiendo las pistas que te dejó tu padre. Si te ves con ánimo, me encantaría que me contaras toda la historia.

A lo largo de la siguiente hora, le expliqué la extraña búsqueda de mis orígenes. Al igual que había hecho con Ma, tan solo omití el detalle de mi posible vínculo genético con Edvard Grieg. Al igual que Thom, prefería guardarme esa revelación. Sin pruebas contundentes, no significaba nada y era, por tanto, irrelevante.

—¡Es una historia increíble! ¡Me he quedado de piedra! —exclamó Celia cuando terminé y las dos habíamos dejado ya la bandeja de la cena a un lado—. Has encontrado un hermano gemelo y un padre. Qué extraordinario giro de los acontecimientos. ¿Cómo te sientes?

—Feliz, la verdad. Thom se parece mucho a mí —dije con una sonrisa—. Y espero no resultar desconsiderada si digo que, después de perder a Pa Salt, mi mentor, y a Theo, mi alma gemela, parece que he encontrado a otro hombre con el que conecto, aunque de una manera muy diferente.

—¡Ally, cariño, me parece fantástico! Menudo periplo has vivido estas últimas semanas.

—Y el periplo no acaba ahí, Celia. Tengo que contarte otra cosa. —La miré a los ojos al ver su expresión inquisitiva y respiré hondo—. Vas a ser abuela.

Su cara pasó de la estupefacción al desconcierto momentáneo mientras asimilaba mis palabras. Luego, lentamente, esbozó una sonrisa exultante y me envolvió en un fuerte abrazo.

—Casi no me atrevo a creerlo, Ally. ¿Estás segura?

—Completamente. Me lo confirmó una doctora de Bergen. Y la semana pasada me hicieron la primera ecografía. —Me levanté del sofá para coger el bolso y hurgué en él hasta dar con lo que estaba buscando. Saqué la granulosa imagen en blanco y negro y se la tendí—. Sé que todavía no se ve mucho, pero este es tu nieto, Celia.

Cogió la ecografía y la examinó mientras acariciaba con los dedos el perfil borroso de la minúscula vida que crecía en mi interior.

—Ally… —Cuando al fin consiguió hablar, se le entrecortó la voz a causa de la emoción—. Es… es lo más bonito que he visto en mi vida.

Después de reír, de llorar y de abrazarnos una docena de veces más, nos recostamos en el sofá, ambas ligeramente mareadas.

—Por lo menos ahora puedo contemplar nuestra… misión de mañana con algo de esperanza en el corazón —dijo Celia—. Y hablando de eso, tengo un velero pequeño en el puerto deportivo. Creo que lo más acertado sería que las dos zarpáramos al amanecer y… diéramos descanso a Theo en el mar.

—Lo… lo siento mucho, Celia —tartamudeé—, pero no puedo hacerlo. Cuando Theo murió, juré que nunca más volvería a hacerme a la mar. Espero que lo entiendas.

—Lo comprendo, cariño, pero piénsatelo, por favor. Tú misma me dijiste que es imposible cerrarse al pasado. Seguro que ya sabes que Theo habría detestado pensar que te ha apartado de tu pasión.

Y en aquel momento me di cuenta de que, por muy difícil que me resultara, le debía a Theo y a nuestro hijo subirme de nuevo a un barco.

—Tienes razón, Celia —dije al fin—. Eso es exactamente lo que deberíamos hacer.

La alarma del móvil me despertó al día siguiente antes del amanecer. Me sentí ligeramente desorientada hasta que noté la textura de algo rasposo en la mejilla. Encendí la lámpara de la mesilla de noche y vi que el oso de peluche de Theo descansaba sobre la almohada a mi lado. Lo cogí y hundí la nariz en su pelaje áspero, como si de ese modo pudiera aspirar el espíritu de su dueño. Luego me levanté y me puse a toda prisa unas mallas y un jersey grueso antes de bajar a la sala, donde Celia ya me estaba esperando. No hicieron falta palabras cuando reparé en la inocua urna azul que sostenía entre las manos.

Las calles de Lymington estaban desiertas cuando salimos de la casa y bajamos hasta el puerto rodeadas por la luz blanquecina que precedía al alba. Cuando llegamos al embarcadero donde Celia tenía amarrado el velero, tan solo se apreciaba actividad en un barco de pesca cercano. La pareja de pescadores nos saludó con un breve gesto de la cabeza antes de proseguir con la tarea de remendar y preparar las redes para las capturas del día.

—¿Sabes? A Theo le habría encantado esto. El ritmo incesante de las olas y el mar, siempre igual, desde el comienzo mismo de los tiempos.

—Sí, le habría encantado.

Las dos nos volvimos hacia aquella voz familiar y vimos que Peter se acercaba por el muelle hacia nosotras. Advertí la expresión de sorpresa de Celia y que se le iluminó el rostro cuando él le abrió los brazos y ella se dejó envolver por ellos. Me mantuve apartada para respetar aquel momento de intimidad, pero enseguida volvieron a mi lado y Peter me abrazó a mí también.

—Bueno —dijo él con la voz entrecortada—, en marcha.

Mientras Celia subía al barco, Peter me susurró al oído:

—Solo espero no hacer el ridículo delante de vosotras echando el desayuno por la borda en un momento tan solemne. El mar no es mi fuerte, Ally.

—En estos momentos, tampoco el mío —suspiré—. Vamos —dije tendiéndole la mano—, subiremos juntos.

Una vez a bordo, ayudé a Peter a sentarse mientras yo misma me esforzaba por mantener el equilibrio.

—¿Lista, Ally?

—Sí —le contesté a Celia mientras izaba las velas y soltaba los cabos.

Los primeros rayos de sol empezaban a acariciar la costa y se reflejaban en las crestas de las olas perezosas cuando salimos al estrecho de Solent. Celia llevaba el timón mientras yo me movía por la cubierta ajustando las velas. La brisa fresca impulsaba la embarcación y me apartaba el pelo de la cara con suavidad, y pese a lo que me había costado volver al mar, me sentí extrañamente en paz. Algunas imágenes de Theo destellaban en mi mente, pero, por primera vez desde su partida, pensar en él me llenaba no solo de tristeza, sino también de dicha.

A unos cuantos centenares de metros de la costa, con una magnífica vista del puerto de Lymington, arrizamos las velas y Celia bajó a la cabina para emerger tan solo unos segundos después con la urna azul entre las manos. Fuimos a buscar a Peter, que estaba sentado en la popa con la cara blanca, y lo ayudamos a incorporarse.

—Cógela tú, Peter —dijo Celia cuando el sol se despegó al fin de la línea del horizonte y brilló con todo su esplendor.

—¿Preparadas? —dijo él.

Asentí con la cabeza y los tres colocamos las manos alrededor de la urna, tan insignificante en apariencia pero tan llena de sueños, esperanzas y recuerdos. Cuando Peter levantó la tapa y lanzó el contenido al viento, observamos la fina lluvia de ceniza flotar hasta reunirse con el mar. Cerré los ojos y una lágrima me resbaló por la mejilla.

—Adiós, cariño —susurré mientras, instintivamente, me llevaba una mano al vientre para acariciar su suave curva—. Quiero que sepas que nuestro amor pervive.

46

Como de costumbre, me desperté temprano azuzada por un suave ajetreo en mi interior. Miré la hora y, al ver que eran poco más de las cinco, recé para que aquella no fuera la dinámica del futuro, para que el bebé no hubiera establecido ya su patrón de sueño dentro de mi útero. Todavía era de noche cuando, aún adormilada, eché un vistazo al exterior a través de las cortinas y descubrí que una gruesa capa de escarcha cubría la ventana. Fui al cuarto de baño y regresé a la cama para intentar dormir un poco más. Tenía por delante un día muy largo. Aquella noche, el Grieg Hall tendría ocupados sus mil quinientos asientos para el Concierto del Centenario. Y entre el público estarían mis amigos y mi familia. Star y Ma tenían previsto llegar a Bergen por la tarde para asistir al evento y estaba deseando verlas.

En cierta manera, y por muy extraño que pareciera, sentía que mi embarazo y el bebé que crecía dentro de mí eran una experiencia colectiva: aunque yo era la madre y tutora, su llegada al mundo al cabo de tres meses proporcionaría un vínculo entre un grupo de personas hasta aquel momento dispares.

Estaba el vínculo con mi pasado recién descubierto —Felix, mi padre biológico, y Thom, mi hermano gemelo— y el de las cinco tías que, sin duda, cubrirían de mimos a la criatura. Electra, que finalmente me había escrito un correo para felicitarme, ya me había enviado una caja con ropa de diseño escandalosamente cara para el bebé. Había recibido correos conmovedores de casi todas mis hermanas, y también de Ma, de quien sabía que, a su manera discreta y comedida, estaba deseando tener un recién nacido en los brazos y revivir los bellos recuerdos de cuando nosotras llegamos a Atlantis para que ella nos cuidara. Luego estaba la familia de Theo, Celia y Peter, quienes formaban parte esencial de mi presente más reciente y que también acudirían al concierto aquella noche. Y quienes sabía que serían una parte importante de mi futuro y del de mi hijo.

—El ciclo de la vida… —murmuré para mí al pensar que, en medio de una pérdida terrible, había brotado una vida nueva, una esperanza nueva.

Y tal como había comentado Tiggy acerca de los capullos que empezaban a florecer mientras los pétalos de las rosas más antiguas caían, también yo había descubierto el milagro de la naturaleza. Y aunque había perdido a las dos personas más importantes de mi vida con apenas meses de diferencia, había recibido la recompensa de un amor que solo haría que crecer, y me sentía inmensamente bendecida por ello.

Y aquella noche, después de la actuación, las diferentes hebras de mi historia se conocerían en una cena.

Lo que me llevó a pensar en Felix…

El programa de aquella noche era sencillo: abriría con la suite de *Peer Gynt* conmigo a la flauta. La tataranieta de Jens Halvorsen tocaría aquellos emblemáticos acordes iniciales, tal como había hecho él en el estreno hacía más de ciento treinta y un años. O, como Thom y yo habíamos especulado en privado, tal vez fuera la tataranieta del propio compositor. De cualquier manera, ninguno de los dos tocaríamos de manera fraudulenta. Thom estaría cerca, como primer violín —el segundo instrumento de Jens—, y así se cerraría el círculo de la historia de los Halvorsen.

Los medios de comunicación noruegos habían mostrado un gran interés por nuestro vínculo familiar, y la repercusión de la noticia fue aún mayor debido a que la segunda parte del programa consistiría en el estreno del recientemente recuperado concierto para piano de Jens Halvorsen júnior, orquestado por el hijo del propio compositor, Felix, quien además lideraría la orquesta al piano.

A Andrew Litton, el consagrado director de la Filarmónica de Bergen, le había entusiasmado descubrir *El concierto de Hero* y estaba impresionado por la inspirada orquestación de Felix, por no hablar del poco tiempo que le había llevado realizarla. No obstante, cuando Thom le preguntó a David Stewart si permitiría que su padre tocara el concierto la noche del estreno, este se había negado en redondo.

Thom había llegado a casa después de aquella conversación negando con la cabeza.

—Dice que conoce bien a Felix y que el estreno de la obra de nuestro abuelo y el evento en general son demasiado importantes para ponerlos en peligro. Y he de reconocer que estoy de acuerdo, Ally. Por fantástica que sea tu idea de reunir —señaló mi barriga— cinco generaciones musicales de Halvorsen, Felix es el eslabón más débil. ¿Y si la noche antes pilla una buena borrachera y simplemente no se presenta? Sabes tan bien como yo que el éxito de este concierto depende del pianista. Si su papel fuera tocar los platillos en la última fila, sería diferente, pero el piano ocupa el centro del escenario. Y los mandamases de la Filarmónica no quieren arriesgarse a sufrir la ignominia de que nuestro querido padre no aparezca. Ya te conté que hace años lo echaron por informal.

Entendí muy bien sus argumentos, pero no estaba dispuesta a tirar la toalla.

Así que había ido a ver a Felix a lo que Thom y yo llamábamos su «foso» y le había preguntado si, en el caso de que peleara por él, podría prometerme sin reservas —por la vida de su futuro nieto— que asistiría a los ensayos y se presentaría la noche del estreno.

Él se me había quedado mirando con sus ojos empañados por el alcohol y se había encogido de hombros.

—Por supuesto. Aunque tampoco es que necesite ensayar. Podría tocar ese concierto mientras duermo y con un par de botellas de whisky en el cuerpo, cariño.

—Ya sabes que las cosas no funcionan así —le había replicado—. Y si esa va a ser tu actitud…

Había girado sobre mis talones y puesto rumbo a la puerta.

—Vale, vale.

—¿Vale qué? —le había preguntado.

—Prometo que me comportaré.

—¿Seguro?

—Sí.

—¿Porque yo te lo he pedido?

—No. Porque es el concierto de mi padre y quiero que esté orgulloso de mí. Y porque sé que nadie puede interpretarlo mejor que yo.

Desde allí, me había ido directamente a ver a David Stewart. Después de que el gestor se negara una vez más a dar su aprobación, había recurrido —me avergüenza reconocerlo— a cierta dosis de chantaje.

—Felix es, a fin de cuentas, el hijo de Pip y, por tanto, el propietario legítimo de los derechos del concierto —le había dicho con la mirada gacha para evitar sonrojarme—. Mi padre tiene serias dudas sobre su estreno. Cree que si él no puede interpretar la partitura de la manera que habría querido su padre, quizá sea preferible no incluirla en el programa.

Contaba con el hecho de que la orquesta ansiaba con todas sus fuerzas ofrecer la primera interpretación en público de la mejor composición noruega escrita desde los tiempos de Grieg. Y, por suerte, la intuición no me había fallado. David, finalmente, había terminado cediendo.

—No obstante, le pediremos a Willem que él también ensaye con la orquesta. Así, si su padre nos deja en la estacada, podremos salvar la noche. Y ni siquiera adelantaré a la prensa la participación de Felix. ¿Trato hecho?

—Trato hecho.

Nos dimos la mano y me marché con la cabeza bien alta, celebrando mi golpe de gracia.

Aunque Felix había cumplido su palabra y había llegado puntual a los ensayos de la última semana, todos sabíamos que no existía ninguna garantía de que apareciera en el momento clave. Al fin y al cabo, ya había fallado con anterioridad.

Felix no fue anunciado oficialmente como el pianista del concierto, y Thom me contó que se había enterado de que habían impreso dos programas diferentes, uno con el nombre de Felix y otro con el de Willem.

Me sentía un poco culpable por ello, pues imaginaba que no debía de ser muy agradable para el ego de Willem saberse el sustituto de un borracho irresponsable entrado en años por la única razón de que llevara el apellido Halvorsen. No obstante, interpretaría el *Concierto para piano en la menor* de Grieg durante la primera parte del recital, lo cual era un consuelo.

La semana anterior había ido una noche al auditorio para ver tocar a Thom con la orquesta, y Willem había interpretado el *Concierto n.º 1 para piano* de Liszt. Mientras observaba sus dedos esbeltos y ágiles volar por el teclado, con las aletas de la nariz dilatadas y los mechones morenos agitándose sobre su frente, sentí un hormigueo en el estómago que nada tenía que ver con el bebé que llevaba dentro. Y me dije que aquella reacción física instintiva significaba que, probablemente, con el tiempo superaría la pérdida de Theo, aunque aún faltara para eso. Y que no debía sentirme culpable por ello. Tenía treinta años y toda una vida por delante. Y estaba segura de que Theo no querría que pasara por ella como una monja.

Curiosamente, Thom y Willem se habían hecho amigos. Habían empezado a relacionarse gracias al trabajo, pero, poco a poco, su relación se había extrapolado del plano profesional al personal. Thom lo había invitado a casa la semana siguiente y yo todavía no había decidido si quería estar presente.

Al final, tras asumir que me resultaría imposible seguir durmiendo, encendí el portátil y consulté mis correos electrónicos. Vi que había uno de Maia y lo abrí.

Querida Ally:

Solo te escribo para decirte que hoy te llevaré en el pensamiento. Ojalá pudiera estar ahí, pero Brasil y Noruega están muy lejos. Nos hemos ido a la montaña porque el calor en Río es asfixiante incluso para mí. Estamos instalados en la *fazenda* y no me veo capaz de explicarte lo bonito que es esto. Necesita una reforma exhaustiva, pero estamos barajando la posibilidad de convertirla en un centro destinado a niños de las favelas, para que puedan venir aquí y gozar de libertad y espacio para corretear en plena naturaleza. Pero basta de hablar de mí. Espero que tú y el bebé estéis bien. Me muero de ganas de conocer a mi sobrina o sobrino. Estoy muy orgullosa de ti, hermanita. Besos.

MAIA

Sonreí; la notaba feliz y aquello me alegraba. Fui a darme una ducha antes de ponerme el pantalón del chándal, una de las pocas prendas que todavía se adaptaban a mi cintura en expansión. Reacia a tirar el dinero comprando ropa de embarazada, me pasaba el día embutida en uno de los jerséis holgados de Thom. Me había comprado un vestido elástico de color negro para la actuación de aquella noche, y Thom había comentado con amabilidad que me quedaba muy bien, aunque yo sospechaba que solo lo decía para hacerme sentir bien.

Bajé a la improvisada cocina —temporalmente reubicada en la sala de estar hasta que terminaran las reformas—, compuesta por un aparador con un hervidor de agua y un microondas. La cocina propiamente dicha había desaparecido por completo, pero por lo menos, me dije, lo más difícil ya estaba hecho. Teníamos una caldera nueva y los operarios estaban a punto de instalar el suelo radiante. Sin embargo, las obras se estaban alargando mucho más de lo previsto y me aterraba que la casa no estuviera lista para cuando llegara el bebé. El síndrome del nido me mantenía imparable y, comprensiblemente, volvía locos a los obreros.

—Buenos días —dijo Thom cuando apareció detrás de mí con los pelos de punta, como le ocurría siempre al levantarse—. Hoy es el gran día —suspiró—. ¿Cómo te sientes?

—Nerviosa, ilusionada y preguntándome…

—Si Felix aparecerá —dijimos al unísono.

—¿Café? —propuse cuando el agua rompió a hervir.

—Sí, gracias. ¿A qué hora llega tu gente? —me preguntó Thom mientras se acercaba distraídamente a las nuevas puertas acristaladas que daban a la terraza y ofrecían una vista espectacular de los abetos y el fiordo.

—Cada uno a una hora diferente. Les he dicho a Ma y a Star que entren por la puerta de atrás antes de que comience el recital para saludar. —Noté un ligero hormigueo en el estómago, ya agitado de por sí—. Qué absurdo, me preocupa mucho más tocar delante de un puñado de amigos y familiares que lo que puedan decir los críticos.

—Es normal. Por lo menos te quitarás tu solo de encima nada más empezar. Después solo nos quedará sufrir hasta que Felix haya tocado la última nota de *El concierto de Hero*.

—Nunca he actuado delante de un público tan numeroso —gemí—. Y aún menos de un público que haya pagado.

—Lo harás muy bien —me tranquilizó Thom, pero cuando le tendí el café me di cuenta de que él también estaba nervioso.

Era un gran día para ambos. Sentíamos que entre los dos habíamos concebido un nuevo ser musical que estaba a punto de ver la luz del mundo. Y aquella noche nosotros seríamos los orgullosos padres que presenciaban su nacimiento.

—¿Piensas llamar a Felix para asegurarte de que se acuerda? —me preguntó mi hermano.

—No. —Ya había decidido no hacerlo—. Tiene que ser responsabilidad suya y solo suya.

—Lo sé —suspiró Thom—. Bien, me voy a la ducha. ¿Estarás lista para salir dentro de veinte minutos?

—Sí.

—Dios, espero que aparezca.

En aquel momento comprendí que, pese a asegurarme lo contrario, el hecho de que Felix hiciera acto de presencia aquella noche significaba aún más para Thom que para mí.

—Aparecerá, ya lo verás.

No obstante, cuando dos horas después ocupé mi puesto en la orquesta para comenzar el ensayo final y vi que el banco del piano estaba vacío, mi confianza empezó a flaquear. A las diez y cuarto, cuando Andrew Litton anunció que no podíamos seguir esperando, estrujé el móvil entre mis palmas calientes.

No, no lo llamaría.

Le pidieron a Willem que ocupara el lugar de Felix al piano y, cuando Andrew Litton levantó la batuta, Thom me lanzó una mirada desolada.

—¿Cómo has podido hacer algo así? ¡Cabrón! —farfullé para mí antes de ver a Felix correr hacia el escenario por el pasillo del auditorio pálido y sin apenas aliento.

—Dudo que alguien de aquí me crea —jadeó mientras subía los escalones—, pero cuando bajaba de la montaña se me ha parado la moto y he tenido que hacer autostop. He traído como prueba a la amable señora que me ha recogido en la carretera. Hanne —llamó—, ¿estoy diciendo la verdad?

Ciento un pares de ojos siguieron el dedo de Felix hasta la

puerta del auditorio, donde una mujer de mediana edad aguardaba con patente apuro.

—Hanne, dígaselo.

—Es cierto, se le ha parado en seco la moto y lo he traído en coche.

—Gracias. Tendrá una entrada para el concierto de esta noche esperándola en la taquilla. —Felix se volvió hacia la orquesta e hizo una exagerada reverencia—. Pido disculpas por haberles hecho esperar, pero a veces las cosas no son lo que parecen.

Después del ensayo, vi a Felix fumando un cigarrillo junto a la entrada de los artistas y me acerqué.

—Hola, Ally. Lamento lo ocurrido. Una razón de peso, por una vez.

—Sí. ¿Te apetece una copa?

—No, gracias, cariño. Prometí comportarme para esta noche, ¿recuerdas?

—Sí. ¿No es increíble? Cuatro, o casi cinco generaciones de Halvorsen estarán esta noche sobre ese escenario.

—O de Grieg —dijo encogiéndose de hombros.

—¿Qué…? ¿Estás al corriente de eso?

—Naturalmente. Anna se lo confesó a Horst en su lecho de muerte, y también el lugar donde tenía escondidas las cartas. Y Horst me lo contó a mí justo antes de que me fuera a estudiar a París. Las he leído todas. Un asunto bastante tórrido, ¿eh?

Su despreocupada revelación me dejó paralizada.

—¿Y nunca has pensado en sacarlo a la luz? ¿En utilizarlo?

—Hay secretos que deberían seguir siendo tales, ¿no crees, cariño? Y tú mejor que nadie deberías saber que lo que importa no es de dónde provienen tus genes, sino en quién te conviertes. Buena suerte esta noche.

Y, sin más, me dijo adiós con la mano y se alejó.

A las seis y media, Star me envió un mensaje de texto para decirme que Ma y ella habían llegado. Fui a buscar a Thom al camerino de los músicos y recorrí el pasillo con él, nerviosa ante la idea de presentarle mi gemelo a mi hermana.

—Ma —dije apretando el paso al verla, tan elegante como siempre, con una chaqueta Chanel y una falda azul marino.

—Ally, *chérie*, cuánto me alegro de verte.

Me abrazó y aspiré el familiar aroma de su perfume, que para mí representaba seguridad y protección.

—Cuánto me alegro de verte también a ti, Star. —Le di un abrazo y me volví hacia mi hermano gemelo, que se había quedado mirando a mi hermana con la boca abierta—. Y este es Thom, mi nuevo hermano.

Star levantó la vista y le sonrió con timidez.

—Hola, Thom. —le dijo.

Y yo tuve que propinarle un codazo a mi gemelo para que contestara.

—Sí, hola. Esto... me alegro de conocerte, Star. Y también a usted, Ma... quiero decir, Marina.

Miré a Thom extrañada, pues estaba comportándose de una forma muy rara. Normalmente era muy efusivo en sus saludos, y me fastidió un poco que no lo fuera precisamente en aquella ocasión.

—Para nosotras también es un placer conocerlo a usted, Thom —contestó Marina—. Muchas gracias por cuidar de Ally en nuestra ausencia.

—Nos cuidamos mutuamente, ¿verdad, hermana? —dijo sin dejar de mirar a Star.

En aquel momento, una voz pidió a la orquesta por megafonía que se reuniera en el escenario.

—Me temo que tenemos que irnos, pero os veremos luego en el vestíbulo —dije—. Dios, estoy temblando —suspiré antes de besarlas a las dos.

—Lo harás muy bien, *chérie*, estoy segura —me tranquilizó Ma.

—Gracias. —Me despedí con un gesto de la mano y volví a recorrer el pasillo en compañía de Thom—. ¿Te ha comido la lengua el gato? —le pregunté.

—Dios, tu hermana es preciosa —fue lo único que consiguió articular mientras lo seguía hasta el escenario para recibir la arenga de Andrew Litton antes de la actuación.

—Estoy preocupada —le susurré a Thom cuando aquella noche regresamos al escenario exactamente a las siete y veintisiete y fuimos recibidos por un gran aplauso—. Felix todavía parece sobrio. Y me dijo que toca mucho mejor cuando está borracho.

Thom rio al ver mi expresión de verdadera angustia.

—La verdad es que Felix me da pena. ¡No hay manera de que atine! En cualquier caso, recuerda que tiene toda la primera parte y el intermedio para ponerle remedio a la situación. Ahora —susurró—, deja de preocuparte por él y disfruta de este maravilloso momento de la historia de los Halvorsen… o de los Grieg. Te quiero, hermanita —añadió con una sonrisa antes de que nos separáramos para ocupar nuestros respectivos puestos en la orquesta.

Me senté en la sección de los instrumentos de viento de madera consciente de que tres minutos más tarde me levantaría para tocar los primeros compases de «La mañana». Y de que, como Felix me había dicho antes, daba igual quién me hubiera concebido. Lo único que importaba era que se me había concedido el regalo de la vida y que de mí dependía extraer lo mejor de ella y de mí misma.

Cuando las luces de la platea se apagaron y se hizo el silencio, pensé en toda la gente que me quería, sentada en la oscuridad en algún lugar del auditorio, y que me animaba a seguir adelante.

Y pensé en Pa Salt, que me había dicho que encontraría mi verdadera fuerza en mi momento de mayor debilidad. Y en Theo, que me había enseñado lo que era amar de verdad a otra persona. Ninguno de ellos estaba presente físicamente aquella noche, pero sabía que estarían mirándome desde las estrellas y sintiéndose muy orgullosos de mí.

Y después sonreí al pensar en la nueva vida que crecía dentro de mí y que aún no conocía.

Me llevé la flauta a los labios y empecé a tocar para todos ellos.

Star

7 de diciembre de 2007

«El concierto de Hero»

Allegretto   MCMXXXIX

47

Las luces del auditorio se apagaron y vi a mi hermana levantarse de su asiento en el escenario. Distinguí, bajo su vestido negro, el contorno de la nueva vida que crecía en su interior. Ally cerró los ojos un momento, como si estuviera rezando. Cuando finalmente se llevó la flauta a los labios, una mano se posó en la mía y la estrechó con suavidad. Y supe que Ma estaba sintiendo lo mismo que yo.

Cuando la hermosa y familiar melodía, que había formado parte de mi infancia y de la de mis hermanas en Atlantis, reverberó en el auditorio, sentí que algo de la tensión de las últimas semanas me abandonaba con el fluir de la música. Mientras la escuchaba, supe que Ally estaba tocando para todos aquellos a los que había querido y había perdido, pero asimismo entendí que, igual que el sol sale después de una noche larga y oscura, en aquellos momentos ella también tenía una nueva luz en su vida. Y cuando la orquesta se unió a ella y la bella música alcanzó su punto culminante, celebrando el comienzo de un nuevo día, yo sentí exactamente lo mismo.

Sin embargo, otros habían sufrido con mi propio renacimiento, y aquella era la parte con la que todavía tenía que reconciliarme. Hacía muy poco que había comprendido que existen muchas clases diferentes de amor.

En el intermedio, Ma y yo fuimos al bar y Peter y Celia Falys-Kings, que se presentaron como los padres de Theo, se sumaron a nosotras para tomar una copa de champán. Cuando vi el ademán protector con que el brazo de Peter descansaba sobre la cintura de Celia, pensé que parecían dos jóvenes enamorados.

—*Santé* —dijo Ma brindando conmigo—. ¿No es una noche fantástica?

—Lo es —respondí.

—Ally ha tocado de maravilla. Ojalá tus hermanas hubieran podido verla. Y tu padre, naturalmente.

Advertí que, de repente, Ma fruncía el cejo con preocupación, y me pregunté qué secretos escondía. Y hasta qué punto le pesaban. Como a mí los míos.

—Entonces, ¿CeCe no ha podido venir? —preguntó vacilante.

—No.

—¿La has visto últimamente?

—Hace días que no paro mucho por el apartamento, Ma.

No insistió. Sabía que era mejor no hacerlo.

De repente, una mano me rozó el hombro y me sobresalté. Siempre he sido muy sensible al tacto. Peter interrumpió el incómodo silencio, aunque yo estaba acostumbrada a ellos.

—Hola. —Se volvió hacia Ma—. ¿De modo que usted es la «madre» que crió a Ally desde pequeña?

—Sí.

—Pues ha hecho un trabajo excelente —le aseguró.

—El mérito es de Ally, no mío —respondió Ma con modestia—. Estoy muy orgullosa de todas mis chicas.

—¿Y usted es una de las famosas hermanas de Ally?

Peter clavó en mí su mirada penetrante.

—Sí.

—¿Cómo se llama?

—Star.

—¿Y qué lugar ocupa?

—Soy la tercera.

—Interesante. —Me miró de nuevo—. Yo también era el tercero. Nadie nos escuchaba, nadie nos hacía caso, ¿verdad?

No respondí.

—Apuesto a que dentro de esa cabeza suya pasan muchas cosas, ¿verdad? —prosiguió—. En mí caso, por lo menos, así era.

Aunque tuviera razón, no pensaba decírselo. En lugar de eso, me limité a encogerme de hombros.

—Ally es una persona muy especial. Los dos hemos aprendido mucho de ella —me dijo Celia cambiando de tema con una sonrisa cálida.

Me di cuenta de que la mujer pensaba que mis silencios se debían a que Peter me incomodaba, pero estaba equivocada. Eran los demás quienes los encontraban incómodos.

—Ya lo creo. Y ahora vamos a ser abuelos. Su hermana nos ha hecho un gran regalo, Star —dijo Peter—. Y esta vez voy a estar ahí para ese pequeño. La vida es demasiado corta, ¿no cree?

Sonó el timbre que anunciaba que faltaban dos minutos para la segunda parte y todos los que me rodeaban apuraron sus copas, por muy llenas que estuvieran. Regresamos al auditorio para ocupar nuestros asientos. Ally ya me había puesto al día de sus descubrimientos en Noruega por correo electrónico. Observé detenidamente a Felix Halvorsen cuando salió al escenario y decidí que el vínculo genético con él había influido poco en los rasgos físicos de Ally. También reparé en su andar tambaleante cuando se dirigía al piano y me pregunté si estaba borracho. Recé por que no lo estuviera. Sabía, por lo que Ally me había contado, lo mucho que significaba aquella noche para ella y para su recién descubierto gemelo. Thom me había caído bien nada más verlo.

Cuando Felix levantó los dedos hacia el teclado y se detuvo, noté que todos y cada uno de los demás espectadores contenían el aliento conmigo. La tensión no se rompió hasta que apoyó los dedos en las teclas y los acordes iniciales de *El concierto de Hero* sonaron por primera vez delante de un público. Según el programa, poco más de sesenta y ocho años después de haber sido escritos. Durante la media hora siguiente, todos fuimos obsequiados con una actuación hermosa y singular fruto de una alquimia perfecta entre compositor e intérprete: padre e hijo.

Y mientras mi corazón se elevaba hacia las alturas con la belleza de la música, vi un atisbo del futuro.

—«La música es el amor en busca de una voz», susurré citando a Tolstói.

Había llegado el momento de que yo encontrara mi propia voz. Y también el valor para expresarme a través de ella.

El aplauso fue merecidamente ensordecedor. El público se puso en pie para aclamar con entusiasmo a la orquesta y patear el suelo. Felix saludó varias veces e hizo señas a Ally y a Thom para que lo acompañaran. Luego pidió silencio y dedicó su actuación a sus hijos y a su difunto padre.

En aquel gesto vi una prueba clara de que era posible pasar

página. Y hacer un cambio que los demás terminarían por aceptar, por mucho que les costara.

Cuando el público empezó a desfilar, Ma me tocó el hombro y me dijo algo.

Asentí mecánicamente, sin apenas escucharla, y luego le susurré que me reuniría con ella en el vestíbulo. Y me quedé allí sentada. Sola. Pensando. Y mientras lo hacía, miré distraídamente al público que subía por el pasillo. Y de pronto, por el rabillo del ojo, vislumbré una figura familiar.

Se me aceleró el corazón y mi cuerpo, sin que yo lo quisiera, se levantó de un salto y echó a correr por el auditorio vacío hacia la multitud congregada en las salidas. Con la mirada, busqué desesperadamente a aquella figura, rogando que aquel perfil inconfundible reapareciera entre el gentío.

Me abrí paso por el vestíbulo y salí al aire gélido de diciembre. Me detuve en mitad de la calle con la esperanza de volver a atisbarla, únicamente para cerciorarme, pero sabía que la figura había desaparecido.

Agradecimientos

Yo tenía solo cinco años cuando mi padre regresó de uno de sus viajes a Noruega con un disco de la suite de *Peer Gynt* de Grieg. Sin duda, se convirtió en la música de fondo de mi infancia, pues sonaba mientras él ensalzaba la belleza de ese país y, en especial, de los magníficos fiordos. Me dijo que, si en el futuro se me presentaba la oportunidad, tenía que ir a verlos en persona. Curiosamente, justo después de la muerte de mi padre, Noruega fue el primer país que me invitó a realizar una gira promocional de mis libros. Me recuerdo sentada en el avión, con los ojos llenos de lágrimas, volando hacia lo que él solía llamar la cima del mundo. Sentía, igual que Ally, que yo también estaba siguiendo las palabras de mi difunto padre. Desde aquel primer viaje, he visitado Noruega en numerosas ocasiones y, como mi padre antes que yo, me enamoré de ese país. Así pues, tenía muy claro dónde transcurriría el segundo libro de la serie de «Las siete hermanas».

La hermana tormenta se basa en personajes históricos reales, como Edvard Grieg y Henrik Ibsen, aunque en mi novela el retrato de las personalidades de esas figuras se debe únicamente a mi imaginación, más que a hechos reales. El libro ha precisado un trabajo de documentación exhaustivo, y para ello he contado con la gran ayuda de mucha gente maravillosa. Algunas de las personas que conocí en ese viaje se han convertido en personajes de la novela, y les doy las gracias por permitirme utilizar sus nombres reales.

Mis amigos de Cappelen Damm, mi fantástica editorial, fueron decisivos a la hora de presentarme a la gente con la que necesitaba hablar. De modo que mi primer (y mayor) agradecimiento es para Knut Gørvell, Jorid Mathiassen, Pip Hallen y Marianne Nielsen.

En Oslo: doy las gracias a Erik Edvardsen, del Museo Ibsen, que me mostró las fotografías originales de la producción de *Peer Gynt* y me habló de la «voz fantasma» de Solveig, cuya verdadera identidad sigue sin conocerse. Eso me dio la clave para el «argumento del pasado». La perspectiva histórica sobre la vida en Noruega durante la década de 1870 procede de Lars Roede, del Museo de Oslo. Los detalles sobre los trajes tradicionales, los nombres, los transportes y sus conexiones y las costumbres de Noruega en dicha década provienen de Else Rosenqvist y Kari-Anne Pedersen, del Norsk Folkemuseum de Oslo. También de Bjørg Larsen Rygh, de Cappelen Damm (cuya disertación sobre desagües y tuberías en la Cristianía de 1876 superó con creces sus responsabilidades). Asimismo, doy las gracias a Hilde Stoklasa, de la Oslo Cruise Network, y en especial un agradecimiento al personal del Grand Hotel de Oslo, que me dio de comer y de beber a cualquier hora del día y de la noche mientras escribía el primer borrador.

En Bergen: estoy en deuda con John Rullestad, quien me presentó a Erling Dahl, el ex director del Museo Edvard Grieg de Troldhaugen, en Bergen. Erling es el biógrafo más destacado de Grieg a nivel mundial y ganador del Premio Grieg. Él y Sigurd Sandmo, el actual director del Museo Grieg, no solo me concedieron libre acceso a la casa de Grieg (¡hasta me permitieron sentarme frente a su piano de cola!), sino que compartieron conmigo sus amplios conocimientos sobre la vida y la personalidad del compositor. Erling también me presentó a Henning Målsnes, de la Orquesta Filarmónica de Bergen, quien me explicó cómo funciona una orquesta en el día a día, así como la historia de la Filarmónica durante la guerra. También estoy en deuda con Mette Omvik, que me facilitó numerosos datos sobre el teatro Den Nationale Scene de Bergen.

Erling me dio la oportunidad, asimismo, de conocer al consagrado compositor noruego Knut Vaage, que me expuso el proceso de la composición orquestal desde una perspectiva histórica. Doy las gracias también al personal del hotel Havnekontoret, de Bergen, que cuidó de mí durante mi estancia en la ciudad.

En Leipzig: estoy muy agradecida a Barbara Wiermann, de la Universidad de Música y Teatro Mendelssohn Bartholdy, y a mi encantadora amiga Caroline Schatke, de Edition Peters de Leipzig, cuyo padre, Horst, nos hizo coincidir en circunstancias sumamente fortuitas y emotivas.

No soy una persona aficionada a la náutica, de manera que en todos los temas relacionados con el mar recibí mucha ayuda de David Beverley y, concretamente en Grecia, de Jovana Nikic y Kostas Gkekas, de Sail in Greek Waters. Por su ayuda con mis indagaciones sobre la Fastnet Race, me gustaría dar las gracias al personal tanto del Royal London Yacht Club como del Royal Ocean Racing Club de Cowes. También a Lisa y Manfred Rietzler, que me sacaron en su Sunseeker un día entero y me mostraron lo que era capaz de hacer.

Me gustaría asimismo dar las gracias a mi fantástica ayudante, Olivia, y a mi diligente equipo de edición e investigación, compuesto por Susan Moss y Ella Micheler. Todas ellas han tenido que ser muy flexibles con sus horarios de trabajo para hacer malabarismos no solo con la serie de «Las siete hermanas», sino con la reescritura y la corrección de mis libros de catálogo.

A mis editores de todo el mundo, en especial a Catherine Richards y Jeremy Trevathan, de Pan Macmillan en el Reino Unido, a Claudia Negele y Georg Reuchlein, de Random House en Alemania, y a Peter Borland y Judith Curr de Atria, en Estados Unidos. Todos ellos han apoyado y abrazado los retos —y la ilusión— de una serie de siete libros.

A mi increíble familia, por su gran paciencia, pues en estos momentos vivo permanentemente pegada a un manuscrito y un bolígrafo. Sin Stephen (que también me hace de agente), Harry, Bella, Leonora y Kit, este viaje literario apenas tendría sentido. A mi madre Janet, a mi hermana Georgia y a Jacquelyn Heslop, y una mención muy especial a Flo, mi fiel compañero de escritura, al que perdimos en febrero y todavía extrañamos enormemente. También a Rita Kalagate, a João de Deus y a todos mis increíbles amigos de la Casa de Dom Inácio de Abadiâna, Brasil.

Y, por último, a vosotros, lectores, cuyo cariño y apoyo cuando viajo por el mundo y escucho vuestras historias me inspiran y dan lecciones de humildad. Y me hacen comprender que nada de lo que escriba puede compararse con la alucinante y siempre compleja aventura de estar vivo.

LUCINDA RILEY
Junio de 2015